U0135971

新文化苦旅

——余秋雨文化散文全集

余秋雨著

爾雅出版社印行

總序

一

我的一個學生，向我講述了他的一段經歷。

有一天，他從家裡的一個舊箱子裡翻出來幾張老照片。照片拍的是同一個人，一個風姿綽約的美女，服飾打扮在今天看來也顯得大膽而前衛。他連忙拉過父親詢問，父親說：「這是你的祖母。」

這讓我的學生大吃一驚。看父親和母親，平時是那麼謹慎、樸素、節儉，只要走出家門幾步就立即融入灰黯的人流中再也無法找到。居然，他們的前輩是那樣一副模樣！

我的學生愣了片刻便相信了，因為照片上美女的眉眼神色，與父親非常相似。

於是，一場艱難的問答開始了。凡是父親最含糊其詞的地方，恰恰是我學生最大的興趣點。

這使我的學生產生一種有關自己生命來歷的好奇，不久，他就帶著那幾張照片來到了老家的小鎮。

認識祖母的老人還有一些，奇怪的是，本來以為最知情的老太太們說不出太多的東西，而那些老大爺卻目光炯炯地看著眼前的年輕人，撲朔迷離地說出一些零碎的細節。

幾天下來，我的學生鎖定了三位老大爺，重點探問。結果，他越來越迷惑：自己的祖父有可能在這三人中間，也有可能不是。他離開小鎮時有點慌張，甚至不敢看任何一個路邊的老年男人。

我看著這個學生只說了一句話：「你只需知道，自己有美麗的基因。」

他還猶豫，要不要把這幾天的經歷告訴父親。

二

生活在自己非常熟悉的家裡，甚至已經成了家長，均未必知道這家的來歷。

小家庭這樣，大家庭也是這樣。

我自己年輕時也曾經突然發現了小家庭的來歷，然後產生巨大的疑問，進而去探詢大家庭的秘密。

那時我二十歲，家庭突然被一場政治災難席捲，我天天幫父親抄寫他的「坦白材料」。掌權的極「左」派根據一個人含糊其詞的「揭發」，斷言我父親有「政治歷史問題」，卻又不知道要他「坦白」什麼，每天問的問題完全不著邊際，因此這個材料永遠也寫不完。

我在抄寫中充分瞭解了自家的歷史，包括各種細節，經常邊抄邊為長輩們緊張、悲哀、高興、羞愧。如果在正常情況下，世間子女是不可能知道長輩那麼多事情的。

我怕父親的回憶不準，又不斷地向祖母、母親、舅舅核實，他們的敘述使相關的資訊又增加了很多倍。我終於明白，這是一個辛勞、怯懦、善良的佛教徒家庭，從屋檐到牆腳，找不到一絲一毫有可能損及他人的印痕。

這一明白，反而造成了我更大的不明白。這樣一個家庭，為什麼遭此禍孽？原來以為是那幾個掌權者居心不良，但他們很快下台了，單位的負責人換了幾任，為什麼禍孽還在延續？更奇怪的是，周圍的同事、朋友都不難看出這是一個荒唐的冤案，已經造成一個人口眾多的家庭的無法生存，為什麼都不肯稍稍幫助一下？這種幫助，當時對他們來說毫無風險。

我在冷漠表情的包圍中，懂得了魯迅當年解剖「國民性」的理由。而且我已經知道，「國民性」也就是一個國家民眾的集體潛意識，是一種深層文化。

我被這種深層文化刺痛了，但是，當時社會上又恰恰是在猛烈批判傳統文化。我又一次陷入了困惑：這是一種劣質文化在批判一種過時的優質文化，還是兩者都是劣質文化？

不管哪一種答案，都讓我非常悲觀。既然中華文化是如此不明不白，那麼，做一個中國人也就要一直不明不白下去了。

因此我覺得還是少沾文化的邊，一心只想終身從事體力勞動。我在農場時的勞動勁頭，很多老同事直到今天說起來還印象深刻。

三

後來，掌權的極「左」派上層因內訌而受挫，一場由政府中開明派領導人發起的文化搶救行動，把我也搶救了。我泥跡斑斑地被裹捲到了恢復教學、編寫教材、編撰詞典的繁忙中，並開始知道文化是什麼。再後來，當極「左」派又把這場文化搶救運動稱之為「右傾翻案風」要進行反擊的時候，我就潛藏到浙江的一座山上，開始了對中華經典的系統研讀。由此一發不可收，直到後來獨自去尋覓祖先留在書本之外的文化身影，再去探訪與祖先同齡的老者們的遠方故宅，走得很遠很遠。

終於，我觸摸到了中華大家庭的很多秘密。在這些秘密中，埋藏著很多偉大而美麗的人性。

這當然不能由自己獨享，我決定把自己閱讀和旅行的感受寫成文章，告訴同胞，因為他們都為中華文化承擔過悲歡榮辱。但是，要達到這個目的很難，因為世界上華人讀者的數量太大、支脈太多。為此我不得不暫時遠離早就形成的學術癖好，用最感性的「宏偉敘事」來與廣大讀者對話，建構一種雙向交流的大文學。

我的這個試驗，受到了海內外華人讀者的歡迎。受歡迎的熱烈程度讓我驚訝，我詢問白先勇先生是怎麼回事。他說，你碰到了中華文化的基因，那是一種文化 DNA，融化在每個中國人的血液中。大家讀你的書，也就是讀自己」。

四

一路上寫的書已經不少。由於讀的人多，遇到了意想不到的盜版狂潮。

我的書在中國大陸的盜版本，早已是正版本的十倍左右。前些年應邀去美國華盛頓國會圖書館演講，館方非常熱情地把他們收藏的我的中文版著作一本本推出來向聽眾展示。但是，我與妻子不得不苦笑著交換了一下眼色，因為推出來的大多也是盜版本，想必購自中國大陸。其中還有不少，是盜版者為我編的各種「文集」。

因此我覺得不應該再麻煩這些盜版者了，決心重新整理一下自己的出版物。更何況，重訪文化遺跡時所產生的新感覺需要補充，很多當時漏編、漏寫的篇目需要加入，不少自己已經不滿意的文章需要刪削。

為此，我花費不少時間等待以前出版的那些書的合約到期，然後不再續簽，讓各地正版書市場上我的專櫃「空架」了很久。在這個過程中，我對以前的文章進行大幅度的改寫，又增補了不少關及中華文化基本經絡的文章。

這樣就構成了一套面貌嶄新的「新文化苦旅書」，分一、二兩部。

第一部系統地表述了我從災難時期開始一步步尋覓出來的中華文化史。任何一部真正的歷史，起點總是一堆又一堆的資料，終點則是一代又一代人的感悟。這是一個人心中的中華文化史，我鍛鑄了它，它也鍛鑄了我。書裡邊的文章，除了一篇之外，都沒有在以前出版的書裡出現過。

第二部精選了原來《文化苦旅》和《山居筆記》裡那些著名的篇章，這次對每一篇都進行了改寫。書的後半部分有關邊遠地區少數民族生態的文章，都是第一次發表。

從此，我的全部文化散文著作，均以這套書的文字和標題為準。

二〇〇八年初春

新文化苦旅
——余秋雨文化散文全集

第一部

尋覓中華

猜測黃帝

一

那天夜裡，風雨實在太大，大到驚心動魄。

是颱風嗎？好像時間還早了一點。但在半山小屋遇到那麼大的風雨，又是在夜間，心理感覺比什麼級別的颱風都要恐怖。

我知道這山上没有人住。白天偶爾有一些山民上來，但說是山民，卻都住在山腳下。因此，在這狂風暴雨的渦旋中，我徹底孤單。蔓延無際的林木這時全都變成了黑海怒濤，它們不再是自己，而是天地間所有暴力的體現者和響應者，都在盡著性子奔湧咆哮，翻捲肆虐。

沒有燈火的哆嗦，沒有野禽的呻吟，沒有緩釋的跡象，沒有黎明的印痕。一切都沒有了，甚至懷疑，朗朗麗日下的風輕雲淡，也許只是一個奢侈的夢影？

這個時候最容易想起的，是千萬年前的先民。他們在草澤荒灘上艱難邁步的時候，感受最深的也一定是狂風暴雨的深夜。因為，這是生存的懸崖，也是毀滅的斷壁，不能不全神貫注，怵目驚心。對於平日的尋常氣象、山水風景，他們也有可能淡淡地瞭上兩眼，卻還分不出太多的心情。

此刻我又順著這個思路想開去了。一下子跳過了夏商周春秋戰國秦兩漢，來到了史前。狂風暴雨刪去了歷史，讓我回到了只有自然力與人對峙的洪荒時代。很多畫面交疊閃現，我似乎在畫面裡，又似乎不在。有幾個人有點臉熟，仔細一看又不對……

——這時，我已經漸漸睡著了。

等我醒來時聽到了鳥聲，我知道，風雨已經過去，窗外山光明媚。

我躺在床上盤算著，昨天已經沒吃的了，今天必須下山，買一點乾糧。

我經過多次試用，選中了山下小店賣的一種「壓縮餅乾」作為慣常乾糧。這種東西一片片很厚，吃的時候要同時喝很多水，非常耐飢，也非常便宜。其實這是一種戰備物質，貯存時間長了，本應銷毀，但這時「文革」尚在進行，民生凋敝，衣食匱乏，也就拿出來供應民間。民間對這種東西並無好感，因為口味乾枯，難於下嚥。然而，這對我這幾天才下一次山的困頓書生而言，卻是一種不必烹煮又不餿不爛的果腹之食。

既然不餿不爛，為什麼不多買一點存著，何苦定期下山一次次購買呢？只要真正熬過苦日子的朋友就能理解其間的原因。口袋裏極少一點錢，隨時要準備應付生病之類的突發事件，怎麼能一下子用完？因此，小錢多存一天，就多一天安全感，而這種安全感的代價就是飢餓感。兩感抗衡，終於頂不住了，就下山。

每當我又一次出現在小店門前，瘦瘦的年老主人連問也不問就會立即轉身去取貨。

他對我的表情十分冷淡，似乎一直在懷疑我是不是一個逃犯。按照當時的説法，叫做「逃避無產階級專政的階級敵人」。但他顯然沒有舉報，按照他的年齡，他自己也不可能完全沒有「歷史問題」。何況這是蔣介石的家鄉，遠遠近近的親族關係一排列，很少有哪家與那批已經去了台灣的國民黨人員完全無關。既然每一家都有問題，彼此間的是非口舌、警惕防範，自然也就會少一點。

這，大概也是我的老師盛鐘健先生想方設法讓我潛藏到奉化半山的原因之一吧。

我説過，我在山上不小心碰上了蔣介石的一個隱秘藏書樓。原來叫「中正圖書館」，一九四九年之後當然廢棄了，卻沒有毀壞，摘下了牌子，關閉了門窗，由一位年邁的老大爺看守著。老大爺在與我進行過一次有關古籍版本的談話後，如遇知音，允許我可以任意閱讀藏書樓裡所有的書。我認真瀏覽了一遍，已經把閱讀重點放在《四部備要》、《萬有文庫》和《東方雜誌》上。

由於一夜的風雨，今天的山路上全是落葉斷枝。空氣特別清新，山泉格外充沛。我上山後放好買來的乾糧，又提著一個小小的鐵皮桶到溪邊打了一桶山泉水回來，便靜靜地坐著，等待老大爺上山，打開藏書樓的大門。

二

後來回憶三十年前這一段潛跡半山的歲月，心裡覺得非常奇怪。

我上山，正好蔣介石剛剛在台灣去世；我下山，是因為聽到了毛澤東在北京去世的消息。中國二十世紀兩位強硬對手的生命較量終於走到了最後，一個時代即將結束。而恰恰在這個時刻，一種神秘的力量把我帶進了其中一位的家鄉藏書樓，長久關閉的老門為我悄然打開，裏邊是一屋子的中國古代文化經典！

平心而論，對於中國古代文化經典，毛澤東比蔣介石熟悉得多。在報紙上看到照片，他接見外賓的書房裏堆滿了中國古籍，而且似乎只是中國古籍。他已經感受到生命終點的臨近，正急忙從兩千多年前的諸子百家中選取兩家，一褒一貶，作為精神文化遺囑。他的褒貶，我不同意，但是作為一個看上去什麼也不在乎的現代革命者，到最後還那麼在乎兩千多年前的精神價值系統，卻讓我吃驚。

蔣介石在這小問題上比較簡單，他只把儒家傳統當作需要守護的文化，又特別欽慕王陽明。看管藏書樓的老大爺告訴我，蔣介石曾囑咐他的兒子蔣經國要經常到這裏來讀書。蔣經國忙，匆匆來過兩次，没時間鑽研。

軍事政治的恩怨是非姑且不予評説，但世界上確實找不到另外一個民族，一代代統治者都那麼在乎歷史淵源，那麼在乎血緣根脈，那麼在乎華夏文明。

與世界上其他古老帝國總是互相遠征、互毀文明的情形不同，歷代中國人內戰再激烈，也只是為了爭奪對華夏文明的正統繼承權，因此無論勝敗都不會自毀文明。即便是周邊地區的遊牧群落入主中原，也遲早會成為華夏文明中的一員。

這麼一想，我潛逃半山的生活立即變得純淨。當時山下的形勢還十分險惡，我全家的災難仍然没有解除。但我的心態變了，好像層層疊疊的山坡山樹山嵐一齊拽著我蹬開了山下的渾濁喧囂，使我飄然升騰。一些看似空泛不實的大課題浮現在眼前，而且越來越讓我感受到它們的重要性。

例如：什麼是華夏文明？什麼是炎黃子孫？

答案在五千年之前。

但奇怪的是，在此後的五千年間，這些問題仍然被一代代地反覆提出，而且似乎很難找到答案。

一切軍事政治的起點和終點，都是文化。只不過軍事政治行動總是極其繁忙又驚心動魄，構成了一個很難離得開的過程。很多人在過程中迷失了，直到最後仍拔身不出，還深深地拖累了大地。只留下一些依稀的人文餘痕，卻也早已支離破碎。你看眼前，一個老軍人的遺產居然是一屋古籍，他的對手也是同樣。這樣的情景這樣的時刻讓我強烈感受了，我只有震驚沒有感嘆，胸中卻纖塵全無，火氣頓消。因此，面對這些諸如「華夏文明」、「炎黃子孫」這樣的大課題，也只剩下了學術理性，而不再羼雜世俗激情。

我當時想，什麼時候世道靖和，我會下山，去瞻仰一些歷史遺址。因為正是那些地方，決定了中國人之所以成為中國人。此刻在山上，只能邊讀古籍邊遙想，讓心靈開始跌跌絆絆地旅行。

有時也會分神，例如下山時看到街邊閱報欄上貼的報紙，發現山下的「文革」好像又掀起了什麼運動高潮，又印出了蠻橫的標語口號和批評文章。我會痛苦地閉上眼睛，想念還在被關押的父親和已經含冤而死的叔叔。回到山上後好幾天，仍然回不過神來。這時就會有一場狂風暴雨在夜間襲來，把這一切狠狠地洗刷一遍，讓我再回到古代。

我在早晨會輕輕地自語：黃帝，對，還是從五千年的黃帝開始，哪怕是猜測。

猜測黃帝，就是猜測我們遙遠的自己。

三

其實，很早就有人在猜測了。

從藏書樓書架上取下寫於兩千一百多年前的《淮南子》，其中有一段說——

世俗之人多尊古而賤今，故為道者必托之於神農、黃帝而後能入說。

可見早在《淮南子》之前，人們不管說什麼事都喜歡扯上炎帝、黃帝了，好像不這麼扯就沒有辦法使那些事重要起來。這麼扯來扯去，炎帝和黃帝的故事就編得越來越多，越來越細，當然也越來越不可信。結果，到了司馬遷寫《史記》的時代，便出現了「愈古則材料愈多」的怪現象。

大家先是為了需要而猜測，很快把猜測當作了傳說，漸漸又把傳說作了史實，越積越多。其中很多內容，聽起來奇奇怪怪、荒誕不經，因此司馬遷說：「百家言黃帝，其文不雅馴。」

這種情形直到今天我們還很容易體會。看看身邊，越是模糊的事情總是「故事」越多，越是過去的事情總是「細節」越全，越是虛假的事情總是「證據」越硬，情形可能有點類似。

司馬遷根據自己的鑑別標準對這些內容進行了比較嚴格的篩選，顯示了一個歷史學家的職守。但是，他的《史記》還是從黃帝開始的。他確實，不管怎麼說，黃帝是中國歷史的起點。這事過了整整兩千年之後，被懷疑了。二十世紀二十年代，一批近代歷史學家，根據歐洲的實證主義史學觀，認為中國歷史應該從傳說中徹底解脫出來。他們把可信的歷史上限，劃到東周，也就是春秋戰國時期。他們認為在這之前的歷史是後人偽造的，甚至斷言司馬遷也參加了偽造。因此，他們得出結論：「東周以上無史」。按照這種主張，中國歷史的起點是公元前九世紀，離現在不到三千年。而黃帝的時代，雖然還無法作準確的年代推定，但估摸著也總有四五千年了吧。這一來，中國的歷史被這股疑古思潮縮短了一小半。

疑古思潮體現了近代科學思維，顯然具有不小的進步意義。至少，可以嘲弄一下中國民間歷來喜歡把故事當作歷史的淺薄頑癖。但是，這畢竟是近代科學思維的初級形態，有很大的侷限性，尤其無法處置那些屬於「集體無意識」的文化人類學課題，無法解讀神話傳說中所沉澱的群體密碼，無法闡釋混沌時代所蘊藏的神秘真實。這個問題，我在以後還會專門說一說。

其實十九世紀的西方考古學已經開始證明，很多遠古傳說極有可能掩埋著讓人們大吃一驚的史實。例如德國考古學家謝里曼（Heinrich Schliemann）從一八七〇年開始對於特洛伊遺址的挖掘，一八七四年對於邁錫尼遺址的挖掘，以及英國考古學家伊文斯（Arthur Evans）一九〇〇年對於米諾索斯王宮遺址的挖掘，都證明了荷馬史詩和其他遠古傳說並非虛構。

就在伊文斯在希臘克里特島上發掘米諾索斯王宮的同時，中國發現了甲骨文，有力地證明商代存在的真實性。那就把疑古的學者們所定的中國歷史的上限公元前九世紀，一下子推前到了公元前十四世紀。有些疑古學者步步為營，說「那麼，公元前十四世紀之前是偽造的」。其實，甲骨文中的不少材料還可以從商代推到夏代。

半山藏書樓的古代典籍和現代書刊被我反覆地翻來翻去，我又發現了另外一個秘密。

那就是，在疑古思潮產生的更早一點時間，學術文化界還出現過「華夏文明外來說」。先是一些西方學者根據他們對人類文明淵源的強烈好奇，依據某些相似的細節，大膽地拉線搭橋，判斷華夏文明來自於埃及、印度、土耳其、東南亞、巴比倫。其中影響較大的，是巴比倫，即幼發拉底河、底格里斯河流域的美索不達米亞文明所在地。

那地方，確實是人類文明最早的發祥地。很多古代文明都從那裡找到了淵源，有的學者已經斷言那是「人類文明唯一的起點」。那麼，華夏文明為什麼不是呢？

連中國一些很著名的學者，也被這種思潮裹卷，而且又從中國古籍中提供一些「證據」。例如蔣觀雲、劉師培、黃節、丁謙等等都是。當時的一份《國粹學報》，就發表過好幾篇這樣的文章。讓我驚訝的是，大學問家章太炎也在他的《序種姓篇》中贊成了外來說。

設想都非常開放，理由都有點勉強，往往是從一些古代中外名詞在讀音上的某些相近，來作出大膽的推斷。例如章太炎認為中國的「葛天」，很可能是「加爾特亞」的轉音；黃節認為中國的「盤古」，很可能是「巴克」的轉音；劉師培認為中國的「泰帝」，很可能是「迦克底」的轉音。在這件事情上做得比較過分的是丁謙，他斷言華夏文明早期創造的一切，巴比倫文明都已經有了，包括天文、曆法、數學、井田制、服飾、器用都來自那裡。連文字也是，因為據說八卦圖像與巴比倫的楔形文字有點相似。有的學者甚至憑著想像把巴比倫文明轉入華夏大地的路線圖都畫出來了。

更有趣的是，不同的幻想之間還發生爭論，就像兩個睡在同一個屋子裡的人用夢話爭吵了起來。例如丁謙認為，把巴比倫文明傳入中國的帶頭人是盤古，而章鴻釗則認為是黃帝。理由之一是，莊子說過黃帝登崑崙之上，而崑崙山正好是巴比倫文明傳入中國的必經仲介。

不應該責怪這些學者「數典忘祖」。他們突然受到世界宏觀思維的激勵，試圖突破千年傳統觀念探索華夏文明的異域源頭，這並不影響他們對華夏文明的熱愛。他們中有的人，還是傑出的愛國人士。但是毫無疑問，他們的論述暴露了中國傳統學術方法的典型弊病，那就是嚴重缺乏實證材料，卻又好作斷語。即便有一點「實證」，也是從文本到文本的跳躍式比照，頗多牽強附會。若要排除這種牽強附會，必須有一種「證偽」機制，即按照幾個基本程序證明偽之為偽，然後方知真之為真。這些斷言華夏文明來自巴比倫的學者，在自己的思維中從來就缺少這種逆向的證偽習慣，因此聽到風就是雨了，而且是傾盆大雨。

但是，考古學家們發現了越來越多的實物證據，不斷地證明著這片土地上文明發生的獨立根脈。我還朦朧記得，好像是地質學家翁文灝吧，發表文章闡述遠古大洪水所沉積的黃土與大量舊石器時代文物的關係，證明黃河流域也有過舊石器時代，與西方的舊石器時代平行共存。他的文章我也是在半山藏書樓看到的，但那篇文章的標題，現在記不起來了。

有過了疑古、外來這兩大思潮，又有了不少考古成果，我們就可以重新檢視史料記載，對黃帝時代作出比較平穩的猜測了。

看管半山藏書樓的老大爺已經連續問了我三次：「這麼艱深的古書，這麼枯燥的雜誌，你那麼年輕，怎麼有耐心幾個月、幾個月地看下去？」

前兩次我只是笑笑，等到問第三次時，我作了回答。

我說：「大爺，只要找到一個有意義的大疑問，看古往今來的相關爭論，然後加人自己的判斷和猜測，這就像看一場長長的球賽，看著看著自己也下場了，非常有趣。」

其實，這也就是我初步建立的學術路線。

四

我當時對黃帝的猜想，只能是粗線條的。因為半山藏書樓雖然有不少書籍，但畢竟有限。

黃帝，是華夏民族實現第一次文明路線的首領。在這之前，中國大地還處於混沌洪荒之中。因此，後代就把各項文明的開創之功，都與他聯繫在一起，貼附在他身上，並把他看成是真正的始祖。這並不是說，華夏文明由他開始，而只是說，決定華夏文明之成為華夏文明的那個關鍵歷史階段，以他為代表。

黃帝出生在哪裡？肯定不是巴比倫，而是在黃河流域。在黃河流域哪一段？這就不是很重要了，因為他的部落一直在戰爭中遷徙，所謂「遷徙往來無常處，以師兵為營衛」。有關黃帝出生地的説法倒是有好幾種，牽涉到現在從甘肅到山東的很多省。經過仔細比較，陝西、河南兩地似乎更有説服力。而我個人，則傾向於河南新鄭，那裡自古就有「軒轅之丘」、「有熊氏之墟」。黃帝號「軒轅氏」，又號「有熊氏」，可以對應起來。

黃帝有一個「生死冤家」那就是炎帝。

歷來有不少人認為，炎帝就是神農氏，但也有人説，他只是神農氏時代的最後一位首領。炎帝好像出生在陝西，後來也到河南來了，並且衍伸到了長江流域。

黃帝和炎帝分別領導的兩個部落，在當時是最顯赫的。

炎帝的主要業績比較明確，那就是農業。他帶領人們從採集野果、捕魚打臘的原始生態，進入到農業生態，開始種植五穀菜蔬，發明了「火耕」的方法和最早的耕作農具。他也觸及了製陶和紡織，還通過「嘗百草」而試驗醫藥。顯然，炎帝為這片土地的農耕文明打下了最初的基礎。

相比之下，黃帝的業績範圍就擴大了很多。除了農業，還製作舟、車，養蠶抽絲，製玉，做兵器，並開始採銅，發明文字和曆法。

由此作出判斷，黃帝應該比炎帝稍稍晚一點。在農耕文明的基礎上，黃帝可以有多餘的財富來做一些文明等級更高的事情了。這樣，後來他們發生軍事對峙，也就各自代表著前後不同的歷史痕跡。簡單說來，黃帝要比炎帝進步一點。所謂「軒轅之時，神農世衰」，就傳達了這樣的信息。

在我的猜想中，炎帝和平務實，厚德載物；而黃帝，則氣吞山河，懷抱千里。

據《商子》記載，在炎帝的部落裡，「男耕而食，婦織而衣，刑政不用而治，甲兵不起於王」。這實在是一個讓後人永遠嚮往的太平世道。《莊子》也有記，說那個時期「耕而食，織而衣，無有相害之心」。按《莊子》的說法，那還是一個「民知其母，不知其父」的母系社會。其實，從其他種種跡象判斷，那已經是一個從母系社會向父系社會過渡的時代。

黃帝就不一樣了。男性的力量大為張揚，溫柔的平靜被打破，試圖追求一種更加宏大的平衡。《五帝本紀》說黃帝「習用干戈」，「修德振兵」，「撫萬民，度四方」，儼然是一位騎在戰馬上俯瞰原野的偉大首領。

黃帝所達到的高度，使他產生了統治其他部落的雄心。這在大大小小各個部落互相殺伐的亂局中，是一種自然心理。而且，從我們今天的目光看去，這也是一種歷史需要。

大量低層次的互耗，嚴重威脅著當時還極為脆弱的文明底線，因此急於需要有一種力量來結束這種互耗，使文明得以保存和延續。於是，一種鴻蒙的聲音從大地深處傳出：王者何在？

這裡所謂的「王者」，還不是後世的「皇帝」，而是一種不追求個人特權，卻能感召四方、平定災禍的意志力。但是，這種意志力在建立過程中，必然會遇到無數障礙，其中最大的障礙，往往是與自己旗鼓相當、勢均力敵的強者。對黃帝而言，第一是炎帝，第二是蚩尤。

炎帝的文明程度也比較高，歷來也曾收服過周邊的一些部落，因此很有自信，不認為自己的部屬必須服從黃帝。

就自身立場而言，這種「保境安民」的思維並沒有錯，但就整體文明進程的「大道」而言，卻成了阻力。而且，在這個時候，他的部落已經開始衰落。

黑格爾說世上最深刻的悲劇衝突，雙方不存在對錯，只是兩個都有充分理由的片面撞到了一起。雙方都很偉大和高尚，但各自為了自己的偉大和高尚，又都無法後退。

黃帝和炎帝，華夏文明的兩位主要原創者，我們的兩位傑出祖先，終於成了戰爭的對手。

作為他們的後代，我們拉不住他們的衣袖。他們怒目相向，使得一直自稱「炎黃子孫」的我們，十分尷尬。但說時遲那時快，他們已經打起來了。

不難想像，長年活動在田野間的農具發明家炎帝，必然打不過一直馳騁在蒼原上的強力拓展者黃帝。這個仗打得很慘。

慘到什麼程度？只知道，從此中國語文中出現了一個讓人觸目驚心的用語：「血流漂杵」。杵，舂糧、捶衣的圓木棒。戰場上流血太多，把這樣的圓木棒都漂浮起來了，那是什麼樣的場面！

這場戰爭出現在中國歷史的入場口，具有宏大的哲學意義。它告訴後代，用忠奸、是非、善惡來概括世上一切爭鬥，實在是一種太狹隘的觀念。很多最大的爭鬥，往往發生在文明共創者之間。如果對手是奸佞、惡棍，反而倒容易了結。長期不能了結的，大多各有莊嚴的持守。

遺憾的是，這個由炎黃之戰首度展示的深刻道理很少有人領會，因此歷來總把一部部難於裁斷的傷痛歷史，全然讀成了通俗的黑白故事。

黃帝勝利後，他需要解釋這場戰爭，尤其是對炎帝的大量部族和子民。他對於死亡了的炎帝動用了一個可重可輕的概念：無道。至少在當時大家都明白，這不是說炎帝沒有道德，而是說炎帝没有接受黃帝勇任王者的大道。

這種説法延續了下來。賈誼的《新日・益壤》記載：

> 炎帝無道，黃帝伐之涿鹿之野，血流漂杵，誅炎帝而兼其地，天下乃治。

這樣的記載猛一讀，會對炎帝產生負面評價，其實是不公平的。

這裡所說的涿鹿之野，應為阪泉之野，涿鹿之野是後來黃帝戰勝蚩尤的地方。黃帝戰勝蚩尤的事，另是一番壯闊的話題，容我以後有機會再仔細說一說。而且，一定要說。

五

黃帝相繼戰勝炎帝和蚩尤之後，威震中原，各方勢力「咸尊軒轅為天子」。原來炎帝的部落與黃帝的部落地緣相近，關係密切，很自然地組成了「炎黃之族」。這中間，其實還包含著蚩尤和其他部落的文明。後來，各地各族的融合進一步加大加快，以血緣為基礎的原始部落，逐漸被跨地域的部落聯盟所取代，出現了「華夏大族」的概念。

「華夏」二字的來源，說法很多。章太炎認為是從華山、夏水而來。而有的學者則認為「華」

是指河南新鄭的華陽，「夏」的本義是大，意謂中原大族，連在一起可理解為從華陽出發的中原大族。也有學者認為「華」的意義愈到後來愈是擺脫了華山、華陽等其體地名，而是有了《說文》裡解釋的形容意義：「華，榮也。」那麼，「華夏」也就是指「繁榮的中原大族」。這就遇到歷史地理學、文字語言學和社會心理學之間的不同座標了。因各有其理，可各取所需，也可兼收並採。

黃帝之後，便是著名的堯、舜、禹時代。

這三位部落聯盟的首領，都擁有高尚的道德、傑出的才能、輝煌的業績，因此也都擁有了千古美名。在此後的歷史上，他們都成了邈遠而又高大的人格典範，連惡人歹徒也不敢詆毀。原因是，他們切切實實地發展了黃帝時代開創的文明事業，有效地抗擊了自然災害，推進了社會管理制度，使華夏文明更加難於傾覆了。

由於社會財富的積累，利益爭逐的加劇，權力性質發生了變化。英雄主義的無私首領，不能不演變為巨大利益的執掌者。終於，大禹的兒子建立了第一個君位世襲的王朝——夏。

君王世襲制的建立，很容易被激進的現代學人詬病，認為這個曾經為了治水「三過家門而不入」的大禹，終於要安排子孫把財富和權力永遠集中在自家門內，成了「家天下」。其實，這是在用現代小農思維和市民心理，貶低遠古巨人。

一種重大政治制度的長久建立，大多是當時當地生產力發展和各種社會需要的綜合成果，而不會僅僅出於個人私欲。否則，為什麼人類所有重大的古文明都會必然地進入帝國時代？

部落首領由誰繼位，這在大禹的時代已成了一個極為複雜險峻、時時都會釀發戰禍的沉重問題。選擇賢者，當然是一個美好的願望。但是，誰是賢者？哪一個競爭者不宣稱自己是賢者？哪一個族群不認為自己的頭目是賢者？

在這種情況下，鑑定賢不賢的機制又在哪裡？這種機制是否公平，又是否有效？如果說，像大禹這樣業已建立了「絕對權威」的首領可以替代鑑定機制，那他會不會看錯？如果壯年時代不會看錯，那麼老了呢？病了呢？精神失控了呢？退一萬步說，他永遠不會看錯，那麼，在他離世之後又怎麼辦？他的繼位者再作選擇的時候，會不會因為缺少權威而引起紛爭？當紛爭一旦燃燒為戰火，誰還會在乎部落？誰還會在乎聯盟？當一切都不在乎的時候，文明何在？蒼生何在？……

這一系列問題，人類是在經歷了幾千年的摸索之後才漸漸找到出路的，但直到今天，任何一條出路仍然無法適合不同的地域。因此，要大禹在四千多年前眼看禪讓選賢的辦法已經難於繼續的時候立即找到一個有效的民主選拔制度，是顛倒歷史的幻想。

在大禹看來，與其每次選拔都會引發一場腥風血雨，還不如找一條能夠堵住太多野心的小路，那就是世襲。世襲中也會有爭奪，但規模總要小得多了，與蒼生關涉不大。高明的大禹當然不會不知道，兒孫中必有不良、不肖、不才之輩，將會辱沒自己的家聲和王朝尊嚴，也會給他們自己帶來災禍。但是，這又有什麼辦法呢？或許，可以通過強化朝廷的輔佐力量和行政機制來彌補？總而言之，這是在文明程度還不高的時代，為了防止無休無止的權力爭奪戰而作出的無奈選擇。

不管怎麼說，在當時，夏朝的建立是華夏文明的一個新開端。從現代世界判斷文明程度的一些基本標準例如是否擁有文字、城市、青銅器、祭祀來看，華夏文明由此邁進了一個極重要的門檻。

時間，大概在公元前二十一世紀。

從此，「茫茫禹迹、劃為九州」。

傳說時代結束了。

六

讀完半山藏書樓裡有關傳說時代的資料，已是夏天。山上的夏天早晚都不炎熱，但在中午完全沒風的時候，整座山就成了一個大蒸籠，恍惚中還能看到蒸汽像一道道刺眼的小白龍在向上游動。

一動不動地清坐著，還是渾身流汗。我怕獨個兒中暑，便赤膊穿一條短褲，到住所不遠處的一條小溪邊，捧起泉水洗臉洗身子。頓時覺得渾身清爽，但很快又倉皇了，因為草叢中竄出一大群蚊子，盯上我了。小時候在家鄉只知道蚊子是晚上才出來的，沒想到在山上沒有這個時間界限。

我趕緊返回，蚊子還跟著。我奔跑幾步，蚊子跟不上了，但也許是我身上全是泉水和汗水，滑滑的，蚊子盯不住。

我停下腳步，喘口氣。心想，不錯，四千一百多年前，傳說的時代結束了。

天災神話

一

篤，篤，篤，有人敲門。

在這半山住所，這還是第一次。我立即伸手去拉門閂，卻又停住了。畢竟，這兒遠近無人……門外喊起了我的名字。一聽，是山下文化館的兩位工作人員。當初盛鐘健老師正是通過他們，才幫我找到住處的。

我剛開門，他們就告訴我一個驚人的消息。就在兩天前，唐山發生了大地震，死亡幾十萬人。

「唐山？」我一時想不起在哪裡。

「北京東邊，所以北京有強烈震感。」他們說。

他們來敲門，是因為接到了防震通知，正忙著在各個鄉村間布置，突然想到半山裡還藏著一個我。他們擔心，如果這兒也有地震，我住的房子很有可能坍塌，要我搬到不遠處一個廢棄的小廟裡去住。那個小廟低矮，木結構，好像不容易倒下來，即使有事也更容易逃奔。

我的全部行李，一個網兜就裝下了，便隨手一提，立即跟著他們去了小廟。其實一旦地震那個小廟也十分危險，但我不相信北方剛剛震過江南還會震，就感謝他們兩人的好心，在小廟住下了。

住在小廟裡無書可讀。半山藏書樓屬於危房，已經關閉，看管的老大爺也不上山了。我只得白天在山坡上到處溜達，晚上早早地躺在一張由門板搭成的小床上，胡思亂想。

直到昨天，我的思路一直鎖定在遥遠的傳說時代，因此即便胡思亂想也脫不開那個範圍。只不過，剛剛發生的大地震常常穿插進來，幾十萬人的死亡現場與四五千年前的天地玄黃，反覆疊影。面對天災，古代和現代並沒有什麼界限。

人世間的小災難天天都有，而大災難卻不可等閒視之，一定包含著某種大警告、大終結，或大開端。可惜，很少有人能夠領悟。

這次唐山大地震，包含著什麼需要我們領悟的意義呢？

我想，人們總是太自以為是。爭得了一點權力、名聲和財富就瘋狂膨脹，隨心所欲地挑動階級鬥爭、製造了大量的人間悲劇。一場地震，至少昭示天下，誰也沒有乾坤在手，宇宙在握。只要天地略略生氣，那麼，剛剛還在熱鬧著的運動、批判、激憤，全都連兒戲也算不上了。

天地自有天地的宏大手筆，一撇一捺都讓萬方戰慄。這次在唐山出現的讓萬方戰慄的宏大手筆，顯然要結束一段歷史，但是這種結束又意味著什麼？是毀滅，還是開啟？是跌入更深的長夜，還是迎來一個黎明？

對於這一切，我還沒有判斷能力。但是已經感受到，不管哪種結果，都會比金戈鐵馬、運籌帷幄、辭廟登基、慧言宏文更重要。凸現在蒼生之前的，是最關及生命的原始母題，例如怎麼讓民眾平安地過日子，端正地對天地。在這個關口上最容易讓人想起幾千年前就行走在這片大地上的那些粗糲身影。他們很少說話，沒有姓名，更沒有表情，因此也沒有人能夠把他們詳細描述，而只是留下一些行為痕跡，成為永久的傳說。

這讓我又想起了從黃帝到大禹的傳說時代。

那個時代，即使在結束很久之後，還在無限延續。原因是，一個民族最早的傳統和神話，永遠是這個民族生死關頭的最後纜索。

反正這些日子找不到書了，就讓我憑借著一場巨大天災，在這荒無人煙的地方，重溫那些傳說和神話。

二

傳說和神話為什麼常常受到歷史學家的鄙視？因為它們不在乎時間和空間的具體限定，又許諾了誇張和想象的充分自由。但是，超越這些限定、享有這些自由的，極有可能是人類的信念、理想和祈願，這就遠比歷史學重要了。歷史學作為世間千萬學科中的一門學科，並沒有凌駕全部精神領域的權利。

有些歷史學家比較明智，憑借西方考古學家對某些遺址的發掘，認為傳說與歷史未必對立，甚至盡力為神話傳說中「有可能」的真實辯護，肯定那裡有「歷史的質素」、「事實的質地」。例如我在半山藏書樓看到過王國維在一九二五年發表的《古史新證》，其中說：「上古之事，傳說與史實混而不分，史實之中固不免有所緣飾，與傳說無異，而傳說之中往往有事實之素地。」能這樣說，已經很不容易了，但仍然沒有擺脫歷史學的眼光。

按照文化人類學的眼光，傳說中包含著一種屬於集體心理的真實。集體心理不僅也是一種真實，而且往往比歷史真實更重要。這就像，晚霞給人的淒豔感受，修竹給人的風雅印象，長年累月也成了一種真實，甚至比它們在天象學和植物學上的真實更有意義。

在所有這類傳說中，神話，更具有根本性的「原型」價值。

在遠古時代，神話是祖先們對於所見所聞和內心願望的天真組建。這種組建的數量很大，其中如果有幾種長期流傳，那就證明它們契合了一個民族異代人的共同願望。這就是我們所說的「原型」，鑄就了整個民族的性格。

中國古代的神話，我分為兩大系列，一是宏偉創世型，二是悲壯犧牲型。

盤古開天、女媧補天、羿射十日，都屬於宏偉創業型；而精衛填海、夸父追日、嫦娥奔月，則屬於悲壯犧牲型。這中間，女媧補天、精衛填海、夸父追日、嫦娥奔月這四則神話，具有很高的審美價值，足以和世界上其他古文明中最優秀的神話媲美。

這四則神話的主角，三個是女性，一個是男性。他們讓世代感動的，是躲藏在故事背後的人格。這種人格，已成為華夏文明的集體人格。

先說補天。

世道經常會走到崩潰的邊緣，很多人會逃奔、詛咒、互傷，但總有人會像女媧那樣站起來，伸手把天托住，並煉就五色石料，進行細心修補。要知道，讓已經瀕於崩潰的世道快速滅絕是痛快的，而要煉石修補則難上加難。但在華夏土地上，請相信，一定會有這樣的人出來。

文明的規則，並不是一旦創建就會永享太平，也不是一旦破裂就會全盤散架。天下是補出來的，世道也是補出來的。最好的救世者也就是最好的修補匠。

後代很多子孫，要麼謀求改朝換代，要麼試圖造反奪權，雖然也有自己的理由，卻常常把那些明明可以彌補、改良的天地砸得粉碎，一次次讓社會支付慘重的代價。結果，人們看到，許多號稱開天闢地的濟世英雄，很可能是騷擾民生的破壞力量。他們為了要讓自己的破壞變得合理，總是竭力否定被破壞對象，甚至徹底批判試圖補天的人物。久而久之，中國就普及了一種破壞哲學，或曰顛覆哲學。

面對這種情況，補天，也就變得更為艱難，又更為迫切。

但是，我說過，在華夏土地上，補天是基本邏輯。

再說填海。

這是華夏文明的又一種主幹精神。精衛的行為起點是復仇，但是復仇的動機太自我，支撐不了一個宏偉的計劃。終於，全然轉化成了為人間消災的高尚動機，使宏偉有了對應。

更重要的是，這是一個在有生之年看不到最終成果的行動。神話的中心形象是小鳥銜石填海，只以日日夜夜的點點滴滴，挑戰著無法想像的浩瀚和遼闊。一開始，人們或許會譏笑這種行為的無效和可笑，但總會在某一天突然憬悟：在這樣可歌可泣的生命力盛典中，最終成果還重要嗎？

而且，什麼叫最終成果？

海內外有不少學者十分強調華夏文明的實用性原則，我並不完全同意。大量事實證明，華夏文明更重視那種非科學、非實用的道義原則和意志原則。精衛填海的神話，就是一個雄辯的例證。由此，還派生出了「滴水能穿石」、「鐵杵磨成針」等相似話語。這幾乎成了中國民間的信仰：集合細小，集合時間，不計功利，終能成事。

如果說，類似於補天救世的大事不容易經常遇到，那麼，類似於銜石填海這樣的傻事則可能天天發生。把這兩種精神加在一起，大概就是華夏文明能夠在所有世界古文明中唯一沒有中斷和滅亡的原因。

再說追日。

一個強壯的男子因好奇而自設了一個使命：追趕太陽。這本是一個近乎瘋狂的行為，卻因為反映了中國人與太陽的關係而別具深意。

在「天人合一」的華夏文明中，太陽和男子是平等的，因此在男子心中不存在強烈的敬畏。在流傳下來的早期民謠中，我們不難發現與自然物對話、對峙、對抗的聲音。這便是中國式的「人本精神」。

這位叫夸父的男子追日，是一場艱苦和興奮的博弈。即便為這場博弈而付出生命代價，他也毫不在乎。追趕就是一切，追趕天地日月的神奇，追趕自己心中的疑問，追趕自身力量的底線。

最後，他變作了一片森林。

我想，不應該給這個神話染上太重的悲壯色彩。想想這位男子吧，追不著的太陽永在前方，撲不滅的自信永在心中，因此，走不完的道路永在腳下。在這個過程中，天人之間構成了一種喜劇性、遊戲性的互誘關係。這個過程證明，「天人合一」未必是真正的合一，更多的是互相呼應，而且很有可能永遠也不能直接交集。以此類推，世間很多被視為「合一」的兩方，其實都是一種永久的追逐。

最後，要說奔月。

這是一個柔雅女子因好奇而投入的遠行，遠行的目標在天上，在月宮。這畢竟太遠，因此這次遠行也就是訣別，而且是與人間的訣別。

有趣的是，所有的人都可以抬頭觀月，隨之也可以憑著想象欣賞這次遠行。欣賞中有移情，有揣摩，有思念，讓這次遠行有了一個既深邃又親切的心理背景。「嫦娥應悔偷靈藥，碧海青天夜夜心」。這「夜夜心」，是嫦娥的，也是萬民的。於是這則神話就把藍天之美、月亮之美、女性之美、柔情之美、訣別之美、飛升之美、想像之美、思念之美、意境之美全都加在一起了，構成了一個只能屬於華夏文明的「無限重疊型美學範式」。

這個美學範式的終點是孤凄。但是，這是一種被萬眾共仰的孤凄，一種年年月月都要被世人傳誦的孤淒，因此也不再是真正的孤淒。

那就是說，在中國，萬眾的眼，世人的嘴，能把這個人的行為變成群體行為，甚至把最隱秘的夜半出逃變成眾目睽睽下的公開行程。

想到這裡我啞然失笑，覺得中國古代很多號稱隱逸的文人大概是在羨慕嫦娥所取得的這種逆反效果。他們追求孤淒，其實是在追求別人的仰望和傳誦。因此在中國，純粹的孤淒美和個體美是不多的。

這一則奔月神話還典型地展現了華夏文明的詩化風格。相比之下，其他文明所產生的神話往往更具有故事性，因此也更小說化。他們也會有詩意，卻總是立即被太多的情節所填塞，詩意也就漸漸淡去。

請看，奔月，再加上前面說到的補天、填海、追日，僅僅這幾個辭彙，就洋溢著最鴻蒙、最壯闊的詩意。而且，這種詩意是那麼充滿動感，足以讓每一個男子和女子都產生一種高貴的行為慾望，連身體手足都會興奮起來。

這是最蒼老又最不會衰老的詩意，已經植入每一個中國人身上。

三

我在小廟剛住了半個月，已經把中國四五千年前的神話傳說梳理了很多遍，對那個時代產生了進一步的迷戀。因此明白了一個道理：有時，不讀書也能構建深遠的情懷，甚至比讀書還更能構建。這是因為，我們在失去文字參照的時候也擺脫了思維羈絆，容易在茫然間獲得大氣。

但是，我畢竟又想書了。不知半山藏書樓的門，何時能開。

正這麼想著，一個捧著幾顆橘子的老人出現在小廟窗口。我高興得大叫起來，他就是看管藏書樓的老大爺。

他說，他也想我了，摘了自家後院的橘子來慰問我。他又說，地震來不了啦，下午就到藏書樓吧。

我故作平靜地說：好。

心裡想的是，讓一個人拔離亂世投入書海，是一種驚人的體驗；再讓他拔離書海投入幻想，體驗更為特殊；現在是第三度了，重新讓他拔離幻想投入書海，心理感受無可言喻。

這就像把一塊生鐵燒紅，接著還是嚇的一聲……

時間不長，鐵的質量卻變了。

我對著老大爺輕輕地重覆一下：好。

半個月前當唐山大地震把我從書海拔離時，我已經結束對於黃帝時代的研習，準備進入夏商周了。幾本有關商殷甲骨文的書，已取出放在一邊。但這半個月對神話傳說的重新認識，使我還想在黃帝和大禹之間再逗留一陣。

神話傳說告訴我，那個時代，實在是整個華夏文明發展史的「總序」。序言裡的字字句句，埋藏著太多值得反覆品咂的信息，不能匆忙讀過。

下午回到半山藏書樓，我沒有去看那幾本已經放在一邊的甲骨文書籍，而是又把書庫總體上瀏覽一遍，猜想著何處還有我未曾發現的與黃帝有關的資料。

這不，三百多年前顧祖禹編的這部《讀史方輿紀要》，我還沒有認真拜讀。翻閱不久就吃驚了。因為《讀史方輿紀要》提到了黃帝和炎帝打仗的地理位置，我過去沒有太多留心。

史料有記，黃帝與炎帝發生慘烈戰爭的地方叫「阪泉之野」，這究竟在何處？有些學者認為，「阪泉之戰即涿鹿之戰」，這就把阪泉和涿鹿兩個地名合二為一了。也有學者認為雖是兩戰，但兩地相隔極近。那麼，具體的地點呢？一般說是今日河北省涿鹿縣東南。但是，《讀史方輿紀要》卻認為，阪泉很可能在今日北京市的延慶，那裡既有「阪山」，也有「阪泉」，離八達嶺不遠。

我想，這個問題還會繼續討論下去。可以肯定的是，當年的戰場靠近今天中國的首都。

那麼打得不可開交的黃帝和炎帝，會預料幾千年後腳下將出現人口的大聚合，而所有的人都把自己看成是「炎黃子孫」嗎？

如果略有預感，他們滿臉血污的表情將會發生什麼樣的變化？

「炎黃子孫」他們如果能夠預感到這個名詞，兩人烏黑的眼珠必然會閃出驚懼：「我們這對不共戴天的死敵，居然將永遠地聯名並肩，一起接受世代子孫的供奉？」想到這裡，他們一定會後退幾步，不知所云，如泥塑木雕。

這種預感當然無法產生，由他們開始的同胞內鬥將延續長久。用同樣的膚色外貌喊叫著同樣的語言，然後流出同樣血緣的鮮血。

打鬥到最後誰都忘了誰是誰，層層疊疊的朝代界限和族群界限像天羅地網，纏得任何人都頭昏腦脹、手足無措。只有少數人能在關鍵時刻突然清醒，一旦道出便石破天驚。

記得一九一一年辛亥革命時那批勇敢的鬥士發布文告，宣布幾千年封建王朝的最終結果，文告最動人的亮點是一個小小的細節，那就是最後所署的年份。

黃帝紀年四六〇九年

什麼都包含在其中了。好一個「黃帝紀年」！

四

其實，我們往往連眼下的事情都無法預感。我回到半山藏書樓不多久，就從兩個路過的山民口中知道，一位重要人物去世了。難道，未被預報的大地震本身就是一種預報？不知道。

當天我就決定下山。山下一定會有不小的變化，也許我的家庭也會改變命運，那就暫時顧不得傳說時代和夏商周了。

下山時我停步回身，又靜靜地看了一回這座躲藏在斜舊草木間的半山藏書樓。這樓早已破舊得一派疲衰之相，好像它存在的意義就是等待坍塌。原以為這個夏天和秋天它一定會坍塌的，居然設有。它還會存在多久？不知道。

看似荒山，卻是文藪；看似全無，卻是大有。就在這無人注意的角落，就在這不可理喻的年月，只要有一堆古代漢字，就有了一切可能。我居然在這裡，完成了我的一個重要學歷。

下山。一路鳥聲。已經有不少泛黃的樹葉，輕輕地飄落在我的腳邊。

問卜殷墟

一

找回夏商周，花費了很長的時間。

一九七六年深秋下山時，滿腦子還是「黃帝紀年」。只想在一個歷史的轉折點上關顧一下家人的安危，然後快速回到那個紀年。沒想到，山下的變化翻天覆地，我一時回不去了。

山下，災難已經告一段落，古老的土地宣布要向世界開放，而且立即在經濟上動了起來。但我覺得，這最終應該成為一個文化事件。因為如果不從精神價值上與世界對話，一切努力都可能成為鏡花水月。而且，到時候會是破碎的鏡，有毒的花，渾濁的水，昏暗的月。

懷著這種深深的憂慮，我做了很多事情。

先是花費八年時間集中鑽研世界十幾個國家的人文典籍，與中國文化對照，寫成一本本書出版。後來又被自己所在學院的同事們選為院長，由於做得不錯，被上級部門看中，一時仕途暢達。這一切，使我的個人命運發生了重大的轉變，卻一點也沒有減少我對中華文化的憂慮。

一九八九年之後，這種憂慮越來越重。出乎眾人意料，我突然辭去一切職務，也離開了原來的專業領域，形影孤單地向荒涼的原野走去。

「在這樣的官位上你還是全國最年輕的，當然也最有前途，為什麼辭得那麼堅決？」三位領導者一起找我談話，這是他們提出的第一個問題。

我怕說了真話有「故作深刻」之嫌，只好淺薄地笑一笑，搖搖頭。

兩位老教授找上了我，說：「已經是我們這個領域的頂級學術權威，而且會一直保持下去，這多不容易，為什麼硬要離開？」

我還是笑一笑，搖搖頭。

幾個老同學更是竭力阻止：「這年頭多少文化人都在忙著出國深造，誰像你，打點行裝倒著走？」

我又是笑一笑，搖搖頭。

我知道，自己這麼做，確實違逆了當時身邊捲起的一股股大潮。違逆著做官的大潮、學術的大潮、出國的大潮「倒著走」，是一件非常辛苦的事情，因為一個人的肩膀摩擦著千萬人的肩膀，一個人的腳步妨礙了千萬人的腳步，總是讓人惱火、令人疑惑的。我只管在眾人的大呼小叫中謙卑躲讓、低頭趕路，終於，發覺耳邊的聲音越來越少。怯生生地抬頭一看，只見長河落日，大漠荒荒。

二

這次旅行，與半山藏書樓時的情景已經大不一樣。

當年只是天下困頓，躲在一角猜測猜測黃帝的傳說，而現在，一種有關中華文化命運的責任，實實在在地壓倒了自己肩頭。

我看到，中華文化突然出現了新的活力，但是，它能明白自己是誰嗎？它的明天會怎麼樣？這麼一個大問題，突然變得急不可待。

在我之前的一百年前，中華文化瀕臨滅亡，也全然忘了自己是誰。有幾個中國知識分子站出來，讓它恢復了記憶。記憶一旦恢復，局面就全然改觀。

這幾個中國知識分子，不是通過中國文人所期盼的方式，例如創立學派、發表宏論等等，來做成事情的，而只是通過實物考證和現場踏勘，平平靜靜讓一兩個關鍵記憶慢慢恢復。

他們恢復的關鍵記憶，與夏商周有關。

夏商周！當年我離開半山藏書樓下山時，割捨不下的正是夏商周，現在繞了一大圈，又接上了。

我心中，閃現得最多的是那幾個中國知識分子的奇怪面影，他們幾乎成了我後來全部苦旅的最初動力。

因此，我要騰出的一點篇幅，比較詳細地說一說他們。順便，也彌補了我擱置已久的夏商周。

三

十九世紀末，列強興起了瓜分中國的狂潮。文化像水，而領土像盤，當一個盒子被一塊塊分裂，水怎麼還盛得住？但是，大家對於這個趨勢都束手無策。

人類很多古文明就是這樣中斷的，相比之下，中華文化的壽命已經夠長。

它有一萬個理由延續下去，卻又有一萬零一個理由終結在十九世紀，因此，這一個「世紀末」分量很重。

時間很緊，從一八九五年起，每年都危機頻傳，而且越來越凶險。一八九六、一八九七、一

八九八、一八九九——

没有挽歌，但似乎隱隱聽到了喪鐘。

一八九九，深秋。離二十世紀只隔著三陣風，一場雪。

十九世紀最後幾個月，北京城一片混亂。無能的朝廷、無知的農民、無狀的列強，打鬥在骯髒的街道和胡同間。商店很少開業，居民很少出門，只有一些維持最低生存需要的糧店和藥店，還會閃動幾個慌張的身影。據傳説，那天，宣武門外菜市口的一家中藥店接到過一張藥方，藥方上有一味藥叫「龍骨」，其實就是古代的龜甲和獸骨，上面間或刻有一些奇怪的古文字。使用這張藥方的病人，叫王懿榮。

王懿榮是個名人，當時京城頂級的古文字學者，金石學家。他還是一個科舉生出身的大官，授翰林，任南書房行走，國子監祭酒，主持著皇家最高學府。他對古代彝器上的銘文作過深入研究，因此，那天偶爾看到藥包裡没有磨碎的「龍骨」上的古文字，立即產生敏感，不僅收購了這家中藥店裡的全部「龍骨」，而且囑人四處搜集，很快就集中了一千五百餘塊有字甲骨。他收購時出錢大方，又多多益善，結果在京城内外，「龍骨」也就從一種不重要的藥材變成了很貴重的文物，不少人為了錢財也紛紛到處尋找有字甲骨了。

我没有讀到王懿榮自己的藥包發現甲骨文的具體記載，而且當時藥店大多是把「龍骨」磨成粉末再賣的，上面說的情節不足以全信，因此只能標明「據傳說」。但可以肯定的是，正是那個深秋，由他發現了。

在他之前，也有人聽說過河南出土過有字骨版，以為是「古簡」。王懿榮熟悉古籍，又見到了實物，快速作出判斷，眼前的這些有字甲骨，與《史記》中「聞古五帝三王發動舉事必先決蓍龜」的論述有關。

那就太令人興奮了。從黃帝開始的傳說時代，幾乎所有的中國人都遙想過，卻一直缺少實證；而眼前出現的，分明是那個時候占卜用的卜辭，而且是實實在在一大堆！

占卜，就是詢問天意。大事小事都問，最大的事，像戰爭的勝敗、族群的凶吉、農業的收成，是朝廷史官們必須隆重占卜的。先取一塊整修過的龜板，刻上一句問話，例如，幾天之後要和誰打仗，會贏嗎？然後把龜板翻過來，在背面用一塊火炭烤出裂紋，根據裂紋走向和長短尋找答案，並把答案刻上。等到打完仗，再把結果刻上。

我們的祖先為了維持生存、繁衍後代，不知遇到過多少災禍和挑戰，現在，終於可以聽到他們向蒼天的一句句問卜聲了。

問得單純，問得具體，問得誠懇，問上帝，問宗祖，上帝也就是宗祖。有祭祀，有巫祝，日月星辰，風霜雨雪，問天也就是問地。

為什麼三千多年前的聲聲問卜，會突然湧現於十九世紀最後一個深秋？為什麼在地下沉默了那麼久的華夏先人，會在這個時候哐噹一聲擲出自己當年的問卜甲骨，而且嘩啦啦地流瀉出這麼一大堆？

我想，一定是華夏先人強烈地感知到了，他們的後代正面臨著可能導致萬劫不復的危難。他們顯然有點生氣，擲出甲骨提醒後代：這是多少年的家業了，怎麼會讓外人糟蹋成這樣？他們甚至惱怒了，擲出甲骨責斥後代：為何這麼垂頭喪氣？至少也要問卜幾次，最後探詢一下凶吉！

王懿榮似乎有點聽懂。他放下甲骨，站起身來。

四

門外，要王懿榮關心的事情太多了。

就在王懿榮發現甲骨文的半年之後，八國聯軍進攻北京。這八個國家的國名以及它們的軍隊在中國的所作所為，我不想在這裡複述了。我只想說一個結果，一九〇〇年八月十五日（農曆七月二十一日）早晨，王懿榮被告知，慈禧太后和光緒皇帝已經逃離北京。

王懿榮，這位大學者這時又擔負著北京城的防衛職務。他頭上多了一個官銜：「京師團練大臣」，代表朝廷與義和團聯繫，但現在一切都已經晚了。

在中國歷代關及民族安危的戰爭中，開始總有不少武將在戰鬥，但到最後還在抵抗的，經常是文官，這是一件非常奇怪的事，恐怕也與中華文化的氣節傳承有關。王懿榮又是這樣，他覺得首都淪陷、朝廷逃亡，是自己的失職，儘管責任完全不在他。他知道越是在這樣的時刻自己越不應該離開職守，但又不能以中國首都防衛官員的身份束手就擒，成為外國侵略者進一步證明他們勝利的道具。

於是，唯一的選擇是，在已經淪陷的北京城內，在朝廷離開之後，在外國侵略者還沒有來到眼前的這一刻，自殺殉國。

他自殺的過程非常慘烈。

先是吞金。金塊無毒，只是憑著特殊的重量破壞腸胃系統，過程緩慢，造成的痛苦可聽而知。但是，掙扎許久仍然沒有死亡。

於是喝毒藥。在已經被破壞的腸胃系統中灌進劇毒，感覺必定是撕肝裂膽，但居然還是沒有死。

最後，他採取了第三項更徹底的措施，爬到了井邊，投井而死。

從吞金、飲毒到投井，他硬是把官員的自殺方式、市民的自殺方式和農人的自殺方式全部輪了一遍，等於以三度誓詞、三條道路走向了滅絕，真正是義無反顧。

他投井之後，他的妻子和兒媳婦也隨之投井。

這是一口灰褐色的磚井。此刻這裡非常平靜，沒有驚叫，沒有告別、沒有哭泣。一個文明古國首都淪陷的最高祭奠儀式，完成在這平靜的井台邊。

事後，世事紛亂，誰也不記得這一口磚井，這三條人命。老宅和老井，也漸漸荒頹。只在很久以後，王懿榮家鄉山東煙台福山來了幾個鄉親，帶走了幾塊井磚，作為紀念。

我一直以為，王懿榮是真正的大丈夫，在國難當頭的關口上成了民族英雄。他研究的是金石，自己卻成了中國文化中鏗鏘的金石。他發現的是「龍骨」，自己卻成了中華民族真正的「龍骨」。

我相信，他在決定自殺前一定在書房裡徘徊良久，眼光最不肯離捨的是那一堆甲骨。祖先的問卜聲他最先聽到，卻還沒有完全聽懂。這下，他要在世紀交替間，為祖先留下的大地問一次卜。

問卜者是他自己，問卜的材料也是他自己。

凶耶?吉耶?他投擲了，他入地了，他燒裂了，裂紋裡有先兆可供破讀了。

當時，八國聯軍的幾個軍官和士兵聽說又有一位中國官員在他們到達前自殺。他們不知道，這位中國官員的學問，一點兒也不下於法蘭西學院的資深院士和劍橋、牛津的首席教授，而他身邊留下的，卻是全人類最早的問卜難題。

一九○○年的北京，看似敗落了，但只要有這一口磚井，這一堆甲骨，也就沒有從根本上隕滅。

一問幾千年，一卜幾萬里，其間榮辱禍福，豈能簡單論定？

五

王懿榮為官清廉，死後家境拮据，債台高築，他的兒子王翰甫為了償還債務，只能出售父親前幾個月搜集起來的甲骨。兒子也是明白人，甲骨藏在家裡無用，應該售給真正有志於甲骨文研究的中國學者，首選就是王懿榮的好友劉鶚。

劉鶚？難道就是小說《老殘遊記》的作者？不錯，正是他。

劉鶚懷著對老友殉難的巨大悲痛，購買了王懿榮留下的甲骨，等於接過了研究的重擔。同時他又搜集了好幾千片甲骨，在《老殘遊記》發表的同一年，一九○三年，出版了《鐵雲藏龜》一書，使甲骨文第一次從私家秘藏變成了向民眾公開的文物質料。

劉鶚本人也是一位資深的金石學家，第一個提出甲骨文是「殷人刀筆文字」，正確地劃了朝代，學術意義重大。殷，也就是商王盤庚把都城從山東遷到殷地之後的朝代，一般稱作商殷，或殷商。商因遷殷而達到極盛，是中國早期歷史上的一件大事。

但是，一個偉大的事業在開創之初總是殺氣逼人，劉鶚也很快走向了毀滅。就在《鐵雲藏龜》出版後的五年，他突然莫名其妙地被羅織了罪名，流放新疆。罪名之一，是「擅散太倉粟」，硬把好事說成壞事；罪名之二是「浦口購地」，硬把無事說是有事。一九〇九年在新疆因腦溢血而死。

你看，發現甲骨文只有十年，第一、第二號功臣都已經快速離世。離世的原因似乎都與甲骨文無關。這裡是否隱藏著一種詛咒和噩運？不知道。

但是，這並沒有阻嚇中國學者。一種純粹而又重大的學術活動必然具有步步推進的羅輯吸引力，誘使學者們產生驚人的勇氣，前仆後繼地鑽研下去。

西方考古學家在發掘埃及金字塔，發掘古希臘邁錫尼遺址和克里特遺址的時候，都表現出過這樣的勁頭，這次輪到中國學者了。

劉鶚家裡的甲骨文拓本，被他的兒女親家、另一位大學者羅振玉看到了。他一看就驚訝，斷言這種古文字，連漢代以來的古文學家張敞、杜林、揚雄、許慎等也都沒有見到過，因此立即覺得自己已經領受了一種由山川大地交給一代學人的歷史責任。他寫道：

今山川效靈，三千年而一泄其密，且適我之生，所以謀流傳而悠遠之，我之責也。

羅振玉以深厚的學養，對甲骨文進行釋讀。

在此前後，他還深人地研究了敦煌莫高窟的石室文書、古代金石銘刻、漢晉簡牘，呈現出一派大家氣象。對甲骨文，他最為關心的是出土地點，而不是就字論字，就片論片。因為只有考定了出土地點，才能理清楚整體背景和來龍去脈。事實證明，這真是高人之見。

在羅振玉之前，無論是王懿榮還是劉鶚，都不知道甲骨文出土的準確地點。他們被一些試圖壟斷甲骨買賣的古董商騙了，以為是在河南的湯陰，或衛輝。羅振玉深知現場勘察的重要，他的女婿，也就是劉鶚的兒子劉大坤曾到湯陰一帶尋找過，没有找到。因此，這個問題一直掛在羅振玉心上。終於，一九〇八年，一位姓范的古董商人酒後失言，使羅振玉得知了一個重要的地名：河南安陽城西北五里處，洹河邊的一個村落，叫小屯。

洹河邊？羅振玉似有所悟。他派弟弟和其他親友到小屯去看一看，這在當時的交通條件下是很不容易走下來的路程。到了以後一看，實在令人吃驚。

當地村民知道甲骨能賣大錢，幾十家村民都在發瘋般地大掘大挖。一家之内的兄弟老幼也各挖各的，互不通氣，等到古董商一來，大伙成筐成籮地抬來，一片喧鬧。為了爭奪甲骨，村民之間還常常發生械鬥。連村里的小孩子也知道在大人已經撿拾過的泥土堆裡去翻找，他們拿出來的甲骨雖然大多是破碎的，卻也有上好的佳品。羅振玉的弟弟一天之内就可以收購到一千多片。

羅振玉從弟弟那裡拿到了收購來的一萬多片甲骨，大喜過望，因為準確的出土地點找到了，又得到了這麼多可供進一步研究的寶貝。但是，他又真正地緊張起來。

一個最簡單的推理是：村民們的大掘大挖雖然比以前把甲骨當作藥材被磨成粉末好，至少把甲骨文留存於世間了，但是，為什麼在小屯村會埋藏這麼多甲骨呢？劉鶚已經判斷甲骨文應該是「殷人刀筆文字」，那麼，小屯會不會是殷代的某個都城？

如果是，那麼，村民們的大掘大挖，必定是嚴重地破壞了一個遺址。

——這是最簡單的推理，連普通學者也能作出。羅振玉不是普通學者，他從小屯村緊靠洹河的地理位置，立即聯想到《史記》所說的「洹水南殷墟上」，以及唐人《史記正義》所說的「相州安陽本盤庚所都，即北冢殷墟」。

他憑著到手的大量甲骨進行仔細研究，很快得出結論，小屯就是商代晚期最穩定、最長久的都城遺址殷墟所在，而甲骨卜辭就是殷王室之物。

為什麼殷墟的被確定如此重要？因為這不僅是從漢代以來一直被提起的「殷墟」這個頂級歷史地名的被確定，而且是偉大而朦朧的商代史跡的被確定。從此，一直像神話般縹緲，因而一直被史學界「疑古派」頻頻搖頭的夏、商、周三代，開始從傳說走向「信史」。

這是必須親自抵達的。一九一五年三月，羅振玉終於親自來到了安陽小屯村。早上到的安陽，先入住一家叫「人和昌棧」的旅館，吃了早飯就雇了一輛車到小屯。他一身馬褂，戴者圓框眼鏡，顯得有點疲倦，這年他四十九歲。這是中國高層學者首次出現在殷墟現場。

文化史上有一些看似尋常的腳步會被時間記得，羅振玉那天來到殷墟的腳步就是這樣。這幾乎是中國近代考古學的起點。中國傳統學者那種皓首窮經、咬文嚼字或泛泛遊觀、微言大義的集體形象出現了關鍵的突破。

小屯的塵土雜草間踏出了一條路，在古代金石學的基礎上，田野考察、現場勘探、廢墟釋疑、實證立言的時代開始了。

六

二十世紀前期的中國，出現了最不可思議的三層圖像：現實社會被糟踐得越來越混亂，古代文化被發掘得越來越輝煌，文化學者被淬煉得越來越通博。羅振玉已經夠厲害的了，不久他身邊又站起來一位更傑出的學者王國維。

王國維比羅振玉小十一歲，在青年時代就受到羅振玉的不少幫助，兩人關係密切。相比之下，羅振玉對甲骨文的研究還偏重於文字釋讀，而到了王國維，則以甲骨文為工具來研究殷代歷史了。

一九一七年，王國維發表了《殷卜辭中所見先公先王考》，證實了從來沒有被證實過的《史記．殷本紀》所記的殷代世系，同時又指出了其中一些錯訛。此外，他還根據甲骨文研究了殷代的典章制度。

王國維的研究，體現了到他為止甲骨文研究的最高峰。

王國維是二十世紀前期最有學問又最具創見的中國學者，除了甲骨文還在流沙墜簡、敦煌學、魏石經、金文、蒙古史、元史、戲曲史等廣闊領域作出過開天闢地般的貢獻。他對甲骨文研究的介入，標誌著中國最高文化良知的鄭重選擇。而且由於他，中國新史學從一片甲骨文奠基了。

但是，萬萬沒有想到的是，王國維還是延續了甲骨文大師們難逃的悲慘命運，也走上了自殺之途。難道，甲骨文石破天驚般出土所挾帶起來的殺伐之氣，還沒有消散？

王國維之死，不如王懿榮慷慨殉國那麼壯烈，也沒有劉鶚猝死新疆那麼窩囊。他的死因，一直不明不白，歷來頗多評說。我想，根本原因是，他負載了太重的歷史文化，又面對著太陌生的時局變化。兩種力量發生撞擊，他正好夾在中間。這裡邊，甲骨文並不是把他推向死亡的直接原因，卻一定在壓垮他的過程中增添過重量。

這種不可承受之重，其實也壓垮了另一位甲骨文大師羅振玉。羅振玉並沒有自殺，卻以清朝遺民的心理謀求復辟，後來還在偽滿洲國任職，變成了另一種精神自戕。

甲骨文中有一種「貞人」，是商代主持占卜的史官。我覺得王懿榮、劉鶚、羅振玉、王國維等學者都可以看成是現代「貞人」，他們尋找，他們記錄，他們破讀，他們占卜。只不過，他們的職業過於特殊，他們的命運過於蹊蹺。

在王國維自殺的第二年，情況發生了變化。也許，是王國維的在天之靈在償還夙願？一九二八年，剛剛成立的中央研究院派王國維的學生董作賓前往殷墟調查，發現那裡的文物並沒有挖完，那裡的古跡急需要保護。於是研究院決定，以國家學術機構的力量科學地發掘殷墟遺址。院長蔡元培還致函駐守河南的將軍馮玉祥，派軍人駐守小屯。

從此開始，連續進行了十五次大規模的科學發掘工作。董作賓，以及後來加入的具有國際學術水準的李濟、梁思永等專家合力組織，使所有的發掘都保持著明確的坑位記錄，並對甲骨邊的遺跡、文化層和多種器物進行系統勘察，極大地提高了殷墟發掘的學術價值。

一九三六年六月十二日在第十三次發掘時發現了YH127甲骨窖穴，這是奇跡般的最大收穫，因為這裡是古代留下的一個皇家檔案庫。

後來，隨著司母戊大鼎的發現和婦好墓的發掘，商代顯得越來越完整，越來越具體，越來越美麗，也越來越偉大了。

甲骨文研究在不斷往前走。例如，董作賓對甲骨文斷代法作出了不小的貢獻，後移居台灣；比他大三歲的郭沫若在流亡日本期間也用心地研究了甲骨文和商代史，後來在大陸又與胡厚宣等主編了收有萬片甲骨的《甲骨文合集》，洋洋大觀。

由此看來，一九二八年似乎是個界限，甲骨文研究者不再屢遭噩運了。但是，仍然有一項發掘記錄讓我讀了非常吃驚，那就是在YH127這個最大的甲骨窖穴發掘現後裝箱運至安陽火車站的時候，突然產生了奇特的氣象變化。殷墟邊上的洹河居然向天噴出雲氣，雲氣變成白雲，又立即變成烏雲，並且很快從殷墟上空移至火車站上空，頓時電閃雷鳴，大雨滂沱，傾瀉在裝甲骨的大木箱上。

再明白不過，上天在為它送行，送得氣勢浩蕩，又悲情漫漫。

七

此刻我站在洹河邊上，看著它，深邃無波，便扭頭對我在安陽的朋友趙微、劉曉廷先生說：「與甲骨文有關的事，總是神奇的。」

靠著甲骨文和殷墟，我們總算比較清楚地了解了商殷時代。可能比孔子還清楚，因為正如梁啟超先生所說，孔子沒有見過甲骨文。孔子曾想搞清商殷的制度，卻因文獻資料欠缺而無奈嘆息。但他對商代顯然是深深嚮往的，編入《詩經》的那幾首《商頌》今天讀來還會讓一切中國人心馳神往，因為這是那個時代大地的聲音。

我不知道如何用現代語言來翻譯《商頌》中那些簡古而宏偉的句子，只能時不時讀出其中一些斷句來：

天命玄鳥，
降而生商，
宅殷土芒芒。
古帝命武湯，
正域彼四方。

商邑翼翼，
四方之極。
赫赫厥聲，
濯濯厥靈。
壽考且寧，
以保我後生。

還有很多更熱情洋溢的句子。基本意思是：商殷，受天命，拓疆土，做表率，立準則，政教赫赫，威靈盛大，只求長壽和安寧，保護我萬代子孫……

這些句子幾乎永遠地温暖著風雨飄搖的中國歷史，提醒一代代子孫不要氣餒，而應該回顧這個民族曾經創造過的輝煌。甲骨文和殷墟的發現，使這些華美的句子落到了實處，讓所有已經拒絕接受遠古安慰的中國人不能不重新瞪大了眼睛。

甲骨文和殷墟告訴人們，華夏先祖是通過一次次問卜來問鼎輝煌的。因此，輝煌原是天意，然後才是人力。

甲骨文和殷墟告訴人們，華夏民族不僅早早地擁有了都市、文字、青銅器這三項標誌文明成熟的基本要素，而且在人類所有古代文明中建立了最精密的天文視察系統，創造了最優越的陰陽合曆，擁有了最先進的礦產選採冶煉技術和農作物栽培管理技術，設置了最完整的教學機構。

甲骨文和殷墟告訴人們，商代的醫學已經相當發達，舉凡外科、內科、婦產科、小兒科、五官科等醫學門類都已經影影綽綽地具備，也有了針灸和齲齒的記載。

甲骨文和殷墟告訴人們，商代先人的審美水平已經達到登峰造極的高度，司母戊大鼎的氣韻和紋飾、婦好墓玉器的繁多和精美，直到今天還讓海內外當代藝術家嘆為觀止，視為人類不可重複的驚天奇跡。

當然，甲骨文和殷墟告訴人們，商文化和新石器文化有著什麼樣的淵源關係，以及當時中原地區有著什麼樣的自然環境、溫度氣象和野生動物。

這麼一個朝代突然如此清晰地出現在兵荒馬亂、國將不國的二十世紀前期，精神意義不言而喻。中國人聽慣了虛浮的歷史大話，這次，一切都是實證細節，無可懷疑。

許多無可懷疑的細節，組合成了對這個民族的無可懷疑。三千多年前的無可懷疑，啟發了對今天和明天的無可懷疑。

那麼，就讓我們重新尋找廢墟吧。

八

一切都像殷墟，處處都是卜辭。每一步，開始總是苦的，就像王懿榮、劉鶚、王國維他們遭受的那樣，但總有一天，會在某次電閃雷鳴、風雨交加中，接受歷史賜給我們的厚禮。

這又讓我聯想到了歐洲。大量古希臘雕塑的發現，開啟的不是古代，而是現代。幾千年前維納斯的健康和美麗，拉奧孔的嘆息和掙扎，推動的居然是現代精神啟蒙。

在研究甲骨文和殷墟的早期大師中，王國維對德國的精神文化比較熟悉，知道十八世紀啟蒙運動中溫克爾曼、萊辛等人如何在考證古希臘藝術的過程中完成了現代闡釋，建立了跨時空的美學尊嚴，並由此直接呼喚出了康德、歌德、席勒、黑格爾、貝多芬。在他們之前，德國如此混亂落後，在他們之後，德國文化光耀百世。此間的一個關鍵轉折，就是為古代文化提供現代闡釋。

王國維他們正是在做這樣的事。他們所依憑的古代文化，一點兒也不比古希臘差，他們自己所具備的學術功力，一點也不比温克爾曼、萊辛低。只可惜，他們無法把事情做完。

於是，就有了我們這一代的使命。

那就出發吧。什麼都可以捨棄，投身走一段長長的路程。

問卜殷墟，問卜中華，這次的「貞人」，是我們。

古道西風

一

在河南安陽殷墟遺址，我曾不斷地向東瞭望，遥想著一條古道上的大批行走者，由東朝西而來。

那是三千三百年前商王朝首都的一次大遷徙，由國王盤庚帶領。他們的出發地，是今天山東曲阜，當時叫奄。他們的目的地，就是殷，今天的河南安陽。這次大遷徙帶來了商王朝的黃金時代，也極大地提升了中華民族的早期生命力。我們從甲骨文、婦好墓、青銅器中看到的那種偉大氣韻，都是這次大遷徙的結果。

但是，當時商王朝中有很多貴族是不贊成遷都的，還唆使民眾起來反對，年輕的盤庚遇到了極大阻力。

我們今天在艱深的《尚書》裡還能讀到他為這件事發表幾次演講。這些演講不知後人是否加過工，但我想，大體上還應該是這位真正的「民族領路人」的聲音。聽起來，盤庚演講時的神情是威嚴而動情的。

我且把《尚書・盤庚（中）》裡所記載的他的一次演講，簡單摘譯幾句。

現在我打算領著你們遷徙，來安定邦國。你們不體諒我的苦心，還想動搖我，真是自找麻煩。就像坐在船上卻不願渡河，只能壞事，一起沉沒。你們這樣不願合作，只圖安樂，不想災難，怎麼還有未來？怎麼活得下去？

現在我命令你們同心合一，不要再用謠言糟踐自己，也不讓別人來玷污你們的身心。我祈求上天保佑你們，而不會傷害你們。我，只會幫助你們。

盤庚在這次演講最後所說的話，《尚書》記載的原文倒比較淺顯——

往哉生生！今予將試以汝遷，永建乃家。

譯成白話文大概是：

去吧，去好好地過日子吧！現在我就打算領著你們遷徙，到那裏永久地建立你們的家國。

於是，遷都的隊伍浩浩蕩蕩出發了。

有很多單轅雙輪的牛車。裝貨，也載人。

商族在建立商王朝之前，早就馴服了牛。被王國維先生考證為商族「先公」之一的王亥，就曾在今天商丘一帶趕著牛車，到有易部落進行貿易，或者直接以牛群作為貿易品。這便是中國最早對「商業」的印象。因此，商人馭牛，到盤庚大遷徙時早已駕輕就熟。

至於乘馬，早在王亥之前好幾代的「相土」時期就已經學會了。但不太普遍，大多是貴族的專有。

遷徙隊伍中，更多的是負重荷貨的奴隸，簇擁在牛車、馬騎的四周，蹣跚而行。

向西，向西。擺脫九世衰亂的噩夢，拔離貴族私門的巢穴，走向太陽落山的地方。

西風漸緊，衣衫飄飄，這處，有一個新的起點。

半道上，他們渡過了黃河。

我們現在已經不清楚他們當時是怎麼渡過黃河的。用的是木筏，還是木板造的船？一共渡了多少時間？有多少人在渡河中傷亡？但是，作為母親河，黃河知道，正是這次可歌可泣的集體渡河，從根本上改變了這片大地的質量，惠及百世。

渡過黃河，再向西北行走，茫茫綠野洹水間，有一個在當時還非常安靜但終究會壓住整部中國歷史的地名：殷。

由於行走而變得乾淨俐落的商王朝，理所當然地發達起來了。

二

兩百多年後，商王朝又理所當然地衰落了，被周王朝所取代。

有一個叫微子的商王室成員，應順了這次歷史變革，沒有與商王朝一起滅亡，他便是孔子的遠祖。由此，孔子一再說自己是「殷人也」。

大概是到了孔子的前五代吧，孔氏家族又避禍到山東曲阜一帶來了。

孔子出生的時候，離盤庚遷殷的舊事，大概已有七八百年。這一個來回，繞得夠久遠，又夠經典。

那個西遷的王朝和它後繼的王朝一起，創造了燦爛的商周文明，孔子所在的魯國，也獲得了深深的滋潤。嚴格說來，當時魯國已經成為禮樂氣氛最濃郁的文化中心，這也是孔子能在這裡成為孔子的原因。

在文化的意義上，曲阜，這個出發點又成了歸結點。這一個來回，繞得也是夠久遠，又夠經典。

孔子知道，自己已成為周王朝禮樂制度的主要維護者，但周王朝的歷史樞紐一直在自己家鄉的西邊，他從年輕時候開始就一再地深情西望。三十四歲那年，他終於向西方出發，到名義上還是天下共主的周天子所在地雒邑（今洛陽）去「問禮」。他已經度過了自己所劃定的「而立」之年，確立了自己的人生觀念和行為方向，也在社會上取得了不小的聲譽，因此他的這次西行有一點派頭。魯國的君主魯昭公為他提供了車馬僕役，還有人陪同。於是，沿著滔滔黃河，一路向西。

從山東曲阜到河南洛陽，在今天的交通條件下也不算近，而在孔子的時代，實在是一條漫漫長路。

孔子一路上想得最多的，是洛陽城裏的那位前輩學者老子。

千里奔波，往往只是為了一個人。這次要拜訪的這個人，很有學問，熟悉周禮，是周王朝的圖書館館長。當然，也可以說是檔案館館長，也可以說是管理員，史書上記的身份是「周守藏室之史」。這裏所說的「史」，也就是「吏」。

老子這個人太神秘了，連司馬遷寫到他的時候也是撲朔迷離，結果，對於他究竟比孔子大還是比孔子小，孔子到底有没有向他問過禮的問題，歷來在學術界頗多爭議。我的判斷很明確，老子比孔子大，孔子極有可能向他問過禮。作出這種判斷的學術程式很複雜，不便在一篇散文中詳細推演。

記得去年在美國休士頓中央銀行大禮堂裡講中國文化史，有一位華裔歷史學家遞紙條給我，說他看到有資料證明，老子比孔子晚了一百多年，請我幫助他作一點解釋。我說，你一定是看到有的史書把老子和太史儋當作一人。老子曾經西出函谷關，太史儋也曾經西出函谷關去找秦獻公，而他出關的時間是在孔子去世一百多年之後，事情就這樣搞混了。此外，也有一些學者根據《老子》一書中的某些語言習慣，斷定此書修編於孔子之後。我的觀點是，更可信的資料證明，把老子和太史儋搞混是漢代初年的事，按照老子的出世思想，他怎麼可能出關去投奔秦獻公呢？至於古籍的語言習慣，則與後世學派門徒的不斷發揮、補充有關，先秦不少古籍都有這種情況。

我相信孔子極有可能向老子問過禮，不僅有《禮記》、《莊子》、《孔子家語》、《呂氏春秋》等古籍互證，而且還出於一種心理分析：儒道兩家頗有對峙，儒家如此強盛尚且不想否認孔子曾向老子問禮，只有一個原因，那就是難於否認。

接下來的問題是，孔子向老子問了什麼，老子又是怎麼回答的？

這就有很多説法了，不宜輕易採信。其實，各種説法都在猜測最大的可能。

我覺得有兩種説法比較有意思。一種説法是，孔子向老子周禮，老子説天下一切都在變，不應該再固守周禮了。另一種説法是，老子以長輩的身份開導孔子，君子要深藏不露，避免驕傲和貪慾。

如果真有第二種説法，那就不大客氣了。但在我想來，卻很正常。當時，孔子才三十多歲，名聲主要產生在故鄉魯國，這在洛陽的老子對他並不太瞭解。見到他來訪時的車馬僕役，又聽説是魯昭公提供的，老子因此要他避免顯耀、驕傲和貪慾，是完全有可能的。

按照老子的想法，周王朝沒救了，也不必去救。一切都應該順其自然，那才是天下大道。過於急切地治國平天下，一定會誤國亂天下。因此，他的歸宿，是長途跋涉，消失在誰也不知道的曠野。

孔子當然不贊成。他要對世間蒼生負責，他要本著君子的仁愛之心，重建一個有秩序、有誠信、有寬恕的禮樂之邦。他的使命，是教化弟子，然後帶著他們一起長途跋涉，去向各國當權者遊説。

他們都非常高貴，卻一定談不到一起，因為基本觀念差別太大。但是，憑著老子的超脫和孔子的恭敬，他們也不會鬧得不愉快。

魯迅後來在小說《出關》中構想他們談得很僵，而且責任在孔子，這是出於「五四」這代人對孔子的某種成見，當然更出於小說家的幽默和調侃。

認真說起來，這是兩位真正站在全人類思維巔峰之上的偉大聖哲的見面，這是中華民族兩個精神原創者的會合。兩千五百二十年前這一天的洛陽，應有鳳鸞長鳴。不管那天是晴是陰，是風是雨，都貴不可言。

他們長揖作別。

稀世天才是很難遇到另一位稀世天才的，他們平日遇到的總是追隨者、崇拜者、嫉妒者、誹謗者。這些人不管多麼熱烈或歹毒，都無法左右自己的思想。只有真正遇到同樣品級的對話者，最好是對手，才會產生著了魔一般的精神淬礪。淬礪的結果，很可能改變自己，但更有可能是強化自己。這不是固執，而是因為獲得了最高層次的反證而達到新的自覺。這就像長天和秋水驀然相映，長天更明白了自己是長天，秋水也更明白了自己是秋水。

今天在這裡，老子更明白自己是老子，孔子也更明白自己是孔子了。

他們會更明確地走一條相反的路。什麼都不一樣，只有兩點相同：一，他們都是百代君子；

二，他們都會長途跋涉。

他們都要把自己偉大的學說，變成長長的腳印。

三

老子否認自己有偉大的學說，甚至不贊成世間有偉大的學說。

他覺得最偉大的學說就是自然。自然是什麼？說清楚了又不自然了。所以他說「道可道，非常道；名可名，非常名」。

本來，他連這幾個字也不願意寫下來。因為一寫，就必須框範道，限定道，而道是不可框範和限定的；一寫，又必須為了某種名而進入歸類，不歸類就不成其為名，但一歸類就不再是它本身。那麼，如果完全不碰道，不碰名，你還能寫什麼呢？

把筆丟棄吧。把自以為是的言詞和概念，都驅逐吧。

年歲已經不小。他覺得，盼望已久的日子已經到來了。

他活到今天，沒有給世間留下一篇短文，一句教誨。現在，可以到關外的大漠荒煙中，去隱居終老了。

他覺得這是生命的自然狀態，無悲可言，也無喜可言。歸於自然之道，才是最好的終結，又終結得像沒有終結一樣。

在他看來，人就像水，柔柔地、悄悄地向卑下之處流淌，也許滋潤了什麼，灌溉了什麼，卻無跡可尋。終於滲漏了，蒸發了，汽化了，變成了雲陰，或者連雲陰也沒有，這便是自然之道。人也該這樣，把生命滲漏於沙漠，蒸發於曠野，這就誰也無法侵凌了，「以其終不自為大，故能成其大」。

「大」，在老子看來就是「道」。

現在他要出發了，騎著青牛，向函谷關出發。

向西。還是古道西風，西風古道。

洛陽到函谷關也不近，再往西就要到潼關了，已是今天的陝西地界。老子騎在青牛背上，慢慢地走著。要走多久？不知道。好在，他什麼也不急。

到了函谷關，接下來的事情大家都聽說過了。守關的官吏關尹喜是個文化愛好者，看到未曾給世間留下過文字的國家圖書館館長要出關隱居，便提出一個要求，能否留下一篇著作，作為批准出關的條件？

這個要求，對老子來說有些過分，有些為難。好在老子總是遇事不爭的，寫就寫吧，居然一口氣寫下了五千字。那就是我們現在看到的《道德經》，也就是《老子》。

寫完，他就出關了。司馬遷說：「不知其所終。」這個結局最像他。《道德經》的真正結局，在曠野沙漠，沒有留給關尹喜。魯迅《出關》中的這一段寫得不錯：

老子再三稱謝，收了口袋，和大家走下城樓，到得關口，還要牽著青牛走路；關尹喜竭力勸他上牛，遜讓一番後，終於也騎上去了。作過別，撥轉牛頭，便向峻坂的大路上慢慢的走去。

不多久，牛就放開了腳步。大家在關口目送著，走了兩三丈遠，還辨得出白髮、黃袍、青牛、白口袋，接著就塵頭逐步而起，罩著人和牛，一律變成灰色，再一會，已只有黃塵滾滾，什麼也看不見了。

老子的白口袋裏，裝著他在關口寫作並講解《道德經》的報酬——十五個餑餑，這又是魯迅的小說手法了。我喜歡魯迅對於老子出關後景象的散文化描寫，尤其是把白、黃、青全都變成灰色，再變成黃塵的色彩轉換。而且，還寫到關尹喜回到關上之後，「窗外起了一陣風，刮起黃塵來，遮得半天暗」。老子會怎麼樣，很讓人擔憂了。

不管怎麼說，這是中國第一代聖哲的背影。

關尹喜是怎麼處理那五千個中國字的，我們不清楚，只知道它們是留下來了。兩千五百多年後，聯合國教科文組織統計，世界上幾千年來被翻譯成外文而廣泛傳播的著作，第一是《聖經》，第二是《老子》。《紐約時報》公佈，人類古往今來最有影響的十大寫作者，老子排名第一。全世界哲學素養最高的德國，據調查，《老子》幾乎每家一冊。

要不要感謝關尹喜？不知道。

四

老子寫完五千個中國字之後出關的時間，我們也不清楚，只知道孔子在拜別老子的二十年後，也開始了長途跋涉。

其實這二十年間孔子也一直在走路，教育、考察、遊說、做官，也到過泰山東北邊的齊國，只是走得不太遠。五十五歲那年，他終於離開故鄉魯國，帶著學生開始周遊列國。

當時所謂的「列國」，都是一些地方性的諸侯邦國，雖然與秦漢帝國之後的國家概念不太一樣，卻也是一個個獨立的政治實體和軍事實體。除了征服或結盟，誰也管不了誰。

孔子的這次上路，有點匆忙，也有點惆悵。他一心想在魯國做一個施行仁政的實驗，自己也曾掌握過一部分權力，但最後還是拗不過那裏由來已久的「以眾相凌，以兵相暴」的政治傳統，他被魯國的貴族拋棄了。

他以前也曾對鄰近的齊國懷抱過希望，但齊國另有一番浩大開闊的政治理念，與他的禮樂思維並不合拍。例如那位小個子的傑出宰相晏嬰，雖然也講「禮」卻又覺得孔子的「禮」過於繁瑣和倒退。更何況，孔子還曾為了魯國的外交利益得罪過齊國。因此，另無選擇，他還是沿著黃河向西，去衛國。

向西，總是向西，仍然是古道西風，西風古道。

二十年前到洛邑向老子問禮，也是朝西走，當時走南路，這次走北路。老子已經去了更西的西方，孔子怎麼也不會走得老子那麼遠。老子的「道」，止於流沙黃塵，孔子的「道」，止於宮邑紅塵。

是啊，紅塵。眼前該是衛國的地面了吧？孔子仔細地看著路邊的景象高興地說：「這兒人不少啊。」

他身邊的學生問：「一個地方有了足夠的人口，接下來應該對他們做什麼呢？」

孔子只回答兩個字：「富之。」

「富了以後呢？」學生又問。

還是兩個字：「教之。」

孔子用最簡單的回答方式表明，他對如何治國，早就考慮成熟。考慮成熟的標誌，是毫不猶豫，毫不囉唆。

學生們早已習慣於一路撿拾老師隨口吐出的精金美玉。就這樣，師生一行有問有答，信心滿滿地抵達了衛國的首都帝丘。這地方，在今天河南濮陽的西南部。

孔子住在學生顏涿聚家裏。很快，衛國的君主衛靈公接見了孔子。

衛靈公一開始就打聽孔子在魯國的俸祿，孔子回答說俸米六萬斗，衛靈公立即答應按同樣的數字給予。不須上班而奉送高官俸祿，這聽起來很爽快，但接下來的事情就讓人鬱悶了。孔子一路風塵僕僕，並不是來領取俸祿，而是來問政的，衛國宮廷沒有給他任何這方面的機會。反而，後來因為衛國的一個名人牽涉到某個政治事件，孔子曾經與他有交往，因此也受到懷疑並被監視，只能倉皇離去。這個開頭，在以後周遊列國十四年間不斷重複。

大多數國君一開始都表示歡迎和尊重孔子，也願意給予較好的物質待遇，卻完全不在意他的政治主張，更加不希望他參與國政。

孔子只能一次次失望離去，每次離去總是仰天長嘆，每次到達又總是滿懷希望。正是這種希望，使他的旅行一直結束不了。

五

這十四年，是他從五十五歲到六十八歲。這個年齡，即便放在普遍壽命大大延長的今天，也不適合流浪在外了。而孔子，這麼一位大學者，卻把垂暮晚年付之於無休無止的漫漫長途，實在讓人震撼。

更讓人震撼的是，這十四年，他遇到的，有冷眼，有嘲諷，有搖頭，有威脅，有推拒，有轟逐，卻一點兒也沒有讓他猶豫停步。

他不是無處停步。任何地方都願意歡迎一個光有名聲和學問，卻沒有政治主張的他。任何地方都願意贍養他、供奉他、崇拜他，只要他只是一個話語不多的偶像。但是，他絕不願意這樣。

因此，他總在路上。

「在路上」，曾是二十世紀西方現代派文學的一個時髦命題，東方華人世界也出現過「不要問我從哪裡來，我的故鄉在遠方」的流浪者潮流。不管是西方還是東方的青年流浪者，大多玩過幾年就結束流浪，開始用功讀書。智力高一點的，還有可能讀到孔子。一讀他們就不能不嘲笑自己了，原來早在兩千五百年前，有一位人類精神巨匠直到六旬高齡還在進行自我放逐，還在一年年流浪，居然整整十四年沒有下路，沒有回過故鄉！

最徹底的「現代派」出現在最遙遠的古代，這也許會讓今天某些永遠只會拿著歷史年表說事的研究者們稍稍放鬆一點了吧。

年年月月在路上，總有一種鴻蒙的力量支撐著他。一天孔子經過匡地（今河南長垣），讓匡人誤認為是殘害過本地的陽虎，被強暴地拽了下來，拘禁了整整五天。剛剛逃出，才幾十里地，又遇到蒲地的一場叛亂，被蒲人扣留，幸虧學生們又打鬥又講和，才勉強脱身。在最危險的時候，孔子安慰學生說：

> 文王既沒，文不在茲乎？天之將喪斯文也，後死者不得與於斯文也。天之未喪斯文也，匡人其如予何！

意思是説，周文王不在了，文明事業不就落到我們身上了嗎？如果天意不想再留斯文，那麼從一開始就不會讓我們這些後輩如此投入斯文了。如果天意還想留住斯文，那麼這些匡人能把我怎麼樣！

那次從陳國到蔡國，半道上不小心陷入戰場，大家幾乎七天沒有吃飯了，孔子還用琴聲安慰著學生。

孔子看了大家一眼，說：「我們不是犀牛，也不是老虎，為什麼總是徘徊在曠野？」

學生子路說：「恐怕是我們的仁德不夠，人家不相信我們；也許是我們的智慧不夠，人家難於實行我們的主張。」

孔子不贊成，說：「如果仁德就能使人相信，為什麼伯夷、叔齊會餓死？如果智慧一定行得通，為什麼比干會被殺害？」

學生子貢說：「可能老師的理想太高了，所以到處不能相容。老師能不能把理想降低一點？」

孔子回答說：「最好的農民不一定有最好的收成，最好的工匠也不一定能讓人滿意。一個人即使能把自己的學說有序地傳播，也不一定能被別人接受。你如果不完善自己的學說，只追求世人的接受，志向就太低了。」

學生顏回說：「老師理想高，別人不相容，這才顯出君子本色。如果我們的學說不完善，那是我們的恥辱；如果我們的學說完善了卻仍然不能被別人接受，那是別人的恥辱。」

孔子對顏回的回答最滿意。他笑了，逗趣地說：「你這個顏家後生啊，什麼時候賺了錢，我給你管賬！」

說笑完了，還是飢腸轆轆。後來，幸虧學生子貢一個人潛出戰地，與負函地方（今河南信陽）的守城大夫沈諸梁接上了頭，才獲得解救。

六

路上的孔子，一直承擔著一個矛盾：一方面，覺得凡是君子都應該讓世間充分接受自己；另一方面，又覺得凡是君子不可能被世間充分接受。

這個矛盾，高明如他，也無法解決；中庸如他，也無法調和。

在我看來，這不是君子的不幸，反而是君子的大幸，因為「君子」這個概念的主要創立者從一開始就把「二律背反」輸入其間，使君子立即變得深刻。是真君子，就必須承擔這個矛盾。用現在的話說，一頭是廣泛的社會責任；一頭是自我的精神固守，看似完全對立，水火不容，卻在互相抵牾和撞合中構成了一個近似於周易八卦的互補渦旋。在互補中仍然互斥，雖互斥又仍然互補，就這樣緊緊咬在一起，難分彼此，永遠旋動。

這便是大器之成，這便是大匠之門。

單向的動機和結果，直線的行動和回報，雖然也能做成一些事，卻永遠形不成雲譎波詭的大氣象。後代總有不少文人喜歡幸災樂禍地嘲笑孔子到處遊說而被拒、到處求官而不成的狼狽，這真是以小人之心度君子之腹了。孔子要做官，要隱居，要出名，要埋名，都易如反掌，但那樣陷於一端的孔子就不會垂範百世了。垂範百世的必定是一個強大的張力結構，而任何張力結構必須有相反方向的撐持和制衡。

在我看來，連後人批評孔子保守、倒退都是多餘的，這就像批評泰山，為什麼南坡承受了那麼多陽光，還要讓北坡去承受那麼多風雪。

可期待的回答只有一個：「因為我是泰山。」

偉大的孔子自知偉大，因此從來没有對南坡的陽光感到得意，也没有對北坡的風雪感到恥辱。

那次是在鄭國的新鄭吧，孔子與學生走散了，獨個兒恓恓惶惶地站在城門口，有人告訴還在尋找他的學生：「有一個高個老頭氣喘吁吁地像一條喪家犬，站在東門外。」學生找到他後告訴他，他高興地說：「說我像一條喪家犬？真像！真像！」他的這種高興，讓人著迷。

我同意有些學者的說法，孔子對我們最大的吸引力，是一種迷人的「生命情調」。至善、寬厚、優雅、快樂，而且健康。他以自己的苦旅，讓君子充滿魅力。

君子之道在中國歷史上難於實行，基於君子之道的治國之道更是坎坷重重，但是，遠遠望去，就在這個道、那個道的起點上，那個高個兒的真君子，卻讓我們永遠地感到溫暖和真切。

七

然而，太陽總要西沉，黃昏時刻的西風有點淒涼。

孔子回到故鄉時已經六十八歲，回家一看，妻子在一年前已經去世。孔子自從五十五歲那年開始遠行，再也沒有見到過妻子。這位在世間不斷宣講倫理之道的男子，此刻顫顫巍巍地肅立在妻子墓前。老夫不知何言，吾妻！

七十歲時，獨生子孔鯉又去世了。白髮人送黑髮人，老人悚然驚悸。他讓中國人真正懂得了家，而他的家，卻在他自己腳下，碎了。

此時老人的親人，只剩下了學生。

但是，學生啊學生，也是很難拉住。七十一歲時，他最喜愛的學生顏回去世了。他終於老淚縱橫，連聲呼喊：「天喪予！天喪予！」（老天要我的命啊！老天要我的命阿！）

七十二歲時，他的忠心耿耿的學生子路也去世了。子路死得很英勇，很慘烈。幾乎同時，另一位他很看重的學生冉耕也去世了。

孔子在這不斷的死訊中，一直在拚命般地忙碌。前來求學的學生越來越多，他還在大規模地整理「六經」（即《詩》、《書》、《禮》、《樂》、《易》、《春秋》）。尤其是《春秋》，他耗力最多。這是一部編年史，從此確定了後代中國史學的一種重要編寫模式。他在這部書中表達了正名分、大一統、天命論、尊王攘夷等一系列社會歷史觀念，深刻地塑造了千年中國精神。

一天，正在編《春秋》，聽説有人在西邊獵到了仁獸麟。他立刻怦然心動，覺得似乎包含著一種「天命」的信息，嘆道：「吾道窮矣！」隨即在《春秋》中記下「西狩獲麟」四字，罷筆，不再修《春秋》。他的編年史，就此結束。以後的《春秋》文本，出自他弟子之手。

「西狩獲麟」，又是西方！他又一次抬起頭來，看著西邊。天命仍然從那裡過來，從盤庚遠去的地方，從老子消失的地方。古道西風，西風古道。

漸漸地，高高的軀體一天比一天疲軟，疾病接踵而來，他知道大限已近。

那天他想唱幾句。開口一試，聲音有點顫抖，但仍然渾厚。他拖著長長的尾音唱出三句：

泰山其頹乎！
梁木其壞乎！
哲人其萎乎！

唱過之後七天，這座泰山真的倒了。連同南坡的陽光、北坡的風雪，一起倒了。

千里古道，萬丈西風，頃刻凝縮到了他卧榻前那雙麻履之下。

黑色的光亮

一

諸子百家，有兩個「子」，我有點躲避。

第一個是莊子。我是二十歲的時候遇到他的，當時我正遭受家破人亡、衣食無著的大災難，不知如何生活下去。一個同學悄悄告訴我，他父親九年前（也就是一九五七年）遭災時要全家讀莊子。這個暗示讓我進入了一個驚人的閱讀過程。我漸漸懂了，面對災難，不能用災難語法。另有一種語法，直通精神自由的詩化境界。由此開始，我的生命狀態不再一樣，每次讀莊子的〈秋水〉、〈逍遥遊〉、〈齊物論〉、〈天下〉等篇章，就像在看一張張與我有關的心電圖。對於這樣一個過於親近的先哲，我難於進行冷靜、公正的評述，因此只能有所躲避。

第二個是韓非子，或擴大為法家。躲避它的理由不是過於親近，而是過於熟識。權、術、勢，從過去到現在都緊緊地包裹著中國社會。本來它也是有大氣象的，冷峻地塑造了一個大國的基本管治格局。但是，越到後來越成為一種普遍的制勝權謀，滲透到從朝廷到鄉邑的一切社會結構之中，滲透到很多中國人的思維之內。直到今天，不管是看歷史題材的電影、電視，還是聽講座、逛書店，永遠是權術、謀略，謀略、權術，一片恣肆汪洋。以至很多外國人誤以為，這就是中國歷史和中國文化的主幹。對於這樣一種越來越盛的風氣，怎麼能不有所躲避呢？

其實，這正是我們心中的兩大色塊：一塊是飄逸的銀褐色映照著悠遠的湛藍色；一塊是沉郁的赭紅色裝潢著閃爍的金銅色。躲避前者，是怕沉醉；躲避後者，是怕迷失。

諸子百家的了不起，就在於它們被選擇成了中國人的心理色調。除了上面說的兩種，我覺得孔子是堂皇的棕黃色，近似於我們的皮膚和大地，而老子則是縹緲的灰白色，近似乎天際的雪峰和老者的鬚髮。

我還期待著一種顏色。它使其他顏色更加鮮明，又使它們獲得定力。它甚至有可能不被認為是顏色，卻是宇宙天地的始源之色。它，就是黑色。

它對我來說有點陌生，因此正是我的缺少。既然是缺少，我就沒有理由躲避它，而應該恭敬地向它靠近。

二

是他，墨子。墨，黑也。

據説，他原姓墨胎（胎在此處讀作怡），省略成墨，叫墨翟。諸子百家中，除了他，再也没有用自己的名號來稱呼自己的學派的。你看，儒家、道家、法家、名家、陰陽家，每個學派的名稱都表達了理念和責任，只有他，乾脆俐落，大大咧咧地叫墨家。黑色，既是他的理念，也是他的責任。

設想一個圖景吧，諸子百家大集會，每派都在滔滔發言，只有他，一身黑色入場，就連臉色也是黝黑的，就連露在衣服外面的手臂和腳踝也是黝黑的，他只用顏色發言。

為什麼他那麼執著於黑色呢？

這引起了近代不少學者的討論。有人説，他固守黑色，是不想掩蓋自己作為社會低層勞動者的立場。有人説，他想代表的範圍可能還要更大，包括比低層勞動者更低的奴役刑徒，因為「墨」是古代的刑罰。錢穆先生説，他要代表「苦似刑徒」的賤民階層。

有的學者因為這個黑色，斷言墨子是印度人。這件事現在知道的人不多了，而我則曾經產生過很大的好奇。胡懷琛先生在一九二八年說，古文字中，「翟」和「狄」通，墨翟就是「墨狄」，一個黑色的外國人，似乎是印度人；不僅如此，墨子學說的很多觀點，與佛學相通，而且他主張的「摩頂放踵」，就是光頭赤足的僧侶形象。太虛法師則撰文說，墨子的學說不像是佛教，更像是婆羅門教。這又成了墨子是印度人的證據。在這場討論中，有的學者如衛聚賢先生，把老子也一併說成是印度人。有的學者如金祖同先生，則認為墨子是阿拉伯的伊斯蘭教信徒。

非常熱鬧，但證據不足。最終的證據還是一個色彩印象：黑色。當時不少中國學者對別的國家知之甚少，更不了解在中亞和南亞有不少是雅利安人種的後裔，並不黑。

不同意「墨子是印度人」這一觀點的學者，常常用孟子的態度來反駁。孟子在時間和空間上都離墨子很近，他很講地域觀念，連有人學了一點南方口音都會當作一件大事嚴厲批評，他又很排斥墨子的學說，如果墨子是外國人，真不知會做多少文章。但顯然，孟子沒有提出過一絲一毫有關墨子的國籍疑點。

我在仔細讀過所有的爭論文章後笑了，更加堅信：這是中國的黑色。中國，有過一種黑色的哲學。

三

那天，他聽到一個消息，楚國要攻打宋國，正請了魯班（也就是公輸般）在為他們製造攻城用的雲梯。

他立即出發，急速步行，到楚國去。這條路實在很長，用今天的政區概念，他是從山東的泰山腳下出發，到河南，橫穿河南全境，也可能穿過安徽，到達湖北，再趕到湖北的荊州。他日夜不停地走，走了整整十天十夜。腳底磨起了老繭，又受傷了，他撕破衣服來包紮傷口，再走。就憑這十天十夜的步行，就讓他與其他諸子劃出了明顯的界限。其他諸子也走長路，但大多騎馬、騎牛或坐車，而且到了晚上總得找地方睡覺。哪像他，光靠自己的腳，一路走去，一次次從白天走入黑夜。黑夜、黑衣、黑臉，從黑衣上撕下的黑布條去包紮早已是滿是黑泥的腳。

終於走到了楚國首都，找到了他的同鄉魯班。

接下來他們兩人的對話，是我們都知道的了。但是為了不辜負他十天十夜的辛勞，我還要講述幾句。

魯班問他，步行這麼遠的路過來，究竟有什麼急事？

墨子在路上早就想好了講話策略，就說：北方有人侮辱我，我想請你幫忙，去殺了他。酬勞是二百兩黃金。

魯班一聽就不高興，沉下了臉，說：我講仁義，絕不殺人！

墨子立即站起身來，深深作揖，順勢說出了主題。大意是：你幫楚國造雲梯攻打宋國，楚國本來就地廣人稀，一打仗，必然要犧牲本國稀缺的人口，去爭奪完全不需要的土地，這明智嗎？再從宋國來講，它有什麼罪？卻平白無故地去攻打它，這算是你的仁義嗎？你說你不會為重金去殺一個人，這很好，但現在你明明要去殺很多很多的人！

魯班一聽有理，便說：此事我已經答應了楚王，該怎麼辦？

墨子說：你帶我去見他。

墨子見到楚王後，用的也是遠譬近喻的方法。他說：有人不要自己的好車，去偷別人的破車，不要自己的錦衣，去偷別人的粗服，不要自己的美食，去偷別人的糟糠，這是什麼人？

楚王說：這人一定有病，患了偷盜癖。

接下來可想而知，墨子通過層層比較，說明楚國打宋國，也是有病。

楚王說：那我已經讓魯班造好雲梯啦！

墨子與魯班一樣，也是一名能工巧匠。他就與魯班進行了一場模型攻守演練。結果，一次次都是魯班輸了。

魯班最後說：要贏還有一個辦法，但我不說。

墨子說：我知道，我也不說。

楚王說：你們說的是什麼辦法啊？

墨子說：魯班以為天下只有我一個人能贏過他，如果把我除了，也就好辦了。但我要告訴你們，我的三百個學生已經在宋國城頭等候你們多時了。

楚王一聽，就下令不再攻打宋國。

這就是墨子對於他的「非攻」理念的著名實踐，同樣的事情還有過很多。原來，這個長途跋涉者只為一個目的在奔忙：阻止戰爭，捍衛和平。

一心想攻打別人的，只是上層統治者。社會低層的民眾有可能受了奴役或欺騙去攻打別人，但從根本上說，卻不可能為了權勢者的利益而接受戰爭。這是黑色哲學的一個重大原理。

這件事情化解了，但還有一個幽默的結尾。

為宋國立下了大功的墨子，十分疲憊地踏上了歸途，仍然是步行。路過宋國時，下起了大雨，他就到一個門檐下躲雨，但看門的人連門檐底下也不讓他進。

我想，這一定與他的黑衣爛衫、黑臉黑腳有關。這位淋在雨中的男人自嘲了一下，暗想：「運用大智慧救苦救難的，誰也不認；擺弄小聰明爭執不休的，人人皆知。」

四

在大雨中被看門人驅逐的墨子，有沒有去找他派在宋國守城的三百名學生？我們不清楚，因為古代文本中沒有提及。

清楚的是，他確實有一批絕對服從命令的學生。整個墨家弟子組成了一個帶有秘密結社性質的團體，組織嚴密，紀律嚴明。

這又讓墨家罩上了一層神秘的黑色。

諸子百家中的其他學派，也有親密的師徒關係，最著名的有我們曾經多次講過的孔子和他的學生。但是，不管再親密，也構不成嚴格的人身約束。在這一點上墨子又顯現出了極大的不同，他立足於低層社會，不能依賴文人與文人之間的心領神會。君子之交淡如水，而墨子要的是濃烈，是黑色黏土般的成團成塊。歷來低層社會要想凝聚力量，只能如此。

在墨家團體內，有三項分工。一是「從事」，即從事技藝勞作，或守城衛護；二是「説書」，即聽課、讀書、討論；三是「談辯」，即遊説諸侯，或做官從政。所有的弟子中，墨子認為最能幹、最忠誠的有一百八十人，這些人一聽到墨子的指令都能「赴湯蹈火，死不旋踵」。後來，墨學弟子的隊伍越來越大，照《呂氏春秋》的記載，已經到了「徒屬彌眾，弟子彌豐，充滿天下」的程度。

墨子以極其艱苦的生活方式，徹切忘我的犧牲精神，承擔著無比沉重的社會責任，這使他的人格具有一種巨大的感召力。直到他去世之後，這種感召力不僅沒有消散，而且還表現得更加強烈。

據記載，有一次墨家一百多名弟子受某君委託守城，後來此君因受國君追究而逃走，墨家所接受的守城之託很難再堅持，一百多名弟子全部自殺。自殺前，墨家首領派出兩位弟子離城遠行去委任新的首領，兩位弟子完成任務後仍然回城自殺。新被委任的首領阻止他們這樣做，他們也沒有聽。按照墨家規則，這兩位弟子雖然英勇，卻又犯了規，因為他們沒有接受新任首領的指令。

為什麼集體自殺？為了一個「義」字。既被委託，就說話算話，一旦無法實行，寧肯以生命的代價保全信譽。

慷慨赴死，對墨家來說是一件很平常的事。

這不僅在當時的社會大眾中，而且在今後的漫長歷史上，都開啟了一種感人至深的精神力量。司馬遷所說的「其言必信，其行必果，已諾必成，不愛其軀」的「任俠」精神，就從墨家滲透到中國民間。千年崇高，百代剛烈，不在朝廷興廢，更不在書生空談，而在這裡。

五

這樣的墨家，理所當然地震驚四方，成為「顯學」。後來連法家的主要代表人物韓非子也說：「世之顯學，儒墨也。」

但是，這兩大顯學，卻不能長久共存。

墨子熟悉儒家，但終於否定了儒家。其中最重要的，是以無差別的「兼愛」，否定了儒家有等級的「仁愛」。他認為，儒家的愛，有厚薄，有區別，有層次，集中表現在自己的家庭，家庭裡又有親疏差異，其實最後的標準是看與自己關係的遠近，因此核心還是自己。這樣的愛，是自私之愛。他主張「兼愛」，也就是祛除自私之心，愛他人就像愛自己。

《兼愛》篇說——

若使天下兼相愛，國與國不相攻，家與家不相亂，盜賊無有，君臣父子皆能孝慈，若此則天下治。……故天下兼相愛則治，交相惡則亂。故子墨子曰：不可以不勸愛人者，此也。

這話講得很明白，而且已經接通了「兼愛」和「非攻」的邏輯關係。是啊，既然「天下兼相愛」，為什麼還要發動戰爭呢？

墨子的這種觀念，確實碰撞到了儒家的要害。儒家「仁愛」的前提和目的，都是禮，也就是重建周禮所鋪陳的等級秩序。在儒家看來，社會沒有等級，世界是平的了，何來尊嚴，何來敬畏，何來秩序？在墨家看來，世界本來就應該是平的，只有公平才有所有人的尊嚴。在平的世界中，根本不必為了秩序來敬畏什麼上層貴族。要敬畏，還不如敬畏鬼神，讓人們感到冥冥之中有一種督察之力，有一番報應手段，由此建立秩序。

由於碰撞到了要害，儒家急了。孟子挖苦說，兼愛，也就是把陌生人當作自己父親一樣來愛，那就是否定了父親之為父親，等於禽獸。這種推理，把兼愛推到了禽獸，看來也實在是氣壞了。

墨家也被激怒了，說：如果像儒家一樣把愛分成很多等級，一切都以自我為中心，那麼，總有一天，也能找到殺人的理由。因為有等級的愛最終著眼於等級而不是愛，一旦發生衝突，放棄愛是容易的，而愛的放棄又必然導致仇。

在這個問題上，墨家反覆指出儒家之愛的不徹底。《非儒》篇說，在儒家看來，君子打了勝仗就不應該再追敗逃之敵，敵人卸了甲，就不應該再射殺，敵人敗逃的車輛陷入了岔道，還應該幫著去推。這看上去很仁愛，但在墨家看來，本來就不應該有戰爭。如果兩方面都很仁義，打什麼？如果兩方面都很邪惡，救什麼？

〈耕柱〉篇說，墨家告訴儒家，君子不應該鬥來鬥去。儒家說，豬狗還鬥來鬥去呢，何況人？墨家笑了，說，你們儒家怎麼能這樣，講起道理來滿口聖人，做起事情來卻自比豬狗？

作為遙遠的後人，我們可以對儒、墨之間的爭論作幾句簡單評述。在愛的問題上，儒家比較實際，利用了人人都有的私心，層層擴大，向外類推，因此也較為可行；墨家比較理想，認為在愛的問題上不能玩弄自私的儒術，但他們的「兼愛」難於實行。

如果要向我傾向何方，我會毫不猶豫地回答：墨家。雖然難於實行，卻為天下提出了一種純粹的愛的理想。這種理想就像天際的光照，雖不可觸及，卻讓人明亮。儒家的仁愛，由於太講究內外親疏的差別，造成了人際關係的迷宮，直到今天仍難於走出。當然，不徹底的仁愛終究也比沒有仁愛好得多，在漫無邊際的歷史殘忍中，連儒家的仁愛也令人神往。

六

除了「兼愛」問題上的分歧，墨家對儒家的整體生態都有批判。例如，儒家倡導的禮儀過於繁縟隆重，喪葬之時葬物多到像死人搬家一樣，而且居喪三年天天哭泣的規矩也對子女太不公平，又太像表演。儒家倡導的禮樂精神，過於追求琴瑟歌舞，耗費天下太多的心力和時間。

從思維習慣上，墨家批評儒家一心復古，只傳述古人經典而不鼓勵有自己的創作，即所謂「述而不作，信而好古」。墨家認為，只有創造新道，才能增益世間之好。在這裡，墨家指出了儒家的一個邏輯弊病。儒家認為「述而不作，信而好古」的人才是君子，而成天在折騰自我創新的則是小人。墨家說，你們所遵從的古，也是古人自我創新的成果呀，難道這些古人也是小人，那你們不就在遵從小人了？

墨家還批評儒家「不擊則不鳴」的明哲保身之道，提倡為了天下興利除弊，「擊亦鳴，不擊亦鳴」的勇者責任。

墨家在批評儒家的時候，對儒家常有誤讀，尤其是對「天命」中的「命」，「禮樂」中的「樂」，誤讀得更為明顯。但是，即使在誤讀中，我們也更清晰地看到了墨家的自身形象。既然站在社會低層大眾的立場上，那麼，對於面對上層社會的秩序理念，確實有一種天然的隔閡。誤讀，太不奇怪了。

更不奇怪的是，上層社會終於排斥了墨家。這種整體態度，倒不是出於誤讀。上層社會不會不知道，連早已看穿一切的莊子，也曾滿懷欽佩地說「墨子真天下之好也，將求之不得也，雖枯槁不舍也」；連統治者視為圭臬的法家，也承認他們的學說中有不少是「墨者之法」；甚至，連大家都認為經典的《禮記》中的「大同」理想，也與墨家的理想最為接近。但是，由於墨家所代表的社會力量是上層社會萬分警惕的。又由於墨家曾經系統地抨擊過儒家，上層社會也就很自然地把它從主流意識形態中區隔出來了。秦漢之後，墨家衰落，歷代文人學士雖然也偶有提起，往往句子不多，評價不高，這種情景一直延續到清後期。俞樾在為孫詒讓《墨子閒詁》寫的序言中說：

乃唐以來，韓昌黎外，無一人能知墨子者。傳誦既少，注釋亦稀，樂台舊本，久絕流傳，闕文錯簡，無可校正，古言古字，更不可曉，而墨學塵霾終古矣。

這種歷史命運實在讓人一嘆。但是，情況很快就改變了。一些急欲挽救中國的社會改革家發現，舊時代的主流意識形態必須改變，而那些數千年來深入民間社會的精神活力則應該調動起來。因此，大家又重新驚喜地發現了墨子。

孫中山先生在《民報》創刊號中，故意不理會孔子、孟子、老子、莊子，而獨獨把墨子推崇為平等、博愛的中國宗師。後來他又經常提到墨子，例如：

仁愛也是中國的好道德，古時最講「愛」字的莫過於墨子。墨子所講的兼愛，與耶穌所講的博愛是一樣的。

梁啟超先生更是在《新民叢報》上斷言：「今欲救亡，厥惟學墨。」他在《墨子學案》中甚至把墨子與西方的思想家亞里士多德、培根、穆勒做對比，認為一比較就會知道孰輕孰重。他傷感地說：

只可惜我們做子孫的沒出息，把祖宗遺下的無價之寶，埋在地窖裡二千年，今日我們在世界文化民族中，算是最缺乏論理精神、缺乏科學精神的民族，我們還有面目見祖宗嗎？如何才能夠一雪此恥，諸君努力啊！

孫中山和梁啟超，是最懂得中國的人。他們的深長感慨中，包含著歷史本身的呼喊聲。墨子，墨家，黑色的珍寶，黑色的光亮，中國虧待了你們，因此歷史也虧待了中國。

七

我讀墨子，總是能產生一種由衷的感動。雖然是那麼遙遠的話語，卻能激勵自己當下的行動。我的集中閱讀，也是在那個災難的年代。往往是在深夜，每讀一段我都會站起身來，走到窗口。我想著兩千多年前那個黑衣壯士在黑夜裡急速穿行在中原大地的身影。然後，我又急急地返回書桌，再讀一段。

記得是《公孟》篇裡的一段對話吧，儒者公孟對墨子說，行善就行善吧，何必忙於宣傳？

墨子回答說：你錯了。現在是亂世，人們失去了正常的是非標準，求美者多，求善者少，我們如果不站起來勉力引導，辛苦傳揚，人們就不會知道什麼是善了。

對於那些勸他不要到各地遊說的人，墨子又在〈魯問〉篇裡進一步作了回答。他說：到了一個不事耕作的地方，你是應該獨自埋頭耕作，還是應該熱心地教當地人耕作？獨自耕作何益於民，當然應該立足於教，讓更多的人懂得耕作。我到各地遊說，也是這個道理。

〈貴義〉篇中寫道，一位齊國的老朋友對墨子說，現在普天下的人都不肯行義，只有你還在忙碌，何苦呢？適可而止吧。

墨子又用了耕作的例子，說：一個家庭有十個兒子，其中九個都不肯勞動，剩下的那一個就只能更加努力耕作了，否則這個家庭怎麼撐得下去？

在〈魯問〉篇中，墨子對魯國鄉下一個叫吳慮的人作了一番誠懇表白。他說，為了不使天下人挨餓，我曾想去種地，但一年勞作下來又能幫助幾個人？為了不使天下人挨凍，我曾想去紡織，但我的織物還不如一個婦女，能給別人帶來多少溫暖？為了不使天下人受欺，我曾想去幫助他們作戰，但區區一個士兵，又怎麼抵禦侵略者？既然這些作為都收效不大，我就明白，不如以歷史上最好的思想去曉喻王侯貴族和平民百姓。這樣，國家的秩序、民眾的品德，一定都能獲得改善。

對於自己的長期努力一直受到別人誹謗的現象，墨子在〈貴義〉篇裡也只好嘆息一聲。他說，一個長途背米的人坐在路邊休息，站起再想把米袋扛到肩膀上的時候卻沒有力氣了，看到這個情景的過路人不管老少貴賤都會幫他一把，將米袋托到他肩上。現在，很多號稱君子的人看到肩負道義辛苦行路的義士，不僅不去幫一把，反而加以毀謗和攻擊。你看，當今義士的遭遇，還不如那個背米的人。

儘管如此，他在〈尚賢〉篇裡還是在勉勵自己和弟子們：有力量就要儘量幫助別人，有錢財就要儘量援助別人，有道義就要儘量教誨別人。

那麼，千說萬說，墨子四處傳播的道義中，有哪一些特別重要，感動過千年民間社會，並感動了孫中山、梁啟超等人呢？

我想，就是那簡單的八個字吧——

兼愛，非攻，尚賢，尚同。

「兼愛」、「非攻」我已經在上文作過解釋，「尚賢」、「尚同」還沒有，但這四個中國字在字面上已經表明了它們的基本含義：崇尚賢者，一同天下。所謂一同天下，也就是以真正的公平來構築一個不講等級的和諧世界。

我希望，人們在概括中華文明的傳統精華時，不要遺落了這八個字。

那個黑衣壯士，背著這八個字的精神糧食已經走了很久很久。他累了，糧食口袋擱在地上也已經很久很久。我們來背吧，請幫幫忙，托一把，扛到我的肩上。

稷下

一

應該到別處走走了，但是我的腳，還是不由自主地黏在齊魯大地上。

這就像很多年前寫作《戲劇思想史》，我的筆繞來繞去總是捨不得離開德國，連我自己都覺得有點不好意思了。

考察中國古代高層文化構建史，泰山腳下的話題實在太多。幾乎停留在任何一處，稍作打量都能找出值得長期鑽研的理由。這對我來說，既是一片沃土，又是一個險境。

為什麼說是險境？因為沃土最容易讓人流連忘返，而我卻已經沒有這種權利。自從我下決心要與廣大同胞一起來恢復文化記憶，就必須放棄書齋學者那種沉湎一點、不及其餘的奢侈，那種自築小院、自掛牌號的悠閒。我需要從宏觀上找出中華文化的靈魂和脈絡，因此不能不行色匆匆。

好些天來一直在與自己討價還價：再留幾處吧，或者，只留一處……

一處？

那就給齊國吧。

但是，齊國能隨意碰得的嗎？一碰，一道巨大的天門打開了，那裡有太多太多的精采。我不得不裝成鐵石心腸，故意不看姜子牙那根長長的釣竿，不看齊桓公沐浴焚香拜相管仲的隆重儀式，不看能言善辯的晏嬰矯捷的身影，不看軍事家孫武别齊去吳的那個清晨，也不看醫學家扁鵲一次次用脈診讓人起死回生的奇蹟……

全都放棄吧，只跟著我，來到齊國都城臨淄的稷門下。那裡，曾是大名鼎鼎的稷下學宮的所在地。

二

大地上，有的角落曾經集中過無限的權力，有的角落曾經集中過無限的殘暴，有的角落曾經集中過無限的詩情，而有的角落，則集中過無限的智慧。

為什麼我們要尋找這種角落，不惜為之連年苦旅？不是為了拾撿故事，也不是為了訪古感懷，而是為了探求人性在高度濃縮後才能夠顯現的奧秘，為了詢問祖先在合力傾瀉後有可能埋藏的遺言。

稷下學宮原址，就是這種曾經與無限智慧有關的角落。即便只是一站，也會立即困惑：人類在幾千年間究竟是前進了還是倒退了。

稷下學宮創辦於公元前四世紀中葉，延續了一百三十多年。齊國朝廷一開始是把它當作「智庫」來辦的，這本是一個很普通的企圖，因為當時的每個諸侯邦國都會集中一些智囊人物。但是，齊國統治者出於罕有的遠見卓識，大大地改變了它的實用性和依附性，使它出現了不同凡響的形態。

稷下學宮以極高的禮遇召集各地人才，讓他們自由地發展學派，平等地參與爭鳴，造成了學術思想的一片繁榮。結果，它就遠不止是齊國的智庫了，而是成了當時最大規模的中華精神匯聚處，最高等級的文化哲學交流地。

齊國做事，總是大手筆。而稷下學宮，更是名垂百世的文化大手筆。我在考察各種文化的長途中不知多少次默默地感念過稷下學宮，因為正是它，使中華文化全面升值。

沒有它，各種文化也在，諸子百家也在，卻無法進入一種既高度自由又高度精緻的和諧狀態。因為世上有很多文化，自由而不精緻；又有很多文化，精緻而不自由。稷下學宮以尊重為基礎，把這兩者統一了。

因此，經由稷下學宮，中華文化成為一種「和而不同」的壯闊合力，進入了世界文明史上極少數最優秀的文化之列。

三

據史料記載，稷下學宮所在地是在齊國都城臨淄的「西門」，叫「稷門」。但稷門應該由稷山得名，而稷山在都城之南。因此有學者認為不是西門而是南門。而且，地下挖掘也有利於南門之說。那就存疑吧，讓我們一起期待著新的考古成果。

姑且不說西、南，只說稷門。從多種文獻來看，當年的稷門附近實在氣魄非凡，成了八方智者的嚮往目標。那裡鋪了寬闊的道路，建了高門大屋，吸引來的稷下學者最多時達「數百千人」。

諸子百家中幾乎所有當時的代表人物都來過，他們大多像以前孔子一樣帶著很多學生，構成一個個以「私學」為基礎的教學團隊。我記得劉蔚華、苗潤田先生曾經列述過稷下學者帶領門徒的情況，還舉出一些著名門徒的名字，並由此得出結論，「稷下學宮是當時的一所最高學府」，我很贊同。

如百溪入湖，孔子式的「流亡大學」在這裡匯集了。流亡是社會考察，匯集是學術互視，對於精神文化的建設都非常重要。

稷下學宮是開放的，但也不是什麼人想來就能來。世間那些完全不分等級和品位的爭辯，都算不上「百家爭鳴」。因為只要有幾個不是「家」而冒充「家」的人進來攪局，那些真正的「家」必然不知所措、訥訥難言。這樣，不必多久，學宮也就變成了一個以嗓門論是非的鬧市，就像我們今天不少傳媒的「文化版面」一樣。

稷下學宮對於尋聘和自來的各路學者，始終保持著清晰的學術評估。根據他們的學問、資歷和成就分別授予「客卿」、「上大夫」、「列大夫」以及「稷下先生」、「稷下學士」等不同稱號，而且已有「博士」和「學士」之分。這就使學宮在熙熙攘攘之中，維繫住了基本的學術秩序。

四

稷下學宮所面臨的最大難題是顯而易見的：它是齊國朝廷建立的，具有政府智庫的職能，卻又如何擺脫政府的控制而成為一所獨立的學術機構，一個自由的文化學宮？

出乎人們意料，這個難題在稷下學宮解決得很好。

學宮裡的諸子不任官職，因此不必對自己的言論負行政責任。古籍中記載他們「不任職而論國事」、「不治而議論」、「無官守，無言責」等等，都說明了這個特點。稷下學者中只有個別人偶然被邀參與過一些外交事務，那是臨時的智能和口才借用，算不上真正的參政。

一般認為，參政之後的議政才有效，稷下學宮斷然否定了這種看法。參政之後的議政很可能切中時弊，但也必然會失去整體超脫性和宏觀監督性。那種在同一行政系統中的痛快議論，很容易造成言論自由的假象，其實說來說去還是一種「內循環」，再激烈也屬於「自言自語」。這樣的議論，即便像管仲、晏嬰這樣的傑出政治人物也能完成，那又何必還要挽請這樣一批批的遊士過來？

因此，保持思維對於官場的獨立性，是稷下學宮的生命。

不參政，卻問政。稷下學宮的自由思維，常常成為向朝廷進諫或被朝廷徵詢的內容。朝廷對稷下學者的態度很謙虛，而稷下學者也可以隨時去找君主。孟子是稷下學宮中很受尊重的人物，《孟子》一書中提到他與齊宣王討論政事就有十七處之多。齊宣王開始很重視孟子的觀點，後來卻覺得不切實用，沒有採納。但這種轉變，並沒有影響孟子在學宮中的地位。

齊國朝廷最感興趣的是黃老之學，幾乎成了稷下學宮內的第一學問，但這一派學者的榮譽和待遇也沒有因此比其他學者高。後來三為「祭酒」執掌學政而成為稷下學宮「老師中的老師」的荀子，並不是黃老學者，而是儒家的集大成者。他的學生韓非子，則是法家的代表人物。

由於統治者的取捨並不影響各派學者的社會地位和言論自由，稷下學宮裡的爭鳴也就有了平等的基礎。彼此可以爭得很激烈，似乎已經水火難容，但最後還是達到了共生互補。甚至，一些重要的稷下學者到底屬於什麼派，越到後來越難於說清楚了。

學術爭論的最高境界，就在於各派充分地展開自己的觀點之後，又遇到了充分的駁難。結果，誰也不是徹底的勝利者或失敗者，各方都「你中有我，我中有你」了，同上一個等級。

五

寫到這裡我不能不長嘆一聲。我們在現代爭取了很久的學術夢想，原還以為多麼了不起的新構思呢，誰知我們的祖先早在兩千三百多年前就實行了，而且實行了一百多年！

稷門之下，系水之側，今天邵家圈村西南角，地下挖掘發現，這裡有規模宏大的古建築群遺跡。漫步其間，無意中還能撿到瓦當碎片。要說遺跡，什麼大大小小的建築都見過，但在這裡，卻矗立過中國精神文化的「建築群」，因此讓人捨不得離開。

這樣的建築群倒塌得非常徹底，但與其他建築群不一樣的是，它築到了歷代中國人的心上。稷下學宮隨著秦始皇統一中國而終結，接下來是秦始皇焚書坑儒，為文化專制主義（亦即文化奴才主義）開了最惡劣的先例；一百年後漢武帝「罷黜百家，獨尊儒術」，乍一看「百家爭鳴」的局面已很難延續。但是，百家經由稷下學宮的陶冶，已經「罷黜」不了了。你看在以後漫長的歷史上，中國的整體文化結構是儒道互補，而且還加進來一個佛家；中國的整體政治結構是表儒裡法，而且還離不開一個兵家。這也就是說，在中國文化這所學宮裡，永遠無法由一家獨霸，也永遠不會出現真正「你死我活」的決鬥。一切都是靈動起伏、中庸隨和的，偶然也會偏執和極端，但長不了，很快又走向中道。連很多學者的個體人格，往往也沉澱著很多「家」，有時由佛返儒，有時由儒歸道，自由自在、或明或暗地延續著稷下學宮的豐富、多元和互融。

此外，稷下學者們獨立於官場之外的文化立場雖然很難在不同的時代完整保持，而那種關切大政、一心弘道、憂國憂民、勇於進諫的品格卻被廣泛繼承下來。反之，那種與稷下學宮格格不入的趨炎附勢、無視多元、毀損他人、排斥異己的行為，則被永遠鄙視。

這就是說，稷下學宮作為一個教學機構，即使在淪為廢墟之後，還默默地在社會的公私領域傳授著課程。

六

與稷下學宮遙相呼應，當時在西方的另一個文明故地，也出現了一個精神文化的建築群，我們一般稱之為雅典學派或雅典學園。

「雅典學園」和「稷下學宮」，在名稱上也可以親密對仗。據我的推算，柏拉圖創建雅典學園的時間，比稷下學宮的建立大概早了二十年，應該算是同時。

這是巧合嗎？

如果是，那也只是一個更宏大、更神奇的巧合的衍生而已。

那個更宏大、更神奇的巧合，我可以用一份年齡對照表來說明——

孔子可能只比釋迦牟尼小十幾歲；

孔子去世後十年左右，蘇格拉底出生；

墨子比蘇格拉底小一歲，比德謨克利特大八歲；

孟子比亞里士多德小十二歲；

莊子比亞里士多德小十五歲；

阿基米德比韓非子大七歲。

……

人類的歷史那麼長，怎麼會讓這麼多開山立派的精神巨人，這麼多無法超越的經典高峰，湧現於一時？為什麼後來幾千年的文化創造，不管多麼傑出，多麼偉大，都只是步了那些年月的後塵？

「天意從來高難問」。

那就不問了，我們只能面對「天意」的結果，反覆驚嘆。

有人說：「世上無仲尼，萬古如長夜。」那麼，其他民眾也會說，世上如果沒有釋迦牟尼，沒有蘇格拉底、柏拉圖、亞里士多德，人類的歷史將會如何如何。這種稱頌中包含著一個共同的判斷，那就是：歷史的自然通道，本應該如萬古長夜。從黑暗的起點，經由叢林競爭、血腥互殘，通向黑暗的終點。萬古長夜裡應該也會有一些星星在天空閃耀吧？問題是，能使星星閃耀的光源在哪裡？

於是，不知是什麼偉大的力量為了回答這個問題，讓幾個最大的精神光源同時出現在世界上。頃刻之間，一切都不一樣了。從此，人類也就從根本上告別荒昧，開始走向人文，走向理性，走向高貴。

精神光源與自然光源不一樣，不具備直接臨照山河的動能，必須經過教學和傳播機制的中轉，才能啟迪民眾。因此像稷下學宮和雅典學園這樣的平台，足以左右一個民族對於文明光亮的領受程度。

七

說起來，雅典學園是一個總體概念，其中包括柏拉圖、亞里士多德等人先後創立的好幾家學園。差不多兩千年後，意大利畫家拉斐爾曾在梵蒂岡教皇宮創作過一幅名為「雅典學園」（又名「哲學」）的壁畫，把那些學園合成了一體，描繪一大群來自希臘、羅馬、斯巴達等地的不同年代、不同專業的學者圍繞著柏拉圖和亞里士多德共聚一堂的情景。拉斐爾甚至把自己和文藝復興時的其他代表人物也畫到裡邊，表示大家都是雅典學園的一員。

大家都是雅典學園的一員——這個觀念，正是文藝復興運動的重要內容。

歐洲在走向近代的過程中又一次成了古希臘和古羅馬的學生。這次重新上學的結果十分驚人，歐洲人把「向前看」和「向後看」這兩件看似完全相反的事當作了同一件事，借助於人類早期的精神光源，擺脫了中世紀的束縛，使前進的腳步變得更經典、更本真、更人性了。

中國沒有經歷過文藝復興這樣的運動，這是比不上歐洲的地方。但另一個方面，中國也沒有經歷過中世紀，未曾發生過古典文明的千年中斷，這又很難說比不上歐洲。當那些早就遺佚的古希臘經典被阿拉伯商人藏在馬隊行囊中長途跋涉，又被那不勒斯一帶的神學院一點點收集、整理的時候，中國的諸子經典一直堂而皇之地成為九州課本，風光無限。既然沒有中斷，當然也就不會產生歐洲式的發現、驚喜和激動，這便由長處變成了短處。

這些長長短短，是稷下學者們不知道的了。我們的遺憾是，一直沒有出現一個歷史機遇，能讓拉斐爾這樣的畫家把稷下學宮和後代學者們畫在一起，讓所有的中國文人領悟：大家都與山東臨淄那個老城門下的廢墟有關。

詩人是什麼

一

大地為證：我們的祖先遠比我們更親近詩。

這並不是指李白、杜甫的時代，而是還要早得多。至少，諸子百家在黃河流域奔忙的時候，就已經一路被詩歌所籠罩。

他們不管是坐牛車、馬車，還是步行，心中經常會迴盪起「詩三百篇」，也就是《詩經》中的那些句子。這不是出於他們對於詩歌的特殊愛好，而是出於當時整個上層社會的普遍風尚。而且，這個風尚已經延續了很久很久很久。

由此可知，我們遠祖的精神起點很高。在極低的生產力還沒有來得及一一推進的時候，就已經「以詩為經」了。這真是了不起，試想，當我們在各個領域已經狠狠地發展了幾千年之後，不是越來越渴望哪一天能夠由物質追求而走向詩意居息，重新企盼「以詩為經」的境界嗎？

那麼，「以詩為經」，既是我們的起點，又是我們的目標。《詩經》這兩個字，實在可以提挈中華文明的首尾了。

當時流傳的詩，應該比《詩經》所收的數量大得多。

司馬遷在《史記》中説，是孔子把三千餘篇古詩刪成三百餘篇的。這好像説得不大對，因為《論語》頻頻談及詩三百篇，卻從未提到刪詩的事，孔子的學生和同時代人也沒有提過，直到三百多年後才出現這樣的記述，總覺得有點奇怪。而且，有資料表明，在孔子還是一個孩子的時候，《詩經》的格局已成。成年後的孔子可能訂正和編排過其中的音樂，使之更接近原貌。

但是，無論是誰選的，也無論是三千選三百，還是三萬選三百，《詩經》的選擇基數很大，則是毋庸置疑的。

我本人一直非常喜歡《詩經》。過去在課堂上向學生推薦時，不少學生常常因一個「經」字望而卻步，我總是告訴他們，那裡有一種採自鄉野大地的人間情味，像是剛剛收割的麥垛的氣味那麼誘鼻，卻誰也無法想像這股新鮮氣味竟然來自於數千年前。

我喜歡它的雎鳩黃鳥、蒹葭白露，喜歡它的習習谷風、霏霏雨雪，喜歡它的靜女其妹、伊人在水……而更喜歡的，則是它用最乾淨的漢語短句，表達了最典雅的喜怒哀樂。

這些詩句中，蘊藏著民風、民情、民怨，包含著禮儀、道德、歷史，幾乎構成了一部內容豐富的社會教育課本。這部課本竟然那麼美麗而悅耳，很自然地呼喚出了一種普遍而悠久的吟誦。吟於天南，吟於海北；誦於百年，誦於千年。於是，也熔鑄進了民族的集體人格。

每次吟誦《詩經》，總會聯想到一個夢境：在朦朧的夜色中，一群人馬返回山寨要唱幾句約定的秘曲，才得開門。《詩經》便是中華民族在夜色中回家的秘曲，一呼一應，就知道是自己人。

《詩經》是什麼人創作的？應該是散落在黃河流域各階層的龐大群體。這些作品，不管是各地進獻的樂歌，還是朝廷採集的民謠，都會被一次次加工整理，因此也就成了一種集體創作，很少有留下名字的個體詩人。這也就是說，《詩經》所標誌的，是一個缺少個體詩人的詩歌時代。

這是一種悠久的合唱，群體的美聲。這是一種廣泛的協調，遼闊的共鳴。這裡呈現出一個個被刻畫的形象，卻很難找到刻畫者的面影。

二

結束這個局面的，是一位來自長江流域的男人。

屈原，一出生就沒有踩踏在《詩經》的土地上。

中華民族早期在地理環境上的進退和較量，說起來太冗長，我就簡化為黃河文明和長江文明吧。兩條大河，無疑是中華農耕文明的兩條主動脈，但在很長的歷史中，黃河文明的文章要多得多。

無論是那個以黃帝、炎帝為主角並衍生出夏、商、周人始祖的華夏集團，還是那個出現了太皞、少皞、蚩尤、后羿、伯益、皋陶等人的東夷集團，基本上都活動在黃河流域。由此斷言黃河是中華民族的母親河，一點不錯。

長江流域活躍過以伏羲、女媧為代表的苗蠻集團，但在文明的程度和實力上，都無法與華夏集團相抗衡，最終確實也被戰勝了。我們在史籍上見到的堯如何制服南蠻，舜如何更易南方風俗，禹如何完成最後的征戰等等，都說明了黃河文明以強勢統治長江文明的過程。

但是，黃河文明的這種強勢統治，不足以消解長江文明。因為任何文明的底層，都與地理環境、氣候生態、千古風習有關，偉大如舜禹也未必更易得了。幸好是這樣，中華文明才沒有在征服和被征服的戰火中，走向單調。

自古沉浸在神秘奇譎的漫漫巫風中，長江文明不習慣過於明晰的政論和哲思。它的第一個代表人物不是霸主，不是名將，不是聖賢而是詩人，是一種必然。

這位詩人不僅出生在長江邊，而且出生在萬里長江最險峻、最神奇、最玄秘、最具有概括力的三峽，更有一種象徵意義。

我多次坐船過三峽，每次都要滿心虔誠地尋找屈原的出生地。我知道，這是自然與人文兩方面經過無數次談判後才找到的一個交集點。

如果說《詩經》曾經把溫煦的民間禮儀化作數百年和聲，慰藉了黃河流域的人倫離亂和世情失落，那麼，屈原的使命就完全不同了，他只是個人，沒有和聲。他一意孤行，拒絕慰藉。他心在九天不在世情……

他有太多太多的不一樣，而每一個不一樣又都與他身邊的江流、腳下的土地有關。

請想一想長江三峽吧，那兒與黃河流域的差別實在太大了。那裡山險路窄，交通不便，很難構成龐大的集體行動和統一話語。那兒樹茂藤密、物產豐裕，任何角落都能滿足一個人的生存需要，因此也有可能讓他獨晤山水，靜對心靈。那兒雲譎波詭，似仙似幻，很有可能引發神話般的奇思妙想。那裡花開花落，物物有神，很難不讓人顧影自憐、借景騁懷、感物傷情。那裡江流湍急，驚濤拍岸，又容易啟示人們在柔順的外表下志在千里，百折不回。

相比之下，雄渾、蒼茫的黃河流域就沒有那麼多奇麗，那麼多掩蔭，那麼多自足，那麼多個性。因此，從黃河到長江，《詩經》式的平原小合唱也就變成了屈原式的懸崖獨吟曲。

如果說，《詩經》首次告訴我們，什麼叫詩，那麼，屈原則首次告訴我們，什麼叫詩人。

於是，我們看到屈原走來了，戴著花冠，佩著長劍，穿著奇特的服裝，掛著精緻的玉佩，臉色高貴而憔悴，目光迷惘而悠遠。這麼一個模樣出現在諸子百家風塵奔波的黃河流域是不可想像的，但是請注意，這恰恰是中國歷史上第一個以個體形象出現的偉大詩人。《詩經》把詩寫在萬家炊煙間，屈原把詩寫在自己的身心上。

其實屈原在從政遊歷的時候也到過黃河流域，甚至還去了百家匯聚的稷下學宮（據我考證，可能是公元前三一一年），那當然不是這副打扮。他當時的身分，是楚國的官吏和文化學者，從目光到姿態都是理性化、群體化、政治化的。稷下學宮裡見到過他的各家學人，也許會覺得這位遠道而來的參訪者風度翩翩，舉手投足十分講究，卻不知道這是長江文明的最重要代表，而且遲早還要以他們無法預料的方式，把更大的範圍也代表了，包括他們在內。

代表的資格無可爭議，因為即使楚國可以爭議，長江可以爭議，政見可以爭議，學派可以爭議，而詩，無可爭議。

三

我一直覺得，很多中國文學史家都從根子上把屈原的事情想岔了。

大家都在惋嘆他的仕途不得志，可惜他在政壇上被排擠，抱怨楚國統治者對他的冷落。這些文學史家忘了一個最基本的問題：如果在朝廷一直得志，深受君主重用，沒有受到排擠，世界上還會有一個值得每一部中國文學史都闢出專章專節來恭敬敘述的屈原嗎？

中國文化人總喜歡以政治來框範文化，讓文化成為政治的衍生，他們不知道：一個吟者因冠冕而喑啞了歌聲，才是真正值得惋嘆的；一個詩人因功名而丟失了詩情，才是真正讓人可惜的；一個天才因政務而陷入於平庸，才是真正需要抱怨的。而如果連文學史也失去了文學座標，那就需要把惋嘆、可惜、抱怨加在一起了。

直到今天，很多文學史論著作還喜歡把屈原說成是「愛國詩人」。這也就是把一個政治概念放到了文學定位前面。「愛國」？屈原站在當時楚國的立場上反對秦國，是為了捍衛滋生自己生命的土地、文學和政權形式，當然合情合理，但是這裡所謂的「國」並不是一般意義上的「國家」，我們不應該混淆概念。在後世看來，當時真正與「國家」貼得比較近的，反倒是秦國，因為正是它將統一中國，產生嚴格意義上的國家觀念，形成梁啟超所說的「中國之中國」。我們怎麼可以把中國在統一過程中遇到的對峙性訴求，反而說成是「愛國」呢？

有人也許會辯解，這只是反映了楚國當時當地的觀念。但是，把屈原說成是「愛國」的是現代人。現代人怎麼可以不知道，作為詩人的屈原早已不是當時當地的了。把速朽性因素和永恆性因素搓捏成一團，把局部性因素和普遍性因素硬扯在一起，而且總是把速朽性、局部性的因素抬得更高，這就是很多文化研究者的誤區。

尋常老百姓比他們好得多，每年端午節為了紀念屈原包粽子、划龍舟的時候，完全不分地域。不管是當時被楚國侵略過的地方，還是把楚國滅亡的地方，都在紀念。當年的「國界」，早就被詩句打通，根本不存在政治愛恨了。那粽子，那龍舟，是獻給詩人的。中國民眾再慷慨，也不會把兩千多年的虔誠，送給另一種人。

老百姓比文化人更懂得：文化無界，文化無價。

文化，切莫自卑。

在諸多同類著作中，我獨獨推崇章培恆、駱玉明主編的那一部《中國文學史》對屈原的分析。書中指出，屈原有美好的政治主張，曾經受到楚懷王的高度信任，但由於貴族出身又少年得志，參加政治活動時表現出理想化、情感化和自信的特點，缺少周旋能力，難於與環境協調。這一切，在造成人生悲劇的同時也造就了優秀文學。

這就說對了。正是政治上的障礙，指引了文學的通道。落腳點應該是文學。

我的說法可能會更徹底一點：那些日子，中國終於走到了應該有個性文學的高點上了，因此有一種神秘的力量派出一個叫屈原的人去領受各種心理磨煉。讓他切身體驗一系列矛盾和分裂，例如：信任和被誣、高貴和失群、天國和大地、神遊和無助、去國和思念、等待和無奈、自愛和自滅，等等，然後再以自己的生命把這些悖論治煉為美，向世間呈示出一個最高座標：什麼是第一等級的詩，什麼是第一等級的詩人。

簡單說來，這是一種通向輝煌的必要程序。

抽去任何一級台階，就無法抵達目標，不管那些台階對攀援者造成了多大的勞累和痛苦。即便是個人誹謗、同僚側目、世人疑惑，也不可缺少。

甚至，對他自沉汨羅江，也不必投以過多的政治化理解和市井式悲哀。郭沫若認為，屈原是看到秦國軍隊攻破楚國首都郢，才悲憤自殺的，是「殉國難」。我覺得這恐怕與實際情況有一點出入。屈原自沉是在郢都攻破之前好幾年，時間不太對。還有一些人認為是楚國朝廷中那些奸臣賊子不想讓屈原活著，把他逼死的。在寬泛的意義上這樣說說也未嘗不可，但一定要編織出一個謀殺故事，卻沒有具體證據。

我認為，他作出自沉的選擇有更深刻的因素。當然有對現實的悲憤，但也有對生命的感悟，對自然的皈服。在彌漫著巫風神話傳統的山水間，投江是一種淒美的祭祀儀式。他投江後，民眾把原來祭祀東君的日子轉移到他的名下，前面說過的包粽子、划龍舟這樣的活動，正是祭祀儀式的一部分。

說實話，我實在想不出屈原還有哪一種更好的方式作為生命的句號。世界上的其他文明，要到近代才有不少第一流的詩人哲學家作出這樣的選擇。海德格在解釋這種現象時說，一個人對於自己生命的形成、處境、病衰都是無法控制的，唯一能控制的，就是如何結束生命。

我在北歐旅行時，知道那裡每年都有不少孤居寒林別墅中的高雅人士選擇自殺。我看著短暫的白天留給蒼原的燦爛黃昏，一次次聯想到屈原。可惜那兒太寂寞，百里難見人跡，無法奢望長江流域湖湘地區初夏時節那勃鬱四野的米香和水聲。

這種想法是不是超越了時代？美國詩人惠特曼說：所謂詩人，就是那種把過去、現在和將來融為一體的那種人。當然，惠特曼所說的是少數真正的偉大詩人。

因此，屈原身上本來就包含著今天和明天。

四

只要說到屈原，總不能不親近一下他的作品，連一次也不應該漏過。

這裡就遇到了一個難題：屈原的作品非常艱深，而年年祭祀屈原的民眾卻難以計數，我們能在這中間搭建幾條棧道嗎？

正是出於這個目的，二十世紀曾出現過不少版本的「今譯」。幾乎所有的今譯都採用了詩體，但遺憾的是，楚辭和現代詩之間的「韻味系統」完全不同，很難產生兩相滿意的轉換關係。往往是，今譯的詩句過於整齊繁瑣，把原詩的整體氣韻丟失了。這就像陳列一尊最華美的青銅器，萬不可用珠光寶氣的現代華美去映照，而只應該給它提供一個最樸素的麻布平台。

我很想做一個小小的試驗，把屈原的作品用現代散文來作一番表述。躲過大量的古文障礙，躲過逐段逐句的嚴格程序，只是畫一個粗略的輪廓，算是給普通祭祀者遞一根拐杖。

那麼，就從《離騷》著手試試看吧。

我是古帝高陽氏的後裔，出生在一個吉利的日子，父親給我起了個好名。我既有天生的美質，又重視後天的修能，還喜歡把香草秋蘭佩飾在身。

日月匆匆留不住，春去秋來不停步。我只見草木凋零，我只怕美人遲暮。何不趁著盛年遠離污穢，何不改一改眼下的規矩？那就騎上駿馬向前馳騁吧，我願意率先開路。

我知道古代聖君總與眾芳同在，我知道堂堂堯舜因為走了正道而一路暢達，狂亂的桀紂因為想走捷徑而步履窘困。因此，我指九天為證，我平日忙忙碌碌地奔走先後，並不怕自身遭殃，只擔心家國誤入歧途。但是，我的好心不被理解，反而招來了讒言和忿怒。

你不是早就約我在黃昏見面嗎，為什麼有了改變？我不是早就種下鮮花香草了嗎，為什麼也散出了異味？眾人在比賽貪婪，心底都貯滿嫉恨。在這樣的環境中，我只怕直到老年，還來不及修名立身。

朝飲木蘭的露水，夕餐秋菊的落英，只要相信內心的美好，又何妨飢餓憔悴？我總是長嘆擦淚，哀傷著民生多艱。雖然從早到晚又被辱罵又被驅趕，我雖九死而未悔。

鷹雀不能合群，方圓不能重疊。我只恨沒有看清道路，佇立良久決定返回。我讓我的馬在蘭皋漫步，在椒丘休息，自己卻換上了出發前的服裝。我像過去一樣以荷葉為衣，以芙蓉為裳，戴上高冠，佩上長劍，然後抬起頭來觀看四荒。我又有了繽紛的佩飾，我又聞到了陣陣芳香。大姐反覆地勸導我：「大禹的父親過於剛直而死於羽山之野，你如此博學又有修養，為何也要堅持得如此孤傲？人人身邊都長滿了野草，你為何偏偏潔身自好？民眾不可能聽你的解說，有誰能體察你的情操？世人都在勾勾搭搭，你為何獨獨不聽勸告？」

大姐啊，我只知道古代聖賢的教導，不可自縱，不可違常。我只知道皇天無私，以德為上。也許真該嘆息我生不逢時，採一束蕙草來擦拭眼淚，但眼淚早已把我的衣衫打濕，我把衣衫鋪在地上屈膝跪告：我已經知道該走的正道，那就是駕龍乘鳳飛上九宵。

清晨從蒼梧出發，傍晚就到了崑崙。我想在這神山上稍作停留，抬頭一看已經暮色蒼茫。太陽啊你慢點走，不要那麼急迫地落向西邊的崦嵫山。前面的路又長又遠，我將上下而求索。

我在天池飲馬，又從神木上折下枝條拂動著陽光，暫且在天國自在逍遙。我要讓月神作為先驅，讓風神跟在後面，然後再去動員神鳥。我令鳳凰日夜飛騰，我令雲霓一路侍從，整個隊伍分分合合，上上下下一片熱鬧。

終於到了天門，我請天帝的守衛把天門打開，但是，他卻倚在門邊冷眼相瞧。太陽已經落山，我一邊編結著幽蘭一邊長時間地站立著十分苦惱。你看世事多麼混濁，連最美好的事情也被嫉妒毀掉。

第二天黎明我渡過了神河，登上高丘拴好馬，舉頭四顧又流淚了：高丘上，我心中的神女沒找到。

我急忙從春宮折下一束瓊枝，趁鮮花還未凋落，拿著它去世間尋找。我解下佩帶託人去找古帝伏義的女兒洛神，但她吞吞吐吐又自命不凡，說晚上要到另處去居住，早晨又要到遠處去洗髮。仗著相貌如此驕傲，整日遊逛不懂禮節，我轉過頭去另作尋找，又看到了孕育過商族的美女簡狄。我讓鴆鳥去說媒，但情況似乎並不好。斑鳩倒是靈巧嘴，但它實在太輕佻。終於找到鳳凰去送聘禮，但晚了，那位叫高辛的帝王已比我先到。我心中還有夏朝君王身邊那兩位姓姚的姑娘，但一想媒人都太笨，事情還是不可靠……

歷代的佳人都虛無瞟緲，賢明的君主又睡夢顛倒。我的情懷能向誰傾訴，我又怎麼忍耐到生命的終了？

我占卜上天：「美美必合，誰不慕之？九州之大，難道只有這裡才有佳人？」卜辭回答：「趕緊遠逝，別再狐疑。天下何處無芳草，何必總是懷故宇！」

是啊，這裡的人們把艾草塞滿了腰間，卻硬說不能把幽蘭佩戴在身上；這裡的人們把糞土填滿了香囊，卻硬說申椒沒有芳香。連草木的優劣也分不清，他們又怎麼能把美玉欣賞？

年紀未老，依然春光，但我多麼害怕杜鵑的鳴叫突然響起，宣告落花時節已到，百草失去芬芳。其實，一切原本無常，我剛剛讚美過的幽蘭，也漸漸變成了艾草；我剛剛首肯過的申椒，也越來越變得荒唐。時俗已經變成潮流，誰能保持原有風尚？幽蘭、申椒尚且如此，其他花草更是可以想像。唯有我的玉佩還依然高貴，我發現眾人都在故意遮蓋它的光輝，我擔心小人終究要把它損傷。

我決定還是要面朝崑崙方向。選好良辰吉日，以瓊枝玉屑作為乾糧。仍然是鳳凰展翅，雲霓飛翔，千馬奔馳，蛟龍架梁。渡過流沙、赤水，繞過不周山直指西海……忽然間我鬆下繮轡放慢了速度，神思邈邈地想起了奏九歌、跳韶舞的快樂時光。

我已經升騰在輝煌的九天，卻還在從高處首尋望故鄉。連我的僕人也露出悲容，連我的馬四也彎曲著身子不肯走向前方。

唉，罷了！既然國中無人知我，我又何必懷念故鄉？既然無法推行美政，我且把先人彭咸作為榜樣！

用如此淺顯的散文來表述《離騷》，可能會引起楚辭專家的不悅。但是，我了解我的讀者，他們即使有很好的古文修養，一旦被我引入現代口語對話系統，也就不太願意在同一篇文章中更換成古代的步履了，哪怕是一小段。這也是散文和學術論文的重大區別。這樣的淺顯表述必然會失落很多東西，卻有可能留存一股氣，也就是詩化邏輯的總體走向。

五

至少也算通俗地親近了一次吧。

從中可以知道，自屈原開始，中國文人的內心基調改變了，有了更多的個人話語。雖然其中也關及民生和君主，但全部話語的起點和結局卻都是自己。憑自己的心，說自己的話，說給自己聽。被別人聽到，並非本願，因此也不可能與別人有絲毫爭辯。

這種自我，非常強大又非常脆弱。強大到天地皆是自己，任憑縱橫馳騁；脆弱到風露也成敵人，害怕時序更替，甚至無法承受鳥鳴花落，香草老去。

這樣的自我一站立，中國文化不再是以前的中國文化。

帝王權謀可以傷害他，卻不能控制他；儒家道家可以滋養他，卻不能拯救他。一個多愁善感的孤獨生命發出的聲音似乎無力改易國計民生，卻讓每一個聽到的人都會低頭思考自己的生命。

因此，他仍然孤獨卻又不再孤獨，他因喚醒了人們長久被共同話語掩埋的心靈秘窟而產生了強大的震撼效應。他讓很多中國人把人生的疆場搬移到內心，漸漸領悟那裡才有真正的詩和文學，因此，他也就從文化的邊緣走到了中心。

從屈原開始，中國文人的被嫉受誣，將成為一個橫貫兩千多年的主題。而且，所有的高貴和美好，也都將從這個主題中產生。

屈原為什麼希望太陽不要過於急迫地西沉於崦嵫山？為什麼擔憂杜鵑啼鳴？為什麼宣告要上下而求索？為什麼發誓雖九死而未悔？因為一旦被嫉受誣，生命的時間和通道都被剝奪，他要竭盡最後一點力量爭取。他的別離和不忍，也都與此有關。屈原的這個精神程序，已被此後的中國文化史千萬次地重複，儘管往往重複得很不精采。

從屈原開始，中國文學擺開了兩重意象的近距離對壘。一邊是嫉妒、謠諑、黨人、群小、犬豕、貪婪、溷濁、流俗、糞壤、蕭艾，另一邊是美人、幽蘭、秋菊、清白、中正、求索、飛騰、修能、崑崙、鳳凰。這種對壘，有寫實，更是象徵，詩人就生存在兩邊中間，因此總是在磨難中追求，又在追求中磨難。詩人本來當然想置身在美人、幽蘭一邊，但另一邊總是奮力地拉扯他，使他不得不終生處於掙扎之中。

屈原的掙扎啟示後代讀者，常人都有物質上的掙扎和生理上的掙扎，但詩人的掙扎不在那裡。屈原的掙扎更告訴中國文學，何謂掙扎中的高貴，何謂高貴中的掙扎。

屈原的高貴由內至外無所不在，但它的起點卻是承擔了使命之後的痛苦。由痛苦直接釀造高貴似乎不可思議，屈原提供了最早的範本。

屈原不像諸子百家那樣總是表現出大道在心，平靜從容，不驚不詫。相反，他有那麼多的驚詫，那麼多的無奈，那麼多的不忍，因此又伴隨著那麼多的眼淚和嘆息。他對幽蘭變成蕭艾非常奇怪，他更不理解為什麼美人總是難見，明君總是不醒。他更驚嘆眾人為何那麼喜歡謠言，又那麼冷落賢良……總之，他有太多的疑問，太多的困惑。他曾寫過著名的《天問》，其實心中埋藏著更多的「世問」和「人問」。他是一個詢問者，而不是解答者，這也是他與諸子百家的重大區別。

而且，與諸子百家的主動流浪不同，屈原還開啟了一種大文化人的被迫流浪。被迫中又不失有限的自由和無限的文采，於是也就掀開了中國的貶官文化史。

由此可見，屈原為詩作了某種定位，為文學作了某種定位，也為詩人和文人作了某種定位。但是恕我直言，這位在中國幾乎人人皆知的屈原，兩千多年來依然寂寞。雖然有很多模仿者，卻總是難得其神。有些文人在經歷和精神上與他有局部相遇，卻終究又失之交臂。至於他所開創的自我形態、分裂形態、掙扎形態、高貴形態和詢問形態，在中國文學中更是大半失落。

這是一個大家都在回避的沉重課題，在這篇文章中也來不及陳述。我只能借取屈原《招魂》中反覆出現的一個短句，來暫時結束今天的話題——

魂兮歸來！

歷史的母本

一

在中國文化史上，讓我佩服的人很多，讓我感動的人很少。

這很自然。因為文人畢竟只是文人，他們或許能寫出不少感動人的故事，自己卻很少有這種故事。

有時彷彿也出現這種故事了，例如有的文人捨己救駕，有的文人寧死不降，但這又與文化史關係不大。他們在做這些事情的時候，是以忠臣或守將的身分進入了政治史和軍事史，而不是以文人的身分推進著文化史。

既能夠牽動中國文化史，又能夠牽動我們淚眼的人物在哪裡？

還有比墨子和屈原更要讓我們感動的人物嗎？

有。他叫司馬遷。

我早就確認他是中國文化史上第一讓我感動的人物，卻一直難於表達感動的程度。

讀者諸君也許會想，司馬遷的感人處，不就是以刑殘之身寫出了一部重要的歷史著作嘛，怎麼會一直難於表達呢？

是的，我想表達的內容要艱深得多。

二

今天我想冒一下險，把司馬遷最艱深的感人之處試著表述一下，而且故意放在這篇文章的最前面，觸犯了寫文章絕不能「由深入淺」的大忌，望讀者諸君硬著頭皮忍耐一下。

我認為司馬遷最艱深的感人之處，有以下三個層次。

第一，司馬遷讓所有的中國人成了「歷史中人」。

《史記》以不可超越的「母本」形態一鳴驚人，成為今後兩千年一代代編史者自覺仿效的通例。因此，是他，使中華民族形成了前後一貫的歷史興趣、歷史使命和歷史規範，成為世界上罕見的始終有史可循、以史立身的文明群體。

從某種意義上說，他本人雖然早已去世，卻是全部《二十五史》的總策劃。他使書面上和大地上的兩千多年歷史變成同一部通史。

他使歷朝歷代所有的王侯將相、遊俠商賈、文人墨客在做每一大事的時候都會想到懸在他們身後的那枝巨大史筆。他給了紛亂的歷史一副穩定的有關正義的目光，使這種歷史沒有在一片嘈雜聲中戛然中斷。中華文明能夠獨獨地延伸至今，可以瀟灑地把千百年前的往事看成自家日曆上的昨天和前天，都與他有關。司馬遷交給每個中國人一份有形無形的「家譜」，使他們中的絕大多數，不會成為徹底的不肖子孫。

第二，司馬遷以人物傳記為主幹來寫史，開啟了一部：「以人為本」的中國史。

這是又一個驚人的奇蹟，因為其他民族留存的歷史大多以事件的紀年為線索，各種人物只是一個個事件的參與者，招之即來，揮之即去。司馬遷把它扭轉了過來，以一個個人物為核心，讓各種事件招之即來，揮之即去。

這並不是一種權宜的方法，而是一種大膽的觀念。在他看來，所有的事件都是川上逝水，唯有人物的善惡、角度、性格，永遠可以被一代代後人體驗。真正深刻的歷史，不是異代師生對已往事件的死記硬背，而是後人對前人的理解、接受、選擇、傳揚。司馬遷在《史記》中描寫的那些著名人物，早已成為中國文化的「原型」，也就是一種精神模式和行為模式，衍生久遠，最終組成中國人集體人格的重要部件。

這種輕事而重人的選擇，使司馬遷這位史學家能夠「究天人之際，通古今之變，成一家之言」，因而同時具備了文學家和哲學家的素質。

然而更重要的是，他的這種選擇使早已應該冷卻的中國歷史始終保持著人的體溫和呼吸。中國長久的專制極權常常會採取一系列反人性的暴政，但是有了以人為本的歷史觀念，這種暴政實行的範圍和時段都受到了制衡。人倫之常、人情人品，永遠實實在在地掌控著千里巷陌，萬家燈火。

第三，他在為中國文化創建「以史立身」、「以人為本」傳統的時候，自己正承受著難以啟齒的奇恥大辱。

他因幾句正常的言論獲罪，被處以「宮刑」，又叫「腐刑」，也就是被切割了一個男性的生理系統。當時他三十八歲，作為一個年歲已經不輕的大學者，面對如此奇禍，幾乎沒有例外都會選擇處死，但是，就在這個生死關口上，讓我產生巨大感動的弔詭出現了——

他決定活下來，以自己非人的歲月來磨礪以人為本的歷史，以自己殘留的日子來梳理中國的千秋萬代，以自己沉重的屈辱來換取民族應有的尊嚴，以自己失性的軀體來呼喚大地剛健的雄風。

而且，他一一做到了，他全部做到了，他真的做到了！

我想，說到這裡，我已經約略勾畫了司馬遷最艱深的感人之處。然而，還是無法傾吐我的全部感受。

我經常會站在幾乎佔據了整整一堵牆的《二十五史》書櫃前長時間發呆。想到一代代金戈鐵馬、王道霸道、市聲田歌都在這裡匯聚，而全部匯聚的起點卻是那樣一位男性：蒼白的臉，失去光彩的眼神。

我還會在各種有關中華文化的豪言壯語、激情憧憬前突然走神，想到這種浩蕩之氣的來源。漢代，那些涼氣逼人的孤獨夜晚。

歷代中國文人雖然都熟讀《史記》，靜靜一想卻會覺得無顏面對那盞在公元前九十年之後不知道何年何月最後熄滅的油燈。

我曾無數次地去過西安，當地很多讀者一直問我為什麼不寫一篇有關西安的文章，我總是訥訥難言，心中卻一直想著西安東北方向遠處滔滔黃河邊的龍門，司馬遷的出生地。我知道韓城還有司馬遷的墓和祠，卻又無法預計會不會有太多現代痕跡讓我失望，不敢去。但我想，遲早還會去一次。

那年歷險幾萬公里考察人類其他文明回來，曾到黃帝陵前祭拜，我撰寫的祭文上有「稟告始祖，此行成矣」之句。第二天過壺口瀑布，黃河上下堅冰如砥，我也向著南邊的龍門默念祭文上的句子。因為在我看來，黃帝需要稟告，司馬遷也需要稟告。

甚至可以說，司馬遷就是一位無可比擬的文化君主。我對他的恭敬，遠遠超過秦漢和大唐的那些皇帝。

三

司馬遷在蒙受奇恥大辱之前，是一個風塵萬里的傑出旅行家。

博學、健康、好奇、善學，利用各種機會考察天下，他肯定是那個時代走得最遠的青年學者。他用自己的腳步和眼睛，使以前讀過的典籍活了起來。他用遼闊的空間來捕捉悠遠的時間。他把個人的遊歷線路作為網兜，撈起了沉在水底的千年珍寶。

因此，要讀他筆下的《史記》，首先要讀他腳下的路程。

路程，既衡量著文化體質，又衡量著文化責任。

司馬遷是二十歲開始漫遊的，那一年應該是公元前一一五年。這裡出現了一個學術爭議，他究竟出生在哪一年？對此過去一直有不同看法，到了近代，大學者王國維和梁啟超都主張他出生在公元前一四五年，至今沿用。但也有現代研究者如李長之、趙光賢等認為應該延後十年，即公元前一三五年。我仔細比照了各種考證，決定放棄王國維、梁啟超的定論，贊成後一種意見。

二十歲開始的那次漫遊，到了哪些地方？為了讀者方便，我且用現在的地名加以整理排列——

從西安出發，經陝西丹鳳，河南南陽，湖北江陵，到湖南長沙，再北行訪屈原自沉的汨羅江。

然後，沿湘江南下，到湖南寧遠訪九嶷山。再經沅江，至長江向東，到江西九江，登廬山。

再順長江東行，到浙江紹興，探禹穴。

由浙江到江蘇蘇州，看五湖，再渡江到江蘇淮陰，訪韓信故地。然後北赴山東，到曲阜，恭敬參觀孔子遺跡。又到臨淄訪齊國都城，到鄒城訪鄒澤山，再南行到滕州參觀孟嘗君封地。

繼續南行，到江蘇徐州、沛縣、豐縣，以及安徽宿州，拜訪陳勝、吳廣起義以及楚、漢相爭的諸多故地。這些地方收穫最大、感受最深，卻因為處處貧困，路途不靖，時時受阻，步履維艱。

擺脫困境後，行至河南淮陽，訪春申君故地。再到河南開封，訪戰國時期魏國首都，然後返回長安。

這次漫遊，大約花費了兩年多的時間。按照當時的交通條件，算是快的。我們可以想像那個意氣風發的青年男子疾步行走在歷史遺跡間的神情。他用青春的體力追趕著祖先的腳步，根本不把任何艱苦放在眼裡。尤其在楚、漢相爭的故地，遇到了很大的困難，卻也因為心在古代而興致勃勃。從後來他的全部著作中可以發現，他在貧瘠的大地上汲取的，是萬丈豪氣、千里雄風。

這是漢武帝的時代，剽悍強壯是整個民族的時尚。這位從一出生就聽到了黃河驚濤的青年學者，幾乎是以無敵劍客的心態來完成這次文化考察的。從他的速度、步履和興奮狀態，也可推斷他對整個中華文化的感悟。

這次漫遊之後，他得到了一個很低的官職——郎中，需要侍從漢武帝出巡了。雖然有時只不過為皇帝做做守衛，侍候車駕，但畢竟也算靠近皇帝了，在別人看起來相當光彩。而司馬遷高興的，是可以借著侍從的名義繼續出行。後來，朝廷為了安頓西南地區的少數民族，也曾派他這樣身強力壯的年輕小官出使，他就走得更遠了。

因此，我們需要繼續排列他的行程。

二十三歲至二十四歲，他侍從漢武帝出巡，到了陝西鳳翔，山西夏縣、萬榮，河南滎陽、洛陽，陝西隴縣，甘肅清水，寧夏固原，回陝西淳化甘泉山。

二十五歲，他出使四川、雲南等西南少數民族地區。

二十六歲，他剛剛出使西南回來，又侍從漢武帝出巡山東泰山、河北昌黎、河北盧龍、內蒙古五原。

二十七歲，又到了山東萊州，河南濮陽。

二十八歲，他升任太史令，待從漢武帝到陝西鳳翔，寧夏固原，河北涿州，河北蔚縣，湖南寧遠，安徽潛山，湖北黃梅，安徽樅陽，山東膠南，又到泰山。

我在排列司馬遷青年時代的這些旅行路線時，一邊查閱著古今地名表，一邊在地圖上畫來畫去，終於不得不驚嘆，他實在是幾乎走遍了當時能夠抵達的一切地方。那個時期，由於漢武帝的雄才大略、勵精圖治，各地的經濟狀況和社會面貌都有很大進展，司馬遷的一路觀感大致不錯，當然，也看到了大量他後來在《史記》裡嚴厲批評的各種問題。

這是漢武帝的土地和司馬遷的目光相遇，兩邊都隱含著一種不言而喻的偉岸。只要是漢武帝的土地，任何智者見了都會振奮，何況是司馬遷的目光；只要是司馬遷的目光，任何圖景都會變得深遠遼闊何況是漢武帝的土地。

司馬遷已經開始著述，同時他還忙著掌管和革新天文曆法。漢武帝則忙著開拓西北疆土，並不斷與匈奴征戰，整個朝廷都被山呼海嘯般的馬蹄聲所席捲。

就在這樣的氣氛中，司馬遷跨進了他的極不吉利的三十七歲，就是天漢二年，公元前九十九年。

四

終於要說說那個很不想說的事件了。

別人已經說過很多遍。我要用自己的方式來說，儘量簡短。

這是一個在英雄的年代發生的悲慘故事。

匈奴無疑是漢朝最大的威脅，彼此戰戰和和，難有信任。英氣勃勃的漢武帝當政後，對過去一次次讓漢家女兒外嫁匈奴來乞和深感屈辱，接連向匈奴出兵而頻頻獲勝，並在戰爭中讓大家看到了傑出的將軍衛青和霍去病。匈奴表面上變得馴順，卻又不斷製造麻煩，漢武帝怎麼能夠容忍？便派將軍李廣利帶領大隊騎兵征討匈奴。這時又站出來一位叫李陵的將軍，歷史名將李廣的孫子，他聲言只需五千步兵就能戰勝匈奴，獲得了漢武帝的准許。李陵出戰後一次次以少勝多，戰果累累，但最後遇到包圍，寡不敵眾，無奈投降。

漢武帝召集官員討論此事，大家都落井下石，責斥李陵。問及司馬遷時，他認為李陵已經以遠超自己兵力的戰功，擊敗了敵人，只是身陷絕境才作出此番選擇。憑著他歷來的人品操守，相信很快就會回來報效漢廷。

漢武帝一聽就憤怒，認為司馬遷不僅為叛將辯護，而且還間接地影射了李廣利的主力部隊不得力，因此下令處死司馬遷。

為什麼不能影射李廣利的主力部隊？因為李廣利的妹妹是漢武帝最寵愛的李夫人。李夫人英年早逝，臨終前託漢武帝好生照顧哥哥。漢武帝出於對李夫人的思念，也就以極度的敏感保護著李廣利。這一切，都是司馬遷在回答漢武帝「問話」時想不到的。

說是處死，但沒有立即執行。當時的法律有規定，死刑也還有救，第一種辦法是以五十萬錢贖身，第二種辦法是以「腐刑」代替死刑。

司馬遷家庭貧困，根本拿不出那麼多錢來。他官職太低，得不到權勢人物的疏通。以前的朋友們，到這時都躲得遠遠的，生怕惹著了自己什麼。連親戚們也都裝得好像根本沒有發生過這回事一樣，誰也不願意湊一點錢來救命。這時候，司馬遷只好「獨與法吏為伍，深幽囹圄中」。

司馬遷在監獄裡靜靜地等了一陣，也像是什麼也沒有等。他很明白地知道，自己的選擇只有兩項了：死，或者接受「腐刑」。

死是最簡單、最自然的。在那個彌漫著開疆拓土之勢、征戰殺伐之氣的時代，人們對死亡看得比較隨便。司馬遷過去侍從漢武帝出巡時，常常看到當時的大官由於沒有做好迎駕的準備而自殺，就像懊喪地打一下自己的頭一樣簡單，周圍的官員也不以為意，例如當時河東太守和隴西太守都是這樣死的。這次李陵投降的消息傳來，不久前報告李陵戰功的官員也自殺了。據統計，在李陵事件前二十餘年，漢武帝所用的五位丞相中，有四位屬於非自然死亡。因此，人們都預料司馬遷必定會選擇痛快一死，而沒有想到他會選擇腐刑，承受著奇恥大辱活下來。

出乎意料的選擇，一定有出乎意料的理由。這個理由的充分呈現，需要千百年的時間。

腐刑也沒有很快執行，司馬遷依然被關在監獄裡。到了第二年，漢武帝心思有點活動，想把李陵從匈奴那邊接回來。但從一個俘虜口中聽說，李陵正在幫匈奴練兵呢。這下又一次把漢武帝惹火了，立即下令殺了李陵家人，並對司馬遷實施腐刑。

剛剛血淋淋地把一切事情做完，又有消息傳來，那個俘虜搞錯了，幫匈奴練兵的不是李陵，而是另一個姓李的人。

五

司馬遷在監獄裡關了三年多，公元前九十六年出獄。

那個時代真是有些奇怪，司馬遷剛出獄又升官了，而且升成了不小的「中書令」。漢武帝好像不把受刑、監禁當一回事，甚至，他並沒有把罪人和官員分開來看，覺得兩者是可以頻繁輪班的。不少雄才大略的君主是喜歡做這種大貶大升的遊戲的，他們在這種遊戲中感受著權力收縱的樂趣。

升了官就有了一些公務，但此時的司馬遷，全部心思都在著述上了。據他在《報任安書》裡的自述，那個時候的他，精神狀態發生了極大的變化，過去的意氣風發再也找不到了。

僕以口語遭遇此禍，重為鄉黨戮笑，污辱先人，亦何面目復上父母之丘墓乎？雖累百世，垢彌甚耳。是以腸一日而九回，居則忽忽若有所亡，出則不知其所往。每念斯恥，汗未嘗不發背沾衣也！

這段自述通俗似白話文，不必解釋了。總之，他常常處於神不守舍的狀態之中，無法擺脫強烈的恥辱感。越是高貴的人越會是這樣。

在一次次的精神掙扎中，最終戰勝的，總是關於生命價值的思考。他知道，那個時代由於大家把死看得過於平常，因此爽然求死雖然容易卻似九牛失其一毛，或似螻蟻淹於滴水，實在不值一提。相比之下，只有做了一些有價值的事情之後再死，才大不一樣。正是想到這裡，他說了一句現在大家都知道了的話：「人固有一死，死有重於泰山，或輕於鴻毛，用之所趨異也。」

在他心中，真正重於泰山的便是《史記》。他屈辱地活著，就是要締造和承載這種重量。人的低頭有兩種可能，一種是真正的屈服，一種是正在試練著扛起泰山的姿態，但看起來也像是屈服。

司馬遷大概是在四十六歲那年完成《史記》的。據王國維考證，最後一篇是〈匈奴列傳〉，那是公元前九十年。

我們記得，司馬遷遭禍的原因之一，是由於為李陵辯護時有可能「影射」了漢武帝所呵護的將軍李廣利不得力。就在公元前九十年，李廣利自己向匈奴投降了。司馬遷把這件事平靜地寫進了〈匈奴列傳〉，他覺得，一個與自己有關的懸念落地了，他已經可以停筆。

這之後，再也沒有他的任何消息。他到底活了多久，又是怎麼逝世的，逝世在何處，都不知道。有學者從衛宏的《漢書舊儀》、葛洪的《西京雜記》和桓寬的《鹽鐵論》等著作中的某些說法判斷，司馬遷最後還是因為老是有怨言而下獄被殺。但在我看來，這些材料過於簡約和曖昧，尚不足憑信。當然，簡約和曖昧也可能是出於一種仁慈，不願意讓人們領受司馬遷的第二度悲哀。

他，就這樣無聲無息、無影無蹤地消失了。

他寫了那麼多歷史人物的精采故事，自己的故事卻沒有結尾。

也許，這才是真正的大結尾。他知道有了《史記》，不需要再安排一個終結儀式。他知道只要歷史還沒有終結，《史記》和他都終結不了。

六

文章已經可以結束。忽然又想到一層意思，再拖拉幾句。

多年來我一直被問，寫作散文受誰的影響最深。我曾經如實地回答過「司馬遷」，立即被提問者認為是「無厘頭」式的幽默。

「我們問的是散文啊，您怎麼拉出來一個古代的歷史學家？」

我不知如何解釋，後來遇到同樣的問題也就不作回答了。

年歲越長，披閱越多，如果自問最傾心哪位散文家，我的答案依然沒變。

散文什麼都可以寫，但最高境界一定與歷史有關。這是因為，歷史本身太像散文了，不能不使真正的散文家怦然心動。

歷史沒有韻腳，沒有虛構，沒有開頭和結尾；但是歷史有氣象，有情節，有收縱，有因果，有大量需要邊走邊嘆、夾敘夾議的自由空間，有無數不必刻意串絡卻總在四處閃爍的明亮碎片，這不是散文是什麼?而且也只能是散文,不是話本,不是傳奇,不是策論,不是雜劇。

既然歷史本是如此,司馬遷也就找到了寫史的最佳方式。他一逕以第三人稱的敘述主體從容地說著,卻與一般歷史著作的冷若冰霜不同。他說得那麼富有表情,有時讚賞,有時傾心,有時懷念,有時祭奠,有時憤怒,有時譏諷,有時鄙視。但這一切,都只是隱約在他的眉眼唇齒間,而沒有改變敘述基調的連貫性。

有時,他的敘述中出現了較完整的情節,有人物,有性格,有細節,有口氣,有環境,幾乎像一則則話本小說了。但是,他絕不滿足於人們對故事情節的世俗期待,絕不淪入說唱文學的眉飛色舞,敘述的步履依然經天緯地,絕無絲毫嘩眾取寵之嫌。

有時他不得不評論了,除了每篇最後的「太史公曰」,也會在敘述半道上拍案指點,卻又點到為止,繼續說事。事有輕重遠近,他如揮雲霓,信手拈來又隨手撇去,不作糾纏。

這樣一來,他的筆下就出現了各種色調、各種風致、各種意緒、各種情境的大組合。明君、賢相、惡吏、謀士、義俠、刺客,各自牽帶出鮮明的人生旋律,構成天道人心、仁政至德的豐富交響。這便是真正的「歷史文化大散文」。

《史記》的這種散文格局如雲似海,相比之下,連唐宋八大家也顯得剪裁過度、意圖過甚,未免小氣了。

若問：以散文寫史，是否符合歷史科學？我的回答是，既然歷史的本相是散文狀態而不是論文狀態，那麼，越是以近似的形態去把握，便越合適。否則，就會像捕雲馴海，誰都勞累。

又問：把《史記》作為散文範本，是否大小失度？我的回答是，寫天可以取其一角，但必先感受滿天氣象；畫地可以選其一隅，也必先四顧大地蒼茫。散文的範本應該比尋常散文開闊得多，才能擺脱瑣碎技巧而獲得宏大神韻。

除了內容。散文的基元是語言。在這一點上，司馬遷也稱得上是千古一筆。

司馬遷的文筆，是對他周圍流行文字的艱苦掙脱。在他之前，文壇充斥著濃郁的辭賦之風。好以枚乘、司馬相如等人為代表，追求文學上的鋪張和奢侈。到了司馬遷時代，此風愈演愈烈。像是要呼應漢武帝所開創的大國風範和富裕局面，連散文也都競相追求工麗、整齊、空洞、恣肆，甚至還要引經據典，磨礪音節。雖然確也不乏文采，卻總是華而不實、裝腔作態。這種傾向發展到以後，就成了過度講究藻飾、駢偶、聲律、用典的六朝駢文，致使到唐代，韓愈、柳宗元他們還要發起一個運動來反對。

知道了司馬遷的文字環境，就可以明白他文筆的乾淨、樸實、靈動，包含著多大的突破。他尤其像躲避瘟疫一般躲避著整齊的駢偶化句式，力求明白如話、參差錯落的自然散句。他又要把這種散句熔煉得似俗而雅、生動活潑，實在是把握住了散文寫作的基礎訣竅。他還不讓古代語文以「佶屈聱牙」的形態出現在自己的文章中，而必須改得平易流暢，適合當代人閱讀。我們如果在他的書中看到某種整齊、對稱、排比的句子，基本可以斷定不是出於他自己的手筆。例如後世專家們看到某篇文章中有一段以四字為韻的句法，一致肯定為後人羼入。

說到這裡，我實在無法掩蓋積存已久的現代悲哀。我們的時代，離兩漢六朝已那麼遥遠，不知何時突然掀起了一種不倫不類的當代駢文。一味追求空洞套話的整齊排列，文采當然遠不及古代駢體，卻也總是不怕重複地朗朗上口。有一次我被邀去參加一所大學的校慶，前來祝賀的官員居然有五位完全重複一個同樣的開頭：「金秋十月，桂子飄香，莘莘學子，歡聚一堂。」後來又有一位官員只把「金秋十月」改成「金風送爽」，後面十二個字還是一模一樣。我想大笑又不能不掩口，因為四周都覺得這才像是好文章。

有一次我在傳媒上啟發年經人寫作少用成語、形容詞、對偶句和排比句，回歸質樸敘事。這是多麼常識性的意見啊，卻據說引起一片嘩然，都說少了成語、形容詞、對偶句和排比句，何來「文學性」？大家竟然都不知道，這種不像正常人說話的所謂「文學性」，其實是最為低俗的「偽文學形態」。中國人已經擺脫了兩千年，到了唐代又狠狠地擺脫了一次，到了五四再徹底擺脫過一次。而且，每次被擺脫的文體，都比現在流行的一套好得多了。

我想，大家還是應該更認真地讀《史記》，除了認識歷史學上的司馬遷之外，還應該認識文學上的司馬遷。

昨夜寫作此文稍憩，從書架上取下聶石樵先生寫的《司馬遷論稿》翻閱，没想到第一眼就看到一段話，不禁會心而笑。他說：

我國古代散文成就最高的是漢代，漢代散文成就最高的是傳記文學，傳記文學成就最高的是《史記》。

這個觀點，頗合我意。

就此，我真的可以用幾句話結束這篇文章了：《史記》，不僅是中國歷史的母本，也是中國文學的母本。看上去它只與文學中的詩有較大的差別，但魯迅說了，與《離騷》相比，它只是「無韻」而已。

兩千年前就把文史熔於一爐的這位偉人，其實也就是把真、善、美一起熔煉了，熔煉在那些不真、不善、不美的夜晚。

熔爐就是那盞小油燈。

難道，它真的熄滅了？

叢林邊的那一家

一

行路，走到一個高爽之地，必然會駐足停步，深深地吸一口氣，然後極目遠望。這時候，只覺得天地特別開闊又特別親近，自己也變得器宇軒昂。

前面還有一個高爽之地，遠遠看去雲蒸霞蔚，很想快速抵達，但是，低頭一看，中間隔著一片叢林。叢林間一定有大量丘壑、沼澤、煙瘴、虎嘯、狼嚎吧？讓人心生畏怯。然而，對於勇敢的行路者來說，這反而是最想深入的地方。不僅僅是為了穿越它而抵達另一個高爽之地，它本身就蘊藏著無限美麗。

我很想借著這種旅行感受，來說一說歷史。

漢代和唐代顯然都是歷史的高爽之地。我們有時喜歡把中華文明說成是「漢唐文明」，實在是聲勢奪人。但是，不要忘了，在漢代和唐代這兩個歷史高爽地之間，也夾著一個歷史的叢林地帶，那就是三國兩晉南北朝。

在這個歷史的叢林地帶，沒有天高地闊的一致，沒有俯瞰一切的開朗，處處都是混亂和爭逐，時時都是逃奔和死亡。每一個角落都是一重權謀，每一個身影都是一串故事。然而，即便把這一切亂象加在一起，也並不令人沮喪。因為，亂象的縫隙間還有一些閃閃爍爍的圖景。你看——

何處麻袍一閃，年長的華佗還在行醫；夜間爐火點點，煉丹師葛洪分明已經成為一位傑出的原始化學家；中原飄來嘯吟，這是「竹林七賢」在清談和飲酒；南方也笑聲隱隱，那是王羲之和朋友們在聚會，轉眼間《蘭亭序》墨色淋漓；大畫家顧愷之的《女史箴圖》剛剛畫完，數學家祖沖之已經造出了指南車、編出了《大明曆》、算出了圓周率，而地理學家酈道元的《水經注》則正好寫了一半……

正是這一切，讓我們喜歡上了那個亂世。

文化在亂世中會產生一種特殊的魅力。它不再純淨，而總是以黑暗為背景，以邪惡為鄰居，以不安為表情。大多正邪相生、黑白相間，甚至像波特萊爾所說的，是「惡之花」。

再也沒有比三國兩晉南北朝的歷史叢林地帶，更能體現這種文化魅力的了。

說到這裡，我們的目光已經瞟向雲靄底下那個被人褒貶不一的權勢門庭。

一個父親，兩個兒子，叢林邊的那一家。

曹家。

二

先說那個父親，曹操。

一個叢林中的強人，一度幾乎要統一天下秩序，重建山河規範。為此他不能不使盡心計，用盡手段，來爭奪叢林中的其他權勢領地。他一次次失敗，又一次次成功，終於戰勝了所有對手，卻沒有能夠戰勝自己的壽數和天命，在取得最後成功前離開了人世。

如果他親自取得了最後成功，開創了又一個比較長久的盛世，那麼，以前的一切心計和手段都會染上金色。但是，他沒有這般幸運，他的兒子又沒有這般能耐，因此只能永久地把自己的政治業績，沉埋在非議的泥沙之下。

人人都可以從不同的方面猜測他、議論他、醜化他。他的全部行為和成就都受到了質疑。無可爭議的只有一項：他的詩。

想起他的詩，使我產一了一種怪異的設想：如果三國對壘不是從軍事上著眼，而是從文化上著眼，互相之間將如何一分高下？

首先出局的應該是東邊的孫吳集團。骨幹是一幫年輕軍人，英姿勃勃。周瑜全面指揮赤壁之戰擊敗曹軍時，只有三十歲；陸遜全面指揮夷陵之役擊敗蜀軍時，也只有三十歲。清代學者趙翼在《二十二史札記》中說，三國對壘，曹操張羅的是一種權術組合，劉備張羅的是一種性情組合，孫權張羅的是一種意氣組合。沿用這種說法，當時孫權手下的年輕軍人們確實是意氣風發。這樣的年輕軍人，天天追求著硝煙烈焰中的瀟灑形象，完全不屑於吟詩作文。這種心態也左右著上層社會的整體氣氛，因此，孫吳集團中沒有出現過值得我們今天一談的文化現象。

順便提一句，當時的東吳地區，農桑經濟倒是不錯，航海事業也比較發達。但是，經濟與軍事一樣，都不能直接通達文化。

對於西邊劉備領導的巴蜀集團，本來也不能在文化上抱太大的希望。誰知，諸葛亮的兩篇軍事文件，改變了這個局面。一篇是軍事形勢的宏觀分析，叫《隆中對》；一篇是出征之前的政治囑託，叫《出師表》。

《隆中對》的文學價值，在於對亂世的清晰梳理。清晰未必有文學價值，但是，大混亂中的大清晰卻會產生一種邏輯快感。當這種邏輯快感轉換成水銀瀉地般的氣勢和節奏，文學價值也就出現了。

相比之下，《出師表》的文學價值要高得多。這種價值，首先來自於文章背後全部人際關係的整體背景。諸葛亮從二十六歲開始就全力輔佐劉備了，寫《出師表》的時候是四十六歲，正好整整二十年。這時劉備已死，留給諸葛亮的是一個難以收拾的殘局和一個懦弱無能的兒子。劉備遺囑中曾說，如果兒子實在不行，諸葛亮可以「自取」最高權位。諸葛亮沒有這麼做，而是繼續領軍征伐。這次出征前他覺得勝敗未卜，因此要對劉備的兒子好好囑咐一番。為了表明自己的話語權，還要把自己和劉備的感情關係說一說，一說，眼淚就出來了。

這個情景，就是一篇好文章的由來。文章開頭，乾脆俐落地指出局勢之危急：「先帝創業未半，而中道崩殂，今天下三分，益州疲敝，此誠危急存亡之秋也」；文章中間，由軍政大局轉向個人感情：「臣本布衣，躬耕於南陽，苟全性命於亂世，不求聞達於諸侯」；文章結尾，更是萬馬陣前老臣淚，足以讓所有人動容：「今當遠離，臨表涕泣，不知所云。」這麼一篇文章，美學效能強烈，當然留得下來。

我一直認為，除開《三國演義》中的小說形象，真實的諸葛亮之所以能夠在中國歷史上獲得超常名聲，多半是因為這篇〈出師表〉。歷史上比他更具政治能量和軍事成就的人物太多了，卻都沒有留下這樣的文學印記，因此也都退出了人們的記憶。而一旦有了文學印記，那麼，即便是一次失敗的行動，也會使一代代擁有英雄情懷的後人感同身受。杜甫詩中所寫的「出師未捷身先死，長使英雄淚滿襟」，就是這個意思。當然，杜甫一寫，〈出師表〉的文學地位也就更鞏固了。

說過了諸葛亮，我們就要回到曹操身上了。

不管人們給〈出師表〉以多高的評價，不管人們因〈出師表〉而對諸葛亮產生多大的好感，我還是不能不說：在文學地位上，曹操不僅高於諸葛亮，而且高出太多太多。

同樣是戰陣中的作品，曹操的那幾首詩，已經足可使他成為中國歷史上第一流的文學家，但諸葛亮不是。任何一部《中國文學史》，遺漏了曹操是難於想像的，而加入了諸葛亮也是難於想像的。

那麼，曹操在文學上高於諸葛亮的地方在哪裡呢？

在於生命格局。

諸葛亮在文學上表達的是君臣之情，曹操在文學上表達的是天地生命。

曹操顯然看不起那種陣前涕淚。他眼前的天地是這樣的：

東臨碣石，
以觀滄海。

水何澹澹，
山島竦峙。
樹木叢生，
百草豐茂。
秋風蕭瑟，
洪波湧起。
日月之行，
若出其中。
星漢燦爛，
若出其裏。
幸甚至哉，
歌以詠志。

他心中的生命是這樣的：

神龜雖壽，
猶有竟時。
騰蛇乘霧，
終為土灰。
老驥伏櫪，
志在千里；
烈士暮年，
壯心不已。
盈縮之期，
不但在天；
養怡之福，
可得永年。

當天地與生命產生牴牾，他是這樣來處置人生定位的：

對酒當歌，
人生幾何？
譬如朝露，
去日苦多。
慨當以慷，
憂思難忘。
何以解憂，
唯有杜康。
青青子衿，
悠悠我心。
但為君故，
沉吟至今。
呦呦鹿鳴，
食野之苹。
我有嘉賓，

鼓瑟吹笙。

……

月明星稀，
烏鵲南飛。
繞樹三匝，
何枝可依？
山不厭高，
海不厭深。
周公吐哺，
天下歸心。

我在抄寫這些熟悉的句子時，不能不再一次驚嘆其間的從容大氣。一個人可以掩飾和偽裝自己的行為動機，卻無法掩飾和偽裝自己的生命格調。這些詩作傳達出一個身陷亂世權謀而心在浩闊時空的強大生命，強大到沒有一個不夠強大的生命所能夠模仿。

這些詩作還表明，曹操一心想做軍事巨人和政治巨人而十分辛苦，卻不太辛苦地成了文化巨人。

但是，這也不是偶然所得。與諸葛亮起草軍事文件不同，曹操是把詩當作真正的詩來寫的。他又與歷來喜歡寫詩的政治人物不同，沒有絲毫附庸風雅的嫌疑。這也就是說，他具有充分的文學自覺。

他所表述的，都是宏大話語，這時容易流於空洞，但他卻融入了強烈的個性特色。這種把宏大話語和個性特色合為一體而釀造濃厚氣氛的本事，就來自於文學自覺。此外，在〈卻東西門行〉、〈苦寒行〉、〈蒿里行〉等詩作中，他又頻頻使用象徵手法，甚至與古代將士和當代將士進行移位體驗，進一步證明他在文學上的專業水準。

曹操的詩，乾淨樸實，簡約精悍，與我歷來厭煩的侈靡鋪陳正好南轅北轍，這就更讓我傾心。人的生命格局一大，就不會在瑣碎妝飾上沉陷。真正自信的人，總能夠簡單得鏗鏘有力。

三

文化上的三國對壘，更讓人啞口無言的，是曹操的一大堆兒子中有兩個非常出色。父子三人攏在一起，占去了當時華夏的一大半文化。真可謂「天下三分月色，兩分盡在曹家」。

叢林邊上的曹家，真是好生了得！

我想不起，在歷史的高爽地帶，像漢代、唐代、宋代那樣長久而又安定環境中，哪一個名門望族在文化聚集的濃密和高度上趕得上曹家。有的以為差不多了，放遠了一看還是完全不能相提並論。

這麼一個空前絕後的曹家，為什麼只能形成於亂世而不是盛世？

對於這個問題我現在還沒有找到明確的答案，容我以後再仔細想想。

在沒有想明白之前，我們不妨推門進去，到曹家看看。

哥哥曹丕，弟弟曹植，兄弟倆關係尷尬。有一個大家都知道的傳說，對曹丕不大有利。說的是，曹操死後曹丕繼位，便想著法兒迫害弟弟曹植，有一次居然逼弟弟在七步之內寫成一首詩，否則就處死。曹植立即吟出四句：

煮豆燃豆萁，
豆在釜中泣。
本是同根生，
相煎何太急？

這個傳說的真實性，無法考證。記得劉義慶《世說新語》裡已有記載，但詩句有些出入。我的判斷是：傳說中的曹丕，那天的舉動過於殘暴又過於兒戲，不太像他這麼一個要面子的聰明人的行為；但這四句詩的比喻卻頗為得體，很可能確實出於曹植之口，只不過傳說者虛構了一個面對面的話語情境。

中國人最經受不住傳說的衝擊。如果傳說帶有戲劇性和刺激性，那就更會變成一種千古愛憎。但是，越是帶有戲劇性和刺激性，大多離真實性也就越遠，因此很多千古愛憎總是疑點重重，想起來真讓人害怕。

傳說中的曹操是違背朝廷倫理的，傳說中的曹丕是違背家庭倫理的。中國古代的主流思維，無非是朝廷倫理再加上家庭倫理，結果，全被曹家顛覆了。父子兩人，正好成了主流思維兩部分的反面典型。

在歷史上，曹丕登了大位，曹植終生失意，但這是在講政治。如果從文化的視角看去，他們的高低要交換一下，也就是曹植的地位要比曹丕高得多。

應該說，曹丕也是傑出的文學家。我此刻粗粗一想，可以說出三項理由。其一，他寫了不少帶有民歌色彩的好詩，其中一半是樂府歌辭，並且由他首創了完整形式的七言詩；其二，他寫了文學理論作品《典論・論文》，第一次宏觀地論述了文學的意義、體裁、風格、氣質；其三，他曾是一個熱心的文壇領袖，身邊集合了很多當時的文人，形成過一個文學集團。

曹丕的作品，本來也很可讀讀，尤其像兩首〈燕歌行〉。但他不幸受到了圍堵性對比，上有父親，下有弟弟。一比，比下去了。

弟弟曹植由於官場失意，反倒使他具備了另一番淒淒涼涼的詩人氣質。他的詩，前期透露出貴公子的豪邁、高雅和空泛，後期在曹丕父子的嚴密監視下日子越來越不好過，筆下也就出現了對純美的幻覺，對人生的絕望，詩境大有推進。代表作，應該是〈洛神賦〉和〈贈白馬王彪〉吧。他的風格，鍾嶸在《詩品》中概括為「骨氣奇高，詞采華茂」，大致合適，只有點過。在我看來，曹植的問題可能正是出在「詞采華茂」上。幸好他喜愛民歌，還保存著不少質樸。後人黃侃在評述《詩品》的這個評價時，覺得曹植還有「不離閭里歌謠之質」的一面，這是必要的補充。

父子三人的文學成就應該如何排序？

先要委屈一下曹丕，排在第三。不要緊，他在家裡排第三，但在中國歷代皇帝中，卻可以排第二，第一讓給比他晚七百多年的李煜。

那麼，家裡的第一、第二該怎麼排？多數文學史家會把曹植排在第一，而我則認為是曹操。曹植固然構築了一個美豔的精神別苑，而曹操的詩，則是礁石上的銅鑄鐵澆。

父子三人，權位懸殊、生態各異、性格不一，但一碰到文學，卻都不約而同地感悟到了人世險峻、人生無常。

這是叢林邊這一家子的共同語言。

或者說，這是那個時代一切智者的共同語言，卻被他們父子三人最深切地感悟了，最鄭重地表達了。

四

照理，三人中比較缺少這種感悟的是曹丕，但是實際情況並非如此。例如三十歲的時候他被立為太子，應該是最春風得意的時候吧，但就在這一年，中原瘟疫大流行，原來曹丕的文學密友「建安七子」中僅餘的四子，即徐幹、陳琳、應瑒、劉楨，全部都在那場災難中喪生，這讓曹丕極其傷感。他在寫給另一位友人吳質的書信中，回憶當年文學社團活動的熱鬧情景，覺得那些青年才俊身在快樂而不知，確信自己能夠長命百歲。但僅僅數年，全都凋零而死，名字進入鬼錄，身體化為糞土。由此曹丕想到，這些亡友雖然不如古人，卻都傑出，活著的人趕不上他們了。至於更年輕的一代，則讓人害怕，不可輕視，但我們大概也無緣和他們來往了。想想自己，素質僅如牛羊，外表卻如虎豹，四周沒有星星，卻被蒙上了虛假的日月之光，一舉一動都成了人們的觀瞻對象。這種情景，何時能夠改變？

這封私人通信，因寫得真切而成了一篇不錯的散文，從這封信中可知，這位萬人追捧的太子，內心也是清醒而悲涼的。內心悲哀的人，在出入權位時反倒没有太多的道德障礙，曹丕與父親曹操有共同之處，只不過在氣魄上小得多了。

至於曹植，一種無權位的悲涼貫穿了他的後半生，他幾乎對人生本體提出了懷疑。天命可疑，神仙可疑，時間可疑，一切可疑。讀讀他那首寫給同父異母的弟弟曹彪的詩，就可以知道。

曹家的這些感悟，最集中地體現在他們生命的最後歸宿——墓葬上。

將人生看作「朝露」的曹操，可以把有限的一生鬧得轟轟烈烈，卻不會把金銀財寶堆在死後的墓葬裡享受虛妄的永恆。作為一個生命的強者，他拒絕在生命結束之後的無聊奢侈。他甚至覺得，那些過於奢侈的墓葬頻頻被盜，真是活該。

在戎馬倥傯的年月，很多大大小小的軍事團隊都會以就地盜掘富豪之墓的方式來補充兵餉。據說，曹操也曾命令軍士做過這樣的事，甚至在軍中設置過一個開發墓丘的官職，叫「發丘中郎將」。這個名稱，有點幽默。

曹操既鄙視厚葬，又擔心自己的墳墓被盜，因此竭力主張薄葬。他死時，遺囑「斂以時服，無藏金銀財寶」。所謂「時服」，也就是平常所穿的衣服。

他的遺囑是這樣，但他的繼位者會不會出於一種哀痛中的崇敬，仍然給以厚葬呢？這就要看曹丕的了。他是繼位者，一切由他決定。

我們並不知道曹丕當時是怎麼做的，但從他自己七年後臨死時立的遺囑，可以推想七年前不可能違背曹操薄葬的意願。

曹丕的遺囑，對薄葬的道理和方式說得非常具體。他說，葬於山林，就應該與山林渾然合於一體，因此不建寢殿、圓邑、神道。他說，葬就是藏，也就是讓人見不著，連後代也找不到，這才好。他說，「自古及今，未有不亡之國，亦無不掘之墓」，尤其厚葬更會引來盜墓，導致暴屍荒野，只有薄葬才有可能使祖先稍稍安靜。最後，他立下最重的詛咒，來防止後人改變遺囑，說：「若違今詔，妄有所變改造施，吾為戮屍地下，戮而又戮，死而重死。」真是情辭剴切，信誓旦旦，絲毫不留餘地了。

那麼，我敢肯定，曹氏父子確實是薄葬了。

由於他們堅信葬就是藏，而且要藏得今人和後人都不知其處，時間一長，就產生了「曹操七十二疑冢」的傳說。

大約是從宋代開始的吧，說曹操為了不讓別人盜墓，在漳河一帶築了七十二座墳墓，其中只有一座是真的。後來又有傳聞，說是有人找到過，是漁民，或者是農人，好像找到了真的一座，又好像是七十二冢之外的……

於是當時就有文人寫詩來譏諷曹操了：

生前欺天絕漢統，
死後欺人設疑冢，
人生用智死即休，
何有餘機到丘壟？
人言疑冢我不疑，
我有一法君未知。
直須盡發疑冢七十二，
必有一冢藏君屍。

詩一出來，立即有人誇獎為「詩之斧鉞」。用現在的話，就是把詩作為武器，直刺九百年前的曹操。

這就是我很不喜歡的中國文人。根據一個謠傳，立即表示「我不疑」，而且一開頭就上升到政治宣判，斷言曹操之罪是絕了「漢統」。根據我們前面的分析，僅憑曹操的那些詩，就足以說明他是漢文化的合格繼承者，他們所說的「漢統」，大概是指漢朝的皇族血統吧。如果是，那麼，漢朝本身又曾經絕了什麼朝、什麼統？再以前呢？再以後呢？比曹操晚生九百年而經歷了魏晉南北朝隋唐五代十國，卻還在追求漢朝血統，這樣的文人真是可氣。

更可氣的是，這個寫詩的人不知怎麼突然自我膨脹，居然以第二人稱與曹操對話起來，說自己想出了一個絕招可以使曹操的疑冢陰謀徹底破敗，那就是把七十二冢全挖了。

我不知道讀者聽了他的這個絕招作何感想，我覺得他實在是像很多中國文人，把愚蠢當作了聰明，也不怕別人牙酸了。就憑這樣的智力，這樣的文筆，也敢與曹操對話？

我想，即便把這樣的低智族群除開，曹家在絕大多數情況下也是找不到對話者的。以前曾經有過一些，卻都在那次瘟疫中死了。因此，他們也只能消失在大地深處。

不錯，葬即藏也，穿著平日的服裝融入山林，沒有碑刻，沒有器物，沒有墓道，讓大家再也找不到。

沒有了，又怎麼能找到？

千古絕響

一

這是一個真正的亂世。

出現過一批名符其實的鐵血英雄，播揚過一種烈烈揚揚的生命意志，普及過「成者為王，敗者為寇」的政治邏輯，即便是再冷僻的陋巷荒陌，也因為震懾、崇拜、窺測、興奮而變得炯炯有神。

突然，英雄們相繼謝世了。英雄和英雄之間龍爭虎鬥了大半輩子，他們的年齡大致相仿，因此也總是在差不多的時間離開人間。像驟然掙脫了條條綳緊的繩索，歷史一下子變得輕鬆，卻又劇烈摇晃起來。

英雄們留下的激情還在，後代還在，部下還在，親信還在，但統治這一切的巨手卻已在陰暗的墓穴裡枯萎。與此同時，過去被英雄們的偉力所掩蓋和制服著的各種社會力量又猛然湧起，為自己爭奪權利和地位。這兩種力量的衝撞，與過去英雄們的威嚴抗衡相比，低了好幾個社會價值等級。於是，宏謀遠圖不見了，壯麗的鏖戰不見了，歷史的詩情不見了，代之以明爭暗鬥、上下其手、投機取巧，代之以權術、策反、謀害。

當初的英雄們也會玩弄這一切，但玩弄僅止於玩弄，他們的爭鬥主題仍是響亮而富於人格魅力的。當英雄們逝去之後，手段性的一切成了主題，歷史失去了放得到桌面上來的精神魂魄，進入到一種無序狀態。專制的有序會釀造黑暗，混亂的無序也會釀造黑暗。我們習慣所說的亂世，就是指無序的黑暗。

魏晉，就是這樣一個無序和黑暗的「後英雄時期」。

這中間，最可憐的是那些或多或少有點政治熱情的文人名士了，他們最容易被英雄人格所吸引，何況這些英雄以及他們的家族中有一些人本身就是文采斐然的大知識份子，在周圍自然而然的形成了文人集團，等到政治鬥爭一激烈，這些文人名士便紛紛成為刀下鬼，比政治家死得更多更慘。

我一直在想，為什麼在魏晉亂世，文人名士的生命會如此不值錢，思考的結果是：看似不值錢恰恰是因為太值錢。當時的文人名士，有很大一部份承襲了春秋戰國和秦漢以來的哲學、社會學、政治學、軍事學思想，無論在實際的智能水平還是在廣泛的社會聲望上都能有力地輔佐各個政治集團。因此，爭取他們，往往關及政治集團的品味和成敗；殺戮他們，則是因為確確實實地害怕他們，提防他們為其他政治集團效力。

相比之下，當初被秦始皇所坑的儒生，作為知識份子的個體人格形象還比較模糊，而到了魏晉時期被殺的知識份子，無論在哪一個方面都不一樣了。他們早已是真正的名人，姓氏、事蹟、品格、聲譽，都隨著他們的鮮血，滲入中華大地，滲入文明史冊。文化的慘痛，莫過於此；歷史的恐怖，莫過於此。

何宴，玄學的創始人、哲學家、詩人、謀士、被殺；

張華，政治家、詩人、《博物誌》的作者，被殺；

潘岳，與陸機齊名的詩人，中國古代最著名的美男子，被殺；

謝靈運，中國古代山水詩的鼻祖，直到今天還有很多名句活在人們口邊，被殺；

范曄，寫成了皇皇史學巨著《後漢書》的傑出歷史學家，被殺；

……

這個名單可以開得很長，置他們於死地的罪名很多，而能夠解救他們、為他們辯護的人卻一個也找不到。對他們的死，大家都十分漠然，也許有幾天會成為談資，但濃重的殺氣壓在四周，誰也不敢多談，待到時過境遷，新的紛亂又雜陳在人們的眼前，翻舊帳的興趣早已索然。文化名人的成批被殺居然引不起太大的社會波瀾，連後代史册寫到這些事情時筆調也平靜得如枯井死水。

真正無法平靜的，是血泊邊上那些僥倖存活的名士。嚇壞了一批，嚇得庸俗了、膽怯了、圓滑了、變節了、噤口了，這是自然的，人很脆弱，從肢體結構到神經系統都是這樣，不能深責；但畢竟還有一些人從驚嚇中回過神來，重新思考哲學，歷史以及生命的存在方式，於是，一種獨特的人生風範，便從黑暗、混亂、血腥的擠壓中飄然而出。

二

當年曹操身邊曾有一個文才很好、深受信用的書記官叫阮瑀，生了個兒子叫阮籍。曹操去世時阮籍正好十歲，因此他注定要面對「後英雄時期」的亂世，目睹那麼多鮮血和頭顱了，不幸他又充滿了歷史感和文化感，內心會承受多大的磨難，我們無法知道。

我們只知道，阮籍喜歡一個人駕木車遊蕩，木車上載著酒，没有方向地向前行駛。泥路高低不平，木車顛簸著，酒缸搖晃著，他的雙手則抖抖索索地握著韁繩。突然馬停了，他定睛一看，路走到了盡頭。真的沒有路了？他啞著嗓子自問，眼淚已奪眶而出。終於，聲聲抽泣變成嚎啕大哭。哭夠了，持轠驅車向後轉，另找出路。另外那條路也走著走著也到了盡頭了，他又大哭，走一路哭一路，荒草野地間誰也沒聽見，他只哭給自己聽。

一天，他就這樣信馬由繮地來到了河南滎陽的廣武山，他知道這是楚漢相爭最激烈的地方。山上還有古城遺跡，東城屯過項羽，西城屯過劉邦，中間相隔兩百步，還流淌著一條廣武澗，澗水汩汩，城基廢弛，天風浩蕩，落葉滿山。阮籍徘徊良久，嘆一聲：「時無英雄，使豎子成名！」

他這聲嘆息，不知怎麼被傳到了世間。也許那天出行因路途遙遠他破例帶了個同行者？或者他自己在何處記錄了這個感嘆？反正這個嘆成了今後千餘年許多既有英雄夢、又有寂寞感的歷史人物的共同心聲。直到二十世紀，寂寞的魯迅還引用過，毛澤東讀魯迅的書時發現了，也寫進了一封更有寂寞感的家信中。魯迅憑記憶引用，記錯了兩個字，毛澤東也跟著錯。

遇到的問題是，阮籍的這聲嘆息，究竟是指向著誰？

可能是指劉邦。劉邦在楚漢相爭中勝利了，原因是他的對手項羽並非真英雄。在一個沒有真英雄的時代，只能讓區區小子成名；

也可能是同時指劉邦、項羽。因為他嘆息的是「成名」而不是「得勝」，劉、項無論勝負都成名了，在他看來，他們都不值得成名，都不是英雄；

甚至還可能是反過來，他承認劉邦、項羽都是英雄，但他們早已遠去，剩下眼前這些小人徒享虛名，而對著劉、項遺跡，他悲嘆著現世的寂寥。好像蘇東坡就是這樣理解的，曾有一個朋友問他：阮籍說「時無英雄，使豎子成名」，其中「豎子」是指劉邦嗎？蘇東坡回答說：「非也，你時無劉、項也。豎子指魏晉人耳。」

既然完全相反的理解也能說得通，那麼我們也只能用比較超拔的態度來對待這句話了。茫茫九州大地，到處都是為爭做英雄而留下的斑斑瘡痍，但究竟有哪幾個時代出現了真正的英雄呢？既然沒有英雄，世間又為什麼如此熱鬧？也許，正因為沒有英雄，世間才如此熱鬧的吧？

我相信，廣武山之行使阮籍更厭煩塵囂了。在中國古代，憑弔古跡是文人一生中的一件大事，在歷史和地理的交錯中，雷擊般的生命感悟甚至會使一個人脫胎換骨。那應是黃昏時分吧，離開廣武山之後，阮籍的木車在夕陽衰草間越走越慢，這次他不哭了，但仍有一種沉重的氣流湧向喉頭、湧向口腔，他常常一吐，音調渾厚而悠揚，喉音、鼻音翻卷了幾圈，最後把音收在唇齒間，變成一種口哨聲飄灑在山風暮靄之間。這口哨聲並不尖利，卻是婉轉而高亢。

這也算是一種歌吟方式吧，阮籍以前也從別人嘴裡聽到過，好像稱之為「嘯」。嘯不承擔切實的內容，不遵循既定的格式，指隨心所欲地吐露出一派風致，一腔心曲，因此特別適合亂世名士。盡情一嘯，什麼都抓不住，但什麼都在裡邊了。這天阮籍在木車中真正體會到了嘯的厚味，美麗而孤寂的心聲在夜氣中回翔。

對阮籍來說，更重要的一座山是蘇門山，蘇門山在河南輝縣，當時有一位有名的隱士孫登隱居其間，蘇門山因孫登而著名，而孫登也常被人稱之為蘇門先生。阮籍上山之後，蹲在孫登面前，詢問他一系列重大的歷史問題和的哲學問題，但孫登好像什麼也沒有聽見，一聲不吭，甚至連眼珠也不轉一轉。

阮籍傻傻地看著泥塑木雕般的孫登，突然領悟到自己的重大問題是多麼沒有意思，那就快速斬斷吧，能與眼前這位大師交流的或許是另外一個語匯系統？好像被一種神奇的力量催動著，他緩緩的嘯了起來。嘯完一段，再看孫登，孫登竟笑咪咪地注視著他，說：「再來一遍！」阮籍一聽，連忙站起身來，對著群山雲天，嘯了好久。嘯完回身，孫登又已平靜入定，阮籍知道自己已經完成了與這位大師的第一次交流，此行沒有白來。

阮籍下山了，有點高興又有點茫然。但剛走到半山腰，一種奇蹟發生了，如天樂開奏，如梵琴撥響，如百鳳齊鳴，一種難以想像的音樂突然充溢於山野林谷之間。阮籍震驚片刻後立即領悟了，這是孫登大師的嘯聲，如此輝煌和聖潔，把自己的嘯不知比到哪裡去了。但孫登大師顯然不是要與他爭勝，而是在回答他的全部歷史問題和哲學問題。阮籍仰頭聆聽，直到嘯聲結束。然後疾步回家，寫下了一篇〈大人先生傳〉。

他從孫登身上，知道了什麼叫做「大人」。他在文章中說，「大人」是一種與造物同體、與天地並生、逍遙浮世、與道俱成的存在，相比之下，天下那些束身修行、足履繩墨的君子是多麼可笑。天地在不斷變化，君子們究竟能固守住什麼禮法呢？說穿了，躬行禮法而又自以為是的君子，就像寄生在褲襠縫裡的蝨子，爬來爬去都爬不出褲襠縫，還標榜說是循規蹈矩；餓了咬人一口，還自以為找到了什麼風水吉宅。

文章辛辣到如此地步，我們就可知道他自己要如何處世行事了。

三

平心而論，阮籍本人一生的政治遭遇並不險惡，因此，他的奇特舉止也不能算是直捷的政治反抗。直捷的政治反抗再英勇、再激烈也只屬於政治範疇，而阮籍似乎執意要在生命型態和生活方式上鬧出一番新氣象。

政治鬥爭的殘酷性他是親眼目睹了，但在他看來，既然沒有一方是英雄的行為，他也不想去認真地評判誰是誰非。鮮血的教訓，難道一定要用新的鮮血來記述嗎？不，他在一批批認識和不認識的文人名士的新環境中，猛烈的憬悟到生命的極度卑微和極度珍貴，他橫下心來伸出雙手，要以生命的名義索回一點自主和自由。

他到過廣武山和蘇門山，看到過廢墟，聽到過嘯聲，他已是一個獨特的人，正在向他心中的「大人」靠近。

人們都會說他怪異，但在他眼裡，明明生就了一個大活人卻像蝨子一樣活著，才叫真正的怪異，做了蝨子還洋洋自得地冷眼瞧人，那是怪異中的怪異。

首先讓人感到怪異的，大概是他對官場的態度。對於歷代中國人來說，垂涎官場、躲避官場、整治官場、對抗官場，這些都能理解，而阮籍給予官場的卻是一種游戲般的灑脫，這就使大家感到十分陌生了。

阮籍躲過官職任命，但躲得並不徹底。有時心血來潮，也做做官。正巧遇見政權更迭期，他一躲不僅保住了生命，而且被人看做是一種政治的遠見，其實是誤會了他。例如曹爽要他做官，他說身體不好隱居在鄉間，一年後曹爽倒台，牽連很多名士，他安然無恙，但勝利的司馬昭想與他聯姻，每次到他家說親他都醉著，整整兩個月都是如此，聯姻的想法也就告吹。

有一次他漫不經心地對司馬昭說：「我曾經到山東的東平遊玩過，很喜歡那兒的風土人情。」司馬昭一聽，就讓他到東平去做官了。阮籍騎著驢到了東平之後，查看了官衙的辦公方式，東張西望了不久便立即下令，把府舍衙門重重疊疊的牆壁拆掉，讓原來關在各自屋子裡單獨辦公的官員們一下子置於互相可以監視、內外可以溝通的敞亮環境之中，辦公內容和辦公效率立即發生了重大的變化。這一看，即便用一千多年後今天的行政管理學來看也可以說是抓住了「牛鼻子」，國際間許多現代化企業的辦公場所不都在追求一種高透明的集體氣氛嗎？但我們的阮籍只是騎在驢背上稍稍的一想便想到了。除此之外，他還大刀闊斧地精簡了法令，大家心悅誠服，完全照辦。他覺得東平的事已經做完，仍然騎上那頭驢子，回到洛陽來了。一算，他在東平總共逗留了十餘天。

後人說，阮籍一生正經八百地上班，也就是這十餘天。

唐代詩人李白對阮籍做官的這種瀟灑勁頭欽佩萬分，曾寫詩道：

阮籍為太守，
乘驢上東平。
判竹十餘日，
一朝化風輕。

只花十餘天，便留下一個官衙敞達，政通人和的東平在身後，而這對阮籍來說，只是玩了一下而已。玩得如此漂亮，讓無數老於宦海而毫無作為的官僚們立即顯得狼狽。

他還想用這種迅捷高效的辦法來整治其他許多的行政機構嗎？在人們的這種疑問中，他突然提出願意擔任軍職，並明確要擔任北軍的步兵校尉。但是，他要求擔任這一職務的唯一原因是步兵校尉兵營的廚師特別善於釀酒，而且打聽到還有三百多斛酒存在倉庫裡。到任後，除了喝酒，一件事也沒有管過。在中國古代，官員貪杯多得很，貪杯誤事的也多得很，但像阮籍這樣堂而皇之純粹為倉庫裡的那幾斛酒來做官的，實在絕無僅有。把金印作為敲門磚隨手一敲，敲開的卻是一個芳香濃郁的酒窖，所謂「魏晉風度」也就是從這裡飄散出來了。

除了對待官場的態度外，阮籍更讓人感到怪異的，是他對於禮教的輕慢。

例如眾所周知，禮教對於男女間接觸的防範極嚴，叔嫂間不能對話，朋友的女眷不能見面，鄰里的女子不能直視，如此等等的規矩，成文和不成文地積累了一大套。中國男子，一度幾乎成了最厭惡女性的一群奇怪動物，可笑的不自信加上可惡的邪淫推理，既裝模作樣又戰戰兢兢。對於這一切，阮籍斷然拒絕。有一次嫂子要回娘家，他大大方方地與她告別，說了好些話，完全不理叔嫂不能對話的禮教。隔壁酒坊裡的小媳婦長得很漂亮，阮籍經常去喝酒，喝醉了就在人家腳邊睡著了，他不避嫌，小媳婦的丈夫也不懷疑。

特別讓我感動的一件事是：一個兵家女孩，極有才華又非常美麗，不過還沒有出嫁就死了。阮籍根本不認識這家的任何人，也不認識這個女孩，聽到消息後卻莽撞趕去弔唁，在靈堂裡大哭一場，把滿心的哀悼傾訴完了才離開。阮籍不會假裝，毫無表演意識，他那天的滂沱淚雨全是真誠的。這眼淚，不是為親情而灑，不是為冤案而流，只是獻給一具美好而又速逝的生命。荒唐在於此，高貴也在於此。有了阮籍那一天的哭聲，中國數千年來其他許多死去活來的哭聲就顯得太具體了、太實在了，也太自私了。終於有一個真正的男子漢像模像樣的哭過了，沒有其他任何理由，只為美麗，只為青春，只為異性，只為生命，哭得抽象又哭得淋漓盡致。依我看，男人之哭，至此盡矣。

禮教的又一個強項是「孝」。孝的名目和方式疊床架屋，已與父母對子女的實際感覺沒有什麼關係，最驚人的是父母去世時的繁複禮儀，三年服喪、三年素食、三年寡歡，甚至三年守墓，一分真誠擴充為十分偽飾，讓活著的和死了的都長久受罪，在最不該虛假的地方大規模地虛假著。正是這種空氣中，阮籍的母親去世了。

那天他正好和別人在下圍棋，死訊傳來，下棋的對方要停止，阮籍卻鐵青著臉不肯歇手，非要決個輸贏。下完棋，他在別人驚恐萬狀的目光中要過酒杯，飲酒兩斗，然後才放聲大哭，哭的時候，口吐大量鮮血。幾天後母親下葬，他又吃肉喝酒，然後才與母親遺體告別，此時他早已因悲傷過度而急劇消瘦，見了母親遺體又放聲大哭，吐血數升，幾乎死去。

他完全不拘禮法，在母喪之日喝酒吃肉，但他對於母親死亡的悲痛之深，又有哪個孝子比得上呢？這真是千古一理了：許多叛逆者往往比衛道者更忠於層層外部規範背後的內核。阮籍衝破「孝」的禮法來真正行孝，與他的其他作為一樣，只想活得真實和自在。

他的這種做法，有極廣泛的社會啟迪作用。何況魏晉時期因長年戰亂而早已導致禮教日趨懈弛，由他這樣的名人用自己哄傳遐邇的行為一點化，足以移風易俗，據《世說新語》所記，阮籍的這種行為即便是統治者司馬昭主持的一個宴會，宴會自然免不了又要喝酒吃肉，當場一位叫何曾的官員站起來對司馬昭說：「您一直提倡以孝治國，但今天處於重喪期內的阮籍卻坐在這裡喝酒吃肉，大違孝道，理應嚴懲！」司馬昭看了義憤填膺的何曾一眼，慢悠悠地說：「你沒有看到阮籍因過分悲傷而身體虛弱嗎？身體虛弱吃點喝點有什麼不對？你不能與他同憂，還說些什麼！」

魏晉時期的一大好處，是生態和心態的多元。禮教還在流行，而阮籍的行為又被允許，於是人世間也就顯得十分寬闊。記得阮籍守喪期間，有一個朋友裴楷前去弔唁，在阮籍母親的靈堂裡痛哭，而阮籍卻披散著頭髮坐著，既不起立也不哭拜，只是兩眼發直，表情木然。裴楷弔唁出來後，立即有人對他說：「按照禮法，弔唁時主人先哭拜，客人才跟著哭拜。這次我看阮籍根本沒有哭拜，你為什麼獨自哭拜？」說這番話的大半都是挑撥離間的小人，且不去管它了，我對裴楷的回答卻很欣賞，他說：「阮籍是出乎禮法的人，可以不講禮法；我在禮法之中，所以遵循禮法。」我覺得這位裴楷雖是禮法中人卻頗具魏晉風度，他自己不太圓通卻願意讓世界圓通。

既然阮籍如此乾脆地扯斷的一根根除舊的世俗經緯直取人生本義，那麼，他當然也不會受制於人際關係的重負。他是名人，社會上要結交他的人很多，而這些人中間有很大一部份是以吃食名人為生的：結交名人為的是分享名人，邊分享邊覬覦，一有風吹草動便告密起鬨，興風作浪，刹那間把名人圍啄得傷痕累累。阮籍身處亂世，在這方面可謂見多識廣。他深知世俗友情的不可靠，因此絕不會被一個似真似幻的朋友圈所迷惑。他要找的人都不在了，劉邦、項羽只留下一座廢城，孫登大師只留下滿山長嘯，親愛的母親已經走了，甚至才貌雙全的兵家女兒那樣可愛的人物，在聽說的時候已不在人間。

難耐的孤獨包圍著他，他厭煩身邊虛情假意的來來往往，常常白眼相向。時間長了，阮籍的白眼也就成了一種明確無誤的社會信號，一道自我衛護的心理障壁。但是，當阮籍向外投以白眼的時候，他的內心也不痛快。他多麼希望少翻白眼，能讓自己深褐色的瞳仁去誠摯的面對另一對瞳仁！他一直在尋找，找得非常艱難。在母喪守靈期間，他對前來弔唁的客人由衷地感謝，但感謝也僅止於感謝而已。人們發現，甚至連官位和社會地位名聲都不低的嵇喜前來弔唁時，閃爍在阮籍眼角裡的，也仍然是一片白色。

人家弔唁他母親他也白眼相向！這件事很不合情理，嵇喜和隨員都有點不悅，回家一說，被嵇喜的弟弟聽到了。這位弟弟聽了不覺一驚，支頤一想，猛然憬悟，急速地備了酒、挾著琴來到靈堂。酒和琴，與弔唁靈堂多麼矛盾，但阮籍卻站起身來，迎了上去。你來了嗎，與我一樣不願禮法的朋友，你是想用美酒和音樂來送別我操勞一生的母親？阮籍心中一熱，終於把深褐色的目光濃濃地投向這位青年。

這位青年叫嵇康，比阮籍小十三歲，今後他們將成為終生的朋友，而後代一切版本的中國文化則把他們的名字永遠地排列在一起，怎麼也拆不開。

四

嵇康是曹操的嫡孫女婿，與那個已經逝去的英雄時代的關係，比阮籍還要直接。

嵇康堪稱中國史上第一等的可愛人物，他雖與阮籍並列，而且又比阮籍年少，但就整體人格論之，他在我心目中的地位要比阮籍高出許多，儘管他一生一直欽佩著阮籍。我曾經多次想過產生這種感覺的原因，想來想去終於明白，對於自己反對什麼追求什麼，嵇康比阮籍更明確、更透徹，因此他的生命樂章也就更清晰、更響亮了。

他的人生主張讓當時的人聽了怵目驚心：「非湯武而薄周孔」、「越名教而任自然」。他完全不理會種種傳世久遠、名目堂皇的教條禮法，徹底厭惡官場仕途，因為他心中有一個使他心醉神迷的人生境界。這個人生境界的基本內容，是擺脫約束、回歸自然、享受悠閒。羅宗強教授在

《玄學與魏晉士人心態》一書中說，嵇康把莊子哲學人間化，因此也詩化了，很有道理。嵇康是一個身體力行的實踐者，長期隱居在河南焦作的山陽，後來到了洛陽城外，竟然開了個鐵匠舖，每天在大樹下打鐵。他給別人打鐵不收錢，如果有人以酒餚作為酬勞他就會非常高興，在鐵匠舖裡拉著別人開懷痛飲。

一個稀世的大學者、大藝術家，竟然在一座大城市的附近打鐵！沒有人要他打，只是自願；也沒有實利目的，只是覺得有意思。與那些遠離人寰瘦骨嶙峋的隱士們相比，與那些皓首窮經、弱不禁風的書生們相比，嵇康實在健康得讓人羨慕。

嵇康長得非常帥氣，這一點與阮籍堪稱伯仲。魏晉時期的士人為什麼都長得那麼挺拔呢？你看嚴肅的《晉書》寫到阮籍和嵇康等人時都要在他們的容貌上花不少筆墨，寫嵇康更多，說他已達到了「龍章鳳姿、天質自然」的地步。一個朋友山濤曾用如此美好的句子來形容嵇康（叔夜）：

> 叔夜之為人也，岩岩若孤松之獨立。其醉也，巍峨若玉山之將崩。

現在，這棵岩岩孤松，這座巍峨玉山正在打鐵。強勁的肌肉，愉悅的吆喝，爐火熊熊，錘聲鏗鏘。難道，這個打鐵佬就是千秋相傳的〈聲無哀樂論〉、〈太師箴〉、〈難自然好學論〉、〈管蔡論〉、〈明膽論〉、〈釋私論〉、〈養生論〉和許多美妙詩歌的作者？這鐵，打得真好。

嵇康打鐵不想讓很多人知道，更不願意別人來參觀。他的好朋友、文學家向秀知道他的脾氣，悄悄地來到他身邊，也不說什麼，只是埋頭幫他打鐵。說起來向秀也是了不起的人物，文章寫得好，精通《莊子》，但他更願意做一個忠實的朋友，趕到鐵匠鋪來當下手，安然自若。這些朋友，都信奉回歸自然，因此都幹著一些體力活，向秀奔東走西地多處照顧，怕朋友們太勞累，怕朋友們太寂寞。

嵇康與向秀在一起打鐵的時候，不喜歡議論世人的是非曲直，因此話並不多。唯一的話題是談幾位朋友，除了阮籍和呂安，還有山濤。呂安的哥哥呂巽，關係也不錯。稱得上朋友的也就是這麼五六個人，他們都十分珍惜，在野樸自然的生態中，他們絕不放棄親情的慰藉。這種親情彼此心照不宣，濃烈到近乎淡泊。

正這麼叮叮噹噹地打鐵呢，忽然看見一支華貴的車隊從洛陽城裡駛來。為首的是當時朝廷寵信的一個貴公子叫鐘會。鐘會是大書法家鐘繇的兒子，鐘繇做過魏國太傅，而鐘會本身也博學多才，鐘會對嵇康素來景仰，一度曾到敬畏的地步，例如當初他寫完〈四本論〉後很想讓嵇康看一看，又缺乏勇氣，只敢悄悄地把文章塞到嵇康住處的窗户裡。現在他的地位已經不低，聽說嵇康在洛陽城外打鐵，決定隆重拜訪。鐘會的這次來訪十分排場，照《魏氏春秋》的記述，世「乘肥衣輕，賓從如雲」。

鐘會把拜訪的排場搞得這麼大，可能是出於對嵇康的尊敬，也可能是為了向嵇康顯示一點什麼，但嵇康一看卻非常抵拒。這種突如其來的喧鬧，嚴重地侵犯了他努力營造的安適世界，他掃了一眼鐘會，連招呼也不打，便與向秀一起埋頭打鐵了，他掄錘，向秀拉風箱，旁若無人。

這一下可把鐘會推倒了尷尬境界，出發前他向賓從們誇過海口，現在賓從們都疑惑地把目光投向他，他只能悻悻地注視著嵇康和向秀，看他們不緊不慢地幹活。看了很久，嵇康仍然沒有交談的意思，他向賓從揚揚手，上車驅馬，回去了。

剛走了幾步，嵇康卻開口了：「何所聞而來？何所見而去？」

鐘會一驚，立即回答：「聞所聞而來，見所見而去。」

問句和答句都簡潔而巧妙，但鐘會心中實在不是味道。鞭聲數響，龐大的車隊回洛陽去了。嵇康連頭也沒有抬，只有向秀怔怔的看了一會兒車隊後面揚天的塵土，眼光中泛起一絲擔憂。

五

對嵇康來說，真正能從心靈深處干擾他的，是朋友。友情之外的造訪他可以低頭不語，揮之即去，但對於朋友就不一樣了，哪怕是一丁點兒的心理隔閡，也會使他焦灼和痛苦。因此，友情有多深，干擾也有多深。

這種事情，不幸就在他和好朋友山濤之間發生了。

山濤也是一個很大氣的名士，當時就有人稱讚他的品格「如璞玉渾金」。他與阮籍、嵇康不同的是，有名士觀念卻不激烈，對朝廷、對禮教、對前後左右的各色人等，他都能保持一種温和而友好的關係。但也並不庸俗，又忠於友誼，有長者風，是一個很靠得住的朋友。他當時擔任著一個很大的官職：尚書吏部郎，做著做著不想做了，要辭去，朝廷要他推薦一個合格的人來繼任，他真心誠意地推薦了嵇康。

嵇康知道此事後，立即寫了一封絕交信給山濤。山濤字巨源，因此這封信名為〈與山巨源絕交書〉。我想，說它是中國文化史上最重要的一封絕交書也不過分吧，反正只要粗涉中國古典文學的人都躲不開它，直到千餘年後的今天仍是這樣。

這是一封很長的信。其中有些話，說得有點傷心——

聽說您想讓我去接替您的官職，這事雖沒辦成，從中卻可知道您很不了解我。也許您這個廚師不好意思一個人屠宰下去了，拉一個祭師做墊背吧……

阮籍比我醇厚賢良，從不多嘴多舌，也還有禮法之士恨他，我這個人比不上他，慣於傲慢懶散，不懂人情物理，又喜歡快人快語，一旦做官，每天會招來多少麻煩事！……我如何立身處事，自己早已明確，即便是在走一條死路也咎由自取，您如果來勉強我，則非把我推入溝壑不可！

我剛死母親和哥哥，心中淒切，女兒才十三歲，兒子才八歲，尚未成人，又體弱多病，想到這一些，真不知該說什麼。現在我只想住在簡陋的舊屋裡教養孩子，常與親友們敘敘離情、說說往事，濁酒一杯，彈琴一曲，也就夠了。不是我故作清高，而是實在沒有能力當官，就像我們不能把貞節和美名加在閹人身上一樣。您如果想與我共登仕途，一起歡樂，其實是在逼我發瘋，我想您對我沒有深仇大恨，不會這麼做吧？

我說這些，是使您了解我，也與您訣別。

這封信很快在朝野傳開，朝廷知道了嵇康的不合作態度，而山濤，滿腔好意卻換來一個斷然絶交，當然也不好受。但他知道，一般的絶交信用不著寫這麼長，寫那麼長，是嵇康對自己的一場坦誠傾訴。如果友誼真正死亡了，可以完全冰冷冷地三言兩語，甚至不置一詞，了斷一切。總之，這兩位昔日好友，訣別得斷絲飄飄，不可名狀。

嵇康還寫過另外一封絶交書，絶交對象是呂巽，即上文提到過向秀前去幫助種菜灌園的那位朋友呂安的哥哥。本來呂巽、呂安兩兄弟都是嵇康的朋友，但這兩兄弟突然間鬧了一場震驚遠近的大官司。原來是呂巽看上了弟弟呂安的妻子，偷偷地佔有了她，為了掩飾，竟給弟弟安了一個「不孝」的罪名上訴朝廷。

呂巽這麼做，無疑衣冠禽獸，但他卻是原告！「不孝」在當時是一個很重的罪名，哥哥控告弟弟「不孝」，很能顯現自己的道德形象，朝廷也樂於借以重申孝道；相反，作為被告的呂安雖被冤屈卻難以自辯，一個文人怎麼能把哥哥霸佔自己的妻子的醜事公諸於士林呢？而且這樣的事，證據何在？妻子何以自處？家族門庭何以避羞？

面對最大的無恥與無賴，受害者往往一籌莫展。因為製造無恥與無賴的人早已把受害者不願啟齒的羞恥心、社會公眾容易理解的激憤的罪名全部考慮到了，受害者除了淚汪汪地引頸自刎，別無辦法。如果說還有最後一個辦法，最後一道生機，那就是尋找最知心的朋友傾訴一番。在這種情況下，許多平日引為知己的朋友早已一一躲開，朋友之道的脆弱性和珍罕性同時顯現。有口難辯的呂安想到了他心目中最尊貴的朋友嵇康。嵇康果然是嵇康，立即拍案而起。呂安已因「不孝」而獲罪，嵇康不知官場門路，唯一能做的是痛罵呂巽一頓，宣佈絕交。

這次絕交信寫得極其悲憤，怒斥呂巽誣陷無辜，包藏禍心；後悔自己以前無原則地勸呂安忍讓，覺得自己對不起呂安；對於呂巽除了決裂，無話可說，我們一眼就可看出，這與他寫給山濤的絕交信，完全是兩回事了。

「朋友」這是一個多麼怪異的稱呼，嵇康實在被它搞暈了。他太看重朋友，因此不得不一次次絕交。他一升選擇朋友如此嚴謹，沒想到一切大事都發生在他僅有的幾個朋友之間。他想通過絕交來表白自身的好惡，他也想通過絕交來論定朋友的含義。他太珍惜了，但越珍惜，能留住的也就越稀少。

儘管他非常憤怒，他所做的事情卻很小：在一封私信裡為一個蒙冤的朋友說兩句話，同時識破一個假朋友，如此而已。但僅僅為此，他被捕了。

理由很簡單：他是不孝者的同黨。

從這個無可理喻的案件，我明白了在中國一個冤案的構建為什麼那麼容易，而構建起來的冤案又怎麼會那麼快速地擴大株連面。上上下下並不太關心事件的真相，而熱衷於一個最通俗、最便於傳播、又最能激起社會公憤的罪名；這個罪名一旦建立，事實的真相便變得無足輕重，誰還想提起事實來掃大家的興，立即淪為同案犯一起掃除。成了同案犯，發言權也就被徹底剝奪。因此，請原諒古往今來所有深知冤情而閉口的朋友吧，他們敵不過那種並不需要事實的世俗激憤，也擔不起同黨，同案犯等等隨時可以套在頭上的惡名。

現在，輪到為嵇康判罪了。

一個「不孝者的同黨」，該受到何種處罰？

統治者司馬昭在宮廷中猶豫。我們記得，阮籍在母喪期間喝酒吃肉也曾被人控告為不孝，司馬昭內心對於孝不孝的罪名並不太在意，他比較在意的倒是嵇康寫給山濤的那封絶交書，把官場仕途説得如此厭人，總要給他一點顏色看看。

就在這時，司馬昭所寵信的一個年輕人求見，他就是鐘會。不知讀者是不是還記得他，把自己的首篇論文誠惶誠恐塞到嵇康的窗户裡，發跡後還帶一幫子人去拜訪正在鄉間打鐵的嵇康，被嵇康冷落得十分無趣的鐘會？他深知司馬昭的心思，便悄言進言：

嵇康，臥龍也，千萬不能讓他起來。明公掌管天下已經沒有什麼擔憂的了，我只想提醒您稍稍提防嵇康這樣傲世的名士。您知道他為什麼給他的好朋友山濤寫那樣一封絕交信嗎？據我所知，他是想幫助別人謀反，山濤反對，因此沒有成功，他惱羞成怒而與山濤絕交。明公，過去姜太公、孔夫子都誅殺過那些危害時尚、擾亂禮教的所謂名人，現在嵇康、呂安這些人言論放蕩，毀謗聖人經典，任何統治天下的君主都容不下的。明公如果太仁慈，不除掉嵇康，可能無以醇正風俗、清潔王道。（參見《晉書・嵇康傳》、《世説新語・雅量》注引《文士傳》。）

我特地把鐘會的這番話大段地譯出來，望讀者能仔細一讀。他避開了孝不孝的具體問題，幾乎每句話都打在司馬昭的心坎上。在道義人格上，他是小人；在毀謗技巧上，他是大師。

鐘會一走，司馬昭便下令：判處嵇康、呂安死刑，立即執行。

六

這是中國文化史上最黑暗的日子之一，居然還有太陽。

嵇康身戴木枷，被一群兵丁，從大獄押到刑場。

刑場在洛陽東市，路途不近。嵇康一路上神情木然而縹緲，他想起一生中好些奇異的遭遇。

他想起，他也曾和阮籍一樣，上山找過孫登大師，並且跟隨大師不短的時間，大師平日幾乎不講話，直到嵇康臨別，才深深一嘆：「你性情剛烈而才貌出眾，能避免禍事嗎？」

他又想起，早年曾在洛水之西遊學，有一天夜宿華陽，獨個兒在住所彈琴。夜半時分，突然有客人來訪，自稱是古人，與嵇康共談音律。談著談著來了興致，向嵇康要過琴去，彈了一曲〈廣陵散〉，聲調絕倫，彈完便把這個曲子傳授給了嵇康，並且反覆叮囑，千萬不要再傳給別人了。這個人飄然而去，沒有留下姓名。

嵇康想到這裡，滿耳滿腦都是〈廣陵散〉的旋律。他遵照那個神秘來客的叮囑，沒有向任何人傳授過。一個叫袁孝尼的人不知從哪兒打聽到嵇康會演奏這個曲子，多次請求傳授，他也沒有答應。刑場已經不遠，難道，這個曲子就要永久地斷絕了？——一想到這裡，他微微有點慌神。

突然，嵇康聽到，前面有喧鬧聲，而且鬧聲越來越響。原來，有三千名太學生正擁擠在刑場邊上請願，要求朝廷赦免嵇康，讓嵇康擔任太學的導師。顯然，太學生們想以這樣一個請願向朝廷提示嵇康的社會聲譽和學術地位，但這些年輕人不知道，他們這種聚集三千人的行為已經成為一種政治示威，司馬昭怎麼會讓呢？

嵇康望了望黑壓壓的年輕學子，有點感動。孤傲了一輩子的他，因僅有的幾個朋友而死的他，把誠懇的目光投向四周。一個官員衝過人群，來到刑場高台上宣佈：朝廷旨意，維持原判！

刑場上一片山呼海嘯。

但是，大家的目光都注視著已經押上高台的嵇康。

身材偉岸的嵇康抬起頭來，瞇著眼睛看了看太陽，便對身旁的官員說：「行刑的時間還沒到，我彈一個曲子吧。」不等官員回答，便對旁送行的哥哥嵇喜說：「哥哥，請把我的琴取來。」

琴很快取來了，在刑場高台上安放妥當，嵇康坐在琴前，對三千名太學生和圍觀的民眾說：「請讓我彈一遍〈廣陵散〉。過去袁孝尼他們多次要學，都被我拒絕。〈廣陵散〉於今絕矣！」

刑場上一片寂靜，神秘的琴聲鋪天蓋地。

彈畢，從容赴死。

這是公元二六二年夏天，嵇康三十九歲。

七

有幾件後事必須交代一下——

嵇康被司馬昭殺害的第二年，阮籍被迫寫下一篇勸司馬昭進封晉公的〈勸進箴〉，語意進退含糊。幾個月後阮籍去世，終年五十三歲；

幫著嵇康一起打鐵的向秀，在嵇康被殺後心存畏懼，接受司馬氏的召喚而做官。在赴京城洛陽途中，繞道前往嵇康舊居憑弔。當時正值黃昏，寒冷徹骨，從鄰居房舍中傳出嗚咽笛聲。向秀追思過去幾個朋友在這裡歡聚飲宴的情景，不勝感慨，寫了〈思舊賦〉。寫得很短，剛剛開頭就煞了尾，向秀後來做官做到散騎侍郎、黃門侍郎和散騎常侍，但是據說他在官位上並不做實際事情，只是避禍而已；

山濤在嵇康被殺後又活了二十年，大概是當時名士中壽命最長的一位了。嵇康雖然給他寫了著名的絶交書，但臨終前卻對自己十歲的兒子嵇紹說：「只要山濤伯伯活著，你就不會成為孤兒！」果然，後來對嵇紹照顧最多，恩惠最大的就是山濤，等嵇紹長大後，由山濤出面推薦他入仕做官。

阮籍和嵇康的後代，完全不像他們的父親。阮籍的兒子阮渾，是一個極本分的官員，竟然平生沒有一次酒醉的紀錄。被山濤推薦而做官的嵇紹，成了一個為皇帝忠誠保駕的馴臣，有一次晉惠帝兵敗被困，文武百官紛紛逃散，唯有嵇紹衣冠端正地以自己的身軀保護了皇帝，死得忠心耿耿。

……

八

還有一件後事。

那曲〈廣陵散〉被嵇康臨終彈奏之後，杳不可尋。但後來據說在隋朝的宮廷中發現了曲譜，到唐朝又流落民間，宋高宗時代又收入宮廷，由明代朱元璋的兒子朱權編入《神秘曲譜》。近人根據《神祕曲譜》重新整理，於今還能聽到。然而，這難道真是嵇康在刑場高台上彈的那首曲子嗎？相隔的時間那麼長，所歷的朝代那麼多，時而宮廷而民間，其中還有不少空白的時間段落，居然還能傳下來？而最本源的問題是，稽康那天的彈奏，是如何進入隋朝宮廷的？

不管怎麼說，我不會去聆聽今人演奏的〈廣陵散〉。〈廣陵散〉到嵇康手上就結束了，就像阮籍和孫登在山谷裡的玄妙長嘯，都是遥遠的絶響，我們追不回來了。

然而，為什麼這個時代、這些人物、這些絕響，老是讓我們割捨不下？我想，這些在生命的邊界線上艱難跋涉的人物，似乎為整部中國文化史做了某種悲劇性的人格奠基。他們追慕寧靜而渾身焦灼，他們力求圓通而處處分裂，他們以昂貴的生命代價，第一次標誌出一種自覺的文化人格。在他們的血統系列上，未必有直接的傳代者，但中國的審美文化從他們的精神酷刑中開始屹然自立。

在嵇康、阮籍去世之後的百年間，大書法家王羲之、大畫家顧愷之、大詩人陶淵明相繼出現；二百年後，大文論家劉勰、鍾嶸也相繼誕生；如果把視野拓寬一點，化學家葛洪、天文學家兼數學家祖沖之、地理學家酈道元等大科學家也一一湧現。這些人，在各自的領域幾乎都稱得上是開天闢地的巨匠。魏晉名士們的焦灼掙扎，開拓了中國知識份子自在而又自為的一方心靈祕土，文明的成果就是從這方心靈祕土中蓬勃地生長出來的。以後各個門類的千年傳代，也都與此有關。但是，當文明的成果逐代繁衍之後，當年精神開拓者們的奇異形象卻難以復見。嵇康、阮籍他們在後代眼中越來越顯得陌生和乖戾，陌生得像非人，乖戾得像神怪。

有過他們，是中國文化的幸運；失落他們，是中國文化的遺憾。

我想，時至今日，我們勉強能對他們說的親近話只有一句當代熟語：不在乎天長地久，只在乎曾經擁有！

重山間的田園

一

任何一個時代，文化都會分出很多層次，比社會生活的其他方面複雜得多。

你看，我們要衡量曹操和諸葛亮這兩個人在文化上的高低，就遠不如對比他們在軍事上的輸贏方便，因為他們的文化人格判然有別，很難找到統一的數字化標準。但是，如果與後來那批沉溺於清淡、喝酒、吃藥、打鐵的「魏晉名士」比，他們兩個人的共性反倒顯現出來了。不妨設想一下，他們如果多活一些年月聽到了那些名士們的清談，一定完全聽不懂，寧肯回過頭來對著昔日疆場的對手眨眨眼、聳聳肩。這種情景就像當代兩位年邁的軍人，不管曾經舉著不同的旗幟對抗了多少年，今天一腳陷入孫兒們搖滾樂天地，才發現真正的知音還是老哥兒倆。

然而，如果再放寬視野，引出另一個異類，那麼就會發現，連曹操、諸葛亮與魏晉名士之間也有共同之處了。例如，他們都名重一時，他們都意氣高揚，他們都喜歡扎堆……而我們要引出的異類正相反，鄙棄功名，追求無為，固守孤獨。

他，就是陶淵明。

於是，我們眼前出現了這樣的重巒疊嶂——

第一重，慷慨英雄型的文化人格；

第二重，遊戲反叛型的文化人格；

第三重，安然自立型的文化人格。

這三重文化人格，層層推進，逐一替代，構成了那個時期文化演進的深層原因。

其實，這種劃分也進入了寓言化的模式，因為幾乎每一個文化轉型期都會出現這幾種人格類型。

二

榮格說，一切文化都會沉澱為人格。因此，深刻意義上的文化史，也就是集體人格史。

不同的文化人格，在社會上被接受的程度很不一樣。

正是這種不一樣，決定了一個民族、一個社會的素質。

一般說來，在我們中國，最容易接受的，是慷慨英雄型文化人格。

這種文化人格，以金戈鐵馬為背景，以政治名義為號召，以萬民觀瞻為前提，以驚險故事為外形，總是特別具有可講述性和可鼓動性。正因為這樣，這種文化人格又最容易被民眾的口味所改造，而民眾的口味又總是偏向於誇張化和漫畫化的。例如我們最熟悉的三國人物，劉、關、張的人格大抵被誇張了其間的道義色彩而接近於聖，曹操的人格大抵被誇張了其間的邪惡成分而接近於魔，諸葛亮的人格大抵被誇張了其間的智謀成分而接近於仙（魯迅說「近於妖」），然後變成一種易讀易識的人格圖譜，傳之後世。

有趣的是，民眾的口味一旦形成就相當頑固。這種亂世群雄的漫畫化人格圖譜會長久延續，即便在群雄退場之後，仍然對其他人格類型保持著強大的排他性。中國每次社會轉型，總是很難帶動集體文化人格的相應推進，便與此有關。

中國民眾最感到陌生的，是遊戲反叛型的文化人格。

魏晉名士對於三國群雄，是一種反叛性的脫離。這種脫離，並不是敵對。敵對看似勢不兩立，其實大多發生在同一個「語法系統」之內，就像同一盤棋中的黑白兩方。魏晉名士則完全離開了棋盤，他們雖然離三國故事的時間很近，但對那裡的血火情仇已經毫無興趣。開始，他們是迫於當時司馬氏殘酷的專制極權採取「佯謬」的方式來自保，但是這種「佯謬」一旦開始就進入了自己的邏輯。不再去問社會功利，不再去問世俗目光，不再去問禮教規範，不再去問文壇褒貶。如此幾度不同，等於是幾度隔離，他們在寧靜和孤獨中發現了獨立精神活動的快感。

從此開始，他們在玄談和奇行中，連向民眾作解釋的過程也捨棄了。只求幽虛飄逸，不怕驚世駭俗，沉浮於一種自享自足的遊戲狀態。這種思維方式，很像二十世紀德國布萊希特提倡的「間離效果」，或曰「陌生化效果」。在布萊希特看來，人們對社會事態和世俗心態的過度關注，是深思的障礙，哲學的墳墓。因此，必須追求故意的間離、阻斷和陌生化。

我發覺即使是今天的文化學術界，對於魏晉名士的評價也往往包含著很大的誤解。例如，肯定他們的，大多著眼於他們「對嚴酷社會環境的側面反抗」。其實，他們注重的是精神主體，對社會環境真的不太在意，更不會用權謀思維來選擇正面反抗還是側面反抗。否定他們的，總是說他們「清談誤國」。其實，精神文化領域的最高標準永遠不應該是實用主義，這些文人的談論雖然無助於具體社會問題的解決，卻把中國文化的形而上部位打通了，就像打通了仙窟雲路。一種大文化，不能永遠匍匐在「立竿見影」的泥土上。

以魏晉名士為代表的遊戲反叛型文化人格，直到今天還常常能夠見到現代化身。每當文化觀念嚴重滯後的歷史時刻，一些人出現了，他們絕不和種種陳舊觀念辯論，也不把自己打扮成受害者或反抗者的形象，而只是在社會一角專注地做著自己的事，唱著奇奇怪怪的歌，寫著奇奇怪怪的詩，穿著奇奇怪怪的服裝，説著奇奇怪怪的話。他們既不正統，也不流行。當流行的風潮擷取他們的局部創造而風靡世間的時候，他們又走向了孤獨的小路。隨著年歲的增長，家庭的建立，他們遲早會告別這種生態，但他們一定不會後悔，因為正是那些奇奇怪怪的歲月，使他們成了文化轉型的里程碑。

當然這裡也會滋生某種虛假。一些既沒有反叛精神又沒有遊戲意識的平庸文人常常會用一些故作艱深的空談，來冒充魏晉名士的後裔，或換稱現代主義的精英，而且隊伍正見擴大。要識破這些人並不難，因為什麼都可以偽造，卻很難偽造人格。魏晉名士再奇特，他們的文化人格還是強大而響亮的。

三

對於以陶淵明為代表的安然自立型的文化人格，中國民眾不像對魏晉名士那樣陌生，也不像對三國群雄那樣熱絡，處在一種似遠似近、若即若離的狀態之中。

這就需要多説幾句了。

現在有不少歷史學家把陶淵明也歸入魏晉名士一類，可能有點粗糙。陶淵明比曹操晚了二百多年。他出生的時候，阮籍、嵇康也已經去世一百多年。他與這兩代人，都有明顯區別。他對三國群雄爭鬥權謀的無果和無聊看得很透，這一點與魏晉名士是基本一致的。但如果把他與魏晉名士細加對比，他會覺得魏晉名士雖然喜歡老莊卻還不夠自然，在行為上有點故意，有點表演，有點「我偏要這樣」的做作，這就與道家的自然觀念有距離了。他還會覺得，魏晉名士身上殘留著太多都邑貴族子弟的氣息，清談中過於互相依賴，過於在乎他人的視線，而真正徹底的放達應該進一步回歸自然個體，回歸僻靜的田園。

於是，我們眼前出現了非常重要的三段跳躍：從漫長的古代史到三國群雄，中國的文化人格基本上是與軍事人格和政治人格密不可分的；魏晉名士用極端的方式把它解救出來，讓它回歸個體，悲壯而奇麗地當眾燃燒；陶淵明則更進一步，不要悲壯，不要奇麗，更不要當眾，也未必燃燒，只在都邑的視線之外過自己的生活。

安靜，是一種哲學。在陶淵明看來，魏晉名士的獨立如果達不到安靜，也就無法長時間保持，要麼悽悽然當眾而死，要麼惶惶然重返仕途。中國歷史上出現過大量立誓找回自我，並確實作出了奮鬥的人物，但他們沒有找回來的自我安排合適的去處，因此，找回不久又走失了，或者被綁架了。陶淵明說了，這個合適的去處只有一個，那就是安靜。

在陶淵明之前，屈原和司馬遷也得到過被迫的安靜，但他們的全部心態已與朝廷興衰割捨不開，因此即使身在安靜處也無時無刻不惦念著那些不安靜的所在。陶淵明正好相反，雖然在三四十歲之間也外出斷斷續續做點小官，但所見所聞使他越來越殷切地惦念著田園。回去吧，再不回去，田園荒蕪了。他天天自催。

照理，這樣一個陶淵明，應該更使民眾感到陌生。盡管他的言詞非常通俗，絕無魏晉名士的艱澀，但民眾的接受從來不在乎通俗，而在乎轟動，而陶淵明恰恰拒絕轟動。民眾還在乎故事，而陶淵明又恰恰沒有故事。

因此，陶淵明理所當然地處於民眾的關注之外。同時，也處於文壇的關注之外，因為幾乎所有的文人都學不了他的安靜，他們不敢正眼看他。他們的很多詩文其實已經受了他的影響，卻還是很少提他。

到了唐代，陶淵明還是沒有產生應有的反響。好評有一些，比較零碎。直到宋代，尤其是蘇東坡，才真正發現陶淵明的光彩。蘇東坡是熱鬧中人，由他來激贊一種遠年的安靜，容易讓人信任。細細一讀，果然是好。於是，陶淵明成了熱門。

由此可見，文化上真正的高峰是可能被雲霧遮蓋數百年之久的，這種雲霧主要是朦朧在民眾心間。大家只喜歡在一座座土坡前爬上爬下，狂呼亂喊，卻完全沒有注意那一脈與天相連的隱隱青褐色，很可能是一座驚世高峰。

陶淵明這座高峰，以自然為魂魄。他信仰自然，追慕自然，投身自然，耕作自然，再以最自然的文筆描寫自然。

請看：

結廬在人境，
而無車馬喧。
問君何能爾，
心遠地自偏。
采菊東籬下，
悠然見南山。
山氣日夕佳，
飛鳥相與還。
此中有真意，
欲辨已忘言。

這首詩非常著名。普遍認為，其中「采菊東籬下，悠然見南山」兩句表現了一種無與倫比的自然生態意境，可以看成陶淵明整體風範的概括。但是王安石最推崇的卻是前面四句，認為「奇絕不可及」，「由詩人以來，無此句也」。王安石作出這種超常的評價，是因為這幾句詩用最平實的語言道出了人生哲理。那就是：在熱鬧的「人境」也完全能夠營造偏靜之境，其間關鍵就在於「心遠」。

正是高遠的心懷，有可能主動地對自己作邊緣化處理。而且，即便處在邊緣，也還是充滿意味。什麼意味？只可感受，不能細辨，更不能言狀。因此最後他要說：「此中有真意，欲辨已忘言。」

從這裡我們不難看出哲理玄言詩的痕跡。陶淵明讓哲理入境，讓玄言具象，讓概念模糊，因此大大地超越了魏晉名士。但是，魏晉名士對人生的高層次思考方位卻被他保持住了，而且保持得那麼平靜、優雅。

他終於寫出了自己的歸結性思考：

縱浪大化中，
不喜亦不懼。

應盡便須盡，
無復獨多慮。

一切依順自然，因此所有的喜悅、恐懼、顧慮都被洗滌得乾乾淨淨，順便，把文字也洗乾淨了。你看這四句，乾淨得再也嗅不出一絲外在香氣。我年輕時初讀此詩便驚嘆果然真水無色，前不久聽到九旬高齡的大學者季羨林先生說，這幾句詩，正是他畢生的座右銘。

「大化」——一種無從阻遏、也無從更改的自然巨變，一種既造就了人類，又不理會人類的生滅過程，一種絲毫未曾留意任何輝煌、低劣、咆哮、哀嘆的無情天規，一種足以裹卷一切、收羅一切的颶風和烈焰，一種撫摩一切、又放棄一切的從容和冷漠——成了陶淵明的思維起點。陶淵明認為我們既然已經跳入其間，那麼，就要確認自己的渺小和無奈。而且，一旦確認，我們也就徹底自如了。徹底自如的物態象徵，就是田園。

四

然而，田園還不是終點。

陶淵明自耕自食的田園生活雖然遠離了塵世惡濁，卻也要承擔肢體的病衰、人生的艱辛。田園破敗了，他日趨窮困，唯一珍貴的財富就是理想的權利。於是，他寫下了〈桃花源記〉。田園是「此岸理想」，桃花源是「彼岸理想」。終點在彼岸，一個可望而不可及的終點，因此也可以不把它當作終點。

〈桃花源記〉用娓娓動聽的講述，從時間和空間兩度上把理想藍圖與現實生活清晰地隔離開來。這種隔離，初一看是藝術手法，實際上是哲理設計。

就時間論，桃花源中人的祖先為「避秦時亂」而躲進這裡，其實也就躲開了世俗年代。「不知有漢，無論魏晉」。時間在這裡停止了，歷史在這裡消失了，這在外人看來是一種可笑的落伍和悖時，但剛想笑，表情就會凝凍。人們反躬自問：這裡的人們生活得那麼怡然自樂，外面的改朝換代、紛擾歲月，究竟有多少真正的意義？於是，應該受到嘲笑的不再是桃花源中人，而是時間和歷史的外部形式。這種嘲笑，對人們習慣於依附著歷史尋找意義的惰性，顛覆得驚心動魄。

就空間論，桃花源更是與人們所熟悉的茫茫塵世切割得非得徹底。這種切割，並沒有借用危崖險谷、鐵閘石門，而是通過另外三種方式。

第一種方式是美醜切割。這是一個因美麗而獨立的空間，在進入之前就已經是岸邊數百步的桃花林，沒有雜樹，「芳草鮮美，落英繽紛」。那位漁人是驚異於這段美景才漸次深入的。這就是說，即便在門口，它已經與世俗空間在美醜對比上「勢不兩立」。

第二種方式是和亂切割。這是一個憑著祥和安適而獨立的空間，獨立於亂世爭逐之外。和平的圖像極其平常又極其誘人：良田、美池、桑竹、阡陌、雞犬相聞、黃髮垂髫……這正是歷盡離亂的人們心中的天堂。但一切離亂又總與功業有關，而所謂功業，大多是對玉階、華蓋、金杖、龍椅的爭奪。人們即便是把這些耀眼的東西全都加在一起，又怎能及得上桃花源中的那些平常圖像？因此，平常，反而有了超常的力度，成了人們最奢侈的盼望。很多人說，「我們也過著很平常的生活呀」。其實，即使是普通民眾，也總是與試圖擺脫平常狀態的功利競爭有著千絲萬縷的聯繫，因此都不是桃花源中人。桃花源之所以成為桃花源，就是在集體心理上不存在對外界的嚮往和窺探。外界，被這裡的人們切除了。沒有了外界，也就阻斷了天下功利體系。這種自給自足的生態獨立和精神獨立，才是真正的空間獨立。

第三種方式可以說得拗口一點，叫「不可逆切割」。桃花源的獨自美好，容不得異質介入。那位漁人的偶爾進入引動傳播，而傳播又必然導致異質介入。因此，陶淵明選擇了一個更具有哲學深度的結局：桃花源永久地消失於被重新尋找的可能性之外。桃花源中人雖然不知外界，卻嚴防外界，在漁人離開前叮囑「不足為外人道也」。漁人背叛了這個叮囑，出來時一路留下標記，並且終於讓執政的太守知道了。但結果是，太守派人跟著他循著標記尋找，全然迷路。更有趣的是，一個品行高尚的隱士聞訊後也來找，同樣失敗。陶淵明借此劃出一條界限，桃花源並不是一般意義上的隱士天地。那些以名聲、學識、姿態相標榜的「高人」，也不能觸及它。

這個「不可逆切割」，使《桃花源記》表現出一種近似潔癖的冷然。陶淵明告訴一切過於實用主義的中國人，理想的藍圖是不可以隨腳出入的。在信仰層面上，它永遠在；在實用層面上，它不可逆。

五

不管是田園還是桃花源，陶淵明都表述得極其淺顯，因此在宋代之後也就廣泛普及，成為中國文化的通俗話語。但在精神領悟上卻始終沒有多少人趨近，我在上文所說的「似遠似近、若即若離」，還是客氣的。

例如我為了探測中國文字在當代的實用性衰變，一直很注意國內新近建造的樓盤宅院的名稱，發現大凡看得過去的，總與中國古典有關，而其中比較不錯的，又往往與陶淵明有關。「東籬別業」、「墟里南山」、「歸去來居」、「人境廬」、「五柳故宅」……但稍加打量，那裡不僅毫無田園氣息，而且還競奢鬥華。既然如此物態，為什麼還要頻頻搬用陶淵明呢？我想，一半是遮蓋式的附庸風雅，一半是逆反式的心理安慰。

更可笑的是，很多地方的旅遊點，都聲稱自己就是陶淵明的桃花源。我想，他們一定没有認真讀過〈桃花源記〉。陶淵明早就說了，桃花源拒絕外人尋找，找到的一定不是桃花源。

當然，凡此種種，如果只是一種幽默構思，倒也未嘗不可。只可惜所有的呈現形態，都不幽默。

由今天推想古代，大體可以知道陶淵明在歷史上一直處於寂寞之中的原因了。

歷來絕大多數中國文人，對此岸理想和彼岸理想都不認真。陶淵明對他們而言，只是失意之後的一種臨時精神填補。一有機會，他們又會雙目炯炯地遠眺三國群雄式的鐵血謀略，然後再一次次躍上馬背。

過一些年頭，他們中一些敗落者又會踉踉蹌蹌地回來，順便向路人吟幾句「歸去來兮」。

六

我想，這些情景不會使陶淵明難過。他知道這是人性使然，天地使然，大化使然。他不會把自己身後的名聲和功用，放在心上。

他不在乎歷史，但擁有他，卻是歷史的驕傲。靜靜的他，使亂世獲得了文化定力。

當然，一個文人結束不了亂世。但是，中國歷史已經領受過田園和桃花源的信息，連亂，也蘊涵了自嘲。

自嘲，這是文化給予歷史的最神秘的力量。

從何處走向大唐

一

巍巍大唐就在前面不遠處了，中國，從哪條道路走近它？

很多學者認為，順著中國文化的原路走下去，就成，遲早能到。

我不同意這種看法，因為事實並不是這樣。

走向大唐，需要一股浩蕩之氣。這氣，秦漢帝國曾經有過，尤其在秦始皇和漢武帝身上。但是，秦始皇耗於重重內鬥和龐大工程，漢武帝耗於六十餘年與匈奴的征戰，元氣散逸。到了後來驕奢無度又四分五裂的亂世，更是氣息奄奄。儘管有魏晉名士、王羲之、陶淵明他們延續著高貴的精神脈絡，但是，越高貴也就越隱秘，越不能呼應天下。

這種狀態，怎麼締造得了一個大唐？

浩蕩之氣來自於一種強大的力量。這種力量已經無法從宮廷和文苑產生，只能來自於曠野。曠野之力，也就是未曾開化的蠻力。未曾開化的蠻力能夠參與創建一個偉大的文化盛世嗎？這就要看它能不能快速地自我開化。如果它能做到，那麼，曠野之力也就可能成為支撐整個文明的脊梁。

中國，及時地獲得了這種曠野之力。

二

這種曠野之力，來自大興安嶺北部的東麓。

一個仍然處於原始游牧狀態的民族，鮮卑族，其中拓跋氏一支，漸有起色。當匈奴在漢武帝的征戰下西遷和南移之後，鮮卑拓跋氏來到匈奴故地，以強勢與匈奴餘部聯盟，戰勝其他部落，稱雄北方，建立王朝，於公元四世紀後期定都於今天的山西大同，當時叫平城。根據一位漢族士人的提議，正式改國號為「魏」，表明已經承接三國魏氏政權而進入中華正統，史稱北魏。此後，又經過半個世紀的征戰，北魏完成了黃河流域的統一。

勝利，以及勝利後統治範圍的擴大，使北魏的鮮卑族首領們不得不投入文化思考。最明顯的問題是：漢族被戰勝了，可以任意驅使，但漢族所代表的農耕文明，卻不能由游牧文明的規則來任意驅使。要有效地領導農耕文明，必然要抑制豪強兼併，實行均田制、户籍制、賦稅制、州郡制，而這些制度又牽動著一系列生活方式和文化形態的重大改革。

要麼不改革，讓中原沃土廢耕為獵，一起走回原始時代；要麼改革，讓被戰勝者的文化來戰勝自己，共同走向文明。

鮮卑族的智者們，勇敢地選擇了後者。這在他們自己內部，當然阻力重重。自大而又脆弱的民族防範心理，一次次變成野蠻的凶殺。有些在他們那裡做官的漢人也死得很慘，如崔浩。但是，天佑鮮卑，天佑北魏，天佑中華，這條血跡斑斑的改革之路終於通向了一個結論：漢化！

從公元五世紀後期開始，經由馮太后，到孝文帝拓跋宏，開始實行一系列強有力的漢化措施。先在行政制度、農耕制度上動手，然後快速地把改革推向文化。

孝文帝拓跋宏發佈了一系列屬於文化範疇的嚴厲命令。

第一，把首都從山西大同（平城）南遷到河南洛陽。理由是北方的故土更適合游牧式的「武功」，而南方的中原大地更適合「文治」。而所謂「文治」，也就是全面採用漢人的社會管理模式。

第二，禁說鮮卑族的語言，一律改說漢語。年長的官可以允許有一個適應過程，而三十歲以下的鮮卑族官員如果還說鮮卑話，立即降職處分。

第三，放棄鮮卑民族的傳統服飾，頒行按漢民族服飾制定的衣帽樣式。

第四，遷到洛陽的鮮卑人，一律把自己的籍貫定為「河南洛陽」，死後葬於洛陽北邊的邙山。

第五，改鮮卑部落的名號為漢語單姓。

第六，以漢族禮制改革鮮卑族的原始祭祀形式。

第七，主張鮮卑族與漢族通婚，規定由鮮卑貴族帶頭，與漢族士族結親。

……

這麼多命令，出自於一個充分掌握了強權的少數民族統治者，而周圍並沒有人威逼他這麼做，這確實太讓人驚嘆了。我認為，這不僅在中國，而且在世界歷史上，也是極為罕見的。

憤怒的反彈可想而知。所有的反彈都是連續的、充滿激情的、關及民族尊嚴的。而且，還會裹卷孝文帝的家人，如太子。孝文帝拓跋宏對這種反彈的懲罰十分冷峻，完全不留餘地。

這就近似莎士比亞戲劇中的角色了。作為鮮卑民族的強健後代，他不能不為自己的祖先感到自豪，卻又不得不由自己下令放棄祖先的傳統生態。對此，他強忍痛苦。但正因為痛苦，反而要把自己的選擇貫徹到底，不容許自己和下屬猶疑動搖。他懲罰一個個反彈者，其實也在懲罰另一個自己。

他的前輩，首先提出漢化主張的北魏開國皇帝拓跋珪（道武帝），曾經因為這種自我掙扎而陷入精神分裂，自言自語，隨手殺人。在我看來，這是文明與蒙昧、野蠻周旋過程中必然產生的精神離亂。這樣的周旋過程，在一般情況下往往會以數百年甚至上千年的時間才走完，而他們則要把一切壓縮到幾十年，因此，連歷史本身也暈眩了。

中國的公元五世紀，與孝文帝拓跋宏的生命一起結束。但是，他去世時只有……只有三十二歲！

僅僅在這個世界上活了三十二年的孝文帝拓跋宏，竟然做了那麼多改天換地的大事，簡直讓人難以相信。他名義上四歲即位，在位二十八年，但在實際上，他的祖母馮太后一直牢牢掌握著朝政。馮太后去世時，他已經二十三歲，因此，他獨立施政只有九年時間。

這是多麼不可思議的九年。

他的果敢和決斷，也給身後帶來複雜的政治亂局。然而，那一系列深刻牽動生態文化的改革都很難回頭了，這是最重要的。他用九年時間把中國北方推入了一個文化拐點，而當時全中國的樞紐也正在那裡。因此，他既是鮮卑族歷史上，也是北魏歷史上，還是中國歷史上的一位傑出帝王。

我對他投以特別的尊敬，因為他是一位真正宏觀意義上的文化改革家。

三

說到北魏孝文帝拓跋宏的改革，我一直擔心會對今天中國知識界大批狂熱的大漢族主義者、大中原主義者帶來某種誤導。

似乎，孝文帝拓跋宏的行動為他們又一次提供了漢文化高於一切的證據。

固然，比之於剛剛走出原始社會的鮮卑族，漢文化成熟得太多。漢族自夏、商、周以來出現過不少優秀的社會管理設計者，又有諸子百家的豐富闡釋，秦漢帝國的輝煌實踐，不僅有足夠的資格引領一個試圖在文化上快速躍進的游牧民族，而且教材已經大大超重。漢族常常在被外族戰勝之後卻在文化上戰勝了外族，也是歷史上屢見不鮮的事實。

但是，我們在承認這一切之後也應該懂得，孝文帝拓跋宏的漢化改革，並不僅僅出於對漢文化的崇尚，而是還有更現實的原因。當他睜大眼睛看清了自己剛剛擁有的遼闊統治範圍，沉思片刻，便立刻尋找軍事之外的統治資格。

在古代馬其頓，另一位同樣死於三十二歲的年輕君主亞歷山大大帝（前三五六年七月——前三二三年六月）每征服一個地方，總是虔誠地匍匐在那裡的神祇之前，這也是在尋找軍事之外的統治資格。

我們必須看到這樣一個事實：孝文帝拓跋宏強迫自己的部下皈依漢文化，卻未曾約束他們把豪邁之氣帶入漢文化。或者說，只有當他們充分漢化了，豪邁之氣才能真正植入漢文化。

他禁止鮮卑族不穿漢服、不說漢語，卻沒有禁止漢人不穿漢服、不說漢語。其實，「胡人」漢化的過程，也正是漢人胡化的過程。用我的理論概括，兩者構成了一個「雙向同體渦旋互生」的交融模式。

從北魏開始，漢人大量汲取北方和西域少數民族生態文化，這樣的實例比比皆是。有一次我向北京大學文科的部分學生講解這一段歷史，先要他們隨口列舉一些這樣的實例來。他們在沒有準備的情況下居然爭先恐後地說出一大堆。我笑了，心想年輕一代中畢竟還有不少深明事理的人，知道漢文化即便在古代也常常是其他民族文化的受惠者，而不僅僅是施惠者。

我對北京大學的學生們說，在你們列舉的那麼多實例中，我最感興趣的是那些樂器。胡笳、羌笛、羯鼓、龜（音丘）茲琵琶……如果沒有它們，大唐的宏偉交響音樂就會減損一大半。這只要看看敦煌、讀讀唐詩，就不難明白。

這還只是在講音樂。其實，任何一個方面都是如此。由此可知，大唐，遠不是僅僅中原所能造就。

更重要的，還是輸入中華文化的那股豪氣。有點剽悍，有點清冷，有點粗糲，有點混沌，卻是那麼開闊，那麼自由，那麼放鬆。諸子百家在河邊牛車上未曾領略過的「天蒼蒼，野茫茫」，變成了新的文化背景。中華文化也就像騎上了草原駿馬，鞭鳴蹄飛，煥發出前所未有的生命力。

魯迅說「唐人大有胡氣」，即是指此。

事情還不僅僅是這樣。

自從孝文帝拓跋宏竭力推動鮮卑族和漢族通婚，一個血緣上的融合過程也全面展開了。請注意，這不再是政治意義上，而是生命意義上的不分彼此，這是人類學範疇上的宏大和聲。

由此我要從更深邃的層面上來揭示造就大唐的秘密了：大唐皇家李氏，正是鮮卑族和漢族混血的結晶。

唐高祖李淵和唐太宗李世民的生母，都是鮮卑人。李世民的皇后，也是鮮卑人。結果，唐高宗李治的血統，四分之三是鮮卑族，四分之一是漢族。（參見王桐齡《中國民族史》）其實，隋煬帝楊廣的母親已經是鮮卑人，她還是唐高祖李淵母親的親姐妹。她們的籍貫都算是「河南洛陽」。我們記得，這是出於孝文帝拓跋宏的設計。至此我們不能不再一次深深佩服這位孝文帝的遠見了，他以最溫柔、最切實的方式，讓自己的民族參與了一個偉大的歷史盛典。

一條通向大唐的路，這才真正打通了。

路的開始有點小，有點偏，有點險，但終於，成了中國歷史上具有關鍵意義的大道。

上世紀八十年代初，我聽到內蒙古鄂倫春自治旗阿里河鎮西北的山麓上發現了一個俗稱「嘎仙洞」的所在，一位考古學女教授刮去洞壁上的一片泥苔，露出石碑，驚喜地知道這正是《魏書》上記載的「鮮卑石室」，鮮卑族先祖的祭壇所在，也可以說是鮮卑族的起始聖地。

我聞訊後曾三次前往，每次都因交通、氣候方面的原因未能最終抵達。當地的朋友奇怪我為什麼對一個不大的石洞如此痴迷。我說，那裡有大唐的基因。

自然，我還會去。

四

通向大唐之路，最具有象徵意義的是雲岡石窟和龍門石窟。

雲岡石窟在山西大同，龍門石窟在河南洛陽，正是北魏的兩個首都所在地。北魏的遷都之路，由這兩座石窟作為標誌。

我很想對它們作一點描寫，好讓那些過於沉醉於漢族傳統文化的人士有一點震動。但是我猶豫再三還是決定放棄，因為在雲岡和龍門之前，文字是不太有用的。手邊有一個證據，女作家冰心年輕時曾與友人一起風塵僕僕地去瞻仰過一次雲岡石窟，執筆描寫時幾乎用盡激動的詞兒，差點繞不出來了，最後還是承認文字之無用。她寫道：

萬億化身，羅刻滿山，鬼斧神工，駭人心目。一如來，一世界，一翼，一蹄，一花，一葉，各具精嚴，寫不勝寫，畫不勝畫。後顧方作無限之留戀，前瞻又引起無量之企求。目不能注，足不能停，如偷兒驟入寶庫，神魂喪失，莫知所攜，事後追憶，亦如夢入天宮，醒後心自知而口不能道，此時方知文字之無用了！

冰心是熟悉漢族傳統文化的，但到了這裡顯然是被重重地嚇了一跳。原因是，主持石窟建造的鮮卑族統治者不僅在這裡展現了雄偉的曠野之美，而且還爽朗地在石窟中引進了更多、更遠的別處文明。

既然他們敢於對漢文化放鬆身段，那麼也就必然會對其他文化放鬆身段。他們成了一個吸納性極強的「空筐」，什麼文化都能在其間佔據一席之地。他們本身缺少文化厚度，還沒有形成嚴密的文化體系，這種弱點很快轉化成了優點，他們因為較少排他性而成為多種文化融合的「當家人」。於是，真正的文化盛宴張羅起來了。

此間好有一比。一批學養深厚的老者遠遠近近地散居著，都因為各自的背景和重量而互相矜持。突然從外地來了一位自幼失學的年輕壯漢，對誰的學問都謙虛汲取，不存偏見，還有力氣把老者們請來請去，結果，以他為中心，連這些老者也漸漸走到一起，一片熱鬧了。

這位年輕壯漢，就是鮮卑族拓跋氏。

熱鬧的文化盛宴，就是雲岡和龍門。

雲岡石窟的最重要開鑿總監叫曇曜，直到今天，「曇曜五窟」還光華不減。他原是涼州（今甘肅武威一帶）高僧，當年涼州是一個極重要的佛教文化中心。公元四三九年北魏攻占涼州後把那裡的三萬户吏民和數千僧人掠至北魏的首都平城（大同），其間有大批雕鑿佛教石窟的專家和工匠，曇曜應在其中。因此，雲岡石窟有明顯的涼州氣韻。

但是，涼州又不僅僅是涼州。據考古學家宿白先生考證，涼州的石窟模式中融合了新疆的龜兹（今庫車一帶）、于闐（今和闐一帶）的兩大系統。而龜兹和于闐，那是真正的「西域」了，更是連通印度文化、南亞文化和中亞文化的交匯點。

因此，雲岡石窟，經由涼州中轉，沉澱著一層層悠遠的異類文化，簡直深不可測。

例如，今天很多參觀者到了雲岡石窟，都會驚訝：為什麼有那麼明顯的希臘雕塑（包括希臘神廟大柱）風格。

對此，我可以很有把握地回答：那是受了犍陀羅（Gandhara）藝術的影響。而犍陀羅，正是希臘文化與印度文化的交融體。

希臘文化是憑著什麼機緣與遥遠的印度文化交融的呢？我們要再一次提到那位與北魏孝文帝拓跋宏同樣死於三十二歲的馬其頓國王亞歷山大大帝了。正是他，作為古希臘最有學問的學者亞里士多德的學生，長途東征，把希臘文化帶到了巴比倫、波斯和印度。

我以前在考察佛教文化時到過現在巴基斯坦的塔克西拉（Taxila），那裡有塞卡普（SirKap）遺址，正是犍陀羅藝術的發祥地。

在犍陀羅之前，佛教藝術大多以佛塔和其他紀念物為象徵，自從亞歷山大東征，一大批隨軍藝術家的到達，佛教藝術發生了劃時代的變化。一系列從鼻梁、眼窩、嘴唇、下巴都帶有歐洲人特徵的雕像產生了，並廣泛傳入西域，如龜兹、于闐地區。為此，我還曾一再到希臘和羅馬進行對比性考察。

由此我們知道，雲岡石窟既然收納了涼州、龜兹、于闐，也就無可阻擋地把印度文化和希臘文化也一併收納了。

北魏遷都洛陽後，精力投向龍門石窟的建造。龍門石窟繼承了雲岡石窟的深遠度量，但在包容的多種文化中，中華文化的比例明顯升高了。

這就是北魏的氣魄。吞吐萬匯，兼納遠近，幾乎集中了世界上幾大重要文化的精粹，熔鑄一體，互相化育，烈烈揚揚。

這種宏大，舉世無匹。

由此，大唐真的近了。

五

大唐之所以成為大唐，正在於它的不純淨。

歷來總有不少學者追求華夏文化的純淨，甚至包括語言文字在內。其實，過度純淨就成了玻璃器皿，天天擦拭得玲瓏剔透，總也無法改變它的又小、又薄、又脆。不知哪一天，在某次擦拭中因稍稍用力而裂成碎片，而碎片還會割手。

何況，玻璃也是化合物質，哪裡說得上絕對的純淨？

北魏，為不純淨的大唐作了最有力的準備。

那條因為不純淨而變得越來越開闊的大道，有兩座雄偉的石窟門廊。如果站在石窟前回首遙望，大興安嶺北部東麓，還有一個不大的鮮卑石室。

一個石室兩座石窟，這是一條全由堅石砌成的大道，坦然於長天大地之間。比他一比，埋藏在書庫卷帙中的文化秘徑，太瑣碎了。

大道周邊，百方來朝。任何有生命力的文化，都主動靠近。

這是一個雲蒸霞蔚的文化圖像，我每每想起總會產生無限惋嘆。人類常常因為一次次的排他性分割，把本該頻頻出現的大氣象，葬送了。

人類總是太聰明，在創造了自己的文化之後就敏感地與別種文化劃出一條條界限。結果，由自我衛護而陷入自我禁錮。

如果放棄這樣的聰明，一切都會改觀。

想起了歌德說的一段話：人類憑著自己的聰明劃出了一道道界限，最後又憑著愛，把它們全都推倒。

推倒各種人為界限後的大地是一幅什麼景象？北魏和大唐作出了回答。

西天梵音

一

雲岡石窟研究院長張焯先生來信，他們正在對「曇曜五窟」前的樹蔭廣場進行拓建，決定在二十一窟以西的坡道上放置兩塊巨石，並在其中一塊巨石上鏤刻「西天梵音」四個字。這四個字，他們希望由我來書寫。

我立即理紙磨墨，恭恭敬敬地握筆書寫。寫完，面北遐想，滿腦都是一千五百年前的萬里黃沙。

「西天梵音」，當然是說佛教。站在雲岡、龍門、敦煌、麥積山的驚世石窟前，我想，中國文化的苦旅步伐，再也躲不開僧侶們的深深腳印了。

二

佛教傳入中國，並被廣泛接受，這件事，無論對中華文明、印度文明，還是對亞洲文明、世界文明，都具有重大意義。

在人類文化史上，能夠與之相比的事件，少而又少。

這是一種純粹的外來文化，產生地與中國本土之間，隔著「世界屋脊」喜馬拉雅山脈。在古代的交通和通訊條件下，本來它是無法穿越的，但它卻穿越了。

這還不算奇跡。真正的奇跡是，它穿越後進入的土地，早就有過極其豐厚的文化構建。從堯舜到秦漢，從周易到諸子百家，幾乎把任何一角想得到的精神空間都嚴嚴實實地填滿了，而且填得那麼精緻而堂皇。這片土地上的民眾，哪怕僅僅是鑽研其中一家的學問都足以耗盡終身。而且，一代接一代地鑽研上兩千多年，直到今天仍覺得深不可測。面對這樣超濃度的文化大國，一種純然陌生的異國文化居然浩蕩進入，並且快速普及，這實在不可思議。

不可思議，卻成了事實，這裡有極其深刻的文化原因。

研究佛教是怎麼傳入的，是一個小課題；研究佛教怎麼會傳入的，才是一個大課題。

怎麼會？輕輕一問，立即撬動了中華文化和世界文化的底層結構。因此，歷來很少有人這樣問。

三

佛教傳入中國的時間，大約是我們現在運用的「公元」這個紀年概念的前後。按照中國的紀年，也就是在西漢末和東漢初之間。

歷來有一些佛教學者出於一種宗教感情，或出於一種猜測性的「想當然」，總想把傳入的時間往前推，那是缺少依據的。例如有些著作認為在堯舜時代佛教已經傳入，這比佛教在印度誕生的時間還早了一千多年，顯然是鬧笑話了。《列子》說周穆王時已經在崇拜佛教，還說孔子把佛奉為大聖，也都無法成立，因為直到周穆王去世之後的二百五十多年，釋迦牟尼才出世呢。至於孔子奉佛，更毫無證據。也有人說張騫出使西域時已取到了佛經，於永平十八年返回。但我們知道的那個張騫在這之前一百八十多年就去世了，莫非另有一個同名同姓的人？而且，司馬遷在《史記》中曾經認真地寫到過張騫出使的事情，為什麼沒有提到？

比來比去，我覺得還是范曄在《後漢書》裡的記載比較可靠。那個記載說，世間傳聞，漢明帝夢見一個頭頂有光明的高大金人，便詢問群臣，有個大臣告訴他，那應該是西方的佛。

漢明帝在位的時間，是公元五十八年至七十五年，不知道那個夢是哪一天晚上做的。需要注意的是，他詢問群臣時，已經有人很明確地回答是西方的佛了，可見佛教傳入的時間應該更早一點。接下來的時間倒是更加重要的了，那就是：漢明帝在公元六十四年派了十二個人到西域訪求佛法，三年後他們與兩位印度僧人一起回到洛陽，還用白馬馱回來了經書和佛像。於是，譯經開始，並建造中國第一座佛教寺院白馬寺。

對於一個極其深厚的宗教來說，光靠這樣一次帶回當然是遠遠不夠的。在漢代朝野，多數人還把佛教看成是神仙方術的一種。但在西域，佛教的傳播已經如火如荼。這種狀況激發了兩種努力：一種是由東向西繼續取經，一種是由西向東不斷送經。這兩種努力，組成了兩大文明之間的深度交流。那些孤獨的腳印，殊死的攀越，應該作為第一流的文化壯舉而被永久銘記。

朱士行是漢族僧人向西取經的創始人。他於公元二六〇年從長安出發，在無人嚮導的情況下歷盡艱難到達遙遠的于闐，取得經卷六十萬言，派弟子送回洛陽，自己則留在于闐，直到八十高齡在那裡去世。

由西向東送經弘法的西域僧人很多，最著名的有鳩摩羅什、佛圖澄等。我很久以來一直對鳩摩羅什的經歷很感興趣，因為他的經歷讓我知道了佛教在中國傳播初期的一些不可思議的事情。

當時從西域到長安，很多統治者都以搶得一名重要的佛教學者為榮，不惜為此發動戰爭。例如長安的前秦統治者苻堅為了搶奪佛學大師道安，竟然在公元三七九年攻打襄陽，達到了目的。道安當時年事已高，到了長安便組織翻譯佛經。他告訴苻堅，真正應該請到長安來的，是印度僧人鳩摩羅什。鳩摩羅什的所在地很遠，在龜茲，也就是現在的新疆庫車。

鳩摩羅什當時只有四十來歲。苻堅看著道安這位已經七十多歲的黑臉佛學大師如此恭敬地推荐一個比自己小三十歲的學者，心想一定錯不了，就故技重演，派一個叫呂光的人率領重兵長途跋涉去攻打龜茲。呂光的部隊是公元三八三年出發的，第二年果然攻克龜茲，搶得鳩摩羅什。正準備帶回長安向苻堅覆命，半途停息於涼州姑臧，也就是今天的甘肅武威，呂光忽然聽到了驚人的消息，苻堅已經死亡，政局發生了變化。

在半道上失去了派他出來的主人，顯然没有必要再回長安了，呂光便留在了武威。他擁兵自重，給自己封了很多有趣的名號，例如涼州牧、酒泉公、三河王、大涼天王等，似乎越封越大。儘管他本人並不怎麼信佛，但知道被他搶來的鳩摩羅什是個大寶貝，不肯放手。鳩摩羅什也就在武威居留了整整十六年。在這段漫長的時間裡，鳩摩羅什學好了漢文，為他後來的翻譯生涯作好了準備。還有青年學者從關中趕來向他學習佛法，例如後來成了著名佛學大師的僧肇。

接下來的事情仍然有趣。

苻堅死後，入主長安的新帝王也信奉佛教，派人到西涼來請鳩摩羅什。呂光哪裡會放。或者說，越有人來要，越不放。不久，又有一位新帝王繼位了，再派人來請，當然又遭拒絕，於是新帝王便出兵討伐，直到搶得鳩摩羅什。鳩摩羅什就這樣在一路戰火的執持下於公元五世紀初年到了長安，開始了輝煌的佛經翻譯歷程。他的翻譯非常之好，直到今天我們閱讀佛經，很多還是他的譯筆。

從這裡我們看到了一個令人驚愕的情景：在我們西北方向的遼闊土地上，在那個時代，一次次的連天烽火，竟然都是為了爭奪某一個佛教學者而燃起！這種情景不管在中國文化史還是在世界文化史上，都絕無僅有。由此可見，這片土地雖然荒涼，卻出現了一種非常飽滿的宗教生態，出現了一種以宗教為目的、以軍事為前導的文化交流。

就在鳩摩羅什抵達長安的兩年前，另一位漢族僧人卻從長安出發了，他就是反著鳩摩羅什的路途向印度取經的法顯。這兩種腳印在公元四世紀末、五世紀初的逆向重疊，分量很重。其中使我特別感動的是，法顯出行時已經是六十五歲高齡。他自己記述道，一路上，茫茫沙漠「上無飛鳥，下無走獸」，「望人骨以標行路」。

人骨？這中間又有多少的取經者和送經者！

人類最勇敢的腳步，往往毫無路標可尋；人類最悲壯的跋涉，則以白骨為路標。

法顯在自己六十七歲那年的冬天，翻越帕米爾高原（蔥嶺）。這是崑崙山、喜馬拉雅山、天山等幾個頂級山脈交集而成的一個天險隘口，自古至今就連極其強壯的年輕人也難於在夏天翻越，卻讓一位白髮學者在冰天雪地的嚴冬戰勝了。這種生命強度，實在令人震驚。

我自己，曾在五十四歲那一年從巴基斯坦那面尋路到那個隘口的南麓，對這位一千六百年前中國老人的壯舉深深祭拜。我去時，也是在冬季，還同時祭拜了比法顯晚二百多年到達這一帶的另一位佛教大師玄奘。那時玄奘還年輕，大約三十多歲。他說，在艱苦卓絕的路途上只要一想到年邁的法顯前輩，就什麼也不怕了。

從法顯到玄奘，還應該包括鳩摩羅什等等這樣的偉大行者，以最壯觀的生命形式為中華大地引進了一種珍貴的精神文化。結果，佛教首先不是在學理上，而是在驚人的生命形式上契入了中華文化。平心而論，中華傳統文化本身是缺少這樣壯觀的生命形式的。有時看似壯觀了，卻已不屬於文化。

四

那麼，中華文化承受得起佛教嗎？

本來，作為民間傳播的宗教，不管是本土的還是外來的，都不存在承受得起還是承受不起的問題。因為承受以接受為前提，不接受也就不承受了。但是，中國自秦漢以來已經是君主集權大國，這個問題與朝廷的態度連在一起，就變得相當複雜和尖銳。我們前面說到過的那位道安就明確表示，「不依國主，則法事難立」，說明朝廷在很大程度上決定著佛教的興衰。

開始，東漢和魏晉南北朝的多數統治者是歡迎佛教的，他們一旦掌權就會覺得如果讓佛教感化百姓靜修向善，就可以天下太平。正如南朝宋文帝所說：「若使率土之濱，皆純此化，則吾坐致太平，夫復何事。」（見《弘明集》）其中，公元六世紀前期的南朝梁武帝蕭衍態度最為徹底，不僅大量修建佛寺、佛像，而且四度脱下皇帝裝，穿起僧侶衣，「捨身為奴」，在寺廟裡服役。每次都要由大臣們出錢從寺廟裡把他「贖回」。而且正是他，規定了漢地佛教的素食傳統。

與南朝相對峙的北朝，佛教場面做得更大。據《洛陽伽藍記》等資料記載，到北魏末年，即公元五三四年，全國佛寺多達三萬餘座，僧尼達二百餘萬人。光洛陽一地，寺廟就有一千三百多座。大家不妨閉眼想一想，這是一個多麼繁密的景象啊。唐代杜牧寫懷古詩時曾提到「南朝四百八十寺，多少樓台煙雨中」，人們讀了已覺得感慨萬千，但北朝的寺院，又比南朝多了幾倍。

但是，正是這個數量，引起另外一些統治者的抗拒。他們手上的至高權力，又使這種抗拒成為一種「滅佛」的災難。

幾度「滅佛」災難，各持理由，概括起來大概有以下幾個方面：一、全國出現了那麼多自立信仰的佛教團體，朝廷的話還有誰在聽；二、耗巨資建那麼多金碧輝煌的寺院，養那麼多不事生產的僧侶，社會的經濟壓力太大了；三、更嚴重的是，佛教漠視中國傳統的家族宗親關係，無視婚嫁傳代，動搖了中華文化之本。

第一個滅佛的，是北魏的太武帝。他在信奉道教後對佛教處處抵觸，後來又懷疑長安的大量寺院完全處於朝廷的可控制範圍之外，可能與當時的蓋吳起義有聯係，便下令誅殺僧眾，焚毀佛經、佛像，在全國禁佛，造成重大浩劫。幸好他一死，新皇帝立即解除了他的禁佛令。其實，生根於中國本土的道教本身也是深厚善良、重生貴生、充滿靈性的宗教，不存在滅佛的意圖。太武帝借道滅佛，只是出於一種非宗教的權力謀略。

一百三十年後，信奉儒學的周武帝以耗費民眾財力為由下令同時禁絕佛、道兩教，其中又以佛教為最，因為它的「夷狄之法」，容易使「政教不行，禮義大壞」。

又過了二百七十年，在唐代的會昌年間，唐武宗又一次聲稱佛教違反了中國傳統的倫理道德，大規模滅佛，後果非常嚴重，在佛教史上被稱為「會昌法難」。

三次滅佛，前後歷時四百年，三個都帶有一個「武」字的皇帝，把中國傳統的政治文化對於佛教的警惕，發洩得淋漓盡致。後來在五代時期周世宗還採取過一次打擊佛教的行動，但算不上滅佛。

由於警惕的根基在文化，有些文化人也介入了。例如唐代大文人韓愈在「會昌法難」前二十幾年就以一篇〈諫迎佛骨表〉明確表示了反佛的立場。他認為佛教、道教都有損於儒家「道統」，有害於國計民生。他說，佛教傳入之前的中國社會，比佛教傳入之後更平安，君王也更長壽。他最後還激動地表示，如果佛教靈驗，我在這裡反佛，一定會受到懲罰，那就讓一切災禍降到我頭上吧！

韓愈因此被皇帝貶謫，在半道上寫下了「雲橫秦嶺家何在，雪擁藍關馬不前」這樣傑出的詩句，這是大家都知道的了。

韓愈是我很尊重的一位唐代散文家，我喜歡他文筆間的樸厚氣勢，但對他全盤否定佛教、道教，卻很難認同。

捍衛儒家「道統」的激情，使韓愈在這方面的論述帶有明顯的臆斷式排他傾向。例如他對佛教傳入前後的漫長歷史的總體判斷，以及他誤以為佛教是在炫耀信奉者的長壽，或追求一種懲罰性的靈驗等等，都是意氣用事的草率之言。他不明白，他所排列的從堯到孟子的所謂「道統」是一種理論假設，而一個泱泱大國的廣大民眾卻需要有自己的宗教信仰，這種宗教信仰在實際展開時，往往伴有特殊的非理性儀式。儒家學者再高明，也只是整個社會結構中極小的一部分，不應該以自己的思維邏輯來框範天下。尤其是對於他們很少有發言權的關於生命的終極意義和彼岸世界等課題，更不應該阻止別人去思考。

其實更多文人沒有韓愈這麼極端。唐代崇尚多元並存，李白近道，卻又有建功立業的儒家之志；杜甫近儒，卻不親儒；王維則長久生活在禪意佛境之中。即便是與韓愈齊名的柳宗元，也與佛教交往密切，公開聲稱「吾自幼好佛」，長與禪僧或師或友。劉禹錫同樣如此。白居易對道教和佛教都有沉浸，晚年更向於佛。

安史之亂之後，大量的文化精英為了擺脫現實生活的痛苦而追求精神上的禪定，興起了一股「禪悅」之風，到了宋代更加盛熾。這股禪悅之風既提升了唐宋文化的超逸品位，又加深了佛教文化與中華文化的融合。後來連儒學的自身建設「宋明理學」的構建，也受到佛教華嚴宗、禪宗的深刻影響，達到了「援佛入儒」、「儒表佛裡」的狀態。

至此人們看到，儒、道、佛這三種完全不同的審美境界出現在中華文化之中。一種是溫柔敦厚，載道言志；一種是逍遥自由，直覺天籟；一種是拈花一笑，妙悟真如。中國文化人最熟悉的是第一種，但如果從更高的精神層面和審美等級上來看，真正不可缺少的是後面兩種。在後面兩種中，又以第三種即佛的境界更為難得。

五

與中華傳統文化的固有門類相比，佛教究竟有哪一些特殊魅力吸引了廣大中國人呢？

要回答這個問題，在學術上很冒險，容易得罪很多傳統的文化派別。但我還是想從存在方式上，談談個人的一些粗淺看法。

佛教的第一特殊魅力，在於對世間人生的集中關注、深入剖析。

其他學說也會關注到人生，但往往不集中、不深入，沒說幾句就「滑牙」了，或轉移到別的他們認為更重要的問題上去了。他們始終認為人生問題只有支撐著別的問題才有價值，沒有單獨研究的意義。例如，儒學就有可能轉移到如何治國平天下的問題上去了，道教就有可能轉移到如何修煉成仙的問題上去了，法家就有可能轉移到如何擺弄權謀遊戲的問題上去了，詩人文士有可能轉移到如何做到語不驚人死不休的問題上去了。唯有佛教，決不轉移，永遠聚集於人間的生、老、病、死，探究著擺脫人生苦難的道路。

乍一看，那些被轉移了的問題遼闊而宏大，關及王道社稷、鐵血征戰、家族榮辱、名節氣韻，但細細想去，那只是歷史的片面，時空的截面，人生的浮面，極有可能釀造他人和自身的痛苦，而且升沉無常，轉瞬即逝。佛教看破這一切，因此把這些問題輕輕擱置，讓它們慢慢冷卻，把人們的注意力引導到與每一個人始終相關的人生和生命的課題上來。

正因為如此，即便是一代鴻儒聽到經誦梵唄也會陷入沉思，即便是兵卒纖夫聽到晨鐘暮鼓也會怦然心動，即便是皇室貴冑遇到古寺名剎也會焚香敬禮。佛教觸及了他們的共同難題，而且是他們誰也沒有真正解決的共同難題。這便是它產生吸引力的第一個原因。

佛教的第二特殊魅力，在於立論的痛快和透徹。

人生和生命課題如此之大，如果泛泛談去不知要纏繞多少思辨彎路，陷入多少話語泥淖。而佛教則乾淨俐落，如水銀瀉地，爽然決然，沒有絲毫混濁。一上來便斷言，人生就是苦。產生苦的原因，就是貪欲。產生貪欲的原因，就是無明無知。要滅除苦，就應該覺悟：萬物並無實體，因緣聚散而已，一切都在變化，生死因果相續，連「我」也是一種幻覺，因此不可在虛妄中執著。由此確立「無我」、「無常」的觀念，抱持「慈、悲、喜、捨」之心，就能引領眾生一起擺脫輪迴，進入無限，達到涅槃。

我想，就從這麼幾句剛剛隨手寫出的粗疏介紹，人們已經可以領略一種鞭辟入裡的清爽。而且，這種清爽可以開啟每個人的體驗和悟性，讓他們如靈感乍臨，如醍醐灌頂，而不是在思維的迷魂陣裡左支右絀。

這種痛快感所散發出來的吸引力當然是巨大的。恰似在嗡嗡嗡嗡的高談闊論中，突然出現一個聖潔的智者三言兩語了斷一切，又仁慈寬厚地一笑，太迷人了。

其實當初釋迦牟尼在世時一路啟示弟子的時候，也是這麼簡潔、淺顯、直擊眾生體驗的，否則不可能到處湧現那麼多信徒，倒是後來的佛教學者們出於崇敬和鑽研，一步步越弄越深奧。佛教到了中國，雖然也曾和魏晉玄學相伴一陣，但很快發現中國民眾的大多數是不習慣抽象思維而更信賴直覺的，這正好契合原始佛教的精神，因此有一大批傑出的佛教思想家開始恢復以往的簡明和透徹，甚至還有新的發展。例如，禪宗認為眾生皆有佛性，一悟即至佛地；淨土宗認為人們通過念佛就能夠達到極樂世界；天台宗認為人們通過觀想就能夠「一念三千」，認識空、假、中三諦；華嚴宗認為世上無盡事物都圓通無礙……這些主張，都用清晰的思路勘破人世萬象，一聽之下如神泉滌塵、天風驅霧。即使是不贊成這些結論的人，也不能不叫一聲：不亦快哉！

中國傳統文化的主流形態，往往過多地追求堂皇典雅，缺少一種精神快感。偶有一些快人快語，大多也是針對社會的體制和風氣，卻失焦於人生課題。

佛教的第三特殊魅力，在於切實的參與規則。

一聽就明白，我是在說戒律。佛教戒律不少，有的還很嚴格，照理會阻嚇人們參與，但事實恰恰相反，戒律增加了佛教的吸引力。理由之一，戒律讓人覺得佛教可信。這就像我們要去看一座庭院，光聽描述總無法確信，直到真的看到一層層圍牆、一道道籬笆、一重重欄杆。圍牆、籬笆、欄杆就是戒律，看似障礙卻是庭院存在的可靠證明。理由之二，戒律讓人覺得佛教可行。這就像我們要去爬山，處處是路又處處無路，忽然見到一道石徑，階多勢陡，極難攀登，卻以一級一級的具體程序告示著通向山頂的切實可能。

相比之下，中華傳統文化大多處於一種「寫意狀態」。有主張，少邊界；有感召，少篩選；有勸導，少禁忌；有觀念，少方法；有目標，少路階。這種狀態，看似方便進入，卻讓人覺得不踏實，容易退身幾步，敬而遠之。

最典型的例子，是儒家所追求的「君子」這個概念。追求了兩千多年，講述了兩千多年，但是，到底什麼叫君子？怎麼才算不是？區分君子和非君子的標準何在？一個普通人要通過什麼樣的訓練程序才能成為君子？卻誰也說不清楚，或者越說越不清楚。因此，君子成了一種沒有邊界和底線的存在，一團漂浮的雲氣，一種空泛的企盼。長此以往，儒學就失去了一種參與憑據。歷來參與儒學的人看似很多，實際情況並非如此。即便是投身科舉考試的大量考生，也只是按照著官員的模式而不是君子的模式在塑形。

佛教的戒律步步艱難卻步步明確，初一看與佛教的最高境界未必對應，但只要行動在前，也就可以讓修習者慢慢收拾心情，由受戒而學習入定，再由入定而一空心頭污濁，逐漸萌發智慧。到這時，最高境界的純淨彼岸就有可能在眼前隱約了。佛教所說的「戒、定、慧」，就表述了這個程序。如果說多數受戒的信眾未必能夠抵達最高境界，那麼，他們也已經行進在這個修煉的程序中了，前後左右都有同門師友的身影，自然會產生一種集體歸屬感。

與道教的修煉目標不同，佛教不追求「肉身成仙」、「長生久視」的神奇效果，因此即便實行戒律也不必承擔靈驗證明。這本是它的優越之處，但到了中國化時期，有的宗派過於依憑悟性不尚苦修，輕視戒律教規，固然也幫助不少高人完成了精神騰躍，卻也為更多未必能真正開悟的信眾打開了過渡的方便之門。與此相應，在唐代特別流行的淨土宗也顯得過於「易行」。這種勢頭積累到後來，已出現了禪風虛浮的嚴重後果。這也從反面說明，對佛教而言，持戒修行還是重要的，不能過於聰明、過於寫意、過於心急。

由此我想到了弘一法師。他從一個才華橫溢的現代文化人進入佛門，照理最容易選擇禪宗或淨土宗，但他最終卻選擇了戒律森嚴的南山律宗。我想，這是他在決意違避現代文化人過於聰明、過於寫意、過於心急的毛病。這種選擇使他真正成為一代高僧。

當然，歷來一直有很多人只是為了追求安心、自在、放鬆而親近佛門，本來就不存在修行的自律，那是另外一回事了。

佛教的第四特殊魅力，在於強大而感人的弘法團隊。

中國的諸子百家，本來大多也是有門徒的，其中又以儒家的延續時間為最長。但是，如果從組織的有序性、參與的嚴整性、活動的集中性、內外的可辨識性、不同時空的統一性這五個方面而論，沒有一家比得上佛教的僧侶團隊。

自從佛教傳入中國，廣大民眾對於佛教的認識，往往是通過一批批和尚、法師、喇嘛、活佛的舉止言行、服飾禮儀獲得的。一代代下來，僧侶們的袈裟佛號，成了人們感知佛教的主要信號。他們的德行善舉，也成了人們讀解信仰的直接範本。佛教從釋迦牟尼開始就表現出人格化的明顯特徵，而到了遍布四方的僧侶，更是以無數人格形象普及了佛教理念。

西方基督教和天主教的神職人員也非常強大，但佛教的僧侶並不是神職人員，他們不承擔代人祈福消災、代神降福赦罪的使命。佛教僧侶只是出家修行者，他們以高尚的品德和潔淨的生活向廣大佛教信徒作出表率。

他們必須嚴格遵守不殺、不盜、不淫、不妄語、不惡口、不蓄私財、不做買賣、不算命看相、不詐顯神奇、不掠奪和威脅他人等等戒律，而且堅持節儉、勤勞的集體生活，集中精力修行。

修行之初，要依據佛法，觀想人生之苦，以及俗身之不淨，由此覺悟無我、無常；進而在行動上去欲止惡，揚善救難，訓練慈悲柔和、利益眾生的心態和生態。

與廣大佛教信徒相比，出家人總是少數，因為出家既要下很大的決心，又要符合很多條件。一旦出家，就有可能更專注、更純淨地來修行了。出家是對一種精神團體的參與，一般四人以上就可能稱為「僧伽」。在僧伽這麼一個團體之內，又規定了一系列和諧原因，例如所謂「戒和」、「見和」、「利和」、「身和」、「口和」、「意和」的「六和」，再加上一些自我檢討制度和徵問投籌制度，有效地減少了互相之間的矛盾和衝突，增加了整體合力。

這樣的僧伽團隊，即便放到人世間所有的精神文化組合中，也顯得特別強大而持久，又由於它的主體行為是勸善救難，更以一種感人的形象深受民眾歡迎。

佛教的以上四大特殊魅力，針對著中華傳統文化在存在方式上的種種乏力，成為它終於融入中華文化的理由。

六

佛教在中國的驚人生命力，我還可以用自己的一些切身體驗來加以證明。

我家鄉出過王陽明、黃宗羲、朱舜水這樣一些天下公認的「大儒」，但到我出生時，方圓幾十里地已經幾乎没有什麼人知道他們的名字，更没有人了解他們提出過一些什麼主張，哪怕是片言隻語。我家鄉是如此，別的地方當然也差不多。這個現象我在長大後反覆咀嚼，消解了很多不切實際的文化夢想。高層思維再精深，如果永遠與山河大地的文明程度基本脱節，最終意義又在何處？

當時的家鄉，兵荒馬亂，盜匪橫行，唯一與文明有關的痕跡，就是家家户户都有一個吃素念經的女家長，天天在做著「積德行善」的事。她們没有一個人識字，卻都能熟練地念誦《般若波羅蜜多心經》，其中有三分之一的婦女還能背得下《金剛經》。她們作為一家之長，有力地帶動著全家的心理走向。結果，小廟的黃牆佛殿、磬鈸木魚，成為這些貧寒村落的寄託所在。我相信，這些村落之所以沒有被仇恨所肢解，這些村民之所以沒有被邪惡所席捲，都與那支由文盲婦女組成的念佛隊伍有關。

這些村落間唯一熟悉中國文化經典的是我外公，他以道家的方式過著悠閒而貧困的生活，自得其樂，卻全然於事無補。他偶爾題寫在廟牆上的那些田園詩，只有他自個兒在欣賞。道家不等於道教，但鄰村也有名正言順的道士。道士在村人心中的地位很低，只是幫著張羅一些喪葬、驅病儀式，平日與農民完全沒有兩樣。

我的這幅童年回憶圖，並非特例。因為我後來問過很多從不同鄉間出來的前輩和同輩，情景基本類似。這就説明，在中華文化腹地的絕大部分，在毛細血管伸及的肌膚之間，佛教的蹤影要比其他文化成分活躍得多，也有效得多。

遺憾的是，那個時候，佛教本身也已經走向衰微。晚明以後東南一帶隨著社會經濟的發展，功利主義橫行，修佛成了求福的手段，而且出現了不少直接對應功利目標的經文和門派。這種勢頭從清代至近代，愈演愈烈。佛教本來是為了引渡眾生放棄貪欲求得超越的，很多地方倒是反了過來，竟然出於貪欲而拜佛。看似一片香火，卻由欲焰點燃。在這種令人惋嘆的場面不遠處，不少佛學大師在鑽研和講解經文，卻都是天國奧義，很難被常人理解。這兩種極端，構成了佛教的頹勢。

我重新對佛教的前途產生喜悅的憧憬，是在台灣。星雲大師所開創的佛光山幾十年來致力於讓佛教走向現實人間、走向世界各地的宏大事業，成果卓著，已經擁有數百萬固定的信眾。我曾多次在那裡居住，看到大批具有現代國際教育背景的年輕僧侶，笑容澄澈無礙，善待一切生命，每天忙著利益眾生、開導人心的大事小事，總是非常振奮。我想，佛教的歷史重要性已被兩千年時間充分證明，而它的現實重要性則要被當今的實踐來證明。現在好了，這種證明竟然已經展現得那麼輝煌。台灣經歷著如此複雜的現代轉型和內外衝撞，為什麼仍然沒有渙散？其中一個重要原因，就是佛教。除佛光山外，證嚴法師領導的慈濟功德會也讓我深為感動。以醫療為中心，到處救死扶傷，不管世界什麼地方突發嚴重自然災害，他們總是爭取在第一時間趕到，讓當代人一次次強烈感知佛教的慈善本義。慈濟功德會同樣擁有數百萬固定的信眾。

無論是星雲大師還是證嚴法師，或是另一位我很尊重的佛教哲學家聖嚴法師，做了那麼多現世善事，卻又把重心放在精神啟迪上。他們充分肯定人間正常歡樂，又像慈祥的人生導師一樣不斷地向現代人講解最基本的佛理，切實而又生動地排除人們心中的各種自私障礙，從而有效地減少了大量的惡性衝突。他們在當今各地受到歡迎的驚人程度，已使佛教發出了超越前代的光華。

由於他們，我不僅對佛教的前程產生某種樂觀，而且也對世道人心產生某種樂觀，甚至，推演開去，又對中華文化產生某種樂觀。

我們這片土地，由於承載過太多戰鼓馬蹄、仁義道德的喤喤之聲而十分自滿，卻終於為西天傳來的一種輕柔而神秘的聲音讓出了空間。當初那些在荒涼沙漠裡追著白骨步步前行的腳印沒有白費，因為他們所追尋來的那種聲音成了熱鬧山河的必然需要。但是，熱鬧山河經常會對自己的必然需要產生麻木，因此也就出現了文化應該擔負的莊嚴使命，那就是一次次重新喚醒那些因自大而堵塞了性靈的人群。

從魏晉南北朝開始，中國的智者已經習慣於抬頭諦聽，發現那兒有一些完全不同於身旁各種響亮聲浪的聲音，真正牽連著大家的生命內層。正是這種諦聽，漸漸引出了心境平和、氣韻高華的大唐文明。

那麼，讓我們繼續諦聽。

長安的閃電

一

在雷電交加的黃昏，看到天邊的一道閃電，孩子們就捂住了耳朵。果然，過了一會兒，雷聲傳來了。

由此知道，光的速度比聲音的速度快。

光是有速度的，這已經成為現代科學的常識。由此出發，人們產生了一個大膽設想：人類有可能重新看到過去歷史上發生過的任何圖像。

這是因為，無論是哪一次沙場煙塵，還是千里旱澇，儘管早已過去，卻仍然以光波的形式在綿綿不絕地向遠處散發。我們如果能有一種器械，超越光速攔截在半道上，那麼，一切遠逝的圖像都有可能被逮個正著。

也就是說，「遠逝」並不是消失。我們只要走得比它更遠，就能「逝者如斯，歷歷在目」。科學家的這個設想曾讓我興奮不已。那時我還年輕，在農場勞動，每天靠著最不著邊際的幻想來擺脱身陷的困苦。有一次在夜雨的泥濘中我大聲告訴伙伴，總有一天，不必通過考古，我們就能看到黃帝和炎帝之間是怎麼開戰的，老子出關究竟到了什麼地方，還有，焚燒阿房宮的那把火到底燒了多久。我當時還不知道，有沒有那把火很值得懷疑，因為阿房宮很可能根本就沒有建起來。

身邊一位泥水淋漓的同學說，他還想看一看赤壁之戰的那場火。我由於受到我的老師、《中國説書史》的作者陳汝衡先生的影響，認為《三國演義》只是幾個説書人口中的故事，無關歷史輕重，便説那場火不重要，不值得去看。那位同學不太服氣，嘟噥了一聲：「蘇東坡還説強虜灰飛煙滅呢。」

我說：「為了蘇東坡，那就讓你去看一眼吧！」

我們的口氣，就像轉眼就可以看到。

這事説起來也已經幾十年了，現在大家已經知道，科學的發展沒有那麼快。至少我們這一代，不可能追過光速來回視歷史圖像了。但是，就在這「絶對不可能」中，想像還在延續。如果現在要問我最想看什麼歷史圖像，我的答案已經與年輕時很不一樣。管它哪場仗、哪把火呢，我最想看的是唐代。

理由很簡單——

戰火每代都有，景象大同小異，而且都慘不忍睹。但唐代，卻空前絶後，是古今之間的唯一。在昏暗的歷史天幕上，它是一大片閃電，不僅在當時照亮了千里萬里，而且在過後還讓人長久地懷念。

但是，唐代地域不小，歷時不短，怎麼看得過來？我們還是不要太貪心，稍稍看一眼長安城的片斷吧。

二

僅僅是長安城就已經很大。比之於古代世界最驕傲的城市，那個曾經輝耀著雄偉的石柱和角鬥場的古羅馬城，還大了差不多六倍。

這簡直讓人不敢相信。我把目光移向西邊，想親自作一番比較，但是長安時代的羅馬城，已暗淡無光。「北方蠻族」占領西羅馬帝國的時間和情景，與鮮卑族占領中國北方的時間和情景，就非常相似，但結果卻截然相反：羅馬文明被蠻力毀損，中華文明被蠻力滋養。

長安時代的羅馬城已經蒙受了二百多年的貧困和污濁，從凱撒到安東尼的一切精彩故事早就消失在廢墟之間。當長安城人口多達百萬的時候，羅馬的人口已不足五萬。再看羅馬周圍的歐洲大地，當時也都彌漫著中世紀神學的陰鬱。偶爾見到一簇簇光亮，那是宗教裁判所焚燒「異教徒」的火焰。

再往東邊看，曾經氣魄雄偉的波斯帝國已在七世紀中葉被阿拉伯勢力占領，印度也在差不多時間因戒日王的去世而陷於混亂。當時世界上比較像樣的城市，除了長安之外還有君士坦丁堡和巴格達。前者是聯結東西方的樞紐，後者是阿拉伯帝國的中心，但與長安一比，也都小得多了。兩個城市加在一起，還不到長安的一半。

後代中國文人一想到長安，立即就陷入了那幾個不知講了多少遍的宮廷故事。直到今天還是這樣，有大批重複的電視劇、舞台劇、小說為證。這倒不是因為他們如何歆羨龍御美人，而只是因為懶。歷來通行的史書上說來說去就是這幾個話題，大家也就跟著走了。

以宮廷故事擠走市井實況，甚至擠走九州民生，這是中國「官本位」思維的最典型例證。其實，唐代之為唐代，長安之為長安，固然有很多粗線條的外部標誌，而最細緻、最內在的信號，在尋常巷陌的笑語中，在街道男女的衣褶裡。遺憾的是，這些都缺少記載。

缺少記載，不是沒有記載。有一些不經意留下的片言隻語，可以讓我們突然想見唐代長安的一片風光，就像從一扇永遠緊閉的木門中找到一絲縫隙，貼上臉去細看，也能窺得一角恍惚的園景。

你看這兒就有一絲縫隙了。一位日本僧人，叫圓仁的，來長安研習佛法，在他寫的《入唐求法巡禮行記》中有記，會昌三年，也就是公元八四三年，六月二十七日夜間，長安發生了火災：

夜三更，東市失火。燒東市曹門以西二十四行，四千四百餘家。官私財物、金銀絹藥，總燒盡。

這寥寥三十五個漢字，包含著不少信息。首先是地點很具體，即東市曹門以西，當然不是東市的全部。其次是商鋪數量很具體，即僅僅是發生在東市曹門以西的這場火災，就燒了二十四行的四千四百餘家商鋪。那麼，東市一共有多少行呢？據說有二百二十行，如此推算，東市的商鋪總數會有多少呢？實在驚人。

既然是說到了東市，就會想到西市。與東市相比，西市更是集中了大量外國客商，比東市繁榮得多。那麼，東市和西市在整個長安城中占據多大比例呢？不大。長安城占地一共八十多平方公里，東市西市各占一平方公里而已，加在一起也只有整個長安城的四十分之一。但是，不管東市還是西市，一平方公里也實在不小了。各有一個井字形的街道格局，劃分成九個商業區，萬商雲集，百業興盛，肯定是當時世界上最繁榮的商業貿易中心。

由此可知，日本僧人圓仁所記述的那場大火，雖然沒有見諸唐代史籍，卻照見了長安城的生態一角，讓人有可能推想到人類九世紀最發達的文明實況。其意義，當然是遠遠超過了三國時期赤壁之戰那場大火。赤壁之戰那場大火能照見什麼呢？與文明的進退、歷史的步履、蒼生的禍福、世界的座標有什麼關係？

看來，我當初在農場對那位同學的勸阻還是對的。

東市的大火是半夜三更燒起來的。中國的房舍以磚木結構為主，比羅馬的大石結構更不經燒，到第二天，大概也就燒完了。按照當時長安的公私財力和管理能力，修復應該不慢。修復期間，各地客商全都集中到西市來了。

西市一派異域情調，卻又是長安的主調。飯店、酒肆很多，最吸引人的是「胡姬酒肆」，裡邊的服務員是美艷的中亞和西亞的姑娘。羅馬的藝術，拜占庭風格的建築，希臘的纏枝捲葉忍冬花紋飾，印度的雜技魔術，在街市間林林總總。

波斯帝國的薩桑王朝被大食（即阿拉伯）滅亡後，很多波斯貴族和平民流落長安，而長安又聚集了大量的大食人。我不知道他們相見時是什麼眼神，但長安不是戰場，我在史料中也没有發現他們互相尋釁打鬥的記載。

相比之下，波斯人似乎更會做生意。他們在戰場上是輸家，在商場上卻是贏家。寶石、瑪瑙、香料、藥品，都是他們在經營。更讓他們揚眉吐氣的，是緊身的波斯服裝風靡長安。漢人的傳統服裝比較寬大，此刻在長安的姑娘們身上，則已經是低胸、貼身的波斯款式。同時，她們還樂於穿男裝上街。這些時髦服飾，還年年翻新。

長安街頭，多的是外國人。三萬多名留學生，僅日本留學生就先後來過一萬多名。外國留學生也能參加科舉考試，例如僅僅在唐代晚期，得中科舉的新羅（朝鮮）士子就有五十多名。科舉制度實際上是文官選拔制度，因此這些外國士子也就獲得了在中國擔任官職的資格。他們確實也有不少留在中國做官。

有一位波斯人被唐王朝派遣到東羅馬帝國做大使，名叫「阿羅喊」。當代日本學者羽田亨認為，「阿羅喊」就是 Abraham，現在通譯阿伯拉罕，猶太人裡一個常見的名字。因此，極有可能是移居波斯的猶太人。

為了這位阿羅喊，我曾親自歷險到伊朗西部一座不大的城市哈馬丹（Hamadan），考察猶太人最早移居波斯的遺跡。我想，人家早就遠離家鄉做了唐朝的大使銜命遠行了，我們還不該把他們祖先的遠行史跡稍稍了解一點？

總之，在長安，見到做官的各種「阿羅喊」，見到賣酒的各種胡姬，見到來自世界任何地方從事任何職業的人，都不奇怪。他們居留日久，都成了半個唐人，而唐人，則成了有中國血緣的世界人。

長安向世界敞開自己，世界也就把長安當作了舞台。這兩者之間，最關鍵的因素是主人的心態。

唐代的長安絕不會盛氣凌人地把異域民眾的到來看成是一種歸順和懾服。恰恰相反，它是各方文明的虔誠崇拜者。它很明白，不是自己「寬容」了別的文明，而是自己離不開別的文明。離開了，就會索然無味、僵硬萎縮。因此，它由衷地學會了欣賞和追隨。主人的這種態度，一切外來文明很快就敏感到了，因此更願意以長安為家，落地生根。

長安有一份充足的自信，不擔心外來文明會把自己淹没。說得更準確一點，它對這個問題連想也没有想過。就像一個美麗的山谷，絕不會防範每天有成群的鳥雀、蝴蝶從山外飛來，也不會警惕陌生的野花、異草在隨風搖曳。

如果警惕了，防範了，它就不再美麗。

因此，盛唐之盛，首先盛在精神；大唐之大，首先大在心態。

平心而論，唐代的軍隊並不太強，在邊界戰爭中打過很多敗仗。唐代的疆域也不算太大，既比不過它以前的漢代，也比不過以後的元、明、清。因此，如果純粹從軍事、政治的角度來看，唐代有很多可指謫之處。但是，一代代中國人都深深地喜歡上了唐代，遠比那些由於窮兵黷武、排外保守而顯得強硬的時代更喜歡。這一事實證明，廣大民眾固然不願意國家衰落，卻也不欣賞那種失去美好精神心態的國力和軍力。

民眾的「喜歡」，就像我們現在所說的「幸福指數」，除了需要有安全上和經濟上的基本保證外，又必須超越這些基本保證，謀求身心自由、個性權利、詩化生存。從這條思路，我們才能更深入地讀解唐代。

有的學者羅列唐代的一些弱點，證明人們喜歡它只是出於一種幻想。我覺得這種想法過於簡單了。就像我們看人，一個處處強大、無懈可擊的人，與一個快樂天真、卻也常常閃失的人相比，哪個更可愛？

在強大和可愛之間，文化更關注後者。

例如，唐太宗陵墓「昭陵」的六駿浮雕，用六匹戰馬概括一個王朝誕生的歷史，是一種令人敬仰的強大。但是，這些戰馬的腳步是有具體任務的。當這種任務已經明確，它們自己就進入了浮雕。於是，有另外一些馬匹載著另外一些主人出現了。李白寫道：

五陵年少金市東，
銀鞍白馬度春風。
落花踏盡游何處？
笑入胡姬酒肆中。

對於這番景象，我想，唐太宗和他的戰馬都不會生氣。幾聲蒼老而歡樂的嘶鳴從遠處的唐昭陵傳來，五陵年少胯下的銀鞍白馬豎起了耳朵。一聽，跑得更快了。

三

唐代沒有「國家哲學」，這也是它的可愛之處。

好的學者也有一些，例如編撰《五經正義》的孔穎達、對我產生過很深影響的《史通》作者劉知幾。孔穎達這個河北衡水人是儒學發展史上無法省略的人物，他不僅把儒學的各種禮法規範結合在一起了，而且借鑑了道家和佛學的一些學理方式，很成格局，受到唐代帝王的支持。本來這很容易構成一種思想統制，但唐代畢竟是唐代，再大的學問、再高的支持，也不能剝奪他人的精神自由。你看，除了孔穎達這樣的一代大儒，還有劉知幾這樣的「自由派」人物。劉知幾提出了以「疑古」、「惑經」為主軸的變易論，體現了唐代那種處處追求萬象更新、反對盲從古代經典的思想風尚。

儒耶？道耶？佛耶？在唐代盡可自己選擇。除了少數帝王一度比較激烈外，在多數情況下，他們對於社會的信仰都很有氣量，往往實行「儒、道、佛並舉」的方針。

我特別注意到，唐代的帝王在這個問題上大多願意悉心傾聽，甚至還謙虛請教。例如，唐太宗李世民起初並不怎麼相信佛教，後來因為多次向玄奘請教，信仰發生很大的變化，多次拽著玄奘的衣襟說：「朕共師相逢晚，不得廣興佛事。」這種學生般的態度，出之於一代雄主，並不容易。

唐太宗親自為玄奘翻譯的《瑜伽師地論》寫了序言，這就是大家知道的《大唐三藏聖教序》。書法家褚遂良曾書寫過這篇序言，而我最喜歡的則是弘福寺的懷仁和尚集晉代王羲之行書所組合鐫刻的那個碑帖，應該稱之為《王聖教序》吧，我小的時候學書法，就練過它的拓本。

除了儒、道、佛，長安也給新傳入的西域宗教騰出了空間。

例如，基督教的聶斯脱利派教會（Nestorian Church），傳入中國後被稱作景教，在長安的義寧坊就建造了一個教堂。

其實，早在公元四三一年，這個教會的領袖聶斯脱利已在歐洲被教廷判為「異教徒」而革職流放，他的追隨者就逃到了波斯。公元六三五年，這個教派的一位主教阿羅本（Olopen）來到長安傳教。對於這個在歐洲早被摧毀了二百年的教派，長安深表歡迎。唐太宗派出丞相房玄齡率領儀仗隊到長安西部迎接，自己還親自聽了阿羅本的講道。唐代把羅馬帝國稱之為「大秦國」，因此長安的教堂又叫大秦寺，也叫波斯寺。

唐太宗對於這個流亡教派所下發的詔書，反映了唐朝上下的一種集體心理，與當時歐洲的宗教迫害相比，表現出了截然相反的文化氣度。他說：

> 道無常名，聖無常體，隨方設教，密濟群生。大秦國大德阿羅本，遠將經像，來獻上京。詳其教旨，玄妙無為；觀其元宗，生成立要。詞無繁說，理有忘筌，濟物利人，宜行天下。所司即於京義寧坊造大秦寺一所，度僧二十一人。

「道無常名，聖無常體」的宗旨，像常識一般自然說出，證明了心目中對於「主流意識形態」和「傳統精神偶像」的漠視。正是這種漠視，帶來了對於多元精神財富的重視。

古代波斯的祆教，即瑣羅亞斯德教（Zoroastrianism），又稱拜火教、祆火教，在波斯本土也已在公元七世紀因阿拉伯軍隊的佔領而絕跡，但在長安卻很興盛。共有四座教堂：一在靖恭坊，二在布政坊，三在醴泉坊，四在普寧坊。

瑣羅亞斯德教在古代波斯一度成為國教，曾經迫害過摩尼教，摩尼本人也被殺害。摩尼教徒向西流浪，後又從中亞傳入唐朝。武則天曾經挽留摩尼教徒在宮中講經。唐代宗於公元七六八年發布敕令，允許摩尼教在長安設置寺院，並賜額「大雲光明」。可惜，到了公元九世紀中葉，因戰爭原因，摩尼教就一蹶不振了。

伊斯蘭教創立於公元七世紀初，在幾十年後就傳入了中國。後來阿拉伯人在長安佔據很大的數量，他們一般都保持著自己民族的信仰，因此伊斯蘭教在長安的地位也很高。

這裡出現了一個有趣的現象：在波斯，祆教本是驅逐摩尼教的，伊斯蘭教本是驅逐祆教的，但在長安，它們全都太太平平地安頓在一起了。而且，除了伊斯蘭教之外，祆教和摩尼教早已是失去本土的流亡宗教，長安都待之若上賓。

一座城市真正的氣度，不在於接待了多少大國顯貴，而在於收納了多少飄零智者。一座城市的真正高貴，不在於集中了多少生死對手，而在於讓這些對手不再成為對手，甚至成了朋友。

一座偉大的城市，應該擁有很多「精神孤島」。不管它們來自何處，也不管它們在別的地方有什麼遭遇。

這樣的城市古今中外都屈指可數，在我看來，唐代的長安應該名列第一。在現代，巴黎和紐約還差強人意。只是，紐約太缺少詩意，這個問題以後有機會再細談。

四

每次去西安，我總是先到城北的大明宮遺址徘徊良久，然後到城東南，在大雁塔下的曲江池邊靜靜地坐一會兒。

我想，現在越來越多的中國人喜歡說「夢回大唐」、「夢回長安」了，這是好事。但是，如果真的回去了，哪怕在夢中，可能都消受不了。

一個偉大的時代總有一種濃重的氣氛，而這種氣氛會讓陌生人一時暈眩。很多人一定會說，唐代是我們的，長安也是我們的，豈有讓我們暈眩之理？其實，唐代已經過去太久，我們對它，早成了陌生人。

即便是按照李白的詩句選一批今天的「五陵年少」回去，情況也一定尷尬。

今天的「五陵年少」，很容易點燃起一種民族主義濫情，開口閉口都是「拒絕過外國的節日」、「中國人必須穿漢服和唐裝」等等。這樣一群人一旦進入唐代長安的街道，勢必驚恐萬狀、目瞪口呆。長安城裡的中外居民，見到他們對每一種外來文化都嚴加防範的神經質表情，也會十分錯愕。上前細加詢問，他們的申述雖然聽起來沒有什麼語言障礙，卻誰也聽不明白。

過不了多久，他們中的一半人也許能夠清醒過來，開始向長安城裡的中外居民虛心求教。而餘下的一半，則大多會走向另一個極端，成了「胡姬酒肆」裡最放蕩的痞子，毀了。

即便是清醒過來的那一半人，要想跨上「銀鞍白馬」像長安人那樣輕鬆消遣，也不大可能了。因為人世間什麼都可以仿效，卻很難仿效由衷的歡樂。

我很同情今天的這些「五陵年少」。他們不知從什麼時候開始就被灌輸了一種「亂世哲學」，處處劃界，天天警惕，時時敏感。他們把權謀當作了智慧，把自閉當作了文化，把本土當作了天下。而且，以為這樣才能實現「尊嚴」。這種怯懦而又狂躁的自卑心理，轉眼就裝扮成了齜牙咧嘴的英雄主義和悲情主義，有時也能感染一些人，形成一個起鬨式的「互慰結構」。結果，心理天地越來越小，排外情緒越來越重，只能由自閉而走向自萎。

我不知道如何才能使他們明白：曾經讓中華民族取得最高尊嚴的唐代，全然不是這樣。是這樣的，全是衰世，並無多少尊嚴可言。

如果他們仍然不明白這個道理，那麼，我至少可以現身說法，談談自己的人生感受。我們這一代，年輕時吞嚥的全是「亂世哲學」，這篇文章開頭所說的夜雨泥濘，幾乎陷沒了我們的全部青春。我們被告知，古代社會和外部世界一片恐怖，我們正在享受著一塵不染的幸福。偶爾忍不住幻想了一下古代，卻還不敢幻想國外。正是這個刻骨銘心的經歷，使我們在大醒之後很難再陷入封閉的泥淖。

前些年我一直困惑，為什麼我的每一屆學生幾乎都不如我開放。後來我知道了，那是因為他們不曾擁有那種從災難中帶來的財富。

於是我越來越有信心了，年長者確實未必比年幼者落伍，就像唐代不會比明清落伍。

那就讓我帶著年輕人，而不是追著年輕人，去逛一逛幻想中的唐代吧。由我引路，由我講解，講完這門永恒的課程。

唐詩幾男子

一

生為中國人，一輩子要承受數不盡的苦惱、憤怒和無聊。但是，有幾個因素使我不忍離開，甚至願意下輩子還投生中國。

其中一個，就是唐詩。

這種説法可能得不到太多認同。不少朋友會説：「到了國外仍然可以讀唐詩啊，而且，別的國家也有很多好詩！」

因此，我必須對這件事情多説幾句。

我心中的唐詩，是一種整體存在。存在於羌笛孤城裡，存在於黃河白雲間，存在於空山新雨後，存在於潯陽秋瑟中。只要粗通文墨的中國人一見相關的環境，就會立即釋放出潛藏在心中的意象，把眼前的一切捲入詩境。

心中的意象是從很小的時候就潛藏下來的。也許是父母吟誦，也許是老師領讀，反正是前輩教言中最美麗的一種。父母和老師只要以唐詩相授，也會自然地消除輩分界限，神情超逸地與晚輩一起走進人性天籟。

於是，唐詩對中國人而言，是一種全方位的美學喚醒：喚醒內心，喚醒山河，喚醒文化傳代，喚醒生存本性。

而且，這種喚醒全然不是出於抽象概念，而是出於感性形象，出於具體細節。這種形象和細節經過時間的篩選，已成為一個龐大民族的集體敏感、通用話語。

有時在異國他鄉也能見到類似於「月落烏啼」、「獨釣寒江」那樣的情景，讓我們產生聯想，但是，那種依附於整體審美文化的神秘詩境，卻不存在。這就像在遠方發現一所很像自己老家的小屋，或一位酷似自己祖母的老人，雖有一時的喜悅，但略加端詳卻深感失落。失落了什麼？失落了與生命緊緊相連的全部呼應關係，失落了使自己成為自己的那份真實。

當然，無可替代並不等於美。但唐詩確實是一種大美，不管在什麼情況下一讀，都能把心靈提升到清醇而又高邁的境界。回頭一想，這種清醇、高邁本來就屬於自己，或屬於祖先秘傳，只不過平時被大量瑣事掩埋著。唐詩如玉杵叩扉，叮叮噹噹，嗡嗡喤喤，一下子把心扉打開了，讓我們看到一個非常美好的自己。

這個自己，看似稀鬆平常，居然也能按照遙遠的文字指引，完成最豪放的想像，最幽深的思念，最入微的觀察，最精細的傾聽，最仁愛的同情，最灑脫的超越。

這個自己，看似俗務纏身，居然也能與高山共俯仰，與白雲同翻捲，與滄海齊陰晴。

這個自己，看似學歷不高，居能也能跟上那麼優雅的節奏，那麼鏗鏘的音韻，那麼華貴的文辭。

這樣一個自己，不管在任何地方都會是稀有的，但由於唐詩，在中國卻成了非常普及的常態存在。

正是這個原因，我才說，怎麼也捨不得離開產生唐詩的土地，甚至願意下輩子還投生中國。

我也算是一個走遍世界的人了，對國際間的文化信息並不陌生，當然知道處處有詩意，不會在這個問題上陷入狹隘民族主義的泥坑。但是正因為看得多了，我也有理由作出一個公平的判斷：就像中國人在宗教音樂和現代舞蹈上遠遠比不上世界上有些民族一樣，而唐詩，則是人類在古典詩歌領域的巍峨巔峰，很難找到可以與它比肩的對象。

二

很多文學史說到唐詩，首先都會以詩人和詩作的數量來證明，唐代是一個「詩的時代」。這樣說說也未嘗不可，但應該明白，數量不是決定性因素。這正像，現在即使人人去唱「卡拉OK」，也不能證明這是一個音樂的時代。

若說數量，我們都知道的《全唐詩》收詩四萬九千多首，包括作者兩千八百餘人。當然這不是唐代詩作的全部，而是歷時一千年來直到清代還被保存著的唐詩，卻仍然是蔚為大觀。《全唐詩》由康熙皇帝寫序，但到了乾隆皇帝，他一人寫詩的數量已經與《全唐詩》差不多。因為除去他的《樂善堂全集》、《御制詩餘集》、《全韻詩》、《圓明園詩》之外，在《晚晴簃詩匯》中還說有四萬一千八百首。如果加在一起，真會讓一千年前的那兩千八百多個作者羞愧了。只不過，如果看質量，乾隆能夠拿得出哪一首來呢？

寬泛意義上的寫詩作文，是天底下最容易的事，任何已經學會造句的人只要放得開，都能隨手塗出一大堆。直到今天我們還能經常看到當代很多繁忙的官員出版的詩文集，在字數、厚度和裝幀上幾乎都能超過世界名著，而且聽說他們還在繼續高產，勸也勸不住。這又讓我想起了乾隆。他如此著魔般地寫詩，滿朝文武天天喝彩，後來終於有一位叫李慎修的官員大膽上奏，勸他不必以寫詩來呈現自己的治國才能。乾隆一看，立即又冒出了一首絕句——

慎修勸我莫為詩，
我亦知詩不可為。
但是幾餘清宴際，
卻將何事遣閒時？

對此，今人錢鍾書諷刺道，李慎修本來是想拿一點什麼東西去壓壓乾隆寫詩的欲焰的，沒想到不僅沒有壓住，連那東西也燒起來了，反而增加了一蓬火。

從這蓬火，我們也能看到乾隆的詩才了。但平心而論，詩才雖然不濟，卻也比現在很多官員的詩作清順質樸一點。

說唐詩時提乾隆，好像完全不能對應，但這不能怪我。誰叫這位皇帝要以自己一個人的詩作數量來與《全唐詩》較量呢！

其實，唐詩是無法較量的，即便在宋代，在一些傑出詩人手中，也已經不能了。

這是因為，唐詩詩壇有一股空前的大丈夫之風，連憂傷都是浩蕩的，連曲折都是透明的，連私情都是乾爽的，連隱語都是靚麗的。這種氣象，在唐之後再也沒有完整出現，因此又是絕後的。

更重要的是，這種氣象，被幾位真正偉大的詩人承接並發揮了，成為一種人格，向歷史散發著綿綿不絕的體温。

三

首先當然是李白。

李白永遠讓人感到驚訝。我過了很久才發現一個秘密，那就是，我們對他的驚訝，恰恰來自於他的驚訝，因此是一種驚訝的傳遞。他一生都在驚訝山水，驚訝人性，驚訝自己，這使他變得非常天真。正是這種驚訝的天真，或者說天真的驚訝，把大家深深感染了。

我們在他的詩裡讀到千古蜀道、九曲黃河、瀑布飛流時，還能讀到他的眼神，幾分惶恐，幾分驚嘆，幾分不解，幾分發呆。首先打動讀者的，是這種眼神，而不是景物。然後隨著他的眼神打量景物，才發現景物果然那麼奇特。

其實，這時讀者的眼神也已經發生變化，李白是專門來改造人們眼神的。歷來真正的大詩人都是這樣，說是影響人們的心靈，其實都從改造人們的感覺系統入手。先教會人們怎麼看，怎麼聽，怎麼發現，怎麼聯想，然後才有深層次的共鳴。當這種共鳴逝去之後，感覺系統卻仍然存在。

這樣一個李白，連人們的感覺系統也被他改造了，總會讓大家感到親切吧，其實卻不。他拒絕人們對他的過於親近，願意在彼此之間保持一定程度的陌生。這也是他與一些寫實主義詩人不同的地方。

李白給人的陌生感是整體性的。例如，他永遠說不清楚自己的來處和去處，只讓人相信，他一定來自誰也不知道的遠處，一定會去誰也不知道的前方；他一定會看到誰也無法想像的景物，一定會產生了誰也無法想像的筆墨……

他也寫過「舉頭望明月，低頭思故鄉」這樣可以讓任何人產生親切感的詩句，但緊接著就產生了一個嚴峻的問題：既然如此思鄉，為什麼永遠地不回家鄉？他在時間和空間上都擁有足夠的自由，偶爾回鄉並不是一件難事。但是，這位寫下「中華第一思鄉詩」的詩人執意要把自己放逐在異鄉，甚至不讓任何一個異鄉真正親切起來，稍有親密就拔腳遠行。原來，他的生命需要陌生，他的生命屬於陌生。

為此，他如不繫之舟，天天在追趕陌生，並在追趕中保持驚訝。但是，詩人畢竟與地理考察者不同，他又要把陌生融入身心，把他鄉擁入懷抱。幫助他完成這種精神轉化的第一要素，是酒。「人分千里外，興在一杯中」，「但使主人能醉客，不知何處是他鄉」，都道出了此間玄機。幫助他完成這種精神轉化的第二要素，那就是詩了。

對於朋友，李白也是生中求熟、熟中求生的。作為一個永遠的野行者，他當然很喜歡交朋友。在馬背上見到迎面而來的路人，一眼看去好像說得上話，他已經握著馬鞭拱手行禮了。如果談得知心，又談到了詩，那就成了兄弟，可以吃住不分家了。他與杜甫結交後甚至到了「醉眠秋共被，攜手日同行」的地步，可見一斑。

然而，與杜甫相比，他算不上一個最專情、最深摯的朋友。剛剛道別，他又要急急地與奇異的山水相融，並在那些山水間頻頻地馬背拱手，招呼新的好兄弟了。他老是想尋仙問道，很難把友情作為穩定的目標。他會要求新結識的朋友陪他一起去拜訪一個隱居的道士。發現道士已經去世，便打聽下一個值得拜訪對象，倒也並不要求朋友繼續陪他。於是，又一番充滿詩意的告別，雲水依依，帆影渺渺。

歷來總有人對他與杜甫的友情議論紛紛，認為杜甫寫過很多懷念他的詩，而他則寫得很少。也有人為此作出解釋，認為他的詩失散太多，其中一定包括著很多懷念杜甫的詩。這是一種善良的願望，而且也有可能確實是如此。但是，應該看到，強求他們在友情上的平衡是沒有意義的，因為這畢竟是相當不同的兩種人。雖然不同，卻並不影響他們在友情領域的同等高貴。

這就像大鵬和鴻雁相遇，一時間巨翅翻舞，山川共仰。但在它們分別之後，鴻雁不斷地為這次相遇高鳴低吟，而大鵬則已經悠游於南溟北海，無牽無礙。差異如此之大，但它們都是長空偉翼、九天驕影。

四

李白與杜甫相遇，是在公元七四四年。那一年，李白四十三歲，杜甫三十二歲，相差十一歲。

很多年前我曾對這個年齡產生疑惑，因為從小讀唐詩時一直覺得杜甫比李白年長。李白英姿勃發，充滿天真，無法想像他的年老；而杜甫則溫良醇厚，恂恂然一長者也，怎麼可能是顛倒的年齡？由此可見，藝術風格所投射的生命基調，會在讀者心目中兑換成不同的年齡形象。這種年齡形象，與實際年齡常常有重大差別。

事實上，李白不僅在實際年齡上比杜甫大十一歲，而且在詩壇輩分上整整先於杜甫一個時代。那就是，他們將分別代表安史之亂前後兩個截然不同的唐朝。李白的佳作，在安史之亂以前大多已經寫出，而杜甫的佳作，則主要產生於安史之亂之後。

這種隔著明顯界碑的不同時間身份，使他們兩人見面時有一種異樣感。李白當時已名滿天下，而杜甫還只是嶄露頭角。杜甫早就熟讀過李白的很多名詩，此時一見真人，崇敬之情無以言表。一個取得巨大社會聲譽的人往往會有一種別人無法模仿的輕鬆和灑脱，這種風範落在李白身上更是讓他加倍地神采飛揚。眼前的杜甫恰恰是最能感受這種神采的，因此他一時全然著迷，被李白的詩化人格所裹捲。

李白見到杜甫也是眼睛一亮。他歷來不太懂得識人，經常上當受騙，但那是在官場和市井。如果要他來識別一個詩人，他卻很難看錯。即便完全不認識，只要吟誦幾首，交談幾句，便能立即作出判斷。杜甫讓他驚嘆，因此很快成為好友。他當然不能預知，眼前的這個年輕人，將與他一起成為執掌華夏文明詩歌王國數千年的最高君主而無人能夠覬覦；但他已感受到，無法阻擋的天才之風正撲面而來。

他們喝了幾通酒就騎上了馬，決定一起去打獵。

他們的出發地也就是他們的見面地，在今天河南省開封市東南部，舊地名叫陳留。到哪兒去打獵呢?向東，再向東，經過現在的杞縣、睢縣、寧陵、到達商丘，從商丘往北，直到今天的山東地界，當時有一個大澤濕地，這便是我們的兩位稀世大詩人縱馬打獵的地方。

當時與他們一起打獵的，還有一位著名詩人高適。高適比李白小三歲，屬於同輩。這位能夠寫出「莫愁前路無知己，天下誰人不識君」、「借問梅花何處落，風吹一夜滿關山」這種慷慨佳句的詩人，當時正在這一帶「混跡漁樵」，「狂歌草澤」。也就是說，他空懷壯志在社會最底層艱難謀生，無聊晃悠。我不知道他當時熟悉杜甫的程度，但一聽到李白前來，一定興奮萬分。這是他的土地，溝溝壑壑都了然於心，由他來陪獵，再合適不過。

擠在他們三人身邊的，還有一個年輕詩人，不太有名，叫賈至，比杜甫還小六歲，當時才二十六歲。年齡雖小，他倒是當地真正的主人，因為他在這片大澤濕地北邊今天山東單縣的地方當著縣尉，張羅起來比較方便。為了他的這次張羅，我還特地讀了他的詩集。寫得還算可以，卻缺少一股氣，尤其和那天在他身旁的大詩人一比，就顯得更平庸了。賈至還帶了一些當地人來湊熱鬧，其中也有幾個能寫寫詩。

於是，一支馬隊形成了。在我的想像中，走在最前面的是高適，他帶路；接著是李白，他是馬隊的主角，由賈至陪著；稍稍靠後的是杜甫，他又經常跨前兩步與李白並駕齊驅；賈至帶來的那些人，跟在後面。

當時的那個大澤濕地，野生動物很多。他們沒走多遠就挽弓抽箭，揚鞭躍馬，奔馳呼嘯起來。高適和賈至還帶來幾隻獵鷹，這時也像閃電般竄入草叢。箭聲響處，獵物倒地，大家齊聲叫好，任何人的表情都不像此地沉默寡言的獵人，更像追逐嬉戲中的小孩。馬隊中，喊得最響的大多是李白，而騎術最好的應該是高適。

獵物不少，大家覺得在野地架上火烤著吃，最香最新鮮，但賈至說早已在城裡備好了酒席。盛情難卻，那就到城裡去吧。到了酒席上，幾杯下肚，詩就出來了。這是什麼地方啊，即席吟詩的不是別人，居然是李白和杜甫，連高適也只能躲在一邊了，真是奢侈之極。

近年來我頻頻去陳留、商丘、單縣一帶，每次都會在路邊長久停留，設想著那些馬蹄箭鳴，那些呼嘯驚叫。中國古代大文豪留下生命蹤跡的地方，一般總是太深切、太怨愁、太悲壯，那樣的地方我們見得太多了。而在這裡，只有單純的快樂，只有遊戲的勇敢，既不是邊塞，也不是沙場，好像沒有千年重訪的理由，但是，我懷疑我們以前搞錯了。

詩有典雅的面容，但它的內質卻是生命力的勃發。無論是詩的個體、詩的群體、詩的時代都是這樣。沒有生命力的典雅，並不是我們喜歡的詩。因此，由詩人用馬蹄寫詩的曠野，實在可以看作被我們遺落已久的宏大課本。

詩人用馬蹄寫詩的地方也不少，但這兒，是李白、杜甫一起在寫，這如何了得。

我曾動念，認認真真學會騎馬，到那兒馳騁幾天。那一帶已經不是打獵的地方了，但是，總還可以高聲呼嘯吧？總還可以背誦他們的幾首詩作吧？

在那次打獵活動中，高適長時間地與李白、杜甫在一起，並不斷受到他們鼓舞，決定要改變一種活法。很快他就離開這一帶遊歷去了。

李白和杜甫從秋天一直玩到冬天。分手後，第二年春天又在山東見面，高適也趕了過來。不久，又一次告別，又一次重逢，那已經是秋天了。當冬天即將來臨的時候，李白和杜甫這兩位大詩人永久地分離了。

當時他們都不知道這是永訣，李白在分別之際還寫了「何時石門路，重有金樽開」的詩，但金樽再也沒有開啟。因此，這兩大詩人的交往期，一共也只有一年多一點，中間還有不少時間不在一起。

世間很多最珍貴的友情都是這樣，看起來親密得天老地荒、海枯石爛了，細細一問卻很少見面。相反，半輩子坐在一個辦公室面對面的，很可能尚未踏進友誼的最外層門檻。

就在李白、杜甫別離的整整十年之後，安史之亂爆發。那時，李白已經五十四歲，杜甫四十三歲。他們和唐代，都青春不再。

仍然是土地、馬蹄，馬蹄、土地，但內容變了。

五

在巨大的政治亂局中，最痛苦的是百姓，最狼狽的是詩人。

詩人為什麼最狼狽？

第一，因為他們敏感，滿目瘡痍使他們五內俱焚；第二，是因為他們自信，一見危難就想按照自己的邏輯採取行動；第三，是因為他們幼稚，不知道亂世邏輯和他們的心理邏輯全然不同，他們的行動不僅處處碰壁，而且顯得可笑、可憐。

歷來總有一些中國文人隔著災禍大談「亂世應對學」、「危局維持學」、「借故隱潛學」、「異己結盟學」、「逆境窺測學」、「敗勢翻盤學」，並把這一切說成是「中華謀略」、「生存智慧」。而且，因為世上總是苦惱的人多，失意的人多，無助的人多，這種談論常常頗受歡迎，甚至轟動一時。但是，這一切對真正的詩人而言，毫無用處。他們聽不懂，也不想聽。這不是因為他們愚笨，而是因為他們在長期的詩人生涯中知道了人生的不同等級。降低了等級而察言觀色、上下其手，打死他們也不會。

他們確實「不合時宜」，但是，也正因這樣，才為人世間留下了超越一切「時宜」的靈魂，供不同時代的讀者一次次貼近。

安史之亂爆發前夕，李白正往來於今天河南省的商丘和安徽省的宣城之間。商丘當時叫梁苑，李白結婚才四年的第三任妻子住在那裡。安史之亂爆發時叛軍攻擊商丘，李白便帶著妻子南下逃往宣城，後來又折向西南躲到江西廬山避禍。

李白是一個深明大義之人，對安祿山企圖以血水爭奪天下的叛亂行徑十分痛恨。他祈望唐王朝能早日匡復，只恨自己不知如何出力。在那完全沒有傳媒、幾乎沒有通信的時代，李白在廬山的濃重雲霧間焦慮萬分。

當時的唐王朝，正在倉皇逃奔的荒路上。從西安逃往成都，半道上還出現了士兵嘩變，唐玄宗被逼處死了楊貴妃。驚恐而又淒傷的唐玄宗已經很難料理政事，便對天下江山作了一個最簡單的分派：指令兒子李亨守衛黃河流域，指令另一個兒子李璘守衛長江流域。李亨已經封為太子，李璘已被封為永王。李白躲藏的廬山，當然由李璘管轄。

李璘讀過李白的詩，偶爾得知他的藏躲處，便三次派一個叫韋子春的人上山邀請他加入幕府。所謂幕府，就是軍政大吏的府署，李璘是想讓李白參政，擔任政治顧問之類的角色。

李白早有建功立業之志，更何況在這社稷蒙難之時，當然一口答應。在他心目中，黃河流域已被叛軍糟踐，幫著永王李璘把長江流域守衛住，是當務之急。然後，還要打到黃河流域去，「誓欲清幽燕」，「不惜微軀捐」。

既然這樣，立即下山就得了，為什麼還要麻煩韋子春三度上山來請呢？這是因為，妻子不同意。李白的這位妻子姓宗，是武則天時的宰相宗楚客的孫女，很有政治頭腦。在她心目中，那麼有政治經驗的祖父也會因為不小心參與了一場宮廷角逐而被處死，仕途實在是不可預測。她並不疑懷丈夫參政的正義性，但幾年的夫妻生活已使她深知自己這位可愛的丈夫在政治問題上的弱點，那就是充滿理想而缺少判斷力，自視過高而缺少執行力。她所愛的，就是這麼一位天天只會喝酒、寫詩，卻又幻想著能像管仲、晏嬰、范蠡、張良那樣輔弼朝廷的丈夫，如果丈夫一旦真的要把幻想坐實，非壞事不可。

為此，夫妻倆發生了爭吵。拖延了一些時日，李白終於寫了〈別內赴徵三首〉，下山「赴徵」，投奔李璘去了。但是，離家的情景他一直記得：「出門妻子強牽衣。」

事實很快證明，妻子的擔憂並非多餘。李白確實分辨不了複雜的政局。

李璘固然接受了父王唐玄宗的指令，但那個時候他的哥哥李亨，已經以太子的身份在靈武（在今天的寧夏）即位，成了唐肅宗，並把父親唐玄宗尊為「太上皇」。悲悲戚戚的唐玄宗逃到了成都，他也是事後才獲知從遙遠的靈武傳來的消息，並不得不接受的。這個局面，給李璘帶來了大麻煩。他正遵照父王的指令為了平叛在襄陽、江夏一帶招兵買馬，並順長江東下，到達江西九江（當時叫潯陽），準備繼續東進。但是，他的哥哥李亨卻傳來旨令，要他把部隊順江西撤到成都，侍衛父親。李璘沒聽李亨的，還是東下金陵。李亨認為這是弟弟蔑視自己剛剛取得的帝位，故意抗旨，因此安排軍事力量逼近李璘，很快就打起來了。

這一打，引起了李璘手下將軍們的警覺。大將李廣琛對大家說，我們本來是為了保衛朝廷來與叛軍作戰的，怎麼突然之間陷入了內戰，居然與皇帝打了起來？這不成了另一種反叛？後代將怎麼評價我們？大家一聽，覺得有理，就紛紛脫離李璘，李璘的部隊也就很快潰散。李璘本人，在逃亡中被擒殺。他的罪名，是反叛朝廷，圖謀割據。

這一下，李白蒙了。他明明是來征討叛軍，怎麼轉眼就落入了另一支叛軍？他明白是來輔佐唐王朝的至親的，怎麼轉眼這個至親變成了唐王朝的至仇？

軍人們都作鳥獸散了，而李白還在。更要命的是，在李璘幕府中，他最著名，儘管他未必做過什麼。

於是，大半個中國都知道，李白上了賊船。

按照中國人的一個不良心理習慣，越是有名的人出了事，越是能激發巨大的社會興奮。不久，大家都認為李白該殺，不殺不足以平民憤。所有的慷慨陳詞者，以前全是李白迷。

李白只能狼狽出逃。逃到江西彭澤時被捕，押解到了九江的監獄。妻子趕到監獄，一見就抱頭痛哭。李白覺得，自己最對不起的，是這位妻子。

唐肅宗下詔判李白流放夜郎（在今天的貴州）。公元七五七年寒冬，李白與妻子在潯陽江泣別。一年多以後，唐肅宗因關中大旱而發布赦令，李白也在被赦的範圍中。

聽到赦令時，李白正行經至夔州一帶，欣喜莫名，立即轉身搭船，東下江陵。他在船頭上吟出了一首不知多少中國人都會隨口背誦的詩——

朝辭白帝彩雲間，
千里江陵一日還。

兩岸猿聲啼不住，
輕舟已過萬重山。

快，快，快！趕快逃出連自己也完全沒有弄明白的政治泥淖，去追趕失落已久的詩情。追趕詩情也就是追趕自我，那個曾經被九州所熟悉、被妻子抱住不放的自我，那個自以為找到了卻反而失落了的自我。

這次回頭追趕，有朝霞相送，有江流作證，有猿聲鼓勵，有萬山讓路，因此，負載得越來越沉重的生命之船，又重新變成了輕舟。

只不過，習習江風感受到了，這位站在船頭上的男子，已經白髮斑斑。這年他已經五十八歲，他能追趕到的生命，只有四年了。

在這之前，很多朋友都在思念他。而焦慮最深的，是兩位老朋友。

第一位當然是杜甫。他聽說朝廷在議論李白案件時出現過「世人皆欲殺」的輿論，後來又沒有得到有關李白的音訊，便寫了一首五律。詩的標題非常直白，叫做〈不見〉，自注「近無李白消息」。全詩如下：

不見李生久，
佯狂真可哀。
世人皆欲殺，
吾意獨憐才。
敏捷詩千首，
飄零酒一杯。
匡山讀書處，
頭白好歸來。

第二位是高適。當初唐肅宗李亨下令向不聽話的弟弟李璘用兵，其中一位接令的軍官就是高適。那時正在李璘營帳中的李白，很快就知道了這個消息。

「高適？」十年前在大澤濕地打獵時的馬蹄聲，又響起在耳邊。

高適當然更早知道，自己要去征伐的對象中，有一個竟然是李白。他已經在馬背上苦惱了三天，擔心什麼時候在兵士們捆綁上來的一大群俘虜裡，發現一張熟悉的臉，該怎麼處理。

六

那麼，杜甫自己又怎麼樣了呢？

安史之亂前夕，杜甫剛剛得到一個小小的官職，任務是看守兵甲器械、管理門禁鑰匙。

讓一個大詩人管兵器和門禁，實在是太委屈了，但我總覺得這件事有象徵意義。上天似乎要讓當時中國最敏感的神經系統來直接體驗一下，赫赫唐王朝的兵器，如何對付不了動亂，巍巍長安城的門禁，如何阻擋不了叛軍。

畢竟，公元八世紀中葉的長安太重要了，不僅對中國，而且對世界，都是這樣。當時全世界的頂級繁華要走向衰落，無人能夠阻擋，卻總要找到具有足夠資格的見證者。

最好的見證者當然是詩人。唐朝大，長安大，因此這個詩人也必須大。彷彿有冥冥中的安排，讓杜甫，領到了那幾串銅鑰匙。

身在首都，又拿著那幾串銅鑰匙，當然要比千里之外的李白清醒得多。杜甫注視者天低雲垂、冷風撲面的氣象，知道會有大事發生。

叛軍攻陷長安後，杜甫很快就知道了李亨在靈武即位的消息。唐玄宗的時代已經變成了唐肅宗的時代，作為大唐官員，他當然要去報到。因此，他逃出長安城，把家人安置在鄜州羌村，自己則投入漫漫荒原，遠走靈武。

但是，叛軍的馬隊追上了杜甫和其他出逃者，押回長安，被當作俘虜囚禁起來。這種囚禁畢竟與監獄不同，叛軍也沒有太多的力量嚴密看守，杜甫在八個月後趁著夏天來到，草木茂盛，找了一個機會在草木的掩蔽下逃出了金光門。這個時候他已聽說，唐肅宗離開靈武到了鳳翔。鳳翔在長安西邊，屬於今天的陝西境內，比甘肅的靈武近得多了。杜甫就這樣很快找到了流亡中的朝廷，見到了唐肅宗。唐肅宗只比杜甫大一歲，見到眼前這位大詩人腳穿麻鞋，兩袖露肘，衣衫襤褸，有點感動，便留他在身邊任諫官，叫「左拾遺」。

對此，杜甫很興奮，就像李白在李璘幕府中的興奮一樣。

但是，不到一個月，杜甫就出事了。時間，是公元七五七年舊曆五月。請注意，這也正是李白面臨巨大危機的時候。

兩位大詩人，同時在唐王朝兩位公子手下遇到危機，只是性質不同罷了。杜甫遇到的麻煩，要比李白小一點，但同樣，都是因為詩人不懂政事。

杜甫的事，與當時唐肅宗身邊的一個顯赫人物房琯有關。

房琯本是唐玄宗最重要的近臣之一，安史之亂發生時跟從唐玄宗從長安逃到四川，是他建議任命李亨為「天下兵馬元帥」來主持平叛並收復黃河流域的。後來李亨在靈武即位後，又由他把唐玄宗的傳國玉璽送到靈武，因此，李亨很感念他，對他十分器重。叛軍攻陷長安後，他自告奮勇選將督師反攻長安，卻大敗而歸，讓唐肅宗丟盡了臉面。此人平日喜歡高談虛論，因此就有御史大夫賀蘭進明等人趁機挑撥，說房琯只忠於唐玄宗，對唐肅宗有二心。這觸到了唐肅宗心中的疑穴，便貶斥了房琯。

朝中又有人試圖追查房琯的親信，構陷了一個所謂「房黨」。杜甫是認識房琯的，而所謂「房黨」中更有一位曾與李白、杜甫、高適一起打獵的賈至。大家還記得，那時他在單縣擔任小小的縣尉，才二十六歲，現在也快到四十歲了。那天大澤濕地間的青春馬蹄，既牽連著今天東南方向李白和高適的對峙，又牽連著今天西北方向杜甫和賈至的委屈，當時奔馳呼嘯著的四個詩人，哪裡會預料到這種結果！

杜甫的麻煩來自他的善良，與司馬遷當年遇到的麻煩一樣，為突然被貶斥的人講話。他上疏營救房琯，說房琯「少自樹立，晚為醇儒，有大臣體」，希望皇上能「棄細錄大」。唐肅宗正在氣頭上，聽到這種教訓式的話語，立即拉下臉來，要治罪杜甫，「交三司推問」。

這種涉及最高權力的事，一旦成了反面角色，總是凶多吉少。幸好杜甫平日給人的印象不錯，新任的宰相張鎬和御史大夫韋陟站出來替他說情，說「甫言雖狂，不失諫臣體」。意思是，諫臣就是提意見的嘛，雖然口出狂言，也放過他吧。唐肅宗一聽也對，就叫杜甫離開職位，回家探親，後來又幾經曲折貶為華州司功參軍。賈至被貶為汝州刺史，而房琯本人，則被貶為邠州刺史。

華州也就是現在的陝西華縣。杜甫去時，只見到處鳥死魚涸，滿目蒿萊，覺得自己這麼一位被貶的芥末小官面對眼前的景象完全束手無策。既然如此就不應該虛佔其位，杜甫便棄官遠走，帶著家屬到甘肅找熟人，結果飢寒交迫，又只得離開。他後來的經歷，可以用他自己的一首詩句來概括：「五載客蜀郡，一年居梓州。如何關塞阻，轉作瀟湘遊。」公元七七〇年冬天，病死在洞庭湖的船中，終年五十八歲。

杜甫一生，幾乎都在顛沛流離中度過。安史之亂之後的中國大地，被他看了個夠。他與李白很不一樣，李白常常意氣揚揚地佩劍求仙，一路有人接濟，而他則只能為了妻小溫飽屈辱奔波，有的時候甚至像難民一樣不知夜宿何處。但是，就在這種情況下，他創造了一種稀世的偉大。

那就是，他為蒼生大地投注了極大的關愛和同情。再小的村落，再窮的家庭，再苦的場面，都逃不過他的眼睛。他靜靜觀看，細細傾聽，長長嘆息，默默流淚。他無錢無力，很難給予具體幫助，能給的幫助就是這些眼淚和隨之而來的筆墨。

一種被關注的苦難就已經不是最徹底的苦難，一種被描寫的苦難更加不再是無望的泥潭。中國從來沒有一個文人，像杜甫那樣用那麼多詩句告訴全社會，苦難存在的方位和形態，苦難承受者的無辜和無奈。因此，杜甫成了中國文代史上最完整的「同情語法」的創建者。後來中國文人在面對民間疾苦時所產生的心理程序，至少有一半與他有關。

人是可塑的。一種特殊的語法能改變人們的思維，一種特殊的程序能塑造人們的人格。中國文化因為有過了杜甫，增添了不少善的成分。

在我看來，這是一件真正的大事。

與這件大事相關的另一位大事是，杜甫的善，全部經由美來實現。這是很難做到的，但他做到了。在他筆下，再苦的事，再苦的景，再苦的人，再苦的心，都有美的成分。他盡力把它們挖掘出來，使美成為苦的背景，或者使苦成為美的映襯，甚至乾脆把美和苦融為一體，難分難解。

試舉一個最小的例子。他逃奔被擒而成了叛軍的俘虜，中秋之夜在長安的俘虜營裡寫了一首思家詩。他在詩中想像，孩子太小不懂事，因此在這中秋之夜，只有妻子一人在抬頭看月，思念自己。妻子此刻是什麼模樣呢？他寫道：「香霧雲鬟濕，清輝玉臂寒。」這寥寥幾字，把嗅覺、視覺、觸覺等感覺都調動起來了。為什麼妻子的鬟髮濕了？因為夜霧很重，她站在外面看月的時間長了，不能不濕；既然站了那麼久，那麼，她裸露在月光下的潔白手臂，也應該有些涼意了吧？

這樣的鬟髮之濕和手臂之寒，既是妻子的感覺，又包含著丈夫似幻似真的手感，實在是真切之極。當然，這種筆墨也只能極有分寸地迴蕩在災難時期天各一方的夫妻之間，如果不是這樣的關係，這樣的時期，就會覺得有點膩味了。

——我花這麼多筆墨分析兩句詩，是想具體說明，杜甫是如何用美來制服苦難的。順便也讓讀者領悟，他與李白又是多麼不同。換了李白，絕不會那麼細膩，那麼靜定，那麼含蓄。

但是，這種風格遠不是杜甫的全部。「無邊落木瀟瀟下，不盡長江滾滾來」；「白帝城門水雲外，低身直下八千尺」；「向來皓首驚萬人，自倚紅顏能騎射」；「雲來氣接巫峽長，月出寒通雪山白」……這樣的詩句，連李白也要驚嘆其間的浩大氣魄了。

杜甫的世界，是什麼都可以進入，哪兒都可以抵達的。你看，不管在哪裡，「舍南舍北皆春水，但見群鷗日日來」；「窗含西嶺千秋雪，門泊東吳萬里船」——這就是他的無限空間。

正因為這樣，他的詩歌天地包羅萬象，應有盡有。不僅在內容上是這樣，而且在形式、技法、風格上也是這樣。他成了中國古典詩歌的集大成者，既承接著他之前的一切，又開啟著他之後的一切。

人世對他，那麼冷酷，那麼吝嗇，那麼荒涼；而他對人世卻完全相反，竟是那麼熱情，那麼慷慨，那麼豐美。這就是杜甫。

十幾年前日本 NHK 電視台曾經花好幾天時間直播我和一群日本漢學家在長江的江輪上討論李白與杜甫。幾位漢學家對於應該更喜歡李白還是更喜歡杜甫的問題各有執持，天天都發生有趣的爭論。他們問我的意見，我說，我會以終身不渝的熱情一直關注著李白天使般的矯健身影，但是如果想在哪一個地方坐下來長時間地娓娓談心，然後商量怎麼去救助一些不幸的人，那麼，一定找杜甫，沒錯。

七

這篇文章本來是只想談談李白、杜甫的，而且也已經寫得不短。但是，在說到這兩個人在安史之亂中的奇怪遭遇時，決定還要順帶說幾句另一位詩人，因為他在安史之亂中的遭遇也是夠奇怪的了。三種奇怪合在一起，可以讓我們更清楚地看到一個重大的共同命題。

這個詩人，就是王維。在唐代詩人的等級排名上，把他與李白、杜甫放在一起也正合適。當然白居易也有資格與王維爭第三名，我也曾對此反覆猶豫過，因此在一次講課時曾對北京大學中文系、歷史系、藝術系的學生進行問卷調查，結果王維第三，白居易第四。尤其是女學生，特別喜歡王維。

王維與李白，生卒年幾乎一樣。好像王維比李白大幾個月，李白比王維又晚走一年。但在人生一開始，王維比李白得意多了。王維才二十歲就憑著琵琶演奏、詩歌才華和英俊外表而引起皇族讚賞，並獲得推荐而登第為官，而李白，直到三十歲還在終南山的客舍裡等待皇族接見而未能如願。

當李白終於失望於仕途而四處漫游的時候，走上了仕途的王維卻受到了仕途的左右。例如，當信任他的宰相張九齡被李林甫取代的時候，他的日子就不好過了。再加上喪母喪妻，王維從心中揮走了最後一絲豪情，進入了半仕半隱的清靜生態。在這期間，他寫了大量傳世好詩。

在朝廷同僚們眼中，這是一個下朝後匆匆回家的背影。在長安樂師們心中，這是一個源源輸出頂級歌詞的秘庫。在後代文人的筆下，這是一個把詩歌、音樂、繪畫全都融化在手中並把它們一起推上高天的奇才。

安史之亂時王維本想跟著唐玄宗一起逃到成都去，但是沒跟上，被叛軍俘虜了。安祿山知道王維是大才，要他在自己手下做官。一向溫文爾雅的王維不知如何反抗，便服了瀉藥稱病，又假裝自己的喉嚨也出了問題，發不出聲音了。安祿山不管，把他迎置於洛陽的普施寺中，並授予他「給事中」的官職，與他原先在唐王朝中的官職一樣。算起來，這也是要職了，負責「駁正政令違失」，相當於行政稽查官。王維逃過，又被抓回，強迫任職。

但是，這無論如何是一個大問題了。後來唐肅宗反攻長安得勝，所有在安祿山手下任「偽職」的官員，都成了被全國朝野共同聲討的叛臣孽子，必判重罪，可憐的王維也在其列。

按照當時的標準，王維的「罪責」確實要比李白、杜甫嚴重得多。李白只是在討伐安祿山的隊伍中跟錯了人；杜甫連人也沒跟錯，只是為一位打了敗仗的官員說了話；而王維，硬是要算作安祿山一邊的人了。如果說，連李白這樣的事情都到了「世人皆欲殺」的地步，那麼，該怎麼處置王維？一想都要讓人冒冷汗了。

但是，王維得救了。

救他的，是他自己。

原來，就在王維任「偽職」的時候，曾經發生過一個事件。那天安祿山在凝碧宮舉行慶功宴，強迫梨園弟子伴奏。梨園弟子個個都在流淚，奏不成曲，樂工雷海青更是當場扔下琵琶，向著西方號啕痛哭。安祿山立即下令，用殘酷的方法處死雷海青。王維聽說此事，立即寫了一首詩，題為〈聞逆賊凝碧池作樂〉。「逆賊」二字，把心中的悲憤都凝結了。

萬戶傷心生野煙，
百官何日再朝天？
秋槐葉落空宮裡，
凝碧池頭奏管弦。

這首詩，因為是出自王維之手，很快就悄悄地傳開了，而且還傳出城牆一直傳到唐肅宗耳朵裡。唐肅宗從這首詩知道長安城對自己的期盼，因此在破城之後，下令從輕發落王維。再加上，王維的弟弟王縉是唐肅宗身邊的有功之將，要求削降自己的官職來減輕哥哥的罪。結果，王維只是貶了一下，後來很快又官復原職。再後來，上升至尚書右丞。

能夠傳出這麼一首詩，能夠站出來這麼一個弟弟，畢竟不是必然。因此，我們還是要為王維喊一聲：好險！

李白、杜甫、王維，三位巨匠，三個好險。由此足可說明，一切偉大的文化現象在實際生存狀態上，都是從最狹窄的獨木橋上顫顫巍巍走過來的，都是從最脆弱的攀崖藤上抖抖索索爬過來的。稍有不慎，便粉身碎骨，煙消雲散。

三個人的危機還說明，如果想把不屬於文化範疇的罪名強加在文化天才身上，實在是易如反掌。而且，他們確實也天天給別人提供著這方面的把柄。他們的名聲又使他們的這些弱點被無限地放大，使他們無法逃遁。

他們的命運像軟麵團一樣被老老少少的手掌隨意搓捏，他們的傻事像肥皂泡一樣被各種各樣的「事後諸葛亮」不斷吹大。在中國，沒有人會問，這些捏軟麵團和吹肥皂泡的人，自己當初在幹什麼，又從何處獲得了折磨李白、杜甫、王維的資格和權利。

但是，不管什麼樣的手和嘴，可以在這些人身上做盡一切，卻不能把這些人的文化創造貶低一分一毫。不必很久，「世人皆欲殺」的「世人」就都慢慢地集體轉向了。他們終於宣稱，他們的手，並沒有捏過軟麵團，而是在雕塑大師；他們的嘴，並沒有吹過肥皂泡，而是在親吻偉人。

能夠這樣也就罷了，不管他們做過什麼，歷史留給他們的唯一身份不是別的，只是李白、杜甫、王維的同時代人。他們的後代將以此為傲，很久很久。

既然寫到了王維，我實在忍不住，要請讀者朋友們再一起品味一下大家都背得出的他的詩句。他的詩不必分析，因為太平易了，誰都能看懂；又太深邃了，誰都難於找到評論言詞。

大漠孤煙直，長河落日圓。

明月松間照，清泉石上流。

江流天地外，山色有無中。

日落江湖白，潮來天地青。

山路元無雨，空翠濕人衣。

還有這一首——

人閒桂花落，夜靜春山空。
月出驚山鳥，時鳴春澗中。

一個「驚」字，把深夜靜山全部激活了。在我看來，這是作為音樂家的王維用一聲突然的琵琶高弦，在挑逗作為畫家的王維所布置好的月下山水，最後交付給作為詩人的王維，用最省儉的筆墨勾畫出來。

王維像陶淵明一樣，使世間一切華麗、嘈雜的文字無地自容。他們像明月一樣安靜，不想驚動誰，卻實實在在地驚動了方圓一大片，這真可謂「月出驚山鳥」了。

與陶淵明的安靜相比，王維的安靜更有一點貴族氣息，更有一點精緻設計。他的高明，在於貴族得比平民還平民，設計得比自然還自然。

八

與李白、杜甫、王維相比，在安史之亂中也有一些藝術家表現了另一番單純，那就是義無反顧、激烈反抗，如磬碎帛裂，讓天地為之一震。我前面提到的樂工雷海青，以及首先領兵反抗叛軍以至全家做出可怕犧牲的大書法家顏真卿，便是其中的傑出代表。他們不僅把政治抗爭放在第一位，而且立即採取最響亮的行動，一下子把朝廷的政治人物、軍事人物比下去了，把民間的江湖大俠、血性漢子比下去了，當然，也把李白、杜甫、王維比下去了。這一點，連李白、杜甫、王維也誠懇承認，否則王維就不會快速寫出那首〈聞逆賊凝碧池作樂〉的詩了。

對多數詩人而言，任何英雄壯舉都能激動他們，但他們自己卻不是英雄。他們心中有英雄之氣，但要讓英雄之氣變成英雄之行，他們還少了一點條件，多了一點障礙。他們的精彩，在另外一些領域。

在那些領域，雖然無法直接抗擊安史之亂這樣的具體災難，卻能淬礪中華文明的千古光澤，讓它的子民永遠不願離去，就像我在本文開頭所說的那樣。

在安史之亂爆發的十七年後，一個未來的詩人誕生，那就是白居易。烽煙已散，濁浪已平，這個沒有經歷過那場災難的孩子，將以自己的目光來寫這場災難，而且寫得比誰都好，那就是〈長恨歌〉。

那場災難曾經疏而不漏地「俘虜」了幾位前輩大詩人，而白居易卻以詩「俘虜」那場災難，幾經調理，以一種個體化、人性化的情感邏輯，讓它也完整地進入了審美領域。

與白居易同歲的劉禹錫，同樣成了詠史的高手。他的〈烏衣巷〉、〈石頭城〉、〈西塞山懷古〉、〈蜀先主廟〉，為所有的後世中國文人開拓了感悟歷史的情懷。李白、杜甫、王維真要羨慕他們了，羨慕他們能夠那麼瀟灑地來觀賞歷史，就像他們當年觀賞山水一樣。

再過三十年，又一個未來的詩人誕生。他不僅不太願意觀賞山水連歷史也不想觀賞了，而只願意觀賞自己的內心。他，就是晚唐詩人李商隱。

唐代，就這樣濃縮地概括了詩歌的必然走向。一步也不停滯，一步也不重覆，一路繁花，一路雲霓。

一群男子，一路辛苦，成了一個民族邁向美的天域的里程碑。

亂麻背後的蘊藏

一

遠遠看去，宋代就像一團亂麻。

亂到什麼程度？我想用一句俏皮話來表述：亂到連最不怕亂的歷史學家也越講越亂卻不知道自己已經講亂更不知道如何來擺脫亂。

既然如此，所有的中國人也就找到了從亂局中泅身而出的理由。宋代是我們大家的，它再亂，也像祖母頭上的亂髮，等待我們去梳理。我們沒有理由讓亂髮長久地遮蔽了祖母，因為遮蔽祖母也就是遮蔽我們自己。

根據小時候的經驗，祖母是不信任我們梳理的，卻喜歡我們把小手當作梳子在她的頭上遊戲。有時她還會高興地說：「對，就這地方，再給我敲兩下！」她長年患有頭痛，我們不經意地碰到了某個穴位。

梳理宋代，情景也差不多。

二

宋代還沒有開門，中國似乎已經亂成一片。

從唐王朝滅亡到宋王朝建立，中間隔了五十幾年。在這短短的五十幾年時間內，黃河流域相繼出現了五個王朝，史稱「五代」；南方又出現了九個割據政權，再加上山西的一個，史稱「十國」。就這樣「五代十國」響響亮亮地作為一個正式名稱進入中國歷史，史籍間也一本正經地排列著《五代本紀》、《十國世家》之類，乍一看還以為是概括了多麼漫長的年代呢。

把十幾個各自獨立的皇帝擠在一起，會出現什麼情景自可想像。更麻煩的是，這些皇帝為了表明自己正統，喜歡沿用歷史上已經出現過的朝代名稱，例如梁、唐、晉、漢、周等等，人們不得不一一加一個「後」字來表示區別，也實在讓人頭暈的了。

宋朝，就是在這樣的亂局中建立起來的。

結束混亂，這本來是一件好事，誰料想，卻迎來更大範圍內的危機。原先的「五代十國」都是漢族政權，而宋朝面臨的，是一個又一個強大勇猛、虎視眈眈的少數民族政權。風起雲湧般的馬蹄聲永遠迴蕩在耳邊，令人沮喪的戰報不斷從前方傳來，什麼辦法都想過了還是沒有辦法，除了失敗感就是屈辱感，這就是宋朝。

先是北方契丹族建立遼，立國時早於宋朝，領土面積也大於宋朝，宋朝哪裡是它的對手？留下的只是楊家將一門抗敵的故事。然後是西北方向的黨項族建立的西夏，一次次進攻宋朝，宋朝也屢戰屢敗。再後來，遼的背後女真族建立的金，領土也比宋大，先把遼滅了，又來滅宋，宋朝的剩餘力量南遷，成為南宋。南宋在軍事上更是不可收拾，留下的只是傑出將領岳飛被枉殺的故事。等到蒙古族的騎兵一來，原先的這個族那個族，這個國那個國，這個軍那個軍，全都齊刷刷地灰飛煙滅，中華歷史也就鄭重地走向了唐之後的又一個大一統王朝——元朝，留下的只是文天祥他們英勇拒降的故事。

這麼一段歷史，如果硬要把宋朝選出來作為主角，確實會越想越不是味道：怎麼周邊的力量都與自己過不去？但是，如果從宏觀的中華歷史來看，其他各方也同樣是主角，每一個主角都有自己的立場系統，構成了一重重詭譎不定的漩渦，根本無法受制於同一個價值座標。宋朝固然有英雄，其他各方也有英雄，而且都是中華民族的英雄。宋朝固然受委屈，但也做過不少自以為頗有韜略的壞事，像「聯金滅遼」、「聯蒙滅金」之類，不僅使亂局更亂，而且一再踩踏了政治倫理的底線，也加速了自身的滅亡。

這麼一想，我們在談論宋朝的時候，就不會像過去那樣充滿失敗感和屈辱感了。

在熱鬧的中華大家庭裡，成敗榮辱駁雜交錯，大多是你中有我，我中有你，因此站高了一看也就無所謂絕對意義上的成敗榮辱。如果有哪一方一直像天生的受氣包一樣不斷地血淚控訴、咬牙自勵，反而令人疑惑。浩蕩的歷史進程容不得太多的單向情感，複雜的政治博弈容不得太多的是非判斷。秋風起了，不要把最後飄落的樹葉當作楷模；白雪化了，又何必把第一場春雨當作仇敵。

歷史自有正義，但它存在於一些更宏觀、更基本的命題上，大多與朝廷的興衰關係不大。

三

蒙古族的馬蹄使得原來一直在互相較勁的西遼、西夏、金和南宋全都落敗，好像大家一起走向了死亡。是不是這樣呢？不是。

死亡的是朝廷，而不是文明。

朝廷的存在方式是更替型的，必然會你死我活；文明的存在方式是積累型的，有可能長期延續。

兩相比較，朝廷的存滅，實在是太小太小的事情了。我一直弄不明白，為什麼中國文人那麼固執，至今還牢捧著宮廷史官的職業話語不放，把那些太小太小的事情當作歷史的命脈，而完全不在乎九州大地真實的文明生態。

宋代，最值得重視的是它的文明生態。

一提它的文明生態，它完全改變了形象，立即成了一個繁榮、富庶、高雅、精緻、開明的時代，穩坐在中國歷史的高位上藹然微笑。

這是宋代？

不錯，這是宋代。

宋代的文明生態，首先表現在社會經濟生活上。我本人由於很多年前寫作《中國戲劇史》，花費不少時間研究宋代的市井生活，比較仔細地閱讀過《東京夢華錄》、《都城紀勝》、《夢粱錄》、《武林舊事》等著作，知道北宋時汴京（今河南開封）和南宋時臨安（今浙江杭州）這兩座都城的驚人景象。本來唐代的長安城已經是當時全世界最繁華的所在了，而汴京和臨安的商市，比之於長安又大大超越了。

長安的坊和市，都是封閉式的；而汴京的街和巷，則完全是開放式的了。手工行業也比長安多了四倍左右，鱗次櫛比地延伸為一種摩肩接踵式的熱鬧。這一點，我們從張擇端的名畫《清明上河圖》中就可以看得很清楚。

這種熱鬧，在唐代的長安城裡是有時間限制的，一到夜間就閉坊收市了，而宋代的都城卻完全沒有這種限制，不少店鋪的夜市一直開到三更，乃至四更，而到了五更又開起了早市。

這樣的都城景象，是不是一種畸形的虛假繁榮呢？並不。

都城以數量巨大的全國市鎮作為基座，在北宋時，全國的市鎮總量已接近兩千。城市人口占到了全國總人口的百分之十二，因此，熙熙攘攘的街頭腳步還是匯聚了大地的真實。據歷史學家黃仁宇統計，當時的商品流通量如果折合成現在的價格，差不多達到了六十億至七十億美元。可以斷言，宋代的經濟水平，是當時世界之最。

作為城市後方的農村，情況如何？宋代無疑是中國農業大發展的時期。水稻種植面積比唐代擴大了一倍，種植技術更是迅速提高，江浙一帶的水稻畝產量，已達到八九百斤。此外，蠶桑絲織進入了專業化生產階段，產量和質量都突飛猛進。

由於農業的發展，中國人口在宋代進入一億大關。

至於科技，宋代也是整個中國古代史的峰巔。例如把原先的雕版印刷推進到活字印刷，把指南針用於航海，把火藥用於戰爭，都是宋代發生的事。這些技術，都相繼傳到西方，極大地推動了人類文明。在宋代，還出現了一系列重要的科技著作，像沈括的《夢溪筆談》、秦九韶的《數書九章》、蘇頌的《新儀象法要》、王惟一的《銅人腧穴針灸圖經》、宋慈的《洗冤集錄》等等，各門學科都出現了一種認真研究的專業氣氛。

說到這裡我需要提供一個時間概念。宋代歷時三百二十年，這期間西方仍然陷落在中世紀的漫漫荒路中，只有義大利佛羅倫斯那幾條由鵝卵石舖成的深巷間，開始出現一點市民社會的清風。在南宋王朝最終結束的那一年，被稱作歐洲中世紀最後一個詩人的但丁，才十四歲。直到一百七十年後，文藝復興的第一位大師達文西才出生。由文藝復興所引發的歐洲社會大發展，更是以後的事了。

可見，宋代的輝煌，在當時的世界上實在堪稱獨步。

四

宋代的文化，更不待說。

我不想急急地搬出蘇東坡、朱熹、陸游、辛棄疾、郭熙、梁楷來說事，而要特別指出宋代所開拓的一個重大文化走向：文官政治的正式建立。

宋朝一開始就想用大批文官來取代武將，為的是防止再出現五代十國這樣的軍閥割據局面。

大批文官從哪裡來？只能通過科舉考試，從全國的平民寒士中挑選。因此，又必須進一步完善隋唐時期就開始實行的科舉制度，禁止以往舉荐貴族弟子的弊端。為了讓平民寒士具備考試資格，又隨之在全國廣辦公私教育，為科舉制度開闢人才基礎。

按照這個邏輯層層展開，全國的文化資源獲得空前的開發，文化空間獲得極大的拓展，上上下下的文化氣氛，也立即變得濃郁起來。

所幸的是，這個邏輯還在一步步延伸：為了讓文官擁有足夠的尊嚴來執掌行政，不在氣勢上輸於那些曾經戰功卓著的武將，朝廷給了文官以極高的待遇。有的史學家認真研究過宋代文官的薪金酬勞標準，結果嚇了一跳，認為標準之高在中國可能是空前絕後的。

不僅如此，宋太祖趙匡胤在登基之初還立誓不殺士大夫和議論國是者，也就是保護有異議的知識分子。這項禁令，直到一百六十多年後的宋高宗趙構，才被觸犯。但總的說來，宋代文化人和知識分子的日子，比其他朝代要好得多。

請看，文官政治的邏輯一旦建立，正常推延的結果就必然如此。退出的不僅是武將、貴族，而且是以前種種不尊重文化人的思維方式。這樣一來，文化就有可能在權力結構中顯現自己的魅力了。本來朝廷是想利用文化的，而結果文化也利用了朝廷。這種互相利用，最後的贏家是文化。

五

宋代的文官政治是真誠實施的，而不像其他朝代那樣，只把文化當作一種裝扮。

平心而論，在中國古代，一切官員都會有一點談論經典、舞文弄墨的本事，一切文人也都會有一點建功立業、修齊治平的雄心。因此，要製造政治和文化的蜜月假象十分容易，要在文化人中選一批諫官、謀士、史筆、文侍也不困難。難的是，能不能選出最具代表性的文化靈魂來問鼎最有權力的官僚機器？歷來幾乎没有哪一個時代能夠回答這個問題，但是，宋代回答了。

你看，范仲淹、王安石、司馬光，這些人如果没有當政，他們的文化成就也早已使他們取得了一代宗師的地位，但是，他們又先後擔任了朝廷的最高行政首腦。兩種頂級高端的對接，會遇到一系列意想不到的麻煩，因此全世界都很難找到這樣的先例。

我曾經花費不少時間鑽研這些文化大師當政後的各種政見，以及由此引起的各種鬥爭，但後來突然醒悟：最重要的不是他們的政見，而是他們是誰。

這正像幾位哲人在山巔舞劍，最重要的不是他們的劍術，而是他們是哲人，他們在山巔。是誰把他們找出來的，又安排到了山巔？

看上去是皇帝，其實背景要大得多。既然認認真真地實施了文官政治，那麼，由文官政治的眼光看出來的官場弊端和社會痼疾能不能進一步消除？這個問題也必須交給文官自己來回答。回答得好不好，決定著中國以後的統治模式。

先是那位一直抱持著「先天下之憂而憂，後天下之樂而樂」這種高尚情懷的范仲淹，提出了整頓科舉制度為核心的吏治改革方案，目的是讓宋朝擺脱「冗官」之累而求其強。十餘年後，王安石更是實施了牽動社會整體神經的經濟改革方案，目的是讓宋朝擺脱「冗費」之累而求其富。而且，立竿見影，國家的財政情況果然大有改觀。但是，司馬光則認為天下之富有定數，王安石式的國富必然導致實質性的民窮，而且還會斫傷社會的穩定秩序，因此反對變法，主張「守常」。我們大家都喜歡的蘇東坡，明顯地傾向於司馬光，但在一體問題上又覺得王安石也有道理。

按照現代政治學的觀點，王安石簡直是一個早期的社會主義者，他的改革已涉及國家的金融管理，而且試圖以金融管理來主導整個行政體制。這在當時自然不可能實現，但他以天才勃發的構想和義無反顧的行動展示了一種政治思想，成為公元十一世紀人類文明史上的一道珍貴光亮。

王安石以及他的政敵司馬光，包括他們前前後後的范仲淹、歐陽修、蘇東坡，都是傑出的人文學者。他們在公元十一世紀集體呈現出高度政治才華，使中國政治第一次如此濃烈地煥發出理想主義的文化品性。

這樣的努力很容易失敗，卻又無所謂失敗。因為我說過，勝敗只是軍事政治用語而不是文化用語。當文化大幅度介入，就只剩下能不能構成積累、是正面積累還是負面積累的問題了。

我對那些年月情有獨鍾，全是因為這幾個同時踩踏在文化巔峰、政治峰巔上的瘦骨嶙峋的身影。他們實在讓人難忘。

有人根據他們的淒涼後事，斷言大文豪、大詩人、大學者、大歷史學家不能從政。這就錯了。他們不從政也未必不淒涼，別人從政也未必不淒涼。淒涼是天地對一切高貴人生的自然總結，而不具備任何價值判斷。在我看來，這些人從政確實也有毛病，其中最大的毛病，是容易受到漂亮言詞和動人表情的誤導，重用一些不大不小的文人，而在這些文人中，則常常擁擠著極高比例的小人。對此，王安石、司馬光兩方面都承受到了。王安石的首席助手呂惠卿最終成了用最險惡的方法揭發王安石的人，而司馬光的鐵杆擁戴者蔡京最終也成了用最瘋狂的手段清算司馬光的人，這是多麼相似又多麼沉痛的教訓。但是，即便把所有的教訓加在一起，也不能導致王安石、司馬光他們不能從政的結論。

王安石和司馬光，雖然政見對立，各不相讓，但從來沒有人能夠指出他們在個人私德上有任何明顯的瑕疵，或互相之間有任何落井下石、互相陷害的痕跡。他們的對立，是堂堂正正的君子之爭，不夾雜什麼個人利益，因此不傷害對方的基本人格。他們兩人，年歲相仿，司馬光比王安石大兩歲，而且在王安石去世的五個月後也去世了。兩顆文化巨星兼政治巨星幾乎同時隕落的年份，是公元一〇八六年。王安石去世時司馬光已經病重，極感悲痛，命令厚恤厚葬。如果事情倒過來，王安石也一定如此，但他沒有這個機會了。

王安石晚年曾在自己鄉居的地方與支持司馬光的蘇東坡見面，不僅親自騎驢到碼頭迎接，而且還一起住了一段時間。兩人分手時還相約買地毗鄰而居，可見交情已經不淺。為此蘇東坡寫過一首詩給王安石：

騎驢渺渺入荒陂，
想見先生未病時。
勸我試求三畝宅，
從公已覺十年遲。

王安石與蘇東坡在一起的時日，一起游了南京的鍾山。蘇東坡的記游詩中有「峰多巧障目，江遠欲浮天」兩句。王安石讀了就說：「我一生寫詩，寫不出這樣好的兩句來。」

不錯，這是一個有太多高峰的時代，因此容易互相遮蓋，障人耳目。但高峰畢竟是高峰，都有遠江之眺、浮天情懷。

文官政治的本性是君子政治。不管彼此的政見多麼分歧，只要君子品性不失，事情就壞不到哪裡去。遺憾的是，這種情形只出現在宋代。其他時代被人稱道的那些盛世政績，主要有賴於比較開明的皇帝，與君子政治關係不大。

王安石曾寫過這樣兩句著名的詩：

春風又綠江南岸，
明月何時照我還？

我想借其中的「我」，作為君子政治的象徵。

至於何謂君子政治，可看司馬光的《資治通鑑》，只是那裏裏捲的權術還是太多。

六

宋代文化氣氛的形成，與文官政治有關，但實際成果又遠遠超越了政治。

文化氣氛是一種滲透處處的精神契約。滲透到細處，可以使繪畫靈秀，使書法雅致，使瓷器造極，甚至使市民娛樂也抖擻起來；滲透到高處，可以使東南西北一大群學者潛心鑽研，友好論辯，形成一個個水準很高的哲學派別，最終又眾星托月般地產生了集大成的理學大師朱熹。

我粗粗掐指估算，大概在宋朝建立一百年後，那些高水準的哲學派開始出現。這個時間值得注意，表明一個朝代如果上上下下真心著力文化建設，淺層次的成果二三十年後就能看到，而深層次的成果則要等到一百年之後才能初露端倪。準備的時間長一點，出來的成果也像樣一點。文化的事，急不出來。

像樣的成果一旦露頭，接下來必然林林總總接踵而至，擋也擋不住了。這就是我們一般所說的黃金時代。宋代哲學思想的黃金時代大約延續了一百三十多年，其間真是名家輩出、不勝枚舉。周敦頤、邵雍、張載、程顥、程頤、楊時、羅從彥、李侗……終於，一個輝煌的平台出現了，朱熹、陸九淵、呂祖謙、張栻、陳亮、葉適等一系列精神巨匠，相繼現身。這中間，還不包括我們前面已經說過的王安石和司馬光。如此密集的高層智能大進發，只有公元前五世紀前後即中國的諸子百家時期和古希臘哲學的繁榮時期才能比肩。

朱熹是一個集大成者。他的學說有一種高貴的寧靜，企圖為中華文明建立一個包羅萬象的永恆體系，並為這個永恆體系找出一個唯理論的本原。用現在的話說，也就是為長期處於散佚狀態的儒家教誨找到宇宙論和本體論的基礎。他找到了，那就是天地萬物之理。因此，他也找到了讓天地萬物回歸秩序的理由，找到了聖人人格的依據，找到了仁義禮智信的起點。

為此，他在儒學各家各篇的基礎上，汲取佛學和道學的體系化立論法則，對天地萬物的邏輯進行重新構造。他希望自己的思考獲得感性經驗的支持，因此用盡了「格物致知」的功夫，而且他相信，人們也只有通過感性經驗才能漸漸領悟本原。這樣，他就把宏觀構建和微觀實證的重擔全壓在自己身上了，近似於以一人之力挖幾座山，堆幾座山，打幾座山。這種情景，直到今天想來，還讓人敬佩不已。

朱熹長期擔任地方官，對世俗民情並不陌生，太知道普天之下能夠理解這種高層思維的人少而又少。但是，他沒有因此而停步，反而越來越把自己的思維推向無與倫比的縝密與完整。他是這樣，他的諸多同行，包括反對者們，也努力想做到這樣。這種極為奢侈的精神博弈必須建立在密密層層的文化基座之上，建立在心照不宣的文化默契之上。只有宋代，具有這樣的基座和默契。

正由於對世俗民情的了解，朱熹又要在高層思維之餘設計通俗的儒學行為規範，進行教化普及。這種設計，小而言之，關及個人、家庭的涵養觀瞻；大而言之，關及國家、社稷的儀態程序。他想由此使自己的唯理哲學付諸實踐，使天下萬物全都進入合理安排。這種企圖，並沒有流於空想，而是切切實實地變成了「三綱五常」之類的普及性規範，傳播到社會各個階層。

在這方面，負面影響也是巨大的。因為這顯然是以一個抽象的理念壓抑了人性，否定了個體，剝奪了自由。而人性、個體和自由，在中國長久的宗法倫理社會中本來就已經十分稀缺。

好在這是在宋代，朱熹的設計遇到了強大的學術對手，例如陸九淵、陳亮、葉適他們。這些學術對手所播下的種子，將在明代開花結果，尤其在我家鄉王陽明手上將爆發一場以「心學」為旗幟的思想革命，為近代思維作出重要的遠期舖墊。順便說一句，王陽明已經是歐洲文藝復興大師們的同時代人物，他比米開朗基羅只大三歲。當然，那是後話了。

再回到朱熹。他在公元十二世紀和十三世紀交叉的當口上去世，可見公元十二世紀是中國古典哲學的燦爛年代。他是在一個中午停止呼吸的，據他的學生蔡沉記載，那時候，狂風大作，洪水爆發，巨樹連根拔起，如山崩地裂，其聲震天。

七

在朱熹去世後的十年之內，還會去世兩個重要的文化人，一個是陸游，一個是辛棄疾。提起這兩位傑出的詩人，立即又讓人想起宋朝風雨飄搖的軍事危難。

很奇怪，這種危難其實所有的人都感受到了，包括朱熹和其他哲學家在內，為什麼一到陸游和辛棄疾身上，才讓人加倍地震撼呢？

我想，這就是詩人和哲學家的區別了。詩人是專門來感受時代風雨的。他們耐不下性子來像朱熹他們那樣長坐在屋宇的書架前，深思熟慮，而總是急急走到廊外領受驟變的氣温，觀察可疑的天色。他們敏感，他們細緻，他們激動。一有風吹草動，他們就衣衫飄飄地消失在荒野間了。人們可以遠遠地聽到他們的聲音，不但是吶喊，還是歌吟。

辛棄疾獲知朱熹去世的消息後，又聽說有關當局嚴禁參加悼念儀式。他立即起身前往，並致悼詞：「所不朽者，垂萬世名，孰謂公死，凜凜猶生。」

這便是詩人特有的勇敢。如果不是當局嚴禁，辛棄疾倒是未必親自前往。這樣的詩人，面對外族入侵時的心靈衝撞，當然遠遠超過朝廷戰將和廣大民眾。

因此，陸游、辛棄疾不僅成了宋代，而且也成了整個中國古代最爽利、最典雅的抗戰話語的營造者。

但是，在中國歷史上，慷慨激昂的抗戰話語並不缺少，為什麼到了陸游、辛棄疾那裡，便達到了難於企及的高度？

我曾經帶著這個問題，一遍遍誦讀他們的詩句，漸漸得到了一個答案。

首先，他們有理由比別的時代更熱愛神州大地，也就是熱愛唐代以來展現的臻於充分成熟的赫赫文明，因此，由衷地產生了捍衛的責任，這與古代梟雄死士們的氣吞山河，很不一樣；

其次，他們有參與軍事、政事的切身經歷，在朔北風塵和沙場劍戟中培養起了一種真正的男子漢氣質，這與其他文人墨客們的紙上縱情，大不相同；

第三，他們始終籠罩在屢戰屢敗的陰雲中，巨大的危機感鑄就了一種沉鬱、蒼涼、豪邁、無奈的美學風格，這與尚武時代的長風馬蹄、縱橫九州，又大相逕庭；

第四，他們深受唐宋文化的濡養，又處於一個文學寫作特別自由的時代，在表述萬里山河與書生情懷之間的詩化關係上，達到了嫻熟、自如、醇冽的境界，這又非一般英雄豪傑的鏗鏘言詞所能比擬。

正是由於以上這些原因，我們擁有了不管什麼時候誦讀都會心跳不已的那些詩句。

我在動手寫作這篇文章前有一個自我約束：千萬不能多談陸游和辛棄疾。原因是我從十幾歲開始就深深迷上他們了，直到今天，他們詩句中有一些東西還會像迷幻藥一樣讓我失去應有的平靜。什麼東西呢？我前面說了，就是那種要命的男子漢氣質。

那麼，就讓我用最克制的方式各引他們的一首作品，只引一首，然後，再說一句他們兩人的生命終結。其實大家都是知道的，但我還是捨不得跳過。

陸游的作品選了這一首：

當年萬里覓封侯，匹馬戍梁州。關河夢斷何處？塵暗舊貂裘。
胡未滅，鬢先秋，淚空流。此生誰料，心在天山，身老滄洲！

辛棄疾的作品選了這一首：

醉裡挑燈看劍，夢回吹角連營。八百里分麾下炙，五十弦翻塞外聲，沙場秋點兵。
馬作的盧飛快，弓如霹靂弦驚。了卻君王天下事，贏得生前身後名，可憐白髮生！

極文極武，極壯極悲，極夢極醒，又訴之於極度的開闊和瀟灑。一上口，渾身痛快。

陸游去世時，給兒子留下了一份這樣的遺囑：「死去原知萬事空，但悲不見九州同。王師北定中原日，家祭無忘告乃翁。」

辛棄疾去世時連喊三聲「殺敵」，然後氣絕。

我不知道世界上還有哪個國家的頂級詩人，是這樣走向死亡的。

陸游企盼的王師和辛棄疾尋殺的敵人，在歷史進程中已失去了絕對意義。但是，這些詩句包含的精神氣質卻留下來了，直指一種剛健超邁的人生美學。我一直不希望人們把這樣的詩句當作歷史事件的寫照，或當作民族主義的宣教，那實在是大材小用了。人生美學比什麼都大，就像當年歐洲萊茵河流域中世紀莊園的大門突然打開，快馬上的騎士手持長劍，黑斗篷在風中飄飄灑灑掠過原野。歷史銘記的就是這個形象，至於他去哪裡與誰格鬥，都不重要。

有的學者說，宋代扼殺了大詩人陸游和辛棄疾，我不同意。陸游是整整活到八十五歲才去世的，辛棄疾没那麼長壽，也活了六十七歲。我不知道所謂的「扼殺」是指什麼。是讓他們做更高的官嗎？是讓他們寫更多的詩嗎？在我看來，官不能再高了，詩已經夠多了。

我的觀點正相反：是宋代，造就了他們萬古流芳的人生美學。

宋朝，結束在陸游去世的七十年之後。整整七十年，王師不僅没有北定中原，最後連自己也消失了。對手是誰？也不是辛棄疾要殺的敵人了，而是換成了浩浩蕩蕩的蒙古軍隊。他們先殺了辛棄疾要殺的敵人，終於反過身來向王師開刀了。

這不能全怪宋朝無能。我在這裡要為宋朝略作辯解：在冷兵器為主的時代，農耕文明確實很難打得過游牧文明。

宋朝的對手，不管是遼、金，還是西夏，都是騎在馬背上的勁旅，宋朝光靠著孫子兵法、抗戰激情，確實很難從根本上取勝。至於成吉思汗領導的蒙古騎兵，更是一股無法抵擋的旋風，從亞洲到歐洲，那麼多國家都無法抵擋，我們怎麼能獨獨苛求宋朝？

其實宋朝也作出過傑出的抵抗。例如眾所周知的「岳家軍」就創造過抗金的奇蹟。直到宋代後期，還出現了堅持抵抗的驚人典範，那是在現在重慶的合川釣魚城，居然整整抵抗了蒙古軍接近四十年。這是蒙古軍在所到各國從來没有遇到過的。更重要的是，在這四十年中，蒙古軍的大汗蒙哥死在釣魚城下，蒙古帝國產生了由誰繼位的問題，致使當時正在歐洲前線並很快就要進攻埃及的蒙古軍隊萬里回撤。從此蒙古帝國分化，軍事方略改變，世界大勢也因此而走向了另外一條路。元朝的建立，也大大地減少了血腥氣。因此有人說：「釣魚城獨釣中原，四十年改變世界。」

釣魚城保衛戰為什麼能堅持那麼久？歷史會記住一位最重要的早期決策者，那就是主持四川軍政的余玠。他針對蒙古騎兵的弱點，制定了守踞山險，以逸待勞、多用夜襲、嚴控糧食等重要方針，並且安排當地民眾在戰爭的同時繼續從事耕作諸業。這在今天看來，也是克敵制勝的完整良策。可惜余玠在指揮這場戰爭的十年之後，被朝中的嫉恨者所害。後來的守將繼續他的方針，又整整守了三十年。

前不久有一批韓國余氏宗親會的老者找到我，說他們的先祖是在宋朝時派到韓國去的高官。我笑了，指了指我身邊的助理金克林，說他的祖先是明朝時從韓國到中國傳教來的教士。我說，人們的遷徙每每超越國界，但有一些人應該被不同源流、不同國家的人共同記住。宋代的余玠就是一位，他是我們余家稀有的驕傲，因為在中國歷史上，余姓的名人少而又少。

釣魚城關門那麼久，也畢竟有打開城門的一天。這是大勢所至，只能如此。全國只剩下這座孤城，繼續抵抗已失去任何軍事意義。最後一位主帥王立得知，如果元軍破城，城中十幾萬百姓很可能遭到屠殺，而如果主動開門，就可以避免這個結果。在個人名節和十幾萬生命這架天平上，王立選擇了後者。元軍也遵守承諾，沒有屠城。

一個月後，南宋流亡小朝廷也覆滅了。

只有一個人還保持著不可覆滅的氣節，那就是文天祥。他是狀元、學者、詩人，做了宰相，誓死不屈，把宋代文人的人格力量作了最後的展示。元朝統治者忽必烈對他十分敬佩，通過各種途徑一再請他出任宰相，並答應元朝以儒學治國。但文天祥說了，「人生自古誰無死，留取丹心照汗青」。他只想捨生求義。

由於文天祥的堅持，民間就有人借各種名目起義，準備劫獄救出文天祥。這對建立不久的元朝，構成了很大的不安定。忽必烈親自出面勸說文天祥不成，只得一再長嘆：「好男兒，不為我用，殺之太可惜！」文天祥剛就義，忽必烈的阻殺詔旨又趕到，卻已經晚了一步。

文天祥留給世間的絕筆書是這樣的：

> 孔曰成仁，孟云取義。惟其義盡，所以仁至。讀聖賢書，所學何事？而今而後，庶幾無愧。

原來，他把自己的死亡看成是一個實行儒學的文化行為。中國文化一旦沉澱為人格，經常會出現這種奇崛響亮的生命形象。這在其他文明中，並不多見。

八

按照中國歷來情緒化的黑白思維，文天祥的捨生求義，很容易給元朝和忽必烈打上反面印記。其實，歷史永遠以一種簡單的外貌掩飾著一種複雜的本質。民眾要求簡單，勾畫出一個個「易讀文本」，並且由此拒絕複雜。這實在是人類的一大誤區。

民眾不願意想像的事情倒很可能是真實的。例如，文天祥就義那天，他心中未必存在對忽必烈本人的多大仇恨；而當時上上下下最不希望文天祥離世的，恰恰正是忽必烈。

歷史只要到了這種讓兩個傑出男子毫無個人情緒地默默對峙的時分，總是立即變得十分深刻，每個時辰都有萬鈞之力。中國人的歷史觀，實在被那種故事化的淺薄深深毒害了，已經難於品味這種互相激賞中的生死對立，已經無法體驗這種相顧無言中的冤家知己。

因此，我想在崇敬地悼念過文天祥之後，立即作出這樣的表述：忽必烈是一位傑出的統治者，他比不少宋朝皇帝優秀得多；元朝是一個很好的朝代，它又一次使中國真正地回歸於統一，而且是一種更加擴大、更為有效、更不封閉的統一。

元朝社會的實際情況，說起來太長，我只想借用兩副外來的客觀目光。

一位是馬可·波羅。他在元朝初期漫游中國，處處一片繁榮精彩。對於曾經作為南宋首都、照理應該破壞得最為嚴重的臨安（現在的浙江杭州），他描寫得非常周全細緻。最後的結論是：「毫無疑問，這是世界上最優美和最高貴的城市。」須知，他的家鄉，是以美麗著稱的威尼斯。

由此可知，臨安在改朝換代之際雖然遭到破壞，卻還是把很大一部分文明留下了，而且是高貴的宋代文明。

另一位歐洲傳教士魯布魯乞早於馬可·波羅來到中國，他的敘述從另外一個更深入的文化層面上告訴我們，宋代留下了什麼樣的文明生態。魯布魯乞眼中的中國是這樣的：

> 一種出乎意料的情形是禮貌、文雅和恭敬中的親熱，這是他們社交上的特徵。在歐洲常見的爭鬧、打鬥和流血的事，這裡卻不會發生，即使在酩酊大醉中也是一樣。忠厚是隨處可見的高貴品質。他們的車子和其他財物既不用鎖，也無需看管，並沒有人會偷竊。他們的牲畜如果走失了，大家會幫著尋找，很快就能物歸原主。糧食雖然常見匱乏，但他們對於救濟貧民，卻十分慷慨。

讀著這樣的記載，我有點汗顏，相信很多同胞也會如此。宋代經過了多少戰禍荼毒，留下的文明居然是這樣，真該為我們的祖先叫好。我希望歷史學家們不要再為宋代終於被元代取代而繼續羞辱它了。真的，它沒有那麼糟糕。在很多方面，比我們今天還好。

忽然想起幾年前上海博物館展出《清明上河圖》真跡時的情景。消息傳出，世界各地很多華人紛紛飛到上海，而上海市民則天天連續幾小時排著看不到頭的長隊。熱鬧的街市間，只見當代中國人慢慢移動著，走向張擇端，走向汴京，走向宋代。恍惚間，畫外的人與畫內的人漸漸聯結起來了，邁著同樣從容的步伐。

我和妻子是約著白先勇先生一起去觀看的。長長的隊伍中有人在說，幾位九旬老人，兩位癌症晚期病人，也排在中間。博物館方面得知，立即派出工作人員找到這些老人和病人，請他們先行入場。沒想到，他們都拒絕了。他們說，看《清明上河圖》，就應該恭恭敬敬地站那麼久。我們來日無多，更要抓住這恭敬的機會。

前前後後的排隊者聞之肅然，大家重新收拾心情，整理步履，悄悄地向宋代逼近。

哪裡來的陌生人

一

那天，成吉思汗要在克魯倫河畔的宮帳裡召見一個人。

這個人住在北京，趕到這裡要整整三個月。出居庸關，經大同，轉武川，越陰山，穿沙漠。從春天一直走到夏天。抬頭一看，山川壯麗，軍容整齊，嘆一聲「千古之盛，未嘗有也」，便知道到了目的地。

成吉思汗統一蒙古已經十二年。這十二年，一直在打仗，主要是與西夏和金朝作戰。三年前在與金朝的戰爭中取得巨大勝利，不僅攻佔了金朝的中都（即北京），還分兵占領了大小城邑八百多個。中都的一批金朝官員，投降了蒙古軍。

金朝是女真族建立的王朝，為的是要反抗和推翻他們頭上的統治者——契丹人的遼朝。金朝後來確實打敗了遼朝，卻沒有想到蒙古人後來居上，又把它打敗了。

長年的征戰，複雜的外交，龐大的朝廷，使成吉思汗的攤子越鋪越大。每天都有內內外外的大量問題要面對，成吉思汗急於尋找有智慧、有學問的助手。他原先手下的官員，幾乎都是沒有文化的莽將。連他自己，也沒有多少文化。

他到處打聽，得知四年前攻占金朝中都時，有一位投降過來的金朝官員很智慧，名字叫耶律楚材。

這個名字使成吉思汗立即作出判斷，此人應該是契丹族，遼朝的後裔。耶律家族是遼朝顯赫的皇族，後來由於金朝滅遼，也就一起「歸順」了金朝。這應該耶律楚材祖父一輩的事，到耶律楚材父親一輩，已經成了金朝的高官了。但成吉思汗知道，這個家族在內心對金朝還是不服的，企盼著哪一天能夠報仇復國。早在蒙古統一之前，當時還沒有成為成吉思汗的鐵木真曾經遇見過作為金朝使節派到蒙古部落來的耶律阿海，兩人暗中結交，還立下過共同滅金的志願。

想到這裡成吉思汗笑了，心想這真是一個奇怪的家族，被金所滅而降金，金被蒙軍打敗後又降蒙，如此兩度投降，是不是真的始終保持著復興契丹之夢呢？好在，今天可以找到一個共同的話題，那就是分別從契丹和蒙古的立場，一前一後一起笑罵曾經那麼得意的金朝。

隨著一聲通報，成吉思汗抬起頭來，眼睛一亮。出現在眼前的人，二十七、八歲光景，高個子，風度翩翩，聲音洪亮，還留著很漂亮的長鬍子，非常恭敬地向自己行禮。

成吉思汗高興地叫了一聲：「吾圖撒合里！」

這是蒙古語，意思是長鬍子。

這一叫，就成了今後成吉思汗對耶律楚材的習慣稱呼。

寒暄了幾句，成吉思汗便說：「你們家族是遼朝的皇族。儘管你做過金朝的官，但我知道遼和金是世仇。你們的仇，我替你們報了！」

這話說得很有大丈夫氣概。接下來，理應是耶律楚材代表自己的世代家族向成吉思汗謝恩。但是，耶律楚材的回答讓成吉思汗大吃一驚。

他說：「我的祖父、父親早就在金朝任職為臣了，既然做了臣子，怎麼可以暗懷二心，仇視金朝君主呢？」

這話聽起來好像在反駁成吉思汗，而且公然表明了對成吉思汗的敵人金朝君主的正面態度，說出來實在是非常冒險。但是，成吉思汗畢竟是成吉思汗，他竟然立即感動了。

一個人，對於自己服從過的主人和參與過的事業，能一直表示尊敬，這已經很不容易；更不容易的是，在表示尊敬的時候，完全不考慮被尊敬對象的現實境況，也不考慮説話時面對著誰。這樣的人，成吉思汗從來没有見過。

成吉思汗看著耶律楚材點了點頭，當即向左右表示：這個人的話要重視，今後把他安排在我身邊，隨時以備諮詢。

這在後來的《中書令耶律公神道碑》上記為：「上雅重其言，處之左右，以備咨訪。」

二

這是公元一二一八年的事情。

就在這個時候，一個很偶然的事件改變了成吉思汗的軍事方向，也改變了世界的命運。天下最大的烈火，總是由最小的草梗點燃。

據記載，那年成吉思汗派出一個四百五十人的商隊到中亞大國花剌子模進行貿易。不料剛剛走到今天哈薩克斯坦錫爾河邊的一座城市，就出事了。商隊裡有一個印度人是這座城市一位長官的老熟人，兩人一見面他就直呼其名，没有表示應有的尊敬，而且還當場誇耀成吉思汗的偉大。那個長官很生氣，下令拘捕商隊，並報告了國王摩訶末。國王本來就對成吉思汗送來的國書中以父子關係形容兩國關係十分不滿，竟下令殺死所有商人、没收全部財產。

成吉思汗從一個逃出來的駱駝夫口中知道了事情始末，便強忍怒火，派出使者質問事件真相。結果，使者被殺。成吉思汗淚流滿面，獨自登上一個山頭，脫去冠冕，跪在地上絕食祈禱了整整三天三夜。他喃喃地說：「戰亂不是我挑起的，請佑助我，賜我復仇的力量！」

於是，人類歷史上最大規模的一場征服戰，開始了。

耶律楚材，跟在成吉思汗身邊。他會占卜，這在當時的軍事行動中非常重要。除了占卜，他還精通天文曆法，可以比較準確地提供天氣預報，成吉思汗離不開他。

他是積極支持成吉思汗的這一重大軍事行動的。這從他一路上用漢語寫的詩中可以看出來。他寫道：

關山險僻重復重，
西門雪恥須豪雄。
定遠奇功正今日，
車書混一華夷通。

陰山千里橫東西，

秋聲浩浩鳴秋溪。
猿猱鴻鵠不能過，
天兵百萬馳霜蹄。

這些詩句表明，他認為成吉思汗西征的理由是「雪恥」，因此是正義的，他還認為這場西征的結果有可能達到「華夷通」的大一統理想。這個理想，他在另外一首詩中表述得更明確：「而今四海歸王化，明月青天卻一家。」

看得出來，他為成吉思汗西征找到了起點性理由「雪恥」和終點性理由「王化」。有了這兩個理由，他心中也就建立了一個理性邏輯，跨馬走在成吉思汗身後也顯得理直氣壯了。

除此之外，我覺得還有兩個更大的感性原因。

第一個感性原因，是他對成吉思汗的敬仰。他曾在金朝任職，看夠了那個朝廷的外強中乾、腐敗無效、沮喪無望。現在遇到了成吉思汗，只見千鈞霹靂，萬丈豪情，一切目標都指日可待，一切計劃都馬到成功。不僅如此，耶律楚材又強烈地感受到成吉思汗對自己這個敵國俘虜的尊重、理解和關愛。這種種因素加在一起，他被徹底融化了，無條件地服從和讚美成吉思汗的一切意志行動。

第二個感性原因，是他作為契丹皇族後裔的本能興奮。這畢竟是一個生來就騎在馬背上縱橫馳騁的民族，眼前的世界遼闊無垠，心中的激情没有邊界。更何況，作為幾代皇族，骨子裡有一種居高臨下的統治基因，有一種睥睨群倫的征服欲望。儘管這一切由於遼國的敗落而長久荒廢，但現在被成吉思汗如風如雷的馬蹄聲又敲醒了。這種敲醒是致命的，耶律楚材很快就產生了一種無與倫比的回歸感和舒適感。因此，參加西征，頌揚西征，有一半出於他的生命本性。

但是，戰爭畢竟是戰爭，一旦爆發就會出現一種無法節制的殘酷邏輯。

例如，這次以「雪恥」、「復仇」為動因的戰爭，必然會直指花剌子模國的首都；在通向首都之前所遇到的任何反抗，都必須剿滅；所有的反抗都必然以城邑為基地，因此這些城邑又必然會遭到毀滅性的破壞；終於打到了首都，國王摩訶末當然已經逃走，因此又必須去追趕；花剌子模國領土遼闊，國王又逃得很快，因此又必須長驅千里；追趕是刻不容緩的事，不能為了局部的佔領而滯留，自己的軍隊又分不出力量來守衛和管理已經佔領的城市，因此毀城、屠城的方式越來越殘忍；被追的國王終於在裏海的一個島上病死了，但這還不是戰爭的結束，因為國王的繼位者扎蘭丁還在逃，而且逃得很遠，路線又不確定，因此又必須繼續追趕……

這就是由無數「必須」和「必然」組成的戰爭邏輯。這種邏輯顯得那樣嚴密和客觀，簡直無法改變。

在這種客觀邏輯之中，又包藏著另一種主觀邏輯，那就是，成吉思汗在戰爭中越來越懂得打仗。軍隊組織越來越精良，戰略戰術越來越高明，諜報系統越來越周全，這使戰爭變成了一種節節攀高的自我競賽，一種急迫地期待著下一場結果的心理博弈。於是，就出現了另一種無法終止的動力。

鑑於這些客觀邏輯和主觀邏輯，戰爭只能越打越遙遠，越打越血腥，在很大意義上已經成為一種失控行為。

這就是說，種種邏輯組合成了一種非邏輯。

戰爭，看起來只是運動在大地之間，實際上在大地之上的天際，還浮懸著一個不受人力操縱的魔鬼，使地面間的殘殺沿著它的獰笑變得漫無邊際。它，就是戰神。

在人類歷史上，大流士、亞歷山大大帝、凱撒、十字軍，都遇到過這個戰神。現在輪到成吉思汗了，事情變得更大，超過前面所說的任何戰爭。

於是，騎在馬背上耶律楚材不能不皺眉了。

他的詩句中開始出現一些嘆息——

寂寞河中府，

聲名昔日聞。
城隍連畎畝，
市井半丘墳。

這裡所說的「河中府」，就是花剌子模國的首都撒馬爾罕，在今天烏茲別克斯坦共和國的東部。這麼一個聲名顯赫的富裕城市，經過這場戰爭，已經「市井半丘墳」了，可見殺戮之重。對此，耶律楚材不能接受，因此深深一嘆。他的好些詩都以「寂寞」兩字開頭，既說明戰爭留給一座座城市的景象，也表明了自己的心境。

一個曾經為萬馬奔騰的征戰場面興奮不已的人，突然在馬蹄間感受到了深深的寂寞，這個轉變意味深長。

三

西征開始後不久，成吉思汗根據身邊一個叫劉仲祿的漢族制箭官的推薦，下詔邀請遠在山東萊州的道教全真派掌門人丘處機（長春真人）來到軍中，講述養生之道和治國之道。丘處機已經七十多歲，歷盡艱辛來到撒馬爾罕。當時成吉思汗已經繼續向西越過了阿姆河，便命耶律楚材暫且在撒馬爾罕陪丘處機。

這期間，兩人在一起寫了不少詩。耶律楚材在詩中，已經明顯地表示出自己想擺脫西征而東歸的心意，以及希望各國息戰得太平的期待。例如：

春雁樓邊三兩聲，
東天回首望歸程。

天兵幾日歸東闕？
萬國歡聲賀太平。

甚至，他對西征的必要性也提出了某種懷疑：

四海從來皆弟兄，
西行誰復嘆行程？

西行萬餘里，
誰謂乃良圖？

後來，丘處機終於在耶律楚材的陪同下到阿姆河西岸的八魯彎行宮見到了成吉思汗。丘處機一共向成吉思汗講了三次道，根據相關資料總結，有三個要點：一、長生之道，節欲清心；二、一統天下，不亂殺人；三、為政首要，敬天愛民。

成吉思汗聽進去了，後來多次下令善待丘處機和他的教派。

丘處機的講道，與耶律楚材經常在身邊悄悄吐露的撤兵求太平的理想，一起對成吉思汗產生了潛移默化的影響。一二二四年夏天，有士兵報告說游泳時見到一頭會說話的怪獸，要蒙古軍及早撤軍回家。成吉思汗就此事詢問耶律楚材，耶律楚材一聽就明白這是士兵們因厭戰而想出來的花招，他自己也早已厭戰，就告訴成吉思汗說：「這是祥瑞之獸，熱衷保護生命，反對隨手屠殺，希望陛下聽從天命，回去吧。」

成吉思汗終於聽從了這個「天命」。

當然成吉思汗收兵還有其他客觀原因。例如，畢竟大仇已報，花剌子模的國王摩訶末已死，遼闊的土地都被征服，而軍中又發生了瘟疫。

於是，正如耶律楚材詩中所寫，「野老不知天子力，謳歌鼓腹慶升平」了。——我在敘述以上歷史時，許多讀者一定會覺得奇怪：耶律楚材怎麼會寫一手不錯的漢詩呢？確實不錯。我們不妨再讀他的一首詞：

花界傾頹事已遷，浩歌遙想意茫然。江山王氣空千劫，桃李春風又一年。
橫翠嶂，架寒煙。野春平碧怨啼鵑。不知何限人間夢，並觸沉思到酒邊。

這當然算不上第一流的作品，但很難想像竟出於古代少數民族官員之手。我認為，在中國古代，少數民族人士能把漢詩漢詞寫好的，第一是納蘭性德，第二是薩都剌，第三就是這位耶律楚材了。

我更為喜歡的是耶律楚材替成吉思汗起草的邀請丘處機西行的第二詔書，中間有些句子，深得漢文化的精髓。如「雲軒既發於蓬萊，鶴馭可游於天竺。達摩東邁，元印法以傳心；老氏西行，或化胡而成道。顧川途之雖闊，瞻幾杖似非遙」等句，實在是頗具功力。

我深信，丘處機能下決心衰年遠行，與詔書文句間所散發出來的這種迷人氣息有關。文化的微妙之處，最有驚人的誘惑力。

這就需談談他的文化背景了。

一個人的文化背景，可以遠遠超越他的民族身分和地域限定。在耶律楚材出生前好幾代，他的先祖契丹皇族雖然經常與漢族作戰，卻一直把漢文化作為提升自己、教育後代的課本。後來到了女真族的金朝，也是同樣。耶律楚材從小學習漢文化，從十三歲開始攻讀儒家經典，到十七歲已經博覽群書，成為一位有才華的年輕儒生。後來在中都（北京），他又開始學佛，成了佛學大師萬松老人的門生。學佛又未棄儒，他成了儒佛兼修的通達之士。

那位丘處機是道家宗師，耶律楚材與他加在一起，組合成了一個儒、佛、道齊全的中國文化精粹結構，出現在成吉思汗身邊。這個精粹結構對成吉思汗那麼尊敬，但又天天不斷地散發出息戰、戒殺、尊生、節制、敬天、愛民的綿綿信息，終於使成吉思汗發生了重大變化。

據《元史》的〈太祖本紀〉記載，成吉思汗在臨死前一個月對群臣公開表示：「朕自去冬五星聚時，已嘗許不殺掠，遽忘下詔耶。今可布告中外，令彼行人亦知朕意。」

多麼珍貴的「不殺掠」這三個字啊！儘管仍然處於戰爭之中的成吉思汗一時還無法做到，但既然已經作為一個重大的許諾布告中外，已經讓人驚喜不已了。

此外，據《元史》和《新元史》載，成吉思汗還囑咐自己的繼承人窩闊台，耶律楚材這個人是上天送給我們的，必須委以重任。他說：「此人天賜吾家，爾後軍國庶政，當悉委之。」

這兩份遺囑，使歷史的溫度和亮度都大大提高了。

在這裡，我們不能不懷著特別的心情，遠眺七百多年前在中亞戰爭廢墟間徘徊的兩個背影。一個高大的長鬍子中年人，攙扶著一個仙風道骨的老年人。他們走得很慢，靜靜地說著話，優雅的風範，與身邊的斷垣荒墳很不相稱。他們正在做一件事，那就是用中國文化中儒、佛、道的基本精神，盯住已經蔓延了小半個世界的戰火，隨時找機會把它控制住。

他們兩人，後來因為佛、道之間的一些宗教齟齬產生隔閡。但我們還是要說，再大的齟齬也是小事，因為他們已經做過了一件真正的大事。

四

成吉思汗幾乎是與丘處機同年同月去世的。成吉思汗享年六十五歲，而丘處機則高壽，享年七十九歲。這一年，耶律楚材才三十七歲，春秋正盛。

耶律楚材妥帖地安排了窩闊台繼位的事務。窩闊台繼位後果真對他委以重任：中書令，行政最高長官，相當於宰相。在這前後，耶律楚材做了一系列大事。例如——

一、耶律楚材選擇並任命了自己的兩個主要助手右丞相和左丞相。讓人驚異的是，這三個包括耶律楚材在內的最高行政官員，没有一個是蒙古人，也没有一個是漢人，卻都熟悉漢族的典章制度。這種安排，在蒙古人掌權的朝廷裡，顯得非常開通又非常奇特。

二、蒙古貴族中還有很多保守將領無視成吉思汗「不殺掠」的遺囑，繼續主張大規模殺人。據《元史》載，近侍別迭等人主張；「漢人無補於國，可悉空其人，以為牧地。」這顯然是一個極端恐怖的政策，把漢人殺盡或趕光，使整個中原成為牧地，也就是把農耕文明全部蛻變為遊牧文明。耶律楚材為了阻止這個主張，就給窩闊台算了一筆賬，說我們每年需要的五十萬兩銀子、四十萬石糧食、八萬匹帛匹，全都要來自中原的稅收和鹽、酒、冶鐵等百業，怎麼能夠不要漢人？窩闊台要耶律楚材就此提供證明，來說服朝廷中保守的蒙古軍人。第二年耶律楚材確實以稅收的方法為朝廷提供了大量財富，使窩闊台非常高興。這就奠定了蒙古政權從遊牧文明轉向農耕文明，並實行稅收制度的基礎。

三、窩闊台征服金朝時，有的將領根據蒙古軍的老規矩，堅持一個城市若有抗拒，破城之後必須屠城。當時，汴梁城抗拒了，那些將領準備照此辦理。耶律楚材立即上奏窩闊台，說如果我們得到的是沒有活人的土地，那又有什麼用！結果，破城後除了處決金朝王室完顏一家外，保全了汴梁城一百四十多萬人的生命。從此，放棄屠城政策，成為一個定例，從根本上改變了蒙古軍隊的行為方式。

四、蒙古軍隊佔領一地，必定由軍事將領管轄一切，毫無約束，橫行霸道。耶律楚材提出把軍事權力和民政權力分開，並使它們勢均力敵，互相牽制。民政權力由文官執掌，軍事權貴不得侵犯。在文官職位上，耶律楚材大量起用漢族知識分子，讓他們著重負責徵收稅賦的事務。甚至，他向窩闊台直接提出了「制器者必用良工，守成者必用儒臣」的政策，大大改良了政權的文化品質。這樣做的結果，也讓他這個行政首長有效地控制了財政權，構成了財政、軍權、法權的三權鼎立。

五、耶律楚材還採取一系列措施，及時控制了高利貸、通貨膨脹、包攬稅收和種種貴族特權，成功實行了以經濟為主軸的社會管理。

六、蒙古軍隊佔領一地，還會很自然地把當地人民當作自己的變相奴隸。耶律楚材決定「奏括户口，皆籍為編民」，也就是以户籍制來使這些變相奴隸重新變成平民。由於户籍制，一系列稅賦制也有了實行的保證。

七、耶律楚材還以很大的熱情尊孔，正式以儒家經典來辦學招士。

……

這一切理性管理措施，使蒙古的歷史發展到了一個全新的階段，並且決定了後來元朝的基本格局。

遺憾的是，窩闊台死後，皇后攝政，反對漢化，與耶律楚材激烈爭吵，結果把這位名相活活氣死了，享年五十五歲。

他死後，政敵對他的家庭財產進行了查抄。結果發現，「惟琴阮十餘，及古今書畫金石、遺文數千卷」，除此之外沒有任何財產。真是太廉潔了。

所幸，耶律楚材去世十餘年後，忽必烈繼位。耶律楚材所制定的種種方略，重新獲得尊重。

五

好，我們現在可以從整體上看看耶律楚材這個人了。

這位契丹皇族後裔，無論對於金朝的女真人、成吉思汗的蒙古人，還是對於宋朝的漢人來說，都是陌生人。而且，他好像完全沒有我們歷來重視的所謂「民族氣節」，可以為任何一個民族服務，包括曾經戰勝過自己家族的民族，簡直算得上是「數典忘祖」了。

成吉思汗為他的家族報了仇，但他坦誠地表示，自己的心底從來沒有這種仇恨。他只在乎今天的服務對象，並且努力把服務做好。只不過，在今天的服務中，他要固守一些大是大非。他認為，是非高於民族，更高於家族。

因此，歷來被人們反覆誇大和表演的「故鄉情結」、「省籍情結」、「祭祖情結」，在他面前不起任何作用。

他似乎已經放棄了自己的民族身分。在他追求的「王化歸一統」、「四海皆弟兄」的世界裡，從來没有復興契丹之夢。盡管他的契丹，曾經建立過那麼壯闊和強大的遼朝，留下了那麼豐富而動人的故事。

他一點兒也不想做「前朝遺民」、「復仇王子」。他從來没有秘藏過增添世仇的資料，謀劃過飄零貴族的聚會。他的深棕色的眼瞳没有發出過任何暗示，他的美髯公的鬍子没有抖動過任何信號。

他知道時勢在劇變，時間在急逝，生命在重組。他知道一切依托於過往歷史的所謂身分，乍一看是真實的，實際上是重建的，而且是一種嶄新的重建，為了今天和明天的具體目的的重建。他不願意參與這種表演式的重建，更願意享受逝者如斯、人去樓空的放鬆。

是的，他不要那種身分。為了擺脱那種身分，他甚至四處逃奔，改換門庭，直到進入江湖好漢們所説的「赤條條一身來去無牽掛」的境界。

但是，我們看到了，他有明確的文化身分。

那就是，一生秉承儒家文化和漢傳佛教。

這讓我想起我的詩人朋友余光中先生。他因寫過〈鄉愁〉一詩，很多與他稍稍有點關係的地方都希望他宣布故鄉在斯，所愁在斯。但他説：我的故鄉不是一個具體的地方，而是中華文化。

思亦在斯，愁亦在斯。

余光中先生是漢人，這樣說很自然；耶律楚材不是漢人，這樣做很奇特。

其實，這是他作出的鄭重選擇。

越是動蕩的年代越有選擇的自由，他運用了這種自由。

有不少人說，文化是一種地域性的命定，是一種在你出生前就已經布置好了的包圍，無法選擇。我認為，無法選擇的是血統，必須選擇的是文化。正因為血統無法選擇，也就加重了文化選擇的責任。正因為文化是自己選擇的，當然也就比先天加予的血統更關及生命本質。

反之，如果文化成了一種固定人群的被動承擔，那麼，這種文化和這種人群，都會失去生命的創造，因僵化而走向枯萎。

我們為什麼要接受這種必然導致枯萎的事先布置？

即使這種布置中有遠年的豪華金飾，也絕不接受。

於是，耶律楚材，這個高大的契丹族男子，背負著自己選擇的中華文化，出現在自己選擇的君主成吉思汗之前。

然後，他又與成吉思汗在一起，召來了他在中華文化上缺漏的那部分，丘處機的道家。

這一來，成吉思汗本人也在開始進行文化選擇了。對於位及至尊又叱吒風雲的成吉思汗來說，這種文化選擇已經變得非常艱難。但是，如細雨潤物，如微風輕拂，成吉思汗一次次抬起頭來，對這兩位博學的智者露出笑顏。

這一系列在西域大草原和大沙漠裡出現的文化選擇，今天想來還覺得氣壯山河。耶律楚材在表達自己文化身分時，重點選擇了兩個方面，那就是：在成吉思汗時代呼籲護生愛民，在窩闊台時代實施理性管理。

這兩個方面，使蒙古民族為後來入主中華大地、建立統一的元朝，作了文化準備。這兩個方面，是耶律楚材的文化身分所派生出來的行為身分。

相比之下，很多中國文人雖有文化身分卻沒有行為身分，使文化變成了貼在額頭上的標籤，誰也不指望這種標籤和這種額頭與蒼生大地產生關聯。

經過以上整理，我們可以概括出兩個相反的人格結構——

第一個人格結構：背後的民族身分是飄忽模糊的，中間的文化身分是堅定明朗的，眼前的行為身分是響亮清晰的。

第二個人格結構：誇張的是背景，模糊的是文化，迷失的是行為。

也許，在我們中國，最普及的是第二個人格結構，因此耶律楚材顯得那麼陌生。

什麼時候，如果能有更多的中國人，千里跋涉來到人世災禍的第一線，展示的是文化良知而不是背景身分，切切實實地以終極人性扭轉歷史的進程，那麼，耶律楚材對我們就不陌生了。

最後提一句，這位縱橫大漠的游子畢竟有一個很好的歸宿。他的墓和祠，還在北京頤和園東門裡邊。我每次都是在夕陽燦爛時到達的，總是寂寥無人。偶爾有人停步，幾乎都不知道他是誰。

在頤和園留下他的遺跡，這件事乾隆皇帝有功。我還曾因此猜測過這位晚於耶律楚材五百年的少數民族皇帝的人格結構，並增添了幾分對他的敬意。

總是那麼鬱悶

一

我早就發現，現代中國人對古代文化的繼承，主要集中在明、清兩代。這件事一直讓我很傷心。

當然，老子、孔子總會背幾句，《史記》、《漢書》總會說一說，唐詩宋詞總會讀下去。但是，這一切由於年代太久，都已變成了天邊的霞色，遠山的巍峨。對它們的接受，再恭敬也是隨興的。而明、清兩代的文化，則實實在在地滲透於社會規範、思維方式、審美態度的各個方面。

既然如此也就認了吧，為什麼要傷心呢？

這是因為，中華文化的格局和氣度，到了明、清兩代，已經弱了，小了，散了，低了，難以收拾了。

也有不少人想收拾。甚至朝廷也有這個意思，一次次組織人馬編大型辭書。但文化的基元是個體創造，與官方聲勢關係不大。通過個體創造把文化收拾成真正大格局的，在明、清兩代六百多年間，我看也就是王陽明和曹雪芹兩人。

其他人物和作品，近距離看看還可以，如果放長了看，或者放到國際上看，就不容易顯現出來了。

怎麼會這樣呢？

這與社會氣氛有關。氣壓總是那麼低，濕度總是那麼高，天光總是那麼暗，世情總是那麼懸，禁令總是那麼多，冷眼總是那麼密。連最美好的事物也總是以沉悶為背景，結果也都有點變態了。

造成這樣的社會氣氛，起點是朱元璋開始實施的文化專制主義。

二

與秦始皇的焚書坑儒不一樣，朱元璋的文化專制主義，是一種系統的設計，嚴密的包圍，整體的滲透，長久的綿延。

由草根起家而奪取了全國政權，朱元璋顯然有一種強烈的不安全感。他按照自己的政治邏輯汲取了宋朝和元朝滅亡的教訓，廢除宰相制度，獨裁全國行政，隨意濫用暴力，大批誅殺功臣，強化社會管制，實行特務政治。這麼一來，國家似乎被嚴格地掌控起來了，而社會氣氛如何，則可想而知。

不僅如此，他還直接問津文化。他在奪權戰爭中深知人才的重要，又深知掌權的治國更需要文官。他發現以前從科舉考試選出來的文官問題很大，因此經過多年設計，他為科舉考試制定了一個嚴格的制度。那就是：文官必出自科舉，考生必出自學校，考題必出自《四書》、《五經》，闡述必排除己見，文體必符合八股，殿試必掌控於皇帝。這麼一來，皇帝和朝廷，不僅是政治權力和終端，也是學位考試的終端，更是全國一切文化行為和教育事業的終端。

這一套制度，乍一看沒有多少血腥氣，卻把中華文化全盤捏塑成了一個純粹的朝廷工具、皇家僕役，幾乎不留任何空隙。

當文化本身被奴役，遭受悲劇的就不是某些文人，而是全體文人了。因為他們存身的家園被圍上了高牆，被統一了話語，被劃定了路線，被鎖定了出口。時間一長，他們由狂躁、憤怒而漸漸適應，大多也循規蹈矩地進入了這種「文化——官僚系統」。也有一些人會感到苦悶，發發牢騷。儘管這些苦悶和牢騷有時也能轉化為不錯的思想和作品，但無可諱言，中國文人的集體人格，已經從根子上被改造。

與此同時，朱元璋對於少數不願意進入「文化——官僚系統」的文人，不惜殺一儆百。例如，有的文人拒絕出來做官，甚至為此而自殘肢體。朱元璋聽說，就把他們全殺了。更荒唐的是，他自己因文化程度很低而政治敏感極高，以匪夷所思的想像力製造一個又一個的「文字獄」，使中華文化從最高點上籠罩在巨大的恐怖氣氛之下。

「文字獄」的受害者，常常不是反抗者，而是奉承者。這個現象好像很奇怪，其實很深刻。奉承，未必被接受；受迫者，也未必能夠證明反抗過。這中間沒有等號，不能進行直接推理。

例如，有人奉承朱元璋是「天生聖人，為世作則」，他居然看出來，「生」是暗指「僧」，罵他做過和尚，「作則」是罵他「作賊」。又如，有人歌頌他是「體乾法坤，藻飾太平」，他居然看出來，「法坤」是暗指「髮髡」，諷刺他曾經禿髮，而「藻飾太平」則是「早失太平」。這樣的例如還能舉出很多，那些原來想歌功頌德的文人當然也都逃不脫殘酷的死刑。這些人的下場尚且如此，稍有一點不同見解的文人當然更不在話下了。

恐怖培養奴才，當奴才也被誅殺，那一定是因為有了鷹犬。

據我判斷，一個極權帝王要從密密層層的文翰堆裡發現哪一個字有暗指，多數不是出於自己的批閱，而是出於鷹犬的告密。例如前面所說的由「法坤」而聯想到「髮髡」，就明顯地暴露出那些腐朽文人咬文嚼字的痕跡，而不太符合朱元璋這麼一個人的文字感應。

文化鷹犬與朱元璋的特務政治密切呼應。當文化鷹犬成為一個永恆的職業，「文字獄」自然得以延續，而恐怖也就大踏步走向了荒誕。荒誕的恐怖是一種無邏輯的恐怖，而無邏輯的恐怖正是世間最嚴重的恐怖。

恐怖對於文明和文化的殘害，是一切沒有經過恐怖的人難以體會的。在恐怖中，最後連最高統治者本人也可能弄假成真，他也感受到了恐怖，也就是那種似乎人人都想奪位篡權的恐怖。只有一種人輕鬆自由，那就是那些文化鷹犬。他們沒有個人履歷，沒有固定主子，更沒有固定立場，也沒有固定話語，永遠隨著當下需要不斷地告密、揭發。他們的告密、揭發常常很難被人理解，因此又充當了分析批判、上綱上線的角色。

這種角色興於明代，盛於清代。在近代的兵荒馬亂間功用不大，成為一個蕪雜的存在，而到了「文革」時期又大行其道。直到今天，坊間還能看到少數孑遺，只不過早就更換了立場和話語罷了。若要排排他們傳代系列，一直可追溯到朱元璋所培養的鷹犬隊伍，這是中國文化的負面特產。

朱元璋在發展經濟、利益民生、保境安民等方面做了很多好事，不失為中國歷史上一個有能力、有作為的皇帝，但在文化上，他用力的方向主要是負面的，留下的遺產也主要是負面的。

他以高壓專制所造成的文化心理氣氛，剝奪了精英思維，剝奪了生命尊嚴，剝奪了原創激情，後果非常嚴重。例如，連科學技術也難於發展了。明代建立之初，中國的科技還領先世界，但終於落後了，這個轉折就在明代。現在越來越多的智者已經認識到，文化氣氛能夠左右社會發展，對此我能夠提供的最雄辯例子，就是明代。

到了清代，文字獄變本加厲，又加上了滿族統治者威脅漢族知識分子的一個個所謂「科場案」，文化氣氛更加獰厲。一個龐大國家的文化靈魂如果長期處於抖抖索索、趨炎附勢的狀態中，那麼，它的氣數必然日漸衰微。鴉片戰爭以後的一系列慘敗，便是一種必然結果。

三

由朱元璋開始實施的文化專制主義，以儒學為工具，尤其以朱熹的理學為旗幟。看上去，這是大大地弘揚了儒學，實際上，卻是讓儒學產生了嚴重的質變。因為這樣一來，一種優秀的文化被迫與專制暴虐聯繫在一起了，讓它呈現出一種恃強凌弱、仗勢欺人的霸氣。其實，這並不是儒學的本來面目。

在朱元璋之後，明成祖朱棣更是組織人力編輯《四書大全》、《五經大全》、《性理大全》，並嚴格規定，在科舉考試中，《四書》必依朱熹注釋，《五經》必依宋儒注釋，否則就算是異端。

你看，連注釋都規定死了。不僅如此，在社會生活的各個方面又把宋儒所設計的一整套行為規範如「三綱五常」之類，也推到極端，造成很多極不人道的悲劇。

朱棣在如此推崇儒學的同時，又以更大的心力推行宦官政治和特務政治，如臭名昭著的「東廠」。這也容易讓儒學沾染到一些不好的味道。

由此，產生了兩方面的歷史誤會。

一方面，後代改革家出於對明、清時期極權主義的憤怒，很自然地遷怒於儒學，甚至遷怒於孔子本人。面對「禮教吃人」的現實，提出要「打倒孔家店」。五四時期就出現過這種情況。

另一方面，不少人在捍衛、復興儒學的時候，也不知細緻分析，喜歡把它在明、清時期被禁錮化、條規化的不良形態進行裝潢，強迫青少年背誦、抄寫、摹擬，營造出一種悖世的偽古典夢境。直到今天不斷掀起的「國學熱」中，仍然有這個毛病。

總之，不管人們如何褒貶儒學，直接著眼的往往是它的晚近面貌，也就是明、清時代的面貌。

其實，早在明代中期，儒學因朝廷過度尊崇而走向保守和陳腐的事實，已經充分暴露，於是出現了王陽明的「心學」。如果在明代前期，「心學」不可能問世。但是經過一個世紀的折騰，社會危機和精神危機越來越嚴重，而最高統治者也不再有朱元璋、朱棣那樣的強勢，朝廷已經處處捉襟見肘。在這種情況下，一位篤信儒學，只是要對儒學作一些不同於朱熹的解釋，同時又是一位幫著朝廷有效處理社會矛盾的將軍學者，就有了思考空間。

王陽明認為，知和行是同一件事，目標是「致良知」，也就是通過個人修養挖掘出人之為人的天賦道德。這種天賦道德也就是天理，因此心和理也就成了同一件事。這種理論，洗去了朱熹理學外加的龐大規範結構，讓一切規範都出自於內心，出自於本真。這就大大強化了儒學歷來比較薄弱的內在心理依據，凸顯了其間的善良根基，弘揚了「知善知惡」、「為善去惡」的文化責任。而且，他的理論表述，始終保持著很高的哲學品位，果斷、嚴密、平易、優雅，實在是明代文化濁霧中的亮麗一筆。

王陽明是晉代書法家王羲之的嫡傳遠孫。這不禁讓人會心一笑：王羲之的這一筆，實在拖延得相當漂亮。

王陽明寫字也學他的遠祖筆意，我曾為計文淵先生編的《王陽明書法集》寫過序言。但有一點內心嘀咕沒有寫到序言中去，那就是，他那麼會打仗，為什麼在筆力上卻比他的遠祖柔弱得多？相反，他的遠祖雖然頂著一個軍事名號，多少年來一直被叫做「右軍」、「右軍」的，卻毫無軍事才能方面的佐證，只是強大在筆墨間。難道，這是一種拖欠了一千多年的雙向戲謔和雙向補償？

明朝是在王陽明去世一百一十五年之後滅亡的。又過了八十年，已是清朝康熙年間，一些知識分子反思明朝滅亡的教訓，把目光集中到高層文化人的生態和心態之上，重新發現了王陽明的價值。當時的朝廷知識分子李光地說，如果早一點有王陽明，不僅朱棣的「靖難之役」成不了，而且岳飛也不會被「十二道金牌」召回。王陽明這樣的「一代賢豪」有膽略，有智慧，有執行力，在絕大多數高層文化人中顯得孤峰獨傲。

那麼，明代的絕大多數高層文化人是什麼樣的呢？李光地以最有「氣節」的方孝儒作為分析對象。方孝儒一直被世人看作是曠世賢達、國家智囊，但當危機發生，要他籌謀，只見每一步都錯。大家這才發現他才廣意高，好說大話，完全無法面對實情。但發現時，已經來不及了，他所擁戴的朝廷和他自己，頃刻一起敗亡。

明代高層文化人的生態，被概括為一副對聯：「無事袖手談心性，臨危一死報君王。」也就是大家都在無聊中等死，希望在一死之間表現出自己是個忠臣，是個英烈。平時如果不袖手旁觀，最關心的也是朝廷裡邊人事爭逐的一些細節，而且最願意為這些細節沒完沒了地辯論。有時好像也有直言抗上的勇氣，但直言的內容，抗上的理由，往往瑣碎得不值一提，甚至比皇帝還要迂腐昏聵。

筆鋒犀利的清初學者傅山更是尖銳指出，這種高談闊論又毫無用處的文化人，恰恰是長久以來養成的奴性的產物，因此只能稱之為「奴儒」。他說，「奴儒」的特點是身陷溝渠而自以為大，只靠前人一句半句注釋而自稱「有本之學」；見了世間事物無所感覺，平日只講大話空話，一見別人有所作為，便用各種大帽子予以扼殺。傅山實在恨透了這麼一大幫子人，不禁破口大罵，說他們是咬嚙別人腳後跟的貨色。

相比之下，更深刻的是黃宗羲、顧炎武、王夫之、唐甄這些文化思想家。他們不約而同地看出了中華文明種種禍害的最終根源是專制君主，是那些「獨夫」，因此號召文化人把人人應該盡責的「天下」與一家一姓的王朝嚴格區別開來，不要混淆。一家一姓的興亡，只是私事；天下民眾的生死，才是公事。

這一些思想，是對明朝以來實行的極權統治和文化專制的否定，可惜的是，清朝並沒有聽他們的，比明朝有過之而無不及。而這些文化思想家自身，也想不出自己還能做什麼。

這些文化思想家，同樣系統地反思了中國儒家知識分子的集體病症。黃宗羲說，儒家學說本來是經天緯地的，後世儒者卻只拿著一些語錄作一些回答，就頂著一個虛名出來欺世了。他們把做生意的人說成是「聚斂」，把做實務的人說成是「粗材」，把隨興讀點書、寫點文章的人說成是「玩物喪志」，把關注政事的人說成是「俗吏」。那他們自己呢？一直以什麼「為天地立心，為生民立命，為往聖繼絕學，為萬世開太平。」這類高調掌控天下視聽。但是，一旦真的有事要他們報效國家，他們則「蒙然張口，如坐雲霧」。這樣的情況一再發生，給世人造成一個明確的印象，那就是，真正要建功立業，必須走別的門路，與儒者無關。

這又一次觸及到了儒學在明末清初時的社會形象。

與李光地不一樣，這些文化思想家對朱熹、王陽明也有很多批評，認為他們的學說耗費了很多人的精力，卻無救於社會弊病。因此他們希望中國文化能夠擺脫空泛，增加「經世實學」的成分。

遺憾的是，究竟是什麼樣的「經世實學」，他們也不清楚。他們像一群只會按脈卻不會配藥的醫生，因此內心最為鬱悶。

四

本來，明代有過一些大呼大吸，是足以釋放鬱悶的。例如，十五世紀初期的鄭和下西洋，十六世紀晚期的歐洲傳教士利瑪竇來華。這樣的事情，本來有可能改變中華文明的素質，進一步走向強健，但中華文明的傳統力量太強硬了，它終於以農耕文明加遊牧文明的立場避過了海洋文明，也在半推半就的延宕中放過了歐洲文明。這種幾乎是必然的選擇，使明、清兩代陷於保守和落後的泥潭，嚴重地傷害了中華文明的生命力。

我曾經在鄭和的出發地江蘇瀏河鎮勞動過很久，又曾經在利瑪竇的中國友人徐光啟的墓地附近長期居住。每當傍晚徘徊，總是感慨萬千。

我踢著江邊的泥塊想，鄭和的起點本來有可能成為一段歷史的起點。如果真是這樣，那麼，我們的歷史和我們自己，都將會是另外一個面貌。但是，等鄭和最後一次回來，這個碼頭也就封了。封住的當然不僅僅是碼頭，還有更多更多的東西，多得一時算不過來。

在徐光啓墓地，我就想得更多了。十七世紀的第一個春天，徐光啓在南京見到利瑪竇，後來在北京兩人成為密友，不僅一起翻譯了《幾何學原本》，而且使徐光啓成了天主教徒，也使利瑪竇更深入地了解了中國文化。他們的友誼使人想到，中華文明和歐洲文明本來也可以避開戰爭走一條和平之路的，卻偏偏走了岔道。

鴉片戰爭後英國人和其他列強問鼎上海，驚訝地發現有一處居民一直過著天主教徒的生活，那便是徐光啓後代聚居的徐家匯。於是，列強們也就在那裡造教堂、辦氣象台和圖書館了。徐家匯成了中華文明和歐洲文明幾度相遇的悲愴見證地，默默訴說著中國歷史的另一種可能。

雖然事隔好幾百年，我還感到鬱悶。由此可以推斷，當時的社會鬱悶會達到什麼程度。

五

比較有效地排解了鬱悶的，倒是在民間。

明、清兩代的小說、戲劇都比較發達。嚴格說來，它們原先都是民間藝術。民間，給暮氣沉沉的明、清文壇帶來了巨大的創造力。

幾部小說，先是由幾代民間說書藝人說出來的，後來經過文人加工，成為較完整的文本。這些說書藝人，在不經意間彌補了中國文化缺少早期史詩，缺少長篇敘事功能的不足。這是真正的大事，至於具體哪部小說的內容和形式如何，卻不重要。

中國文化長期以來缺少長篇敘事功能，而是強於抒情，強於散論，強於短篇敘事。這種審美偏仄歷久不變，反映了中華民族的心理結構。我們有時會用「寫意風格」、「散點透視」、「拒絕沉陷」來讚揚，有時也免不了會用「片斷邏輯」、「短程觀照」、「即時抒發」來詬病。但是，這種幾乎與生俱來的審美偏仄，居然在民間說書藝人那裡獲得了重大改變。

他們由於需要每天維繫不同聽眾的興趣，因此不得不切切實實地設置懸念、伸拓張力，並時時刻刻從現場反饋中進行調整。於是，他們在審美前沿快速地建立了長篇敘事功能。

從《三國演義》、《水滸傳》到《西遊記》，都是在做一種不自覺的文體試驗。《三國演義》解決了長篇敘事的宏偉結構，順便寫出了幾個讓人不容易忘記的人物，如曹操、諸葛亮、周瑜；《水滸傳》寫人物就不是順便的了，而是成了主要試驗項目，一連串人物的命運深深地嵌入人們的記憶，使長篇敘事功能擁有了一個著力點。《西遊記》的試驗在前面兩部作品的基礎上大大放鬆，尋求一種寓言幽默，而呈現的方式，則是以固定少數幾個易辨角色，來面對不斷拉動的近似場景，十分節儉。

這幾種文體試驗互不重複，步步推進，十分可喜。但在中國畢竟是一種草創，還無法要求它們在思想內容上有什麼特別的亮點。

在創作狀態上，這幾部小說也有一個逐步提高的過程。相比之下，《三國演義》稚嫩一點，還緊捏著歷史的拐杖鬆不開手。到《水滸傳》，已經學會把人物性格當作拐杖了。只可惜，結構的力度只夠上山，上了山就找不到一個響亮的結尾了。《西遊記》更不在乎歷史，活潑放任，缺點是重複太多，可見伸展的力量畢竟有限。

這些試驗，竟然直接呼喚出了《紅樓夢》，真是奇蹟。中國文化不是剛剛擁有長篇敘事功能嗎，怎麼轉眼間就完成了稀世傑作？

《紅樓夢》是不應該與前面三部小說一起並列為「四大古典小說」的，因為這太不公平。不是對《紅樓夢》不公平，而是對另外三部不公平。它們是通向頂峰途中的幾個路標性的山頭，從來也沒有想過要與頂峰平起平坐，何苦硬要拉扯在一起？這就像，把莎士比亞之前的三個劇作家與莎士比亞放在一起統稱為「四大家」，把歌德之前的三個詩人與歌德放在一起統稱為「四詩人」，顯然會讓那些人尷尬。

《紅樓夢》的最大魅力，是全方位地超越歷史表象和人生表象，探詢人性美的存在狀態和幻滅過程。

圍繞著這個核心，又派生一系列重要的美學課題。例如：兩個顯然没有為婚姻生活作任何心理準備的男女，能投入最驚心動魄的戀愛嗎？如果能，那麼，婚姻和戀愛，究竟哪一頭是虛空的？如果都是，那麼，比之於世事滄桑、盛極而衰，是否還有一種虛空值得緬懷？緬懷與出家是否牴牾？白茫茫雪地上的猩紅袈裟，是否還能留存紅塵幻影？天地之間難道終究什麼也不剩？

又如：一群誰也不安壞心的親人，會把他們最疼愛的後輩推上絕路嗎？一個連最小的污漬也有無數侍者擦拭著的家庭，會大踏步地走向無可挽救的悲劇嗎？一個艷羨於任何一個細節的鄉下老太太，會是這個豪宅的最後收拾者嗎？一個最讓人驚懼的美麗婦人，會走向一個讓任何人都憐憫的結局嗎？

於是，接下來的大問題是：任何人背後真有一個「太虛幻境」嗎？在這個幻境中，人生是被肯定，還是被嘲弄、被詛咒、被祝祈？在幻境和人生之間，是否有「甄賈之别」、真假之分？……

憑著這些我隨手寫出的問題，可以明白，《紅樓夢》實在是抵達了絕大多數藝術作品都很難抵達的有關天地人生的哲思層面。

難得的是，這種哲思全部走向了詩化。《紅樓夢》中，不管是喜是悲，是俗是雅，全由詩情貫串。連裡邊的很多角色，都具有了詩人的氣質。

更難得的是，無論是哲思還是詩情，最終都滲透在最質感、最細膩、最生動、最傳神的筆調之中，幾乎讓人誤會成是一部現實主義作品，甚至誤會成是一部社會批判作品。幸好，對於真正懂藝術的人來說，不會產生這種誤會。這就像，北斗星的圖形也有可能近似於村口泥路邊七塊石頭的排列，那又怎麼可能誤會成一回事呢？

比現實主義的誤會更離譜的，是歷史主義的誤會。

有不少《紅樓夢》研究者喜歡從書中尋找與歷史近似的點點滴滴，然後大做文章，甚至一做幾十年。這是他們的自由聯想，本也無可厚非。但是如果一定要斷言這是作者曹雪芹的意圖，那真要為曹雪芹抱屈了。

作為這麼一位大作家，怎麼會如此無聊，成天在自己的天才作品中按釘子、塞小條、藏啞謎、挖暗井、埋地雷？在那些研究者筆下的這個曹雪芹，要講歷史又不敢講，編點故事偷著講，講了誰也聽不懂，等到幾百年後才被幾個人猜出來……這難道會是他？

不管怎麼說，真正的曹雪芹實實在在地打破了明、清兩代的文化鬱悶。

除了小說，明、清兩代的戲劇也有創造性的貢獻。

戲劇又是中華文化的一大缺漏。在幾大古文明早早地擁有過輝煌的戲劇時代，又漸漸地走向衰落之後，中國的戲劇一直遲遲沒有出現。這也與中華民族的文化心理結構有關，我在《中國戲劇史》一書中已有詳細論述，此處就不重複了。需要提一下的是，從元代開始，這個缺漏被出色地填補了。

元代太短，明、清兩代繼續這種填補，其實是在填補中國人長期沒有覺醒的化身扮演意識和移情觀賞欲望。明代的崑曲，幾乎讓中國的上層社會痴迷了一、二百年，由此證明，集體文化心理確實已經被它推動。

明、清時期的戲劇，一般都會提到《牡丹亭》、《長生殿》、《桃花扇》三齣。這中間，湯顯祖的《牡丹亭》無可懷疑地居於第一。因為它在呼喚一種出入生死的至情，有整體意義，又令人感動。而其他兩齣，則太貼附於歷史了。

清代，京劇為勝。與崑曲具有比較深厚的文學根基不同，京劇重在表演和唱功。我本人特別喜歡京劇老生的蒼涼唱腔，這可能與我遙遙領受的那個時代的氣氛有關。

六

清代結束之後的近代和現代，實在一言難盡。文化信號很多，而文化實績很少。文化激情很多，而文化理性很少。文化言論很多，而文化思考很少。文化名人很多，而文化巨匠很少。文化破壞很多，而文化創造很少。

兵荒馬亂，國運維艱，文化的這種狀態無可深責。但是，後來由於各種現實需要，總是把真相掩蓋了，把成果誇大了。

遠的不比，不妨以我們剛剛說過的明、清兩代作為衡量座標來看一看。那麼，大家不難發現，在近代和現代，沒有出現王陽明這樣等級的哲學家，沒有出現曹雪芹這樣等級的小說家，沒有出現湯顯祖這樣等級的戲劇家，也沒有出現黃宗羲、顧炎武、王夫之這樣等級的批評家。請注意，這還只是在與中國古代文化史上最鬱悶的年代作比較。

我認為，中國近代以來在文化上最值得肯定的是兩件事，一是破讀了甲骨文，二是推廣了白話文。

也許有人會說還有第三件事，那就是新思想的啟蒙。這固然作用很大，開一代風氣之先，但在文化的意義上只是「西學東漸」，就像當時開辦西式學堂和西式醫院一樣，具有重要的移植意義，卻不具備太多屬於中華文化本體的創造意義。

破讀甲骨文，確實不容易。我在〈問卜殷墟〉一文中曾經詳細地論述過，這是清代考據學派的功力，加上近代西方考古學的科學思維，再加上以王國維為代表的一批優秀學者的學術責任和傑出才情，熔鑄而成的一個驚世文化成果。連孔子也無緣見到的甲骨文，卻在幾千年後被快速破讀，隨之商代被透析，《史記》被證實，這實在是中國現代文化人在學術能力上的一次大檢閱。

正是由於這種學術能力，中華文明又一次首尾相銜，構成一個充滿力度的圓環結構。

推廣白話文，更是意義重大。這是一個悠久文明為了面對現代，面對國際、面對民眾，決心從技術層面上推陳出新的宣言。其間當然包含著嚴重的文化衝突，而站在革新一方的代表，本身也是傳統文化的承擔者，因此又必然隱伏著激烈的內心衝突。但是，出乎意料，這麼大的事情居然也快速完成。由學者登高一呼，由作家寫出實例，由出版家弘揚傳播，在軍閥混戰的不良條件下，使用了幾千年的話語書寫方式，在那麼大的國度內全盤轉向現代。這就為後來一切新教育、新學科、新思維的進入，創造了條件。

這中間事情很多。例如要從日常口語中提煉出白話文語法，要規範讀音和字形，要創造一些與現代交流有關的新字新詞，又要把這一切與中國傳統語文接軌。這些事，全由一些文人在艱苦摸索。他們沒有什麼行政權力，只能用各種「建議文本」讓人們選擇和討論。這個過程那麼斯文又那麼有效，證明中華文化還有能力面對自身的巨大變革。

其實這個過程到今天還沒有結束。傳統語文的當代化，還遇到系列問題，例如，如何進一步減少古代文本的異讀，如何進一步汲取當代生活用語、世界各華人圈的不同習慣用語、被公眾化了的文學創作用語、被重新喚醒的各地方言用語等等。好在，有過了一百年前推廣白話文的成功經驗，這一切都有可能在探索中推進。那種以「語文判官」的形象來阻止這一過程的做法，是要不得的。

總之，由於破讀了甲骨文和推廣了白話文，有效增強了中華文化對於古代和未來的雙重自信，這兩件事，從兩端疏浚了中華文化的千古經脈，因此我要給予高度評價。

除了這兩件大事外，也有一些人物值得關注。

作家，仍可首推魯迅。因為他最早用小說觸及國民性，是一種國際觀照，宏大而沉痛。可惜，他的小說寫得太少了。此外，沈從文、張愛玲兩人分別在對鄉土和城市的描寫上表現出了比較純淨的文學性。

公眾知識分子，可推梁啟超、胡適。他們宏觀地研究了中華文明和其他文明的異同，寫了不少重要著作。並且，他們又以中國傳統知識分子很不習慣的方式到處傳播。可惜，這種秉承宏觀大道的知識分子在中國現代還是太少。更多的知識分子成了專家化的存在，放棄了在公眾領域的精神責任。

他們兩位都是不錯的歷史學家。除了他們，我認為還有三位歷史學家不應該忘記，那就是王國維、陳寅恪、錢穆。這三位中，前兩位一直都非常鬱悶。在他們留下的照片上，幾乎没有看到過笑容。

到寒舍坐一會兒

一

近年來我應邀到海內外各地講述中華文化史，總是截止於清末，再順帶講述幾句近代。但是，幾乎每次，都被要求多講一段中華文化的現狀和未來。記得在美國哈佛大學、耶魯大學、哥倫比亞大學和華盛頓國會圖書館演講時，每一場聽眾的現場提問，都主要集中在當代。因此，今天我整理完自己從災難的廢墟上開始尋覓中華文化的艱難歷程，最後似乎也應該加上這麼一篇。

一個研究者要高屋建瓴地論述當代是很困難的，唯一可行的是從自己的個人感受出發。這就像帶著一批朋友暢遊了名山大川，最後走進小巷子，邀他們到家裡坐一會兒。

這似乎不太妥當，但没有辦法。現今的街市間没有名山大川，與其去參觀搭建起來的假景，不如在寒舍聊聊彼此見聞。

那麼，「當代」的界定，也只能把我自己出生後的歷程，當作標尺。

我對中國的當代文化，有一些比較正面的體諒。這一點，曾使很多海外華人學者有點吃驚，懷疑我是不是迫於某種政治壓力在講逢迎話。但他們細看我前前後後幾十年的言論，又没有這方面的痕跡。我直言相告，他們是上了「政治—文化—體論」的當。不管是褒是貶，都從政治立場出發來綁架文化，因此就失去了冷靜理性，失去了事實真相。

一九四九年中國大陸政權變更時我才三歲，已經有點懂事，生活在浙東一個離縣城還有六十里地的偏僻農村裡。長大後知道，當時發生過很多過激行為，但在浙東似乎比較温和。體現在我們親屬裡，就是外公被評上了「地主」，遭了幾次批判，抄了家。好在他原來就已經敗落，家徒四壁，從來也不關門，抄不抄一個樣。剩下來的事情，大多屬於文化範圍了。

許多從城鎮裡來的知識青年，以「工作隊」的名義穿流在各個村莊之間，組織婦女會批評一個個「惡婆婆」，成立農會勸導一個個「懶漢」、「二流子」，全力「掃除文盲」，開辦小學，設立衛生站，為民眾注射各種疫苗……

我後來慢慢明白，這是在多年戰亂之後，一種遲來的文明生態在進行著匆忙填補。當然也與新政權要向人民表達自己的文明水準和辦事能力有關，但在內容上卻不完全是政治行為。我母親作為地主的女兒應該是政治對立面吧，卻是最受尊敬的「掃盲班」教師。而我，則進了剛剛開辦的小學，開始了我漫長的學歷。我的叔叔是上海的高中畢業生，也主動報名到安徽農村去做類似的事情了，偶爾回家鄉探親祖母，還在村莊裡組織農民劇團。

為此我曾在海外發表演講，說如果只用政治對抗的目光來看待一切，一定會遺漏一些最根本的文化事實。例如，中國是一個農業國，像我家鄉一樣的廣大農村，第一所小學、第一個郵局、第一家醫院、第一條公路、第一張報紙、第一部電影是什麼時候出現的？這無論如何應該予以正面肯定。因為國家實在太大了，而世界上至今還沒有出現這一切的地方仍然不少。

這中間，我最為看重的是文化教育。在我出生時，周圍方圓幾十里地，王陽明和黃宗羲的家鄉，識字的人少而又少，肯定不到千分之一。也就是說，百分之九十九點九的比例都是文盲。在這種情況下，我們最自豪的中華文化會在哪裡呢？這片遼闊的土地又與文化有什麼關係呢？因此，當年我母親有機會教書，我和很多同學又有機會讀書，是不小的事情。歷史已經證明，近三十年我家鄉經濟的突飛猛進，第一批開拓者正是我的那些老同學和他們的學生。

五十年代中期之後，教育文化受到極左政治的騷擾。我們最喜歡的幾位老師被劃為「右派」，抬不起頭來了。課本上也出現了一些政治性課文。但是，即使這樣，政治與文化還是兩件事。不僅數學、物理、化學仍然教得非常認真，而且語文課本裡文言文的比例很高，讀寫能力訓練很嚴。我那時已經到上海讀中學，在學校裡熟讀了《論語》和《離騷》，瀏覽了幾乎所有第一流的中國古代文學名著和世界文學名著，學會了寫作古體詩詞，還把英文學得不錯。

政治終於強蠻地籠罩住了文化，那是到了「文化大革命」。

為什麼叫「文化大革命」呢？我想，是因為那些「左」派政治人物看到文化實在太不聽政治的話了，因此要狠狠地對文化開刀。由此可知，在「文化大革命」之前，文化還是按照自己的邏輯在走的，否則不會讓政治發那麼大的火。

二

直到今天，海內外很多研究者對於「文化大革命」的論述，還是停留在上層政治人物的起落進退上，實在是把一場民族災禍縮小到了一串宮廷故事，太對不起那個時候遭受苦難的廣大民眾。

對此，我作為一個親歷者，與這些研究者的看法完全不同。

德國思想家萊辛說，那些政治人物因為地位太高，所以變得不太重要。這話聽起來好像很矛盾，其實非常深刻。在沒有政治民主的時代，地位並不具備代表性。他們在特殊的圈子裡升沉榮辱，有特殊的遊戲規則和因果邏輯，廣大民眾並不了解，也難於判斷，更無法拿著自己去類比，完全不存在社會的典型意義，因此當然不太重要。

什麼是真正重要的呢？是民眾的生態。尤其是決定一種文明能否延續的文化生態。

我認為，「文化大革命」對於文化生態，帶來以下兩方面的禍害——

第一方面，縱容了邪惡與野蠻。也就是說，縱容了文明的敵人。這正好與我小時候在鄉間看到的文明普及運動完全逆反。其實，邪惡與野蠻到處都有，永遠都有，卻在那個時期被政府合法化、英雄化了。一批被稱之為「造反派」、「紅衛兵」的激進分子，惡言惡語，到處批判，橫衝直撞，無所不為。我仔細觀察過，其中一小部分人，可能是出於對官僚專制的不滿趁機爆發，而多數則是各單位的偏執人物和狂妄人物，以「響應號召」為名，衝撞社會上一切高於自己的文雅所在。這又吸引了不少地痞流氓的加入，情況就更加嚴重。他們經過極短時間的互相模仿，居然奪得了很大一部分權力，天天進行著反文明、反文化的示範。我父親和叔叔，以及後來的岳父，都在那個時候受到嚴重迫害。

這些反文化、反文明的示範，最終集中在一種觀念上，那就是：攻擊永遠有理，傷害永遠無愧，名人永遠有罪，罪名永遠無限。這種觀念，立即普及於社會，使文化頃刻變得形影相弔、孤立無助。

第二方面，是全國停課廢學，上山下鄉。偽稱農村就是學校，農民就是教師，實際上是全盤取消教學，全盤否定城市。這種情況，自從中國進入文明門檻之後，在非戰爭狀態下還是第一次發生。在歐洲，法國大革命期間也出現過很多暴力，卻沒有停止教學，因此法國文化沒有受到太大傷害。二十世紀六十年代後期中國的停課廢學，由於事涉千家萬户，牽連文化傳承，實在是一個空前絕後的文化大事件，等於爆發了一場文化大地震。我們全家子女從我開始，留下了毫無指望的祖母、父親、母親，全部上山下鄉，無一倖免。

在農場勞動時，我們藏在箱底的那些書也被收繳了，可見這是一場徹底反文化的災難。曾經作為中國文化教育中心的上海，停課廢學、上山下鄉所造成的刺痛，當然更加強烈。記得當時上海編排了一齣話劇，強迫每個即將上山下鄉的學生和家長必須去看，甚至一遍遍反覆去看。這個戲一再告訴觀眾，教育是多麼有害，學校是多麼有害，邊疆是多麼美好，使學生和家長徹底解除了對於投入極其艱苦的邊疆農牧生活的思想準備和物質準備。直到「文革」結束之後，那批傷痕累累的中年人終於回城，一定要找那個劇作家算帳。那個劇作者一急就找到了我，要我以上山下鄉代表者的身分為他開脱。我真的去為他開脱了，並且至今認為，那個戲雖然禍及家家户户，但整個社會悲劇的責任，不應該由那個劇作者來承擔。

不過，這個事件平息之後我也曾對那位作者說，一個文化人寫錯點什麼是可以原諒的，然而如果遇到了要不要文化、要不要教育、要不要學校這樣的最基本的人類學問題，卻千萬不能馬虎。

三

轉機發生在一九七一年秋天。

極「左」勢力因內訌而受挫，政府中的開明派領導人執掌實權，著手恢復教育、文化和科技。所以，海外有一批研究者認為，「文革」在一九七一年就結束了，為期五年。因為它的「邏輯拋物線」已經落地。以後的日子，只是一場有關糾正這五年，還是維護這五年的鬥爭。連不太過問政治的作家張愛玲也在美國寫了一篇文章，贊同這個終結期。

我的切身感受是，即使還算是「文革」，氣氛也已經大變。周恩來在林彪事件結束的幾天之後就趕到上海作了一番指示，說除了理工科大學外，文科大學也要恢復。文科教材不能光用政治領袖的著作和「革命樣板戲」，可以先用魯迅的作品，因為魯迅是真正的文學家。

由於全面復課，這一類教材編寫組大量成立。幾年停課像是經歷了一次休克，反而調集起了更完整的文化感覺，突然發現連「文革」之前的文化教育水平也單薄了。於是，著手標點《二十四史》，周恩來親點由歷史學家顧頡剛主持；編繪《中國歷史地圖集》，周恩來親點由歷史地理學家譚其驤主持；再集中力量編撰規模浩大的《英漢大詞典》，重編《辭海》，開始籌備編寫《漢語大詞典》，翻譯國際間的各種人文、歷史、科學著作，恢復各大學學報，一時如火如荼。極

「左」派勢力難於阻擋，只能勉強跟隨，卻等待時機「反擊」。

據説有些海外政治評論家認為周恩來在「文革」中也犯了不少錯誤，這是很可能的。但就我自己看到的事實而言，他在一九七一年以後指揮文化教育的恢復、文化典籍的編纂，實在有不小的功勞。我始終認為，對文化的態度，決定著一個政治人物的基本品格。

我自己也終於在繁重體力勞動的泥坑中被點到名字，以青年教師的身分參加了周恩來要求成立的上海各文科大學魯迅教材編寫組，地點在復旦大學。雖然我分到的任務很輕，幾天就做完了，但是，在復旦大學看到的景象，卻讓我激動不已。

各個教材編寫組的教師，占了全體教師的絕大多數，幾乎都像我一樣剛剛從農村上來。大家臉色黝黑，衣衫破舊，家庭困苦尚未料理，精神傷痕還沒有恢復，一聽到復課編材教，便急不可待地匆匆趕來，二話不說便埋首在書籍文稿間了。

終於，大家看到，幾年前被粗暴地拉出課堂，遠離城市，去了「廣闊天地」的年輕人，又被召回城來，拿起了我們剛剛編出來的粗糙教材。一種人類公認的文明程序，重新開始了。

我記得當時的復旦大學圖書館，從早晨開門，就搶座位，到夜間閉館前還燈火通明。我一再抬頭仰望著一排排雪亮的窗口，心想，真是天佑中華。

後來，「文革」終於被否定，但編教材、編辭典也全都算成了「文革寫作」。正好教材、辭典裡確實還有一些「左」傾字句，大家也就默默地接受批判。批判者，仍然是「文革」中批判他們的那些人。那是一種特殊的中國職業。

只不過，直到今天，世界各國漢學家的案頭，最常看到的還是那一大堆《英漢大詞典》、《漢語大詞典》、《辭海》、《中國歷史地圖集》、《二十四史》標點本。這些文化工程的學術質量，大多超過先於它們或後於它們的同類書籍。而被當年的教材改變了命運的學生，早已成了各個文化專業的中堅力量，現在都已臨近退休年齡。

其實，就在我們編教材的同時，還出現了更加重大的文化工程：中國突然發現了一系列頂級的文化古跡。

即使是那些最發達的國家，也常常應付不了一個比較重要的古跡的發現。而中國當時接連發現的是什麼呢？居然是：河姆渡、馬王堆、兵馬俑、婦好墓！稍低一點等級的，就更多了。

這一系列足以改寫中國歷史、改寫人類考古史的偉大遺跡的同時出現，考驗著一個國家、一個民族的整體文化潛力。從發掘、勘測、鑑識、研究到修復、保存，需要調動一支支職能齊全的文化隊伍。我們看到的最終結果是，每一個環節都獲得了國際同行的首肯。

有一些海外朋友經常問我：你們國家很多人一再向外宣稱，「文化大革命」毀滅了一切歷史文物，但是為什麼我們現在去參觀的最重要古跡，都是在那個時間發掘和保護的？

我是這樣回答的：請不要嘲笑災難時期的中國文化。災難的本意是要破壞它，但是，它本身的力量和中國文化人的人格力量，反而使它獲得了一次精采的大展示。

四

北京上層的極「左」勢力當然看不過教育、文化、科技上的迅速復甦勢頭，認為這是否定「文革」的「右傾翻案風」，要進行猛烈反擊。於是，又一場以政治否定文化的全國性運動開始了，照例人人都必須參加。我想了想，決定離開城市，以示抵拒。通過一位老師的幫助，我在浙江奉化的一座山上潛藏。正是在那裡，我巧遇原先以蔣介石名字命名的一處隱蔽藏書樓，開始了對中國文化的系統研讀。

後來有人一直問我，在當時，還絲毫看不出社會對於一個文化學者的需要，為什麼能夠沉下心來刻苦研讀？我說，我雖然没有看到需要，卻已經看到一種崇高。那麼多教師把全部精力投向教材、辭典、史籍、學報的場面，那麼多專家把自己生命融入河姆渡、馬王堆、兵馬俑、婦好墓的壯舉，使我明白，文化不是盛世的點綴，而應該是黑夜的蠟炬。如果世人暫時不需要這種蠟炬，那麼，我就讓它先在自己的心底點亮。

一旦投入就發現，根本不必急急地期待世人的需要，因為要點亮自己的心底就很難，需要花費太長的時間。

幸好終於迎來了一個改革開放的時代。隨著經濟的快速發展，中國文化又被關注。很多文化人獲得了創造的權利，我也獲得了一種自由，可以辭職遠行，走遍中國，再走遍世界，對比中華文化與別種文化的異同。

然而，奇怪的是，雖然很多人在努力，成果也有不少，但一年年過去，文化在社會轉型中卻越來越滯後，越來越迷亂，越來越失去公信力。

它似乎遇到了很多麻煩，很多陷阱。

因此，我要以自己幾十年的體驗和觀察，來說一說中國文化在現代遇到的一個大陷阱。

五

不錯，把文化當作歡慶的裝飾，宣傳的工具，政治的話筒，不斷地營造由晚會、評獎、精品、大牌所組成的假大空排場，是一個陷阱。但是，這個陷阱對於真正的文化人和藝術家而言，是能夠避開的。而且，即便算是一個陷阱，也已經眾目睽睽，而眾目睽睽的陷阱就不叫陷阱。

另外，把文化當作一己的裝飾，圈內的擺弄，超世的枯奧，不斷地編織著由無效、無能、無聊、無稽所組成的偽精英表演，也是一個陷阱。但是，這個陷阱也已經被漸漸識破，造不成太大危害了。

那麼，特別具有危害性的陷阱究竟在哪裡？

大家不妨在心底稍稍自問——

文化是由人創造的，文化史是由一串無可置疑的名字構成的，但是為什麼在文化的旗號下越來越排不出像樣的名字來了？那些沒有官銜衛護的文化創造者，為什麼全都流失在文化的邊緣地帶？他們的光榮和尊嚴，是被一種什麼樣的力量消解了？

中國現代政治風波雖然很多，但是不少藝術家本來並不是政治運動的目標，也沒有被政治人物點名，卻為什麼總是首先受害？是什麼力量把他們推進了政治誣陷的泥坑？

老舍為什麼自殺？沈從文為什麼擱筆？趙丹為什麼要留下一個「免鬥」的遺願？

眼下中國官方已經不可能在文化界發動大規模的整人運動，卻為什麼幾乎所有著名的文化創造都難於放鬆，仍然籠罩著隨時可能被整的預感？是什麼樣的潛在信號給了他們這種心理防範？

為什麼一些真正具有創造性的文化成果，全都成了「有爭議的作品」，它們的作者，又都成了「有爭議的人物」？

大家都說「人怕出名豬怕肥」，那麼，是什麼樣的隱藏群體拿著一把把殺豬刀，等待著一個個文化名人？

……

這樣的問題可以一直問下去，但似乎不必了。一種看起來並不太重要的存在，造成了這一切。

它是什麼？答案很簡單，但表述起來卻很長：它是一種以鄙視文化為前提，以嫉賢妒能為起點，以竊私抹黑為手段，以上綱上線為套路，以大眾傳播為舞台，以打倒名人為目的，以一些充滿整人衝動的低層文人為主體，能夠快速引發世俗起鬨而又永遠找不到阻止辦法的民粹主義大揭發、大批判。

這句話雖然長得讓人喘不過氣來，但只要是中國人，一看便知。它，就是它。好好一段中國文化史，被它困住了。很多高貴的文化靈魂，被它纏苦了。

已故作家王小波說，中國文化界只有兩種人，一種是做事的人，一種是不讓別人做事的人。在絕大多數情況下，後一種人的力量大得多。這就構成了中國文化的最大陷阱。

我們所說的這種大揭發、大批判，與西方近代學術界提出的「批判」概念正好相反。它不是以真相、理性、探討、反思為基礎，而是以虛假、情緒、造勢、攻擊為生命，因此在根本上與人文精神背道而馳。中國文化千好萬好，卻也有不少致命弱點，為它提供了特殊的滋生條件。

例如，中國文化與西方文化相比，缺少實證意識。到處都喜歡謠言，大家不在乎真假，整個文化不具備辨偽、闢謠的功能和程序，這就成了它長駐不走的溫床。

又如，中國文化與西方文化相比，還缺少法制意識。從來未曾把人身權、名譽權太當一回事，也從來未曾把誹謗罪、誣陷罪太當一回事，這就成了它安居無憂的圍牆。

再如，中國文化與西方文化相比，又缺少對公共空間的認知。很多人看到傷害文化的事件，不知道自己應該承擔什麼責任。甚至像英國哲學家羅素批評中國人的那樣，看到同行受到傷害還暗暗自喜。這就縱容了它在大庭廣眾之間、公共媒體之上如入無人之境。

如果說得更深遠一些，那麼，中國歷史上一再盛行的法家謀術、小人哲學、暴民心理、反智傳統，加上現代史上無邊無際、無休無止的階級鬥爭的觀念和實踐，合力挖出了這個巨大的陷阱。

從表面上看，很多文化創造者並沒有直接遭遇這種大揭發、大批判，因此沒有切膚之痛。但是他們不知道，他們的作品為什麼永遠被民眾冷淡，他們的職業為什麼永遠被社會側目，正是因為這種大揭發、大批判反覆地蹂躪了民眾的審美感知，長久地污辱了文化的基本尊嚴。那些人所發起的每一個整人事件，都是對整個文明機體的蠶食。

其實，很多沉默的中國民眾雖然深受荼毒，卻也看出了一個規律：某種人物越活躍，某些報刊越暢銷，文化的狀態就越糟糕。

中國最有骨氣的現代作家巴金終於做了一件大事，那就是早在「文革」之前就對「某種人物」發出了挑戰。巴金說，那批人數量不多，影響極大，平日不知道藏在哪裡，一有風吹草動就突然跳出來，在報刊上一會兒揭發這個，一會兒批判那個。看到這家院子裡花草茂盛，就大聲咒罵；看到那家陽台上鳥聲動聽，就掄起了棍棒。他們總是製造各種帽子給別人戴，帽子上寫著他們隨意編造的各種罪名。他們這批人，使中國作家一直處於恐懼之中，無法寫出像樣的作品。

巴金的這個發言，很快被西方報刊報導。因此，他被加上了「為帝國主義反華勢力提供炮彈」的罪名，在「文革」中受盡迫害。我在那些最黑暗的日子裡曾多次探望他，看著他單薄而不屈的身軀，一次次從心裡讚嘆。

我想，向專制強權發出不同聲音雖然也需要勇氣，但對象明確，話語簡捷，容易被人記住，也容易平反，反而不難做到；而要與一團邪惡的戾氣搏鬥，對方高調高聲，號稱言論自由，又時時轉移話題，自己被熏得渾身發黑，還無法向民眾說清是非，真是難上加難。但是，巴金沒有知難而退。因為他們知道，各個強權總會更換，而這團邪惡的戾氣卻不同，已經並將繼續造孽下去，一代又一代。

僅此一端，我把巴金看成是真正的文化英雄。

六

那麼，時至今日，我們應該如何繼承巴金的遺志，來戰勝這團邪惡的戾氣呢？

對此，我這個樂觀主義者有點悲觀。照理，我們也應該呼籲政府以更完善的法制來保護文化創造者，並讓全社會明白，文化保護的功勞不下於文化創造。但是我又知道，這會是一個非常漫長的過程，而且現在政府和民眾的心思也不太可能放到這裡來。偶爾放過來一點，也未必有效。更何況，很多傳媒為了自己的銷售量，已經成了這團邪惡戾氣的鼓動者，它們以官方或半官方的話語權力，或多或少站到了文化創造者的對立面。因此，不管再過多少年，還是會有一批批真正的中國文化創造者被渦旋在裡邊逃不出來，而且也總會有一代代正義的精神導師試圖驅除它卻無功而返。

文化人要想不受傷害，也有一些別的路可走，周圍很多人也確然這樣走了。但是，那已經不是真正的文化之路。他們，也不再是嚴格意義上的文化人。

這種情景，怎麼能讓我樂觀起來呢？

但是，有時我又會產生一點依稀的樂觀，覺得這團邪惡的戾氣只會傷害卻不會葬送中華文化。

理由是，我在反覆梳理中華文化發展歷程後形成了一個深刻的印象：一種大文化，是一個龐大人群的生活方式和精神價值，它滲透在千家炊煙、萬家燈火之間。中華文化的悠久生命力，並不是靠官方的餵養和寵愛，也不是靠文壇的商榷和爭執，而是靠廣大華人的崇敬和守護，才維持下來的。

法國思想家狄德羅說過，一種偉大文化的終極生命力，一定不會是富華精細的。它不會是修剪過度的皇家園林，而是粗糲嶙峋的海邊礁石；不會是宮廷御池的節慶噴泉，而是半夜山間的狂風暴雨；不會是沙龍名嘴的激烈爭辯，而是白髮夫妻的臨別擁抱；不會是巴黎學府的字音考據，而是泥腿首領的艱難跋涉。

是的，在很多情況下，倒是一些並不太熟悉文化而又崇敬文化的民眾，從大感覺、粗線條上維護住了中華文化的尊嚴。

我小時候，村裡不識字的農民見到路上一張有字的紙，哪怕是一角舊報紙，也一定不會踩踏。他們必定會彎腰撿起來，捧在手上，恭恭敬敬地走到廟門邊的一個焚香爐前，燒掉。焚香爐上刻著四個字：敬惜字紙。

鄰村漁民出海打魚，如遇大風季節，一定在出海前走很遠的路，到一個讀書人的家裡求得一大疊字紙，壓在船底。他們說，天下沒有比文字更重的東西了，就靠它壓住風浪。

農民彎腰撿起來的字，漁民遠行求得來的字，他們都不認識，但他們懂得尊重。連不認識也尊重，這就構成一股狄德羅所說的終極生命力，邪不能入。

什麼時候，人們能對中華文化少一點捨本逐末、洗垢求瘢，多一點泥途撿拾、浪中信賴？

當然，我在這裡說農民和漁民，只是要表達他們身上所包含的象徵意義。我所真正企盼的人，只能出現在中華文化大踏步向前邁進的時刻。只有這樣的人，才能使那些陷阱和戾氣擋不住路，也追不上來。

七

到了這樣的時刻，中華文化將會變成什麼模樣？那是我們難以預想的了。就像先秦諸子無法預想唐代文化，就像晚清學人難於勾畫今天景象。

只希望，它能夠與全球文明親切相融，偶爾又閃現出一點兒千年積累的高貴。

這不是出於炫耀，只是因為所有的古文化只剩下這麼一支了，它應該承擔一點時間所交給的義務。

時間交給的義務，既是一種聚集，又是一種淘洗。因此，最複雜，也最簡單。

最後只剩下了一個意念，那就是：足以感動全人類的美麗和友善。

這樣，中華文化也就成了人類詩意生存、和諧生存的積極參與者。

在終極意義上，我不認為它還要有什麼別的特殊訴求。

第二部

摩挲大地

道士塔

一

莫高窟門外，有一條河。過河有一片空地，高高低低建著幾座僧人圓寂塔。塔呈圓形，狀近葫蘆，外敷白色。我去時，有幾座已經坍弛，還沒有修復。只見塔心是一個木樁，塔身全是黃土，疊在青磚基座上。夕陽西下，朔風凜冽，整個塔群十分淒涼。

有一座塔，顯得比較完整，大概是修建年代比較近吧？好在塔身有碑，移步一讀，猛然一驚，它的主人，竟然就是那個王圓籙！

再小的個子，也能給沙漠留下長長的身影。再小的人物，也能讓歷史吐出重重的嘆息。王圓籙既是小個子，又是小人物。我見過他的照片，穿著土布棉衣，目光呆滯，畏畏縮縮，是那個時代到處可以見到的一個中國平民。他原是湖北麻城的農民，在甘肅當過兵，後來為了謀生做了道士。幾經轉折，當了敦煌莫高窟的家。

莫高窟以佛教文化為主，怎麼會讓一個道士來當家？中國的民間信仰本來就是羼雜互融的，王圓籙幾乎是個文盲，對道教並不專精，對佛教也不抵拒，卻會主持宗教儀式，又會化緣募款，由他來管管這一片冷窟荒廟，也算正常。

但是，世間很多看起來很正常的現象常常掩蓋著一個可怕的黑洞。莫高窟的驚人蘊藏，使王圓籙這個守護者與守護對象之間產生了文化等級上的巨大落差。這個落差，就是黑洞。

我曾讀到潘絜茲先生和其他敦煌學專家寫的一些書，其中記述了王道士的日常生活。他經常出去化緣，得到一些錢後，就找來一些很不高明的當地工匠，先用草刷蘸上石灰把精美的古代壁畫刷白，再掄起鐵錘把塑像打毀，用泥巴堆起靈官之類，因為他是道士。但他又想到這裡畢竟是佛教場所，於是再讓那些工匠用石灰把下寺的牆壁刷白，繪上唐代玄奘到西天取經的故事。他四處打量，覺得一個個洞窟太憋氣了，便要工匠們把它們打通，大片的壁畫很快灰飛煙滅，成了走道。做完這些事，他又去化緣，準備繼續刷，繼續砸，繼續堆，繼續畫。

這些記述的語氣都很平靜，但我每次讀到，腦海裡也總像被刷了石灰一般，一片慘白。我幾乎不會言動，眼前一直晃動著那些草刷和鐵錘。

「住手！」我在心底呼喊，只見王道士轉過臉來，滿眼困惑不解。我甚至想低聲下氣地懇求他：「請等一等，等一等……」但是等什麼呢？我腦中依然一片慘白。

二

一九〇〇年六月二十二日（農曆五月二十六日），王道士從一個姓楊的幫工那裡得知，一處洞窟的牆壁裡面好像是空的，裡邊可能還隱藏著一個洞穴。兩人挖開一看，嗬，果然一個滿滿實實的藏經洞！

王道士完全不明白，此刻，他打開了一扇轟動世界的門户。一門永久性的學問，將靠著這個洞穴建立。無數才華橫溢的學者，將為這個洞穴耗盡終生。而且，從這一天開始，他的實際地位已經直躥而上，比世界上很多著名的遺跡博物館館長還高。但是，他不知道，他不可能知道。

他隨手拿了幾個經卷到知縣那裡鑑定，知縣又拿給其他官員看。官員中有些人知道一點輕重，建議運到省城，卻又心疼運費，便要求原地封存。在這個過程中，消息已經傳開，有些經卷已經流出，引起了在新疆的一些外國人士的注意。

當時，英國、德國、法國、俄國等列強，正在中國的西北地區進行著一場考古探險的大拼搏。

這個態勢，與它們瓜分整個中國的企圖緊緊相連。因此，我們應該稍稍離開莫高窟一會兒，看一看全局。

就在王道士發現藏經洞的幾天之前，在北京，英、德、法、俄、美等外交使團又一次集體向清政府遞交照會，要求嚴懲義和團。恰恰在王道士發現藏經洞的當天，列強決定聯合出兵。這就是後來攻陷北京，迫使朝廷外逃，最終又迫使中國賠償四億五千萬兩白銀，也就是每個中國人都要賠償一兩白銀的「八國聯軍」。

時間，怎麼會這麼巧呢？

好像是，北京東郊民巷的外國使館裡一作出進攻中國的決定，立即刺痛了一個龐大機體的神經系統，西北沙漠中一個洞穴的門霎時打開了。

更巧的是，僅僅在幾個月前，甲骨文也被發現了。

我想，藏經洞與甲骨文一樣，最能體現一個民族的文化自信，因此必須猛然出現在這個民族幾乎完全失去自信的時刻。

即使是巧合，也是一種偉大的巧合。

遺憾的是，中國學者不能像解讀甲骨文一樣解讀藏經洞了，因為那裡的經卷的所有權，已經被悄悄地轉移。

產生這個結果，是因為莫高窟裡三個男人的見面。

第一個就是主人王圓籙，不多說了。

第二個是匈牙利人斯坦因，剛加入英國籍不久，此刻受印度政府和大英博物館指派，到中國的西北地區考古。他博學、刻苦、機敏、能幹，在考古專業水準上堪稱世界一流，卻又具有一個殖民主義者的文化傲慢。他精通七八種語言，卻不懂中文，因此引出了第三個人，翻譯蔣孝琬。

蔣孝琬長得清瘦文弱，湖南湘陰人。這個人是中國十九世紀後期出現的「買辦」群體中的一個。這個群體在溝通兩種文明的過程中常常備受心靈煎熬，又兩面不討好。我一直建議藝術家們在表現中國近代題材的時候不要放過了這種橋樑式的悲劇性典範。但是，蔣孝琬好像是這個群體中的異類，他幾乎沒有任何心靈煎熬。

三

斯坦因到達新疆喀什時，發現聚集在那裡的外國考古學家們有一個共識，就是千萬不要與中國學者合作。理由是，中國學者一到關鍵時刻，例如在關及文物所有權的當口上，總會在心底產生「華夷之防」的敏感，給外國人帶來種種阻礙。但是，蔣孝琬完全不是這樣，那些外國人告訴斯坦因：「你只要帶上了他，敦煌的事情一定成功。」

事實果然如此。從喀什到敦煌的漫長路途上，蔣孝琬一直在給斯坦因講述中國官場和中國民間的行事方式，使斯坦因覺得比再讀幾個學位更重要。到了莫高窟，所有聯絡、刺探、勸說王圓籙的事，都是蔣孝琬在做。

王圓籙從一開始就對斯坦因抱著一種警惕、躲閃、拒絕的態度。蔣孝琬蒙騙他說，斯坦因從印度過來，是要把當年玄奘取來的經送回原處去，為此還願意付一些錢。王圓籙像很多中國平民一樣，對《西遊記》裡的西天取經故事既熟悉又崇拜，聽蔣孝琬繪聲繪色地一說，又看到斯坦因神情莊嚴地一次次焚香拜佛，竟然心有所動。因此，當蔣孝琬提出要先「借」幾個「樣本」看看，王圓籙雖然遲疑、含糊了很久，終於還是塞給他幾個經卷。

於是，又是蔣孝琬，連夜挑燈研讀那幾個經卷。他發現，那正巧是玄奘取來的經卷的譯本。這幾個經卷，明明是王圓籙隨手取的，居然果真與玄奘有關，王圓籙激動地看著自己的手指，似乎聽到了佛的旨意。洞穴的門，向斯坦因打開了。

當然，此後在經卷堆裡逐頁翻閱選擇的，也是蔣孝琬，因為斯坦因本人不懂中文。

蔣孝琬在那些日日夜夜所做的事，也可以說成是一種重要的文化破讀，因為這畢竟是千年文物與能夠讀懂的人的第一次隆重相遇。而且，事實證明，蔣孝琬對中國傳統文化有著廣博的知識、不淺的根底。

那些寒冷的沙漠之夜，斯坦因和王圓籙都睡了，只有他在忙著。睡覺的兩方都不懂得這一堆堆紙頁上的內容，只有他懂得，由他作出取捨裁斷。

就這樣，一場天下最不公平的「買賣」開始了。斯坦因用極少的錢，換取了中華文明長達好幾個世紀的大量文物。而且由此形成慣例，其他列強的冒險家們也紛至沓來，滿載而去。

有一天王圓籙覺得斯坦因實在要得太多了，就把部分挑出的文物又搬回到藏經洞。斯坦因要蔣孝琬去談判，用四十塊馬蹄銀換回那些文物。蔣孝琬談判的結果，居然只花了四塊就解決了問題。斯坦因立即贊揚他，這是又一場中英外交談判的勝利。

蔣孝琬一聽，十分得意。我對他的這種得意，有點厭惡。因為他應該知道，自從鴉片戰爭以來，所謂的「中英外交談判」意味著什麼。我並不奢望，在他心底會對當時已經極其可憐的父母之邦產生一點點慚愧，而只是想，這種橋樑式的人物如果把一方河岸完全扒塌了，他們以後還能幹什麼？

由此我想，那些日子，莫高窟裡的三個男人，我們還應該多看幾眼。前面兩個一直遭世人非議，而最後一個總是被輕輕放過。

比蔣孝琬更讓我吃驚的是，近年來中國文化界有一些評論者一再宣稱，斯坦因以考古學家的身份取走敦煌藏經洞的文物並沒有錯，是正大光明的事業，而像我這樣耿耿於懷，卻是「狹隘的民族主義」。

是「正大光明」嗎？請看斯坦因自己的回憶：

深夜我聽到了細微的腳步聲，那是蔣在偵察，看是否有人在我的帳篷周圍出現。一會兒他扛了一個大包回來，那裡裝有我今天白天挑出的一切東西。王道士鼓足勇氣同意了我的請求，但條件很嚴格，除了我們三個外，不得讓任何人得知這筆交易，哪怕是絲毫暗示。

從這種神態動作，你還看不出他們在做什麼嗎？

四

斯坦因終於取得了九千多個經卷，五百多幅繪畫，打包裝箱就整整花了七天時間。最後打成了二十九個大木箱，原先帶來的那些駱駝和馬匹不夠用了，又雇來了五輛大車，每輛都拴上三匹馬來拉。

那是一個黃昏，車隊啟動了，王圓籙站在路邊，恭敬相送。斯坦因「購買」這二十九個大木箱稀世文物，所支付給王圓籙的全部價錢，我一直不忍心寫出來，此刻卻不能不說一說了。那就是，折合成了銀子的差不多三十英鎊！但是，這點錢，對王圓籙來說，畢竟比他平時到荒村野郊去化緣的所得，多得多了。因此，他反而認為這位「斯大人」是「布施者」。

斯坦因向他招過手，抬起頭來看看天色。

一位年輕詩人寫道，斯坦因看到的，是淒艷的晚霞。那裡，一個古老民族的傷口在流血。

我又想到了另一位年輕詩人的詩，他叫李曉樺，是寫給下令火燒圓明園的額爾金勛爵的：

我好恨
恨我沒早生一個世紀
使我能與你對視著站立在
陰森幽暗的古堡
晨光微露的曠野
要麼我拾起你扔下的白手套
要麼你接住我甩過去的劍
要麼你我各乘一匹戰馬
遠遠離開遮天的帥旗

對於斯坦因這些學者，這些詩句也許太硬。但是，除了這種辦法，還有什麼方式能阻攔他們呢？

我可以不帶劍，甚至也不騎馬，只是伸出雙手做出阻攔的動作，站在沙漠中間，站在他們車隊的正對面。

滿臉堆笑地走上前來的，一定是蔣孝琬。我扭頭不理他，只是直視著斯坦因，要與他辯論。

我要告訴他，把世間文物統統拔離原生的土地，運到地球的另一端收藏展覽，是文物和土地的雙向失落、兩敗俱傷。我還要告訴他，藉口別人管不好家產而占為己有，是一種與軍事掠奪沒有什麼區別的文化掠奪……

我相信，也會有一種可能，儘管機率微乎其微，我的激情和邏輯終於壓倒了斯坦因，於是車隊果真被我攔了下來。

那麼，接下來該怎麼辦呢？當然應該送繳京城。但當時，藏經洞文物不是也有一批送京的嗎？其情景是，沒有木箱，只用蓆子捆紮，沿途官員縉紳伸手進去就取走一把，有些官員還把大車趕進自己的院子裡細挑精選，擇優盜取。怕到京後點數不符，便把長卷撕成幾個短卷來湊數搪塞。

當然，更大的麻煩是，那時的中國處處軍閥混戰，北京更是亂成一團。在兵丁和難民的洪流中，誰也不知道腳下的土地明天將會插上哪家的軍旗。幾輛裝載古代經卷的車，怎麼才能通過？怎樣才能到達？

那麼，不如叫住斯坦因，還是讓他拉到倫敦的博物館裡去吧。但我當然不會這麼做。我知道斯坦因看出了我的難處，一次次回頭看我。

我假裝沒有看見，只用眼角默送他和蔣孝琬慢慢遠去，終於消失在黛褐色的山丘後面。然後，我再回過身來。

長長一排車隊，全都停在蒼茫夜色裡，由我掌管。但是，明天該去何方？

這裡也難，那裡也難，我左思右想，最後只能跪倒在沙漠裡，大哭一場。

哭聲，像一匹受傷的狼在黑夜裡號叫。

五

一九四三年十月二十六日，八十二歲的斯坦因在阿富汗的喀布爾去世。

這是中國抗日戰爭最艱苦的日子。中國，又一次在生死關頭被他人認知，也被自己認知。

在斯坦因去世的前一天，倫敦舉行「中國日」活動。博物館裡的敦煌文物，又一次引起熱烈關注。

在斯坦因去世的同一天，中國歷史學會在重慶成立。

我知道處於彌留之際的斯坦因不可能聽到這兩個消息。

有一件小事讓我略感奇怪，那就是斯坦因的墓碑銘文：

馬克・奧里爾・斯坦因
印度考古調查局成員
學者，探險家兼作家
通過極為困難的印度、中國新疆、波斯、伊拉克之行，擴展了知識領域

他平生帶給西方世界最大的轟動是敦煌藏經洞，為什麼在墓碑銘文裡故意迴避了，只提「中國新疆」？敦煌並不在新疆，而是在甘肅。

我約略知道此間原因。那就是，他在莫高窟的所作所為，已經受到文明世界越來越嚴厲的譴責。

阿富汗的喀布爾，是斯坦因非常陌生的地方。整整四十年一直想進去而未被允許，剛被允許進入，卻什麼也沒有看到就離開了人世。

他被安葬在喀布爾郊區的一個外國基督教徒公墓裡，但他的靈魂又怎麼能安定下來？直到今天，這裡還備受著貧困、戰亂和宗教極端主義的包圍。而且，蔓延四周的宗教極端主義，正好與他信奉的宗教完全對立。小小的墓園，是那樣孤獨、荒涼和脆弱。

我想，他的靈魂最渴望的，是找一個黃昏、一個與他趕著車隊離開時一樣的黃昏，再潛回敦煌去看看。

如果真有這麼一個黃昏，那麼，他見了那座道士塔，會與王圓籙說什麼呢？

我想，王圓籙不會向他抱怨什麼，卻會在他面前稍稍顯得有點趾高氣揚。因為道士塔前，天天遊人如潮，雖然誰也沒有投來過尊重的目光；而斯坦因的墓地前，永遠闃寂無人。

至於另一個男人，那個蔣孝琬的墳墓在哪裡，我就完全不知道了。

有知道的朋友，能告訴我嗎？

莫高窟

一

世界上的幾個大文明，就像我們可以想像的那些大人物。身份越高、年歲越長，越不容易放下身段來互相學習和切磋。大家都威風凜凜地站立著，雖然心裡很在乎對方，卻不願意在眉眼間流露出希望親近的表情，反而超常地敏感著對方是不是尊重自己。結果，很多隔閡千年未化，大量衝突無由而起，甚至爆發一次次彼此都宣稱是「捍衛尊嚴」的血腥大戰。

文明本是對野蠻的擺脫，為什麼文明自己的歷史卻又回到了野蠻？

這真不知道讓人說什麼才好。

但是，世界上也有一個地方，居然讓世界上幾個最大的文明相遇了，交流了，甚至局部地融合了。

這個地方，在中國叫「西域」，大致是指現在的甘肅西部、青海北部、新疆全部。不管是近一點的印度文明、波斯文明，還是遠一點的美索不達米亞文明、希臘文明，都出現在這個地方。當然，更不必說中國自己的中原文明了。

這麼一些大文明為什麼都會到這裡來匯合和交流？

原因是，這裡離那些大文明的政治中心都比較遥遠，到處都是荒原和沙漠，要讓大規模的軍團來長途跋涉，既沒有必要，也沒有可能。但是，如果要讓一支支商隊依賴著駱駝慢慢穿越，則就成了每一個文明都企盼的好事了，因此便有了絲綢之路。商貿之間也會產生惡性競爭，幸好，行走在絲綢之路上的還有不少宗教人士，讓這片遼闊的土地獲得了精神安頓。宗教和宗教之間也會產生嚴重糾紛，幸好，這兒的宗教以佛教為主，而佛教是唯一沒有引發過宗教戰爭的世界性宗教。

於是，這片看似荒昧的土地，不經意間擁有了蓬勃的文明生態：以絲綢之路為經絡的物質文明，加上以佛教文化為中心的精神文明。這樣的文明生態雖然還無法阻止各個小邦國之間的互相征服，卻意味著各個大文明之間的重大討伐不可能在這裡發生。

有趣的是，我發現，這個區域內各個小邦國之間的互相征服，往往是為了爭奪一個佛教大師。這樣的戰爭打不大，被爭奪的佛教大師說一聲「別打了，我跟你走吧」，事情也就了結了。

我非常喜歡這些地方，只要有機會總會過去，站在沙漠之中，傾聽著一兩千年前的馬蹄駝鈴，遙望著早已遠去的袈裟背影。我想，再好再大的文明，一直置身於它的中心地區一定會逐漸僵化，只有到了這樣的邊遠地帶，任何一種文明都無法霸道，彼此之間相見而歡，這才叫人類文明的敞亮地帶。

在這個敞亮地帶，有一些著名的路線，沿著路線又有一些著名的重鎮，其中一個就是敦煌。公元三六六年，有一位僧人在敦煌東南方鳴沙山東麓的斷崖上開始開鑿石窟，後來代代有人繼續，這就成了著名的莫高窟。

佛教在印度傳播之初，石窟是僧人修行的場所，卻不在裡邊雕塑和描繪佛像，要表現也只用象徵物來替代，用得比較多的有金牛、佛塔、法柱等。後來到了犍陀羅時期，受到亞歷山大大帝東征時帶來的希臘雕塑家們的影響，開始開鑿佛像石窟。因此，人們往往可以從那裡發現希臘雕塑的明顯痕跡。

你看，僅僅是佛像石窟，就已經把印度文明和希臘文明包羅在裡邊了。這些石窟大多處於荒山野嶺之間，遠遠看去很不起眼，哪裡知道裡面所蘊藏的，卻是兩個偉大文明的精彩。

當然，更重要的是作為主體的中華文明。佛教從印度一進入中國，立即明白這是一個需要用通俗、形象的方式來講故事的國度，因此在石窟造像藝術中，又融入了越來越濃重的中華世俗文明。結果，以人類的幾大文明為背景，一代代的佛像都在石窟裡深刻而又通俗地端莊著，微笑著，恭敬著，快樂著，行動著，也苦澀著，犧牲著。漸漸，這一切都與中華歷史接通了血脈，甚至成了一部由堅石雕刻的歷史。

莫高窟，便是其中典型。

二

看莫高窟，不是看死了一千年的標本，而是看活了一千年的生命。

讓人驚奇的是，歷來在莫高窟周邊此起彼伏的各種政治勢力，互相之間你死我活，卻都願意為莫高窟做一點好事。

北魏的王室、北周的貴族都對莫高窟的建造起了很大的積極作用。更不必說隋代、初唐、盛唐時，敦煌一帶的官府和民眾，一起把明麗的時尚融入莫高窟的歡快景像了。連安史之亂以後佔領敦煌的吐蕃勢力，以及驅逐吐蕃勢力的張議潮軍隊，本是勢不兩立的敵人，卻也都修護了莫高窟。五代十國時期的曹氏政權對莫高窟貢獻很大，到宋代，先後佔領這一帶的西夏政權和蒙古政權，也没有對莫高窟造成破壞，這實在是奇蹟了。莫高窟到元代開始衰落，主要是由於蒙古軍隊打通了歐亞商貿路線，絲綢之路的作用減弱，敦煌變得冷清了。

為什麼那麼多赳赳武將、權謀強人都會在莫高窟面前低下頭來？我想，第一是因為這裡有關人間信仰，第二是因為這裡已經構成歷史。宗教的力量和時間的力量都是極其強大的，強大在默默無聲中，足以讓這些燥熱的心靈冷卻下來，產生幾分敬畏。他們突然變得像個孩子，一路撒野下來，到這裡卻張大了眼睛，希望獲得宗教裁制和時間裁判。

出於這種關係，莫高窟一直在不斷地建造、修補、延伸，真正構成了一個有呼吸、有代謝、有年歲、有傳承的生命群。

在這個過程中，更值得關注的是全民參與。佛教在莫高窟裡，擺脱了高深的奧義，變得通俗和簡約，著重展現因果報應、求福消災、豐衣足食、繁衍子孫等內容，與民眾非常親近。除了壁畫和雕塑外，莫高窟還是敦煌地區民眾舉行巡禮齋會的活動場所，學習佛教儀式的教育場所，也是享受日常娛樂的遊覽場所。但是，這種大眾化趨向並没有使它下降為一個類似於鄉村廟會求神驅鬼式的純庶民形態，因為敦煌地區一直擁有不少高僧大德、世族名士、博學賢達，維繫著莫高窟的信仰主體。他們，是全體民眾的引領者，文明等級的守護者。

於是，在莫高窟，我常常走神。不明亮的自然光亮從洞窟上方的天窗中淡淡映入，壁畫上的人群和壁畫前的雕塑融成了一體，在一片朦朧中似乎都動了起來。他們身後，是當年來這裡參加巡禮的民眾，一群又一群地簇擁著身穿袈裟的僧侶。定睛一看，還有很多畫工、雕塑家在周邊忙碌，他們是在修改原作，還是在重新創造？看不清楚。這麼多人走了，又來了一批。一批就是一代，一代代接連不斷。

也有了聲音。佛號、磬鈸、誦經聲、木魚聲、旌旗飄蕩聲、人們的笑語聲。還有，石窟外的山風聲、流水聲、馬蹄聲、駝鈴聲。

看了一會兒，聽了一會兒，我發覺自己也被裹捲進去了。身不由主，踉踉蹌蹌，被人潮所挾，被聲浪所融，被一種千年不滅的信仰所化。自己已經碎成輕塵，甚至連輕塵也沒有了。

這樣的觀看是一種暈眩，既十分陶醉又十分糊塗。因此，我不能不在閉館之後的黃昏，在人群全都離去的山腳下，獨自徘徊，一點點地找回記憶，找回自己。

晚風起了，夾著細沙，吹得臉頰發疼。沙漠的月亮，分外清冷。山腳前有一泓泉流，在月色下波光閃爍。總算，我的思路稍見頭緒。

三

記得每進一個洞窟，我總是搶先走到年代標示牌前，快速地算出年齡，然後再恭敬地抬起頭來。

年齡最高的，今年正好一千六百歲，在中國歷史上算是「十六國」時期的作品。壁畫上的菩薩還是西域神貌，甚至還能看出從印度起身時的樣子，深線粗畫，立體感強，還裸著上身，餘留著恆河岸邊的熱氣。另一些壁畫，描繪著在血腥苦難中甘於捨身的狠心，看上去有點恐怖。可以想見當時世間的苦難氣氛。

接下來應該是我非常嚮往的魏晉南北朝了：青褐的色澤依然渾厚，豪邁的筆觸如同劍戟。中原一帶有那麼多瀟灑的名士傲視著亂世的苦難，在此地洞窟裡，也開始出現放達之風，連菩薩也由粗短身材變得修長活潑。某些形象，一派秀骨清相，甚至有病態之美，似乎與中原名士們的趣味遙相呼應。

不小的場面中出現了各種樂器，我叫不全它們的名字。

有很多年輕的女子衣帶飄飄地飛了起來，叫飛天。她們預示出全方位舞動的歡快趨勢，那是到了隋代。一個叫維摩詰的居士被頻頻描繪，讓人聯想到當時一些有身份的士族門閥企圖在佛教理想中改變一下自己的心願。壁畫上已經找不到苦行，只有華麗，連病態之美也消失了，肌膚變得日漸圓潤。只是那些雕塑還略顯腿短頭大，可能較多地取材於北方的遊牧生態。馬背上的歷練，使他們神定氣閑。

整個畫面出現了揚眉吐氣般的歡樂，那只能是唐代。春風浩蕩，萬物甦醒，連禽鳥都是舞者，連繁花都捲成了圖案。天堂和人間連在了一起，個個表情生動，筆筆都有創造。女性越來越佔據主導地位，而且不管是菩薩還是供養人，都呈現出充分的女性美。由於自信，他們的神情反而更加恬靜、素淡和自然。畫中的佛教道場，已經以淨土宗為主，啟示人們只要念佛，就能一起進入美好的淨土。連這種簡明的理想，也洋溢著只有盛唐才有的輕快樂觀。

唐代畫面中的那些世間人物，不管是盔甲將軍、西域胡商，還是壯碩力士、都督夫人，都神情飛揚、炯炯有神。更難得的是，我在這些人物形象中分明看到了吳道子畫派的某種骨力，甚至，在背景山水中還依稀發現了李思訓、李昭道父子那一派的輝煌筆意。歡樂，就此走向了經典。走向了經典還在歡樂，一點也沒有裝腔作態。

除了壁畫，唐代的塑像更是有血有肉地展示著自己的風姿。不再清癯，更不再呆板，連眉眼嘴角都洋溢著笑意，連衣褶薄襞都流瀉得像音樂一般。

唐代洞窟中的一切都不重複，也不刻板。我立即明白，真正的歡樂不可能重複，就像真正的人性容不得刻板。結果，唐代的歡樂誘發了長久的歡樂，唐代的人性貼合了永恆的人性，一切都渾成一體，恍惚間熱鬧的洞窟裡似乎什麼也沒有了，沒有畫，沒有雕塑，沒有年代，也沒有思考，一切都要蒸騰而去，但又哪裡也不想去，只在這裡，在洞窟，在唐代，在吳道子筆下。

突然，精神一怔，我看到了一個異樣的作品，表現了一個盡孝報恩的故事。與一般同類故事不同，這個佛家弟子是要幫助流亡的父母完成復國事業。我心中立即產生一種猜測，便俯身去看年代標示牌，果然，創作於安史之亂之後。

安史之亂，像一條長鞭，嘩啦一聲把唐代劃成了兩半。敦煌所在地因為唐軍東去討逆而被吐蕃攻陷，因此，壁畫中幫助流亡父母完成復國事業的內容，並非虛設。

悲壯的意志刻在了洞壁上，悲慘的歲月卻刻在了大地上，赫赫唐代已經很難再回過神來。此後的洞窟，似乎一個個活氣全消。也有看上去比較熱鬧的場面，但是，模仿的熱鬧只能是單調。

在單調中，記得還有一個舞者背手反彈琵琶的姿態，讓我眼睛一亮。

再看下去，洞窟壁畫的內容越來越世俗化，連佛教題材也變成了現實寫生，連天國道場也變成了家庭宅院，連教義演講也變成了說書人的俗眾故事會。當然這也不錯，頗有生活氣息，並讓我聯想到了中國戲劇史上的瓦舍和諸宮調。

唐宋之間，還算有一些呆滯的華麗，而到了宋代，則走向了一種冷漠的貧乏。但是，對此我很不甘心。宋代，那是一個曾讓中國人擁有蘇東坡、王安石、司馬光、朱熹、陸游、李清照、辛棄疾的時代啊，在敦煌怎麼會是這樣！我想，這與河西走廊上大大小小的政權紛爭有關。在沒完沒了的輪番折騰中，文化之氣受阻，邊遠之地只能消耗荒涼。

到了元代，出現了藏傳密宗的壁畫，題材不再黏著於現實生活，又出現了一種我們不太習慣的神祕和恐怖。但筆觸精緻細密，具有裝飾性，使人想到唐卡。

這是一個民族與民族之間互窺互征的時代，蒙古文化和西藏文化在這一帶此起彼伏。倒是有一個重要的歐洲旅行家來過之後向外面報告，這裡很安定，他就是馬可・波羅。

明清時期的莫高窟，已經沒有太多的東西可以記住。

四

當我在夜色中這麼匆匆回想一遍，就覺得眼前這個看上去十分尋常的小山包實在是一個奇怪的所在。

它是河西走廊上的一個博物館，也是半部中國藝術史，又是幾大文明的交匯地。它因無比深厚而長久沉默，也許深厚正是沉默的原因，恰如喧鬧總是淺薄的表情。

但是，就像世界上的其他事情一樣，興旺發達時什麼都好說，一到了衰落時期，一些爭奪行動便接連而至。除了我們一再感嘆過的莫高窟藏經洞事件，藏經洞之外的壁畫和雕塑也成了爭奪的對象。

莫高窟本是中華文明與其他文明友好交往的現場，這下倒成了某些人對中華文明很不講情義的見證。他們如果看上了什麼要有所動作，總需要給它的主人打個招呼吧。主人是誰？只能是莫高窟歷代開鑿者、續建者、繪畫者、雕塑者、供養者、巡禮者的血緣後裔。這是一個很大很大的人群，不應該偷偷繞過。

主人再窮再弱，也總是主人。

主人再不懂事，也總是主人。

而且，誰能斷定主人完全不懂事呢？

二十世紀二十年代莫高窟曾經成為越界白俄士兵的滯留地。那些士兵在洞窟裡支起了鍋灶，生火做飯，黑煙和油污覆蓋了大批壁畫和雕塑。他們還用木棒蘸著黑漆，在壁畫上亂塗亂畫。

這些士兵走了以後不久，一群美國人來了。他們是學者，大罵白俄士兵的胡作非為，當場立誓，要拯救莫高窟文物。他們的拯救方法是，用化學溶劑把壁畫黏到紗布上剝下牆壁，帶回美國去。

為首的是兩位美國學者，我要在這裡記一下他們的名字。一位是哈佛大學的蘭登·華爾納，一位是賓夕法尼亞博物館的霍勒斯·杰恩。

蘭登·華爾納帶回美國的莫高窟壁畫引起轟動，他非常後悔自己當初沒有帶夠化學溶劑，因此又來了第二次。這次他乾脆帶來了一名化學溶劑的調配專家，眼看就要在莫高窟裡大動手腳了。

但是，他後來在回憶錄裡寫道，這次在莫高窟，遇到了極大的麻煩。，

事態變得十分棘手，約有幾十個村民放下他們的工作，從大約十五公里外的地方跑來監視我們的行動……以便有理由對我們進行襲擊，或者用武力把我們驅逐出境。

結果，他們只是拍了一些遺跡的照片，什麼也無法拿走。化學溶劑，更是一滴也沒有用。這幾十個從十五公里之外趕來的村民，就是我所說的「主人」。說實在的，我很為他們的行為感動。

後來華爾納在美國讀到一本書，是他第二次去莫高窟時從北京雇請一位叫陳萬里的翻譯寫的。這才知道，那些村民所得到的信息，正是這位翻譯透露的。陳萬里先生到敦煌的第二天，就藉口母親生病離開了華爾納，其實是向村民通報美國人準備幹什麼了。

為此，我還要向這位陳萬里先生致敬。

一位名不見經傳的普通知識份子，加上幾十個他原先不可能認識的當地村民，居然在極短的時間內做成了這麼一件大事！對比之下，我看那些不負責任的官員，以及那些助桀為虐的翻譯，還怎麼來尋找遁詞？

陳萬里先生不僅是翻譯，還是一位醫生和學者。中國另有一位姓陳的學者曾經說過一句話：「敦煌者，吾國學術之傷心史也。」這位陳先生叫陳寅恪，後來兩眼完全失去了視力。

陳寅恪先生看不見了，我們還張著眼。陳萬里先生和村民沒有來得及救下的那些莫高窟文物，還在遠處飄零。既然外人如此眼熱，可見它們確實是全人類的精粹，放在外面也罷了。只是，它們記錄了我們歷代祖先的信仰和悲歡，我們一有機會總要趕過去探望它們，隔著外國博物館厚厚的玻璃，長久凝視，百般叮嚀。

莫高窟被那些文物拉得很長很長，幾乎環繞了整個地球。那麼，我們的心情也被拉長了，隨著唐宋元明清千年不枯的笑容，延伸到整個世界。

沙原隱泉

沙漠中也會有路的，但這兒沒有。

遠遠看去，有幾行歪歪扭扭的腳印。

順著腳印走吧，但不行，被人踩過了的地方，反而鬆得難走。只能用自己的腳，去走一條新路。回頭一看，為自己長長的腳印高興。不知這行腳印，能保存多久？

擋眼是幾座巨大的沙山。只能翻過它們，別無他途。上沙山實在是一項無比辛勞的苦役。剛剛踩實一腳，稍一用力，腳底就鬆鬆地下滑。用力越大，陷得越深，下滑也越加厲害。才踩幾腳，已經氣喘，渾身惱怒。

我在浙東山區長大，在幼童時已經能夠歡快地翻越大山。累了，一使蠻勁，還能飛奔峰巔。

這兒可萬萬使不得蠻勁。軟軟的細沙，也不硌腳，也不讓你磕撞，只是款款地抹去你的全部氣力。你越發瘋，它越溫柔，溫柔得可恨之極。無奈，只能暫息雷霆之怒，把腳底放鬆，與它廝磨。

要騰騰騰地快步登山，那就不要到這兒來。有的是棧道，有的是石階，千萬人走過了的，還會有千萬人走。只是，那兒不給你留下腳印，屬於你自己的腳印。來了，那就認了吧，為沙漠行走者的公規，為這些美麗的腳印。

心氣平和了，慢慢地爬。沙山的頂越看越高，爬多少它就高多少，簡直像兒時追月。

已經擔心今晚的棲宿。狠一狠心，不宿也罷，爬！再不理會那高遠的目標了，何必自己驚嚇自己。它總在的，看也在，不看也在，那麼，看又何益？

還是轉過頭來打量一下，自己已經走過的路吧。我竟然走了那麼長，爬了那麼高。腳印已像一條長不可及的綢帶，平靜而飄逸地畫下了一條波動的曲線，曲線一端，緊繫腳下。

完全是大手筆，不禁欽佩起自己來了。

不為那越來越高的山頂，只為這已經畫下的曲線，爬。

不管能抵達那兒，只為已耗下的生命，爬。

無論怎麼說，我始終站在已走過的路的頂端。永久的頂端，不斷浮動的頂端，自我的頂端，未曾後退的頂端。

沙山的頂端是次要的。爬，只管爬。

腳下突然平安，眼前突然空闊，怯怯地抬頭四顧，山頂還是被我爬到了。

完全不必擔心棲宿，西天的夕陽還十分燦爛。

夕陽下的綿綿沙山是無與倫比的天下美景。光與影以最暢直的線條進行分割，金黃和黛赭都純淨得毫無斑駁，像用一面巨大的篩篩過了。日夜的風，把風脊、山坡塑成波蕩，那是極其款曼平適的波，不含一絲漣紋。

於是，滿眼皆是暢快，一天一地都被鋪排得大大方方、明明淨淨。色彩單純到了聖潔，氣韻委和到了崇高。

為什麼歷代的僧人、信眾、藝術家要偏偏選中沙漠沙山來傾注自己的信仰，建造了莫高窟、榆林窟和其他洞窟？站在這兒，我懂了。我把自己的頂端與山的頂端合在一起，心中鳴起了天樂般的梵唄。

剛剛登上山脊時，已發現山腳下尚有異相，捨不得一眼看全。待放眼鳥瞰一過，此時才敢仔細端詳。那分明是一灣清泉，橫臥山底。

動用哪一個藻飾詞彙，都會是對它的褻瀆。只覺它來得莽撞，來得怪異，安安靜靜地躲藏在本不該有它的地方，讓人的眼睛看了很久還不大能夠適應。再年輕的旅行者，也會像慈父心疼女兒一樣叫一聲：這是什麼地方，你怎麼也跑來了！

是的，這無論如何不是它來的地方。要來，該來一道黃濁的激流，但它是這樣地清澈和寧謐。或者，來一個大一點的湖泊，但它是這樣地纖瘦和婉約。按它的品貌，該落腳在富春江畔，雁蕩山間，或是從虎跑到九溪的樹陰下。

漫天的飛沙，難道從未把它填塞？夜半的颶風，難道從未把它吸乾？這裡可曾出没過強盜的足跡，借它的甘泉賴以為生？這裡可曾蜂聚過匪幫的馬隊，在它身邊留下一片污濁？

我胡亂想著，隨即又愁雲滿面。怎麼走近它呢？我站立峰巔，它委身山底。向著它的峰坡，陡峭如削。此時此刻，剛才的攀登，全化成了悲哀。

嚮往峰巔，嚮往高度，結果峰巔只是一道剛能立足的狹地。不能橫行，不能直走，只享一時俯視之樂，怎可長久駐足安坐？上已無路，下又艱難，我感到從未有過的孤獨與惶恐。

世間真正温煦的美色，都熨帖著大地，潛伏在深谷。君臨萬物的高度，到頭來只構成自我嘲弄。我已看出了它的譏謔，於是急急地來試探下削的陡坡。

人生真是艱難，不上高峰發現不了它，上了高峰又不能與它親近。看來，注定要不斷地上坡下坡、上坡下坡。

咬一咬牙，狠一狠心。總要出點事了，且把脖子縮緊，歪扭著臉上肌肉把腳伸下去。一腳，再一腳，整個骨骼都已準備好了一次重重的摔打。

然而，奇了，什麼也沒有發生。才兩腳，已出溜下去好幾米，又站得十分穩當。不前摔，也不後仰，一時變作了高加索山頭上的普羅米修斯。

再稍用力，如入慢鏡頭，跨步若舞蹈，只十來下，就到了山底。

實在驚呆了：那麼艱難地爬了幾個時辰，下來只是幾步！想想剛才伸腳時的悲壯決心，啞然失笑。康德說，滑稽是預期與後果的嚴重失衡，正恰是這種情景。

來不及多想康德了，急急向泉水奔去。

一灣不算太小，長可三四百步，中間最寬處，相當一條中等河道。水面之下，漂動著叢叢水草，使水色綠得更濃。竟有三隻玄身水鴨，輕浮其上，帶出兩翼長長的波紋。真不知它們如何飛越萬里關山，找到這兒。水邊有樹，不少已虬根曲繞，該有數百歲高齡。

總之，一切清泉靜池所應該有的，這兒都有了。至此，這灣泉水在我眼中又變成了獨行俠，在荒漠的天地中，全靠一己之力，張羅出了一個可人的世界。

樹後有一陋屋，正遲疑，步出一位老尼。手持懸項佛珠，滿臉皺紋布得細密而寧靜。

她告訴我，這兒本來有寺，毀於二十年前。我不能想像她的生活來源，訥訥地問，她指了指屋後一路，淡淡說：會有人送來。

我想問她的事情自然很多，例如為何孤身一人，長守此地？什麼年歲，初來這裡？終於覺得對於佛家，這種追問過於鈍拙，掩口作罷。眼光又轉向這脈靜池，答案應該都在這裡。

茫茫沙漠，滔滔流水，於世無奇。唯有大漠中如此一灣，風沙中如此一靜，荒涼中如此一景，高坡後如此一跌，才深得天地之韻律，造化之機巧，讓人神醉情馳。

以此推衍，人生、世界、歷史，莫不如此。給浮囂以寧靜，給躁急以清冽，給高蹈以平實，給粗獷以明麗。唯其這樣，人生才見靈動，世界才顯精緻，歷史才有風韻。

因此，老尼的孤守不無道理。當她在陋室裡聽夠了一整夜驚心動魄的風沙呼嘯，明晨，即可借明淨的水色把耳根洗淨。當她看夠了泉水的湛綠，抬頭，即可望望燦爛的沙壁。

——山，名為鳴沙山；泉，名為月牙泉。皆在敦煌縣境內。

陽關雪

在中國古代，文官兼有文化身分和官場身分。在平日，自己和別人關注的大多是官場身分。但奇怪的是，當峨冠博帶早已零落成泥，崇樓華堂也都淪為草澤之後，那一桿竹管毛筆偶爾塗畫的詩文，卻有可能鐫刻山河，雕鏤人心，永不漫漶。

我曾有緣，在黃昏的江船上仰望過白帝城，在濃冽的秋霜中登臨過黃鶴樓，還在一個除夕的深夜摸到了寒山寺。我的周圍，人頭濟濟。可以肯定絕大多數人的心頭，都回蕩著那幾首不必引述的古詩。

人們來尋景，更來尋詩。這些詩，他們在孩提時代就能背誦。孩子們的想像，誠懇而逼真。因此，這些城，這些樓，這些寺，早在心頭自行搭建。

待到年長，當他們剛剛意識到有足夠腳力的時候，也就給自己負上了一筆沉重的宿債，焦渴地企盼著對詩境實地的踏訪。為童年，為想像，為無法言傳的文化歸屬。

有時候，這種焦渴，簡直就像對失落的故鄉的尋找，對離散的親人的查訪。

文人的魔力，竟能把偌大一個世界的生僻角落，變成人人心中的故鄉。他們薄薄的青衫裡，究竟藏著什麼法術呢？

今天，我衝著王維的那首〈渭城曲〉，去尋陽關了。出發前曾在下榻的縣城向老者打聽，回答是：「路又遠，也沒什麼好看的。這雪一時下不停，別去受這個苦了。」我向他鞠了一躬，轉身鑽進雪裡。

一走出小小的縣城，便是沙漠。除了茫茫一片雪白，什麼也沒有，連一個褶皺也找不到。在別地趕路，總要每一段為自己找一個目標，盯著一棵樹，趕過去，然後再盯著一塊石頭，趕過去。在這裡，睜疼了眼也看不見一個目標，哪怕是一片枯葉，一個黑點。於是，只好抬起頭來看天。從未見過這樣完整的天，一點兒沒有被吞食，被遮蔽，邊沿全是挺展展的，緊緊緊地把大地罩了個嚴實。

有這樣的地，天才叫天。有這樣的天，地才叫地。在這樣的天地中獨個兒行走，侏儒也變成了巨人。在這樣的天地中獨個兒行走，巨人也變成了侏儒。

天竟晴了，風也停了，陽光很好。沒想到沙漠中的雪化得這樣快，才片刻，地上已見斑斑沙底，卻不見濕痕。

天邊漸漸飄出幾縷煙跡，並不動，卻在加深，疑惑半晌，才發現，那是剛剛化雪的山脊。

地上有一些奇怪的凹凸，越來越多，終於構成了一種令人驚駭的鋪陳。我猜了很久，又走近前去蹲下身來仔細觀看，最後得出結論：那全是遠年的墳堆。

這裡離縣城已經很遠，不大會成為城裡人的喪葬之地。這些墳堆被風雪所蝕，因年歲而塌，枯瘦蕭條，顯然從未有人祭掃。它們為什麼會有那麼多，排列得又是那麼密呢？只可能有一種理解：這裡是古戰場。

我在望不到邊際的墳堆中茫然前行，心中浮現出艾略特的《荒原》。這裡正是中華歷史的荒原：如雨的馬蹄，如雷的吶喊，如注的熱血。中原慈母的白髮，江南春閨的遙望，湖湘稚兒的夜哭。故鄉柳蔭下的訣別，將軍咆哮時的怒目，丟盔棄甲後的軍旗。隨著一陣煙塵，又一陣煙塵，都飄散遠去。

我相信，死者臨死時都面向朔北敵陣的；我相信，他們又很想在最後一刻回過頭來，給熟悉的土地投注一個目光。於是，他們扭曲地倒下了，化作沙堆一座。

這繁星般的沙堆，不知有沒有換來史官們的幾行墨跡？堆積如山的中國史籍，寫在這個荒原上的篇頁還算是比較光彩的，因為這兒是歷代王國的邊遠地帶，擔負著保衛華夏疆域的使命。所以，這些沙堆還鋪陳得較為自在，這些篇頁也還能嘩嘩作響。就像眼下單調的土地一樣，出現在這裡的歷史命題也比較單純。在中原內地就不同了。那兒沒有這麼大大咧咧鋪陳開來的坦誠，一切都在花草掩蔭中發悶，無數不知為何而死的冤魂，只能悲憤懊喪地深潛地底，使每片土地都疑竇重重。相比之下，這片荒原還算榮幸。

遠處已有樹影。急步趕去，樹下有水流，沙地也有了高低坡斜。登上一個坡，猛一抬頭，看見不遠的山峰上有荒落的土墩一座，我憑直覺確信，這便是陽關了。

樹愈來愈多，開始有房舍出現。這是對的，重要關隘所在，屯紮兵馬之地，不能沒有這一些。轉幾個彎，再直上一道沙坡，爬到土墩底下，四處尋找，近旁正有一碑，上刻「陽關古址」四字。

這是一個俯瞰四野的制高點。西北風浩蕩萬里，直撲而來，踉蹌幾步，方才站住。腳是站住了，卻分明聽到自己牙齒打戰的聲音，鼻子一定是立即凍紅了的。呵一口熱氣到手掌，捂住雙耳用力蹦跳幾下，才定下心來睜眼。

這兒的雪沒有化，當然不會化。所謂古址，已經沒有什麼故跡，只有近處的烽火台還在，這就是剛才在下面看到的土墩。土墩已坍了大半，可以看見一層層泥沙，拌和著一層層葦草。葦草飄揚出來，在千年之後的寒風中抖動。

向前俯視，是西北的群山，都積著雪，直伸天際。我突然覺得，自己是站在大海邊的礁石上，那些山，全是冰海凍浪。

王維實在是筆觸温厚。對於這麼一個陽關，他仍然不露凌厲驚駭之色，而只是文靜淡雅地寫道：「勸君更盡一杯酒，西出陽關無故人。」他瞟了一眼渭城客舍窗外青青的柳色，看了看友人已打點好的行囊，微笑著舉起了酒壺。再來一杯吧，陽關之外，也許就找不到可以這樣對飲暢談的老朋友了。

這杯酒，友人一定是毫不推卻，一飲而盡的。

這便是唐人風範。他們多半不會聲聲悲嘆，執袂勸阻。他們的目光放得很遠，他們的人生道路鋪展得很廣。告別是經常的，步履是放達的。這種神貌，在李白、高適、岑參那裡，煥發得越加豪邁。由此聯想到，在南北各地的古代造像中，唐人造像一看便可識認，形體那麼健美，目光那麼平靜，笑容那麼肯定，神采那麼自信。

在歐洲看蒙娜麗莎的微笑，你立即就能感受，這種恬然的自信只屬於那些真正從中世紀的夢魘中蘇醒、對前路挺有把握的藝術家們。這些藝術家以多年的奮鬥，執意要把微笑輸送進歷史的魂魄。而更早就具有了這種微笑的唐代，卻沒有把它的自信延續久遠。陽關的風雪，竟越見淒迷。

王維詩畫皆稱一絕，萊辛等西方哲人反覆論述過的詩與畫的界限，在他是可以隨腳出入的。

但是，長安的宮殿，只為藝術家們開了一個狹小的邊門，只允許他們以文化侍從的身分躬身而入。這裡，不需要藝術鬧出太大的人文局面，不需要對美有太深的人性寄託。

於是，九州的文風漸漸刻板。陽關，再也難於享用溫醇的詩句。西出陽關的文人越來越少，只有陸游、辛棄疾等人一次次在夢中抵達，傾聽著穿越沙漠冰河的馬蹄聲。但是，夢畢竟是夢，他們都在夢中死去。

即便是土墩、是石城，也受不住見不到詩人的寂寞。陽關坍弛了，坍弛在一個民族的精神疆域中。它終成廢墟，終成荒原。身後，沙墳如潮，身前，寒峰如浪。誰也不能想像，這兒，一千多年之前，曾經驗證過人生旅途的壯美，藝術情懷的宏廣。

這兒應該有幾聲胡笳和羌笛的，如壯漢嘯吟，與自然渾和，卻奪人心魄。可惜它們後來都不再歡躍，成了兵士們心頭的哀音。既然一個民族都不忍聽聞，它們也就消失在朔風之中。

回去吧，時間已經不早。怕還要下雪。

都江堰

一

一位算不清年歲的老祖宗，沒有成為掛在牆上的畫像，沒有成為印在書裡的教言，而是直到今天還在給後代挑水、送飯，這樣的奇事你相信嗎？

一匹秦始皇時代的駿馬，沒有成為泥土間的化石，沒有成為古墓裡的雕塑，而是直到今天還躑躅在家園四周的高坡上，守護著每一個清晨和夜晚，警惕著每一個盛暑和嚴冬，這樣的奇事你相信嗎？

這是神話，或是童話，當然無法相信。但是，由此出現了極其相似的第三個問題——

一個兩千多年前的水利工程，沒有成為西風殘照下的廢墟，也沒有成為考古學家們苦思苦想的難題，而是直到今天還一直執掌著億萬人的生計，並且注定已經成為一個永久性的未來工程，這樣的奇事你相信嗎？

仍然無法相信，但它真的出現了。

它就是都江堰。

這是一個不大的工程，但我認為，把它放在全人類文明奇蹟的第一線，也毫無愧色。

世人皆知萬里長城，其實細細想來，它比萬里長城更激動人心。萬里長城當然也非常偉大，展現了一個民族令人震驚的意志力。但是，萬里長城的實際功能歷來並不太大，而且早已廢弛。都江堰則不同，有了它，辛勞無常的四川平原成了天府之國，每當中華民族有了重大災難，天府之國總是沉著地提供庇護和濡養。有了它，才有歷代賢臣良將的安頓和嚮往，才有唐宋詩人出川入川的千古華章。說得近一點，有了它，抗日戰爭的中國才有一個比較穩定的後方。

它細細深潤，節節延伸，延伸的距離並不比萬里長城短。或者說，它在地面和地底下，築造了另一座萬里長城。而一查履歷，那座名聲顯赫的萬里長城，還是它的後輩。

二

我去都江堰之前，以為它只是一個水利工程罷了，不會有太大的遊觀價值。只是要去青城山玩，要路過灌縣縣城，它就在近旁，就乘便看一眼吧。因此，在灌縣下車，心緒懶懶的，腳步散散的，在街上胡逛，一心只想看青城山。

七轉八彎，從簡樸的街市走進了一個草木茂盛的所在。臉面漸覺滋潤，眼前愈顯清朗，也沒有誰指路，只是本能地向更滋潤、更清朗的去處去。

忽然，天地間開始有些異常，一種隱隱然的騷動，一種還不太響卻一定是非常響的聲音，充斥周際。如地震前兆，如海嘯將臨，如山崩即至，渾身起一種莫名的緊張，又緊張得急於趨附。

不知是自己走去的還是被它吸去的，終於陡然一驚，我已站在伏龍觀前，眼前，急流浩蕩，大地震顫。

即便是站在海邊礁石上，也沒有像這裡這樣強烈地領受到水的魅力。海水是雍容大度的聚會，聚會得太多太深，茫茫一片，讓人忘記它是切切實實的水，可掬可捧的水。這裡的水卻不同，要說多也不算太多，但股股疊疊都精神煥發，合在一起比賽著飛奔的力量，踴躍著喧囂的生命。

這種比賽又極有規矩，奔著奔著，遇到江心的分水堤，刷的一下裁割為二，直竄出去，兩股水分別撞到了一道堅壩，立即乖乖地轉身改向，再在另一道堅壩上撞一下，於是又根據築壩者的指令來一番調整……

也許水流對自己的馴順有點惱怒了，突然撒起野來，猛地翻捲咆哮，但越是這樣越是顯現出一種更壯麗的馴順。已經咆哮到讓人心魄俱奪，也沒有一滴水濺錯了方向。陰氣森森間，延續著一場人與自然的千年談判。

水在這裡，吃夠了苦頭也出足了風頭，就像一大撥翻越各種障礙的馬拉松健兒，把最強悍的生命付之於規整，付之於企盼，付之於眾目睽睽。

看雲看霧看日出各有勝地，要看水，萬不可忘了都江堰。

三

這一切，首先要歸功於遙遠得看不出面影的李冰。

四川有幸，中國有幸，公元前二五一年出現過一項毫不惹人注目的任命：李冰任蜀郡守。

據我所知，這項任命與秦始皇統一中國的宏圖有關。他認為只有把四川作為一個富庶的根據地和出發地，才能從南線問鼎長江流域。然而，這項任命到了李冰那裡，卻從一個政治計畫變成了生態計畫。

他要做的事，是浚理，是消災，是滋潤，是灌溉。

他是郡守，手握一把長鍤，站在滔滔江邊，完成了一個「守」字的原始造型。

沒有資料可以說明他作為郡守在其他方面的才能，但因為有過他，中國也就有過了一種冰清玉潔的行政綱領。

中國後來官場的慣例，是把一批批傑出學者選拔為無所專攻的官僚，而李冰，卻因官位而成了一名實踐科學家。

他當然沒有在哪裡學過水利。但是，以使命為學校，死鑽幾載，他總結出治水三字經（「深淘灘，低作堰」）、八字真言（「遇灣截角，逢正抽心」），直到二十世紀仍是水利工程的圭臬。他的這點學問，永遠水氣淋漓，而後於他不知多少年的厚厚典籍，卻早已風乾，鬆脆得難於翻閱。

他沒有料到，他治水的韜略很快被替代成治人的計謀。他沒有料到，他想灌溉的沃土將會時時成為戰場，沃土上的稻穀將有大半充作軍糧。他只知道，這個人種要想不滅絕，就必須要有清泉和米糧。

他大愚，又大智。他大拙，又大巧。他以田間老農的思維，進入了最清澈的人類學的思考。

他未曾留下什麼生平故事，只留下硬紮紮的水壩一座，讓人們去猜詳。人們到這兒一次次納悶：這是誰呢？死於兩千年前，卻明明還在指揮水流。站在江心的崗亭前，「你走這邊，他走那邊」的吆喝聲、勸誡聲、慰撫聲，聲聲入耳。沒有一個人能活得這樣長壽。

李冰在世時已考慮事業的承續，命令自己的兒子做三個石人，鎮於江間，測量水位。李冰逝世四百年後，也許三個石人已經損缺，漢代水官重造高及三米的「三神石人」測量水位。這「三神石人」其中一尊，居然就是李冰的雕像。

這位漢代水官一定是承接了李冰的偉大精魂，竟敢於把自己尊敬的祖師，放在江中鎮水測量。他懂得李冰的心意，唯有那裡才是他最合適的崗位。

石像終於被歲月的淤泥掩埋，二十世紀七十年代出土時，有一尊石像頭部已經殘缺，手上還緊握著長鍤。有人說，這是李冰的兒子。即使不是，我仍然把他看成是李冰的兒子。一位現代女作家見到這尊塑像怦然心動，「没淤泥而藹然含笑，斷頸項而長鍤在握」，她由此向現代官場袞袞諸公詰問：活著或死了，應該站在哪裡？

出土的石像現正在伏龍觀裡展覽。人們在轟鳴如雷的水聲中向他們默默祭奠。在這裡，我突然產生了對中國歷史的某種樂觀。只要李冰的精魂不散，李冰的兒子會代代繁衍。轟鳴的江水，便是至聖至善的遺言。

四

看到了一條橫江索橋。橋很高，橋索由麻繩、竹篾編成。跨上去，橋身就猛然擺動，越猶豫進退，擺動就越大。

在這樣高的地方偷看橋下，一定會神志慌亂，但這是索橋，到處漏空，由不得你不看。一看之下，先是驚嚇，後是驚嘆。

腳下的江流，從那麼遙遠的地方奔來，一派義無反顧的決絕勢頭，挾著寒風，吐著白沫，凌厲銳進。我站得這麼高還感覺到了它的砭膚冷氣，估計它是從雪山趕來的吧。但是，再看橋的另一邊，它硬是化作許多亮閃閃的河渠，一片慈眉善目。人對自然力的調理，居然做得這麼爽利。如果人類做什麼事都這麼爽利，地球早已是另一副模樣。

都江堰調理自然力的哲學，被近旁的青城山總結了。

青城山是道教聖地，而道教是唯一在中國土生土長的大宗教。道教汲取了老子和莊子的道家哲學，把水作為形象化的教義象徵。水，看似柔順無骨，卻能變得氣勢滾滾，波湧浪疊，無比強大；看似無色無味，卻能揮灑出茫茫綠野，累累碩果，萬紫千紅；看似自處低下，卻能蒸騰九霄，為雲為雨，為虹為霞；看似沒有造型，卻能作為滋潤萬物的救星而被殷殷企盼……

看上去，是人在治水，實際上，一切成功的治水方案都是因為人領悟了水，應順了水，聽從了水。只有在這種情況下，才能出現天人合一，無我無私，長生不老。

這便是道。

我認為，道教之道，也就是水之道，天人之道，長生之道，因此也是李冰之道，都江堰之道。道無處不在，但在都江堰，卻作了一次集中呈現。

因此，都江堰和青城山相鄰而居，互相映襯，彼此佐證，構成了一個研修中國哲學的最濃縮、最天然的課堂。

那天我帶著都江堰的渾身水氣，在青城山的山路上慢慢攀登，靜靜感悟。忽見一道觀，進門小憩，道士認出了我，便鋪紙研墨，要我留字。我當即寫下了一個最樸素的對子：

拜水都江堰，
問道青城山。

我想，能夠讀懂都江堰的千年奇蹟，又能把「拜水」和「問道」這兩件事當作一件事，那麼，也就領悟了中華文化的一大秘密。

最近一次去都江堰，驚奇地發現路邊幾千條標語都是這個對子，連手機的應接鈴聲都是它。我突然有點惶恐，忘了那天匆忙寫下的那十個毛筆字的書法水準如何。什麼時候，好好地重寫一遍吧。

白髮蘇州

一

兩千多年前，世界上已經有幾座不錯的城市。但是，這些城市都相繼一一淪為廢墟。人類的文明地圖，一直在戰火的餘燼中不斷改變。往往是，越是富貴的所在，遭受的搶掠越是嚴重，後景越是荒涼。

不必說多次被夷為平地的巴格達和耶路撒冷，看看一些正常的城市也夠讓人淒傷。公元前後，歐洲最早的旅行者看到亂草迷離的希臘城邦遺跡，聲聲長嘆。公元六世紀，羅馬城衰落後的破巷、泥坑、髒水，更讓人無法面對……

有哪一座城市，繁華在兩千多年前而至今依然繁華，中間幾乎沒有中斷？我想，那個城市在中國，它的名字叫蘇州。

不少學者試圖提升蘇州的自信，把它說成是「東方的威尼斯」。我聽到這樣的封號總是啞然失笑，因為不說別的，僅僅來比這兩個水城的河道：當蘇州精緻的花崗石碼頭邊船楫如梭的時候，威尼斯還是一片沼澤荒灘。

二

蘇州是我常去之地。海內美景多的是，唯蘇州，能給我一種真正的休憩。柔婉的言語，姣好的面容，精雅的園林，幽深的街道，處處給人以感官上的寧靜慰藉。現實生活常常攪得人心智煩亂，那麼，蘇州的古蹟會讓你定一定情懷。有古蹟必有題詠，大多是古代文人的感嘆，讀一讀，能把你心頭的皺摺熨撫得平平展展。看得多了，也便知道，這些文人大多也是來休憩的。他們不想在這兒創建偉業，但在外面事成事敗之後，卻願意到這裡來住住。蘇州，是中國文化寧謐的後院。

做了那麼長時間的後院，我有時不禁感嘆，蘇州在中國文化史上的地位是不公平的。京城史官的眼光，很少在蘇州停駐。從古代到近代，吳儂軟語與玩物喪志同義。

理由是明白的：蘇州缺少帝京王氣。

這裡沒有森然殿闕，只有園林。這裡擺不開戰場，徒造了幾座城門。這裡的曲巷通不過堂皇的官轎，這裡的民風不崇拜肅殺的禁令。

這裡的流水太清，這裡的桃花太艷，這裡的彈唱有點撩人，這裡的小食太甜，這裡的女人太俏，這裡的茶館太多，這裡的書肆太密，這裡的書法過於流麗，這裡的繪畫不夠蒼涼遒勁，這裡的詩歌缺少易水壯士低啞的喉音。

於是，蘇州，面對著種種冷眼，默默地端坐著，迎來送往，安分度日。卻也不願意重整衣冠，去領受那份王氣。反正已經老了，去吃那種追隨之苦做甚？

三

說來話長，蘇州的委屈，兩千多年前已經受了。

當時正是春秋晚期，蘇州一帶的吳國和浙江的越國打得難分難解。其實吳、越本是一家，兩國的首領都是外來的冒險家。先是越王勾踐擊敗吳王闔閭，然後又是繼任的吳王夫差擊敗越王。越王利用計謀卑怯稱臣，實際上發憤圖強，終於在十年後捲土重來，成了春秋時代最後一個霸主。

這事在中國差不多人所共知，原是一場分不清是非的混戰，可惜後人只欣賞越王的計謀和忍耐，嘲笑吳王的該死。千百年來，越國的首府一直被稱頌為「報仇雪恥之鄉」，那麼蘇州呢？當然是亡國亡君之地。

細想吳越混戰，最苦的是蘇州百姓。吳越間打的幾次大仗，有兩次是野外戰鬥，一次在嘉興南部，一次在太湖洞庭山，而第三次，則是越軍攻陷蘇州，所遭慘狀一想便知。早在越王用計期間，蘇州人也連續遭殃。越王用煮過的稻子當作種子上貢吳國，吳國用以撒種，顆粒無收，災荒由蘇州人民領受。越王慫恿吳王享樂，亭台樓閣建造無數，勞役由蘇州人民承擔。最後，亡國奴的滋味，又讓蘇州人民品嚐。

傳說越王計謀中還有重要一項，就是把越國的美女西施進獻給吳王，誘使他荒淫無度，慵理國事。計成，西施卻被家鄉來的官員投沉江中，因為她已與「亡國」二字相連，霸主最為忌諱。

蘇州人心腸軟，他們不計較這位近似於「越國間諜」的姑娘給自己帶來過多大的災害，只覺得她可憐，真真假假地留著她的大量遺跡來紀念。據說今日蘇州西郊靈岩山頂的靈岩寺，便是當初西施居住的所在，吳王曾名之「館娃宮」。靈岩山是蘇州一大勝景，遊山時若能遇到幾位熱心的蘇州老者，他們還會細細告訴你，何處是西施洞，何處是西施跡，何處是玩月池，何處是吳王井，處處與西施相關。

你看，正當越國人不斷為報仇雪恥的傳統而自豪的時候，他們派出的西施姑娘卻被對方民眾照顧著，清洗著，梳理著，辯解著，甚至供奉著。

蘇州人甚至還不甘心西施姑娘被人利用後又被沉死的悲劇。明代梁辰魚作《浣紗記》，讓西施完成任務後與原先的情人范蠡泛舟太湖而隱遁。這確實是善良的，但這麼一來，又產生了新的尷尬。這對情人既然原先已經愛深情篤，那麼西施後來在吳國的奉獻，就太與人性相悖。

前不久一位蘇州作家給我看他的一部新作，寫勾踐滅吳後，越國正等著女英雄西施凱旋，但西施已經真正愛上了自己的夫君吳王夫差，甘願陪著他一同流放邊荒。

這還比較合理。

我也算一個越人吧，家鄉曾屬會稽郡管轄。無論如何，我欽佩蘇州的見識和度量。

四

吳越戰爭以後，蘇州一沒有發出太大的音響。千年易過，直到明代，蘇州突然變得堅挺起來。對於遙遠京城空前的腐敗集權，竟然是蘇州人反抗得最為厲害。先是蘇州職工大暴動，再是東林黨人反對魏忠賢。朝廷特務在蘇州逮捕東林黨人時，遭到蘇州全城的反對。柔婉的蘇州人這次是踏著血淚衝擊，衝擊的對象，是皇帝最信任的「九千歲」。這件事情結束後，蘇州人只把五位抗爭時犧牲的普通市民，立了墓碑，葬在虎丘山腳下，讓他們安享山色和夕陽。

這次浩蕩突發，使整整一部中國史都對蘇州人另眼相看。這座古城怎麼啦？脾性一發讓人再也認不出來。說他們含而不露，說他們忠奸分明，說他們大義凜然，蘇州人只笑一笑，又去過原先的日子。園林依然這樣纖巧，桃花依然這樣燦爛。

明代是中國古代實行文化專制主義最嚴重的時期，但那時的蘇州卻打造出了一片比較自由的小天地。明代的蘇州人，可享受的東西多得很。他們有一大批作品不斷的戲曲家，他們有萬人空巷的虎丘山曲會，他們還有了唐伯虎和仇英的繪畫。到後來，他們又有了一個金聖嘆。

如此種種，又讓京城的朝廷文化皺眉。輕柔悠揚，瀟灑倜儻，放浪不羈，艷情漫漫，這似乎又不是聖朝氣象。就拿那個名聲最壞的唐伯虎來說吧，自稱江南第一才子，也不幹什麼正事，也看不起大小官員，只知寫詩作畫，不時拿幾幅畫到街上出賣。

不煉金丹不坐禪，
不為商賈不耕田，
閒來寫幅青山賣，
不使人間造孽錢。

這樣過日子，怎麼不貧病交困呢。然而蘇州人似乎挺喜歡他，親親熱熱叫他唐解元，在他死後把桃花庵修葺保存，還傳播一個「三笑」故事讓他多一樁艷遇。

唐伯虎是好是壞我們卻不去論他。無論如何，他為中國增添了幾頁非官方文化。道德和才情的平衡木實在讓人走得太累，他有權利躲在桃花叢中做一個真正的藝術家。中國這麼大，歷史這麼長，金碧輝煌的色彩層層塗抹，夠沉重了，塗幾筆淺紅淡綠，加幾分俏皮灑潑，才有活氣，才有活活潑潑的中國文化。

五

一切都已過去了，不提也罷。現在我只困惑，人類最早的城邑之一，會不會淹沒在後生晚輩的時尚之中？

山水還在，古蹟還在，似乎精魂也有些許留存。最近一次去蘇州，重遊寒山寺，撞了幾下鐘，看到國學大師俞樾題寫的詩碑，想到他所居住的曲園。曲園為新開，因有俞樾先生的後代俞平伯先生等後人捐贈，原物原貌，適人心懷。曲園在一條狹窄的小巷里，由於這個普通門庭的存在，蘇州一度成為晚清國學重鎮。幾十年後，又因為章太炎先生定居蘇州，這座城市的學術地位更是毋庸置疑，連擁有眾多高等學府的北京、上海、南京這樣的大城市，也不能不投來恭敬的目光。

我一直認為，大學者是適宜於住在小城市的，因為大城市會給他們帶來很多煩雜的消耗。但是，他們選擇小城市的條件又比較苛刻，除了環境的安靜、民風的簡樸外，還需要有一種滲透到牆磚街石間的醇厚韻味，能夠與他們的學識和名聲對應起來。這樣的小城市，中國各地都有，但在當時，蘇州是頂級之選。

漫步在蘇州的小巷中是一種奇怪的經驗。一排排鵝卵石，一級級台階，一座座門庭。門都關閉著，讓你去猜想它的蘊藏，猜想它很早以前的主人。想得再奇也不要緊，兩千多年的時間，什麼事情都可能發生。

如今的曲園，闢有一間茶室。巷子太深，門庭太小，來人不多。茶客都上了年紀，皆操吳儂軟語，遠遠聽去，似乎正在說俞樾和章太炎，有所爭執，又繼以笑聲。

未幾，老人們起身了，他們在門口拱手作揖，轉過身去，消失在狹狹的小巷裡。

我也沿著小巷回去。依然是光光的鵝卵石，依然是座座關閉的門庭。

我突然有點害怕，怕哪個門庭突然打開，擁出來幾個人：再是吳門墨客，我會感到有些悲涼；若是時髦青年，我會覺得有些惶恐。

該是什麼樣的人？我們等著看吧。

兩千多年的小巷給了我們一個暗示，那就是：不管看到什麼，都應該達觀。是的，達觀，能夠笑納一切的達觀。

三峽

一

順長江而下，三峽的起點是白帝城。這個頭開得真漂亮。

對稍有文化的中國人來說，知道三峽也大多以白帝城開頭的。李白那首名詩，在小學課本裡就能讀到。

我讀此詩不到十歲，上來第一句就誤解。「朝辭白帝彩雲間」，「白帝」當然是一個人，李白一大清早與他告別。這位帝王著一身縞白的銀袍，高高地站立在山石之上。

他既然穿著白衣，年齡就不會很大。高個，瘦削，神情憂鬱而安詳。清晨的寒風舞弄著他的飄飄衣帶，絢麗的朝霞燒紅了天際，與他的銀袍互相輝映，讓人滿眼都是光色流蕩。

他沒有隨從和侍衛，獨個兒起了一個大早。詩人遠行的小船即將解纜，他還在握著手細細叮嚀。

他的聲音也像純銀一般，在這寂寞的山河間飄蕩回響。但他的話語很難聽得清楚，好像來自另一個世界。他就住在山頭的小城裡，管轄著這裡的叢山和碧江。

多少年後，我早已知道童年的誤解是多麼可笑，但當我真的坐船經過白帝城的時候，依然虔誠地抬著頭，尋找著銀袍與彩霞。船上的廣播員正在吟誦著這首詩，又放出了《白帝託孤》的樂曲。猛地，山水、歷史、童年的臆想、美麗的潛藏，全都湧成一團，把人震呆。

《白帝託孤》是京劇，說的是戰敗的劉備退到白帝城鬱悶而死，把兒子和政事全都託付給諸葛亮。抑揚有致的聲腔飄浮在回旋的江面上，撞在濕漉漉的山岩間，彌漫著一種失敗的蒼涼。

我想，白帝城本來就熔鑄著兩種聲音、兩番神貌：李白與劉備，詩情與戰火，天真與沉鬱。它高高地矗立在群山之上，它腳下，是為這兩個主題日夜爭辯著的滔滔江流。

華夏河山，可以是屍橫遍野的疆場，也可以是詩來歌往的樂土。可憐的白帝城多麼勞累，清晨，剛剛送走了李白們的輕舟，夜晚，還得迎接劉備們的馬蹄。只是，時間一長，這片山河對詩人們的庇佑力日漸減弱，他們的船楫時時擱淺，他們的衣帶經常熏焦，他們由高邁走向苦吟，由苦吟走向無聲。

中國，還留下幾個詩人？

幸好還留存了一些詩句，留存了一些記憶。幸好還有那麼多中國人還記得，有那麼一個早晨，有那麼一位詩人，在白帝城下悄然登舟。

他剛剛擺脫了一項政治麻煩，精神恢復了平靜。他沒有任何權勢，也沒有任何隨從。如此平凡而寒磣的出行，卻被記住千年，而且還要被記下去，直至地老天荒。這裡透露了一個民族的飢渴：他們本來應該擁有更多這樣平靜的早晨。

在李白的時代，有很多詩人在這塊土地上來來去去。他們的身上並不帶有政務和商情，只帶著一雙銳眼、一腔詩情，在山水間周旋，與大地結親。寫出了一行行毫無實用價值的詩句，在朋友間傳觀吟唱，已是心滿意足。他們很把這種行端當作一件正事，為之而不怕風餐露宿，長途苦旅。

結果，站在盛唐的中心地位的，不是帝王，不是貴妃，不是將軍，而是這些詩人。余光中〈尋李白〉詩云：

酒入豪腸，七分釀成了月光

剩下的三分嘯成劍氣
繡口一吐就半個盛唐

盛唐時代的詩人，既喜歡四川的風土文物，又嚮往下江的開闊文明，長江就成了他們生命的便道，不必下太大的決心就解纜問槳。腳在何處，故鄉就在何處；水在哪里，道路就在哪裡。

他們知道，長江行途的最險處無疑是三峽，但更知道，那裡又是最湍急的詩的河床。一到白帝城，他們振一振精神，準備著一次生命對自然的強力衝撞，並在衝撞中撿拾詩句。只能請那些蜷縮在黃卷青燈間搔首苦吟的人們不要寫詩了，那模樣本不屬於詩人。詩人在三峽的木船上，剛剛告別白帝城。

二

告別白帝城，便進入了長約二百公里的三峽。在水路上，二百公里可不算一個短距離。但是，你絕不會覺得造物主在做過於冗長的文章。這裡所匯聚的力度和美色，即便鋪排開去兩千公里，也不會讓人厭倦。

瞿塘峽、巫峽、西陵峽，每一個峽谷都濃縮得密密層層，再緩慢的行速也無法將它們化解開來。連臨照萬里的太陽和月亮，在這裡也擠挨不上。對此，一千五百年前的酈道元說得最好：

兩岸連山，略無闕處。重岩疊嶂，隱天蔽日，自非亭午夜分，不見曦月。

（《水經注》）

他還用最省儉的字句刻畫過三峽春冬之際的「清榮峻茂」，晴初霜旦的「林寒澗肅」，使後人再難調動描述的詞彙。

這三峽本是尋找不到詞彙的。只能老老實實，讓颼颼陰風吹著，讓滔滔江流濺著，讓迷亂的眼睛呆著，讓一再要狂呼的嗓子啞著。什麼也甭想，什麼也甭說，讓生命重重實實地受一次驚嚇。千萬別從驚嚇中醒過神來，清醒的人都消受不住三峽。

僵寂的身邊突然響起了一些「依哦」聲，那是巫山的神女峰到了。

神女在連峰間側身而立，給驚嚇住了的人類帶來了一點寬慰。好像上蒼在鋪排這個儀式時突然想到，要讓蠕動於山川間的人類佔據一角觀禮。被選上的當然是女性，正當妙齡，風姿綽約，人類的真正傑作只能是她們。

人們在她身上傾注了最瑰麗的傳說，好像下決心讓她汲足世間的至美，好與自然精靈們爭勝。

說她幫助大禹治過水，說她夜夜與楚襄王幽會，說她在行走時有環佩鳴響，說她雲雨歸來時渾身異香。但是，傳說歸傳說，她畢竟只是巨石一柱，險峰一座，只是自然力對人類的一個幽默安慰。

又是詩人首先看破。幾年前，江船上仰望神女峰的無數旅客中，有一位女子突然掉淚。她終於走向船艙，寫下了這些詩行：

美麗的夢留下美麗的憂傷
人間天上，代代相傳
但是，心
真能變成石頭嗎

沿著江岸
金光菊和女貞子的洪流
正煽動新的背叛
與其在懸崖上展覽千年
不如在愛人肩頭痛哭一晚

（舒婷：〈神女峰〉）

船外，王昭君的家鄉過去了。也許是這裡的激流把這位女子的心扉衝開了，顧盼生風，絕世艷麗，卻甘心遠嫁草原。她為中國歷史，疏通了一條像三峽一般的險峻通道。

船外，屈原故里過去了。也許是這裡的奇峰交給他一副傲骨，這位詩人問天索地，最終投身汨羅江，一時把那裡的江水，也攪起了三峽的波濤。

看來，從三峽出發的人，無論是男是女，都比較怪異，都有可能捲起一點漩渦，發起一些衝撞。他們如果具有了叛逆性，也會叛逆得無比瑰麗。

由此可見，最終還是人，這些在形體上渺小得完全不能與奇麗山川相提並論的人，使三峽獲得了精神和靈魂。

後輩子孫能夠平靜地穿越三峽，是一種莫大的奢侈。但遺憾的是，常常奢侈得過於麻木，不知感恩。我只知道，明天一早，我們這艘滿載旅客的航船，會又一次鳴響結束夜船的汽笛，悄然駛進朝霞，抵達一個碼頭。然後，再緩緩啟航。沒有告別，沒有激動，沒有吟唱。

貴池儺

一

儺，一個奇奇怪怪的字，許多文化程度不低的人也不認識它。它的普通意義，是指人們在特定季節驅逐疫鬼的祭儀。

我們的祖先埋頭勞作了一年，到歲尾歲初，要抬起頭來與神對對話了。要扭動一下身子，自己樂一樂，也讓神樂一樂了。要把討厭的鬼疫，狠狠地趕一趕了。這就是各鄉各村儺祭的來由。

對神，人們既有點恭敬，又不想失去自尊。對鬼，人們既有點畏懼，又不想放棄勇敢。因此表情非常複雜，很難做得出來。於是我們的祖先乾脆凝凍表情，戴上面具，把人、神、鬼攪成一氣，又讓巫在中間穿插，在混混沌沌中歌舞呼號，簡直分不清是對上天的祈求，還是對上天的強迫。

反正，在儺祭儀式中，肅穆的朝拜氣氛是不存在的，湧現出來的是一股鑾赫的精神狂潮：鬼，去你的吧！神，你看著辦吧！

這種精神狂潮，體現了世俗大地與原始神祇的激烈斡旋，從天人交戰到天人合一，如夢如幻，如痴如醉，最終成為一個民族生命力的抒泄儀式。

漢代，一次儺祭牽動朝野上下，主持者和演出者數以百計，皇帝、大臣、一品至六品的官員都要觀看，市井百姓也允許參與。

宋代，一次這樣的活動已有千人以上參加，觀看時的氣氛則是山呼海動。

明代，儺戲演出時竟出現過萬人齊聲吶喊的場面。

……

若要觸摸中華民族的精神史，哪能置儺於不顧呢？

法國現代學者喬治·杜梅吉爾（Georges Dumezil）根據古代印度和歐洲神話中不約而同地存在著主神、戰神、民事神的現象，提出過「印歐古文明三元結構模式」。他認為這種三元結構在中國不存在，這似乎已經成了國際學術界不可動搖的結論。但是，如果我們略為關注一下儺祭中的儺神世界，很快就發現那裡有宮廷儺、軍儺、鄉人儺，分別與主神、戰神、民事神嚴密對應。因此，我們可以有把握地說，在漫長的年代之中，在史官的記述之外，儺，完整地潛伏著中國古代社會最基本的幾個文明側面。

時間已流逝到二十世紀八十年代，儺事究竟如何了呢？

平心而論，幾年前剛聽到目前國內許多地方還保留著完好的儺儀活動時，我是大吃一驚的。隨即便決定把它當作一件自己應該關注的事來對待，好好花點功夫。

一九八七年二月，春節剛過，我擠上非常擁擠的長途汽車，向安徽貴池山區出發。據說，那裡儺事頗盛。

二

從上海走向儺，畢竟有漫長的距離。田野在車窗外層層捲去，很快就捲出了它的本色。綿延不絕的土牆、泥丘、濁溝、小攤，簇擁著一個個農舍。「文革」時期刷在牆上的革命標語早已塗掉，只留下一些淡淡的印痕，新貼上去的對聯勾連著至少一個世紀之前的記憶。路邊有幾個竹棚為過往車輛的輪子做著「打氣補胎」的行當，不知怎麼卻寫成了「打胎補氣」，讓人想起明代的庸醫。

汽車一站站停去，乘客在不斷更替。終於，到九華山進香的婦女成了車中的主體。她們高聲談論，卻不敢多看窗外。窗外，步行去九華山的人們慢慢地走著，他們遠比坐車者虔誠。

這塊灰黃的土地，怎麼這樣固執呢？它慢條斯理地承受過一次次現代風暴，又依然款款地展露著自己野拙的面容。世事在一件件褪色，豪語如風，誓言如霧；墳丘在一圈圈增加，紙幡飄飄，野燒隱隱。下一代闖蕩一陣、呼喊一陣、焦躁一陣，很快又雕滿木訥的皺紋。這麼一想，路邊的觀景全都失去了時間，而我耳邊，已經響起了儺祭的鼓聲……

這鼓聲使我回想起三十多年前。一天，家鄉的道士正在一處做法事，他頭戴方帽敲著一個小鼓，在為一位客死異地的鄉人招魂。他報著亡靈返歸的沿途地名，祈求這些地方的冥官放其通行。突然，道士身後擁出一群人，是小學的校長帶著一批學生。

小學校長告訴道士，學校正在普及科學知識，這種迷信活動有可能干擾孩子們的正常課程。跟在校長後面的學生一起呼應，抵拒招魂。那個時期道士本來就已經發不出太大的聲音，一看這個陣勢也就唯唯諾諾地離開了。

這就引起了做法事的那個家庭和鄰里鄉親的不滿，認為不管什麼理由，阻斷人家的喪葬儀式很不應該。那天傍晚吃晚飯的時候，幾乎一切有小學生的家庭都發生了兩代間的爭論。父親拍著筷子追打孩子，孩子流著眼淚逃出門外，三五成群地躲進草垛後面，記著校長和老師的囑咐，餓著肚子對抗迷信。

月亮上來，夜風正緊，孩子們抬頭看看，抱緊雙肩，心中比夜空還要明淨：校長說了，這是月球，正圍著地球在轉；風，空氣對流而成。

想到這裡我心中一笑，出發前聽到一個消息：今天要去看的貴池儺祭儀式，之所以保存得比較完好，要歸功於一位小學校長。

也是小學校長！

我靜下心來，閉目細想，把我們的小學校長與他合成一體。我彷彿看見，這位老人在勸阻了許多次招魂法事，講述了無數遍自然、地理課程之後，終於皺起眉頭品味起身邊的土地。接連的災禍，犟韌的風俗，不變的人倫，重複的悲歡，單純的祈願，循環的時序，使他一次次拿起又一次次放下那些古今書籍，熬過了許多不眠之夜。他慢吞吞地從課本下面抽出幾張白紙，走出門外，開始記錄農民的田歌、俗諺。

最後，猶豫再三，他敲響了早已改行的道士家的木門。

他坐在道士身邊聽了又聽，又花費多年時間去訪問各色各樣的老人。終於，有一天，他遲遲疑疑地走進了政府機關的大門，對他以前的學生、今天的官員申述一條條的理由，要求保存儺文明。這種申述十分艱難，直到來自國外的文化考察者的不斷來訪，直到國內著名學者也來挨家挨户地打聽，他的理由才被大體澄清。

於是，我也終於聽到了有關儺的公開音訊。

三

單調的皮筒鼓響起來了。

山村不大，村民們全朝鼓聲擁去。那是一個陳舊的祠堂，灰褐色的樑柱上貼著驅疫祈福的條幅。正面有一高台，儺戲演出已經開場。

開始是儺舞，一小段一小段的。這是在請諸方神靈，請來的神當然也是人扮的，戴著面具，踏著鑼鼓聲舞蹈一回，算是給這個村結下了交情。神靈中有觀音、魁星、財神、判官，也有關公。村民們在台下一一辨認妥當，覺得一年中該指靠的幾位都來了，心中便覺安定。

接下來，演出一段《打赤鳥》，赤鳥象徵著天災。又來一段《關公斬妖》，這裡的妖有著極廣泛的含義。其中有一個妖竟被迫跳下台來，衝出祠堂。觀看的村民哄然起身，也一起衝出祠堂緊追不捨。

一直追到村口，那裡早有人燃起野燒，點響一串鞭炮，終於把妖魔逐出村外。村民們撫掌而笑，又鬧哄哄地擁回祠堂，繼續觀看。

如此來回折騰一番，演出場地已延伸到整個村子，所有的村民都已裹捲其間，彷彿整個村子都在齊心協力集體驅妖。火光在月色下閃動，鞭炮一次次躥向夜空。在村民心間，小小的舞台只是點了一下由頭，全部祭儀鋪展得很大。他們在祭天地、日月、山川、祖宗，空間和時間都非常廣闊，祠堂的圍牆形同虛設。

接下來是演幾段大戲。有的注重舞，有的注重唱。舞姿笨拙而簡陋，讓人想到遠古。由於頭戴面具，唱出的聲音低啞不清，也像幾百年前傳來。

有一個重頭唱段，由儺班的領班親自完成。這是一位瘦小的老者，毫不化裝，也無面具，只穿今日農民的尋常衣衫，在渾身披掛的演者們中間安穩坐下，戴上老花眼鏡，一手拿一只茶杯，一手翻開一個綿紙唱本，咿咿呀呀唱將起來。全台演員依據他的唱詞而動作，極似木偶。這種演法，雖然粗陋卻也自由之極，很有可能遭到現代戲劇家嘲笑，但它也在不露聲色地嘲笑著現代戲劇家。

平心而論，儺戲在表演技巧上實在乏善可陳。我曾經讀到一些研究者寫的論文，盛贊儺戲藝術高超，這顯然是言過其實。試想，演者全非專業，平日皆是農民、工匠，匆促登台，腿腳生硬，也只能如此了。演者中有不少年輕人，估計是在國內外考察者來過之後，才走進儺儀隊伍中來的。本來血氣方剛、手腳靈便的他們，來學這般稚拙動作，看來更是牽強。

演至半夜，休息一陣，演者們到祠堂邊的小屋中吃「腰台」。「腰台」亦即夜宵，是村民對他們的犒賞。

屋中擺開三桌，每桌中間置一圓底鍋，鍋內全是白花花的肥肉片，厚厚一層油膩浮在上面。圍著圓鍋的是十只瓷燒杯，一小罈自釀燒酒已經開蓋。

據說，吃完「腰台」，他們要演到天亮。從日落演到日出，謂之「兩頭紅」，頗為吉利。

我已渾身發困，陪不下去了，約著幾位同行者，離開了村子。住地離這裡很遠，我們要走一程長長的山路。

四

翻過一個山岙，我們突然被一排火光圍困。

又驚又懼，只得走近前去。攔徑者一律山民打扮，舉著松明火把，照著一條紙紮的龍。見到了我們，也不打招呼，只是大幅度地舞動起來，使我們不解其意，不知所措。

舞完一段，才有一位站出，用難懂的土音大聲說道：「聽說外來的客人到那個村子看儺去了，我們村也有，為什麼不去？我們在這裡等候多時！」

我們惶恐萬分，只得柔聲解釋，說現在已是深更半夜，身體困乏，不能再去。山民認真打量著我們，最後終於提出條件，要我們站在這裡，再看他們好好舞一回。

那好吧，我們靜心觀看。

在這漆黑的深夜，在這闃無人跡的山坳間，看著火把的翻滾，看著舉火把的壯健的手和滿臉亮閃閃的汗珠，實在是一番雄健的美景，我們由衷地鼓起掌來。

掌聲方落，舞蹈也停，也不道再見，那火把，那紙龍，全都迤邐而去，頃刻消失在群獸般的山林中。

太像是夢，唯有鼻子還能嗅到剛剛燃過的松香味，信其為真。

我實在被這些夢困擾了。直到今天，仍然無法全然超脫。

我對貴池儺事的考察報告，已經發表在美國夏威夷大學的學報，據説引起了國際學術界不小的關注。但是，對我自己而言，有一些更大的問題還沒有解決。因此，只得常常在古代文明和現代文明，土俗文明和文本文明間，左支右絀，進退維谷。

勉強可以説幾句的是：文化，是祖先對我們的遠年設計，而設計方案，則往往藏在書本之外，大山深處。而且，大多已經步履踉蹌，依稀模糊。

我們很難完全逃脱這種設計，但也有可能把這種設計改變。這是個人的自由選擇，不必強求統一。然而，不管哪一種，大家都應該在聽完校長和老師的教誨之後，多到野外的大地去走一走。

青雲譜

一

在中華文化史上，江西的地位比較奇特。初一看，它既不響亮，也不耀眼，似乎從來沒有成為全國嚮往的文化中心或文化熱土，就像河南、陝西、山東、江蘇、浙江、北京、上海等地承當過的那樣。但是如果細細尋訪，就會發現它是多重文化經絡的歸置之地。儒家的朱熹和白鹿洞書院自不必說，即使是道家和佛家，江西都有領先全國的道場。在文學戲劇上，從陶淵明到湯顯祖，皆是頂級氣象。

總之，江西在文化上呈現出一種低調的厚實，平靜的富有，不事張揚的完備。這種姿態，讓我尊敬。

南昌郊外的青雲譜，又為江西的蘊藏增加了一個例證。

二

青雲譜原是個道院，主持者當然是個道士，但原先他卻做過十多年和尚，做和尚之前他還年輕，是明朝王室的顯赫後裔。

不管他的外在身份如何變化，歷史留下了他的一個最根本的身份：十七世紀晚期中國最傑出的畫家。

他叫朱耷，又叫八大山人、雪个等，是明太祖朱元璋第十七個兒子朱權的後代。在朱耷出生前兩百多年，朱權被封於南昌，這便是青雲譜出現在南昌郊外的遠期原因。

說起來，作為先祖的朱權雖然貴為王子卻也是一個全能的藝術家，而且也信奉道教，這與兩百多年後的朱耷構成了一種呼應。但是，可憐的朱耷已面臨著朱家王朝的最後覆沒，為道為僧，主要是一種身份遮蔽，以便躲在冷僻的地方逃避改朝換代後的政治風雨，靜靜地在生命絕境中用畫筆營造一個精神小天地。

究竟是一個什麼樣的院落，能給一部藝術史提供那麼多的荒涼？究竟是一些什麼樣的朽木、衰草、敗荷、寒江，洩露著畫家道袍裏裏藏的孤傲？我帶著這些問題去尋找青雲譜，沒想到青雲譜竟然相當熱鬧。

不僅有汽車站，而且還有個小火車站。當日道院如今園圃蔥翠，屋宇敞亮。遊客以青年男女居多，他們一般沒有在宅內展出的朱耷作品前長久盤桓，大多在花叢曲徑間款款緩步。突然一對上了年歲的華僑夫婦被一群人簇擁著走來，說是朱耷的後代，滿面戚容，步履沉重。我不無疑惑地投去一眼，心想，朱耷既做和尚又做道士，使我們對他的婚姻情況很不清楚。後來好像有過一個叫朱抱墟的後人，難道你們真是朱抱墟之後？即便是真的，又是多少代的事啦，如此淒傷的表情畢竟有點誇張。更重要的是，如果真是他的後代就應該明白，他們的前輩是一個名揚歷史的大畫家，這千古筆墨早已不僅僅屬於一姓一家。

這一切也不能怪誰。有這麼多的人來套近乎，熱熱鬧鬧地來紀念一位幾百年前的孤獨藝術家，沒有什麼不好。然而無可奈何的是，這個院落之所以顯得如此重要的原始神韻，已經很難複製，朱耷在生命絕境中的精神小天地，更不容易重現。這是世界上很多名人故居開放後共同遇到的難題，對我這樣的尋訪者來說，畢竟有一點遺憾。

到青雲譜來之前，我也經常想起他。為此，有一年我招收研究生時曾出過一道知識題：「略談你對八大山人的瞭解。」一位考生的回答是：「中國歷史上八位潛跡山林的隱士，通詩文，有傲骨，姓名待考。」

把八大山人說成是八位隱士我倒是有所預料的，這道題目的「圈套」也在這裏；把中國所有的隱士一併概括為「通詩文，有傲骨」，十分有趣；至於在考卷上寫「待考」，我不禁啞然失笑了。

與這位考生一樣的對朱耷的隔膜感，我從許多參觀者的眼神裏也看了出來。他們知道朱耷重要，卻不知道他的作品好在哪裡。這樣潦倒的隨意塗抹，與他們平常對藝術作品的欣賞習慣差距太大了。他們在苦惱地自問：中國傳統藝術的光輝，難道就閃耀在這些令人喪氣的破殘筆墨中？因此，青雲譜其實是一個艱深的課堂，讓很多困惑的參觀者重新接受一門有關生命絕境的美學課程。

三

對於中國繪畫史，我比較看重晚明至清一段。朱耷就出現在這個階段中。

在此前漫長的繪畫發展歷史上，當然也是大匠如林、佳作迭出。但是，如果要說到藝術家個體生命的強悍呈現，那就不得不把目光投向徐渭、朱耷、原濟以及「揚州八怪」等人身上了。

毫無疑問，並不是畫到了人，就一定能觸及生命的底線。中國歷史上有過一些很出色的人物畫家如顧愷之、閻立本、吳道子、張萱、周昉、顧閎中等等，我都很喜歡，但總的說來，他們筆下的人物與他們自己的生命未必有直接的關聯。他們強調「傳神」，但主要也是很「傳神」地在描繪著一種異己的著名人物，並不是本人靈魂的酣暢傳達。在這種情況下，倒是山水、花鳥畫，更有可能直捷地展示畫家的內心世界。

山水花鳥原是人物畫的背景和陪襯。當它們獨立出來之後，大多喜歡表現「詩中有畫，畫中有詩」的美學意境，基本格局比較固定。畫家們也就把心力傾注在筆墨趣味上了。

筆墨趣味能夠導致高雅，但畢竟還缺少一種更強烈、更坦誠的東西。有沒有可能出現另一種作品，讓苦惱、焦灼、掙扎、癡狂在畫幅中燃燒，人們一見便可以立即發現畫家本人，並且從生命根本上認識他們，就像中國人在文學上認識屈原、李白，就像歐洲人在美術上認識羅丹、畢加索和梵高？

不少學者認為，中國藝術講究怨而不怒、哀而不傷，正好與西方藝術的分裂呼號、激烈衝突相反。對此，我一直存有懷疑。我認為，世界上的藝術分三種，一種是「順境揮灑」，一種是「逆境長嘆」，一種是「絕境歸來」。中國繪畫不應該永遠沒有第三種。

果然，到了文化專制最為嚴重的明清時代，它終於出現了。

很多年以前北京故宮博物院舉辦過一次畫展，我在已經看得十分疲倦的情況下突然看到徐渭的一幅葡萄圖，精神陡然一振。後來又見到過他的《墨牡丹》、《黃甲圖》、《月竹》和《雜花圖長卷》。他的生命奔瀉得淋漓而灑潑，躁動的筆墨後面游動著千般不馴，萬般無奈。在這裏，僅說筆墨趣味，顯然是遠遠不夠了。

對徐渭我瞭解得比較多。他實在是一個才華橫溢的大藝術家，但人間苦難也真是被他嘗盡了。他由超人的清醒而走向佯狂，直至有時真正的痴癲。他曾自撰墓誌銘，九次自殺而未死。他還誤殺過妻子，坐過六年多監獄。他厭棄人世、厭棄家庭、厭棄自身，產生了特別殘酷的生命衝撞。他的作品，正是這種生命衝撞所飛濺出來的火花，正是我所說的「絕境歸來」的最好寫照。

明確延續著這種美學格調的，便是朱耷。他實際的遭遇沒有徐渭那樣慘，但作為大明皇帝的後裔，他的悲劇性感悟卻比徐渭更加遼闊。

他的天地全部沉淪了，只能在紙幅上拼接一些枯枝、殘葉、怪石，張羅出一種地老天荒般的殘山剩水，讓一些孤蝕的鳥、怪異的魚，暫時躲避。

這些鳥魚完全掙脫了秀美的美學範疇，誇張地袒露其醜，以醜直鍥人心，以醜傲視甜媚。它們是禿陋的，畏縮的，不想惹人，也不想發出任何音響。但它們卻都有一副讓整個天地都為之一寒的白眼，冷冷地看著，而且把這冷冷地看當作了自身存在的目的。

它們似乎又是木訥的，老態的，但從整個姿勢看又隱含著一種極度的敏感。它們會飛動，會遊弋，會不聲不響地突然消失。

毫無疑問，這樣的物像，走向了一種整體性的象徵。

某些中國畫家平素在表現花鳥蟲獸時也常常追求一點通俗的具體象徵。例如，牡丹象徵什麼，梅花象徵什麼，喜鵲象徵什麼，老虎象徵什麼，等等。這是一種層次很低的符號式對應，每每墜入陳詞濫調，為高品位的畫家們所鄙棄。看了朱耷的畫，就知道其間的差異在哪裡了。

四

比朱耷小十幾歲的原濟也是明皇室後裔，用他自己的詩句來說，他與朱耷都是「金枝玉葉老遺民」。人們對他比較常用的稱呼是石濤、大滌子、苦瓜和尚。他雖與朱耷很要好，心理狀態卻有很大不同，精神痛苦没有朱耷那麼深。很重要的一個原因，是他與更廣闊的自然有了深入接觸，悲劇意識有所泛化。

但是，當這種悲劇意識流瀉到他的山水筆墨中時，更是呈現出一派沉鬱蒼茫，奇險奔放，局面做得比朱耷還大。

這就使他與朱耷等人一起，與當時畫壇的正統潮流形成鮮明對照，構成了很強大的時代性衝撞。有了他們，中國繪畫史上種種保守、因襲、精雅、空洞的畫風都顯得萎弱了。

徐渭、朱耷、原濟這些人，對後來的「揚州八怪」影響極大，再後來又滋養了吳昌碩和齊白石等現代畫家。中國畫的一個新生代的承續系列，就這樣構建起來了。我深信這是中國藝術史上最有生命力的激流之一，也是中國人在沉悶的明清之際的一種罕見的驕傲。

齊白石有一段話，使我每次想起都心頭一熱。他說：

青藤（即徐渭）、雪个（即朱耷）、大滌子（即原濟）之畫，能橫塗縱抹，余心極服之。恨不生前三百年，或為諸君磨墨理紙。諸君不納，余于門之外餓而不去，亦快事也。

早在齊白石之前，鄭燮（板橋）就刻過一個自用印章，其文為：

青藤門下走狗

這兩件事，說起來都帶有點痴癲勁頭，而實際上卻道盡了這股藝術激流在中國繪畫史上多麼難於遇見，又多麼讓人激動。

為了朝拜一種真正的藝術生命，鄭、齊兩位高傲了一生的藝術家，連折辱自己的生命也在所不惜了。由此可知，世上最強烈的誘惑是什麼。

五

我在青雲譜的庭院裏就這樣走走想想，也消磨了大半天時間。面對著各色各樣很想親近朱耷卻又看不懂朱耷的遊人，我想，事情的癥結還在於我們一直沒有很多強健的作品去震撼他們，致使他們常常過著一種缺少藝術激動的生活，隨之與藝術的過去和現在一併疏離起來。因此說到底，還是藝術首先疏離了他們。

什麼時候，我們身邊能再出幾個那樣的畫家，他們強烈的生命信號照亮廣闊的天域，哪怕普通老百姓也會由衷地熱愛他們。即便只是冷冷地躲在一個角落，幾百年後的大師們也想倒趕過來做他們的僕人？

什麼時候，徐渭的絕境歸來將由紫霞迎接，朱耷的孤寂心聲將由青雲譜就？

黃州突圍

一

這便是黃州赤壁，或者說是東坡赤壁。赭紅色的陡坡直逼著浩蕩大江，坡上有險道可供俯瞰，江面有小船可供仰望。

地方不大，但一俯一仰之間就有了氣勢，有了偉大與渺小的比照，有了時間和空間的倒錯，因此也就有了冥思的價值。

蘇東坡走過的地方很多，其中不少地方遠比黃州美麗。但是，這個僻遠的黃州卻給了他巨大的驚喜和震動，甚至把黃州當作他一生中最重要的人生驛站。這一切，決定於他來黃州的原因和心態。

他從監獄裏走來，他帶著一個極小的官職，實際上以一個流放罪犯的身份走來。他帶著官場和文壇給他的渾身髒水走來，他滿心僥倖又滿心絕望地走來。他被人押著，遠離自己的家眷，没有質格選擇黃州之外的任何一個地方，朝著這個當時還很荒涼的小鎮走來。

他很疲倦，他很狼狽。出汴梁，過河南，渡淮河，進湖北，抵黃州，蕭條的黃州没有給他預備任何住所，他只得在一所寺廟中住下。他擦一把臉，喘一口氣，四周一片靜寂，連一個朋友也没有，他閉上眼睛搖了搖頭。

二

人們有時也許會傻想，像蘇東坡這樣讓中國人共享千年的大文豪，應該是他所處的時代的無上驕傲，他周圍的人一定會小心地珍惜他，虔誠地仰望他，總不願意去找他的麻煩吧？事實恰恰相反，越是超時代的文化名人，往往越不能相容於他所處的具體時代。中國世俗社會的機制非常奇特，它一方面願意播揚和哄傳一位文化名人的聲譽，利用他、榨取他、引誘他，另一方面從本質上卻把他視為異類，遲早會排拒他、糟踐他、毀壞他。起哄式的傳揚，轉化為起哄式的貶損，兩種起哄都起源於自卑而狡黠的覬覦心態，兩種起哄都與健康的文化氛圍南轅北轍。

蘇東坡到黃州來之前正陷於一個被文學史家稱為「烏台詩獄」的案件中，這個案件的具體內容是特殊的，但集中反映了文化名人在中國社會中的普遍遭遇，很值得說一說。

為了不使讀者把注意力耗費在案件的具體內容上，我們不妨先把案件的底交代出來。即便站在朝廷的立場上，這也完全是一個莫須有的可笑事件。一群大大小小的文化官僚硬說蘇東坡在很多詩中流露了對政府的不滿和不敬，方法是對他詩中的詞句作上綱上線的詮釋，搞了半天連神宗皇帝也不太相信，他在將信將疑之間，幾乎不得已地判了蘇東坡的罪。

在中國古代的皇帝中，宋神宗確實是不算壞的。在他內心並沒有迫害蘇東坡的任何企圖，他深知蘇東坡的才華。他的祖母光獻太皇太后甚至竭力要保護蘇東坡，而他又是尊重祖母的，在這種情況下，蘇東坡不是非常安全嗎？然而，完全不以神宗皇帝和太皇太后的意志為轉移，名震九州、官居太守的蘇東坡還是下了大獄。這一股強大而邪惡的力量，很值得研究。

使神宗皇帝動搖的，是突然之間，批評蘇東坡的言論幾乎不約而同地聚合到了一起。他為了維護自己尊重輿論的形象，不能為蘇東坡說話了。

那麼，批評蘇東坡的言論為什麼會不約而同地聚合在一起呢？我想最簡要的回答是他弟弟蘇轍說的那句話：「東坡何罪？獨以名太高。」

他太出色、太響亮，能把四周的筆墨比得十分寒磣，能把同代的文人比得有點狼狽，引起一部分人酸溜溜的嫉恨，然後你一拳我一腳地糟踐，幾乎是不可避免的。在這場可恥的圍攻中，一些品格低劣的文人充當了急先鋒。

例如舒亶。

這人可稱之為「檢舉揭發專業户」，在揭發蘇東坡的同時他還揭發了另一個人，那人正是以前推薦他做官的大恩人。這位大恩人給他寫了一封信，拿了女婿的課業請他提意見、輔導，這本是朋友間正常的小事往來，沒想到他竟然忘恩負義地給皇帝寫了一封莫名其妙的檢舉揭發信，説我們兩人都是官員，我又在輿論領域，他讓我輔導他女婿總不大妥當。皇帝看了他的檢舉揭發，也就降了那個人的職。這簡直是東郭先生和狼的故事。

就是這麼一個讓人噁心的人，與何正臣等人相呼應，寫文章告訴皇帝，蘇東坡到湖州上任後寫給皇帝的感謝信中「有譏切時事之言」。蘇東坡的這封感謝信皇帝早已看過，沒發現問題，舒亶卻苦口婆心地一款一款分析給皇帝聽，蘇東坡正在反您呢，反得可兇呢，而且已經反到了「流俗翕然，爭相傳誦，忠義之士，無不憤惋」的程度！「憤」是憤蘇東坡，「惋」是惋皇上。有多少忠義之士在「憤惋」呢？他説是「無不」，也就是百分之百，無一遺漏。這種數量統計完全無法驗證，卻能使注重社會名聲的神宗皇帝心頭一咯噔。

又如李定。

這是一個曾因母喪之後不服孝而引起人們唾罵的高官，對蘇東坡的攻擊最兇。他歸納了蘇東坡的許多罪名，但我仔細鑒別後發現，他特別關注的是蘇東坡早年的貧寒出身，現今在文化界的地位和社會名聲。這些都不能列入犯罪的範疇，但他似乎壓抑不住地對這幾點表示出最大的憤慨。

他說蘇東坡「起於草野垢賤之餘」，「初無學術，濫得時名」，「所為文辭，雖不中理，亦足以鼓動流俗」，如此等等。蘇東坡的出身引起他的不服且不去說它，硬說蘇東坡不學無術、文辭不好，實在使我驚訝不已了。但他如果不這麼說，也就無法斷言蘇東坡的社會名聲是「濫得」。總而言之，李定的攻擊在種種表層理由裏邊顯然埋藏著一個最深秘的元素：妒忌。

無論如何，詆毀蘇東坡的學問和文采畢竟是太愚蠢了，這在當時加不了蘇東坡的罪，而在以後卻成了千年笑柄。但是妒忌一深就會失控，他只會找自己最痛恨的部位來攻擊，已顧不得哪怕是裝裝樣子的合理性了。

又如王圭。

這是一個跋扈和虛偽的老人。他憑著資格和地位自認為文章天下第一，實際上他寫詩作文繞來繞去都離不開「金玉錦繡」這些字眼，大家暗暗掩口而笑，他還自我感覺良好。現在，一個後起之秀蘇東坡名震文壇，他當然要想盡一切辦法來對付。

有一次他對皇帝說：「蘇東坡對皇上確實有二心。」皇帝問：「何以見得？」他舉出蘇東坡一首寫檜樹的詩中有「蟄龍」二字為證。皇帝不解，說：「詩人寫檜樹，和我有什麼關係？」他說：「寫到了龍還不是寫皇帝嗎？」皇帝倒是頭腦清醒，反駁道：「未必，人家叫諸葛亮還叫臥龍呢！」

這個王圭用心如此低下，文章能好到哪兒去呢？更不必說與蘇東坡來較量了。幾縷白髮有時能夠冒充師長、掩飾邪惡，卻欺騙不了歷史。歷史最終也沒有因為年齡把他的名字排列在蘇東坡的前面。

又如李宜之。

這又是另一種特例，做著一個芝麻綠豆小官，在安徽靈璧縣聽說蘇東坡以前為當地一個園林寫的一篇園記中有勸人不必熱衷於做官的詞句，竟也寫信給皇帝檢舉揭發。他在信中分析說，這種思想會使人們缺少進取心，也會影響取士。看來這位李宜之除了心術不正之外，智力也大成問題，你看他連誣陷的口子都找得不倫不類。但是，在沒有理性法庭的情況下，再愚蠢的指控也能成立，因此對散落全國各地的李宜之們構成了一個鼓勵。

為什麼檔次這樣低下的人也會擠進來圍攻蘇東坡？當代蘇東坡研究者李一冰先生說得很好：「他也來插上一手，無他，一個默默無聞的小官，若能參加一件扳倒名人的大事，足使自己增重。」從某種意義上說，他的這種目的確實也部分地達到了，例如我今天寫這篇文章竟然還會寫到李宜之這個名字，便完全是因為他參與了對蘇東坡的圍攻，否則他沒有任何理由被哪怕是同一時代的人寫在印刷品裏。

我的一些青年朋友根據他們對當今世俗心理的多方位體察，覺得李宜之這樣的人未必是為了留名於歷史，而是出於一種可稱作「砸窗子」的惡作劇心理。晚上，一群孩子站在一座大樓前指指點點，看誰家的窗子亮就撿一塊石子扔過去，談不上什麼目的，只圖在幾個小朋友中間出點風頭而已。

我覺得我的青年朋友們把李宜之看得過於現代派，也過於城市化了。李宜之的行為主要出於一種政治投機，聽説蘇東坡有點麻煩，就把麻煩鬧得大一點，反正對內不會負道義責任，對外不會負法律責任，樂得投井下石，撐順風船。這樣的人倒是沒有膽量像李定、舒亶和王圭那樣首先向一位文化名人發難，説不定前兩天還在到處吹噓在什麼地方有幸見過蘇東坡，硬把蘇東坡説成是自己的朋友甚至老師呢。

又如——我真不想寫出這個名字，但再一想又沒有諱避的理由，還是寫出來吧：沈括。這位在中國古代科技史上占有不小地位的著名科學家也因嫉妒而傷害過蘇東坡，批評蘇東坡的詩中有譏諷政府的傾向。如果他與蘇東坡是政敵，那倒也罷了，問題是他們曾是好朋友，他所提到的詩句，正是蘇東坡與他分別時手錄近作送給他留作紀念的。這實在有點不是味道了。歷史學家們分析，這大概與皇帝在沈括面前說過蘇東坡的好話有關，沈括心中產生了一種默默的對比。另一種可能是他深知王安石與蘇東坡政見不同，他站投到了王安石一邊。

但王安石畢竟是一個講究人品的文化大師，重視過沈括，但最終卻覺得沈括不可親近。當然，不可親近並不影響我們對沈括科學成就的肯定。

圍攻者還有一些，我想舉出這幾個也就差不多了，蘇東坡突然陷入困境的原因已經可以大致看清，我們也領略了一組超越時空的中國式批評者的典型。他們中的任何一個人要單獨搞倒蘇東坡都是很難的，但是在社會上沒有一種強大的反誹謗、反誣陷機制的情況下，一個人探頭探腦的冒險會很容易地招來一堆湊熱鬧的人，於是七嘴八舌地組合成一種輿論。

蘇東坡開始很不在意。有人偷偷告訴他，他的詩被檢舉揭發了，他先是一怔，後來還幽默地說：「今後我的詩不愁皇帝看不到了。」但事態的發展卻越來越不幽默，一〇七九年八月二十七日，朝廷派人到湖州的州衙來逮捕蘇東坡，蘇東坡事先得知風聲，立即不知所措。

文人終究是文人，他完全不知道自己犯了什麼罪，從氣勢洶洶的樣子看，估計會處死，他害怕了，躲在後屋裏不敢出來。朋友說躲著不是辦法，人家已在前面等著了，要躲也躲不過。

正要出來他又猶豫了，出來該穿什麼服裝呢？已經犯了罪，還能穿官服嗎？朋友說，什麼罪還不知道，還是穿官服吧。

蘇東坡終於穿著官服出來了，朝廷派來的差官裝模作樣地半天不說話，故意要演一個壓得人氣都透不過來的場面出來。蘇東坡越來越慌張，說：「我大概把朝廷惹惱了，看來總得死，請允許我回家與家人告別。」

差官說：「還不至於這樣。」便叫兩個差人用繩子捆紮了蘇東坡，像驅趕雞犬一樣上路了。家人趕來，號啕大哭，湖州城的市民也在路邊流淚。

長途押解，猶如一路示眾，可惜當時幾乎沒有什麼傳播媒介，沿途百姓不認識這就是蘇東坡。貧瘠而愚昧的國土上，繩子捆紮著一個世界級的偉大詩人，一步步行進。蘇東坡在示眾，整個民族在丟人。

全部遭遇還不知道半點起因。蘇東坡只怕株連親朋好友，在途經太湖和長江時都想投水自殺，由於看守嚴密而未成。

當然也很可能成，那麼，江湖淹沒的將是一大截特別明麗的中華文明。文明的脆弱性就在這裏，一步之差就會全盤改易，而把文明的代表者逼到這一步之差境地的則是一群小人。

一群小人能做成如此大事，只能歸功於中國的獨特國情。

小人牽著大師，大師牽著歷史。小人順手把繩索重重一抖，於是大師和歷史全都成了罪孽的化身。一部中國文化史，有很長時間一直把諸多文化大師捆押在被告席上，而法官和原告，大多是一群群擠眉弄眼的小人。

究竟是什麼罪？審起來看！

怎麼審？打！

一位官員曾關在同一監獄裏，與蘇東坡的牢房只有一牆之隔，他寫詩道：

遙憐北戶吳興守，
詬辱通宵不忍聞。

通宵侮辱到了其他犯人也聽不下去的地步，而侮辱的對象竟然就是蘇東坡！

請允許我在這裏把筆停一下。我相信一切文化良知都會在這裏戰慄。中國幾千年間有幾個像蘇東坡那樣可愛、高貴而有魅力的人呢？但可愛、高貴、魅力之類往往既構不成社會號召力也構不成自我衛護力，真正厲害的是邪惡、低賤、粗暴，它們幾乎戰無不勝、攻無不克、所向無敵。現在，蘇東坡被它們抓在手裏搓捏著，越是可愛、高貴、有魅力，搓捏得越起勁。

溫和柔雅如林間清風、深谷白雲的大文豪，面對這徹底陌生的語言系統和行為系統，不可能作任何像樣的辯駁，他一定變得非常笨拙，無法調動起碼的言詞，無法完成簡單的邏輯。他在牢房裏的應對，絶對比不過一個普通的盜賊。

因此，審問者們憤怒了也高興了，原來這麼個大名人竟是草包一個，你平日的滔滔文辭被狗吃掉了？看你這副熊樣還能寫詩作詞？純粹是抄人家的吧！

接著就是輪番撲打，詩人用純銀般的嗓子哀號著，哀號到嘶啞。這本是一個只需要哀號的地方，你寫那麼美麗的詩就已荒唐透頂了，還不該打。打，打得你淡妝濃抹，打得你乘風歸去，打得你密州出獵！

開始，蘇東坡還試圖拿點兒正常邏輯頂幾句嘴。審問者咬定他的詩裏有譏諷朝廷的意思，他説：「我不敢有此心，不知什麼人有此心，造出這種意思來。」一切誣陷者都喜歡把自己打扮成某種「險惡用心」的發現者，蘇東坡指出，他們不是發現者而是製造者，應該由他們自己來承擔。

但是，蘇東坡的這一思路招來了更兇猛的侮辱和折磨，當誣陷者和辦案人完全合成一體、串成一氣時，只能這樣。

終於，蘇東坡經受不住了，經受不住日復一日、通宵達旦的連續逼供。他想閉閉眼、喘口氣，唯一的辦法就是承認。於是，他以前的詩中有「道旁苦李」，是在説自己不被朝廷重視；詩中有「小人」字樣，是譏刺當朝大人；特別是蘇東坡在杭州做官時興沖沖去看錢塘潮，回來寫了詠弄潮兒的詩「吳兒生長狎濤淵」，據説竟是在影射皇帝興修水利！

這種大膽聯想連蘇東坡這位浪漫詩人都覺得實在不容易跳躍過去，因此在承認時還不容易「一步到位」，審問者有本事耗時間一點點逼過去。案卷記錄上經常出現的句子是：「逐次隱諱，不說情實，再勘方招。」蘇東坡全招了，同時他也就知道必死無疑了。

他一心想著死。他覺得連累了家人，對不起老妻，又特別想念弟弟。他請一位善良的獄卒帶了兩首詩給蘇轍，其中有這樣的句子：「是處青山可埋骨，他時夜雨獨傷神。與君世世為兄弟，又結來生未了因。」

埋骨的地點，他希望是杭州西湖。

不是別的，是詩句，把他推上了死路。我不知道那些天他在鐵窗裏是否痛恨詩文。沒想到，就在這時，隱隱約約地，一種散落四處的文化良知開始匯集起來了，他的讀者們慢慢抬起了頭，要說幾句對得起自己內心的話了。

很多人不敢說，但畢竟還有勇敢者；他的朋友大多躲避了，但畢竟還有俠義人。

杭州的父老百姓想起他在當地做官時的種種美好行跡，在他入獄後公開做了解厄道場，求告神明保佑他。

獄卒梁成知道他是大文豪，在審問人員離開時盡力照顧生活，連每天晚上的洗腳熱水都準備了。

他在朝中的朋友范鎮、張方平不怕受到牽連，寫信給皇帝，說他在文學上「實天下之奇才」，希望寬大。

他的政敵王安石的弟弟王安禮也仗義執言，對皇帝說：「自古大度之君，不以言語罪人」，如果嚴厲處罰了蘇東坡，「恐後世謂陛下不能容才」。

最有趣的是那位我們上文提到過的太皇太后，她病得奄奄一息，神宗皇帝想大赦犯人來為她求壽，她竟說：「用不著去赦免天下的兇犯，放了蘇東坡一人就夠了！」最直截了當的是當朝左相吳充，有次他與皇帝談起曹操，皇帝對曹操評價不高。吳充立即接口說：「曹操猜忌心那麼重還容得下禰衡，陛下怎麼容不下一個蘇東坡呢？」

對這些人，不管是獄卒還是太后，我們都要深深感謝。他們有意無意地在驗證著文化的感召力。就連那盆洗腳水，也充滿了文化的熱度。

據王鞏《甲申雜記》記載，那個帶頭誣陷、調查、審問蘇東坡的李定，整日得意洋洋。有一天他與滿朝官員一起在崇政殿的殿門外等候早朝時，向大家敘述審問蘇東坡的情況。他說：「蘇東坡真是奇才，一二十年前的詩文，審問起來都記得清清楚楚！」

他以為，對這麼一個哄傳朝野的著名大案，一定會有不少官員感興趣。但奇怪的是，他說了這番引逗別人提問的話之後，沒有一個人搭腔，沒有一個人提問，崇政殿外一片靜默。

他有點慌神，故作感慨狀，嘆息幾聲，回應他的仍是一片靜默。

這靜默算不得抗爭，也算不得輿論，但著實透著點兒高貴。相比之下，歷來許多誣陷者周圍常常會出現一些不負責任的熱鬧，以嘈雜助長了誣陷。

就在這種情勢下，皇帝釋放了蘇東坡，貶謫黃州。黃州對蘇東坡的重要性，不言而喻。

三

我很喜歡讀林語堂先生的《蘇東坡傳》，但又覺得他把蘇東坡在黃州的境遇和心態寫得太理想了。其實，就我所知，蘇東坡在黃州還是很淒苦的，優美的詩文，是一種掙扎和超越。

蘇東坡在黃州的生活狀態，已被他自己寫給李端叔的一封信描述得非常清楚。信中說：

> 得罪以來，深自閉塞，扁舟草履，放浪山水間，與樵漁雜處，往往為醉人所推罵，輒自喜漸不為人識。平生親友，無一字見及，有書與之亦不答，自幸庶幾免矣。

我初讀這段話時十分震動，因為誰都知道蘇東坡這個樂呵呵的大名人是有很多很多朋友的。

日復一日的應酬，連篇累牘的唱和，幾乎成了他生活的基本內容，他一半是為朋友們活著。但是，一旦出事，朋友們不僅不來信，而且也不回信了。

他們都知道蘇東坡是被冤屈的，現在事情大體已經過去，卻仍然不願意寫一兩句哪怕是問候起居的安慰話。蘇東坡那一封封用美妙絕倫、光照中國書法史的筆墨寫成的信，千辛萬苦地從黃州帶出去，卻換不回一丁點兒友誼的信息。

我相信這些朋友都不是壞人，但正因為不是壞人，更讓我深長地嘆息。

總而言之，原來的世界已在身邊轟然消失，於是一代名人也就混跡於樵夫漁民間不被人認識。原本這很可能換來輕鬆，但他又覺得遠處仍有無數雙眼睛注視著自己，只能在寂寞中惶恐。即使這封無關宏旨的信，他也特別注明不要給別人看。

日常生活，在家人接來之前，大多是白天睡覺，晚上一個人出去溜達，見到淡淡的土酒也喝一杯，但絕不喝多，怕醉後失言。

他真的害怕了嗎？也是也不是。他怕的是麻煩，而絕不怕大義凜然地為道義、為百姓，甚至為朝廷、為皇帝捐軀。他經過「烏台詩案」已經明白，一個人蒙受了誣陷即便是死也死不出一個道理來。

你找不到慷慨陳詞的目標，你抓不住從容赴死的理由。你想做個義無反顧的英雄，不知怎麼一來把你打扮成了小丑；你想做個堅貞不屈的烈士，鬧來鬧去卻成了一個深深懺悔的俘虜。無法洗刷，無處辯解，更不知如何來提出自己的抗議，發表自己的宣言。這確實很接近柏楊先生提出的「醬缸文化」，一旦跳在裡邊，怎麼也抹不乾淨。

蘇東坡怕的是這個，沒有哪個高品位的文化人會不怕。但他的內心仍有無畏的一面，或者說災難使他更無畏了。

他給李常的信中說：

> 吾儕雖老且窮，而道理貫心肝，忠義填骨髓，直須談笑於死生之際。……雖懷坎壈于時，遇事有可尊主澤民者，便忘軀為之，禍福得喪，付與造物。

這麼真誠的勇敢，這麼灑脫的情懷，出自天真了大半輩子的蘇東坡筆下，是完全可以相信的。但是，讓他在何處做這篇人生道義的大文章呢？沒有地方，沒有機會，沒有觀看者，也沒有裁決者，只有一個把是非曲直、忠奸善惡染成一色的大醬缸。於是，蘇東坡剛剛寫了上面這幾句，支頤一想，又立即加一句：「此信看後燒毀。」

這是一種真正精神上的孤獨無告。對於一個文化人，沒有比這更痛苦的了。那闋著名的〈卜算子〉，用極美的意境道盡了這種精神遭遇：

缺月掛疏桐，漏斷人初靜。誰見幽人獨往來？縹緲孤鴻影。
驚起卻回頭，有恨無人省。揀盡寒枝不肯棲，寂寞沙洲冷。

正是這種難言的孤獨，使他徹底洗去了人生的喧鬧，去尋找無言的山水，去尋找遠逝的古人。在無法對話的地方尋找對話，於是對話也一定會變得異乎尋常。

像蘇東坡這樣的靈魂竟然寂靜無聲，那麼，遲早總會突然冒出一種宏大的奇蹟，讓這個世界大吃一驚。

然而，現在他即便寫詩作文，也不會追求社會轟動了。他在寂寞中反省過去，覺得自己以前最大的毛病是才華外露，缺少自知之明。

他想，一段樹木靠著瘿瘤取悅於人，一塊石頭靠著暈紋取悅於人，其實能拿來取悅於人的地方，恰恰正是它們的毛病所在，它們的正當用途絕不在這裡。我蘇東坡三十餘年來想博得別人叫好的地方也大多是我的弱項所在。例如，從小為考科舉學寫政論、策論，後來更是津津樂道於考論歷史是非、直言陳諫曲直。做了官以為自己真的很懂得這一套了，洋洋自得地炫耀，其實我又何嘗懂呢？直到一下子面臨死亡才知道，我是在炫耀無知。三十多年來最大的弊病，就在這裏。現在終於明白了，到黃州的我，是覺悟了的我，與以前的蘇東坡，是兩個人。（參見〈致李端叔書〉）

蘇東坡的這種自省，不是一種走向乖巧的心理調整，而是一種極其誠懇的自我剖析，目的是想找回一個真正的自己。他在無情地剝除自己身上每一點異已的成分，哪怕這些成分曾為他帶來過官職、榮譽和名聲。

他漸漸回歸於清純和空靈。在這一過程中，佛教幫了他大忙，使他習慣於淡泊和靜定。艱苦的物質生活，又使他不得不親自墾荒種地，體味著自然和生命的原始意味。

這一切，使蘇東坡經歷了一次整體意義上的脱胎換骨，也使他的藝術才情獲得了一次蒸餾和昇華。他，真正地成熟了——與古往今來許多大家一樣，成熟於一場災難之後，成熟於滅寂後的再生，成熟於窮鄉僻壤，成熟於幾乎沒有人在他身邊的時刻。

幸好，他還不年老，他在黃州期間，是四十四歲至四十八歲，對一個男人來説，正是最重要的年月，今後還大有可為。中國歷史上，許多人覺悟在過於蒼老的暮年，剛要享用成熟所帶來的恩惠，腳步卻已踉蹌蹣跚。與他們相比，蘇東坡真是好命。

成熟是一種明亮而不刺眼的光輝，一種圓潤而不膩耳的音響，一種不再需要對別人察言觀色的從容，一種終於停止向周圍申述求告的大氣，一種不理會哄鬧的微笑，一種洗刷了偏激的淡漠，一種無須聲張的厚實，一種並不陡峭的高度。勃鬱的豪情發過了酵，尖利的山風收住了勁，湍急的溪流匯成了湖，結果——

引導千古傑作的前奏已經鳴響，一道神秘的天光射向黃州，〈念奴嬌・赤壁懷古〉和前、後〈赤壁賦〉馬上就要產生。

天涯的眼神

一

幾年前讀到一篇外國小說，作家的國別和名字已經忘記，但基本情節還有印象。一對親親熱熱的夫妻，約了一位朋友到山間去野營狩獵，一路上丈夫哼著曲子在開車，妻子和朋友坐在後座。但突然，丈夫嘴上的曲子戛然而止，因為他在反光鏡中瞥見妻子的手和朋友的手悄悄地握在一起。

丈夫眩暈了，怒火中燒又不便發作，車子開得搖晃不定，恨不得出一次車禍三人同歸於盡。好不容易到了野營地，丈夫一聲不吭騎上一匹馬獨個兒去狩獵了，他發瘋般地縱馬狂奔，滿心都是對妻子和朋友的痛恨。他發現了一頭鹿，覺得那就是自己不忠誠的妻子的借體，便握繮狠追，一再舉槍瞄準，那頭鹿當然拼命奔逃。

不知道追了多遠，跑了多久，只知道耳邊生風、群山急退，直到暮色蒼茫。突然那頭鹿停步了，站在一處向他回過頭來。他非常驚訝，抬頭一看，這兒是山地的盡頭，前面是深不可測的懸崖。鹿的目光，清澈而美麗，無奈而淒涼。

他木然地放下獵槍，頹然回繮，早已認不得歸去的路了，只能讓馬馱著一步步往前走。仍然不知走了多久，忽然隱隱聽到遠處一個女人呼喊自己名字的聲音，走近前去，在朦朧月光下，妻子臉色蒼白，她的目光，清澈而美麗，無奈而淒涼。

我約略記得，這篇小說在寫法上最讓人注目的是心理動態和奔馳動態的漂亮融合，但對我來說，揮之不去的是那頭鹿面臨絕境時猛然回首的眼神。

這種眼神對全人類都具有震撼力，一個重要證據是中國居然也有一個相似的民間故事。

故事發生在海南島，一個年輕的獵手也在追趕著一頭鹿，這頭鹿不斷向南奔逃，最後同樣在山崖邊突然停住，前面是一望無際的大海，它回過頭來面對獵手，雙眼閃耀出渴求生命的光彩。

獵手被這種光彩鎮住，剎那間兩相溝通。終於，這頭鹿變成一位少女與他成婚。

這個故事的結尾當然落入了中國式的套數，但落入套數之前的那個眼神，仍然十分動人。

兩個故事的成立有一個根本的前提，那就是必須發生在前面已經完全沒有路可走的地方。只有在天涯海角、絕壁死谷，生命被逼到了最後的邊界，一切才變得深刻。

我們海南島真有一個山崖叫「鹿回頭」，山崖前方，真叫「天涯海角」，再前方，便是茫茫大海。

人們知道，儘管海南島的南方海域中還有一些零星小島，就整塊陸地而言那兒正恰是中華大地的南端。既然如此，那頭鹿的回頭也就回得非同小可了。

中國的帝王面南而坐，中國的居民朝南而築，中國發明的指南針永遠神奇地指向南方，中國大地上無數石獅、鐵牛、銅馬、陶俑也都面對南方站立著或匍匐著。這種種目光，穿過群山，越過江湖，全都迷迷茫茫地探詢著碧天南海。那頭美麗的鹿一回頭，就把這所有的目光都兜住了。

二

海南島很早就有人住，長期保持著一種我們今天很難猜度的原始生態。戰國時的《尚書・禹貢》和《呂氏春秋》中所劃定的九州中最南的兩州是揚州和荊州，可見海南還遠處於文明的邊界之外。在中原，那是政治家和軍事家特別繁忙的年代，而在海南島，只聽到一個個熟透的椰子從樹上靜靜地掉下來。啪嗒、啪嗒，掉了幾千年。椰樹邊，海濤日夜翻捲，藤葛垂垂飄拂。

看起來，大陸人比較認真地從行政眼光打量這座島嶼是在漢代。打量者是兩個都被稱之為「伏波將軍」的南征軍官，西漢時的路博德和東漢時的馬援。他們先後在南中國的大地上左右馳騁、開疆拓土，順便也把這個孤懸於萬頃碧波之外的海島粗粗地光顧了一下，然後設了珠崖、儋耳兩郡，納入中華版圖。

但是這種納入實在是很潦草的，土著的俚族與外來的官吏士兵怎麼也合不來，一次次地爆發尖銳的衝突，連那些原先自然遷來的大陸移民也成了土著轟逐的對象。有很長一段時間，所有的外來人不得不統統撤離，擠上木船渡海回大陸，讓海南島依然處於一種自在狀態。

當然過後又會有軍人前去征服，但要在那裡安安靜靜地待下去幾乎是不可能的。幾番出入進退，海南島成了一個讓人害怕的地方。

前些日子為找海南的資料隨手翻閱二十五史，在《三國志》中讀到一段資料，說赤烏年間東吳統治者孫權一再南征海南島，群臣一致擁護，唯獨有一位叫全琮的浙江人竭力反對。他說：

聖朝之威，何向而不克？然殊方異域，隔絕障海，水土氣毒，自古有之。兵入民出，必生疾病，轉相污染，往者懼不能返，所獲何可多？

（上海古籍出版社、上海書店一九八六年版《二十五史》第二冊，《三國志》第一六八頁）

孫權沒有聽他的，意氣昂昂地派兵向海南進軍了。結果是，如此遙遠的路途，走了一年多，士兵死亡百分之八九十。孫權後悔了，又與全琮談及此事，稱讚全琮的先見之明。全琮說，當時君臣中有不少人也是明白的，但他們怕不忠，不提反對意見。

三國是一個英雄的時代，而英雄也未能真正征服海南。那麼，海南究竟是等待一個什麼樣的人物呢？

完全出乎人們意料，在孫權南征的二百多年之後，一個出生在今天廣東陽江的姓冼的女子，以自己的人格魅力幾乎是永久地安頓了海南。公元五二七年，亦即特別關心中華版圖的地理學家酈道元去世的那一年，這位姓冼的女子嫁給了高涼太守馮寶，便開始輔佐丈夫管起中華版圖南端很大一塊地面，海南島也包括在內。丈夫馮寶因病去世，中原地區頻繁的戰火也造成南粵的大亂，這位已屆中年的女子只得自己跨上了馬背。

為了安定，為了民生，為了民族間的和睦，她幾十年一直指揮若定，威柔並施。終於，她成了南粵和海南島很大一部分地區最有聲望的統治者，「冼夫人」的稱呼在椰林海灘間響亮地翻捲。

直到隋文帝統一中國，冼夫人以近似於「女酋長」的身份率領屬下各州縣歸附，迎接中央政權派來的官員，消滅當地的反叛勢力，使嶺南與中原真正建立了空前的親和關係。

冼夫人是個高壽的女人。如果說結婚是她從政的開始，那麼到她去世，她從政長達七十餘年。

從中原文化的坐標去看，那是一個劉勰寫《文心雕龍》、顏之推寫《顏氏家訓》的時代；而他們的南方，一個女人，正威鎮海天。

她不時回首中原，從盈盈秋波到矇矓慈目，始終是那樣和善。

沒有什麼資料可以讓我們知道冼夫人年輕時的容貌和風采，但她的魅力似乎是不容懷疑的。直到一千多年後的今天，瓊州海峽兩岸還有幾百座冼夫人廟，每年都有紀念活動，自願參與者動輒數十萬，令人吃驚。

一種在依然荒昧背景下的女性化存在——這便是盛唐之前便已確立的海南島形象。

三

由唐至宋，中國的人文版圖漸漸南移，而海南島首先領受的，卻是一些文化水準很高的被貶文官。他們為這個島留下了很多東西。

例如，李德裕是唐朝名相李吉甫的兒子，自己也做過宰相，在宦海風波中數度當政，最後被政敵貶到海南島崖州（即今瓊山縣）。這麼一個高官的流放，勢必是拖家帶口的，因此李德裕的子孫就在海南島代代繁衍，據說，今天島上樂東縣大安鄉南仇村的李姓，基本上都是他的後裔。在島上住了一千多年，當然已經成了再地道不過的海南人，這些生息於椰林下的普通村民不知道，他們家族在海南的傳代系列，是在一種強烈的異鄉感中開始的。

從德裕留下的詩作看，他也注意到了海南島的桄榔、椰葉、紅槿花，但這一切反都引發起他對故鄉風物的思念，結果全成了刺心的由頭。他沒有想到，這種生態環境遠比他時時關切的政治環境重要，當他的敵人和朋友全都煙消雲散之後，他的後代卻要在這種生態環境中永久性地生活下去。他竟然沒有擦去淚花多看一眼，永遠的桄榔、椰葉、紅槿花。

海南島人民把他和其他貶謫海南的四位官員愛稱為「五公」進行紀念，認認真真造了廟，端端正正塑了像，一代又一代。「五公」中其他四位都產生在宋代，都是為主張抗金而流放海南的，而且都是宰相、副宰相的級別。一時間海南來了那麼些宰相，煞是有趣。主張求和的當權者似乎想對這些慷慨激昂的政敵開個小玩笑：你們怎麼老是盯著北方疆土做文章，沒完沒了地念叨著抗金、抗金？那就抗去吧——一下被扔到了最南面。

這「五公」先後上島後，日子難過，心情不好，成天哀嘆連連。但是，只要住長了，就會漸漸愛上這個地方。宋朝的副宰相李光在這裡一住十幾年，大力支持當地的教育事業，希望建設一個儒學小天地，甚至幻想要在瓊州海峽架起一座長橋，把海南島與大陸連接起來。

「五公祠」二樓的大柱上有一副引人注目的楹聯，文曰：

唐宋君王非寡德，
瓊崖人士有奇緣。

意思是，這些人品學識都很高的人士被流放到海南島，從我們的眼光來看，可以不說唐宋君王缺德，而是我們海南島的一種莫大緣分，要不然我們怎麼結交得了這樣的大人物呢！這番語句，出於海南人之手，真是憨厚之至，我仰頭一讀就十分感動。

在被貶海南島的大人物中，比「五公」更有名的還是那位蘇東坡。蘇東坡流放到海南島時已六十多歲，原先他總以為貶謫到遠離京城、遠離故鄉的廣東惠州也就完了，辛辛苦苦在那裡造了一棟房，把兒孫一一接過來聚居，剛喘一口氣，又一聲令下要他渡海。蘇東坡想，已經這麼老了，到了海南先做一口棺材，再找一塊墓地，安安靜靜等死，葬身海外算了。一到海南，衣食住行都遇到嚴重困難。他自己耕種，自己釀酒，想寫字還自己制墨，憂傷常常爬上心頭。然而，他畢竟是他，很快在艱難困苦中抬起了專門發現生趣、發現美色的雙眼，開始代表中華文化的最高層次，來評價海南島。

他發現海南島其實並沒有傳聞中的所謂毒氣，明言「無甚瘴也」。他在流放地憑弔了冼夫人廟，把握住了海南的靈魂。由此伸發開去，他對黎族進行了考察，還朝拜了黎族的誕生地黎母山。

蘇東坡在海南過得越來越興致勃勃。他經常喝幾口酒，臉紅紅的，孩子們還以為他返老還童了：

寂寂東坡一病翁，
白鬚蕭散滿霜風。
小兒誤喜朱顏在，
一笑哪知是酒紅！

有時酒没有了，米也没有了，大陸的船隻好久没來，他便掐指算算房東什麼時候祭灶。因為他與房東已成了好朋友，一定能美滋滋地飽餐一頓。

他還有好幾位黎族朋友，經常互相往訪。遇到好天氣，他喜歡站在朋友的家門口看行人。下雨了，他便借了當地的椰笠、木屐穿戴上回家，一路上婦女孩子看他怪模怪樣哈哈大笑，連狗群也向著他吠叫。他衝著婦女孩子和狗群發問：「笑我怪樣子吧？叫我怪樣子吧？」

有時他喝酒半醉，迷迷糊糊地去拜訪朋友，孩子們口吹葱葉迎送，他只記得自己的住處在牛欄西面，一路尋著牛糞摸回去。

蘇東坡在海南島居留三年後遇赦北歸，歸途中吟了兩句詩：

九死南荒吾不恨，
兹游奇絕冠平生。

海南之行，竟是他一生中最奇特，也最有意思的一段遭遇。文化大師如是說，海南島也對得起中國文化史了。

對海南島來說，無論「五公」的恨，還是蘇東坡的冤，它都不清楚。它只有滋潤的風，温暖的水，暢快的笑，潔白的牙齒，忽閃的眼。大陸的人士來了，不管如何傷痕斑斑先住下，既不先聽你申訴，也不陪著你嘆息，只讓你在不知不覺間稍稍平靜，然後過一段日子試試看。

來了不多久就要回去，揮手歡送，盼不到回去的時日，也儘管安心。回去時已經恢復名譽為你高興，回去時依然罪名深重也輕輕慰撫。

初來時是青年是老年在所不計，是獨身是全家都可安排。離開時要徹底搬遷為你挎包抬箱，要留下一些後代繼續生活，更悉聽尊便，椰林下的木屋留著呢。

——這一切，使我想到帶有母性美的淳樸村婦。

四

宋朝的流放把海南搞得如此熱鬧，海南溫和地一笑；宋朝終於氣數盡了，流亡將士擁立最後一個皇帝於南海崖山，後又退踞海南島抗元，海南接納了他們，又溫和地一笑；不久元將收買叛兵完全佔領海南，海南也接受了，依然溫和地一笑。

在這兵荒馬亂的年月間，有一個非常瑣碎的歷史細節肯定不會引起任何人注意：有一天，一艘北來的航船在海南島南端的崖州靠岸，船上走下來一名來自江蘇松江烏泥涇的青年女子。她抖抖索索，言語不通，唯一能通的也就是那溫和的一笑。當地的黎族姊妹回以一笑，沒多說什麼就把她安頓了下來。

這位青年女子原是童養媳，為逃離婆家的凌辱躲進了一條船，沒想到這條船走得那麼遠，更沒想到她所到達的這個言語不通的黎族地區，恰恰是當時中國和世界的紡織聖地。女人學紡織天經地義，她在黎族姊妹的傳授下很快也成了紡織高手。

一過三十年，她已五十出頭，因思鄉心切帶著棉紡機具坐船北歸。她到松江老家後被人稱為黃道婆，因她，一種全新的紡織品馳譽神州大地。四方人士讚美道：「松郡棉布，衣被天下。」

黃道婆北返時元朝滅宋朝已有十七八年。海南給予中原的，不是舊朝的殘夢，不是勃鬱的血性，而只是纖纖素手中的縷縷棉紗、柔柔布帛。改朝換代的是非曲直很難爭得明白，但不必爭論的是，我們每一個人的前輩，都穿過棉衣棉布，都分享過海南島女性文明的熱量。

五

元代易過，到了明代，海南島開始培育出土生土長的文化名人。流放者當年在教育事業上的播種終於有了收成。

最著名的自然是邱浚。還在少年時代，這位出生在海南島瓊山下田村的聰明孩子已經吟出一首以五指山為題的詩。讓人吃驚的不是少年吟詩，而是這首詩居然把巍巍五指山比作一只巨大無比的手，撐起了中華半壁雲天，不僅在雲天中摘星、弄雲、逗月，而且還要遠遠地指點中原江山！

果然，這位邱浚科舉高中，仕途順達，直至禮部尚書、户部尚書、文淵閣大學士、武英殿大學士，不僅學問淵博，而且政績卓著，官聲很好。多年前我在《中國戲劇史》中曾嚴厲批評過他寫的傳奇《五倫全備記》，我至今仍不喜歡這個劇本，但當我接觸了不少前所未見的材料之後卻對他的人品有了更多的尊重。特別是他官做得越大越思念家鄉的那番情意，讓我十分動心。

孝宗皇帝信任他，喜歡與他下棋，據説他每下一子就在口中念念有詞：「將軍，海南錢糧減三分。」皇帝以為是民間下棋的口頭禪，也跟著念叨，没想到皇帝一念邱浚就立即下跪謝恩，君無戲言，海南賦稅也就減免三分。即便這事帶點玩鬧性質，年邁的大臣為了故鄉撲通跪下的情景還是頗為感人的。

邱浚晚年思鄉病之嚴重，在歷代官場中是罕見的。七十老人絮絮叨叨、沒完沒了的回鄉囈語，把「治國平天下」的豪情銷蝕得差不多了，心中只剩下那個溫柔寧靜的海島。

邱浚最終死於北京，回海南的只是他的靈柩。他的曾孫叫邱郊，在村子裡結識了一個在學問上很用功的朋友，經常來往，這位朋友的名字後來響徹九州：海瑞。

海瑞的行止體現了一種顯而易見的陽剛風骨，甚至身後數百年依然讓人害怕讓人讚揚。與邱浚一樣，海瑞對家鄉也是情深意篤：罷了官，就回家鄉安靜住著，復了職，到了哪兒都要踮腳南望。海瑞最後也像邱浚一樣死於任上，靈柩回鄉抬到瓊山縣濱涯村時纜繩突然神秘地綳斷，於是就地安葬。

邱浚和海瑞這兩位同村名人還有一個共同點，他們都是幼年喪父，完全由母親一手帶大的。我想這也是他們到老都對故鄉有一種深刻依戀的原因，儘管那時他們的母親早已不在。衝天撼地的陽剛，冥冥中仍然偎依在女性的懷抱。

他們身居高位而客死異鄉，使我聽想到海明威在《乞力馬扎羅的雪》中寫到的那頭在「上帝的廟殿」高峰近旁凍僵風乾的豹子。海明威問：「到這樣高寒的地方來尋找什麼？」

我相信邱濬、海瑞臨死前也曾這樣自問。答案還沒有找到，他們已經凍僵。凍僵前的最後一個目光，當然投向遠處溫熱的家鄉，但在家鄉，又有很多豹子願意向別處出發去尋找一點什麼。

正當邱濬和海瑞在官任上苦思家鄉的時候，家鄉的不少百姓卻由於種種原因揮淚遠航，向南洋和世界其他地方去謀求生路，從天涯走向更遠的天涯，這便形成了明清兩代不斷增加的瓊僑隊伍。

海南的風韻，從此在世界各地播揚。

不管走得多遠，關鍵時刻還得回來。一八八七年五月，海南島文昌縣昌洒鎮古路園村回來一位年輕的華僑。他叫宋耀如，專程從美洲趕來看看思念已久的家鄉。每天手搖葵扇在路口大樹下乘涼，很客氣地與鄉親們聊天，住了一個多星期便離開了。後來才知道，這是他在操辦人生大事前特到家鄉來默默地請一次安。

他到了上海即與浙江餘姚的女子倪桂珍結婚，他們的三個女兒將對中國的一代政治生活產生重大影響。

宋氏三姊妹誰也沒有忘記自己是海南人。但是，她們一輩子浪跡四海，誰也沒能回去。有一天，宋慶齡女士遇見一位原先並不認識的將軍，聽說將軍是海南文昌人就忍不住脫口叫一聲「哥哥」，將軍也就親熱地叫這位名揚國際的高貴女性「妹妹」。與此同時，遠在台灣的宋美齡女士為重印清朝咸豐八年的《文昌縣志》鄭重其事地執筆題寫了書名。

對她們來說，家鄉，竟成了真正難以抵達的天涯。

只能貿然叫一聲哥哥，只能悵然寫一個書名。而她們作為海南女性的目光，給森然的中國現代史帶來了幾多水氣，幾多溫馨。

六

讀者從我的敘述中已經可以感到，我特別看重海南歷史中的女性文明和家園文明。我認為這是海南的靈魂。

你看不管這座島的實際年齡是多少，正兒八經把它納入中華文明的是那位叫冼夫人的女性；海南島對整個中國的各種貢獻中，最大的一項是由另一位叫黃道婆的女性完成的；直到現代，還出了三位海南籍的姊妹名播遠近。使我深感驚訝的是，這些女性幾乎都產生在亂世，越是亂世越需要女性，因此也總是在亂世，海南島一次次對整個中國發揮著獨特的功能。

女性文明很自然地派生出了家園文明。蘇東坡、李光他們淚涔涔地來了，遇到了家園文明，很快破涕為笑；海瑞、邱浚他們氣昂昂地走了，放不下家園文明，終於樂極生悲。

女性文明和家園文明的最終魅力，在於尋常形態的人間情懷，在於自然形態的人道民生。本來，這是一切文明的基礎部位，不值得大驚小怪，但在中國，過於漫長的歷史，過於發達的智謀，過於鋪張的激情，過於講究的排揚，使尋常和自然反而變得稀有。

失落了尋常型態和自然型態，人們就長久地為種種反常的設想激動著、模擬著。怎麼成為聖賢？如何做得英豪？什麼叫氣貫長虹？什麼叫名垂青史？什麼叫中流砥柱？什麼叫平反昭雪？……這些堂皇而激烈的命題，一直哧哧地冒著燙人的熱氣，竟然普及於社會、滲透於歷史。而事實上，這些命題出現的概率究竟有多大，而且又有多少真實性呢。

幸好有一道海峽，擋住了中原大地的燥熱和酷寒，讓海南島保留住了人類學意義上的基元性、恆久性存在，讓人們一次次清火理氣，返璞歸真。

在飛往海南島的飛機上我一直貼窗俯視。機翼下的群山剛剛下過雪，黑白分明，猶如版畫。越往南飛，黑白越不分明，瓊州海峽一過，完全成了一幅以綠色為基調的水彩畫。

這種色彩變化，對文明而言，既是回歸，又是前瞻，回歸就是前瞻。我希望在交通日益便利的時代，海南島不要因為急功近利而損害自然生態。現代人越是躁急就越想尋找家園，一種使精神獲得慰藉的家園，一種能讓大家抖落世事浮塵如見母親的家園，一種離開了種種偽坐標驀然明白自己究竟是誰的家園。只要自然生態未被破壞，海南島有可能成為人們的集體家園。

由於這樣的家園越來越少，人們的尋找往往也就變成了追趕。世間一切高層次的旅遊都具有哲學意義，看來消消停停，其實是在尋找，是在追趕。

又想起了文章開頭提到的那兩個追鹿的故事。是的，我們歷來是馳騁於中原大地的躁急騎手，卻一直不清楚自己在驅逐什麼，追趕什麼。現在逐漸清楚了，但空間已經不大，時間已經不多。

無論在自然生態還是在精神生態上，前後已經是天涯海角了。

幸好，她回頭了，明眸皓齒，嫣然一笑。

於是，新世紀的故事開始了。

山莊裡的背影

一

我們這些人，對清代總有一種複雜的情感阻隔。記得很小的時候，歷史老師講到「揚州十日」、「嘉定三屠」時，眼含淚花，這是清代的開始；而講到「火燒圓明園」、「戊戌變法」時又有淚花了，這是清代的尾聲。年邁的老師一哭，孩子們也跟著哭。清代歷史，是小學中唯一用眼淚浸潤的課程。從小種下的怨恨，很難化解得開。

老人的眼淚和孩子們的眼淚拌和在一起，使這種歷史情緒有了一種最世俗的力量。我小學的同學全是漢族，沒有滿族。因此很容易在課堂裡獲得一種共同語言，好像漢族理所當然是中國的主宰，你滿族為什麼要來搶奪呢？搶奪去了能夠弄好倒也罷了，偏偏越弄越糟，最後幾乎讓外國人給瓜分了。於是，在閃閃淚光中，我們懂得了什麼是漢奸、什麼是賣國賊、什麼是民族大義、什麼是氣節。我們似乎也知道了中國之所以落後於世界列強，關鍵就在於清代，而辛亥革命的啟蒙者們重新點燃漢人對清朝的仇恨，提出「驅除韃虜，恢復中華」的口號，又是多麼有必要，多麼讓人解氣。清朝終於被推翻了，但至今在很多中國人心裡，它仍然是一種冤孽般的存在。

年長以後，我開始對這種情緒產生警惕。因為無數事實證明，在我們中國，許多情緒化的社會評判規範，雖然堂而皇之地傳之久遠，卻包含著極大的不公正。我們缺少人類普遍意義上的價值啟蒙，因此這些情緒化的社會評判規範大多是從封建正統觀念逐漸引伸出來的，帶有很多盲目性。先是姓氏正統論，劉漢、李唐、趙宋、朱明……在同一姓氏的傳代系列中所出現的繼承人，哪怕是昏君、懦夫、色鬼、守財奴、精神失常者，都是合法而合理的，而外姓人氏若有覬覦，即便有一千條一萬條道理，也站不住腳，真偽、正邪、忠奸全由此劃分。由姓氏正統論擴而大之，就是民族正統論。這種觀念要比姓氏正統論複雜得多，你看辛亥革命的闖將們與封建主義的姓氏正統論勢不兩立，卻也需要大聲宣揚民族正統論，便是例證。

漢族當然非常偉大，沒有理由要受到外族的屠殺和欺凌。問題是，不能由此而把漢族等同於中華，把中華歷史的正義、光亮、希望，全部押在漢族一邊。與其他民族一樣，漢族也有大量的污濁、昏聵和醜惡，它的統治者常常一再地把整個中國歷史推入死胡同。在這種情況下，歷史有可能作出超越漢族正統論的選擇，而這種選擇又未必是倒退。

為此，我要寫寫承德的避暑山莊。清代的史料成捆成扎，把這些留給歷史學家吧，我們，只要輕手輕腳地繞到這個消夏的別墅裡去偷看幾眼也就夠了。

二

承德的避暑山莊是清代皇家園林，又稱熱河行宮、承德離宮，雖然聞名史冊，但久為禁苑，又地處塞外，歷來光顧的人不多。我去時，找了山莊背後的一個旅館住下。那時正是薄暮時分，我獨個兒走出住所大門，對著眼前黑黝黝的山嶺發呆。查過地圖，這山嶺便是避暑山莊北部的最後屏障，就像一張羅圈椅的椅背。在這張羅圈椅上，休息過一個疲憊的王朝。

奇怪的是，整個中華版圖都已歸屬了這個王朝，為什麼還要把這張休息的羅圈椅放到長城之外呢？清代的帝王們在這張椅子上面南而坐的時候都在想一些什麼呢？

月亮升起來了，眼前的山壁顯得更加巍然愴然。北京的故宮把幾個不同的朝代混雜在一起，誰的形象也看不真切，而在這裡，遠遠的、靜靜的、純純的、悄悄的，躲開了中原王氣，藏下了一個不羼雜的清代。它實在對我產生了一種巨大的誘惑，從第二天開始，便一頭埋到了山莊裡邊。

山莊很大，本來覺得北京的頤和園已經大得令人咋舌了，它竟比頤和園還大整整一倍，據說裝下八九個北海公園是沒有問題的。我想不出國內還有哪個古典園林能望其項背。山莊裡面，除了前半部有層層疊疊的宮殿外，是開闊的湖區、平原區和山區。尤其是山區，幾乎佔了整個山莊的八成左右，讓這遊慣了別的園林的人很不習慣。園林是用來休閒的，何況是皇家園林，大多追求方便平適，有的也會堆幾座小山妝點一下，哪有像這兒的，硬是圈進莽莽蒼蒼一大片真正的山嶺來消遣？這個格局，包含著一種需要我們抬頭仰望、低頭思索的審美觀念和人生觀念。

山莊裡有很多楹聯和石碑，上面的文字大多由皇帝們親自撰寫。他們當然想不到多少年後會有我們這些陌生人闖入他們的私家園林，來讀這些文字，這些文字是寫給他們後輩繼承人看的。我踏著青苔和蔓草，辨識和解讀著一切能找到的文字，連藏在山間樹林中的石碑都不放過。一路走去，終於可以有把握地說，山莊的營造，完全出自一代政治家在精神上的強健。

首先是康熙。他是走了一條艱難而又成功的長途才走進山莊的，到這裡來喘口氣，應該。

他一生的艱難都是自找的。他的父輩本來已經給他打下了一個很完整的江山，他八歲即位，十四歲親政，年輕輕一個孩子，坐享其成就是了，能在如此遼闊的疆土、如此興盛的運勢前做些什麼呢？他稚氣未脫的眼睛，竟然疑惑地盯上了兩個龐然大物，一個是朝廷中最有權勢的輔政大臣鰲拜，一個是自恃當初領清兵入關有功、擁兵自重於南方的吳三桂。平心而論，對於這樣與自己的祖輩、父輩都有密切關係的重要政治勢力，即便是一代雄主也未必下得了決心去動手，但康熙卻向他們，也向自己挑戰了。十六歲上乾淨俐落地除了鰲拜集團，二十歲開始向吳三桂開戰，花八年時間的征戰取得徹底勝利。

他等於把到手的江山重新打理了一遍，使自己從一個繼承者變成了創業者。他成熟了，眼前幾乎已經找不到什麼對手，但他還是經常騎著馬，在中國北方的山林草澤間徘徊，這是他祖輩崛起的所在，他在尋找著自己的生命和事業的依托點。

他每次都要經過長城，長城多年失修，已經破敗。對著這堵受到歷代帝王切切關心的城牆，他想了很多。他的祖輩是破長城進來的，沒有吳三桂也絕對進得了，那麼長城究竟有什麼用呢？堂堂一個朝廷，難道就靠這些磚塊去保衛？但是如果沒有長城，我們的防線又在哪裡呢？他思考的結果，可以從一六九一年他的一份上諭中看出個大概。

那年五月，古北口總兵官蔡元向朝廷提出，他所管轄的那一帶長城「傾塌甚多，請行修築」，康熙竟然完全不同意，他的上諭是：

> 秦築長城以來，漢、唐、宋亦常修理，其時豈無邊患？明末我太祖統大兵長驅直入，諸路瓦解，皆莫能當。可見守國之道，惟在修德安民。民心悅則邦本得，而邊境自固，所謂「眾

志成城」者是也。如古北、喜峰口一帶，朕皆巡閱，概多損壞，今欲修之，興工勞役，豈能無害百姓？且長城延袤數千里，養兵幾何方能分守？

說得實在是很有道理。

康熙希望能築起一座無形的長城。對此，他有硬的一手和軟的一手。硬的一手是在長城外設立「木蘭圍場」，每年秋天，由皇帝親自率領王公大臣、各級官兵一萬餘人去進行大規模的「圍獵」，實際上是一種聲勢浩大的軍事演習，這既可以使王公大臣們保持住勇猛、強悍的人生風範，又可順便對北方邊境起一個威懾作用。「木蘭圍場」既然設在長城之外的邊遠地帶，離北京就很有一點距離，如此眾多的朝廷要員前去秋獵，當然要建造一些大大小小的行宮，而熱河行宮，就是其中最大的一座。

軟的一手是與北方邊疆的各少數民族建立起一種常來常往的友好關係，他們的首領不必長途進京也有與清廷彼此交誼的場所，而且還為他們準備下各自的宗教場所，這也就需要有熱河行宮和它周圍的寺廟群了。

總之，軟硬兩手最後都匯集到這一座行宮，這一個山莊裡來了，說是避暑，說是休息，意義卻又遠遠不止於此。把複雜的政治目的轉化為一片幽靜閒適的園林，一圈香火繚繞的寺廟，這不能不說是康熙的大本事。

康熙幾乎每年立秋之後都要到「木蘭圍場」參加一次為期二十天的秋獮，一生參加了四十八次。每次圍獵，情景都極為壯觀，先由康熙選定逐年輪換的狩獵區域，然後就搭建一百七十多座大帳篷為「內城」，二百五十多座大帳篷為「外城」，城外再設警衛。第二天拂曉，八旗官兵在皇帝的統一督導下集結圍攏。在上方官兵的齊聲吶喊下，康熙一馬當先，引弓射獵，每有所中便引來一片歡呼。然後，扈從大臣和各級將士也緊隨康熙射獵。

康熙身強力壯，騎術高明，圍獵時智勇雙全，弓箭上的功夫更讓王公大臣由衷驚服，因而他本人的獵獲就很多。

晚上，營地上篝火處處，肉香飄蕩，人笑馬嘶，而康熙還必須回到帳篷裡批閱每天疾馳送來的奏章文書。

康熙一生打過許多著名的仗，但在晚年，他最得意的還是自己打獵的成績，因為這純粹是他個人生命力的驗證。一七一九年康熙自「木蘭圍場」行獵後返回避暑山莊時，曾興致勃勃地告諭御前侍衛：

朕自幼至今已用鳥槍弓矢獲虎一百五十三隻，熊十二隻，豹二十五隻，猞二十隻，麋鹿十四隻，狼九十六隻，野豬一百三十三隻，哨獲之鹿已數百，其餘圍場內隨便射獲諸獸不勝記矣。朕於一日內射兔三百一十八隻，若庸常人畢世亦不能及此一日之數也。

這筆流水賬，他說得很得意，我們讀得也很高興。身體的強健和精神的強健是連在一起的，須知中國史上多的是病懨懨的皇帝。他們即便再「內秀」，也何以面對如此龐大的國家？

由於強健，他有足夠的精力處理挺複雜的西藏事務和蒙古事務，解決治理黃河、淮河和疏通漕運等大問題，而且大多很有成效，功澤後世。由於強健，他還願意勤奮地學習，結果不僅武功一流，「內秀」也十分了得，成為中國歷代皇帝中特別有學問，也特別重視學問的一位。

誰能想得到呢，這位清朝帝王竟然比明代歷朝皇帝更熱愛漢族傳統文化。大凡經、史、子、集、詩、書、音律，他都下過一番功夫，其中對朱熹哲學鑽研最深。他親自批點《資治通鑑綱目大全》，還下令訪求遺散在民間的善本珍籍加以整理，大規模組織人力編輯出版了卷帙浩繁的圖書集成和辭典辭書，文化氣魄鋪地蓋天。直到今天，我們研究中國古代文化還離不開那些重要的工具書。在他倡導的文化氣氛下，湧現了一大批優秀的文史專家。在這一點上，幾乎很少有哪個朝代能與康熙朝相比肩。

以上講的還只是我們所說的「國學」，可能更讓現代讀者驚異的是他的「西學」。因為即使到了現代，在我們的印象中，國學和西學雖然可以溝通，但在同一個人身上深潛兩邊的畢竟不多。然而早在三百年前，康熙皇帝竟然在北京故宮和承德避暑山莊認真研究了歐幾里得幾何學，經常演算習題，又學習了法國數學家巴蒂的《實用和理論幾何學》，並比較它與歐幾里得幾何學的差別。他的老師是當時來中國的一批西方傳教士，但後來他的演算比傳教士還快。以數學為基礎，康熙又進而學習了西方的天文、曆法、物理、醫學，與中國原有的這方面知識比較，取長補短。在自然科學問題上，中國官僚和外國傳教士經常發生矛盾，康熙從不袒護中國官僚，也不主觀臆斷，而是靠自己認真學習，幾乎每次都作出了公正的裁斷。

這一切，居然與他所醉心的「國學」互不排斥，居然與他一天射獵三百一十八隻野兔互不排斥，居然與他一連串重大的政治行為、軍事行為、經濟行為互不排斥！

我並不認為康熙給中國帶來了根本性的希望，他的政權也做過不少壞事，如臭名昭著的「文字獄」之類。我想說的只是，在中國歷代帝王中，這位少數民族出身的帝王具有異乎尋常的生命力，他的人格比較健全。

有時，個人的生命力和人格，會給歷史留下重重的印記。與他相比，明代的許多皇帝都活得太不像樣了，魯迅說他們是「無賴兒郎」，確有點像。尤其讓人生氣的是明代萬曆皇帝（神宗）朱翊鈞，在位四十八年，親政三十八年，竟有二十五年時間躲在深宮之內不見外人的面，完全不理國事，連內閣首輔也見不到他，不知在幹什麼。他聚斂的金銀如山似海，但當清軍起事，朝廷束手無策時問他要錢，他死也不肯拿出來，最後拿出一個無濟於事的小零頭，竟然都是因窖藏太久變黑發霉、腐蝕得不能見天日的銀子！這是一個失去了人格支撐的心理變態者，但他又集權於一身，明朝怎能不垮？他死後還有後代繼位，但明朝已在他的手裡敗定了。康熙與他正相反，把生命從深宮裡釋放出來，在曠野、獵場和各個知識領域揮灑，避暑山莊就是他這種生命方式的一個重要吐納點。

三

康熙與晚明帝王的對比，避暑山莊與萬曆深宮的對比，當時的漢族知識分子當然也感受到了，心情比較複雜。

開始大多數漢族知識分子都堅持抗清復明，甚至在赳赳武夫們紛紛掉頭轉向之後，一群柔弱的文人還寧死不屈。文人中也有一些著名的變節者，但他們往往也承受著深刻的心理矛盾和精神痛苦。

我想這便是文化的力量。一切軍事爭逐都是浮面的，而事情到了要摇撼某個文化生態系統的時候才會真正變得嚴重起來。

一個民族、一個國家、一個人種，其最終意義不是軍事的、地域的、政治的，而是文化的。當時江南地區好幾次重大的抗清事件，都起之於「削髮」之事，即漢人歷來束髮而清人強令削髮，甚至到了「留頭不留髮，留髮不留頭」的地步。頭髮的樣式看來事小卻關及文化生態，結果，是否「毀我衣冠」的問題成了「夷夏抗爭」的最高爆發點。

這中間，最能把事情與整個文化系統聯繫起來的是文化人，最懂得文明和野蠻的差別，並把「韃虜」與野蠻連在一起的也是文化人。老百姓的頭髮終於被削掉了，而不少文人還在拼死堅持。著名大學者劉宗周住在杭州，自清兵進杭州後便絕食，二十天後死亡；他的門生，另一位著名大學者黃宗羲投身於武裝抗清行列，失敗後回餘姚家鄉事母著述；又一位著名大學者顧炎武，武裝抗清失敗後便開始流浪，誰也找不著他，最後終老陝西……這些宗師如此強硬，他們的門生和崇拜者們當然也多有追隨。

但是，事情到了康熙那兒卻發生了一些微妙的變化。文人們依然像朱耷筆下的禿鷹，以「天地為之一寒」的冷眼看著朝廷，而朝廷卻奇怪地流瀉出一種壓抑不住的對漢文化的熱忱。開始大家以為是一種籠絡人心的策略，但從康熙身上看好像不完全是。

他在討伐吳三桂的戰爭還沒有結束的時候，就迫不及待地下令各級官員以「崇儒重道」為目的，向朝廷推薦「學問兼優、文詞卓越」的士子，由他親自主考錄用，稱作「博學鴻詞科」。

這次被保薦、徵召的共一百四十三人，後來錄取了五人。其中有傅山、李顒等人被推荐了卻寧死不應考。傅山被人推薦後又被強抬進北京，他見到「大清門」三字便滾倒在地，兩淚直流。如此行動康熙不僅不怪罪反而免他考試，任命他為「中書舍人」。他回鄉後不准別人以「中書舍人」稱他，但這個時候說他對康熙本人還有多大仇恨，大概談不上了。

李顒也是如此，受到推薦後稱病拒考，被人抬到省城後竟以絶食相抗，別人只得作罷。這事發生在康熙十七年，康熙本人二十六歲，沒想到二十五年後，五十餘歲的康熙西巡時還記得這位強硬的學人，召見他，他没有應召，但心裡畢竟已經很過意不去了，派兒子李慎言做代表應召，並送自己的兩部著作《四書反身錄》和《二曲集》給康熙。這件事帶有一定的象徵性，表示最有抵觸的漢族知識分子也開始與康熙和解了。

與李顒相比，黃宗羲是大人物了。康熙對黃宗羲更是禮儀有加，多次請黃宗羲出山未能如願，便命令當地巡撫到黃宗羲家裡，把黃宗羲寫的書認真抄來，送入宮內以供自己拜讀。這一來，黃宗羲也不能不有所感動。與李顒一樣，自己出面終究不便，由兒子代理，黃宗羲讓自己的兒子黃百家進入皇家修史局，幫助完成康熙交下的修《明史》的任務。你看，即便是原先與清廷不共戴天的黃宗羲、李顒他們，也覺得兒子一輩可以在康熙手下好生過日子了。這不是變節，也不是妥協，而是一種文化生態意義上的開始認同。既然康熙對漢文化認同得那麼誠懇，漢族文人為什麼就完全不能與他認同呢？

黃宗羲不是讓兒子參加康熙下令編寫的《明史》嗎？編《明史》這事給漢族知識界震動不小。康熙任命了大歷史學家徐元文、萬斯同、張玉書、王鴻緒等負責此事，要他們根據《明實錄》如實編寫，說「他書或以文章見長，獨修史宜直書實事」，他還多次要大家仔細研究明代晚期破敗的教訓，引以為戒。漢族知識界要反清復明，而清廷君主竟然親自領導著漢族的歷史學家在冷靜研究明代了。這種研究又高於反清復明者的思考水平，那麼，對峙也就不能不漸漸化解了。《明史》後來成為整個二十四史中寫得較好的一部，這是直到今天還要承認的事實。

當然，也還餘留著幾個堅持不肯認同的文人。例如康熙時代浙江有個學者叫呂留良的，在著書和講學中還一再強調孔子思想的精義是「尊王攘夷」，這個提法，在他死後被湖南一個叫曾靜的落第書生看到了，很是激動，趕到浙江找到呂留良的兒子和學生幾人，籌劃反清。

這時康熙也早已過世，已是雍正年間，這群文人手下無一兵一卒，能幹成什麼事呢？他們打聽到川陝總督岳鍾琪是岳飛的後代，想來肯定能繼承岳飛遺志來抗擊外夷，就派人帶給他一封策反的信，眼巴巴地請他起事。

這事說起來已經有點近乎笑話，岳飛抗金到那時已隔著整整一個元朝、整整一個明朝，清朝也已過了八九十年，算到岳鍾琪身上都是多少代的事啦，居然還想著讓他憑著一個「岳」字拍案而起，中國書生的昏愚和天真就在這裡。

岳鍾琪是清朝大官，做夢也沒有想到過要反清，接信後虛假地應付了一下，卻理所當然地報告了雍正皇帝。雍正下令逮捕了這個謀反集團，又親自閱讀了書信、著作，覺得其中有好些觀念需要自己寫文章來與漢族知識分子辯論。他認為有過康熙一代，朝廷已有足夠的事實證明清代統治者並不差，為什麼還要對抗清廷？於是這位皇帝親自編了一部《大義覺迷錄》頒發各地，而且特免肇事者曾靜等人的死罪，讓他們專到江浙一帶去宣講。

雍正的《大義覺迷錄》寫得頗為誠懇。他的大意是：不錯，我們是夷人，我們是「外國」人，但這是籍貫而已，天命要我們來撫育中原生民，被撫育者為什麼還要把華、夷分開來看？你們所尊重的舜是東夷之人，文王是西夷之人，這難道有損於他們的聖德嗎？呂留良這樣著書立說的人，連前朝康熙皇帝的文治武功，赫赫盛德都加以隱匿和誣蔑，實在是不顧民生國運只洩私憤了。外族入主中原，可能反而勇於為善，如果著書立說的人只認為生在中原的君主不必修德行仁也可享有名分，而外族君主即便勵精圖治也得不到褒揚，外族群主為善之心也會因之而懈怠，受苦的不還是中原百姓嗎？

雍正的這番話，帶著明顯的委屈情緒，而且是給父親康熙打抱不平，也真有一些動人的地方。但他的整體思維顯然比不上康熙，口口聲聲說自己是「外國」人、「夷人」，在一些前提性的概念上把事情搞複雜了。他的兒子乾隆看出了這個毛病，即位後把《大義覺迷錄》全部收回，列為禁書，殺了被雍正赦免了的曾靜等人，開始大興「文字獄」。

除了華夷之分的敏感點外，其他地方雍正倒是比較寬容、有度量，聽得進忠臣賢士們的尖銳意見和建議，因此在執政的前期，做了不少好事，國運可稱昌盛。這樣一來，即便存有異念的少數漢族知識分子也不敢有什麼想頭，到後來也真沒有什麼想頭了。其實本來這樣的人已不可多覓，雍正和乾隆都把文章做過了頭。真正第一流的大學者，在乾隆時代已經不想做反清復明的事情。

乾隆靠著人才濟濟的智力優勢，靠著康熙、雍正給他奠定的豐厚基業，也靠著他本人的韜略雄才，做起了中國歷史上福氣最好的大皇帝。承德避暑山莊，他來得最多，總共逗留的時間很長，因此他的蹤跡更是隨處可見。乾隆也經常參加「木蘭秋獮」，親自射獲的獵物也極為可觀，但他的主要心思卻放在邊疆征戰上，避暑山莊和周圍的外八廟內，記載這種征戰成果的碑文極多。

這種征戰與漢族的利益没有衝突，反而弘揚了中國的國威，連漢族知識界也引以為榮，甚至可以把乾隆看成是華夏聖君了。但我細看碑文之後卻產生一個強烈的感覺：有的仗迫不得已，打打也可以，但多數邊界戰爭的必要性深可懷疑。需要打得這麼大嗎？需要反覆那麼多次嗎？需要殺得如此殘酷嗎？

好大喜功的乾隆把他的所謂「十全武功」雕刻在避暑山莊裡樂滋滋地自我品嚐，這使山莊回蕩出一些燥熱而又不祥的氣氛。在滿、漢文化對峙基本上結束之後，這裡洋溢著的是中華帝國的自得情緒。

一七九三年九月十四日，一個英國使團來到避暑山莊，乾隆以盛宴歡迎，還在山莊的萬樹園內以大型歌舞和焰火晚會招待，避暑山莊一片熱鬧。英方的目的是希望乾隆同意他們派使臣常駐北京，在北京設立洋行，希望中國開放貿易口岸，在廣州附近撥一些地方讓英商居住，又希望英國貨物在廣州至澳門的內河流通時能獲免稅和減稅的優惠。本來，這是可以談判的事，但對於居住在避暑山莊，一生喜歡用武力炫耀華夏威儀的乾隆來說，卻不存在任何談判的可能。

他給英國國王寫了信，信的標題是《賜英吉利國王敕書》。信內對一切要求全部拒絕，說「天朝尺土俱歸版籍，疆址森然，即使島嶼沙洲，亦必劃界分疆各有專屬」，「從無外人等在北京城開設貨行之事」，「此與天朝體制不合，斷不可行」。至今有人認為這幾句話充滿了愛國主義的凜然大義，與以後清廷簽訂的賣國條約不可同日而語，對此我實在不敢苟同。

本來康熙早在一六八四年就已開放海禁，在廣東、福建、浙江、江蘇分設四個海關歡迎外商來貿易。過了七十多年，乾隆反而關閉其他海關只許外商在廣州貿易。外商在廣州，也有許多可笑的限制，例如不准學說中國話、買中國書、不許坐轎，更不許把婦女帶來等等。我們閉目就能想像朝廷對外國人的這些限制是出於何種心理規定出來的。

康熙向傳教士學西方自然科學，關係不錯，而乾隆卻把天主教給禁了。

乾隆在避暑山莊訓斥外國帝王的朗聲言詞，就連歷史老人也會聽得不太順耳了。這座園林，已摻雜進某種凶兆。

四

我在山莊松雲峽乾隆詩碑的西側，讀到了他兒子嘉慶寫的一首詩。嘉慶即位後經過這裡，看到父親那些得意洋洋的詩作後不禁長嘆一聲：父親的詩真是深奧，而我這個做兒子的卻實在覺得肩上的擔子太重了！（「瞻題蘊精奥，守位重仔肩」。）

嘉慶一生都在面對內憂外患，最後不明不白地死在避暑山莊。

道光皇帝繼嘉慶之位時已四十來歲，沒有什麼才能，只知艱苦樸素，穿的褲子還打過補丁。這對一國元首來説可不是什麼佳話。朝中大臣競相模仿，穿了破舊衣服上朝，一眼看去，這個朝廷已經沒有多少氣數了。

父親死在避暑山莊，畏怯的道光也就不願意去那裡了，讓它空關了幾十年。他有時想想也該像祖宗一樣去打一次獵，打聽能不能不經過避暑山莊就可以到「木蘭圍場」，回答説沒有別的道路，他也就不去打獵了。像他這麼個可憐巴巴的皇帝，似乎本來就與山莊和打獵沒有緣分，鴉片戰爭已經爆發，他憂愁的目光只能一直注視著南方。

避暑山莊一直關到一八六〇年九月，突然接到命令，咸豐皇帝要來，趕快打掃。咸豐這次來時帶的銀兩特別多，原來是來逃難的，英法聯軍正威脅著北京。咸豐這一來就不走了，東走走西看看，慶幸祖輩留下這麼個好地方讓他躲避。他在這裡又批准了好幾份喪權辱國的條約，但簽約後還是不走，直到一八六一年八月二十二日死在這兒，差不多住了近一年。

咸豐一死，避暑山莊熱鬧了好些天，各種政治勢力圍著遺體進行著明明暗暗的較量。一場被歷史學家稱之為「辛酉政變」的行動方案在山莊的幾間屋子裡制定。然後，咸豐的靈柩向北京啟運了，剛繼位的小皇帝也出發了，浩浩蕩蕩。避暑山莊的大門，又一次緊緊地關住了。而在這支浩浩蕩蕩的隊伍中間，很快站出來一個二十七歲的青年女子，她將統治中國數十年。

她就是慈禧，離開了山莊後再也沒有回來。不久她又下了一道命令，說熱河避暑山莊已經幾十年不用，殿亭各宮多已傾圮，只是咸豐皇帝去時稍稍修治了一下，現在咸豐已逝，眾人已走，「所有熱河一切工程，著即停止」。

這個命令，與康熙不修長城的諭旨前後耀映。康熙的「長城」也終於傾坍了，荒草淒迷，暮鴉回翔，舊牆斑駁，霉苔處處，而大門卻緊緊地關著。

關住了那些宮殿房舍倒也罷了，還關住了那麼些蒼鬱的山，那麼些晶亮的水。在康熙看來，這兒就是他心目中的清代，但清代把它丟棄了。被丟棄了的它可憐，丟棄了它的清代更可憐，連一把羅圈椅也坐不到了，恓恓惶惶，喪魂落魄。

慈禧在北京修了一個頤和園，與避暑山莊對峙。塞外朔北的園林不會再有對峙的能力和興趣，它似乎已屬於另外一個時代。熱河的雄風早已吹散，清朝從此陰氣重重，劣跡斑斑。

當新的一個世紀來到的時候，一大群漢族知識分子向這個政權發出了毀滅性聲討。避暑山莊，在這個時候是一個邪惡的象徵，老老實實躲在遠處，盡量不要叫人發現。

五

清朝滅亡後，社會震盪，世事忙亂。直到一九二七年六月二日，大學者王國維先生在頤和園投水而死，才讓全國的有心人肅然沈思。

王國維先生的死因眾說紛紜，我們且不管它，只知道這位漢族文化大師拖著清代的一條辮子，自盡在清代的皇家園林裡，遺囑為「五十之年，只欠一死；經此世變，義無再辱」。

他不會不知道明末清初為漢族人是束髮還是留辮之爭曾發生過驚人的血案，他不會不知道劉宗周、黃宗羲、顧炎武這些大學者的慷慨行跡，他更不會不知道按照世界歷史的進程，社會巨變乃屬必然。但是，他還是死了。

我贊成陳寅恪先生的說法，王國維先生並不是死於政治鬥爭、人事糾葛，而是死於一種文化：

凡一種文化值衰落之時，為此文化所化之人，必感苦痛，其表現此文化之程量愈宏，則其所受之苦痛亦愈甚；迨既達極深之度，殆非出於自殺無以求一己之心安而義盡也。

（〈王觀堂先生挽詞並序〉）

王國維先生實在無法把文化與清廷分割開來。在他的書架裡，《古今圖書集成》、《康熙字典》、《四庫全書》、《紅樓夢》、《桃花扇》、《長生殿》、乾嘉學派、納蘭性德都歷歷在目，每一本，每一頁都無法分割。在他看來，在他身邊隕滅的，不僅僅是一個政治意義上，而且更是一個文化意義上的古典時代。

他，只想留在古典時代。

我們記得，在康熙手下，漢族高層知識分子經過劇烈的心理掙扎已開始與朝廷建立文化認同，沒有想到的是，當康熙的事業破敗之後，文化認同還未消散。為此，宏才博學的王國維先生要以生命來祭奠它。他沒有從心理掙扎中找到希望，死得可惜又死得必然。

知識分子總是不同尋常，他們總要在政治、軍事的折騰之後表現出長久的文化韌性。文化變成了他們的生命，只有靠生命來擁抱文化了，別無他途。明末以後是這樣，清末以後也是這樣。文化的極度脆弱和極度強大，都在王國維先生縱身投水的「撲通」聲中呈現無遺。

王國維先生到頤和園這也還是第一次，是從一個同事處借了五元錢才去的。頤和園門票六角，死後口袋中尚餘四元四角，他去不了承德，也推不開山莊緊閉的大門。

今天，我面對著避暑山莊的清澈湖水，卻不能不想起王國維先生的面容和身影。我輕輕地嘆息一聲，一個風雲數百年的朝代，總是以一群強者英武的雄姿開頭，而打下最後一個句點的，卻常常是一些文質彬彬的淒怨靈魂。

秋雨注：這篇文章發表於一九九三年，後來被中國評論界看成是全部「清宮電視劇」的肇始之文。「清宮電視劇」拍得不錯，但整體歷史觀念與我有很大差別。我對清代宮廷的看法，可參見另一篇〈寧古塔〉。

寧古塔

一

東北終究是東北，現在已是盛夏的尾梢，江南的西瓜早就收藤了，而這裡似乎還剛剛開旺，大路邊高高低低地延綿著一堵用西瓜砌成的牆，瓜農們還在從綠油油的瓜地裡一個個捧出來往上面堆。買了好幾個搬到車上，先切開一個在路邊啃起來。一口下去又是一驚，竟是我平生很少領略過的清爽和甘甜！

這裡的天藍得特別深，因此把白雲襯托得銀亮而富有立體感。藍天白雲下面全是植物，有莊稼，也有自生自滅的花草。與大西北相比，這裡一點也不荒瘠，但與江南相比，這裡又缺少了那些溫馨而精緻的曲曲彎彎，透著點兒蒼涼和浩茫。

這片土地，竟然會蘊藏著這麼多的甘甜嗎？

我提這個問題的時候心頭不禁一顫，因為我正站在從牡丹江到鏡泊湖去的半道上，腳下是黑龍江省寧安縣，清代被稱之為「寧古塔」的所在。只要對清史稍有涉獵的讀者都能理解我的心情。在漫長的數百年間，不知有多少「犯人」的判決書上寫著：「流放寧古塔。」

有那麼多的朝廷大案以它作為句點，因此「寧古塔」這三個字成了全國官員心底最不吉利的符咒。任何人都有可能一夜之間與這裡產生終身性的聯結，就像墮入一個漆黑的深淵，幾乎不大可能再泅得出來。金鑾殿離這裡很遠又很近，因此這三個字常常悄悄地潛入高枕錦衾間的噩夢，把那麼多的人嚇出一身身冷汗。

清代統治者特別喜歡流放江南人，因此這塊土地與我的出生地和謀生地也有著很深的緣分。幾百年前的江浙口音和現在一定會有不少差別了吧，但是，雲還是這樣的雲，天還是這樣的天。

地可不是這樣的地。有一本叫做《研堂見聞雜記》的書上寫道，當時的寧古塔，幾乎不是人間的世間。流放者去了，往往半道上被虎狼惡獸吃掉，甚至被餓昏了的當地人分而食之，能活下來的不多。當時另有一個著名的流放地叫尚陽堡，也是一個讓人毛骨悚然的地名，但與寧古塔一比，尚陽堡還有房子可住，還能活得下來，簡直好到天上去了。也許有人會想，有塔的地方總該有點文明的遺留吧?這就搞錯了。寧古塔没有塔，這三個字完全是滿語的音譯，音為「六個」(「寧古」為「六」，「塔」為「個」)，據説很早的時候曾有兄弟六人在這裡住過，而這六個人可能還與後來的清室攀得上遠親。

由寧古塔，又聯想到東北其他幾個著名的流放地。例如今天的瀋陽(當時稱盛京)，遼寧開原縣(即當時的尚陽堡)，齊齊哈爾(當時稱卜魁)等處。我，又想來觸摸中國歷史身上某些讓人不太舒服的部位了。

二

中國古代歷朝對犯人的懲罰，條例繁雜，但粗粗説來無外乎打、殺、流放三種。打是輕刑，殺是極刑，流放不輕不重嵌在中間。

打的名堂就很多，打的工具(如笞、杖之類)、方式和數量都不一樣。民間罪犯姑且不論，即便在朝堂之上，也時時刻刻晃動著被打的可能。再道貌岸然的高官，再斯文儒雅的學者，從小接受「非禮勿視」的教育，舉手投足蘊藉有度，剛才站到殿闕中央來講話時還細聲慢氣地調動一連串深奥典故，用來替代一切世俗詞彙，突然不知是哪句話講錯了，立即被一群宮廷侍衛按倒在地，在眾目睽睽之下被一五一十地打將起來。蒼白的肌肉，殷紅的鮮血，不敢大聲發出的哀號，亂作一團的白髮，強烈地提醒著端立在一旁的文武官員：你們說到底只是一種生理性的存在。用思想來辯駁思想，以理性來面對理性，從來沒有那回事兒。

殺的花樣就更多了。我早年在一本舊書中讀到嘉慶朝廷如何殺戮一個行刺者的具體記述，好幾天都吃不下飯。後來我終於對其他殺人花樣也有所了解了，真希望我們下一代不要再有人去知道這些事情。他們的花樣，是把死這件事情變成一個可供細細品味、慢慢咀嚼的漫長過程。在這一過程中，組成人的一切器官和肌膚全部成了痛苦的由頭，因此受刑者只能怨恨自己竟然是個人。我相信中國的宮廷官府所實施的殺人辦法，是人類成為人類以來百十萬年間最為殘酷的自戕遊戲，即便是豺狼虎豹在旁看了也會瞠目結舌。

殘忍，對統治者來說，首先是一種恐嚇，其次是一種快感。越到後來，恐嚇的成分越來越少，而快感的成分則越來越多。這就變成了一種心理毒素，掃蕩著人類的基本尊嚴。統治者以為這樣便於統治，卻從根本上摧殘了中華文明的人性、人道基礎。這後果非常嚴重，直到已經廢止酷刑的今天，還沒有恢復過來。

現在可以說說流放了。

與殺相比，流放是一種長時間的折磨。死了倒也罷了，可怕的是人還活著，種種殘忍都要用心靈去一點點消受，這就比死都煩難了。

就以當時流放東北的江南人和中原人來說，最讓人受不了的是流放的株連規模。有時不僅全家流放，而且禍及九族，所有遠遠近近的親戚，甚至包括鄰里，全都成了流放者，往往是幾十人、百餘人的隊伍，浩浩蕩蕩。

別以為這樣熱熱鬧鬧一起遠行並不差，須知道這些幾天前還是錦衣玉食的家庭都已被查抄，家產財物蕩然無存，而且到流放地之後做什麼也早已定下，如「賞給出力兵丁為奴」、「給披甲人為奴」等等，連身邊的孩子也都已經是奴隸。一路上怕他們逃走，便枷鎖千里。我在史料中見到這樣一條記載：明宣德八年，一次有一百七十名犯人流放到東北，死在路上的就有三分之二，到東北只剩下五十人。

好不容易到了流放地，這些奴隸分配給了主人，主人見美貌的女性就隨意糟蹋，怕丈夫礙手礙腳先把丈夫殺了。流放人員那麼多用不了，選出一些女的賣給娼寮，選出一些男的去換馬。最好的待遇是在所謂「官莊」裡做苦力，當然也完全沒有自由。照清代被流放的學者吳兆騫記述，「官莊人皆骨瘦如柴」、「一年到頭，不是種田，即是打圍、燒石灰、燒炭，並無半刻空閒日子」。

在一本叫《絶域紀略》的書中描寫了流放在那裡的江南女子汲水的鏡頭：「春餘即汲，霜雪井溜如山，赤腳單衣悲號於肩擔者，不可紀，皆中華富貴家裔也。」

在這些可憐的汲水女裡面，肯定有著不少崔鶯鶯和林黛玉，昨日的嬌貴矜持根本不敢再回頭，連那點哀怨悱惻的戀愛悲劇，也全都成了奢侈。

康熙時期的詩人丁介曾寫過這樣兩句詩：

南國佳人多塞北，
中原名士半遼陽。

這裡該包含著多少讓人不敢細想的真正大悲劇啊。詩句或許會有些誇張，但當時中原各省在東北流放地到了「無省無人」的地步是確實的。據李興盛先生統計，單單清代東北流人（其概念比流放犯略大），總數在一百五十萬以上。普通平民百姓很少會被流放，因而其間「名士」和「佳人」的比例確實不低。

如前所説，這麼多人中，很大一部分是株連者，這個冤屈就實在太大了。那些遠親，可能根本沒見過當事人，他們的親族關係要通過老一輩曲曲折折的比畫才能勉強理清，現在卻一股腦兒都被趕到了這兒。在統治者看來，中國人都不是個人，只是長在家族大樹上的葉子，一片葉子看不順眼了，證明從根上就不好，於是一棵大樹連根兒拔掉。我看「株連」這兩個字的原始含義就是這樣來的。

樹上葉子那麼多，不知哪一片會出事而禍及自己，更不知自己的一舉一動什麼時候會危害到整棵大樹，於是只能戰戰兢兢，如臨深淵，如履薄冰。如此這般，中國怎麼還會有獨立的個體意識呢？

我們也見過很多心底明白而行動窩囊的人物，有的事，他們如果按心底所想的再堅持一下，就堅持出人格來了，但皺眉一想妻兒老小、親戚朋友，也就立即改變了主意。既然大樹上沒有一片葉子敢於面對風的吹拂、露的浸潤、霜的飄灑，那麼，整個樹林也便成了沒有風聲鳥聲的死林。

三

我常常設想，那些當事人在東北流放地遇見了以前從來沒有聽見過，這次卻因自己而罹難的遠房親戚，該會說什麼話，有何種表情？而那些遠房親戚又會作什麼反應？

當事人極其内疚是毫無疑問的，但光内疚夠嗎？而且内疚什麼呢？他或許會解釋一下案情，但他真能搞得清自己的案情嗎？

能說清自己案情的是流放者中那一部分真正的反清鬥士。還有一部分屬於宮廷内部勾心鬥角的失敗者，他們大體也說得清自己流放的原因。最說不清楚的是那些文人，不小心沾上了「文字獄」、「科場案」，一夜之間成了犯人，與一大群株連者一起跌跌撞撞地發配到東北來了，他們大半搞不清自己的案情。

「文字獄」的無法說清已有很多人寫過，不想再說什麼了。「科場案」是針對科舉考試中的作弊嫌疑而言的，牽涉面更大。

明代以降，特別是清代，雍塞著接二連三的所謂「科場案」，好像魯迅的祖父後來也挨到了這類案子裡邊，幸好没有全家流放，否則我們就没有《阿Q正傳》好讀了。

依我看，科揚中真作弊的有，但是很大一部分是被恣意誇大甚至無中生有的。例如一六五七年發生過兩個著名的「科場案」，造成被殺、被流放的人很多，我們不妨選其中較嚴重的一個即所謂「南闈科場案」稍稍多看幾眼。

一場考試過去，發榜了，没考上的士子們滿腹牢騷，議論很多。被說得最多的是考上舉人的安徽青年方章鉞，可能與主考大人是遠親，即所謂「聯宗」吧，理應迴避，不迴避就有可能作弊。落第考生的這些道聽途說被一位官員聽到了，就到順治皇帝那裡奏了一本。順治皇帝聞奏後立即下旨，正副主考一併革職，把那位考生方章鉞捉來嚴審。

這位安徽考生的父親叫方拱乾，也在朝中做著官，上奏說我們家從來没有與主考大人聯過宗，聯宗之說是誤傳，因此用不著迴避，以前幾屆也考過，朝廷可以調查。

本來這是一件很容易調查清楚的事情，但麻煩的是皇帝已經表了態，而且已把兩個主考革職了，如果真的沒有聯過宗，皇帝的臉往哪兒擱？

因此朝廷上下一口咬定，你們兩家一定聯過宗，不可能不聯宗，沒理由不聯宗，為什麼不聯宗？不聯宗才怪呢！既然肯定聯過宗，那就應該在子弟考試時迴避，不迴避就是犯罪。

刑部花了不少時間琢磨這個案子，再琢磨皇帝的心思，最後心一橫，擬了個處理方案上報，大致意思無非是，正副主考已經激起聖怒，被皇帝親自革了職，那就乾脆處死算了，把事情做到底別人也就沒話說了；至於考生方章鉞，朝廷不承認他是舉人，作廢。

這個處理方案送到了順治皇帝那裡，大家原先以為皇帝也許會比刑部寬大一點，做點姿態，沒想到皇帝的回旨極其可怕：正、副主考斬首，沒什麼客氣的；還有他們統領的其他所有考官到哪裡去了？一共十八名，全部絞刑，家產沒收，他們的妻子女兒一概做奴隸。聽說已經死了一個姓盧的考官了？算他幸運，但他的家產也要沒收，他的妻子女兒也要去做奴隸。還有，就讓那個安徽考生不做舉人算啦？不行，把八個考取的考生全都收拾一下，他們的家產也應全部沒收，每人狠狠打上四十大板，更重要的是，他們這群考生的父母、兄弟、妻子，要與這幾個人一起，全部流放到寧古塔！（參見《清世祖實錄》卷一百二十一）。

這就是典型的中國古代判決，處罰之重，到了完全離譜的程度。不就是僅僅一位考生可能與主考官有點沾親帶故的嫌疑嗎？他父親出來已經把嫌疑排除了，但結果還是如此慘烈，而且牽涉的面又如此之大。二十個考官應該是當時中國第一流的學者，居然不明不白地全部殺掉，他們的家屬隨之遭殃。這種暴行，今天想來還令人髮指。

這中間，唯一能把嫌疑的來龍去脈說得稍稍清楚一點的只有安徽考生一家——方家，其他被殺、被打、被流放的人可能連基本原因也一無所知。但不管，刑場上早已頭顱滾滾、血跡斑斑，去東北的路上也已經排成長隊。

這些考生的家屬在跋涉長途中想到前些天身首異處的那二十來個大學者，心也就平下來了。比上不足比下有餘，何況人家那麼著名的人物臨死前也沒吭聲，要我冒出來喊冤幹啥？

這是中國人面臨最大的冤屈和災難時的心理邏輯。一切理由都沒什麼好問的，就算是遇到了一場自然災害。

且看歷來流離失所的災民，有幾個問清過颱風形成的原因和山洪暴發的理由？算啦，低頭幹活吧，能這樣不錯啦。

四

災難，對於常人而言也就是災難而已，但對文人而言就不一樣了。在災難降臨之初，他們會比一般人更緊張、更痛苦，但在度過這一關口之後，他們中一部分人的文化意識有可能覺醒，開始面對災難尋找生命的底蘊。以前的價值系統也可能被解構，甚至解構得比較徹底。

有些文人，剛流放時還端著一副孤忠之相，等著哪一天聖主來平反昭雪。有的則希望自己死後有一位歷史學家來説兩句公道話。但是，茫茫的塞外荒原否定了他們，浩浩的北國寒風嘲笑著他們。

流放者都會記得宋、金戰爭期間，南宋的使臣洪皓和張邵被金人流放到黑龍江的事跡。洪皓和張邵算得為大宋朝廷爭氣的了，在撿野菜充飢、拾馬糞取暖的情悅下還凜然不屈。

出人意料的是，這兩人在東北為宋廷受苦受難十餘年，好不容易回來後卻立即遭受貶謫，兩人都很快死在顛沛流離的長途中。倒是金人非常尊敬這兩位與他們作對的使者，每次宋廷有人來總是打聽他們的消息，甚至對他們的子女也倍加憐惜。

這種事例，使後來的流放者們陷入深思。既然朝廷對自己的使者都是這副模樣，那它真值得大家為它守節效忠嗎？我們過去頭腦中認為至高無上的一切，真是那樣有價值嗎？

順著這一思想脈絡，東北流放地出現了一個奇蹟：不少被流放的清朝官員與反清義士結成了好朋友，甚至到了生死莫逆的地步。原先各自的政治立場都消解了，消解在對人生價值的重新確認裡。

當官銜、身分、家產一一被剝除，剩下的就是生命對生命的直接呼喚。著名的反清義士函可，在東北流放時最要好的那些朋友李裀、魏琯、季開生、李呈祥、郝浴、陳掖臣等人，幾乎都是被貶的清朝官吏。但他卻以這些人為骨幹，成立了一個「冰天詩社」。

函可的那些朋友，在個人人品上都很值得敬重。例如，李裀獲罪是因為上諫朝廷，指陳當時的一個「逃人法」「立法過重，株連太多」；魏琯因上疏主張一個犯人的妻子「應免流徙」而自己反被流徙；季開生是諫阻皇帝到民間選美女；郝浴是彈劾吳三桂驕橫不法……總之都是一些善良而正直的人。現在他們的發言權被剝奪了，但善良和正直卻剝奪不了。

函可與他們結社是在順治七年，那個時候，江南很多知識分子還在以「仕清」為恥，因此是看不起「仕清」反被清害的漢族官員的。但函可卻完全不理這一套，以毫無障礙的心態發現了他們的善良與正直，把他們作為一個個有獨立人品的個人來尊重。

政敵不見了，對立鬆懈了，只剩下一群赤誠相見的朋友。

有了朋友，再大的災害也會消去大半。有了朋友，再糟的環境也會風光頓生。

我敢斷言，在漫長的中國古代社會中，最珍貴、最感人的友誼必定產生在朔北和南荒的流放地，產生在那些蓬頭垢面的文士們中間。其他那些著名的友誼佳話，外部雕飾太多了。

除了流放者之間的友誼外，外人與流放者的友誼，也有一種特殊的重量。

在株連之風極盛的時代，與流放者保持友誼是一件十分危險的事。何況地處遙遠，在當時的交通和通訊條件下要維繫友誼又非常艱難。因此，流放著們完全可以憑藉往昔的友誼的維持程度，來重新評驗自己原先置身的世界。

元朝時，浙江人駱長官被流放到黑龍江，他的朋友孫子耕竟一路相伴，一直從杭州送到黑龍江。清康熙年間，兵部尚書蔡毓榮獲罪流放黑龍江，他的朋友，上海人何世澄不僅一路護送，而且陪著蔡毓榮在黑龍江住了兩年多才返回江南。

讓我特別傾心的，是康熙年間顧貞觀把自己的老友吳兆騫從東北流放地救出來的那番苦功夫。

顧貞觀知道老友在邊荒時間已經很長，吃足了各種苦頭，很想晚年能贖回來讓他過幾天安定日子。他願意叩拜座座朱門來集資，但這事不能光靠錢，還要讓當朝最有權威的人點頭。他好不容易結識了當朝太傅明珠的兒子納蘭容若。納蘭容若是一個人品和文品都不錯的人，也樂於幫助朋友，但對顧貞觀提出的這個要求卻覺得事關重大，難以點頭。

顧貞觀沒有辦法，只得拿出他為思念吳兆騫而寫的詞作〈金縷曲〉兩首給納蘭容若看。兩首詞的全文是這樣的：

> 季子平安否？便歸來，平生萬事，那堪回首。行路悠悠誰慰藉，母老家貧子幼。記不起從

> 前杯酒。魑魅搏人應見慣，總輸他覆雨翻雲手。冰與雪，周旋久。　淚痕莫滴牛衣透，數天涯，依然骨肉，幾家能夠？比似紅顏多命薄，更不如今還有。只絕塞苦寒難受，廿載包胥承一諾，盼烏頭馬角終相救。置此札，君懷袖。
>
> 我亦飄零久。十年來，深恩負盡，死生師友。宿昔齊名非忝竊，試看杜陵消瘦，曾不減夜郎僝僽。薄命長辭知己別，問人生到此淒涼否？千萬恨，為君剖。　兄生辛未吾丁丑，共此時，冰霜摧折，早衰蒲柳。詞賦從今須少作，留取心魂相守。但願得河清人壽。歸日急翻行戍稿，把空名料理傳身後。言不盡，觀頓首。

不知讀者諸君讀了這兩首詞作何感想，反正納蘭容若當時剛一讀完就聲淚俱下，對顧貞觀說：「給我十年時間吧，我當作自己的事來辦，今後你完全不用再叮囑我了。」

顧貞觀一聽急了：「十年？他還有幾年好活？五年為期，好嗎？」

納蘭容若擦著眼淚點了點頭。

經過很多人的努力，吳兆騫終於被贖了回來。

我常常想，今天東北人的豪爽、好客、重友情、講義氣，一定與流放者們的精神遺留有某種關聯。流放，創造一個味道濃厚的精神世界，使我們得惠至今。

五

在享受友情之外，流放者還想幹一點自己想幹的事情。由於氣候和管理方面的原因，流放者也有不少空餘時間。有的地方，甚至處於一種放任自流的狀態。這就給了文化人一些微小的自我選擇的機會。

我，總要做一點別人不能代替的事情吧？總要有一些高於撿野菜、拾馬糞、燒石灰、燒炭的行為吧？想來想去，這種事情和行為，都與文化有關。因此，這也是一種回歸，不是地理意義上而是文化意義上的回歸。

比較常見的是教書。例如洪皓曾在曬乾的樺樹皮上默寫出《四書》，教村人子弟；張邵甚至在流放地開講《大易》，「聽者畢集」；函可作為一位佛學家利用一切機會傳授佛法。

其次是教耕作和商賈，例如楊越就曾花不少力氣在流放地傳播南方的農耕技術，教當地人用「破木為屋」來代替原來的「掘地為屋」，又讓流放者隨身帶的物品與當地土著交換漁牧產品，培養了初步的市場意識，同時又進行文化教育，幾乎是全方位地推動這塊土地走向了文明。

文化素養更高一點的流放者則把東北作為自己進行文化考察的對象，並把考察結果留諸文字，至今仍為一切地域文化研究者所寶愛。例如方拱乾所著《寧古塔志》，吳振臣所著《寧古塔記略》，張縉彥所著《寧古塔山水記》，楊賓所著《柳邊紀略》，英和所著《龍江紀事》等等。這些著作具有很高的歷史學、地理學、風俗學、物產學等多方面的學術價值。

我們知道，中國古代的學術研究除了李時珍、徐霞客等少數例外，多數習慣於從書本來到書本去，缺少野外考察精神，致使我們的學術傳統至今還缺乏實證意識。這些流放者卻在艱難困苦之中克服了這種弊端，寫下了中國學術史上讓人驚喜的一頁。

他們腳下的這塊土地給了他們那麼多無告的陌生，那麼多絕望的酸辛，但他們卻無意怨恨它，而用溫熱的手掌撫摸著它，讓它感受文明的熱量，使它進入文化的史冊。

在這方面，有幾個代代流放的南方家族所起的作用特別大。例如，清代浙江的呂留良家族，安徽的方拱乾、方孝標家族，浙江的楊越、楊賓父子等。近代國學大師章太炎先生在民國初年曾說到因遭「文字獄」而世代流放東北的呂留良（即呂用晦）家族的貢獻：「後裔多以塾師、醫藥、商販為業。土人稱之曰老呂家，雖為台隸，求師者必於呂氏，諸犯官遣戍者，必履其庭，故土人不敢輕，其後裔亦未嘗自屈也。」「齊齊哈爾人知書，由呂用晦後裔謫戍者開之。」

說到方家，章太炎說：「初，開原、鐵嶺以外皆胡地也，無讀書識字書。寧古塔人知書，由孝標後裔謫戍者開之。」（《太炎文錄續編》）當代歷史學家認為，太炎先生的這種說法，史實可能有所誤，評價可能略嫌高，但肯定兩個家族在東北地區文教上的啟蒙之功，是完全不錯的。

一個家族世世代代流放下去，對這個家族來說是莫大的悲哀，但他們對東北的開發事業卻進行了一代接一代的連續性攻堅。他們是流放者，但他們實際上又成了老資格的「土著」。那麼他們的故鄉究竟在何處呢？面對這個問題，我在同情和惆悵中又包含著對勝利者的敬意，因為在文化意義上，他們是英勇的佔領者。

六

我希望上面這些敘述不至於構成這樣一種誤解，以為流放這件事從微觀來說造成了許多痛苦，而從宏觀來說卻並不太壞。

不。從宏觀來說，流放無論如何也是對文明的一種摧殘。部分流放著從傷痕累累的苦痛中掙扎出來，手忙腳亂地創造出了那些文明，並不能給流放本身增色添彩。且不說多數流放者不再有什麼文化創造，即便是我們在上文中評價最高的那幾位，也無法成為我國文化史上的第一流人才。

第一流人才可以受盡磨難，卻不能讓磨難超越基本的生理限度和物質限度。盡管屈原、司馬遷、曹雪芹也受了不少苦，但寧古塔那樣的流放方式卻永遠也出不了《離騷》、《史記》和《紅樓夢》。

文明可能產生於野蠻，卻絕不喜歡野蠻。我們能熬過苦難，卻絕不讚美苦難。我們不害怕迫害，卻絕不肯定迫害。

部分文人之所以能在流放的苦難中顯現人性、創建文明，本源於他們內心的高貴。他們的外部身分可以一變再變，甚至終身陷於囹圄，但內心的高貴卻未曾全然銷蝕。這正像有的人不管如何追趕潮流或身居高位，卻總也掩蓋不住內心的卑賤一樣。

毫無疑問，最讓人動心的是苦難中的高貴，最讓人看出高貴之所以高貴的，也是這種高貴。憑著這種高貴，人們可以在生死存亡線的邊緣上吟詩作賦，可以用自己的一點溫暖去化開別人心頭的冰雪，繼而，可以用屈辱之身去點燃文明的火種。他們為了文化和文明，可以不顧物欲利益，不顧功利得失，義無反顧，一代又一代。

我站在這塊古代稱為寧古塔的土地上，長時間地舉頭四顧又終究低下頭來，我向一些遠年的靈魂祭奠。為他們大多來自浙江、上海、江蘇、安徽那些我很熟悉的地方，更為他們在苦難中的高貴。

一個庭院

一

我覺得非常奇怪，為什麼直到四十多年後的今天，中外研究者筆下的「文革」災難，仍然是北京上層政治圈的一串人事更迭。其實，站遠了看，在一個政黨之內，根據一位領袖的旨意誰上誰下，畢竟不是一件太大的事。當時有一些真正的大事會讓今後的歷史瞠目結舌，卻被今天的研究者們忽略了。其中最大的一件，就是全國規模的停課廢學。

停課廢學，不僅使中華文化立即面臨著中斷的危險，而且向社會釋放出了以青年學生為主體的大批完全失控的人群，快速轉化成了破壞性暴力，很多悲劇便由此而生。

其實那批青年學生本身承受的悲劇更大。他們雖然號稱「造反」，卻完全是響應當時報紙的號召趕時髦，恰恰沒有任何「造反」意識。但後來，他們為此要長時間地上山下鄉，而且在災難過去之後還要背一輩子的惡名。

那是我十九歲那一年的夏天。我領著一批同學反對造反，其實也不是出於任何政治意識，只是反對他們打、砸、搶，阻止他們批鬥老師。但是，造反派同學越來越得勢，他們根據上級指示奪了學院的權，成了當權者。本來圍在我身邊的很多同學也就投向他們，我顯得非常孤立，因此也非常危險。正在這時，我的父親又遭到他所在單位造反派的批鬥，我叔叔也被迫自殺。這種家庭背景一旦被我們學院造反派知道，必然遭致禍殃，因此我就離開學院出走了。

當時全國交通除飛機之外全都免費向青年學生開放，說是「革命大串聯」。其實造反派還處於剛剛掌權的興奮和忙碌之中，怎麼也捨不得離開自己的單位，因此擠在火車、汽車、輪船上的，大多是一批批走投無路的人。這樣的人很多很多，因此車船上很擠很擠。我，就成了他們中間的一個。

不知道會在哪裡停下，更不知道會停多久。火車常常停在荒山野嶺之間，一停十幾個小時。不斷有人要爬窗出去解手，因為車廂裡的廁所也早已擠滿了人，無法使用。但是，也有學生爬到了窗外，火車突然開了，車上的同學就把他們的行李包扔下去。所有的行李包都一樣，小小的，輕輕的，兩件換洗衣服，一條毛巾包著三四個乾饅頭，幾塊鹹醬菜。沒有書，也沒有筆。因為這些行李包的主人，雖然還被稱為「學生」，卻已經沒有課堂，沒有黑板，沒有老師。

扔行李包的事情往往發生在深夜。車下的學生們邊追邊呼叫，但隆隆的車輪終於把他們拋棄了。多少年來我一直在想：他們終於找到了下一站了嗎？那可是山險林密、虎狼出沒的地方啊。

我們那趟車，開到長沙就不走了。我背著小小的行李包，隨著人流來到了岳麓山。到了山上，大家都擁向著名的愛晚亭，我怕擠，就在壓頂的暮色下找一條僻靜的山路走去，卻沒有目標，沒有方向。

不知道走了多久，眼前出現了一堵長長的舊牆，圍住了很多灰褐色的老式房舍。這是什麼地方？沿牆走了幾步，就看到一個邊門，輕輕一推，竟能推開，我遲疑了一下就一步跨了進去。

我有點害怕，假裝著咳嗽幾聲，直著嗓子叫「有人嗎」，都沒有任何回應。但走著走著，我似乎被一種神奇的力量控制了，腳步慢了下來，不再害怕。

這兒沒有任何裝點，為什麼會給我一種莫名的莊嚴？這兒我沒有來過，為什麼處處透露出似曾相識的親切？這些房子可以有各種用途，但它的原本用途是什麼呢？

再大家族的用房也用不著如此密密層層，每一個層次又排列得那麼雅致和安詳。這兒應該聚集過很多人，但絕對不可能是官衙，或者是兵營。

我在這個庭院裡獨個兒磨磨蹭蹭，捨不得離開。最後終於摸到一塊石碑，憑著最後一點微弱的天光我一眼就認出了那四個大字：嶽麓書院。

二

那天晚上我在月色下的岳麓書院逗留了很長時間，離開時一臉安詳，就像那青磚石地、粉牆玄瓦。

我很快回了上海，學院裡的情況和我家庭的處境都越來越壞。後來我又不得不到農村勞動去了，徹底遠離了學校和教育。但是，奇怪的是，那個青磚石地、粉牆玄瓦的夢，卻常常在腦際隱約。待到圖書館重新開放，我努力尋覓有關它的點滴記載。再後來，中國走上了一條新路，我就有機會一再訪問它了。

我終於明白，很多年前那次夜間潛入，讓我在無意中碰撞到了中華文化存廢之間的又一個十字路口。一條是燥熱的死路，一條是冷清的生路。這條生路，乃是歷代文化智者長期探索的結果，岳麓書院便是其中一個例證。

說遠一點，早在三千三百多年前，商代已經有了比較成熟的公辦學校。到了孔子，成功地創辦了私學。從此，教學傳統成了中華文化代代相傳的命脈。到了唐代，就出現了教學等級很高的書院。宋代書院之風大盛，除了很早就開辦的白鹿洞書院外，還出現了石鼓書院、嵩陽書院、應天府書院、嶽麓書院、麗正書院、象山書院等等。這些書院，有的私辦，有的公辦，更多的是「民辦官助」。共同特點是，大多選址於名山勝景，而由比較著名的學者執掌校務，叫「山長」。

山長這個稱呼，聽起來野趣十足，與書院所在的名山對應，而且又幽默地表示對官場級別的不在意，自謙中透著自傲。我最近一次去嶽麓書院，還在歷任山長居住的一個叫「百泉軒」的小院落裡徘徊很久，想著山長們的心態。他們，只想好生看管著這滿院的書聲泉水、滿山的春花秋葉，已經足夠。山下的達官貴人為了各自的文化形象，也會到山上來叩門拜見。來就來吧，聽他們談談平日不太談的先秦諸子、楚辭漢賦，然後請他們在書院各處走走，自己就不陪了。在山長們的眼中，他們都是學生一輩，欠學頗多，因此自己要保持住輩分的尊嚴。這不是為自己，而是為文化。

在山長的執掌下，書院採取比較自由的教學方法。一般由山長本人或其他教師十天半月講一次課，其他時間以自學為主。自學中有什麼問題隨時可向教師咨詢，或學生間互相討論。

這樣，乍一看容易放任自流，實際上書院有明確的學規，課程安排清晰有序，每月有幾次嚴格的考核。此外，學生還必須把自己每日讀書的情況記在「功課簿」上，山長定期親自抽查。

課程內容以經學、史學、文學、文字學為主，也要學習應付科舉考試的八股文和試帖詩。到了清代晚期，則又加入了不少自然科學方面的課程。

可以想像，這種極有彈性的教學方式是很能釀造出一種令人心醉的學習氣氛的，而這種氣氛，有時可能比課程本身還能薰陶人、感染人。

三

書院所有課程的最終走向，是要塑造一個個品行端莊的文化人。

對於這一點，曾經統領過白鹿洞書院和岳麓書院的大哲學家朱熹有過系統的思考。他說，人性皆善，但在社會上卻分成了善的類別和惡的類別，因為每個類別裡風氣和習慣不同，薰染而成。只有教學，能夠從根本、從大道上弘揚善的風氣和習慣，讓人們復歸於善。他又說，教學能改變一個人的氣質，使他能夠從修身出發，齊家、治國。

正是出於朱熹所說的這個理想，很多傑出的學者都走進書院任教，把教書育人和自己的研究融為一體。

一一六七年八月，朱熹本人從福建崇安出發，由兩名學生隨行，不遠千里向嶽麓山走來。因為他知道比自己小三歲的哲學家張栻正主講嶽麓書院。他們以前見過面，暢談過，但還有一些學術環節需要進一步探討。朱熹希望把這種探討與書院的教學聯繫在一起。

朱熹抵達嶽麓書院後就與張栻一起進行了著名的「朱、張會講」。所謂會講是岳麓書院的一種學術活動，不同學術觀點的學派在或大或小的範圍裡進行探討和論辯，學生也可旁聽。果然如朱熹預期的那樣，既推動了學術，又推動了教學。

朱熹和張栻的會講是極具魅力的。當時一個是三十七歲，一個是三十四歲，一個徽州婺源人，一個四川綿竹人，卻都已躋身中國學術文化的最前列，用精密高超的思維探討著哲學意義上人和人性的秘密。他們在會講中，有時連續論爭三天三夜都無法取得一致意見。兩種濃重的方言，一種是夾雜著福建口音的徽州話，一種是四川話，三天三夜唇槍舌劍，又高深玄妙，使聽講的湖南士子都毫無倦意。

除了當眾會講外，他們還私下交談。所取得的成果是：兩個都越來越佩服對方，兩人都覺得對方啟發了自己。

《宋史》記載，張栻的學問「既見朱熹，相與博約，又大進焉」；而朱熹自己則在一封信中說，張栻的見解「卓然不可及，從游之久，反復開益為多」。朱熹還用詩句描述了他們兩人的學術友情：

憶昔秋風裡，

尋朋湘水旁。
勝游朝挽袂，
妙語夜連床。

別去多遺恨，
歸來識大方。
惟應微密處，
猶欲細商量。
……

（〈有懷南軒呈伯崇擇之二首〉）

這種由激烈的學術爭論所引發的深厚情誼，實在令人神往。可惜，這種事情到了近代和現代的中國，幾乎看不到了。

除了與張栻會講外，朱熹還單獨在嶽麓書院講學。當時朱熹的名聲已經很大，前來聽講的人絡繹不絕。不僅講堂中人滿為患，甚至聽講者騎來的馬都把池水飲乾了。所謂「一時輿馬之眾，飲池水立涸」。

朱熹除了在嶽麓書院講學外，又無法推卻一江之隔的城南書院的邀請，只得經常橫渡湘江。張栻怕他寂寞，愉快地陪著他來來去去，這個渡口，當地百姓後來就名之為「朱張渡」。此後甚至還經常有人捐錢捐糧，作為朱張渡的修船費用。兩位教育家的一段佳話，竟如此深入地銘刻在這片山川之間。

朱、張會講後七年，張栻離開嶽麓書院到外地任職，但沒有幾年就去世了，只活了四十七歲。張栻死後十四年即一一九四年，朱熹在再三推辭而未果後，終於接受了湖南安撫使的職位再度來長沙。要麼不來，既然來到長沙做官，就一定要把舊遊之地嶽麓書院振興起來。

這時離他與張栻「挽袂」、「連床」，已經整整隔了二十七年。兩位青年才俊不見了，只剩下一個六十餘歲的老人。但是今天的他，德高望重又有職有權，有足夠的實力把教育事業按照自己的心意整治一番，為全國樹一個榜樣。他把到長沙之前就一直在心中盤算的擴建嶽麓書院的計畫付諸實施，聘請了自己滿意的人來具體負責書院事務，擴充招生名額，為書院置學田五十頃，並參照自己早年為廬山白鹿洞書院制訂的學規頒發了《朱子書院教條》。如此有力的措施接二連三地下來，嶽麓書院重又顯現出一派繁榮。

朱熹白天忙於官務，夜間則渡江過來講課討論，回答學生提問，從不厭倦。他與學生間的回答由學生回憶筆記，後來也成為學術領域的重要著作。被朱熹的學問和聲望所吸引，當時嶽麓書院已雲集學者千餘人。朱熹開講的時候，每次都到「生徒雲集，坐不能容」的地步。

每當我翻閱到這樣的一些史料時總是面有喜色，覺得中華民族在本性上還有崇尚高層次文化教育的一面。中國歷史在戰亂和權術的漩渦中，還有高潔典雅的篇章。只不過，保護這些篇章要拼耗巨大的人格力量。

就拿書院來說吧，改朝換代的戰火會把它焚毀，山長的去世、主講的空缺會使它懈弛，經濟上的入不敷出會使它困頓，社會風氣的誘導會使它變質，有時甚至遠在天邊的朝廷也會給它帶來意想不到的災難。

朝廷對於高層次的學術文化教育，始終抱著一種矛盾心理。有時會真心誠意地褒獎、賞賜、題匾，有時又會懷疑這一事業中是否會有知識分子「倡其邪說，廣收無賴」，最終構成政治上的威脅。因此，歷史上也不止一次地出現過由朝廷明令「毀天下書院」、「書院立即拆去」的事情（參見野獲編《皇明大政紀》等資料）。

四

這類風波，當然都會落在那些教育家頭上，讓他們短暫的生命去活生生地承受。說到底，風波總會過去，教育不會滅亡，但對具體的個人來說，置身其間是需要有超人的意志才能支撐住的。

譬如朱熹，我們前面已經說到他以六十餘歲高齡重振嶽麓書院時的無限風光，但實際上，他在此前此後一直蒙受著常人難以忍受的誣陷和攻擊。他的講席前聽者如雲，而他的內心則積貯著無法傾吐的苦水。

大約在他重返長沙前的十年左右時間內，他一直被朝廷的高官們攻擊為「不學無術，欺世盜名，攜門人而妄自推尊，實為亂人之首」。中國總有一些文人喜歡對著他們無法企及的文化大師動刀，而且總是說他們「不學無術」，又總是說他們有政治問題。可見七百年前就是這樣了。

幸好有擔任太常博士的另一位哲學家葉適出來說話。葉適與朱熹並不是一個學派，互相間觀點甚至還很對立，但他知道朱熹的學術品格，便在皇帝面前大聲斥責那些誣陷朱熹的人「游辭無實，讒言橫生，善良受害，無所不有」，才使朱熹還有可能到長沙來做官興學。

朱熹在長沙任內忍辱負重地大興岳麓書院的舉動，還是沒有逃過誣陷者們的注意。就在朱熹到長沙的第二年，他向學生們講授的理學已被朝廷某些人宣判為「偽學」。再過一年，朱熹被免職，他的學生也遭逮捕，有一個叫余嘉的人甚至上奏皇帝要求處死朱熹：

梟首朝市，號令天下，庶偽學可絕，偽徒可消，而悖逆有所警。不然，作孽日新，禍且不測，臣恐朝廷之憂方大矣。

這個與我同姓的人，居然如此禍害一個大文化人，實在是余門之恥。

又過一年，「偽學」進一步升格為「逆黨」。朱熹的學生和追隨者都記入「偽學逆黨籍」，不斷被拘捕。這時朱熹已經回到了福建，他雖然没有被殺，但著作被禁，罪名深重，成天看著自己的學生和朋友一個個地因自己而受到迫害，心裡的味道，可想而知。

但是，他還是以一個教育家的獨特態度來面對這一切。一一九七年官府即將拘捕他的得意門生蔡元定的前夕，他聞訊後當即召集一百餘名學生為蔡元定餞行。席間，有的學生難過得哭起來了，而蔡元定卻從容鎮定，表示為自己敬愛的老師和他的學說去受罪，無怨無悔。

朱熹看到蔡元定的這種神態很是感動，席後對蔡元定說：我已老邁，今後也許難與你見面了，今天晚上與我住在一起吧。

這天晚上，師生倆在一起竟然没有談分別的事，而是通宵校訂了《參同契》一書，直到東方發白。

蔡元定被官府拘捕後杖枷三千里流放，歷盡千難萬苦，死於道州。一路上，他始終記著那次餞行，那個通宵。

世間每個人都會死在不同的身份上，卻很少有人像蔡元定，以一個地地道道的學生的身份，踏上生命的最後跑道。

既然學生死得像個學生，那麼教師也就更應該死得像個教師。蔡元定死後的第二年，一一九八年，朱熹避居東陽石洞，還是沒有停止講學。有人勸他，說朝廷對他正虎視眈眈呢，趕快別再召集學生講課了，他笑而不答。

直到一二〇〇年，他覺得真的已走到生命盡頭了，自述道：我越來越衰弱了，想到那幾個好學生都已死於貶所，而我卻還活著，真是痛心，看來支撐不了多久了。果然這年四月二十三日（農曆三月初九），他病死於建陽。

這是一位真正的教育家之死。他晚年所受的災難完全來自於他的學術和教育事業，對此，他的學生們最清楚。當他的遺體下葬時，散落在四方的學生都不怕朝廷禁令紛紛趕來。官府怕這些學生議論生事，還特令加強戒備。不能來的，也在各地聚會紀念。

不久之後，朱熹又備受朝廷推崇，那是後話，朱熹自己不知道了。讓我振奮的，不是朱熹死後終於被朝廷所承認，而是他和他的學生面對磨難竟然能把教師和學生這兩個看似普通的稱呼背後所蘊藏的職責和使命，表現得如此透徹，如此漂亮。

朱熹去世三百年後，另一位曠世大學問家踏進了岳麓書院的大門，他便是我的同鄉王陽明先生。王陽明先生剛被貶謫，貶謫地在貴州，路過嶽麓山，順便到書院講點學。他的心情當然不會愉快，一天又一天在書院裡鬱鬱地漫步，朱熹和張栻的學術觀點他是不同意的，但置身於嶽麓書院，他不能不重新對這兩位前哲的名字凝神打量，然後吐出悠悠的詩句：「緬思兩夫子，此地得徘徊……」

不錯，在這裡，時隔那麼久，具體的學術觀點是次要的了，讓人反覆緬思的，是一些執著的人，和一項崇高的事業。

五

對於一個真正的教育家來說，自己受苦受難不算什麼。他們在接受這個職業的同時，就接受了苦難。最使他們感到難過的，也許是他們為之獻身和苦苦企盼的「千年教化之功」，成效遠不盡如人意。

我們如果不把教育僅僅看成是接受知識和技術的過程，而是看成是陶冶人生人格的事業，那麼我們不能不面對這樣一個事實：當老一代教育家頹然老去，新一代教育家往往要從一個十分荒蕪的起點重新開始。

這是因為，人性人格的造就總是生命化的，而一個人的生命又總是有限的。一個生命的終結，也可以看成是幾十年教學成果的斷絕。這就是為什麼幾個學生之死會給朱熹帶來那麼大的悲哀。當然，被教師塑造成功的優秀學生會在社會上傳播美好的能量，但這並不是教師所能有效掌握的。很多學生所散布的消極因素，很容易把美好的東西抵消掉。還會有少數學生，成為有文化的不良之徒，不斷剝蝕社會文明，使善良的教師不得天天為之而自責自嘲。

我自己，自從四十多年前的那個傍晚闖入嶽麓書院後，也終於做了教師，一做三十餘年。其間還在自己畢業的母校，一所高等藝術學院擔任了幾年院長，說起來也算是嘗過教育事業的甘苦了。我到很晚才知道，教育固然不無神聖，但並不是一項理想主義、英雄主義的事業。一個教師所能做到的事情，十分有限。我們無力與各種力量抗爭，至多在精力許可的年月裡，守住那個被稱作學校的庭院，帶著為數不多的學生，參與一場陶冶人性人格的文化傳遞。目標無非是讓參與者，變得更像一個真正意義上的人。但是，面對這個目標，又不能期望過高。

突然想起了一條新聞，法國有個匪徒闖進了一家幼兒園，以要引爆炸藥為威脅向政府勒索錢財。全世界都在為幼兒園裡孩子們的安全擔心，而幼兒園的一位年輕的保育員卻告訴孩子們，這是一個沒有預告的遊戲。她甚至把那個匪徒，也解釋成遊戲中的人物。結果，直到事件結束，孩子們都玩得很高興。

保育員無力與匪徒抗爭，她也沒有辦法阻止這場災難，她所能做的，只是在一個庭院裡鋪展一場溫馨的遊戲。

孩子們也許永遠不知道這場遊戲的意義，也許長大以後會約略領悟到其中的人格內涵。我想，這就是教育工作的一個縮影。面對社會歷史的風霜雨雪，教師掌握不了什麼，只能暫時地掌握這個庭院，這間課堂，這些學生。

是的，我們擁有一個庭院，像中國古代的書院，又像今天和未來的學校。別人能侵凌它，毀壞它，卻奪不走它。很久很久了，我們一直在那裏，做著一場文化傳代的遊戲。至於遊戲的結局，我們都不要問。因為事關重大，甚至牽涉到民族和人類的命運。

十萬進士

一

在我七歲那年，因為幫村東重病臥床的老太太寫了幾次信，又讀了幾次信，她就誇我：你這孩子心善，總有一天，會有很多螢火蟲給你照路，去考狀元！

兩年後我到上海讀中學，一天晚上約了幾個同學去看電影，半路上突然下起了大雨，我們就躲進了一家雜貨店。店老板詢問了幾句，不相信我們這麼小就成了中學生，我們只得拿出學生證給他看。他一看罷，嘆一聲：你們全是秀才。

再過幾年，我獲得了上海市作文比賽的大獎，領獎時主持人說：這位就是狀元。

——這些零散的記憶說明，直到我的少年時代，像「狀元」、「秀才」這些科舉概念，還是人們的日常用語。

幾年前，我去四川閬中，仔細參觀了那裡保存得非常完好的科舉考試場所——貢院。兩位記者問我：「如果把時間倒退兩百年，您會在這樣的貢院裡充當什麼樣的角色？」

我說：為了不讓我父母傷心，我一定會來考，而且會考得很好，因此不久又會成為考官，主持這裡的考試。但是，如果開始來考試時遇到不禮貌的待遇，我會拂袖而去，從此浪跡天涯。

可見，科舉考試雖然已經廢止了一百年，但對於現代中國文人而言，仍然是「前世今生」，一種集體的生命貯存。

但是，從少年時代開始，我們受到的教育，讀到的書本，看到的戲劇，基本上都是否定科舉制度的。陳世美、蔡伯喈、范進、孔乙己，這些婦孺皆知的藝術形象，都以自己的人格沉淪，闡述了否定的理由。

既然曾經與全國文人的命運息息相關，那麼，身在其中的每一個人當然都有權利表達自己的褒貶好惡。我們這一代已經不在其中差不多一個世紀，距離給了我們冷靜，理應對這個問題重新作出整體的理性判斷。

除了閬中貢院外，我還參觀過南京和北京的科舉考試遺址。一個個小小的房間，密密層層地排列著，這究竟是一個什麼樣的所在？

二

科舉制度在中國整整實行了一千三百年之久，從隋唐到宋元到明清，一直緊緊地伴隨著中華文明史。科舉的直接結果，是選拔出了十萬名以上的進士，百萬名以上的舉人。這個龐大的群落，當然也會混雜不少無聊或卑劣的人，但就整體而言，卻是中國歷代官員的基本隊伍，其中包括不少具有高度文化素養的傑出政治家和行政管理者。

我始終認為，中華文明能夠成為人類各大古文明中唯一沒有中斷的特例，科舉制度起了最關鍵的作用。

試想，在一千三百年的歷史上，每隔三年就有大批文官選拔出來，參與管理龐大的疆域，這種奇蹟，其他古文明連作夢都無法想像。它們始終沒有構建起可長期持續的管理者選拔機制。更重要的是，選拔的標準是文化，尤其是儒家文化。這使一代代無數年輕的生命為了爭取仕途而朝夕誦讀，一旦考中為官，又以這種文化「治國平天下」。因此，文化也就獲得了最有效的延續。這種情況，在其他古文明中也沒有出現。

這還不重要嗎？

此外，為了選出這些文官，幾乎整個中國社會都動員起來了。而這種歷久不衰的動員，也就造就了無數中國文人的獨特命運和廣大民眾的獨特心態，絕不是我們一揮手就能驅散掉的。

科舉制度的諸多毛病，其實從一開始就有人覺察到了，許多智慧的頭腦曾對此進行了反覆的思考、論證、修繕、改良，其中包括我們所熟知的韓愈、柳宗元、歐陽修、蘇東坡、王安石等等。不能設想，這些文化大師會如此低能，任其荒唐並身體力行。

三

我們可以設想一下，如果不是科舉，古代中國該如何來選擇自己的官吏呢？這實在是政治學上一個真正的大問題。

世襲是一種。這種方法最簡便，上一代做了官，下一代做下去，中國奴隸制社會中基本上採取這種辦法，後來在封建社會中也局部實行，稱之為「恩蔭」。

世襲制的弊病顯而易見，一是由於領導才幹不可能遺傳；二是這種權力遞交在很大程度上削減了朝廷對官吏的任免權，分散了政治控制力。

世襲由於過於強調做官的先天資格而走進了死胡同，因此有的封建主開始尋求做官的後天資格。

一個貴族，平日見到有文才韜略的，就養起來，家裡漸漸成了一個人才倉庫，什麼時候要用了，隨手一招便派任官職，這叫「養士」，有的君主在家裡養有食客數千。這種辦法曾讓歷代政治家和文化人都有點心動，很想養一批或很想被養，但仔細琢磨起來問題也不少。

食客雖然與豢養者沒有血緣關係，但是養和被養的關係其實也已成了血緣關係的延長。由被養而成為官吏的那些人，主要是執行豢養者的指令，很難成為平正的管理者，社會很可能因他們而添亂。

大概是在漢代吧，開始實行「察舉」制度，即由地方官員隨時發現和考查所需人才，然後向政府推薦。考查和推薦就是對做官資格的論定，但是不難想像，各個地方官員的見識眼光大不一樣，被推薦者的品位層次也大不一樣，如果沒有一個起碼的標準，一切都會亂套。你說這個好，他說那個好，結果，小才任大職，大才任小職，造成行政價值系統的無序。為了克服這種毛病，到了三國兩晉南北朝時期，便形成了選拔官吏的「九品中正」制度。這種制度是由中央政府派出專門選拔官吏的「中正官」，把各個推薦人物評為九個等級，然後根據這個等級來決定所任官階的高低。這樣一來，相對統一的評判者有了，被評判的人也有了層次，無序走向了有序。

但是明眼人一看就會發現，這種「九品中正」制的公正與否，完全取決於那些「中正官」。如果他們把出身門第作為推荐的主要標尺，那麼這種制度也就會成為世襲制度的變種。不幸事實果真如此，排了半天等級，不想最後拿出來一看，重要的官職全都落到了豪門世族手裡。

就是在這種無奈中，隋唐年間，出現了科舉制度。我想，科舉制度的最大優點是從根本打破了豪門世族對政治權力的壟斷，使國家行政機構的組成向著盡可能大的社會面開放。

科舉制度表現出這樣一種熱忱：凡是這片國土上的人才，都有可能被舉拔上來，即便再老再遲，只要能趕上考試，就始終為你保留著機會。這種熱忱在具體實施中當然大打折扣，但它畢竟在中華大地上點燃了一種快速蔓延的希望之火，使無數真正和自認的人才陡然振奮，接受競爭和挑選。

國家行政機構與廣大民眾產生了一種空前的親和關係，它對社會智能的吸納力也大大提高了。在宋代以後的科舉考試中，來自各地的貧寒之士佔據了很大的數量，也包括不少當時社會地位很低的市井之子。

四

然而，科舉制度實實在在地遇到了一系列可怕的悖論。

首先是整個社會心態因它而發生了變異。

本來是為了顯示公平，給全社會提供可能，結果九州大地全都成了科舉賽場，一切有可能識字讀書的青年男子把人生的成敗榮辱全都抵押在裡邊，科舉考試的內涵大大超重。

本來是為了顯示權威，堵塞了科舉之外許多不正規的晉升之路，結果別無其他選擇的人們不得不把科舉考試看成是你死我活的惡戰，創設科舉的理性動機漸漸變形。

遴選人才所應該有的冷靜、客觀、耐心、平和不見了，代之以轟轟烈烈的焦灼、激奮、驚恐、忙亂。一千多年都涼不下來，幾乎把長長的一段歷史都烤出火焦味來了。

我們中國從很早開始就太注重表層禮儀，好好的一件事情總被極度誇張的方式大肆鋪陳。早在唐代，科舉制度剛剛形成不久就被加了太多的裝飾，太重的渲染，把全國讀書人的心情擾亂得不輕。每次進士考試總有一批人考上，慶賀一下是應該的，但不知怎麼一來，沒完沒了的繁複禮儀把這些錄取者捧得暈頭轉向。進士們先要拜謝「座主」（考官），參謁宰相，然後遊賞曲江，參加杏園宴、聞喜宴、櫻桃宴、月燈宴等等，還要在雁塔題名，在慈恩寺觀看雜耍戲場，繁忙之極，也得意之極。

孟郊詩中所謂「春風得意馬蹄疾，一日看遍長安花」，張籍詩中所謂「二十八人初上第，百千萬里盡傳名」，就寫盡了此間情景。據傅璇琮先生考證，當時的讀書人一中進士，根本應付不了沒完沒了的熱鬧儀式，長安民間就興辦了一種謀利性的商業服務機構叫「進士團」，負責為進士租房子、備酒食、張羅禮儀，直至開路喝道，全線承包。「進士團」的生意，一直十分興隆。

這種超常的熱鬧風光，強烈地反襯出那些落榜下第者的悲哀。得意的馬蹄在身邊躥過，喧天的鼓樂在耳畔鳴響，得勝者的名字在街市間哄傳，輕視的目光在四周遊蕩，他們不得不低頭嘆息了。他們頹唐地回到旅舍，旅舍裡，昨天還客氣拱手的鄰居成了新科進士，僕役正在興高采烈地打點行裝。有一種傳言，如能討得一件新科進士的衣服，下次考試很是吉利，於是便厚著臉皮，怯生生地向僕役乞討一件。乞討的結果常常討來個沒趣，而更多的落第者不做這種自辱的事，只是關在房裡想著如何回家。

一個落第者要回家，不管是他本人還是他的家屬，在心裡上都千難萬難。據錢易《南部新書》記載，一個姓杜的讀書人多次參加科舉考試未中，正想回家，卻收到妻子寄來的詩：

良人的的有奇才，
何事年年被放回？
如今妾面羞君面，
君若來時近夜來！

這位妻子的詩句實在是夠刻薄的，但她為丈夫害羞，希望丈夫趁著夜色偷偷回來的心情也十分真實。收到這首詩的丈夫，還會回家嗎？因此不少人便是困守長安，下了個死決心，不考出個名堂來絕不回家。

這中間所造成的無數家庭悲劇，可想而知。《唐摭言》載，有一個叫公乘億的人一直滯留在京城參加一次次科舉考試，離家十多年没有回去過。有一次他在城裡生了場大病，家鄉人傳言説他已病死，他的妻子就長途來奔喪，正好與他相遇。

他看見有一個穿粗布衣服的婦人騎在驢背上，有點面熟，而婦人也正在看他，但彼此相別時間太長，都認不準了。托路人相問，才知道果然是夫妻，就在路邊抱頭痛哭。

這對夫妻靠著一次誤傳畢竟團聚了，如果没有誤傳，又一直考不上，這位讀書人可能就會在京城中長久待著，直到垂垂老去。錢易《南部新書》就記載過這樣一位老人。是一位屢試不第的老秀才吧，在京城中等著春試。除夕之夜，全城歡騰，他卻不能回家過年，正沮喪著，聽説今夜宮中有儺戲表演，就擠在人群裡混了進去。

不想進去後被樂吏看成了表演者，一把推進表演隊伍，跌跌撞撞地在宮内繞圈。繞了千百轉，摔了好幾跤，又要他執牛尾演唱，做各種動作。鬧騰了整整一夜直到第二天黎明，老人已累得走不動路。讓人抬了回去，一病六十日，把春天的科舉考試也耽誤了。

看來老人還得在京城熬下去。我不知道這位老人是否還有老妻在家鄉等著，他們分別有多少年了？我不知道他有没有子女，這些子女是否在掛念孤身在外的老父親？除夕夜他在宮中轉圈時明明體力不支為什麼不早一點拔身而出？難道他在儺戲的扮演中獲得了某種有關人生惡作劇的感悟？

由於屢試不第給讀書人和他們的家人帶來了沉重的心理壓力，一旦中舉之後的翻身感也就不言而喻。喜報到處，怪事叢生。

我在《玉泉子》中讀到一則記載，曾頗覺驚異，但那則記載的語氣卻非常平靜，像是在談一宗日常小事。

一位級別很高的地方官設春社盛宴，恭邀一位將軍攜家人參加。將軍的家屬人數不少，還帶來一位已出嫁的女兒。這女兒嫁給一個叫趙琮的讀書人，趙琮多年科舉不第，窮困潦倒，將軍的女兒抬不起頭來。將軍全家也覺得她没臉見人，今天既然一起跟來參加春社盛宴了，便在她的棚座前掛一塊帷障遮羞。

宴會正在進行，突然一匹快馬馳來，報告趙琮得中科舉的消息，於是將軍起座高喊：「趙郎及第矣！」家人聞之，立即將趙琮妻子棚座前的帷障撤去，把她攙出來與大家同席而坐，還為她裝扮，而席間的她，已經容光煥發。

家屬尚且如此，中舉者本人的反應就更複雜了。

對於多數士子來說，考上進士使他們感到一種莫名的輕鬆。雖然官職未授，但已經有了一個有恃無恐的資格和身份，可以比較真實地在社會上表現自己了。這中間最讓人瞠目結舌的例子大概要算《唐摭言》所記的那位王泠然了。

王泠然及第後尚未得官，突然想到了正在任御史的老熟人高昌宇，便立即握筆給高昌宇寫了一封信，信的大意是：

您現在身處富貴，我有兩件事求您，一是希望您在今年之內為我找一個女人，二是希望您在明年之內為我找一個官職。我至今只有這兩件事遺憾，您如果幫我解決了，感恩不盡。當然您也可能貴人多忘事，不幫我的忙，那麼說老實話，我既已及第，朝廷官職的升遷難以預料，說不定哪一天我出其不意地與您一起並肩臺閣，共處高位。到那時會側過頭來看您一眼，你自然會深深後悔，向我道歉。請放心，我會給您好臉色看的。

這封無賴氣十足的信，可以作為心理學研究的素材。是變態心理學還是社會心理學？都可以，而我更看重它的普遍性。當年的士子們如果讀到王泠然的這封信，也許會指責他的狂誕和唐突，但就他們的內心而言，王泠然未必孤獨。

五

科舉像一面巨大的篩子，本想用力地顛簸幾下，在一大堆顆粒間篩選良種，可是實在顛簸得太狠太久，把很多上篩的種子給顛蔫了、顛壞了。

科舉像一個精緻的閘口，本想匯聚散佚處處的溪流，可是坡度挖得過於險峻，把很多水流都翻捲得渾濁了。

在我看來，科舉制度給中國知識分子帶來的心理痼疾和人格遺傳，主要有以下幾個方面：

其一，伺機心理。

伺機心理也可稱作「苦熬心理」。本來，以奮鬥求成功、以競爭求發達是人間通則，無可非議，但中國書生的奮鬥和競爭並不追求自然漸進，而是企盼一朝發跡。成敗貴賤切割成黑白兩大塊，切割線前後雙重失態。

未曾及第，連家也不敢回；一旦及第，就成了明明暗暗的王泠然，氣焰蔽天。由此倒逆回去，可以推知中華大地上無數謙謙君子、溫文儒者，靈魂未必像衣衫那麼素淨，心底未必如面容那麼祥和。他們有世界上最驚人的氣量和耐心，可以承受最難堪的困厄和屈辱，因為他們知道，迷迷茫茫的遠處，會有一個機會。

氣量和耐心也會碰撞到無法容忍的邊界，他們就發牢騷、吐怨言，但大抵不會明確抗爭。因為一切社會競爭都被科舉制度提煉成一種官方競爭，而且只有這種競爭才高度有效。於是，中國書生也就習慣了這樣怪異的平衡：憤世嫉俗而又宣布與世無爭，安貧樂道而又暗示懷才不遇。他們的生活旋律比較單一，那就是在隱忍中期待，在期待中隱忍。

其二，騎牆態勢。

科舉制度使多數中國讀書人成了政治和文化之間的騎牆派。兩頭都有瓜葛，兩頭都有期許，但兩頭都不著實，兩頭都難落地。

科舉選拔的是行政官員，這些前不久還困居窮巷、成日苦吟的書生，包括那位除夕誤入宮廷演了通宵儺戲的老人，一旦及第之後便能處置行政、裁斷訴訟？這些從春風得意的馬背上跳下來，從杏園宴、聞喜宴的鼓樂中走出來的新科進士，授官之後便能調停錢糧、管束賦稅？即便留在中央機關參與文化行政，難道也已具備協調功夫、組織能力？

是的，一切都可原諒，他們是文人，是書生。但是，作為文人和書生，他們又失落了文化本位。因為他們自從與文化接觸開始，就是為了通過科舉而做官，作為文化自身的目的並不存在。學術文化的尊嚴、知識分子的使命，只有偶爾閃光，卻無法貫串生命。

結果，圍繞著科舉，政治和文化構成了一個糾纏不清的怪圈：不太嫻熟政治，說是因為文化；

未能保全文化，說是為了政治。文人耶？官吏耶？均無以定位，皆不著邊際，既無所謂政治品格，也無所謂文化良知。「百無一用是書生」，但在中國，常常因百無一用而變得百無禁忌。雖萎弱卻圓通，圓通得沒有支點，圓通得無所作為。

其三，矯情傾向。

科舉考試的成功率很低，因此必須割捨親情牽連，讓全家男女老少一起投入沒有期限的別離和等待。一來二去，科舉便與正常人情格格不入。上文所引一系列家庭悲劇，皆是例證。那些不敢回家的讀書人，可以置年邁的雙親於不顧，可以將新婚的妻子扔鄉間，只怕考不上。這樣做開始是出於無奈，後來這些人互相間構建起一種價值原則，只有鐵石心腸的男子才會被看成胸有大志而被充分讚揚，那就全然走向了矯情和自私。

鐵石心腸不要感情，卻並不排斥肉慾，那位王泠然開口向老朋友提的要求，第一項就是要一個女人。俗諺謂「書中自有顏如玉」，也是這個意思。

我曾注意到，當年唐代新考上的不少進士，一高興就到長安平康里的妓院玩樂。平康里的妓女，也樂意結交進士。但交談之下，新科進士常常發覺這些妓女才貌雙全，在詩文修養、歷史知識、人物評論等方面不比自己差。當然，她們沒有資格參加科舉考試。

面對這些妓女，新科進士們多年苦求、一朝得意的全部內容都立即褪色，唯一剩下的優越只不過自己是個男人。

男人以知識求官職，妓女以美色求生存，而男人的那一點知識，她們卻在談笑中一一降伏。我不知道這些男人，是否因此而稍感無聊？

男人有家眷而拋捨親情，妓女有感情而無以實現，兩相對視，誰的眼睛會更坦然一點？幸好發現一條史料，説福建泉州晉江人歐陽詹，進士及第後到山西太原遊玩，與一妓女十分投合，相約返京後略加處置便來迎娶。由於在京城有所拖延，女子苦思苦等終於成疾，臨終前剪髻留詩。歐陽詹最後見到這一切，號啕大哭，也因悲痛死亡。

這位進士之死，看似不登大雅之堂，其實頗為高貴。因為他把功名、官職全都放到了愛情之下。與他相比，其他很多功名中人，反倒虛假了。

六

除了上述三方面人格扭曲外，科舉制度還不得不對考生進行一次嚴重的人格污辱，那就是一整套反作弊的措施。

反作弊是從宋代開始的。在唐代，一切都比較寬鬆隨意，在科舉考試的同時託人推荐和自我推薦是常有的事，例如大詩人王維、白居易、杜牧、李商隱都做過這樣的事。如果不推荐，他們很可能被數量不小的其他考生所埋沒。在當時，這不算作弊。那種明目張膽的當場作弊，例如請人代考，在唐代也是被禁止的，但禁止也僅止於禁止，沒太當一回事。詩人溫庭筠據說就是替別人代考的高手，有一次居然為八位考生完成了詩卷，真不知道具體是怎麼操作的。

到了宋代，朝廷實行嚴格的文官制度，科舉考試成了全國官吏的唯一來源，競爭日漸激烈，反作弊也就當作了一件大事。明、清兩代，這種制度越來越嚴格，如果再出現溫庭筠這樣的「槍手」，哪怕僅僅是代一位考生完成了試卷，他也必須在考場門外戴枷示眾三個月，然後再萬里流放。

如果是託人推薦，那麼，在清代就變成了驚動朝野的「科場案」，結果很可能是推薦者、受薦者、被薦者，連同全體考官全部處死，並全家流放，株連九族。

我曾參觀過一個中國古代科舉考試的展覽，面對那些實物，強烈感受到自宋以後，作弊和反作弊成了某些考生和官方之間層層遞進的一場智力競賽，而競賽的結果是兩方面都走向卑微。

考生作弊的最常用方式是挾帶，把必然要考到的《四書》、《五經》、前科中舉範文和自己的猜題習作，縮小抄寫後塞在鞋底、腰帶、褲子、帽子裡。一切可以想得到的角角落落都塞，有的乾脆密密麻麻地寫在麻布襯衣裡。

於是，堂皇的經典踏在腳底，抖索的肉體纏滿墨跡，一旦淋雨或者出汗，爛紙污黑也就與可憐書生的絕望心情混作一團，一團由中國文字、中國文明、中國文人混合成的悲苦造型。

作弊挾帶的，也不見得全是無能之輩。例如一〇一二年的一次考試，搜出挾帶者十八人，於是重考，十八人中還是有十二人合格。由此我一直懷疑，許多主持著考試的考官說不定也有未被查出的作弊歷史。作過弊的考官對作弊的防範只會更嚴，也許是為了掩飾自己，也許是因為深諳訣竅，他們會想出許多搜查挾帶的機智辦法。未曾作過弊的考官則會對作弊者保留著一種真誠的氣惱，一旦有權，氣惱也就化作了峻厲。

無論是機智還是峻厲，最終都要交給看守考場的士兵來操作。有時還公開懸賞，搜出一個挾帶著獎賞一兩銀子。士兵們受此刺激，立時變成凶神惡煞，向全體考生撲來。

到清代，考生頭上的辮子也要解開來查過，甚至還要查看肛門，實在有辱斯文。北方無論是「春闈」還是「秋試」，都會遇到寒冷的日子，為了防止考生在羊皮襖裡挾帶，規定一切進考場的羊皮襖不能有面子，只能把單張羊皮穿在身上。一眼看去，考場內外一片白花花，宛若一大堆紛亂的羊群。

這景象在我想來是觸目驚心的，這兒究竟發生了什麼事？一群讀書人，只能以動物的形態，來表白自己對文化的坦誠？只能以最醜陋的儀仗，來比賽自己的文明？

任何考試都應該反作弊，這沒有錯。但是，我們中國常常會遺忘一個最重要的前提，一切防範都不應該剝奪所有無辜者的尊嚴。當人的基本尊嚴可以被隨意糟踐，文化的意義又在哪裡？

幾百年反作弊的誇張行動，也給中國文化本身帶來一個毛病，那就是特別注意記憶功能。直到現在，很多人被尊為國學大師、學富五車，基本上都是在稱獎他們的記憶功能，而不是創造功能。我認為，這完全是出於那些挾帶不成的考生對於不必挾帶的考生的佩服，居然延續至今，作為一種文化心理定勢。

反作弊的誇張行動，反映出考官和考生之間的極度不信任。在這種不信任的氣氛中，考官也不能不戰戰兢兢。

例如，公元一五一一年的那次會試，公布的一份優秀考卷中有一個很小的知識性誤差。估計當時考官太欣賞文章的立意和文詞了，沒有注意到這個問題。結果，落第考生大嘩，寫出大字報到處張貼，所有的考官都覺得丟盡了臉面，不敢吱聲。

又如，清代有一個考生在考試前外出遊玩，在路邊見到過兩棵槐樹之間一口井這樣一種普通的景象，不知怎麼就記住了。臨到考試，他怨恨自己肚子裡典故太少，寫出文章來容易被人覺得沒有學問，便決定杜撰幾個出來。靈機一動，寫出一句「自兩槐夾井以來」，如此等等。

他寫得那麼從容，閱卷的考官緊張了，心想一定是我沒有讀到過的典故，為了掩飾，給予佳評。

我們可以設身處地為這位考官想一想，即便他大體猜測這位考生有可能是杜撰典故，也不能保證如煙海的文化典籍中絕對没有「兩槐夾井」一說。不怕一萬只怕萬一，因而只能閉一隻眼睛算他「用典有據」。這是考生對考官的一次成功逗弄，就像老鼠逗貓一般。

這種麻煩連一些大學問家也經常遇到。一八九二年廷試，閱卷大臣發現一份優秀考卷中有「閭面」二字不可解，問主持其事的宰相翁同龢是否可能是「閭閻」的筆誤。翁同龢以知識廣博聞名，低頭一想說，以前在書中見過「閭面」對「檐牙」，應該算對。事後問那位考生，確是筆誤，這一下翁同龢鬧了笑話。但我們在笑翁同龢的時候，還是應該相信他確實看到過「閭面」。沈澱了數千年的文史深潭，幾乎能為任何一種肯定和否定都提供可能性，因此學問越大越會遇到判斷的困惑。

考官和考生在這方面的長久對峙，挑動了中國文人在文史細節上數百年的不正常敏感，常常使中國語文親切、活潑、靈動的美好風範，變得刺蝟般地不可接近。

七

科舉制度積累了很多問題，而最大的問題是它遇到了一個新的時代。

十九世紀的中國，面臨著列強的船堅砲利，突然發現自己最缺少的就是人才，這一下，使科學制度和中國文人一起暈眩了。

一千多年前當科舉制度剛剛盛行的時候，中國在世界上是一個什麼樣的形象！科舉制度不就是要發掘更多的人才來為這個形象增色添彩的嗎，怎麼增添了一千多年反而成了人才空缺？是中國上了科舉制度的當，還是科舉制度上了中國的當，或是它們彼此上當，或是大家都上了一種莫名的歷史魔力的當？

據齊如山先生回憶，直到十九世紀晚期，中國大地仍然愚蠢地以科舉制度抵拒著商業文明。一個人參加了一次哪怕是等級最低的科舉考試，連秀才也沒有考上，在當時也算是「文童」了，有事見知縣時可以有座，也可以與官員們同桌用餐。與此相反，一個商人，即便是海內巨賈，富甲一方，見知縣時卻不會有座，也不准與官員們同桌用餐。

於是在我眼前出現了一個有象徵意義的歷史造像：一個讀了幾年死書而沒有讀出半點門道的失敗者傻呼呼地端坐著，一個已經創造了大量財富而且有可能給中國帶來新的活力的實踐者像僕役一樣侍立著。這一歷史造像，離我們並不遙遠。

那麼，這些端坐著的人在十九世紀晚期是以一種什麼樣的方式參加考試的呢？周作人先生回憶道，那是大寒季節，半夜起來，到考場早早坐定，在前後左右一片喧囂中等到天亮。天亮後有人舉著一塊木板過來，上面寫著考題，於是一片喧囂變成了一片咿唔，考生們邊咿唔邊琢磨怎麼寫八股文了。一直咿唔到傍晚，時間顯得緊張，咿唔也就變成呻吟：

> 在暮色蒼茫之中，點點燈火逐漸增加，望過去真如許多鬼火，連成一片；在這半明不滅的火光裡，透出呻吟似的聲音來，的確要疑非人境。

齊如山先生對此還作了一個小小的補充，即整整一天的考試是無法離座大小便的，於是可想而知，場內污穢橫流，惡臭難聞。

讀到這類回憶我總是驀然發呆；燦爛的中國文明，繁密的華夏人才，究竟中了什麼邪，要一頭鑽進這種鬼火、呻吟和惡臭裡邊？

出於時代的壓力、國際的對比，一九〇一年慈禧下令改革科舉。考試內容中加中外政治、歷史、藝學，四書五經仍考，但不再用八股文程式。同時，開設新式學堂，派遣學生到國外留學。

這個彎轉得既沒有基礎又不徹底，結果發生了很多並不輕鬆的趣事。為了要加入西洋文化的內容，有一次考官出題時把法國的拿破崙塞進去了，而且把中國古代的一位失敗英雄項羽與他作對比，成了一道中外比較的試題：〈項羽拿破輪論〉（當時譯名初設，把拿破崙譯成拿破輪）。出題的考官趕時髦，但來自全國各地的考生怎麼跟得上呢？一位考生一開筆就寫道：

夫項羽，拔山蓋世之雄，豈有破輪而不能拿哉？使破輪自修其政，又焉能為項羽所拿者？拿全輪而不勝，而況於拿破輪也哉？

這位考生理所當然地把「拿破輪」看成是一個行為短語：什麼人伸手去拿一個破輪子。項羽有沒有拿過破輪子他不知道，但八股文考試鼓勵空洞無物的瞎議論，文章也就做下去了。

當我在舒蕪、吳小如先生的文章中讀到這則史料時，像其他讀者一樣不能不啞然失笑。我想，科舉考試在當時確實已成為一個破輪子，它無論如何不能再向前滾動了。為了不讓這個破輪使整個大車傾翻，在喊聲鼎沸中，科舉終於被廢除。

科舉廢除後新式學校一所接一所辦起來了，這不僅釋放了一大批原先已經走上科舉之途的讀書人如上文提到的齊如山、周作人他們，而且實實在在地造就了一大批自然科學、人文科學和社會科學方面的新型人才。二十世紀中國文化的光明面，基本上是由這些新型人才造就的。如果科舉制度再延續一些年月，那麼中國在二十世紀將會更加死氣沉沉、無所作為。

但是，即便如此，我們也沒有理由嘲笑它。它支撐了中國千餘年社會管理人才的有序選拔，維繫了中華文化的有效延續，而且，如上文所述，它又塑造了中國文人的集體人格。

十萬進士，百萬舉人，都是我們的文化前輩。中華文化的大量奧秘都在他們身上。他們被污辱、被扭曲、被推崇，都是代表著中華文化在承受。因此，他們是我研究中華文化最根本的座標。

不要糟踐他們，也不要為他們過度辯護。但是，由於他們傳代久遠，由於他們龐大的人數，更由於他們的基本功能，我們還是應該給予尊重。這也是我們對中華文化的整體態度。

八

科舉實在累人。考生累，考官累，整個歷史都被它搞累，我寫它也實在寫累了。我估計，讀者也一定已經讀得很累，那就到此為止吧。

眼前突然浮現一個舞台場面，依稀是馬科導演、陳亞先編劇的《曹操與楊修》。曹操新當政，急需管理人才，下令在全國招賢。一個年輕的差役，像更夫一樣滿街敲鑼，敲一下喊一聲：「招賢囉！哐！招賢囉！哐！……」

曹操的時代還沒有科舉，但那幾下鑼聲，足可概括千年科舉的默默呼喊。

戲一場場演下去，招來的人才捲入了紛爭的漩渦，困頓、後悔，直到死亡。但在每一場幕間，招賢的鑼依然在敲，一聲比一聲怪異，一聲比一聲淒涼。記得最後一場，年輕的差役早已鬚髮皓然，步履蹣跚。鑼破了，嗓子啞了，但那聲音分明還在一聲聲傳來：「招賢囉！哐！……招賢囉！哐！……」

那個場面好像下雪了吧？積雪的土地仍然埋藏著對人才的渴望吧？敲鑼老人的腳印深一腳、淺一腳地排過去，凜冽的寒風捲走了鑼聲和喊聲。

但是，鑼聲和喊聲都會有人聽到，渴望的大地總會等來大批腳印。很多歷史悲劇，站遠一看都成了歷史幽默。

一個理想主義的天才構思，實行了一千多年竟然變成了幽默，實在讓人悲欣交集，歸於藹然。

處處有他們

一

我用雙手摩挲中華大地。

有高山，有深谷，有大河，有莽原。但是，為什麼手下總有一些黏黏糊糊的感覺？定睛細看，那些地方都顯得陰暗朦朧。

中華大地和中華歷史，本該更加敞亮爽利。本該有更多萬人景仰的聖哲，白馬凱旋的英雄。然而，誰都看到，事情一直不是這樣。原因是，有密密麻麻的一群特殊人物，悄悄地掌控了不小的局面。

我們，居然常常把他們忽略了，遺忘了。

這群人物不是英雄豪傑，也未必是元凶巨惡。他們的社會地位可能極低，也可能很高。就文化程度論，他們可能是文盲，也可能是學者。很難說他們是好人壞人，但由於他們的存在，許多鮮明的歷史形象漸漸變得癱軟、迷頓、暴躁，許多簡單的歷史事件一一變得混沌、曖昧、骯髒，許多祥和的人際關係慢慢變得緊張、尷尬、凶險，許多響亮的歷史命題逐個變得黯淡、紊亂、荒唐。

他們起到了如此巨大的作用，但他們並沒有明確的政治主張，他們的全部所作所為並沒有留下清楚的行為印記，他們絕不想對什麼負責，而且確實也無法讓他們負責。他們是一團驅之不散又不見痕跡的腐濁之氣，他們是一堆飄忽不定的聲音和眉眼。

你終於憤怒了，聚集起萬鈞雷霆準備轟擊，没想到這些聲音和眉眼也與你在一起憤怒，你突然失去了轟擊的對象。你想不予理會，掉過頭去，但這股腐濁氣卻又悠悠然地不絕如縷。

我相信，歷史上許多鋼鑄鐵澆般的政治家、軍事家最終悲愴辭世的時候，最痛恨的不是自己明確的政敵和對手，而是曾經給過自己很多膩耳的佳言和突變的臉色，最終還說不清究竟是敵人還是朋友的那些人物。

處於彌留之際的政治家和軍事家死不瞑目，顫動的嘴唇艱難地吐出一個詞彙：「小人……」

——不錯，小人。這便是我這篇文章要寫的主角。

小人是什麼？如果說得清定義，他們也就沒有那麼可惡了。小人是一種很難定位和把握的存在，約略能說的只是，這個「小」，既不是指年齡，也不是指地位。小人與小人物，是兩碼事。

在一本書上看到歐洲的一則往事。數百年來一直親如一家的一個和睦村莊，突然產生了鄰里關係的無窮麻煩，本來一見面都要真誠地道一聲「早安」的村民們，現在都怒目相向。沒過多久，幾乎家家户户都成了仇敵，挑釁、毆鬥、報復、詛咒天天充斥其間，大家都在想方設法準備逃離這個恐怖的深淵。

可能是教堂的神父產生了疑惑吧，花了很多精力調查緣由。終於真相大白，原來不久前剛搬到村子裡來的一位巡警的妻子是個愛搬弄是非的長舌婦，全部惡果都來自於她不負責任的竊竊私語。村民知道上了當，不再理這個女人，她後來很快搬走了。

但是萬萬沒有想到，村民間的和睦關係再也無法修復。解除了一些誤會，澄清了一些謠言，表層關係不再緊張，然而從此以後，人們的笑臉不再自然，即便在禮貌的言詞背後也有一雙看不見的疑慮眼睛在晃動。大家很少往來，一到夜間，早早地關起門來，誰也不理誰。

我讀到這個材料時，事情已過去了幾十年。作者寫道，直到今天，這個村莊的人際關係還是又僵又澀、不冷不熱。

對那個竊竊私語的女人，村民們已經忘記了她講的具體話語，甚至忘記她的容貌和名字。說她是壞人吧，看重了她，但她實實在在地播下了永遠也清除不淨的罪惡的種子。說她是故意的吧，那也強化了她，她對這個村莊未必有什麼爭奪某種權力的企圖。說她僅僅是言詞失當吧，那又過於寬恕了她，她做這些壞事帶有一種近乎本能的衝動。對於這樣的女人，我們所能給予的還是那個詞彙：小人。

小人的生存狀態和社會後果，由此可見一斑。

這件歐洲往事因為有前前後後的鮮明對比，有那位神父的艱苦調查，居然還能尋找到一種答案。然而誰都明白，這在「小人事件」中屬於罕例。絕大多數「小人事件」是找不到這樣一位神父、這麼一種答案的。我們只要稍稍閉目，想想古往今來、遠近左右，有多少大大小小、有形無形的「村落」被小人糟蹋了而找不到事情的首尾？

由此不能不由衷地佩服起孔老夫子和其他先秦哲學家來了，他們那麼早就濃濃地劃出了「君子」和「小人」的界限。誠然，這兩個概念有點模糊，相互間的內涵和外延都有很大的彈性，但後世大量新創立的社會範疇都未能完全地取代這種古典劃分。

孔夫子提供這個劃分，是為了弘揚君子、提防小人。但是，後來人們常常為了空洞的目標和眼前的實利淡化這個劃分，於是，我們長久地放棄這個劃分之後，小人就像失去監視的盜賊、沖決堤岸的洪水，洶湧泛濫。

結果，不願多說小人的中國歷史，小人的陰影反而越來越濃。他們組成了道口路邊上密密層層的許多暗角，使得本來就已經十分艱難的民族步履，在那裡趔趄、錯亂，甚至回頭轉向，或拖地不起。即便是智慧的光亮、勇士的血性，也對這些霉苔斑斑的角落無可奈何。

二

然而，真正偉大的歷史學家是不會放過小人的。司馬遷在撰寫《史記》的時候就發現了這個歷史癥結，於是他冷靜的敘述中時時迸發出一種激憤。

例如，司馬遷寫到發生在公元前五二七年的一件事。那年，楚國的楚平王要為自己的兒子娶一門媳婦，選中的姑娘在秦國，於是就派出一名叫費無忌的大夫前去迎娶。費無忌看到姑娘長得極其漂亮，眼睛一轉，就開始在半道上動腦筋了。

——我想在這裡稍稍打斷，與讀者一起猜測一下他動的是什麼腦筋，這會有助於我們理解小人的行為特徵。

看到姑娘漂亮，估計會在太子那裡得寵，於是一路上百般奉承，以求留下個好印象。這種腦筋，雖不高尚卻也不邪惡，屬於尋常世俗心態，不足為奇，算不上我們所說的小人；

看到姑娘漂亮，想入非非，企圖有所沾染，暗結某種私情。這種腦筋，竟敢把一國的太子當作情敵，簡直膽大妄為，但如果付諸實施，倒也算是人生的大手筆。為了情欲無視生命，即便荒唐也不是小人作為。

費無忌動的腦筋完全不同，他認為如此漂亮的姑娘應該獻給正當權的楚平王。

儘管太子娶親的事已經國人皆知，儘管迎娶的車隊已經逼近國都，儘管楚宮裡的儀式已經準備妥當，費無忌還是騎了一匹快馬，搶先直奔王宮。他對楚平王描述了秦國姑娘的美貌，說反正太子此刻與這位姑娘尚未見面，大王何不先娶了她，以後再為太子找一門好的呢。楚平王好色，被費無忌說動了心，但又覺得事關國家社稷的形象和承傳，必須小心從事，就重重拜託費無忌一手操辦。三下兩下，這位原想來做太子夫人的姑娘，轉眼成了公公楚平王的妃子。

事情說到這兒，我們已經可以分析出小人的幾條行為特徵了：

其一，小人見不得美好。小人也能發現美好，有時甚至發現得比別人還敏銳，但不可能對美好投以由衷的虔誠。他們總是瞇縫著眼睛打量美好事物，眼光時而發紅時而發綠，時而死盯時而躲閃，只要一有可能就忍不住要去擾亂、轉嫁，竭力作為某種隱潛交易的籌碼加以利用；

美好的事物可能遇到各種各樣的災難，但最消受不住的卻是小人的作為。蒙昧者可能致使明珠暗投，強蠻者可能致使玉石俱焚，而小人則鬼鬼祟祟地把一切美事變成醜聞。因此，美好的事物可以埋没於荒草黑夜間，可以展露於江湖莽漢前，卻斷斷不能讓小人染指或過眼；

其二，小人見不得權力。不管在什麼情況下，小人的注意力總會拐彎抹角地繞向權力的天平，在旁人看來根本繞不通的地方，他們也能飛檐走壁繞進去。他們敢於大膽損害的，一定是沒有權力，或權力較小的人。他們表面上是歷盡艱險為當權者著想，實際上只想著當權者手上的權力。但作為小人，他們對權力本身並不迷醉，只迷醉權力背後自己有可能得到的利益。因此，乍一看他們是在投靠誰、背叛誰、效忠誰、出賣誰，其實他們壓根兒就沒有穩定的對象概念，只有實際私利；

其三，小人不怕麻煩。上述這件事，按正常邏輯來考慮，即便想做也會被可怕的麻煩所嚇退，但小人是不怕麻煩的。怕麻煩做不了小人，小人就在麻煩中成事。小人知道，越麻煩越容易把事情搞渾，只要自己不怕麻煩，總有怕麻煩的人。當太子終於感受到與秦國姑娘結婚的麻煩，當大臣們也明確覺悟到阻諫的麻煩，這件事也就辦妥了；

其四，小人辦事效率高。小人急於事功又不講規範，有明明暗暗的障眼法掩蓋著，辦起事來幾乎遇不到阻力，能像游蛇般靈活地把事情迅速搞定。他們善於領會當權者難於啟齒的隱憂和私欲，把一切化解在頃刻之間，所以在當權者眼裡，他們的效率更是雙倍的。有當權者支撐，他們的效率就更高了。費無忌能在為太子迎娶的半道上發起一個改變皇家婚姻方向的駭人行動而居然快速成功，便是例證。

暫且先講這四項行為特徵吧，司馬遷對此事的敘述還沒有完，讓我們順著他的目光繼續看下去——

費無忌辦成了這件事，既興奮又慌張。楚平王越來越寵信他了，這使他滿足，但靜心一想，這件事上受傷害最深的是太子，而太子是遲早會掌大權的，那今後的日子怎麼過呢？

他開始在楚平王耳邊遞送小話：「那件事情之後，太子對我恨之入骨，那倒罷了，我這麼個人也算不得什麼，問題是他對大王您也怨恨起來，萬望大王戒備。太子已握兵權，外有諸侯支持，內有他的老師伍奢幫著謀畫，說不定哪一天要兵變呢！」

楚平王本來就覺得自己對兒子做了虧心事，兒子一定會有所動作，現在聽費無忌一說，心想果不出所料。立即下令殺死太子的老師伍奢、伍奢的長子伍尚，進而又要捕殺太子。太子和伍奢的次子伍員，只得逃離楚國。

從此之後，連年的兵火就把楚國包圍了。逃離出去的太子是一個擁有兵力的人，自然不會甘心，伍員則發誓要為父兄報仇，曾一再率吳兵伐楚。許多連最粗心的歷史學家也不得不關注的著名軍事征戰，此起彼伏。

然而楚國人民記得，這場彌天大火的最初點燃者，是小人費無忌。大家咬牙切齒地用極刑把這個小人處死了，但整片國土早已滿目瘡痍。

——在這兒我又要插話。順著事件的發展，我們又可把小人的行為特徵延續幾項了：

其五，小人不會放過被傷害者。小人在本質上是膽小的，他們的行動方式使他們不必害怕具體操作上的失敗，但卻不能不害怕報復。設想中的報復者當然是被他們傷害的人，於是他們的使命注定是要連續不斷地傷害被傷害者。你如果被小人傷害了一次，那麼等著吧，第二、第三次更大的傷害在等著你，因為不這樣做小人缺少安全感。楚國這件事，受傷害的無疑是太子，費無忌深知這一點，因此就無以安生，必欲置之死地才放心。小人不會憐憫，不會懺悔，只會害怕，但越害怕越凶狠，一條道走到底；

其六，小人需要搏取同情。明火執仗的強盜、殺人不眨眼的劊子手是惡人而不是小人，小人沒有這份膽氣，需要掩飾和躲藏。他們反覆向別人解釋，自己是天底下受損失最大的人，自己是弱者，弱得不能再弱了，似乎生就是被別人欺侮的料。在他們企圖吞食別人產權、名譽乃至身家性命的時候，他們甚至會讓低沉的喉音、含淚的雙眼、顫抖的臉頰、欲說還休的語調一起上陣，邏輯說不圓通時便哽哽咽咽地糊弄過去，你還能不同情？而費無忌式的小人則更進一步，努力把自己打扮成一心為他人、為上司著想而遭致禍殃的人，那自然就更得同情了。職位所致，無可奈何，一頭是大王，一頭是太子，我小小一個侍臣有什麼辦法？苦心斡旋卻兩頭受氣，真是何苦來著？

——這樣的話語，從古到今我們聽到的還少嗎？

其七，小人必須用謠言製造氣氛。小人要借權力者之手或起鬨者之口來衛護自己，必須繪聲繪色地謊報「敵情」。費無忌謊報太子和太子的老師企圖謀反攻城的情報，便是引起以後巨大歷史災禍的直接誘因。說謊和造謠是小人的生存本能，但小人多數是有智力的，他們編織的謊言要取信於權勢和輿情，必須大體上合乎淺層邏輯，讓不習慣實證考察的人一聽就立即產生情緒反應。因此，小人的天賦，就在於能熟練地使謊言編織得合乎情理。他們是一群有本事誘使偉人和庸人全都沉陷進謊言迷宮而不知回返的能工巧匠；

其八，小人最終控制不了局勢。小人精明而缺少遠見，因此他們在製造一個個具體的惡果時並沒有想這些惡果最終組接起來將會釀成一個什麼樣的結局。當他們不斷挑唆權勢和輿情的初期，似乎一切順著他們的意志在發展，而當權勢和輿情終於勃然而起揮灑暴力的時候，連他們也不能不瞠目結舌、騎虎難下了。小人完全控制不了局面，但人們不會忘記他們是這些全部災難的最初責任者。平心而論，當楚國一下子陷於鄰國攻伐而不得不長年以鐵血為生的時候，費無忌也已經束手無策，做不得什麼好事也做不得什麼壞事了。但最終受極刑的仍然是他。司馬遷以巨大的厭惡使之遺臭萬年的，也是他。小人的悲劇，正在於此。

解析一個費無忌，我們便約略觸摸到了小人的一些行為特徵，但這對了解整個小人世界，還是遠遠不夠的。小人，還沒有被充分研究。

三

我理解我的同道，誰也不願往小人的世界深潛，因為這委實是一件氣悶乃至噁心的事。既然生活中避小人唯恐不遠，為何還要讓自己的筆去長時間地沾染他們呢？

但是迴避顯然不是辦法。既然人們都遇到了這個夢魘卻缺少人來呼喊，既然呼喊幾下說不定能把夢魘暫時驅除一下，既然暫時的驅除有助於增強人們對於正義的信心，那麼，為什麼要迴避呢？

我認為，小人之為物，不能僅僅看成是個人道德品質的畸形。這是一種歷史的需要。

中國式的人治專制隱秘多變，迫切需要一批這樣的人物。他們既能詭巧地遮掩隱秘，又能適當地把隱秘裝飾一下昭示天下；既能靈活地適應變動，又能莊嚴地在變動中翻臉不認人；既能從心底裡蔑視一切崇高，又能把統治者的心思洗刷成光潔的規範。

這樣一批人物，需要有敏銳的感知能力，快速的判斷能力，周密的聯想能力，有效的操作能力，但卻萬萬不能有穩定的社會理想和個人品格。從這個意義上說，小人，不是自然生成的，而是對極權專制體制的填補。

為了極權專制的利益，這些官場小人能夠把人之為人的人格基座踩個粉碎，並由此獲得一種輕鬆，不管幹什麼事都不存在心理障礙。人性、道德、信譽、承諾、盟誓可以一一丟棄，朋友之誼、骨肉之情、羞恥之感、惻隱之心也可以一一拋開，這便是極不自由的專制社會所哺育出來的「自由人」。

這種「自由人」在中國下層社會某些群落獲得了呼應。

我所說的這些群落不是指窮人，貧窮不等於高尚卻也不直接通向邪惡；我甚至不是指強盜，強盜固然邪惡卻也有自己的道義規範，否則無以合夥成事，無以長久立足，何況他們時時以生命作為行為的代價；我當然也不是指娼妓，娼妓付出的代價雖然不是生命卻也是夠痛切的，在人生的絕大多數方面，她們都要比官場小人貞潔。

與官場小人真正呼應得起來的，是社會下層的那樣一些低劣群落：惡奴、乞丐、流氓、文痞。惡奴、乞丐、流氓、文痞一旦窺知堂堂朝廷要員也與自己一般行事處世，也便獲得了巨大的鼓舞，成了中國封建社會中最有資格自稱「朝中有人」的皇親國戚。

這種遙相對應，產生了一個遼闊的中間地帶。一種巨大的小人化、卑劣化運動，在中國大地上出現了。上有朝廷楷模，下有社會根基，那就滋生蔓延吧，有什麼力量能夠阻擋呢？

那麼，就讓我們以惡奴型、乞丐型、流氓型、文痞型的分類，再來更仔細地看一看小人。

惡奴型小人：

本來，為人奴僕也是一種社會構成，並沒有可羞恥或可炫耀之處。但其中有些人，成了奴僕便依仗主子的聲名欺侮別人，主子失勢後卻對主子本人惡眼相報，甚至平日在對主子低眉順眼之時也不時窺測著吞食主子的各種可能，這便是惡奴了，而惡奴則是很典型的一種小人。

謝國楨先生的《明季奴變考》詳細敘述了明代末年江南一帶仕宦縉紳家奴鬧事的情景，其中還涉及到我們熟悉的張溥、錢謙益、顧炎武、董其昌等文化名人的家奴。這些家奴或是仗勢欺人，或是到官府誣告主人，或是鼓噪生事席捲財物，使政治大局本來已經夠混亂的時代更其混亂。

為此，孟森先生曾寫過一篇〈讀明季奴變考〉的文章，說明這種奴變其實說不上階級鬥爭。因為當時江南固然有不少做了奴僕而不甘心的人，卻也有很多明明不必做奴僕而一定要做奴僕的人，這便是流行一時的找豪門投靠之風。

本來生活已經挺好，但想依仗豪門逃避賦稅、橫行鄉里，便成群結隊地簽訂契約賣身為奴。「賣身投靠」這個詞，就是這樣來的。孟森先生說，前一撥奴僕剛剛狠狠地鬧過事，後一撥人又樂呵呵地前來投靠為奴，這算什麼階級鬥爭呢？

乞丐型小人：

因一時的災荒行乞，是值得同情的，但是，把行乞當作一種習慣性職業，進而滋生出一種群體性的心理模式，則必然成為社會公害。

乞丐心理的基點，在於以自穢、自弱為手段，點滴而又快速地完成著對他人財物的占有。乞丐型小人的心目中沒有明確的所有權概念，他們認為世間的一切都不是自己的，又都是自己的。只要捨得犧牲自己的人格形象來獲得人們的憐憫，不是自己的東西也可能轉換成自己的東西。他們的腳永遠踩踏在轉換所有權的滑輪上，獲得前，語調誠懇讓人流淚，獲得後，立即翻臉不認人。

乞丐一旦成群結幫，誰也不好對付。《清稗類鈔・乞丐類》載：「江蘇之淮、徐、海等處，歲有以逃荒為業者，數百成群，行乞於各州縣，且至鄰近各省，光緒初為最多。」最古怪的是，這幫浩浩蕩蕩的乞丐還攜帶著蓋有官印的護照，到了一個地方行乞簡直成了一種堂堂公務。行完乞，他們又必然會到官府賴求，再蓋一個官印，成為向下一站行乞的「簽證」。官府雖然也皺眉，但經不住死纏，既是可憐人，行乞又不算犯法，也就一一蓋了章。

由這個例證聯想開去，生活中只要有人肯下決心用乞丐手法來獲得什麼，遲早總會達到目的。

流氓型小人：

當惡奴型小人終於被最後一位主子所驅逐，當乞丐型小人終於有一天不願再扮可憐相，這就變成了流氓型小人。

《明史》中記述過一個叫曹欽程的人，明明自己已經做了吳江知縣，還要託人認宦官魏忠賢做父親，獻媚的態度最後連魏忠賢本人也看不下去了，把他說成敗類，撤了他的官職。他竟當場表示：「君臣之義已絕，父子之恩難忘。」

不久魏忠賢陰謀敗露，曹欽程被算做同黨關入死牢，他也沒什麼，天天在獄中搶掠其他罪犯伙食，吃得飽飽的。

這個曹欽程，起先無疑是惡奴型小人，但失去主子、到了死牢，便自然地轉化為流氓型小人。我做過知縣怎麼著？照樣敢把殺人犯嘴邊的飯食搶過來塞進嘴裡！你來打嗎？我已經嚥下肚去了，反正遲早要殺頭，還怕打？——人到了這一步，說什麼也多餘的了。

流氓型小人比其他類型的小人顯得活躍。他們像玩雜耍一樣在手上交替玩弄著誣陷、偷聽、恫嚇、欺詐、出爾反爾、背信棄義、引蛇出洞、聲東擊西等等技法，別人被這一切搞得淚血斑斑，他們卻談笑自若，全然不往心裡放。

流氓型小人乍一聽似乎多是年輕人，其實未必。他們的所作所為是時間積累的惡果，因此有不少倒是上了一點年歲的。謝國楨先生曾經記述到明末江蘇太倉沙溪一個叫顧慎卿的人，做過家奴，販過私鹽，也在衙門裡混過事，人生歷練極為豐富，到老在鄉間組織一批無賴子不斷騷擾百姓，史書對他的評價是三個字：「老而黠」，簡潔地概括了一個真正到位的流氓型小人的典型。街市間那些有流氓習氣的年輕人，不屬於這個範圍。

文痞型小人：

當上述各種小人獲得一種文化載體或文化面具，那就成了文痞型小人。

明明是文人卻被套上了一個「痞」字，是因為他們的行事方式與市井小痞子有很多共同之處。例如，他們都是以攻擊他人作為第一特徵；攻擊的方式是擲穢潑污，侵犯他人的名譽權；對於自己的劣行即使徹底暴露也絕不道歉，立即轉移一個話題永遠糾纏下去，如此等等。

但是，文痞型小人畢竟還算文人，懂得偽裝自己的文化形象，因此一定把自己打扮得慷慨激昂，疾惡如仇。他們知道皇上最近的心思，也了解當下輿論的熱點，總是拋出一個個最吸引眾人注意力的話題作為攻擊的突破口，順便讓自己成為公眾人物。

在古代，血跡斑斑的「文字獄」的形成，最早的揭發批判者就是他們；在現代，「文革」中無數冤假錯案的出現，最早的揭發批判者也是他們；在當代，借用媒體的不良權力一次次圍啄文化創造者，致使文化嚴重滯後的，也是他們。他們不斷地引導民眾追惡尋惡，而最大的惡恰恰正是他們自己。

我曾經做過幾次試驗，讓一些德行高尚的文化人來排列古代、現代、當代的文痞型小人名單，結果居然高度一致，可見要識破他們並不難。但是，在中國這樣一個文化落後的國家，文痞型小人仍然特別具有欺騙性和破壞性，因為他們利用廣大民眾對於文化的茫然，對於報刊的迷信，把其他類型小人的局部惡濁，裝潢成了一種廣泛的社會污染。因此，他們是所有小人中最惡劣的一群。

影響雖大，但他們的人數並不多，這可能要歸功於中國古代的君子觀念的滲透。歷來許多文人有言詞偏激、嘲謔成性、行止不檢、表裡不一等缺點，都不能目之為文痞。

四

值得深思的是，有不少小人並沒有什麼權力背景、組織能力和敢死精神，為什麼正常的社會群體對他們也失去了防禦能力？如果我們不把責任全部推給專制王朝，在我們身邊是否也能找到一點原因？

好像能找到一些。

第一，觀念上的缺陷。

不知從什麼時候開始，我們社會上特別痛恨的都不是各種類型的小人。我們痛恨口出狂言的青年，我們痛恨死死糾纏異性的情痴，我們痛恨極端的激進派或保守派，我們痛恨跋扈、妖惑、腐酸、固執，我們痛恨這痛恨那，卻不會痛恨那些沒有立場的遊魂、轉瞬即逝的笑臉、無法驗證的美言、無可檢收的許諾。

很長時間我們都以某種意識形態的立場決定自己的情感投向，而小人在這方面是無可無不可的，因此容易同時討好兩面，至少被兩面都看成中間狀態的友鄰。

我們厭惡愚昧，小人智商不低；我們厭惡野蠻，小人在多數情況下不幹血淋淋的蠢事。結果，我們苛刻地垂顧著各色人等，卻獨獨把小人給放過了。

第二，情感上的牽扯。

小人是善於做情感遊戲的，這對很多勞於事功而深感寂寞的好人來說正中下懷。

在這個問題上小人與正常人的區別是：正常人的情感交往是以袒示自我的內心開始的，小人的情感遊戲是以揣摩對方的需要開始的。小人往往揣摩得很準，人們一下就進入了他們的陷阱，誤認他們為知己。小人就是那種沒有一個真正的朋友卻曾有很多人把他誤認為知己的人。

到後來，人們也會漸漸識破他們的真相，但既有舊情牽連，不好驟然翻臉。

我覺得中國歷史上特別能在情感的迷魂陣中識別小人的是兩大名相：管仲和王安石。他們的千古賢名，有一半就在於他們對小人的防範上。

管仲輔佐齊桓公時，齊桓公很感動地對他說：「我身邊有三個對我最忠心的人，一個人為了侍候我自願做太監，把自己閹割了；一個來做我的臣子後整整十五年没有回家看過父母；另一個人更厲害，為了給我滋補身體居然把自己兒子殺了做成羹給我吃！」

管仲聽罷便說：「這些人不可親近，他們的作為全部違反人的正常感情，怎麼還談得上對你的忠誠？」齊桓公聽了管仲的話，把這三個小人趕出了朝廷。

管仲死後，這三個小人果然鬧得天翻地覆。

王安石一生更是遇到很多小人，難於盡舉，給我印象最深的是諫議大夫程師孟，他有一天竟然對王安石說，他目前最恨的是自己身體越來越好，而自己的內心卻想早死。王安石很奇怪，問他為什麼，他說：「我先死，您就會給我寫墓誌銘，好流傳後世了。」

王安石一聽就掂出了這個人的人格重量，不再理會。

有一個叫李師中的小人水平更高一點，在王安石推行新法而引起朝廷上下非議的時候，他寫了長長的十篇《巷議》，說街頭巷尾都在說新法好、宰相好。本來這對王安石是雪中送炭般的支持，但王安石一眼就看出了《巷議》的偽作成分，開始提防他。

只有像管仲、王安石這樣，小人們所布下的情感迷魂陣才能破除，但對很多人物來說，幾句好話一聽心腸就軟，小人要俘虜他們易如反掌。

第三，心態上的恐懼。

小人和善良人們往往有一段或短或長的情誼上的「蜜月期」。當人開始有所識破的時候，小人的撒潑期也就來到了。

平心而論，對於小人的撒撥，多數人是害怕的。小人不管實際上膽子多小，撒起潑來有一種玩命的表象。好人雖然不見得都怕死，但死也要死在像樣的地方。與小人玩命，他先潑你一身髒水，把是非顛倒得讓你成為他的同類，就像拉進一個泥潭翻滾得誰的面目也看不清，這樣的死法多窩囊！

因此，小人們用他們的骯髒，擺開了一個比世界上任何真正的戰場都令人恐怖的混亂方陣，使再勇猛的鬥士都只能退避三舍。

在很多情況下小人不是與你格鬥而是與你死纏。他們知道你沒有這般時間、這般口舌、這般耐心、這般情緒，他們知道你即使發火也有熄火的時候，只要繼續纏下去總會有你的意志到達極限的一刻。他們也許看到過古希臘的著名雕塑「拉奥孔」，那對強勁的父子被滑膩膩的長蛇終於纏到連呼號都發不出聲音的地步。想想那尊雕塑吧，你能不怕？

有沒有法律管小人？很難。小人基本上不犯法。這便是小人更讓人感到可怕的地方。《水滸傳》中的無賴小人牛二纏上了英雄楊志，楊志一躲再躲也躲不開，只能把他殺了，但犯法的是楊志，不是牛二。

小人用卑微的生命粘貼住一具高貴的生命，高貴的生命之所以高貴就在於受不得污辱，然而高貴的生命不想受污辱就得付出生命的代價，一旦付出代價後人們才發現生命的天平嚴重失衡。這種失衡又倒過來在社會上普及著新的恐懼：與小人較勁犯不著。中國社會流行的那句俗語「我惹不起，總躲得起吧」實在充滿了無數次失敗後的無奈情緒。誰都明白，這句話所說的不是躲盜賊，不是躲災害，而是躲小人。好人都躲著小人，久而久之，小人被一些無知者羨慕，他們的隊伍擴大了。

第四，策略上的失誤。

中國歷史上很多不錯的人物在對待小人的問題上每每產生策略上的失誤。在道與術的關係上，他們雖然崇揚道，但因為整個體制的束縛，無法真正行道，最終都垂青於術，名為韜略，實為政治實用主義。

這種政治實用主義的一大特徵，就是用小人的手段來對付政敵。這樣做初看頗有實效，其實後果嚴重。政敵未必是小人，利用小人對付政敵，在某種意義上是利用小人撲滅政見不同的君子，在文明構建上是一大損失。

如果是利用小人來對付小人，那就會使被利用的那撥小人處於被弘揚的地位，一旦成功，小人的思維方式和行為邏輯將邀功論賞，發揚光大。

中國歷史上許多英明君主、賢達臣將往往在此處失誤，他們獲得了具體的勝利，但勝利果實上充滿了小人灌注的毒汁。他們只問果實屬於誰而不計果實的性質。因此，無數次即便是好人的成功，也未必能構成文明的積累。

第五，靈魂上的對應。

有不少人，就整體而言不能算是小人，但在特定的情勢和境遇下，靈魂深處也會悄然滲透出一點小人情緒，這就與小人們的作為對應起來了，成為小人鬧事的幫手和起鬨者。

謠言和謊言為什麼有那麼大的市場？按照正常的理性判斷，大多數謠言是很容易識破的，但居然會被智力並不太低的人大規模傳播，原因只能說是傳播者對謠言有一種潛在的需要。

只要想一想歷來被謠言攻擊的對象，大多是那些有理由被別人暗暗嫉妒、卻沒有理由被公開詆毀的人物，我們就可明白其中的奧秘了。謠言為傳謠、信謠者而設。按接受美學的觀點，謠言的生命扎根於傳謠、信謠者的心底。如果沒有這個根，一個謠言便如小兒夢囈，腐儒胡謅，會有什麼社會影響呢？

一切正常人都會有失落的時候，失落中很容易滋長嫉妒情緒，一聽到某個得意者有什麼問題，心裡立即獲得了某種竊竊自喜的平衡，也不管起碼的常識和邏輯，也不做任何調查和印證，立即一鬨而起，形成圍啄。

更有一些人，平日一直遺憾自己在名望和道義上的欠缺，一旦小人提供一個機會能在攻擊別人過程中獲得這種補償，也會在猶豫再三之後探頭探腦地出來，成為小人的同夥。

如果僅止於內心的些微需要試圖滿足，這樣的陷落也是有限度的，良知的警覺會使他們拔身而走。但也有一些人，開始只是說不清道不明的內心對立而已，而一旦與小人合伴成事後又自恃自傲，良知麻木，越沉越深，那他們也就成了地地道道的小人而難以救藥了。

從這層意義上說，小人最隱秘的土壤，其實在我們每個人的內心，即便是吃夠了小人苦頭的人，一不留神也會在自己的某個精神角落為小人挪出空地。

五

那麼，到底應該怎麼辦呢？

顯然沒有消解小人的良方。在這個問題上，我們能做的事情很少。

我認為，最根本的是要不斷擴大君子的隊伍，改變君子和小人的數量對比。一定需要有一批人，成為比較純粹的君子，而不受任何小人生態的誘惑。

君子的古代標準，也就是他們與小人的原始區別，我們的祖先早有教導。例如，「君子懷德」、「君子坦蕩蕩」、「君子求諸己」、「君子成人之美」、「君子和而不同」、「君子周而不比」等等。這些教導，對君子的風範、目標和生態作了經典描述。君子的現代標準，就要在這個基礎上增加一系列全人類公認的價值標準，諸如人權、人道、民主、自由、互助、慈善、環保等等，並由此展現出更加關愛蒼生、犧牲自我、溫和堅毅、光明磊落的風範。

真正的君子行跡，是一種極其美好的人生體驗。只要認真投入，很快就能發現，自己什麼也不害怕了。過去想做君子而猶豫，不就是害怕小人嗎？一旦成了真君子，這種擔憂就不再存在。

不再害怕我們害怕過的一切。不再害怕眾口鑠金，不再害怕招腥惹臭，不再害怕群蠅成陣，不再害怕陰溝暗道，不再害怕那種時時企盼著新的整人運動的飢渴眼光，不怕偷聽，不怕恐嚇，不怕獰笑，只以更明確、更響亮的方式，在人格、人品上昭示出高貴和低賤的界限。

此外，有一件具體的事可做。我主張大家一起來認真研究一下從歷史到現實的小人問題，把這個問題集中談下去，總有好處。

想起了寫《吝嗇鬼》的莫里哀。他從來沒有想過要根治人類身上自古以來就存在的吝嗇這個老毛病，但他在劇場裡把吝嗇解剖得那麼透徹、那麼辛辣、那麼具體，使人們以後再遇到吝嗇，或者自己心底再產生吝嗇的時候，猛然覺得在哪裡見過，於是，劇場的笑聲也會在他們耳邊重新響起。那麼多人的笑聲使他們明白人類良知水平上的是非。他們在笑聲中莞爾了，正常的人性也就悄悄地上升了一小格。

吝嗇的毛病比我所說的小人問題輕微得多。鑒於小人對我們民族昨天和今天的嚴重荼毒，微薄如我們，能不能像莫里哀一樣把小人的行為舉止、心理方式用最普及的方法袒示於世，然後讓人們略有所悟呢？

研究小人是為了看清小人，給他們定位，以免他們繼續以無序的方式出現在我們生活的各到各處，使人們難以招架。研究僅止於研究，盡量不要與他們爭吵。爭吵使他們加重，研究使他們失重。

雖然小人尚未定義，但我看到了一個與小人有關的定義。一位美國學者說：

所謂偉大的時代，也就是大家都不把小人放在眼裡的時代。

這個定義十分精采。小人總有，但他們的地位與時代本身的重量成反比。既然專制極權和政治亂世造就了小人，既然庸眾意識和恐懼心理助長了小人，那麼，如果出現了一種強大的精神氣壓，使小人在社會上從中心退到旁側，從高位降到低位，從主宰變成贅餘，這個時代已經在問鼎偉大。

我們的時代已經出現了一些好的趨勢。快速推進的時代節奏，無限開闊的全球視野，漸漸使很多小人的行為越來越失去效用。前幾年還在鬧騰的事件，現在一看全變成了笑話。尤其是那些以折騰人著稱的「大批判專家」，連名字也完全被人們淡忘。

但是，我們的時代與偉大顯然還有距離。大家已經發現，主要距離在於精神文化方面；大家沒有發現的是，精神文化的創造者其實不少，卻仍然被小人啃噬著。中國民眾固然已經厭煩小人了，但是，以往很多年被小人扯來扯去的視線，至今還沒有恢復仰望精神文化的功能。結果，小人被冷落了，而精神文化也被冷落著。

我相信，這種雙向冷落只是一個暫時的過程。

最後我必須補充一個觀點，才能結束本文，那就是：儘管小人在整體上禍害久遠，但就他們的個體生命而言，大多也是可憐人。包括其中最令人厭煩的文痞型小人，無非也就是一些喝了「狼奶」的失敗者和抑鬱者。他們，還有被拯救的可能。

冷落他們，擱置他們，然後拯救他們，這便是當今君子的責任。

說到底，他們是在一個缺少關愛的環境裡長大的一群，因此也應該受到關愛。我們鄙棄的，是他們以往的作惡方式，以及他們在歷史上的集合狀態。

抱愧山西

一

十餘年前的某一天，我在翻閱一堆史料的時候大吃一驚，便急速放下手上的其他工作，專心致志地研究起來。很長一段時間，我查檢了一本又一本的書籍，閱讀了一篇又一篇的文稿，終於將信將疑地接受了這樣一個結論：在十九世紀乃至以前相當長的時期內，中國最富有的省分不是我們現在可以想像的那些地區，而竟是山西。直到本世紀初，山西，仍是中國的金融貿易中心。北京、上海、廣州、武漢等城市裡那些比較像樣的金融機構，最高總部大抵都在山西平遙縣和太谷縣幾條尋常的街道間。這些大城市，只不過是腰纏萬貫的山西商人小試身手的碼頭而已。

山西商人之富，有許多數字可以引證，本文不作經濟史的專門闡述，姑且省略了吧。反正在清代全國商業領域，人數最多、資本最厚、散布最廣的是山西人；每次全國性募捐，捐出銀兩數最大的是山西人；要在全國排出最富的家庭和個人，最前面的一大串名字大多也是山西人；甚至，在京城宣告歇業回鄉的各路商家中，攜帶錢財最多的又是山西人。

按照我們往常的觀念，富裕必然是少數人殘酷剝削多數人的結果。但事實是，山西商業的發達、豪富人家的消費，大大提高了所在地的就業幅度和整體生活水平。而那些大商人都是在千里萬里間的金融流通過程中獲利的，並不構成對當地人民的剝削。因此與全國相比，當時山西城鎮民眾的一般生活，水平也不低。有一份材料有趣地說明了這個問題。一八二二年，文化思想家龔自珍在〈西域置行省議〉一文中提出了一個大膽的政治建議。他認為自乾隆末年以來，民風腐敗，國運堪憂，城市中「不士、不農、不工、不商之人，十將五六」，因此建議把這種無業人員大批西遷，再把一些人多地少的省分如河北、河南、山東、陝西、甘肅、江西、福建等地的民眾大規模西遷，使之無產變為有產，無業變為有業。他覺得內地只有兩個地方可以不考慮（「毋庸議」）西遷，一是江浙一帶，那裡的人民筋骨柔弱，吃不消長途跋涉；二是山西省：

山西號稱海內最富，土著者不願徙，毋庸議。

（《龔自珍全集》上海人民出版社第一百零六頁）

龔自珍這裡所指的不僅僅是富商，而且也包括土生土長的山西百姓。

其實，細細回想起來，即便在我本人有限的見聞中，可以驗證山西之富的信號也曾屢屢出現，可惜我把它們忽略了。例如現在蘇州有一個規模不小的「中國戲曲博物館」，我多次陪外國藝術家去參觀，幾乎每次都讓客人們驚嘆不已。尤其是那個精妙絕倫的戲台和觀劇場所，連貝聿銘這樣的國際建築大師都視為奇蹟，但整個博物館的原址卻是「三晉會館」，即山西人到蘇州來做生意時的一個聚會場所。說起來蘇州也算富庶繁華的了，沒想到山西人輕輕鬆鬆來蓋了一個會館就把風光佔盡。記得當時我也曾為此發了一陣呆，卻沒有往下細想。

又如翻閱宋氏三姊妹的多種傳記，總會讀到宋靄齡到丈夫孔祥熙家鄉去的描寫，於是知道孔祥熙這位國民政府的財政部長也正是從山西太谷縣走出來的。美國人羅比・尤恩森寫的那本傳記中說：「靄齡坐在一頂十六個農民抬著的轎子裡，孔祥熙則騎著馬。但是，使這位新娘大為吃驚的是，在這次艱苦的旅行結束時，她發現了一種前所未聞的最奢侈的生活。……因為一些重要的銀行家住在太谷，所以這裡常常稱為『中國的華爾街』。」我初讀這本傳記時也曾經在這些段落間稍稍停留，卻沒有去琢磨讓宋靄齡這樣的人物吃驚、被美國傳記作家稱為「中國的華爾街」，意味著什麼。

看來，山西之富在我們上一輩人的心目中一定是常識，我們的誤解完全是出於對歷史的無知。唯一可以原諒的是，在我們這一輩，產生這種誤解的遠不止我一人。

因此好些年來，我一直小心翼翼地期待著一次山西之行。

二

我終於來到了山西。為了平定一下慌亂的心情，我先把一些著名的常規景點看完，最後再鄭重其事地逼近我心裡埋藏的那個大問號。

我的問號吸引了不少山西朋友，他們陪著我在太原一家家書店的角角落落尋找有關資料。黃鑒暉先生所著的《山西票號史》是我自己在一個書架的底層找到的，而那部洋洋一百二十餘萬言，包羅著大量帳單報表的大開本《山西票號史料》則是一直為我開車的司機李文俊先生從一家書店的庫房裡挖出來的，連他，也因每天聽我在車上講這講那，知道了我的需要。

待到資料搜集得差不多，我就在電視編導章文濤先生、歌唱家單秀榮女士等一批山西朋友的陪同下，驅車向平遙和祁縣出發了。在山西最紅火的年代，財富的中心並不在省會太原，而在平遙、祁縣和太谷，其中又以平遙為最。

車上的朋友們都笑著對我説，雖然全車除了我之外都是山西人，但這次旅行的嚮導應該是我。原因只在於，我讀過比較多的史料。

連「嚮導」也是第一次來，那麼這種旅行自然也就成了一種尋找。

我知道，首先該找的是平遥西大街上中國第一家專營異地匯兑和存、放款業務的「票號」——大名鼎鼎的「日昇昌」的舊址。這是今天中國大地上各式銀行的「鄉下外祖父」。

聽我説罷，大家就對西大街上每一個門庭仔細打量起來。

這一打量不要緊，才兩三家，我們就已經被一種從未領略過的氣勢所壓倒。這實在是一條神奇的街，精雅的屋宇接連不斷，森然的高牆緊密呼應。經過一、二百年的風風雨雨，處處已顯出蒼老，但蒼老而風骨猶在，竟然没有太多的破敗和潦倒。

街道並不寬，每個體面門庭的花崗岩門檻上都有兩道很深的車轍印痕，可以想見當年這兒是如何車水馬龍地熱鬧。這些車馬來自全國各地乃至國境之外，馱載著金錢馱載著風險馱載著揚鞭千里的英武氣，馱載著遠方的風土人情和方言，馱載出一個南來北往經濟血脈的大流暢。

西大街上每一個像樣的門庭我們都走進去了，乍一看都像是氣吞海内的日昇昌，仔細一打聽又都不是。直到最後，看到平遥縣文物局立的一塊説明牌，才認定日昇昌的真正舊址。一個機關占用著，但房屋結構基本保持原樣，甚至連當年的匾額楹聯還靜靜地懸掛著。

我站在這個院子裡凝神遙想，就是這兒，在幾個聰明的山西人的指揮下，古老的中國終於有了一種大範圍的異地貨幣匯兌機制。卸下了實銀運送重擔的商業流通，被激活了。

我知道每一家被我們懷疑成日昇昌的門庭當時都在做著近似的文章，不是大票號就是大商行。如此密集的金融商業構架必然需要更大的城市服務系統來配套，其中包括旅館業、餐飲業和娛樂業，當年平遙城會繁華到何等程度，約略可以想見。

我很想找山西省的哪個領導部門建議，下一個不大的決心，盡力恢復平遙西大街的原貌。因為基本的建築都還保存完好，只要洗去那些現代塗抹，便會洗出一條充滿歷史厚度的老街，洗出山西人上一世紀的自豪。

恢復西大街後，如果力量允許，應該設法恢復整個平遙古城。平遙的城牆、街道還基本完好，如果能恢復，就可以成為中國明清時代中小型城市的一個標本。

平遙西大街是當年山西商人的工作場所，那他們的生活場所又是怎麼樣的呢？離開平遙後我們來到了祁縣的喬家大院，一踏進大門就立即理解了當年宋靄齡女士在長途旅行後大吃一驚的原因。我到過全國各地的很多大宅深院，但一進這個宅院，記憶中的諸多名園便立即顯得過於柔雅小氣。萬里馳騁收斂成一個宅院，宅院的無數飛檐又指向著無邊無際的雲天。鐘鳴鼎食不是靠著先祖庇蔭，而是靠著天天不斷的創業，因此，這個宅院沒有任何避世感、腐朽感或詭秘感，而是處處呈現出一代巨商的人生風采。

為此，我在閱讀相關資料的時候經常抬起頭來想像：創建了「海內最富」奇蹟的人們，你們究竟是何等樣人，是怎麼走進歷史又從歷史中消失的呢？

我只有在《山西票號史料》中看到過一幅模糊不清的照片，日昇昌票號門外，為了拍照，端然站立著兩個白色衣衫的年長男人，意態平靜，似笑非笑，這就是你們嗎？

三

山西平遙、祁縣、太谷一帶，自然條件並不好，沒有太多的物產。經商的洪流從這裡捲起，重要的原因恰恰在於這一帶客觀環境欠佳。

萬曆《汾州府志》卷二記載：「平遙縣地瘠薄，氣剛勁，人多耕織少。」

乾隆《太谷縣志》卷三說太谷縣：「民多而田少，竭豐年之谷，不足供兩月。故耕種之外，咸善謀生，跋涉數千里，率以為常。土俗殷富，實由此焉」。

讀了這些疏疏落落的官方記述，我不禁對山西商人深深地敬佩起來。

家鄉那麼貧困那麼擁擠，怎麼辦呢？可以你爭我奪、蠅營狗苟；可以自甘潦倒、忍飢挨餓；可以埋首終身、聊以餬口；當然，也可以破門入户、搶掠造反。按照我們所熟悉的歷史觀，過去的一切貧困都出自政治原因，因此唯一值得稱頌的道路只有讓所有的農民都投入政治性的反抗。但是，在山西的這幾個縣，竟然有這麼多農民做出了完全不同於以上任何一條道路的選擇。他們不甘受苦，卻又毫無政權欲望。他們感覺到了擁擠，卻又不願意傾軋鄉親同胞。他們不相信不勞而獲，卻又不願將一生的汗水都向一塊狹小的泥土上灌澆。

他們把迷惘的目光投向家鄉之外的遼闊天地，試圖用一個男子漢的強韌筋骨走出另外一條擺脫貧困的大道。他們幾乎都没有多少文化，卻向中國傳統的文化觀念，提供了一些另類思考。

他們首先選擇的，正是「走西口」。口外，駐防軍、墾殖者和遊牧者需要大量的生活用品，塞北的毛皮又吸引著内地的貴胄之家，商事往返一出現，還呼喚著大量旅舍、客店、飯莊……總而言之，口外確實能創造出很大的生命空間。

自明代「承包軍需」和「茶馬互市」，很多先驅者已經做出了出關遠行的榜樣。從清代前期開始，山西農民「走西口」的隊伍越來越大，於是我們都聽到過的那首民歌也就響起在許多村口、路邊：

哥哥你走西口，
小妹妹我實在難留。

手拉著哥哥的手，
送哥送到大門口。

哥哥你走西口，
小妹妹我有話兒留；
走路要走大路口，
人馬多來解憂愁。

緊緊拉著哥哥的手，
汪汪淚水撲瀝瀝地流。
只恨妹妹我不能跟你一起走，
只盼哥哥早回家門口。
……

我懷疑，我們以前對這首民歌的理解過於浮淺了。我懷疑，我們直到今天也未必有理由用憐惘的目光去俯視這一對對年輕夫妻的離別。

聽聽這些多情的歌詞就可明白，遠行的男子在家鄉並不孤苦伶仃。他們不管是否成家，都有一份強烈的愛戀，都有一個足可生死與之的伴侶。他們本可過一種艱辛而溫馨的日子了此一生，但他們還是很狠心踏出了家門。他們的戀人竟然也都能理解，把綿綿的戀情從小屋裡釋放出來，交付給朔北大漠。

哭是哭了，唱是唱了，走還是走了。我相信，那些多情女子在大路邊滴下的眼淚，為山西終成「海内最富」的局面播下了最初的種子。

這不是臆想，你看乾隆初年山西「走西口」的隊伍中，正擠著一個來自祁縣喬家堡村的貧苦的青年農民，他叫喬貴發，來到口外一家小當舖裡當了伙計。就是這個青年農民，開創了喬家大院的最初家業。

喬貴發和他後代所開設的「復盛公」商號，奠定了整整一個包頭市的商業基礎，以至出現了這樣一句廣泛流傳的民諺：「先有復盛公，後有包頭城。」

誰能想到，那一個個擦一把眼淚便匆忙向口外走去的青年農民，竟然有可能成為一座偌大的城市、一種宏偉的文明的締造者！因此，當我看到山西電視台拍攝的專題片《走西口》以大氣磅礴的交響樂來演奏這首民歌時，不禁熱淚盈眶。

山西人經商當然不僅僅是走西口，到後來，他們東南西北幾乎無所不往了。由走西口到闖蕩全中國，多少山西人一生都顛簸在漫漫長途中。當時交通落後、郵遞不便，其間的辛勞和酸楚也實在是說不完。一個成功者背後隱藏著無數的失敗者，在宏大的財富積累後面，山西人付出了極其昂貴的人生代價。黃鑒暉先生曾經記述過乾隆年間一些山西遠行者的辛酸故事——

臨汾縣有一個叫田樹楷的人從小沒有見過父親的面，他出生的時候父親就在外面經商，一直到他長大，父親還沒有回來。他依稀聽說，父親走的是西北一路，因此就下了一個大決心，到陝西、甘肅一帶苦苦尋找、打聽。整整找了三年，最後在酒泉街頭遇到一個山西老人，竟是他的父親；

陽曲縣的商人張瑛外出做生意，整整二十年沒能回家。他的大兒子張廷材聽說他可能在宣府，便去尋找他，但張廷材去了多年也沒有了音訊。小兒子張廷槮長大了再去找父親和哥哥，找了一年多没有找到，自己的盤纏卻用完了，成了乞丐。在行乞時遇見一個農民似曾相識，仔細一看竟是哥哥。哥哥告訴他，父親的消息已經打聽到了，在張家口賣菜；

交城縣徐學顏的父親遠行關東做生意二十餘年杳無音信，徐學顏長途跋涉到關東尋找，一直找到吉林省東北端的一個村莊，才遇到一個鄉親，鄉親告訴他，他父親早已死了七年。

……

不難想像，這一類真實的故事可以沒完沒了地講下去，而一切走西口、闖全國的山西商人，心頭都埋藏著無數這樣的故事。於是，年輕戀人的歌聲更加淒楚了：

哥哥你走西口，
小妹妹我苦在心頭，
這一去要多少時候，
盼你也要白了頭！

被那麼多失敗者的故事重壓著，被戀人淒楚的歌聲拖牽著，山西商人卻越走越遠。他們要走出一個好聽一點的故事，他們邁出的步伐，既悲愴又沉靜。

四

義無反顧的出發，並不一定能到達預想的彼岸，在商業領域尤其如此。山西商人全方位的成功，與他們良好的人格素質有關。

我接觸的材料不多，只是朦朧感到，山西商人在人格素質上至少有以下幾個方面十分引人注目——

其一，坦然從商。

做商人就是做商人，沒有什麼遮遮掩掩、羞羞答答的。這種心態，在我們中國長久未能普及。士、農、工、商，是人們心目中的社會定位序列，商人處於末位，雖不無錢財卻地位卑賤，與仕途官場幾乎絕緣。為此，許多人即便做了商人也竭力打扮成「儒商」，發了財則急忙辦學，讓子弟正正經經做個讀書人。在這一點上可以構成對比的是安徽商人，本來徽商也是一支十分強大的商業勢力，完全可與山西商人南北抗衡。但徽州民風又十分重視科舉，使一大批很成功的商人在後代的人生取向上進退維谷。

這種情景在山西沒有出現，小孩子讀幾年書就去學做生意了，大家都覺得理所當然。最後連雍正皇帝也認為山西的社會定位序列與別處不同，竟是：第一經商，第二務農，第三行伍，第四讀書（見雍正二年對劉于義奏疏的朱批）。

在這種獨特的心理環境中，山西商人對自身職業沒有太多的精神負擔，把商人做純粹了。

其二，目光遠大。

山西商人本來就是背井離鄉的遠行者，因此經商時很少有空間框範，而這正是商業文明與農業文明的本質差異。整個中國版圖都在視野之內，談論天南海北就像談論街坊鄰里，這種在地理空間上的心理優勢，使山西商人最能發現各個地區在貿易上的強項和弱項、潛力和障礙，然後像下一盤圍棋一樣把它一一走通。

你看，當康熙皇帝開始實行滿蒙友好政策，停息邊陲戰火之後，山西商人反應最早，很快知道自己該幹什麼了。面向蒙古、新疆乃至西伯利亞的龐大商隊組建起來，光「大盛魁」的商隊就拴有駱駝十萬頭。商隊帶出關的商品必須向華北、華中、華南各地採購，因而他們又把整個中國的物產特色和運輸網絡掌握在手中。

又如，清代南方以鹽業賺錢最多，但鹽業由政府實行專賣，許可證都捏在兩淮鹽商手上，山西商人本難插足。但他們不著急，只在兩淮鹽商資金緊缺的時候給予慷慨借貸，條件是稍稍讓給他們一點鹽業經營權。久而久之，兩淮鹽業便越來越多地被山西商人所控制。可見山西商人始終凝視著全國商業大格局，不允許自己在哪個重要塊面上有缺漏。人們可以稱讚他們「隨機應變」，但對「機」的發現，正由於視野的開闊，目光的敏銳。

當然，最能顯現山西商人目光的，莫過於一系列票號的建立了。他們先人一步看出了金融對於商業的重要，於是就把東南西北的金融脈絡梳理通暢，穩穩地把自己放在全國民間錢財流通主宰者的地位上。我想，擁有如此的氣概和謀略，大概與三晉文明的長久陶冶有關，我們只能抬頭仰望了。

險。

其三，講究信義。

山西商人能快速地打開大局面，往往出自於結隊成幫的群體行為，而不是偷偷摸摸的個人冒險。

只要稍一涉獵山西的商業史料，便立即會看到一批又一批的所謂「聯號」。或是兄弟，或是父子，或是朋友，或是鄉鄰，組合成一個有分有合、互通有無的集團勢力，大模大樣地舖展開去，不僅氣勢壓人，而且呼應靈活、左右逢源，構成一種商業大氣候。

其實山西商人即便對聯號系統之外的商家，也會盡力幫助。其他商家借了巨款而終於無力償還，借出的商家便大方地一筆勾銷，這樣的事情在山西商人間所在多有，不足為奇。

例如我經常讀到這樣一些史料：有一家商號欠了另一家商號白銀六萬兩，到後來實在還不出了，借入方的老闆就到借出方的老闆那裡磕了個頭，說明困境，借出方的老闆就揮一揮手，算了事了；一個店欠了另一個店千元現洋，還不出，借出店為了照顧借入店的自尊心，就讓他象徵性地還了一把斧頭、一個籮筐，哈哈一笑也算了事。山西人機智而不小心眼，厚實而不排他，不願意為了眼前小利而背信棄義，這很可稱之為「大商人心態」，在南方商家中雖然也有，但不如山西堅實。

眾所周知，當時我國的金融信託事業還沒有公證機制和監督機制，即便失信也幾乎不存在懲處機制，一切全都依賴信譽和道義。金融信託事業的競爭，說到底是信譽和道義的競爭。在這場競爭中，山西商人長久地處於領先地位，他們竟能給遠遠近近的異鄉人一種極其穩定的可靠感，這實在是很了不得的事情。

其四，嚴於管理。

山西商人最發跡的年代，朝廷對商業、金融業的管理基本上處於無政府狀態，例如眾多的票號就從來不必向官府登記、領執照、納稅，也基本上不受法律的約束。面對這麼多的自由，山西商人卻沒有表現出放縱習氣，而是加緊制訂行業規範和經營守則，通過嚴格的自我約束，在無序中求得有序。因為他們明白，一切無序的行為至多得利於一時，不能立業於長久。

我曾恭敬地讀過上世紀許多山西商家的「號規」，不僅嚴密、切實，而且充滿智慧，即便從現代管理學的眼光去看也很有價值，足可證明在當時山西商人中已經出現了一批真正的管理專家。例如，規定所有的職員必須訂立從業契約，並劃出明確等級，收入懸殊，定期考查升遷；高級職員與財東共享股份，到期分紅，使整個商行在利益上休戚與共、情同一家；總號對於遍布全國的分號容易失控，因此制訂分號向總號和其他分號的報帳規則，以及分號職工的匯款、省親規則……凡此種種，使許多山西商號的日常運作越來越正常。一代巨賈，也就分得出精力去開拓新的領域了。

以上幾個方面，不知道是否大體勾勒出了山西商人的人格素質？不管怎麼說，有了這幾個方面，當年走西口的小伙子們也就像模像樣地撣一撣身上的塵土，堂堂正正地走進了一代中國富豪的行列。

何謂山西商人？我的回答是：走西口的哥哥回來了，回來在一個十分強健的人格水平上。

五

然而，一切邏輯概括總帶有「提純」後的片面性。實際上，只要再往深處窺探，山西商人的人格素質中還有脆弱的一面。

他們人數再多，在整個中國還是一個稀罕的群落，他們敢作敢為，卻也經常遇到自信的邊界。他們奮鬥了那麼多年，卻從來沒有遇到過一個能夠代表他們說話的思想家。他們的行為缺少高層理性力量的支撐，他們的成就沒有被賦予雄辯的歷史理由。幾乎所有的文化學者都一直在躲避著他們。他們已經有力地改變了中國社會，但社會改革家們卻一心注目於政治，把他們冷落在一邊。

說到底，他們只能靠錢財發言，但錢財的發言在當時又是那樣缺少道義力量，究竟能產生多少社會效果呢？没有外在的社會效果，也就難於抵達人生的大安詳。

是時代，是歷史，是環境，使這些商業實務上的成功者没能成為歷史意志的覺悟者。一群缺少皈依的強人，一撥精神貧乏的富豪，一批在根本性的大問題上還不能掌握得住自己的掌櫃。

他們的出發地和終結點都在農村，當他們成功發跡而執掌一大門戶時，封建家長制是他們可追慕的唯一範本。於是他們的商業人格不能不自相矛盾乃至自相分裂，有時還會做出與創業時判若兩人的作為。在我看來，這正是山西商人在風光百年後終於困頓、迷亂、內耗、敗落的內在原因。

在這裡，我想談一談幾家票號歷史上一些不愉快的人事糾紛。

最大的糾紛發生在日昇昌總經理雷履泰和副總經理毛鴻翽之間。毫無疑問，兩位都是那個時候堪稱全國一流的商業管理專家，一起創辦了日昇昌票號，因此也是中國金融史上一個新階段的開創者，都應該名垂史冊。雷履泰氣度恢宏，能力超群，又有很大的交際魅力，幾乎是天造地設的商界領袖；毛鴻翽雖然比雷履泰年輕十七歲，卻也是才華橫溢、英氣逼人。兩位強人撞到了一起，開始是親如手足、相得益彰，但在事業獲得成功之後卻不可避免地遇到了一個中國式的大難題：究竟誰是第一功臣？

一次，雷履泰生了病在票號中休養，日常事務不管，遇到大事還要由他拍板。這使毛鴻翽覺得有點不大痛快，便對財東老闆說：「總經理在票號裡養病不太安靜，還是讓他回家休息吧。」財東老闆就去找了雷履泰，雷履泰說：「我也早有這個意思。」當天就回家了。

過幾天財東老闆去雷家探視，發現雷履泰正忙著向全國各地的分號發信，便問他幹什麼。雷履泰說：「老闆，日昇昌票號是你的，但全國各地的分號卻是我安設在那裡的，我正在一一撤回來好交代給你。」

老闆一聽大事不好，立即跪在雷履泰面前，求他千萬別撤分號。雷履泰最後只得說：「起來吧，我也估計到讓我回家不是你的主意。」老闆求他重新回票號視事，雷履泰卻再也不去上班。老闆沒辦法，只好每天派伙計送酒席一桌，銀子五十兩。

毛鴻翽看到這個情景，知道不能再在日昇昌待下去了，便辭職去了蔚泰厚布莊。

這事件乍一聽都會為雷履泰叫好，但轉念一想又覺得不是味道。是的，雷履泰獲得了全勝，毛鴻翽一敗塗地，然而這裡無所謂是非，只是權術。用權術擊敗的對手是一段輝煌歷史的共創者，於是這段歷史也立即破殘。中國許多方面的歷史總是無法寫得痛快淋漓、有聲有色，很大一部分原因就在於這種代表性人物之間必然會產生的惡性衝突。商界的競爭較量不可避免，但一旦脫離業務的軌道，在人生的層面上把對手逼上絕路，總與健康的商業動作規範相去遙遙。

毛鴻翽當然也要咬著牙齒進行報復。他到了蔚泰厚之後就把日昇昌票號中兩個特別精明能幹的伙計挖走並委以重任，三個人配合默契，把蔚泰厚的商務快速地推上了臺階。雷履泰氣恨難紓，竟然寫信給自己的各個分號，揭露被毛鴻翽勾走的兩名「小卒」出身低賤，只是湯官和皂隸之子罷了。

事情做到這個份上，這位總經理已經很失身分，但他還不罷休，不管在什麼地方，只要一有機會就拆蔚泰厚的台，例如由於雷履泰的謀畫，蔚泰厚的蘇州分店就無法做成分文的生意。這就不是正常的商業競爭了。

最讓我難過的是，雷、毛這兩位智商極高的傑出人物在勾心鬥角中採用的手法越來越庸俗，最後竟然都讓自己的孫子起一個與對方一樣的名字，以示污辱：雷履泰的孫子叫雷鴻翽，而毛鴻翽的孫子則叫毛履泰！

這種污辱方法當然是純粹中國化的，我不知道他們在憎恨敵手的同時是否還愛惜兒孫，我不知道他們用這種名字呼叫孫子的時候會用一種什麼樣的口氣和聲調。

可敬可佩的山西商人啊，難道這是你們給後代的遺贈？你們創業之初的吞天豪氣和動人信義都到哪裡去了？怎麼會讓如此無聊的詛咒來長久地占據你們日漸蒼老的心？

也許，最終使他們感到溫暖的還是早年跨出家門時聽到的那首〈走西口〉。但是，龐大的家業也帶來了家庭內部情感關係的複雜化，〈走西口〉所吐露的那種單純性已不復再現。據喬家後裔回憶，喬家大院的內廚房偏院中曾有一位神秘的老嫗在幹粗活，玄衣愁容，旁若無人，但氣質又絕非佣人。

有人說，這就是「大奶奶」，主人的首席夫人。主人與夫人產生了什麼麻煩，誰也不清楚，但毫無疑問，當他們偶爾四目相對，當年〈走西口〉的旋律立即就會走音。

寫到這裡我已經知道，我所碰撞到的問題雖然發生在山西卻又遠遠超越了山西。由這裡發出的嘆息，應該屬於我們父母之邦更廣闊的天地。

六

當然，我們不能因此而把山西商人敗落的原因，全然歸之於他們自身。一兩家舖號的興衰，自身的原因可能至關重要；然而一種牽涉到山西無數商家的整體敗落，一定會有更深刻、更宏大的社會歷史原因。

首先是因為中國近代社會的極度動蕩。一次次激進主義的暴力衝撞，表面上都有改善民生的口號，實際上卻嚴重地破壞了各地的商業活動，往往是「死傷遍野」、「店舖俱歇」、「商賈流離」，山西票號不得不撤回分號，龜縮回鄉。有時也能發一點「國難財」，例如太平天國時官方餉銀無法解送，只能賴仗票號。八國聯軍時朝廷銀庫被占，票號也發揮了自己的作用。但是，當國家正常的經濟脈絡已被破壞，這種臨時的風光也只能是曇花一現。

二十世紀初英、美、俄、日的銀行在中國各大城市設立分支機構，清政府也隨之創辦大清銀行，開始郵電匯兑，票號遇到了真正強大的對手，完全不知怎麼應對。辛亥革命時隨著一個個省分的獨立，各地票號的存款者紛紛排隊擠兑，而借款者又不知逃到哪裡去了，山西票號終於走上了末路。

走投無路的山西商人傻想，新當政的北洋軍閥政府總不會見死不救吧，便公推六位代表向政府請願，希望政府能貸款幫助，或由政府擔保向外商借貸。政府對請願團的回答是：山西商號信用久孚，政府從保商恤商考慮，理應幫助維持，可惜國家財政萬分困難，他日必竭力斡旋。

滿紙空話，一無所獲，唯一落實的決定十分出人意外：政府看上了請願團首席代表范元澍，發給月薪二百元，委派他到破落了的山西票號中物色能幹的伙計到政府銀行任職。這一決定如果不是有意諷刺，那也足以說明，這次請願活動是真正地慘敗了。國家財政萬分困難是可信的，山西商家的最後一線希望徹底破滅。「走西口」的旅程，終於走到了終點。

於是，人們在一九一五年三月份的《大公報》上讀到了一篇發自山西太原的文章，文中這樣描寫那些一一倒閉的商號：

> 彼巍巍燦爛之華屋，無不鐵扉雙鎖，黯淡無色。門前雙眼怒突之小獅，一似淚涔涔下，欲作河南之吼，代主人喝其不平。前月北京所宣傳倒閉之日昇昌，其本店聳立其間，門前尚

懸日昇昌金字招牌，聞其主人已宣告破產，由法院捕其來京矣。

這便是一代財雄們的下場。

七

有人覺得山西票號乃至整個晉商的敗落是理所當然，沒有什麼可惋惜的。但是，問題在於，在它們敗落之後，中國在很長時間之內並沒有找到新的經濟活力，並沒有創建新的富裕和繁華。社會改革家們總是充滿了理想和憤怒，一再宣稱要在血火之中闖出一條壯麗的道路。他們不知道，這條道路如果是正道，終究還要與民生接軌，那裡，晉商駱駝隊留下的轍印仍清晰可辨。

在沒有明白這個道理之前，他們一直處於兩難的困境之中。他們立誓要帶領民眾擺脫貧困，而要用革命的手段擺脫貧困，最簡單的辦法就是剝奪富裕。要使剝奪富裕的行為變得合理，又必須把富裕和罪惡畫上等號。當富裕和罪惡真的畫上等號了，他們的努力也就失去了通向富裕的目標，因為那裡全是罪惡。這樣一來，社會改革的船舶也就成了無處靠岸的孤舟，時時可能陷入沼澤，甚至沉沒。

中國的文人學士更加奇怪。他們鄙視貧窮，又鄙視富裕，更鄙視商業，尤其鄙視由農民出身的經商隊伍。他們喜歡大談「天下興亡，匹夫有責」，卻從來沒有把「興亡」兩字與民眾生活、社會財富連在一起，好像一直著眼於朝廷榮衰，但朝廷對他們又完全不予理會。他們在苦思冥想中聽到有駱駝隊從窗外走過，聲聲鈴鐺有點刺耳，便伸手關住了窗户。

山西商人曾經創造過中國最龐大的財富，居然，在中國文人浩如煙海的著作中，幾乎沒有留下什麼記述。

一種龐大的文化如此輕慢一種與自己有關的龐大財富，以及它的龐大的創造群體，實在不可思議。

為此，就要抱著慚愧的心情，在山西的土地上多站一會兒。

秋雨注：此文發表於一九九三年，距今已經整整十五年了。發表時被評為中國第一篇向海內外報告晉商和清代商業文明的散文。由這篇文章，我擁有了無數山西朋友。平遥民眾為了保護我在文章中記述的城内遺跡，在古城外建市民新區，作為搬遷點，市民新區竟命名為「秋雨新城」，真讓我汗顏。更有趣的是，有一度外地幾個無事生非的人突然針對了我進行誹謗，山西的報刊、出版社也有涉及，但很快就有山西學者在報紙上發表文章〈山西應該對得起余秋雨〉。厚道的山西人立即圍起了一道保護我的牆，讓我非常感動。

風雨天一閣

一

已經決定，明天去天一閣。

沒有想到，這天晚上，颱風襲來，暴雨如注，整個寧波城都在柔弱地顫抖。第二天上午來到天一閣時，只見大門內的前後天井、整個院子，全是一片汪洋。打落的樹葉在水面上翻捲，重重磚牆間透出濕冷冷的陰氣。

是寧波市文化局副局長裴明海先生陪我去的。看門的老人沒想到副局長會在這樣的天氣陪著各人前來，慌忙從清潔工人那裡借來半高統雨鞋要我們穿上，還遞來兩把雨傘。但是，院子裡積水太深，才下腳，鞋統已經進水，唯一的辦法是乾脆脱掉鞋子，挽起褲管蹚水進去。

本來渾身早已被風雨攪得冷颼颼的了，赤腳進水立即通體一陣寒噤。就這樣，我和裴明海先生相扶相持，高一腳低一腳地向藏書樓走去。

我知道天一閣的分量，因此願意接受上蒼的這種安排。剝除斯文，剝除悠閒，脱下鞋子，卑躬屈膝，哆哆嗦嗦，恭敬朝拜。今天這裡沒有其他參觀者，這個朝拜儀式顯得既安靜，又純粹。

二

作為一個藏書樓，天一閣的分量已經遠遠超過它的實際功能。它是一個象徵，象徵意義之大，不是幾句話所能説得清楚。

人類成熟文明的傳承，主要是靠文字。文字的選擇和匯集，就成了書籍。如果沒有書籍，那麼，我們祖先再傑出的智慧，再動聽的聲音，也早已隨風飄散，杳無蹤影。大而言之，沒有書籍，歷史就失去了前後貫通的纜索，人群就失去了遠近會聚的理由；小而言之，沒有書籍，任何個體都很難超越庸常的五尺之軀，成為有視野、有見識、有智慧的人。

中國最早發明了紙和印刷術。書，已經具備了一切製作條件的書，照理應該大量出版、大量收藏、大量傳播。但是，實際實情況並不是這樣，它遇到了太多太多的生死冤家。

例如，朝廷焚書。這是一些統治者為了實行思想專制而採取的野蠻手段。可嘆的是，早在紙質書籍出現之前，焚書的傳統已經形成，那時焚的是竹簡、木牘、帛書。自秦始皇、李斯開頭，隋煬帝、秦檜、蔡京、明成祖都有焚書之舉，更不必說清代「文字獄」的毀書慘劇。

又如，戰亂毀書。中國歷史上戰火頻頻，逃難的人要燒書，占領的人也要燒書。史籍上經常出現這樣的記載：董卓之亂毀書六千餘車；西魏軍攻破江陵時，一日之間焚書十四萬卷；隋朝末年農民起義，焚書三十七萬卷；唐朝末年農民起義，焚書八萬卷……

再如，水火吞書。古代運書，多用船隻，漢末和唐初都發生過大批書籍傾覆在黃河中的事件。大水也一次次地淹没過很多藏書樓。比水災更嚴重的是火災，宋代崇文院的火災，明代文淵閣的火災，把皇家藏書燒成灰燼。至於私家藏書毀於火災的，更是數不勝數。除水火之外，蟲蛀、霉爛，也是難於抵抗的自然因素，成為書的剋星。

凡此種種，說明一本書要留存下來，非常不易。它是那樣柔弱脆薄，而撲向它的災難，一個個都是那麼強大、那麼凶猛、那麼無可抵擋。

二百年的積存，可散之於一朝；三千里的搜聚，可焚之於一夕。這種情景，實在是文明命運的縮影。在血火刀兵的歷史主題面前，文明幾乎没有地位。在大批難民和兵丁之間，書籍的功用常常被這樣描寫：「藉裂以為枕，爇火以為炊。」也就是說，只是露宿時的墊枕，做飯時的柴火。

要讓它們保存於馬蹄烽煙之間，幾乎沒有可能，除非，有幾個堅毅文人的人格支撐。

說起來，皇家藏書比較容易，規模也大，但是，這種藏書除了明清時期編輯辭書時有用外，平日無法惠澤文人學士，幾乎沒有實際功能，又容易毀於改朝換代之際。因此，民間藏書就成了一種重要的文化傳承方式。民間藏書，搜集十分艱難，又沒有足夠力量來抵擋多種災禍，因此注定是一種悲劇行為。明知悲劇還勇往直前，這便是民間藏書家的人格力量。這種人格力量又不僅僅是他們的，而是一種希冀中華文明長久延續的偉大意願，通過他們表現出來了

天一閣，就是這種意願的物態造型。在現存的古代藏書樓中，論時間之長，它是中國第一，也是亞洲第一。由於意大利有兩座文藝復興時代的藏書樓也保存下來了，比它早一些，因此它踞於世界第三。

三

天一閣的創始人范欽，誕生於十六世紀初期。

如果要在世界座標中作比較，那麼，我們不妨知道：范欽出生的前兩年，米開朗基羅剛剛完成了雕塑《大衛》；范欽出生的同一年，達・芬奇完成了油畫《蒙娜麗莎》。

范欽的一生，當然不可能像米開朗基羅和達・芬奇那樣踏出新時代的步伐，而只是展現了中

國明代優秀文人的典型歷程。他在很年輕的時候就通過一系列科舉考試而做官，很快嘗到了明代朝廷的詭譎風波。他是一個正直、負責、能幹的官員，到任何一個地方做官都能打開一個局面，卻又總是被牽涉到高層的人事爭鬥。我曾試圖用最簡明的語言概述一下他的仕途升沉，最後卻只能放棄，因為那一個接一個的政治漩渦太奇怪，又太沒有意義了。我感興趣的只有這樣幾件事——

他曾經被誣告而「廷杖」入獄。「廷杖」是一種極度羞辱性的刑罰。在堂堂宮廷的午門之外，在眾多官員的參觀之下，他被麻布縛曳，脱去褲子，按在地上，滿嘴泥土，重打三十六棍。受過這種刑罰，再加上幾度受誣、幾度昭雪，一個官員的「心理筋骨」就會出現另一種模樣。後來，他作為一個成功藏書家所表現出來的驚人意志和毅力，都與此有關。

他的仕途，由於奸臣的捉弄和其他原因，一直在頻繁而遠距離地滑動。在我的印象中，他做官的地方，至少有湖北、江西、廣西、福建、雲南、陝西等地，當然還要到北京任職，還要到寧波養老。大半個中國，被他摸了個遍。

在風塵僕僕的奔波中，他已開始搜集書籍，尤其是以地方志、政書、實錄、歷科試士錄為主。當時的中國，經歷過了登峰造極的宋代，刻書、印書、藏書，在各地已經形成風氣，無論是朝廷和地方府衙的藏書，書院、寺院的藏書，還是私人藏書，都相當豐富。這種整體氣氛，使范欽有可能成為一個成熟的藏書家，而他的眼光和見識，又使他找到了自己的特殊地位。那就是，不必像別人藏書那樣唯宋是瞻，唯古是拜，而是著眼當代，著眼社會資料，著眼散落各地而很快就會遺失的地方性文件。他的這種選擇，使他成了中國歷史上一名不可替代的藏書家。

一個傑出的藏書家不能只是收藏古代，後代研究者更迫切需要的，是他生存的時代和腳踩的土地，以及他在自己最真切的生態環境裡作出的文化選擇。

官，還是認認真真地做。朝廷的事，還是小心翼翼地對付。但是，作為一名文官，每到一地他不能不了解這個地方的文物典章、歷史沿革、風土習俗，那就必須找書了。見到當地的官員縉紳，需要詢問的事情大多也離不開這些內容。談完正事，為了互表風雅，更會集中談書，尤其是當地的文風書訊。平時巡視察訪，又未免以斯文之地為重。這一切，大抵是古代文官的尋常生態，不同的是，范欽把書的事情做認真了。

一天公務，也許是審問了一宗大案，也許是理清了幾筆財務，衙堂威儀，朝野禮數，不一而足。而他最感興趣的，是差役悄悄遞上的那個藍布包袱，是袖中輕輕掂著的那份待購書目。他心裡明白，這是公暇瑣事，私自愛好，不能妨礙了朝廷正事。但是當他歷盡宦海風浪終於退休之後就產生了疑惑：做官和藏書，究竟哪一項更重要？

我們站在幾百年後遠遠看去則已經毫無疑惑：對范欽來說，藏書是他的生平主業，做官則是業餘。

甚至可以說，歷史要當時的中國出一個傑出的藏書家，於是把他放在一個顛覆九州的官位上來成全他。

范欽給了我們一種啟發。一生都在忙碌的所謂公務和事業，很可能不是你對這個世界最主要的貢獻；請密切留意你自己也覺得是不務正業卻又很感興趣的那些小事。

四

范欽對書的興趣，顯然已到了痴迷的程度。痴迷，帶有一種非功利的盲目性。正是這種可愛的盲目性，使文化在應付實用之外還擁有大批忠誠的守護者，不倦地吟誦著。

痴迷是不講理由的。中國歷史上痴迷書籍的人很多，哪怕忍飢挨凍，也要在雪夜昏暗的燈光下手不釋卷。這中間，因為喜歡書中的詩文而痴迷，那還不算真正的痴迷；不問書中的內容而痴迷，那就又上了一個等級。在這個等級上，只要聽說是書，只要手指能觸摸到薄薄的宣紙，就興奮莫名，渾身舒暢。

我覺得范欽對書的痴迷，屬於後一種。他本人的詩文，我把能找到的都找來讀了，甚覺一般，因此不認為他會對書中的詩文有特殊的敏感。他所敏感的，只是書本身。

於是，只有他，而不是才情比他高的文學家，才有這麼一股粗拙強硬的勁頭，把藏書的事業做得那麼大、那麼好、那麼久。

他在仕途上的歷練，尤其是在工部具體負責各種宮府、器杖、城隍、壇廟的營造和修理的實踐，使他把藏書當作了一項工程，這又是其他藏書家做不到的了。

不講理由的痴迷，再加上工程師般的精細，這就使范欽成了范欽，天一閣成了天一閣。

五

藏書家遇到的真正麻煩大多是在身後。范欽面臨的最大問題是如何把自己的意志行為變成一種不可動搖的家族遺傳。不妨說，天一閣真正堪稱悲壯的歷史，開始於范欽死後。我不知道保住這座樓的使命對范氏家族來說，算是一種光耀門庭的榮幸，還是一場綿延久遠的苦役。

范欽在退休歸里之後，一方面用比從前更大的勁頭搜集書籍，使藏書數量大大增加，一方面則冷靜地觀察著自己的兒子，能不能繼承這些藏書。

范欽有兩個兒子：范大沖和范大潛。他對這兩個兒子都不太滿意，但比較之下還是覺得范大沖要好得多。他早就暗下決心，自己死後，什麼財產都可以分，唯獨這一樓的藏書卻萬萬不可分。書一分，就不成氣候，很快就會耗散。但是，所有的親屬都知道，自己畢生最大的財富是書，如果只給一個兒子，另一個兒子會怎麼想？

范欽決定由大兒子范大沖單獨繼承全部藏書，同時把萬兩白銀給予小兒子范大潛，作為他不分享藏書的代價。沒想到，范大潛在父親范欽去世前三個月先去世了，因此萬兩白銀就由他的妻子陸氏分得。陸氏受人挑撥還想分書，後來還造成了一些麻煩，但是，「書不可分」已成了范欽的不二家法。

范大沖得到一樓藏書，雖然是父親的畢生心血，江南的一大文書藪，但實際上既不能變賣，又不能開放，完全是把一項沉重的義務，扛到了自己肩上。父親花費了萬兩白銀來保全他承擔這項義務的純粹性，餘下的錢財沒有了，只能靠自己另行賺取，來苦苦支撐。

一五八五年的秋天，范欽在過完自己八十大壽後的九天離開人世。藏書家在彌留之際一再打量著范大沖的眼睛，覺得自己實在是給兒子留下了一件駭人聽聞的苦差事。他不知道兒子能不能堅持到最後，如果能，那麼，孫子呢？孫子的後代呢？

他不敢想下去了。

一個再自信的人，也無法對自己的兒孫有過多的奢望。

他知道，自己沒有理由讓自己的後人一代代都做藏書家，但是如果他們不做，天一閣的命運將會如何？如果他們做了，其實也不是像自己一樣的藏書家，而只是一個守樓人。

兒孫，書。

書，兒孫……

范欽終於閉上了迷離的眼睛。

六

就這樣，一場沒完沒了的接力賽開始了。多少年後，范大沖也會有遺囑，范大沖的兒子又會有遺囑……

家族傳代，本身是一個不斷分裂、異化、自立的生命過程，讓後代接受一個需要終生投入的強硬指令，十分違背生命的自在狀態。讓幾百年之後的後裔不經自身體驗就來沿襲幾百年前某位祖先的生命衝動，也難免有許多憋氣的地方。不難想像，天一閣藏書樓對於許多范氏後代來說幾乎成了一個宗教式的朝拜對象，只知要誠惶誠恐地維護和保存，卻不知是為什麼。

我可以肯定，此間埋藏著許多難以言狀的心理悲劇和家族紛爭。這個在藏書樓下生活了幾百年的家族，非常值得同情。

後代子孫免不了會產生一種好奇，樓上究竟是什麼樣的呢？到底有哪些書，能不能借來看看？親戚朋友更會頻頻相問，作為你們家族世代供奉的這個秘府，能不能讓我們看上一眼呢？

范欽和他的繼承者們早就預料到這種可能，而且預料藏書樓就會因為這種點滴可能而崩塌，因而已經預防在先。他們給家族制定了一個嚴格的處罰規則，處罰內容是當時視為最大屈辱的不予參加祭祖大典。因為這種處罰意味著在家族血統關係上亮出了「黃牌」，比杖責鞭笞之類還要嚴重。

處罰規則標明：子孫無故開門入閣者，罰不與祭三次；私領親友入閣及擅開書櫥者，罰不與祭一年；擅將藏書借出外房及他姓者，罰不與祭三年。因而典押事故者，除追懲外，永行擯逐，不得與祭。

在這裡，不得不提到那個我每次想起都感到難過的故事了。據謝枋《春草堂集》記載，范欽去世後兩百多年，寧波知府丘鐵卿家裡發生了一件事情。他的內侄女是一個酷愛詩書的女子，聽說天一閣藏書宏富，兩百餘年不蛀，全靠夾在書頁中的芸草。她只想做一枚芸草，夾在書本之間。於是，她天天用絲線繡刺芸草，把自己的名字也改成了「繡芸」。

父母看她如此著迷，就請知府做媒，把她嫁給了范家後人。她原想做了范家的媳婦總可以登上天一閣了，不讓看書也要看看芸草。但她哪裡想到，范家有規矩，嚴格禁止婦女登樓。

由此，她悲怨成疾，抑鬱而終。臨死前，她連一個「書」字也不敢提，只對丈夫說：「連一枚芸草也見不著，活著做甚？你如果心疼我，就把我葬在天一閣附近，我也可瞑目了！」

今天，當我抬起頭來仰望天一閣這棟樓的時候，首先想到的是錢繡芸那抑鬱的目光。在既缺少人文氣息，又沒有婚姻自由的年代，一個女孩子想藉著婚姻來多讀一點書，其實是在以自己的脆弱生命與自己的文化渴求斡旋。她失敗了，卻讓我非常感動。

七

從范氏家族的立場來看，不准登樓，不准看書，委實也出於無奈。只要開放一條小縫，終會裂成大縫。但是，永遠地不准登樓，不准看書，這座藏書樓存在於世的意義又何在呢？這個問題，每每使范氏家族陷入困惑。

范氏家族規定，不管家族繁衍到何等程度，開閣門必得各房一致同意。閣門的鑰匙和書櫥的鑰匙由各房分別掌管，組成一環也不可缺少的連環。如果有一房不到，無法接觸到任何藏書。

就在這時，傳來消息，大學者黃宗羲先生想要登樓看書！這對范家各房無疑是一個震撼。

黃宗羲是「吾鄉」餘姚人，與范氏家族沒有任何血緣關係，照理是不能登樓的，但無論如何他是靠自己的人品、氣節、學問而受到全國思想學術界深深欽佩的巨人，范氏家族也早有所聞。儘管當時的信息傳播手段非常落後，但由於黃宗羲的行為舉止實在是奇崛響亮，一次次在朝野之間造成非凡的轟動效應。他的父親本是明末東林黨重要人物，被魏忠賢宦官集團所殺，後來宦官集團受審，十九歲的黃宗羲在朝廷對質時，竟然義憤填膺地錐刺和痛毆漏網餘黨，後又追殺凶手，警告阮大鋮，一時大快人心。清兵南下時他與兩個弟弟在家鄉組織數百人的子弟兵「世忠營」英勇抗清，抗清失敗後便潛心學術，邊著述邊講學，把民族道義、人格力量融化在學問中啟世迪人，成為中國古代學術領域中第一流的思想家和歷史學家。他在治學過程中已經到紹興鈕氏「世學樓」和祁氏「淡生堂」去讀過書，現在終於想來叩天一閣之門了。他深知范氏家族的森嚴規矩，但他還是來了，時間是康熙十二年，即一六七三年。

出乎意外，范氏家族竟一致同意黃宗羲先生登樓，而且允許他細細地閱讀樓上的全部藏書。黃宗羲先生長衣布鞋，悄然登樓了。銅鎖在一具具打開，一六七三年成為天一閣歷史上特別有光彩的一年。

黃宗羲在天一閣翻閱了全部藏書，把其中流通未廣者編為書目，並另撰〈天一閣藏書記〉留世。由此，這座藏書樓便與一位大學者的名字連結起來，廣為傳播。

從此以後，天一閣有了一條可以向真正的大學者開放的新規矩，但這條規矩的執行還是十分苛嚴。在此後近兩百年的時間內，獲准登樓的大學者也僅有十餘名，其中有萬斯同、全祖望、錢大昕、袁枚、阮元、薛福成等。他們的名字，都上得了中國文化史。

這樣一來，天一閣終於顯現了本身的存在意義，儘管顯現的機會是那樣小。

直到乾隆決定編纂《四庫全書》，天一閣的命運發生了重大變化。

乾隆諭旨各省採訪遺書，要各藏書家，特別是江南的藏書家積極獻書。天一閣進呈珍貴古籍六百餘種，其中有九十六種被收錄在《四庫全書》中，有三百七十餘種列入存目。乾隆非常感謝天一閣的貢獻，多次褒揚獎賜，並授意新建的南北主要藏書樓都仿照天一閣的格局營建。

天一閣因此而大出其名，儘管上獻的書籍大多數没有發還，但在國家級的「百科全書」中，在欽定的藏書樓中，都有了它的生命。我曾看到好些著作文章中稱乾隆下令天一閣為《四庫全書》獻書是天一閣的一大浩劫，頗覺言之有過。連堂堂皇家編書都不得不大幅度地動用天一閣的珍藏，家族性的收藏變成了一種行政性的播揚，這證明天一閣獲得了大成功，范欽獲得了大成功。

八

天一閣終於走到了近代，這座古老的藏書樓開始了自己新的歷險。

先是太平軍進攻寧波時當地小偷趁亂拆牆偷書，然後當作廢紙論斤賣給造紙作坊。曾有一人高價從作坊買去一批，卻又遭大火焚毀。

這就成了天一閣此後命運的先兆，它現在遇到的問題已不是讓不讓某位學者上樓的問題了，竟然是竊賊和偷兒成了它最大的對手。

一九一四年，一個叫薛繼渭的偷兒奇蹟般地潛入書樓，白天無聲無息，晚上動手偷書，每日只以所帶棗子充飢，東牆外的河上，有小船接運所偷書籍。這一次幾乎把天一閣的一半珍貴書籍給偷走了，它們漸漸出現在上海的書舖裡。

薛繼渭的這次偷竊與大平天國時的那些小偷不同，不僅數量巨大、操作系統，而且最終與上海的書舖掛上了鉤。近代都市的書商用這種辦法來侵吞一個古老的藏書樓，我總覺得其中蘊含著某種象徵意義。

一架架的書櫥空了，錢繡芸小姐哀怨地仰望終身而未能上的樓板，黃宗羲先生小心翼翼地踩踏過的樓板，現在，只留下偷兒吐出的一大堆棗核在上面。

當時主持商務印書館的張元濟先生聽説天一閣遭此浩劫，並得知有些書商正準備把天一閣藏本賣給外國人，便立即撥巨資搶救。他所購得的天一閣藏書，保存於東方圖書館的「涵芬樓」裡。涵芬樓因有天一閣藏書的潤澤而享譽文化界，當代不少文化大家都在那裡汲取過營養。但是，如所周知，它最終竟又全部焚毀於日本侵略軍的炸彈之下。

沒有焚毀的，是天一閣本身。這幢樓像一位見過世面的老人，再大的災難也承受得住。但它又不僅僅是承受，而是以滿臉的哲思注視著一切後人，姓范的和不是姓范的，看得他們一次次低下頭去又仰起頭來。

只要自認是中華文化的後裔，總想對這幢老樓做點什麼，而不忍讓它全然淪為廢墟。因此，二十世紀三十年代、五十年代、六十年代、八十代，天一閣被一次次大規模地修繕和完善著。它，已經成為現代文化良知的見證。

登天一閣的樓梯時，我的腳步非常緩慢。我不斷地問自己：你來了嗎？你是哪一代的中國書生？

杭州的宣言

一

《馬可・波羅遊記》說，杭州是世界上最高貴、最美麗的城市。杭州之外，中國還有很多別的美麗。

於是，哥倫布把這本遊記放在自己的駕駛台上，向大海進發。由他開始，歐洲完成了地理大發現。

航海家們沒有抵達杭州，但杭州一直隱隱約約地晃動在他們的心理羅盤之上。

馬可・波羅的話，為什麼這樣值得信賴？

因為，他來自於歐洲人心目中最美麗的城市威尼斯，對於城市美景有足夠的評判眼光。

其實，馬可・波羅來杭州時，這座城市已經承受過一次不小的破壞。在他到達的十幾年前，杭州作為南宋的首都淪陷於元軍之手。一場持續了很多年的攻守之戰終於結束，其間的放縱發洩可想而知。儘管後來的十幾年有所恢復，但與極盛時的國都相比畢竟不可同日而語。就這樣，還是高貴、美麗到了世界第一，那就不難想像未被破壞時的情景了。

二

杭州的美麗，已經被歷代文人傾注了太多的描寫詞彙。這是世間一切大美必然遇到的悲劇，人們總以為大美也可以被描寫，因此總讓它們沉陷在一大堆同樣可以描寫小美、中美、平庸之美、勉強之美、誇飾之美的詞彙中間，就像一位世界等級歌唱家被無數嘈雜的歌喉包圍。

為此，這篇文章要做一個試驗，放棄描寫，只說杭州之美是怎麼被創造、被守護的。

杭州這地方，本來並沒有像黃山、九寨溝、長白山天池、張家界那樣鬼斧神工般的天然美景。一個淺淺的小海灣，被潮汐和長江帶來的泥沙淤積，時間長了就不再與外海流通，形成了一個鹹水湖。在這種鹹水湖中，水生植物會越長越多，而水則會漸漸蒸發減少，慢慢就會變成沼澤地，然後再變成鹽碱地。這是被反覆證實了的自然規則。

因此，杭州後來能變得這樣美麗，完全是靠人力創造。

首先，人們為那個鹹水湖浚通了淡水河（武林水）的水源，使它漸漸變成淡水湖，這便是西湖。然後，建築防海大塘，抵禦海潮肆虐，這便是錢塘，中國歷史上最早被記載的海塘。

公元七世紀初隋煬帝開鑿大運河，通達杭州，使杭州一下子成了一個重要城市。由於居民增多，這個城市的用水必須取用西湖的淡水，便在公元八世紀挖通了連接西湖水源的「六井」，使杭州這座城市與西湖更加相依為命。

公元九世紀二十年代，大詩人白居易任杭州刺史。他不是來寫詩，而是來做事的，而且做得很出色。他遇到的問題是，西湖邊上有很多農田等待西湖灌溉，而西湖中間已出現大片葑草地，蓄水量已經大為減少。於是，他認真地研究了「蓄」和「泄」之間的關係，先是挖深湖低，修築一條高於原來湖面的堤壩，大大增加西湖的蓄水量，然後再根據灌溉的需要定量泄水。此外，他還把民用的「六井」疏浚了一下。

白居易在這裡展現的，完全是一個水利學家和城建專家的風姿。這時候，他已年過半百，早就完成〈長恨歌〉、〈琵琶行〉、〈秦中吟〉、〈新樂府〉，無可置疑地成了不僅僅是唐代，而且是整部中國文學史上極少數的巨匠之一。但他絲毫沒有傲慢在這種文化身份裡，而是成天忙忙碌碌地指揮湖中的工程。

大詩人在這裡用泥土和石塊寫詩，好讓後代的小詩人們感懷吟誦。他自己的詩句，只是永遠地躲在水草間、石縫裡掩口而笑，絕不出聲，以防後人聽到了頹然廢筆。

三

白居易這樣的官員在中國古代總是被調來調去的，因此很多同僚到任何地方做官都在等待下一次調動，在哪裡也不會專心。白居易實在是不容易，在杭州留下了那麼實實在在的生態環境改造遺跡。

真正把杭州當作永恆的家，以天然大當家的身份把這座城市系統整治了的，是公元十世紀的吳越王錢鏐。這是一個應該記住的名字，因為他是中國歷史上少有的傑出城市建築者。他名字中的這個「鏐」字，很多人會念錯，那就有點對不起他。鏐，讀音和意義都與「鎏」相同，一種成色很好的金子，記住了。

這塊金子並不是一開始就供奉在深宮錦盒裡的。他長期生活在社會底層，販過私鹽，喜好拳射，略懂卜問，在唐朝後期擔任過地方軍職，漸成割據勢力。唐朝覆滅後中國進入「五代十國」時期，錢鏐創立吳越國，為「十國」之一。這是一個東南小國，北及蘇州，南及福州，領土以現在的浙江省為主，中心就是杭州。

錢鏐治國，從治水開始。他首先以最大的力量來修築杭州外圍的海堤。原先的石板海堤早已擋不住洶湧海潮，他便下令編造很長的竹籠裝填巨石，橫以為塘，又以九重巨木為柱，打下六層木樁，以此為基礎再築「捍海塘」，效果很好。此外又在錢塘江沿口築閘，防止海水倒灌。這一來，作為杭州最大的生態威脅被降伏了，人們稱他「海龍王」。

海管住了，再對湖動手。他早就發現，西湖遇到的最大麻煩就是葑草壅塞、藻荇蔓延，此刻便以一個軍事指揮官的風格設置了大批「撩湖兵」，又稱「撩淺軍」、「撩清卒」。幾種稱呼都離不開一個「撩」字，因為他們的任務就是撩，撩除葑草藻荇，順便清理淤泥。這些人員都是軍事編制，可見錢鏐把這件事情完全是當作一場大仗在打了，一場捍衛西湖的大仗。

除了西湖，蘇州邊上的太湖當時大部分也屬於吳越國。太湖大，因此他又向太湖派出了七千多個「撩湖兵」。太湖直到今天還在蔓延的同類生態災難，錢鏐在一千多年前就採取了強有力的措施。除了太湖，他還疏浚了南湖和鑑湖。

總之，他與水「摽」上了，成了海水、湖水、江水的冤家，最終又成了它們的親家。

治水是為了建城。錢鏐對杭州的建設貢獻巨大。築子城、腰鼓城，對城內的街道、房屋、河渠進行了整體規畫和修建，又開發了周圍的山，尤其是開通慈雲嶺，在錢塘江和西湖之間打開了一條通道。此外還建塔修寺，弘揚佛教，又對城內和湖邊的各種建築提出了美化要求。

作為一個政治人物，錢鏐在從事這些治理和建設的時候，非常注意屬地的安全，避開各種有可能陷入的政治災難，以「保境安民」為施政宗旨。他本有一股頑潑的傲氣，但是為了百姓和城市，他絕不希望與強權開戰，因此一直故意看小自己，看大別人，恭敬從事，一路秉承著「以小事大」的方針，並把這個方針作為遺囑。到了他的孫子錢俶，北方的宋朝已氣勢如虹，行將統一中原，錢俶也就同意把吳越國納入宋朝版圖。這種方略，體現了一個小國的智慧，保全了一個大國的完整，很值得贊賞

而且，也正因為這樣，安靜、富足、美麗的杭州也就有了可能被選定為南宋國都，成為中國首席大都市，成為當時世界上屈指可數的文明匯集地。

錢鏐這個人的存在，讓我們對中國傳統的歷史觀念產生了一些疑問。他，不是抗敵名將、華夏英烈，不是亂世梟雄、盛世棟樑，不是文壇泰斗、學界賢哲，因此很難成為歷史的焦點，百世的楷模。他所關注的，是民眾的福祉，一方的平安，海潮的漲落，湖水的濁清。為此，他甚至不惜放低政治的名號，軍事的意氣。

當中國歷史主要著眼於朝廷榮顯的時候，他沒有什麼地位；而當中國歷史終於把著眼點更多地轉向民生和環境的時候，他的形象就會一下子凸顯出來。因此，前些年我聽說杭州市鄭重地為他修建了一座錢王祠，就覺得十分欣慰，因為這也是歷史良知的一項修復工程。

任何一座城市的居民都不應該忘記所在城市歷史上的幾個重要修建者，儘管他們的名字常常黯淡於史冊，茫然於文本。

四

杭州實在是太幸運了。居然在這座城市成為南宋國都之前，還迎來過一個重要人物，那就是幾乎所有的中國人都喜歡的蘇東坡。

蘇東坡兩度為官杭州。第一次是三十多歲時任杭州通判，第二次是五十多歲時任杭州知州。與白居易一樣，他到這座城市裡來的時候，也一點兒沒顯出曠世詩人的模樣，而是變成了一位徹徹底底的水利工程師。甚至，比白居易還徹底。

他不想在杭州結詩社，開筆會，建創作基地，辦文學評獎。他甚至不想在杭州寫詩，偶爾寫了一首「水光瀲灩晴方好」，在我看來只是一個尋常的比喻，算不得成功之作，蘇東坡僅僅是隨口吟過，根本不會放在心上。他憂鬱的眼神，捕捉到了西湖的重大危機。如果一定要把西湖比作美女西施，那麼，這位美女已經病入膏肓，來日無多。

詩人的職責，是描寫美女將死時的淒艷，而蘇東坡是想救她。因此，他寧肯不做詩人，也要做個真正的男人。

他發現，第一次來杭州做通判時，西湖已經被葑草藻荇堙塞了十分之三，而當第二次來做知州時，已經堙塞了一半。從趨勢看，再過二十年，西湖將全然枯竭，不復存在。

沒有了西湖，杭州也將不復存在。這是因為，如果湖水枯竭，西湖與運河的水資源平衡將會失去，鹹潮必將順著錢塘江倒灌，鹹潮帶來的泥沙將會淤塞運河，而供給城市用水的「六井」也必將歸於無用，市民受不了鹹水之苦又必將逃散……那麼，杭州也就成了一座廢城。

不僅杭州成為一座廢城，杭州周圍農田也將無從灌溉，而淡水養殖業、釀酒業、手工業等等也都將一一淪喪，國家重要的稅收來源地，也就會隨之消失。

面對這麼恐怖的前景，再瀟灑的蘇東坡也瀟灑不起來了。他上奏朝廷，多方籌集工程款項，制訂周密的行為方案，開始了大規模的搶救工程。他的方案包括這樣幾個方面：

第一，湖中堙塞之處已被人圍而成田，下令全部廢田還湖；

第二，深挖西湖湖底，規定中心部位不准養殖菱藕，以免湖底淤積；

第三，用挖出的大量葑泥築一條跨湖長堤，堤中建造六座石橋使湖水流通，這就是「蘇堤」；

第四，在西湖和運河之間建造堰閘，做到潮不入湖；

第五，徵用千名民工疏浚運河，保證漕運暢通；

第六，把連通西湖和「六井」的輸水竹管，更換成石槽瓦筒結構，使輸水系統長久不壞，並新建二井。

這些事情，僅僅做一件就已經興師動眾，現在要把它們加在一起同時推進，簡直把整個杭州城忙翻了。杭州人誰都知道，這位總指揮叫蘇東坡；但誰都忘了，這個蘇東坡就是那個以華美詞章震撼了華夏歷史的蘇東坡！

他曾經在長江邊上感嘆過「江山如畫，一時多少豪傑」。現在，他在長江歸結處所做的事業，一點也不遜色於那些豪傑。戰火硝煙已被大浪淘盡，而杭州和西湖，卻被他搶救出來，並長久地保留下來了。

蘇東坡之後的杭州和西湖，容光煥發，彷彿只等著做國都了。至於真的做了國都，我就不想多說了。已有不少文字記載，無非是極度的繁華，極度的豐富，極度的奢侈，又加上極度的文雅。杭州由此被撐出了皇家氣韻，西湖隨之也嫵媚得器宇軒昂。

宋代雖然邊患重重，但所達到的文明程度卻是中國古代的最高峰。文化、科技、商業、民生，都讓人嘆為觀止。這一切，都濃濃稠稠地集中在杭州了，杭州怎能不精彩？

然而，過度的精彩也容易給人一個誤會，以為這一切都是天造地設，本來就應該這樣。很少有人想到，全部精彩都維繫在一條十分脆弱的生態莖脈上，就像一條搖擺於污泥間的荷枝，支撐著田田的荷葉、燦爛的荷花。為了救護這條時時有可能折斷、枯萎的生態莖脈，曾經有多少人赤腳苦鬥在污泥塘裡，而且，這種苦鬥並不久遠。

這種在污泥塘裡苦鬥的景象，當然也不是馬可・波羅所能想像。

五

先有生態而後有文化，這個道理，一直被杭州雄辯地演繹著。雄辯到，連最偉大的詩人來到這裡也無心寫詩，而是立即成了生態救護者。

杭州當然也有密集的文化，但我早就發現，什麼文化一到杭州就變成了一種景觀化、生態化的存在。且不說靈隱、六和塔、葛嶺、孤山如何把深奧的佛教、道教轉化成了山水美景，更讓我喜歡的是，連一些民間故事，也被杭州舖陳為動人景觀。

最驚人的當然是《白蛇傳》裡的白娘娘。杭州居然用一池清清亮亮的湖水，用一條宜雨宜雪的斷橋，用一座坍而又建的雷峰塔來侍奉她。

她並不包含太多我們平常所說的那種「文化」。她甚至連人也不是，卻願意認認真真做一個人。她是妖，也是仙，因此什麼事情都難不著她。但當她只想做一個人，一個普普通通的人，那就難了。

這個故事本身就是對中國歷史的一種詰難。中國歷史，兩多一少。一是多妖，以及與此近似的魔、鬼、奸、逆；二是多仙，以及與此近似的神、聖、忠、賢。這兩個群落看似界限森嚴卻時時可以轉換。少的是人，與妖與仙都不同的人。因此，白娘娘要站在人和非人的邊緣上鄭重告訴世間的人，人是什麼。民間故事的這個構想，驚心動魄。

杭州似乎從一開始就知道了這個民間故事的偉大，願意為它創制一個巨大的實景舞台。這個實景舞台永遠不會拆卸，年年月月提醒人們：為什麼人間這麼值得留戀。與這個實景舞台相比，杭州的其他文化遺跡就都顯得不太重要了。

像《白蛇傳》的故事一樣，杭州的要義是追求人間之美。人間之美的基礎，是生態之美，尤其是自然生態之美。

在杭州，如果離開了自然生態之美，什麼文化都不成氣象。

這與我們平常所熟悉的中國歷史和中國文化的主旨，有很大差別。

六

我到杭州的最大享受之一，是找一個微雨的黃昏，最好是晚春季節，在蘇堤上獨自行走。堤邊既沒有碑文、對聯，也沒有匾額、題跋，也就是沒有文字污染，沒有文本文化對於自然生態的侵凌和傲慢，只讓一個人充分地領略水光山色、陰晴寒暑。這是蘇東坡安排下的，築一條長堤讓人們有機會擺脱兩岸的一切，走一走朝拜自然生態之路。我覺得杭州的後人大致理解了他的這個意圖，一直没有把蘇堤做壞。

相比之下，現在中國很多地方有點做壞了。總是在古代文化中尋找自己這個地方可以傲視別的地方的點點滴滴理由，哪裡出過一個狀元或進士，有過幾句行吟詩人留下的句子，便大張旗鼓地築屋刻石。如果出了一個作家，則乾脆把家鄉的山水全都當作了他作品的插圖。大家全然忘了，不管是狀元、進士還是作家，他們作為文化人也只是故鄉的兒子。在自然生態面前，他們與所有的鄉親一樣謙卑和渺小。

近年來杭州的城市建築者秉承這座城市的獨特精魂，不找遥遠的古代理由，不提空洞的文化口號，只是埋頭疏浚西湖水源，一次次挖淤清污，把西湖的面積重新擴大到馬可·波羅見到時的規模。重修完楊公堤，打理好新西湖，又開發了一個大大的西溪濕地，表達出杭州人在生態環境上的痴迷。對杭州這座城市提出的標準，也没有花裡胡哨的種種大話，而只是乾淨、整潔，最適合人居住。

這一來，杭州就呈現出了一個貫通千年的人文宣言。這個宣言，曾經由錢鏐親自主導，由白居易、蘇東坡參加起草，由白娘娘從旁潤飾，又由今天的建設者們接筆續寫。

宣言的內容，很複雜，又很簡單：關於美麗，關於自然，關於生態，關於人間。

我對杭州的許多建議，沒有提出就實現了，而且比我心中預想的更好。現在只剩下一個最小的建議了：找一個合適的角落，建一座馬可・波羅的雕像。雕像邊上立一塊碑，把他最早向世界報告的那些有關杭州的句子，用中文、意大利文和英文鐫刻出來。而且，一定要注明年代。

因為這些句子，曾經悄悄地推動過那些遠航船隊，因此也推動了世界。

上海人

一

近代以來，上海人一直是中國一個非常特殊的群落。他們有許多心照不宣的生活秩序和心理規則，說得好聽一點，可以稱之為「上海文明」。一個外地人到上海，不管在公共汽車上，在商店裡，還是在街道間，很快就會辨認出來，主要不是由於外貌和語言，而是這種上海文明對於別種文明的敏感。

同樣，幾個上海人到外地去，往往也顯得十分觸目。

全國有點離不開上海人，又都討厭著上海人。不管東南西北，幾乎各地都對上海人沒有太好的評價。精於盤算、能說會道、自由散漫、驕傲排外、目無領導、缺少熱情、疏離集體、吝嗇自私、時髦浮滑、瑣碎俗氣……如此等等，加在一起，就是外地人心中的上海人。

上海人被罵的由頭還有很多。比如，不止一個騷擾了全國的政治人物、幫派頭子是從上海發家的，你上海人還有什麼話說？不太關心政治的上海人便惶惶然不再言語，偶爾只在私低下嘀咕一句：「他們哪裡是上海人？都是外地來的！」

但是，究竟有多少地地道道的上海人？真正地道的上海人就是上海郊區的農民和漁民，而上海人又瞧不起「鄉下人」。

於是，上海人陷入了一種無法自拔的尷尬。這種尷尬遠不是自今日起。依我看，上海人始終是中國近代史開始以來最尷尬的一群。

二

上海人的尷尬，責任主要不在上海人。

這首先應該歸因於中華文化對於近代的不適應。上海人身上的半近代、半傳統、半國際、半鄉土的特質，使他們成了中華文化大家庭中的異數。照例，成為異數的命運是不好的，但上海人似乎又有點明白，當時的中華文化在國際近代化進程中更是異數，異異得正，因此產生了一點小小的得意勁兒。

在我看來，上海文明的早期代表者，在物質意義上，是十三世紀的紡織改革家黃道婆；在精神意義上，是十七世紀的官員科學家徐光啟。黃道婆使上海成為一個以紡織業為中心的商貿重鎮，而徐光啟，則以驚人的好學和包容游走在科學、國學、朝廷、外邦之間，為後代上海人的正面品質打下了很好的基礎。

這實在是一個讓人不敢相信的生命組合體。你看，他那麼認真地向歐洲傳教士們學習了西方的數學、天文學、測量學、水利學，自己參與翻譯，還成了虔誠的天主教徒，但在朝廷的官卻越做越大，當上了禮部尚書和文淵閣大學士。與此同時，他居然還能一絲不苟地編寫了中國農業科學的集大成之作《農政全書》和天文曆法的鼎新奠基之作《崇禎曆書》。他去世時，朝廷深深哀悼、追封加謚，而他的墓前又有教會立的拉丁文碑文。這麼一個貫通中西、左右逢源的大人物，在日常飲食起居上又非常節儉，未曾有過中國官場習慣的鋪張浪費。

他提供了一種歷史可能。那就是：中華文化在十七、十八、十九世紀遇到的最大考驗是如何對待西方文明，而徐光啟以自己的示範表明，如果兩方面都採取明智態度，就有機會避開大規模的惡性衝突。

可惜歷史走向了另一條路。但是，就在惡性衝突之後，西方列強在上海發現了一個信奉天主教的家族匯聚地，叫徐家匯。當初徐光啟的示範沒有被歷史接納，卻被血緣遺傳了。西方人對此深感驚喜，於是，徐家匯很快成了傳播西方宗教、科學、教學的中心，在上海近代化過程中起到了巨大作用。遺傳，又變成了歷史。

徐光啟的第十六代孫是個軍人，他有一個外孫女叫倪桂珍，便是名震中國現代史的宋氏三姐妹的母親。倪桂珍遠遠地繼承了先祖的遺風，是一個虔誠的基督教徒，而且尤其擅長數學。她所哺育的幾個兒女對中國社會的巨大影響，可以看作徐光啟發端的上海文明的一次重大呈示。

很久失去自信的上海人偶爾在廣播電視裡聽到宋慶齡、宋美齡女士講話，居然是一口地道的上海口音，感到很不習慣。因為多年來上海的「官話」，主要是山東口音和四川口音。一個上海人只要做到了副科長，憋出來的一定已經不是上海話。

由宋慶齡、宋美齡女士的口音作推想，三四百年前，在北京，徐光啟與利瑪竇等傳教士商議各種文化事項時，操的也是上海口音。

三

對於一個封閉而自是的中國而言，上海偏踞一隅，不足為道。我們有兩湖和四川盆地的天然糧倉，小小的上海繳不了多少稻米；我們有三山五嶽安駐自己的宗教和美景，上海連一個稍稍像樣的峰巒都找不到；我們有縱橫九州的寬闊官道，繞到上海還要兜點遠路；我們有許多延續千年的著名古城，上海連個縣的資格都年紀太輕……

但是，對於一個具有國際眼光的人而言，上海面對太平洋，背靠萬里長江，可謂吞吐萬匯，氣勢不凡。

直到十九世紀英國東印度公司的職員黎遜向政府投送了一份報告書，申述上海對新世界版圖的重要性，上海便成為《南京條約》中開放通商的五口之一。一八四二年，英國軍艦打開了上海。從此，事情發生了急劇的變化。上海出現了好幾個面積不小的「租界」，西方文明挾帶著惡濁一起席捲進來，破敗的中國也把越來越多的賭注投入其間。

徐光啟的後代既有心理準備，又驚慌失措地一下子陷入了這種鬧騰之中。一方面，殖民者、冒險家、暴發户、流氓、地痞、妓女、幫會一起湧現；另一方面，大學、醫院、郵局、銀行、電車、學者、詩人、科學家也匯集其間。黃浦江汽笛聲聲，霓虹燈夜夜閃爍，西裝革履與長袍馬褂摩肩接踵，四方土語與歐美語言交相斑駁，你來我往，此勝彼敗，以最迅捷的頻率日夜更替。這裡是一個新興的怪異社會，但嚴格說來，這裡更是一個進出要道，多種激流在這裡撞合、喧嘩，捲成巨瀾。

但是，一代上海人，就在這種悖論中跌跌絆絆地成長起來了。

首先是遇到一個個案件。許多新興思想家、革命者受到清政府追緝，逃到了上海的「租界」，於是兩種法制體系衝突起來了。上海人日日看報，細細辨析，漸漸領悟了民主、人道、自由、法制、政治犯、量刑、辯論等等概念的正常含義，也產生了對新興思想家、革命者的理解和同情。

更具象徵意義的是，上海的士紳、官員都紛紛主張拆去上海舊城城牆，因為它已明顯地阻礙了車馬行旅、金融商情。他們當然就在呈文中反覆說明，拆去城牆，是「國民開化之氣」的實驗。當然有人反對，但幾經爭論，上海人終於把城牆拆除，成了陳舊的心理框範特別少的一群。

與此同時，上海人擁有了與蘇州私家園林完全不同的公園，懂得了即使晚間不出門也要繳納公共路燈費。上海文化的重心轉向報紙、出版、電影、廣播和公私學校，並從一開始就走上了文化產業的道路。

後來，一場來自農村的社會革命改變了上海的歷史，上海變得安靜多了。走了一批上海人，又留下了大多數上海人，他們被要求與內地取同一步伐，並對內地負起經濟責任。上海轉過臉來，平一平心旌，開始做起溫順的大兒子。車間的機器在隆隆作響，上班的電車擁擠異常，大伙都累，夜上海變得寂靜冷清。

為了延續「農村包圍城市」的方略，大批內地農村的幹部調入上海；為了防範或許會來自太平洋的戰爭，大批上海工廠遷向內地山區。越是冷僻險峻的山區越能找到上海的工廠，淳樸的山民指著工人的背脊笑一聲：「嘿，上海人！」

改革開放以來，廣州人、深圳人、温州人快速富裕，腰包鼓鼓地走進上海。上海人有點自慚形穢，卻又沒有失去自尊，心想，要是我們上海人真正站起來，將是另一番景象。

也許是一種自我安慰，但我知道，他們是在守護一種經濟之外的東西，那就是從近代以來逐漸形成的上海人的心理品性。

四

上海人的心理品性，我想先講三點。

第一點，也是最重要的一點：以個體自由為基礎的寬容並存。

只要不侵礙到自己，上海人一般不去指摘別人的生活方式。比之於其他地方，上海人在公寓、宿舍裡與鄰居交往較少，萬不得已幾家合用一個廚房或廁所，互相間的摩擦和爭吵卻很頻繁，因為各家都要保住自身的獨立和自由。

因此，上海人的寬容並不表現為謙讓，而是表現為「各管各」。在道德意義上，謙讓是一種美德；但在更深刻的文化心理意義上，「各管各」或許更貼切現代寬容觀。承認各種生態獨自存在的合理性，承認到可以互相不與聞問，比經過艱苦的道德訓練而達到的謙讓，更有深層意義。

為什麼要謙讓？因為選擇是唯一的，不是你就是我，不讓你就要與你爭奪。這是大一統秩序下的基本生活方式和道德起點。為什麼可以「各管各」？因為選擇的道路很多，你走你的，我走我的，誰也不會吞沒誰。這是以承認多元世界為前提而派生出來的互容共生契約。

上海下層社會中也有不少喜歡議論別人的婆婆媽媽。但即使她們也知道，「管閒事」是被廣泛厭棄的一種弊病。調到上海來工作的外地官員，常常會苦惱於如何把「閒事」和「正事」區別開來。在上海人心目中，凡是不直接與工作任務有關的個人事務，都屬於別人不該管的「閒事」範疇。

上海人口語中有一句至高無上的反詰語，曰：「關儂啥體？」意思是：「關你什麼事？」在外地，一個姑娘的服飾受到同事的批評，她會就批評內容表述自己的觀點，如「裙子短一點有什麼不好」、「牛仔褲穿著就是方便」之類。但是一到上海姑娘這裡，事情就顯得異常簡單：這是個人私事，即使難看透頂也與別人無關。因此，她只說一句「關儂啥體」，截斷全部爭執。說這句話的口氣，可以是憤然的，也可以是嬌嗔的，但道理卻是一樣。

在文化學術領域，上海學者大多不願意去與別人「商榷」，或去迎戰別人的「商榷」。文化學術的道路多得很，大家各自走著不同的路，互相遙望一下可以，幹嘛要統一步伐？這些年來，文化學術界多次出現過所謂「南北之爭」、「海派京派之爭」，但這種爭論大多是北方假設的。上海人即使被「商榷」了也很少反擊，他們心中迴盪著一個頑皮的聲音：「關儂啥體？」

本於這種個體自立的觀點，上海的科學文化在一開始總是具有可喜的新鮮性和獨創性。但是，往往又「個體」得過了頭，小裡小氣地不知道如何互相合作，如何依靠他人提升，如何進入宏觀規範，因此總是形不成合力，成不了氣候。

五

上海文明的第二心理品性，是對實際效益的精明估算。

上海人不喜歡大請客，酒海肉山；不喜歡「侃大山」，神聊通宵；不喜歡連續幾天伴陪著一位外地朋友，以示自己對友情的忠誠；不喜歡聽大報告，自己也不願意作長篇發言；上海的文化沙龍怎麼也搞不起來，因為參加者一估算，賠上那麼多時間得不償失；上海人外出，即使有條件也不太樂意住豪華賓館，因為這對哪一方面都沒有實際利益……凡此種種，都無可非議，如果上海人的精明只停留在這些地方，那就不算討厭。

但是，在這座城市，你也可以處處發現聰明過度的浪費現象。不少人若要到市內一個較遠的地方去，會花費不少時間思考和打聽哪一條線路、哪幾次換車的車票最為省儉，哪怕差三五分錢也要認真對待。這種事有時發生在公共汽車上，車上的旁人會脫口而出提供一條更省儉的路線，取道之精，恰似一位軍事學家在選擇襲擊線徑。車上的這種討論，常常變成一種群體性的投入，一個人的輕聲詢問，立即引起全車一場熱烈的大討論，甚至爭論得臉紅脖子粗，實在是全世界各大城市都看不到的景觀。公共宿舍裡水電、煤氣費的分攤糾紛，發生之頻繁，上海很可能是全國之最。

可以把這一切都歸因於貧困。但是，請注意，兩方爭執的金額差異，往往只是幾分錢。他們在爭執激動時不斷地一次次掐滅又不斷地一支支點燃的外國香煙，就抵得上爭執金額的幾十倍。

我發現，上海人的這種比較，大半出於對自身精明的衛護。智慧會構成一種生命力，時時要求發洩，即便對象物是如此瑣屑，一發洩才會感到自身的強健。這些可憐的上海人，高智商成了他們沉重的累贅。沒有讓他們去鑽研微積分，沒有讓他們去畫設計圖，沒有讓他們去操縱流水線，沒有讓他們置身商業競爭的第一線，他們怎麼辦呢？去參加智力競賽，年紀已經太大。去參加賭博，名聲經濟皆受累。他們只能耗費在這些芝麻綠豆小事上，雖然認真而氣憤，也算一種消遣。

上海人的精明和智慧，構成了一種群體性的邏輯曲線，在這座城市的大街小巷中處處晃動、閃爍。快速的領悟力，迅捷的推斷，彼此都心有靈犀一點通。電車裡買票，乘客遞上一角五分，只說「兩張」，售票員立即撕下兩張七分票，像是比賽著敏捷和簡潔。如果乘客說「兩張七分」，就有一點污辱了售票員的智商，因為這兒不存「七分」之外的第二種可能。你說得快，售票員的動作也快，而且滿臉讚許；你說得慢，售票員的動作也慢，而且滿臉不屑。

一切不能很快跟上這條群體邏輯曲線的人，上海人總以為是外地人或鄉下人，他們可厭的自負便由此而生。上海的售票員、營業員，服務態度在全國不算下等，他們讓外地人受不了的地方，就在於他們常常要求所有的顧客都有一樣的領悟力和推斷力。凡是沒有的，他們一概稱之為「拎勿清」，對之愛理不理。

平心而論，這不是排外，而是對自身智慧的悲劇性執迷。

上海人的精明估算，反映在文化上，就體現為一種「雅俗共賞」的格局。上海人大多是比較現實的，不會對已逝的生態過於痴迷，總會釀發出一種突破意識和先鋒意識。他們有足夠的能力涉足國內外精英文化領域，但是，他們的精明使他們更多地顧及到現實的可行性和接受的可能性。他們不願意充當傷痕斑斑、求告無門的孤獨英雄，也不喜歡長期處於曲高和寡、孤芳自賞的形態。

他們有一種天然的化解功能，把學理融化於世俗，讓世俗閃耀出智慧。毫無疑問，這種化解，常常會使嚴謹縝密的理論懈弛，使奮發凌厲的思想圓鈍，造成精神行為的疲庸。這種情況我們在上海文化中頻頻能夠看到，而且似乎已經出現越來越嚴重的趨勢。但是，在很多情況下，它也會款款地使事情取得實質性進展，獲得慷慨突進者所難於取得的效果。這可稱之為文化演進的精明方式。

六

上海文明的第三心理品性，是面對國際的開放型文化追求。

相比之下，在全國範圍內，上海人面對國際社會的心理狀態比較平衡。他們在內心從來没有鄙視過外國人，因此也不會害怕外國人，或表示超乎常態的恭敬。他們在總體上有點崇洋，但在氣質上卻不大會媚外。

中國不少城市稱外國人為「老外」，這個不算尊稱也不算鄙稱的有趣説法，似乎挺密切，實則很生分，至今無法在上海生根。在上海人的口語中，除了小孩，很少把外國人統稱為「外國人」，只要知道國籍，一般總會具體地説美國人、英國人、德國人、日本人。這説明，連一般市民，與外國人也有一種心理趨近。

今天，不管是哪一個階層，上海人對子女的第一企盼是出國留學。到日本邊讀書邊打工是已經走投無路了的青年們自己的選擇；只要子女還未成年，家長是不作這種選擇的，他們希望子女能正正經經到美國留學。這裡普及著一種國際視野。

其實，即使在没有開放的時代，上海人對於子女的教育也隱隱埋伏著一種國際性觀念，不管當時能不能實現。上海的中學對英語一直比較重視，即使當時幾乎完全沒有用，也沒有家長提出免修。上海人總要求孩子在課餘學一點鋼琴或唱歌，但又並不希望他們被吸收到當時很有吸引力的部隊文工團。

在「文革」動亂中，好像一切都滅絕了，但有幾次外國古典音樂代表團悄悄來臨，報紙上也沒作什麼宣傳，不知怎麼立即會捲起搶購票子的熱潮，這麼多外國音樂迷原先都躲在哪兒呢？開演的時候，他們衣服整潔，秩序和禮節全部符合國際慣例，很為上海人爭臉。

前些年舉行貝多芬交響音樂會，難以計數的上海人竟然在凜冽的寒風中通宵排隊。

兩年前，我所在的學院試演著名荒誕派戲劇《等待果陀》，按一般標準，這齣戲看起來十分枯燥乏味，國外不少城市演出時觀眾也不多。但是上海觀眾卻能靜靜看完，不罵人，不議論，也不歡呼。其間肯定不少人完全看不懂，但他們知道這是一部世界名作，應該看一看，自己看不懂也很自然，既不恨戲也不恨自己。一夜又一夜，這批去了那批來，平靜而安詳。

毋庸諱言，上海的下層社會並不具備國際的文化追求。但長期置身在這麼一個城市裡，久而久之也養成了對一般文化的景仰。上海也流行過「讀書無用論」，但情況與外地略有不同。絕大多數家長都不能容忍一個能讀上去的子女自行輟學，只有對實在讀不好的子女，才用「讀書無用論」作為藉口聊以自慰，並向鄰居搪塞一下。

即使在「文革」動亂中，「文革」前最後一批大學畢業生始終是視點集中的求婚對象，哪怕他們當時薪水很低，前途無望，或外貌欠佳。在當時，這種對文化的景仰帶有非實利的盲目性。最講實利的上海人在這一點上不講實利，依我看，這是上海人與廣州人的顯著區別之一，儘管他們在其他方面頗為接近。

七

上海文明的心理特徵還可以舉出一些來，但從這幾點，已經可以看出一點大概。

有趣的是，上海文明的承受者是一個複雜的群體。有的人，居住在上海很久還未能皈依這種文明；相反，有的人進入不久便神魂與共。這便產生了非户籍意義上，而是文化心理意義上的上海人。很多文化人分不清這個界限，武斷地論述著這個地方的人，那個地方的人，是沒有意義的。

無疑，上海人遠不是理想的現代城市人。一部扭曲的歷史限制了他們，也塑造了他們；一個特殊的方位釋放了他們，又制約了他們。他們在全國顯得非常奇特，在世界上也顯得有點怪異。

在文化人格結構上，他們是缺少皈依的一群。靠傳統？靠新潮？靠內地？靠國際？靠經濟？靠文化？靠美譽？靠實力？靠人情？靠效率？他們的靠山似乎很多，但每一座都有點依稀朦朧。他們最容易灑脱出去，但又常常感到一種灑脱的孤獨。

他們做過的，或能做的夢都太多太多。載著滿腦子的夢想，拖著踉蹌的腳步。好像有無數聲音在呼喚著他們，他們的才幹也在渾身衝動，於是，他們陷入了真正的惶恐。

他們也感覺到了自身的陋習，憬悟到了自己的窩囊，卻不知挽什麼風、捧什麼水，將自己洗滌。

他們已經傾聽過來自黃土高原的悲愴壯歌，也已經領略過來自南疆海濱的輕快步履，他們欽羨過，但又本能地懂得，欽羨過分了，我將不是我。我究竟是誰？該做什麼？整座城市陷入了思索。

前年夏天在香港參加一個國際會議，聽一位中國問題專家說：「我作了認真調查，敢於斷言，上海人的素質和潛力，未必比世界上許多著名的城市差。」這種激勵的話語，上海人已聽了不止一次，越聽，心裡越不是味道。

每天清晨，上海人還在市場上討價還價，還在擁擠的公共汽車上不斷吵架。晚上，回到家，靜靜心，教訓孩子把英文學好。孩子畢業了，出息不大，上海人嘆息一聲，撫摸一下自己斑白的頭髮。

八

續寫上海新歷史，關鍵在於重塑新的上海人。重塑的含義，是人格結構的調整。

對此，請允許我說幾句重話。

今天上海人的人格結構，在很大的成分上是百餘年超濃度繁榮和動亂的遺留。在二十世紀前期，上海人大大地見了一番世面，但無可否認，那時的上海人在總體上不是這座城市的主宰。上海人長期處於僕從、職員、助手的地位，是外國人和外地人站在第一線，承受著創業的樂趣和風險。眾多的上海人處於第二線，觀看著，比較著，追隨著，參謀著，擔心著，慶幸著，反覆品嘗第二線的樂趣和風險。也有少數上海人衝到了第一線，如果成功了，後來也都離開了上海。

直到今天，即便是上海人中的佼佼者，最合適的崗位仍是某家跨國大企業的高級職員，而很難成為氣吞山河的第一總裁。上海人的眼界遠遠超過闖勁，適應力遠遠超過開創力。有大家風範，卻沒有大將風範。有鳥瞰世界的視野，卻沒有縱橫世界的氣概。

因此，上海人總在期待。他們眼界高，來什麼也不能滿足他們的期待，而到手的一切又都不願意放棄。他們不知道，什麼也不放棄就什麼也得不到。對於自己的得不到，他們只能靠發牢騷來聊以遣懷。牢騷也僅止於牢騷，制約著他們的是職員心態。

沒有敢為天下先的勇氣，沒有統領全局的強悍，上海人的精明也就與怯弱相伴隨。他們不會高聲朗笑，不會拚死搏擊，不會孤身野旅，不會背水一戰。連玩也玩得很不放鬆，前顧後盼，拖泥帶水。連談戀愛也少一點浪漫色彩。

由於缺少生命感，上海人也就缺少悲劇性的體驗，而缺少悲劇性體驗也就缺少了對崇高和偉大的領受；他們號稱偏愛滑稽，但也僅止於滑稽而達不到真正的幽默，因為他們不具備幽默所必須有的大氣和超逸。於是，上海人同時失卻了深刻的悲和深刻的喜，屬於生命體驗的兩大基元對他們都頗為黯淡。

即便是受到全國厭棄的那份自傲氣，也只是上海人對於自己生態和心態的盲目守衛，傲得瑣瑣碎碎，不成氣派。真正的強者也有一份自傲，但是有恃無恐的精神力量使他們變得大方而豁達，不會只在生活方式、言談舉止上自我陶醉，冷眼看人。

總而言之，上海人的人格結構儘管不失精巧，卻缺少一個沸沸揚揚的生命熱源。於是，這個城市失去了燙人的力量，失去了浩蕩的勃發。

可惜，譏刺上海人的鋒芒，常常來自更落後的規範：說上海人各行其是、離經叛道；要上海人重返馴順、重組一統。對此，胸襟中貯滿了海風的上海人倒是有點固執，並不整個兒幡然悔悟。暫時寧肯這樣，不要匆忙趨附。困惑迷惘一陣子，說不定不久就會站出像模像樣的一群。

上海人人格結構的合理走向，應該是更自由、更強健、更熱烈、更宏偉。它的依憑點是大海、世界、未來。這種人格結構的群體性體現，在中國哪座城市都還沒有出現過。

如果永遠只有一個擁擠的職員市場，永遠只是一個新一代華僑的培養地，那麼，在未來的世界版圖上，這個城市將黯然隱退。歷史，從來不給附庸以地位。

失落了上海的中國，也就失落了一個時代。失落上海文明，是全民族的悲哀。

秋雨注：此文發表在二十年前。當時上海的改革、開放還沒有正式起步，上海人備受全國厭棄，連自己也失去了自信。因此，我在這篇文章中指出了上海人的歷史地位和心理品性，從文化上對他們進行了全方位的鼓勵，又指出了他們的致命弱點。文章發表後引起巨大反響，在此我要深深感謝上海市民。我對他們的嚴厲批評居然沒有引起任何反感，這在中國各地「地域性敏感」越來越強烈的情況下，極不容易。

傘下的侗寨

我在國內的文化考察，是從邊遠地區開始的。後來，隨著一個個研究專題的深入，漸漸偏重於古往今來的一些發達地區。這是必要的，但也容易迷失。發達是一種聚集，聚集是一種重複，重複是一種規範，因此極有可能失去文化真正的獨立性。不僅如此，聚集中常常會有智能互耗，把一個個簡易的問題引向繁雜。結果，看起來文化濃度很高的地方，反而缺少本真的大文化。

於是，我又要向邊遠地區求援了。

一

這是翠綠群山間的一個小盆地，盆地中間窩著一個幾百户人家的村寨。村寨的房屋全是黑褐色的吊腳樓，此刻正朦朧著灰白色的霧氣和炊煙。把霧氣和炊煙當作宣紙勾出幾筆的，是五座峭拔的鐘樓。

鐘樓底層開放通透，已經擁擠著很多村民和過路客人，因為在鐘樓邊的花橋上，另一些村民在唱歌，伴著蘆笙。

唱歌的村民一排排站在花橋的石階上，唱出來的是多聲部自然和聲，沉著、柔和、悅耳。這些村民有一年被選到法國巴黎的一次國際合唱節裡去了，才一開口，全場屏息，第二天巴黎的報紙紛紛評論，這是中國所有歌唱藝術中最容易被西方接受的一種。

村民們沒有聽過太多別的歌唱藝術，不知道法國人的這種評論是不是有點誇張。但他們唱得比平時更來勁了，路人遠遠一聽就知道：咳，侗族大歌！

不錯，我是在說一個侗族村寨，叫肇興。地圖上很難找得到，因此我一定要說一說它在地球上的準確方位：東經 109°10′，北緯 25°50′。經緯交會處，正是歌聲飄出的地方。

唱歌的村民所站立的花橋就像一般所說的「風雨橋」，很大，築有十分講究的頂蓋，又把兩邊的橋欄做成兩溜長椅。不管風晨雨夕還是驕陽在天，總有不少村民坐在那裏觀看河景，說說笑笑。此刻，橋頭的石階變作了臨時舞臺，原來坐在橋欄邊的村民沒有起身，還是坐著，像是坐在後臺，打量著自己的妻子、女兒、兒子的後腦勺。

這些站在橋頭石階上唱歌的村民中，不同年齡的婦女都穿上了盛裝。中年婦女的服裝比較收斂，是黑色為底的繡花衣，而站在她們前面低一級石階上的姑娘們，則穿得華麗、精緻，配上一整套銀飾簡直光彩奪目。據說，姑娘們自己織繡多年的大半積蓄，父母親贈予她們的未來妝奩，都凝結在這套服裝中了。這裏的財富不隱蔽，全都為青春在叮叮噹噹、閃閃爍爍。

領唱的總是中年婦女，表情比較嚴肅，但她們的歌聲在女兒輩的身上打開了歡樂的閘門。我一遍遍地聽，當地的侗族朋友在我耳邊輕輕地介紹著歌曲內容，兩頭聽下來終於明白，這樣的歌唱是一門傳代的大課程。中年傳教給青年，青年傳教給小孩，歌是一種載體，傳教著人間的基本情感，傳教著民族的坎坷歷史。像那首〈珠郎和娘梅〉的敘事長歌，就在向未婚男女傳教著什麼是愛情，什麼是忠貞，為了愛情與忠貞應該作出什麼樣的抗爭，付出什麼樣的犧牲。

歌聲成了民族的默契、村寨的共識、世代的叮嚀。但是，這種叮嚀從來不是疾言厲色，而是天天用多聲部自然和聲完成。這裏所說的「多聲部自然和聲」已不僅僅是一個音樂概念，而是不同年齡間的一種共同呼應、集體承認。這裏的課本那麼歡樂，這裏的課程那麼簡明，這裏的教室那麼敞亮，這裏的考試那麼動人。

這所永恆的學校，大多以女性為主角。男性是陪襯者，唱著雄健有力的歌，作為對母親、妻子、女兒間世代叮嚀的見證。他們更以蘆笙來配合，不同年齡的男子高高矮矮地吹著大小不一的蘆笙，悠悠揚揚地攙扶著歌聲走向遠處。女性們獲得了這樣體貼的輔佐，唱得更暢快了。

我聽一位在村寨中住了幾年的外來人說，在這裏，幾乎每天在輕輕的歌聲中醒來，又每天在輕輕的蘆笙中睡去。我一聽就點頭，因為我這幾天住宿的那家乾淨的農家旅館，邊上就是一條河，永遠有一群一絲不掛的小男孩在游泳，邊遊邊唱。在近旁洗衣服的小女孩們不唱，只向小男孩們潑水。她們是主角，是主角就不輕易開口。明天，或者後天，她們就要周周正正地站在花橋石階的最低一級與大人們一起歌唱了。那些小男孩還站不上去，只能在一邊學吹最小的蘆笙。

我們平日也可能在大城市的舞臺上看到侗族大歌的演出，但到這裏才知道，歌唱在這裏不是什麼「餘興節目」，而是全部生活的起點和終點，全部歷史的凝練和傳承，全部文化的貯存和展開。

二

歌聲一起，吊腳樓的扇扇窗子都推開了，很多人站在自己家的窗口聽。這個畫面從鼓樓這裏看過去，也就成了村寨歌會的遼闊布景。

石橋、小樓、窗口，這本來也是我家鄉常見的圖像。豈止是我家鄉，幾乎整個江南都可以用這樣的圖像來概括。但是，今天在這裏我發現了一個重大差別。江南石橋邊樓房的窗口，往往有讀書人在用功。夜間，四周一片黑暗，只有窗口猶亮，我歷來認為，那是文明傳承的燈火。

我也曾經對這樣的窗口燈火產生過懷疑：那裏邊攻讀的詩文，能有幾句被窗下的鄉親知曉？如果說，這些詩文的功用，是浮載著書生們遠走高飛，那麼，又留給這裏的鄉親一些什麼？

答案是，這些書生不管是發達還是落魄，不管是回來還是不回來，他們誦讀的詩文與故鄉村莊基本無關。因此，河邊窗口的燈光對於這片土地而言，永遠是陌生的，暫駐的，至少，構不成當時當地的「多聲部自然和聲」。

侗族長期以來沒有文字，因此也沒有那些需要日夜攻讀的詩文。他們的詩文全都變成了「不著一字」的歌唱。這初一看似乎很不文明，但是我們記得，連漢族最高水準的學者都承認，「不著一字」極有可能是至高境界。我這樣說當然不是否定文字在文明演進過程中的重要作用，只是對自己作一個提醒：從最宏觀的意義上看，在文明演進的慣常模式之外，也會有精采的特例。

不錯，文字能夠把人們引向一個遼闊而深刻的精神世界，但在這個過程中要承擔非常繁重的訓練、校正、紛爭、一統的磨煉，而磨煉的結果也未必合乎人性。請看世間多少麻煩事，因文字而生？精熟文字的魯迅嘆一聲「文章誤我」，便有此意。如果有一些地方，不稀罕那麼遼闊和深刻，只願意用簡潔和直捷的方式在小空間裡淺淺地過日子，過得輕鬆而愉快，那又有何不可？

可以相信，漢族語文的頂級大師老子、莊子、陶淵明他們如果看到侗族村寨的生活，一定會稱許有加，流連忘返。

與他們不同的是，我在這裏還看到了文字崇拜的另一種缺陷，那就是漢族的飽學書生幾乎都不善於歌舞，更無法體驗其中的快樂。太重的學理封住了他們的歌喉，太多的斯文壓住了他們的舞步。生命的本性原來是載歌載舞的，在他們身上卻被褊狹的智能剝奪了大半。

歐洲的文藝復興，其實是對於人類的健全和俊美的重新確認，從奧林匹亞到佛羅倫絲，從維納斯到大衛，文字都悄悄地讓了位。相比之下，中國的書生作了相反的讓位。只有在邊遠的少數民族地區，才會重新展現生命的更本質方面。

三

花橋石階上的歌唱一結束，有一個集體舞蹈，歌者和觀者一起參加，地點就在寬敞的鼓樓底下。這時才發現，在集體舞蹈圍繞的圓心，也就是在鼓樓的中央，安坐著一圈黑衣老者。

老者們表情平靜，有幾個抽著長長的煙桿。他們是「寨老」，整個村寨的管理者群體。一個村民，上了年紀，又德高望重，就有資格被選為寨老。遇到村寨安全、社會秩序、村民糾紛、節日祭祀等等方面的事情，鼓樓的鼓就會擊響，寨老們就會聚集在這裏進行商議。寨老中又有一位召集人，商議由他主持。寨老們做的決定就是最後決定，以示權威。

寨老們議事也有既定規範。由於沒有文字，這些規範成為寨老們必須熟記的「鼓詞」——鼓樓下的協調規則，聽起來很是有趣。石干城先生曾經搜集過，我讀到了一些。其中一段，說到村寨的青年男女們在遊玩中談情說愛是理所當然，而過度騷擾和侵犯卻要受到處罰，很典型地展示了鼓詞的風格。且引幾句——

還有第二層，
講的是男女遊玩的事。
耳邊插雞尾，拉手哆耶，
牆後彈琵琶，相依唱歌，
依身在門邊，細語悄言，
不犯規矩，理所當然。
倘有哪個男人伸腳踩右，伸手摸左，
狗用腳爬，貓用爪抓，
摸腳掐手，強摘黃花，
這類事，事輕罰酒飯，

事重罰金銀，罰他一百過四兩。

這種可愛的規矩，本來就包含著長輩的慈祥口氣，因此很有彈性。真正處罰起來，還要看事端的性質和事主的態度，有所謂「六重六輕」之分，因此就需要寨老們來裁決了。但是，處罰也僅止於處罰，沒有徒刑。因為這裡的侗族自古以來都沒有警察，沒有監獄，當然更沒有軍隊。

寨老不是官員，沒有任何特權。他們平日與村民一樣耕種，養家餬口，犯了事也一樣受到處罰。他們不享受錢物方面的補貼，卻要承擔不小的義務。例如外面來了一些客人，他們就要分頭接到家裡招待。如果每個寨老都接待了，還有剩餘的客人，一般就由那位寨老召集人負責了。

「因此，一位長者要出任寨老召集人，首先要徵得家裡兒女們的同意，需要他們願意共同來承擔這些義務性開支。」兩位年輕的村民看我對寨老的體制很感興趣，就熱情地為我解釋。

我一邊聽，一邊看著這些黑衣長者，心想，這就是我心中長久嚮往的「村寨公民社會」。道家認為，一個社會，機構越簡負累也越簡，規則越少邪惡也越少。這個原則在這裏得到了最好的體現。

我所說的「村塞公民社會」，還包括另一番含義，那就是，村寨是一個大家庭，誰也離不開誰。到街上走走，總能看到很多婦女一起織一幅布的情景。這裏的織布方式要拉開很長的幅度，在任何一家的門院裏都完成不了，而是需要四五家婦女聯手張羅。這到底算是一家織布幾家幫忙，還是本來就是幾家合織？不太清楚。清楚的是，長長的棉紗把好幾家人家一起織進去了。

織布是小事，遇到大一點的事情，各家更會當作自己家的事，共同參與。更讓外來者驚訝的是，家家户户收割的糧食都不藏在家裏。大家約定放在一個地方，卻又都不上鎖。一位從這兒出生的學者告訴我，在侗語中，根本没有作為名詞或動詞的「鎖」的概念。

入夜，我站在一個杉木陽臺上看整個村寨，所有的吊腳樓都黑糊糊地融成了一色，不分彼此。這樣的村寨是真正平靜的，平靜得連夢都没有。只待晨光乍露時第一支蘆笙從哪一個角落響起，把沉睡了一夜的歌聲喚醒。

四

我所站立的杉木陽臺，是農家旅館的頂層三樓，在村寨裏算是高的了。但我越來越覺得，對於眼下的村寨，萬不能採取居高臨下的考察視角。在很多方面，它比我們的思維慣性要高得多。如果說，文化生態是一門最重要的當代課程，那麼，這兒就是課堂。

當地的朋友取笑我的迷醉，便在一旁勸說：還是多走幾個村寨吧。

我立即起身，說：快！

離肇興不遠，有一個叫堂安的寨子。我過去一看便吃驚，雖然規模比肇興的寨子小，但山勢更加奇麗，屋舍更有風味。這還了得，我的興頭更高漲了，順著當地朋友的建議，向西走很遠很遠的路，到榕江縣，去看另一個有名的侗寨——三寶。

一步踏入就站住了。三寶，實在太有氣勢。打眼還是一座鼓樓，但通向鼓樓的是一條華美的長廊，長廊兩邊的上沿，畫出了侗族的歷史和傳說。村民們每天從長廊走過，也就把祖先的百代艱辛慰撫了，又把民族的千年腳力承接了。這個小小的村寨，一開門就開在史詩上，一下子抓住了自己的荷馬。

鼓樓前面，隔著一個廣場，有一排榕樹，虬勁、蒼鬱、繁茂，像稀世巨人一般站立在江邊。後面的背景，是連綿的青山，襯著透亮的雲天。這排榕樹，是力量和歷史的扭結，天生要讓世人在第一眼就領悟什麼叫偉大。我簡直要代表別的地方表達一點嫉妒之情了：別的地方的高矗物象，大多不存在歷史的張力；別的地方的歷史遺址，又全都失去了生命的綠色。

在這排大榕樹的左首，也就是鼓樓的右前方，有一座不大的「薩瑪祠」。薩瑪，是侗族的大祖母，至高無上的女神。

我早就推斷，侗族村寨一定還有精神皈依。即使對寨老，村民們已經給予了輩分性、威望性的服從，卻還不能算是精神皈依。寨老會更替，世事會嬗變，大家還是需要有一個能夠維繫永久的象徵性力量，現在看到了，那就是薩瑪。

問過當地很多人，大家對薩瑪的由來和歷史說法不一，語焉不詳。這是對的，任何真正的信仰，都不應該被歷史透析，就像再精確的尺子也度量不了夜色中的月光。

我問村裡幾位有文化的時尚年輕人：「你們常去薩瑪祠嗎？」

他們說：「常去。遇到心裡不痛快的事就去。」

我問：「如果鄰里之間產生了一點小小的矛盾，你覺得不公平，會去找村裡的老人、智者去調解，還是找薩瑪？」

他們齊口同聲：「找薩瑪。用心默默地對她訴說幾句。」

他們那麼一致，使我有點吃驚，卻又很快在吃驚中領悟了。我說：「我知道了，你們看我猜得對不對。找公平，其實是找傾訴者。如果讓村裡人調解，一定會有一方覺得不太公平。薩瑪老祖母只聽不說，對她一說，立即就會獲得一種巨大的安慰。」

他們笑了，說：「對，什麼事只要告訴她了，都成了小事。」

就這麼邊說邊走，我們走進了薩瑪祠。

我原想，裡邊應該有一座塑像，卻沒有。

眼前是一個平臺，中間有一把小小的布傘，布傘下有很多鵝卵石，鋪滿了整個平臺，平臺邊沿，有一圈小布人兒。

那把布傘就是薩瑪。鵝卵石就是她庇蔭著的子孫後代，邊沿上的小布人兒，是她派出來守護子孫的衛士。

老祖母連自己的形象也不願顯露出來，全然化作了庇護的心願和責任，這讓我非常感動。我想到，世間一切老祖母、老母親其實都是這樣的，捨不得留給自己一絲一毫，哪怕是為自己畫個像、留個影。

於是，這把傘變大了，浮懸在整個村寨之上。

一位從小就住在薩瑪祠背後的女士走過來對我說，村民想把這個祠修得大一點，問我能不能題寫「薩瑪祠」的三字匾額。

我立即答應，並深感榮幸。

世上行色匆匆的遊子，不都在尋找老祖母的那把傘嗎？

我還會繼續尋找生命的歸程，走很遠的路。但是，十分高興，在雲貴高原深處的村寨裏，找到了一把幫我遠行的傘。是鼓樓，是歌聲，是寨老，是薩瑪，全都樂呵呵地編織在一起了，編織得那麼小巧樸實，足以擋風避雨，濾念清心，讓我靜靜地走一陣子。

秋雨注：這篇文章和後面的〈蚩尤的後代〉、〈我本是樹〉兩篇在互聯網上出現後，據貴州省黔東南旅遊局的負責人來電話，當地的外來遊客量立即上升百分之八十四，多數遊客都說是看了我的文章去的。這讓我很高興。真的，我很希望我們的旅遊能更多地向邊遠地區延伸，那兒有一些被我們遺忘已久的人文課題。

蚩尤的後代

一

中國哪裡美女最多？我沒有做過認真比較。但是，那次去貴州省雷江縣的西江苗寨，實在被一種擁擠的美麗鎮住了。那天正好是這裡的「吃新節」，夏收剛剛結束，新米已經上灶，大家遠遠近近走在一起慶祝好年成。長廊上擺著一長溜看不到頭的矮桌，村民們坐在兩邊吃吃喝喝，長廊外面的廣場上已經載歌載舞。這本是尋常的村寨節日，但總覺得眼前有一種不尋常的光華在飄浮，定睛一看，那一長溜矮桌邊上已經是數不清的美豔笑容，而廣場上的歌舞者和觀看者，更是美不勝收。

西江苗寨很大，一千多户，四五千人，因此這種美麗很成規模。

西江苗寨的女孩子知道自己長得好，以微笑來感激別人欣賞的眼神。她們喜歡這個青山環抱的空間，不願意讓自己的美麗孤零零地到外面去流浪，因此意態一片平和。與她們相比，外面城市裡很多遠不如她們美麗的女孩子成天攬鏡弄影、裝嬌扮酷，真是折騰得太煩人了。

不少中原人士未到這些地區之前，總以為少數民族女孩子的美屬於山野之美、邊遠之美、奇冶之美。其實不然，西江苗寨女孩子美得端正朗潤，反而更接近中華文明的主流淑女形象。如果不是那套銀飾叮噹的民族服裝，她們的容貌，似乎剛從長安梨園或揚州豪宅中走出。

這使我驚訝，而更讓我驚訝的是，問起她們的家史血緣，她們都會嫣然一笑，說自己是蚩尤的後代。

二

實在無法把這番美麗與「蚩尤」這兩個字連在一起。

蚩尤是中華文明史上第一輪大戰的主要失敗者。打敗他的，就是我們的共同祖先黃帝。因此，他成了最早的一個「反面人物」，蚩尤有時又被通指一個部落，那麼這個部落也就成了一個「反面族群」。

勝利者在擁有絕對語權之後，就會盡力把失敗了的對手妖魔化。蚩尤，就是被妖魔化的第一典型。

妖魔化到什麼程度？《龍魚河圖》說，蚩尤和他的兄弟都是「獸身人語，銅頭鐵額，食沙石子，造立兵仗刀戟大弩，威震天下」。《述異記》說，「蚩尤人身牛蹄，四目六手」。《玄女傳》說，「蚩尤變幻多方，徵風招雨，吹煙噴霧，黃帝師眾大迷」。《志林》說，「蚩尤作大霧彌三日，軍人皆惑」……

這些妖魔化的言詞，被《史記正義》、《太平御覽》、《廣博物志》、《古今注》、《初學記》等重要著作引述，影響廣遠。

更嚴重的是，黃帝的史官倉頡在創造文字的時候，用兩個貶斥性的文字給這個已經妖魔化了的失敗者命名，那就是「蚩尤」。有學者檢索了一系列最權威的漢語詞典，發現這兩個字的含義不外乎悖、逆、惑、謬、亂、異、劣、笨、陋、賤，認為其間澆鑄了太多的仇恨和敵意。蚩尤，是蒙受文字「惡謚」的第一人。

直到現在，我看到一些最新出版的歷史書籍裡還把蚩尤說成是遠古時代「橫行霸道」、「蠢蠢欲動」的力量。雖然沒有提供任何證據，卻承接了一種橫貫數千年的強大輿論。

在越來越多的中國人認祖歸宗，確認自己是黃帝子孫的今天，這種千年輿論更加難於動搖。

因此，當我聽到西江苗寨的這些女孩子輕輕説一聲「我們是蚩尤的後代」，簡直驚心動魄。她們卻在平靜地微笑。這種表情，能不能對我們的思維慣性帶來一點啟發？

三

天下的笑容没有年代。那麼，就讓我們隨著這些女孩子的笑容，再一次回到中華文明的起點。

記得我在早年遇到一次家破人亡的大災難時曾躲避到家鄉半山的一個廢棄的藏書樓裡讀書，不合時宜地猜想過黃帝的時代。猜想黃帝必然會隨之猜想他的對手炎帝和蚩尤。但奇怪的是，同是軍事上的死敵，黃帝的後代卻願意把炎帝合稱為華夏祖先，自認為「炎黃子孫」，卻怎麼也不願意把另一個對手蚩尤也納入其中。我想，最大的可能是，在那場與蚩尤的戰爭中，黃帝實在打得太艱難了。

根據一些零零落落的記載，黃帝擊敗炎帝只是「三戰」而已，而後來平定天下也只經歷了「五十二戰」，但與蚩尤作戰，連打「七十一戰」仍然無法勝利。黃帝慌了，求告「九天玄女」：「小子欲萬戰萬勝，萬隱萬匿，首當從何起？」

這個求告既考慮到了戰勝一途，也考慮到了隱匿一途，可見是不大有信心了。據説是九天玄女給黃帝頒下了一道制勝神符，也有一種説法是九天玄女派出「女魃」來改變戰場的氣候幫助了黃帝，還有一種說法是黃帝最終靠指南車戰勝了蚩尤。

總之，這場戰爭打得慘烈無比、千鈞一髮。極有可能是蚩尤獲勝，那麼中華歷史就要全面改寫。正因為如此，黃帝及其史官必須把蚩尤說成是妖魔，一來可以為黃帝的久攻不克辯解，二來可以把正義拉到自己一邊，杜絕後人設想萬一蚩尤勝利的另一種前途。

杜絕後人設想為萬一蚩尤勝利的另一種前途，這個意圖很現實，因為蚩尤的部族很大。他是「九黎族」的首領，九黎族生活在今天山東西南部、江蘇北部以及山西、河北、河南的黃河流域，人口眾多，當然是誅殺不盡的。因此黃帝只能向他們宣告，他們以前的首領是妖魔，現在應該歸附新的統治者。

黃帝這樣做並沒有錯，他採取的是讓華夏大地歸於統一的必然步驟。如果是由炎帝或蚩尤來統一，也有可能實行差不多的策略。但是，當我們切實地想一想那個戴滿惡名的蚩尤的真實下場，仍然未免心動。因為他，也是黃河文明的偉大創建者。

我曾經在河南新鄭主持過中央電視台直播的黃帝祭祀大典，也曾經到陝西祭拜過黃帝陵。但是，那位蚩尤究竟魂銷何方？

多年前讀到曲辰先生在《河北師範學院學報》發表的文章中考證出黃帝與蚩尤交戰之地應該是河北省涿鹿縣礬山鄉三堡村北古城遺址東北方的一塊平地。他參考多種古籍，又到現場勘察，用功極深。但在我看來，可能是把地方說小了。

據《黃帝內傳》記載：「黃帝伐蚩尤，玄女為帝製夔牛鼓八十而一震五百里，連震三千八百里。」這裏所說的里程數當然不無誇張，難以定為史實，但那場戰爭規模極大，地域極廣，馳騁極遠，則是可以想見的。

蚩尤終於戰敗，被擒被殺，景象也非常壯觀。而且，這種壯觀的景象也占據了遼闊的空間。

據《山海經・大荒南經》及鄭玄注，蚩尤被黃帝擒獲後戴上了木質刑具桎梏（鎖腳的部分叫桎，鎖手的部分叫梏），從今天河北北部的涿鹿縣，押解到今天山西西南部的運城地區。這條路很長，要穿過河北省的一部分，山西省的大部分，將近兩千華里。蚩尤的手足，都被桎梏磨爛了，桎梏上滲透了血跡。

為什麼長途押解？為了示眾，為了讓各地異心歸附。

終點是現在運城縣南方、中條山北麓的一個地方，那兒是處決蚩尤的刑場。處決的方式是「身首解割」，因此這地方後來很長時間被稱為「解州」。

蚩尤被殺後，桎梏被行刑者取下棄之山野。這副桎梏本來已在長途押解中滲滿血跡，此刻更是鮮血淋漓。它很快就在棄落的山野間生根了，長成一片楓樹，如血似火。

從此開始，更多壯美的傳說出現了。

蚩尤倒下的地方，出現了一個湖泊，湖水有血色，又有鹹味。宋代科學家沈括的《夢溪筆談》有記：

解州鹽澤，方百二十里，久雨，四山之水悉注其中，未嘗溢。大旱，未嘗涸。鹵色正赤，在阪泉之下，俚俗謂之「蚩尤血」。

即便僅僅是一種因巧合而產生的傳說，也是氣壯山河。

蚩尤死後，遺體又一次長途旅行千里，被運到現在山東省西部的黃河北岸，也就是九黎族聚居的地方。為什麼會有這麼一個漫長的葬儀呢？一種說法，仍然是示眾，以平息蚩尤舊部流傳的「蚩尤不死」的謠言；另一種說法，是黃帝仁慈，讓自己的對手歸葬故土。但是，再仁慈也仍然沒有消除害怕，蚩尤的頭顱和身軀還是分開埋葬了，而且兩地拉開了不小的距離。

對於這一點，蚩尤在天之靈顯然是有點憤怒的。《皇覽・冢墓記》有記，「蚩尤冢」在東平郡壽張縣闞鄉城中，高七丈，民常十月祀之，有赤氣出如匹絳帛，民名為「蚩尤旗」。由此開始，連天象學中也有了「蚩尤旗」的名稱，特指一種上黃下白的雲。《呂氏春秋》中就有這項記錄。

你看，蚩尤把憤怒化作了雲氣，連天地都要另眼相看。

有一項關於那場戰爭的記載更讓我心動不已。那天，黃帝的軍隊包圍住蚩尤，把他從馬上拉下來，鎖上桎梏，蚩尤也就最後一次放開了自己戰馬的繮繩。這是一員戰將與自己真正戰友的告別。據《帝王世紀》記載，這個地方就有了一個豪壯的地名，叫「絶轡之野」。我曾在台灣的《歷史學刊》上讀到歷史學者宋霖先生就這個地名寫下的一段文字。這段文字出現在歷史論文中似乎有點突兀，但我非常理解宋霖先生難於壓抑的心情。他是這樣寫的：

絶轡，割斷繮繩，一任曾經馱載蚩尤縱横天下的剽悍戰馬，在濺滿鮮血積滿屍體的殷紅荒原上踽踽躑躅，在銅青色天幕映照下，伴著清冷殘血的曠野中長嘯悲鳴。

中華五千年文明史上的第一場大戰，就此落幕。

面對著遠古的浩蕩之氣，再嚴謹的學者也不得不動用浩蕩之筆。在那絳紅的荒昧天際，歷史、傳説和文學，還分不清界限。

四

我問西江苗寨的兩位年輕姑娘：「你們説是蚩尤的後代，怎麼跑到這裏來了？」

這是一個逗樂的問題，本來不期待回答。而且我想，她們也回答不了。

没想到她們竟然回答了：「打了敗仗，一路逃唄。從黃河流域逃到長江流域，再逃到這裡。朝廷的官兵在追殺，我們的人越逃越少，就這樣囉。」

說完又是一陣笑聲。用那麼輕鬆的表情講述那麼殘酷的歷史，引起了我極大的興趣。我就進一步問：「正規的史書裡可没有記載蚩尤後裔向這裏遷徙的確切史實，你們能提供一點證據嗎？」

「有啊，」她們還是那麼快樂，「我們這裡有一部傳唱的苗族史詩叫〈楓樹歌〉，說我們苗族的祖先姜央就是從楓樹中生出來的。我們這裡世世代代崇拜楓樹，不准砍伐。你知道楓樹就是蚩尤的桎梏嗎？」

我聽了一震，連說「知道」。心中立即浮現出黃河近旁那個由桎梏化為楓樹的動人場景。

她們還說：「朝廷没追上我們，寫不出來；苗族没有文字，記不下來。我們只要記住楓樹就可以了，那就是歷史。」

與她們分手後我在西江苗寨的石階路上邊走邊想，我們所熟悉的文本歷史，實在是遺落了太多重要的內容。你看，連中華文明最早的勝利者和失敗者的歷史，也只留下了一小半。

從影影綽綽的記述中可以看到，蚩尤失敗後，他的部下九黎族被黃帝作了一次大範圍的整編，大致被分為善、惡兩類。「善類」遷移到鄒魯之地，也就是今天山東省的南部，後來成為孔子、孟子的家鄉；「惡類」流放到北方，據說與後來的匈奴有關。不管「善類」、「惡類」都記住了自己是九黎之後，是「黎民」。我們後來習稱「黎民百姓」，也與此有關。

由此可知，蚩尤的下屬並不都是南逃了，而是有很大一部分被收編進了黃帝的主流文明。而且，黃帝的後裔還與蚩尤的後裔有通婚之舉。黃帝的後裔是男方，蚩尤的後裔是女方，可見蚩尤不僅不是妖魔，而且有俊美的基因。黃帝的後裔夏后氏，是後來夏朝的創立者。

但是，蚩尤的下屬中，確實也有不屈的一群。他們保持著失敗者後裔的傲岸，背負著祭祀先祖的使命，不惜與當權者征戰。歷史上那個與堯的隊伍戰鬥在丹江的「三苗」部落，就自稱是蚩尤的「九黎之後」，這有可能是苗族的祖先。

三苗打不過堯，曾經被堯收編，卻又時時反抗，堯就把他們流放到現在敦煌的三危山，這就是《史記・五帝本紀》所記的「遷三苗於三危」。三苗的首領驩兜，則被流放到崇山，即今天湖南大庸市的西南，已屬武陵山區。

後來，禹又與三苗打了一場歷時七十天的大仗，三苗大敗，從此不見於史冊。

不見於史冊的族群，活動得更加神秘。蘇雪林教授認為，屈原所寫的《國殤》，就是在描寫祭祀無頭的戰神蚩尤。我雖然覺得還缺少更多的資料佐證，但想起來也覺得熱血沸騰。

這一彪不屈的男女，當然不能見容於任何朝廷。如果真如上文所說，九黎族中果真有一批人被流放到北方匯入了匈奴的行列，那麼，長期與匈奴為敵的漢王朝，也許尋找到了自己的對手與蚩尤之間的某種關係，因此更進一步貶斥蚩尤形象，追逐南逃匈奴。南逃匈奴與落腳湖南的三苗有沒有會合？我們不知道，但大體可以判斷，就在漢代，三苗的一部分人，進入了貴州、雲南一帶。

歷史學家章太炎、呂思勉先生曾經認為，古代的三苗未必是現在的苗族。我知道他們也是因為沒有找見足夠的文字記錄。但是，對於一個長期沒有文字的族群而言，要找到這種記錄實在是太難了。我想，如果章太炎、呂思勉先生到西江苗寨走走，聽聽代代相傳的史詩，看看奉若神明的楓樹，也許會改變一點看法。

五

當然，更重要的是這裡年輕人對於自己祖先的坦然確認。

這等於是確認幾千年的沉重惡名，確認幾萬里的步步落敗。

這樣的確認也是一種承擔，承擔多少鄙視和嘲笑，承擔多少防範和窺測。

這種確認和承擔對他們來說早已是一種代代相續的歷史遺囑。他們不能書之典冊，藏之名山，只能一環不缺地確認，一絲不斷地承擔，才能維持到今天。不管在草澤荒路，還是在血泊沙場，他們郁會在緊要時刻念一句：「我們是蚩尤的後代！」

「我們是蚩尤的後代！」

「我們是蚩尤的後代！」

……

這是無數黑夜的生命秘語。他們根本忘了什麼是委屈，也不知道需要向什麼人為自己的祖先辯護。全部辯護就在這句話裡，只是為了自己民族的延續生存。

終於，黑夜過去了，秘語已經可以公之於光天化日之下。

經過千年蒸餾，不再有憤恨的印痕，不再有尋仇的火氣，不再有訴苦的興致，不再有抱怨的理由。

完全出乎意料的是，光天化日之下的後代，居然那麼美麗。

幾千年的黑夜逃奔不就是為了維持生存嗎？最後得到的，不是「維持生存」，而是「美麗生存」。

耳邊又響起了那句話，卻是用歡快的嗓音歌唱般傳來：「我們是蚩尤的後代！」

我想，蚩尤在此刻是大大勝利了，勝利在西江苗寨女孩子的唇齒間。

這種勝利，徹底改變了橫亙於全部歷史文本之間的勝敗邏輯。

她們用美麗回答了一切。

六

在離開西江苗寨前，村寨的首領、年紀尚輕的世襲「鼓藏頭」唐守成把我引到一個地方，去看從雷公坪上移下來的幾片青石古字碑。雷公坪是離村寨十五公里的一處高山坪壩，那裏的整個山區被看成是天下電閃雷鳴的發源地，風景絶佳，西江苗族先民曾在那裏居住，後來也輪番駐紮過苗族起義軍和朝廷兵士。這幾片青石古字碑，每個字都近似漢字筆畫，細看卻全然不識。難道素無文字的苗族也曾經一度擁有過文字？那又是在什麼時代？使用過多少時間？使用範圍多大？又為何終於消失？

我彎下腰去，仔細地對比了這些文字與西夏文字的區別，然後繼續作各種猜測。如果苗族真的有過文字，那麼，也許什麼時候在什麼地方能發掘出一大堆比較完整的記述？但是，又有誰能讀懂這些記述呢？

我又一次深深地感嘆，留在已知歷史之外的未知歷史，實在是太多了。因此，任何一種枱面上的文明，即使看上去很顯赫，也不要太得意、太自戀、太張狂。現在被過於熱鬧地稱為「國學」的漢族主流文明，也同樣如此。

有位當地學人告訴我，這些古字碑曾被一位漢族的前輩學人稱之為「孔明碑」，因為據傳說諸葛亮「七擒孟獲」時曾到過這裏。我想，這位前輩學人完全是站在世俗漢人的立場上把諸葛亮可能來過這兒的傳說當作了大事，因此連僅留的不可識文字，也似乎只有他才能刻寫。其實，比之於黃帝及其對手蚩尤的偉大抗爭，諸葛亮參與過的三國打鬥，只是一場沒有什麼意義和結果的小陣仗而已。蚩尤的後代好不容易在這雷聲轟鳴的山谷中找到了一個奇美無比的家園，千萬不要讓諸葛亮不合時宜地露臉了。那古字碑，一定與他無關。

我說，不要再叫孔明碑了，就叫古字碑吧。是不是苗文，也不要輕易論定。

正說著，兩個只有七、八歲的苗族小女孩奔跑到我跟前，一把拉住了我的手。其中一個仰頭對我說：「伯伯，我們的老師說，您是一個重要的文化人。您能不能告訴我，文化人是做什麼的？」

我笑了，心想這麼一個大問題該怎麼回答呢。我的左手和右手，分別握著這兩個小女孩肉乎乎的小手。過了片刻我彎下腰去，說：「聽著，文化人的事情是，熱愛全人類和自己的民族，並且因為自己，使它們更美麗。」

我要她們重複一遍。第一遍她們都沒有說順，第二遍都說順了。

我把手從她們的小手中抽出來，輕輕地拍拍她們的臉，然後與「鼓藏頭」告別，踏上了歸途。

到了坡上回頭一看，西江苗寨已在黃昏的山色中模糊。很快，就要找不到它了。

那就趕快記住：西江苗寨，在東經 108° 10′與北緯 26° 30′的交會處。

我本是樹

一

剛上山，槍就響了。

這是岜沙苗寨的火槍手們在歡迎外來客人。

他們怎麼知道有外來客人？原來在左邊的高山上有一座高及雲天的鞦韆架，年經人正在盪鞦韆。其實那是一個自古以來的觀察哨，看看有沒有外來之敵，順便也注意一下有沒有外來客人。如果是外來之敵，槍聲響處一定有人倒下。我們沒有倒下，可見他們在鞦韆上晃晃悠悠看一眼，就知道我們沒有敵意。

這個頭開得真好。

槍聲響過，火槍手們一下子就出現在我們眼前。都是瘦筋筋、油烏烏的健壯男子，沒有笑容，卻滿臉善意。

看得出他們都很想與外來的客人講話，似乎又覺得自己的漢語不太流利，便推出這裡的一位姑娘來引路。這個姑娘笑瞇瞇地一站出來，外來的客人們都輕輕地「喃」了一聲。她在容貌上，居然比我曾經描述過的西江苗寨美女們，還要漂亮。

我覺得她有點眼熟，一問，原來她曾被深圳華僑城的大型演出集團選為演員，在掌聲鮮花中風光過四年。終於熬不過對家鄉的思念，回到了這深山老林之中，每天踩著槍手們的槍聲，與一棵棵大樹對話。

外來客人們都奇怪，見過繁華世界那麼長時間的她，又怎麼能耐得住這裡的寂寞？但一聽她對一棵棵大樹的深情介紹，就知道她真正的寂寞是在深圳。車水馬龍間，揣想著每一棵樹的早晨和夜晚。

儘管姑娘那麼漂亮，這個村寨仍然以男性為中心，這一行迎客隊伍的主角也還是那一隊火槍手。主角中的主角，則是身材矮小的火槍隊長滾元亮。他的表情，很像秦始皇的兵馬俑。

聽說當年滾元亮即將出世的時候，他的母親向村寨裏一位名叫賈拉牯的「鬼師」詢問孩子的情況。鬼師有點像外地的巫師，但在這裡有很高的地位，相當於村寨的精神教主和文化傳人。這位鬼師卜過一卦之後就向滾元亮的母親耳語：「這個崽，附著了先祖姜央衛士的靈魂！」

先祖姜央？不就是從楓樹裏生出來的嗎？而那楓樹，不就是蚩尤染血的桎梏變出來的嗎？

等到滾元亮一出生，母親就抱著他到一棵楓樹前，拜過，再燒香紙、壓石頭。他就是楓樹之子了，立即與蚩尤和姜央接通了血脈。

他長大後很快成了百發百中的神槍手，是村寨中火槍隊的首領。

此刻，他正背著槍，把我們領進一條大樹密布的山路。

二

苗族作為蚩尤的後代不僅崇拜楓樹，而且由於千里奔逃總是以樹木作為匿身的掩護，因此也崇拜所有的樹，以樹為神。

岜沙苗寨的村民相信，每一棵樹都有靈魂，護佑著每一個人的生命。

火槍隊長和那位漂亮姑娘不斷地向我們講著這些話，一開始大家還不大在意，以為只不過是近似原始宗教的自然物崇拜。但聽著聽著就發現不對了，我們面對的，是一種驚人的生命哲學。

我很想用最簡單的語言把這種生命哲學的實踐方式說一說——

這裡的孩子一出生，立即由父母親為他種一棵樹。今後，這棵樹就與他不離不棄，一起變老。

當這個人死了，村人就把這棵樹砍下，小心翼翼地取其中段剖成四瓣，保留樹皮，裹著遺體埋在密林深處的泥土裏，再在上面種一棵樹。沒有墳頭，沒有墓碑，只有這麼一棵常青的樹，象徵著生命還在延續。其實不僅僅是象徵，遺體很快化作了泥土，實實在在地滋養著碧綠的生命。

因此，這個萬木茂盛的山頭，雖然看不到一個墳頭，一塊墓碑，卻是一個巨大的陵園。但轉念一想又不是，因為這裏找不到生命的終點。似乎是終點了，定睛一看怎麼又變成了起點。只覺得代代祖輩都聚合在這裏了，每一位不管年紀多老都渾身滋潤，生氣勃勃。

這裏沒有絲毫悲哀，甚至也沒有悼念。抬頭一望哪棵樹長得高，身邊的老人就微笑著說一聲：那是小虎他爺爺，壯實著呢。

又見到一棵老樹掛滿了藤花，有人說了：他呀，歷來有女人緣，四代了，年年掛最多的花。

這裏有一棵新樹還不大精神，一位火槍手向我介紹：這是哥們兒，兩個月前喝醉了再也不理大家了，現在還沒有醒透呢。

面對前方那棵古樹，陪著我們的火槍手停止了說笑。原來那是這個部落世襲苗王滚内拉的生命樹，也是這個山頭最尊貴的神樹。火槍手們用苗語恭敬地稱它為「杜霞冕」。

反正，不管尊卑長幼，全都在這個山頭盤根錯節地活在一起了。這兒的家譜總是沾滿了露水，這裏的村史總是環繞著鳥鳴。村寨裏的哪一個人遇到了憂愁或是喜樂，只要在樹叢中一站，立即成了祖祖輩輩的事，家家户户的事。這裏是村寨的延伸，也可以反過來說，村寨從這裏生成。

現在，世界各國的智者面對地球的生態危機都在重新思考與自然的關係，但在這裡恰恰沒有這種關係。人即是樹，樹即是人，全然一體，何來關係？

這也從根本上改變了人們的生死觀念。既然靈魂與軀體都與樹林山川全然一體了，那又何來生死？陶淵明所說的「托體同山阿」，大概就是這個意思。

我也算是一個走遍世界的人了，卻實在想不出世上還有哪一種生死儀式，優於這裡讓人與樹緊相交融的生命流程。在別的地方，「雖死猶生」、「萬古長青」、「生生不息」是一種誇飾的美言，但在這裡卻是事實。

「生也一棵樹，死也一棵樹」。這麼樸素的想法和做法，是對人類生命本質的突破性發言。世上那麼多宗教團體和學術機構從古至今都在研究生命的奧秘，現在我抬頭仰望，這個山頭的沖天大樹，正與遠處那些暮色中的教堂、日光下的穹頂、雲霞中的學府，遙相呼應。

比來比去，還是這兒最為透徹，透徹到了簡明。

因此，我要告訴全世界的生命思考者：這個苗寨，在中國貴州省從江縣，貴陽東南方向西四百公里，貼近廣西。

三

很多年前北京為一個領導人造紀念堂，這裡有一棵老香樟樹被徵。全寨民眾聽説，都長時間地跪在這棵老樹前隆重祭拜。砍伐那天，沒有一個村民在場。北京方面得知這個情景十分震驚，立即撥款在原先老樹生長處建造紀念亭，把樹根當作神明供奉至今。

一棵樹，在別處看來只是一段木料，但在這裡不是。這正像，甲骨文不是一堆骨料，萬里長城不是一堆磚料。

那樹根，龍飛鳳舞，又凝斂成一派尊嚴。我端身鞠躬，向它深深致敬。然後，收拾心情，放鬆腳步，隨著火槍手們走回村寨。

路邊的屋裏屋外，有一些婦女在埋頭織繡。在一個場地上，有兩個十四五歲的男孩子在剃頭。這似乎很尋常，我小時候在家鄉也經常看到類似的景象，但火槍手提醒我了：這一剃，小伙子算是成年人了。

原來，這也算是這裡的成年禮。我走近前去，不禁大吃一驚：剃頭用的剃刀，居然與割草打柴的鐮刀一模一樣！顯然仔細磨過，頭頂四周的頭髮早已剃得乾乾淨淨，露出了青青的頭皮。四周剃淨了，便突顯出了頭頂髮髻。髮髻豐茂，盤束在一起，被村民稱為「青山樹林」。

我笑了，心想，用鐮刀割去亂草，把大樹種上頭頂，這就是這裡的成年。

成年了就要戀愛。這裡的風俗是由女孩子主動求愛，怪不得這些火槍手走起路來那麼威風，他們每個人身上都掛著好幾個女孩子贈送的相思帶呢。真正的定情儀式，是在剛才發現我們的鍬韆架上。女孩子們在參天古木間盪著鍬韆，漂漂亮亮地在小伙子們的仰望中施展出百般身段、千般妖媚。她們有時也抬頭嬌聲叫一聲「有客人進村」，但現今這個觀察哨的主要功用是觀察腳下的人群。終於見到了意中人，便美目專注不再放過，而擺盪鍬韆的姿態則愈加飄逸，愈加高遠。

目光和目光的對視是確定無疑的信息，女孩子快速地跳下了鍬韆，或者，那個小伙子也爬上相鄰的鍬韆呼應著盪上一陣，再一起跳下，便手挽著手走進樹林。

樹林中，一棵高大的馬尾松緊緊地擁抱著一棵柔俏的楊梅樹。歷來村寨裡的年經情人，都會讓這兩棵樹為自己證婚。

你看，一切的一切，都離不開樹。

這下我更加理解那位告別繁華都市回來的姑娘了。熙熙攘攘的街市間當然也能找到愛戀，但是，哪裡找得到可以施展百般身段、千般嫵媚的鍬韆架？哪裡找得到樹林間那兩棵緊緊擁抱在一起的證婚樹？

是樹林的儀式，決定了人生的儀式。當你曾經與這種儀式長在一起，走得再遠也會回來。

回來了，在這普天之下最潔淨的山嵐間吐出一口濁氣，然後自語一聲：我本是樹。

這話語，過去聽來覺得原始和天真，現在聽來，卻蘊涵著一種後現代的浩茫探詢。

追回天籟

一

五月的草原，還有點冷。

在呼倫貝爾的一間屋子裡，我彎著腰，置身在一群孩子中間。他們來自草原深處，都是少數民族。我已經問過他們的年齡，在五歲到十三歲之間。

把他們拉到我眼前的，是王紀言先生。他六歲之前也是在呼倫貝爾度過的。現在他是個大忙人，成天穿梭般地往來於世界各大都市之間，但是，不管走到哪裡，只要聽到一兩句有關草原的歌聲依稀飄過，他就會愴然停步，目光炯炯地四處搜尋。他說，有關童年的其他記憶全都模糊了，剩下的就是一些斷斷續續的歌聲。

人人都有童年，每個童年都有歌聲。但是，大多數童年的歌聲過於微弱，又容易被密集的街市和匆忙的腳步擠碎。值得羨慕的是蒙古草原，只有它的歌總是舒展得那麼曠遠而浩蕩，能把所有遊子的一生都裹捲在裡邊。

我有很多學生，來自草原又回到了草原，因此我有幸一次次獲得奇特的體驗。有一年冬天，這些學生和他們的朋友們匯集在北京，占滿了一家餐廳的每一張桌子，我坐在他們中間。才歡敘幾句，一個學生的喉頭不經意地吐出了一句低低的長調，剎那間，整個餐廳就變成了一個此起彼伏、回盪渦旋的交響樂隊，我左顧右盼，目不暇接，最後只得閉起眼睛，承蒙著一個巨大音箱的籠罩。這種籠罩與置身於一般的歌詠會中全然不同，因為籠罩四周的已不是一句句具體的歌聲，而是一種憂鬱、低沉而又綿遠的氣壓。

這樣的場合我後來又多次遇到。未必是學生，也未必有那麼多人，只要是與出生在蒙古草原的朋友們坐在一起，不必很久，歌聲總會慢慢響起。

唱到最後，他們都會加一首歌，是由席慕蓉作詞、烏蘭托嘎作曲的〈父親的草原母親的河〉。我相信，這是席慕蓉女士寫那首短詩時沒有預料到的。她在詩中告訴人們，父母親即使把家庭帶到了天涯海角，也會把描摹家鄉作為教育孩子的第一課。結果，她只是在詩中輕輕地喊一句「我也是高原的孩子啊」，把茫茫一片大地都感動了。

能夠讓一個成年人自稱「孩子」的可能是很難找到的，席慕蓉找到了，因此也讓一大批人找到了。

今天，王紀言先生就是以「孩子」的身分回到呼倫貝爾，來尋找今天埋藏在草原深處的其他孩子的。他帶來了自己的女兒，女兒像席慕蓉女士一樣來尋找父親的童年。他們父女倆不必講很多話，這兒的朋友一聽就懂，幫著尋找。慕蓉女士聞訊，也從臺北淡水的山坡上出發，七拐八彎地趕來了。

誰都知道，這種尋找既屬於個人，又不屬於個人。

二

眼前這些孩子，大多來自僻遠地區很小的少數民族。

「家中沒有牛羊，有一頂蒙古包，父母給別人家放羊……」孩子們在輕聲回答詢問。

他們在幾個大人的幫助下剛剛組成了一個合唱團，開口一唱就震驚四座。我剛剛聽完，便對孩子們結結巴巴地重覆著一句話。這句話他們現在一定都聽不明白，明知他們聽不明白我還要重覆，只因為此時此刻心中只有這句話。

我說的是：「你們正在做一件真正的大事。非常大的大事……」

什麼是我所說的「大事」？那就是在文化藝術界越來越陷於假、大、空的華麗套路時，用童聲提醒一小部分人，文化藝術的基座是什麼？極致是什麼？

由於毛病已經不輕，因此，這種提醒也就是救助。那一雙雙軟軟的小手，誰都想拉起它們做點什麼事，但一上手就發現，它們的力量更大，正要拉著大批成人拔離泥沼。

你看，現在我正抓著一雙小手。對，就是他，臉龐清瘦、頭髮凌亂的鄂溫克族男孩子，巴特爾道爾吉，剛才穿著一雙小馬靴走出隊列站定，緩慢的步子立即引起了全場肅靜。他輕輕地閉上眼睛，同時又輕輕地張開了嘴，一種悠長的聲調隨即綿延而出。

茫茫大地無聲無息，
心中的母親在祈禱上蒼。
她正為我向上蒼獻奶，
她正遙望著遠方的遠方。
我的母親，
她在遠方……

聲音一起，這個孩子立即失去了年齡。幾百年馬背上的思念和憂傷頃刻充溢屋宇，屋宇的四壁不見了，千里草原上最稚嫩和最蒼老的聲音都在共鳴。

在場的成年人都深受感動。我打聽了，這個孩子完全不識五線譜和簡譜，他只是在繁忙的父母嘴邊撿拾到一些歌聲罷了，竟然快速地連貫成自己最初的音樂生命。站在我身邊的國際著名鋼琴家劉詩昆先生輕聲告訴我，他的音準無懈可擊。

這究竟是怎麼回事？

讓人吃驚的事情不斷在孩子們中間發生。兩個月前這裡路過一個蒙古國的歌手，看到孩子們在唱歌，便送給孩子們一份描寫森林裡各種禽鳥生態的複雜歌譜，但是，才教唱了兩遍就匆忙回國了。歌譜放在老師那裏，卻不知怎麼丟失了，大家没法再學，深感可惜。没想到站出來一個十二歲的小女孩，巴爾虎蒙古族的阿木日其其格，她說自己在跟唱兩遍的時候已經能夠全部背唱，請老師拿出紙筆記錄。老師驚奇地記錄著，後來歌譜的原稿找到了，一作對比，居然一字不差，一音不差。

這又是怎麼回事？

不僅是唱歌，連舞蹈也是如此。這些剛剛集合在一起的孩子顯然没有受過任何舞蹈訓練，但是，他們的動作卻展現出一種天然的韻律和節奏。有一個名叫娜日格樂的布里亞特蒙古族小女孩，才九歲，一舉手一投足都滲透著皇廷公主般的高貴和嫻靜，讓我們這些走遍世界各地的大人們都非常奇怪。她的風度與她的經歷基本没有關係，那麼，她的風度就只能來自於她的經歷之前，或經歷之外。

……

這些例證，很可能被人說成是天才。我想換一個字：天籟。天才是個人奇蹟，天籟是天生自然。天才並不常見，天籟則與人人有關。

今天中國文化藝術界失落很多東西，其中最重要的就是天籟。

三

在古代漢語中，籟，最早是指一種竹製的樂器。天籟，則把自然當作樂器了，是指自然之聲。其實人也是自然的一部分，在他們還没有被阻塞、被蒙蔽、被扭曲的時候，最能感受自然生態，並且暢快地吐露出來。這樣的人，常常被稱為未失天籟、未失天真、未失天性之人。但是，這樣的人是越來越少了，大多只能從兒童中，從邊遠地區的荒漠間尋找。

這樣的人，說得好聽一點，是未受污染之人，說得難聽一點，是未受教化之人。但是，他們是那麼可愛，那麼純淨，那麼無拘無束，那麼合乎藝術本性，不能不使我們一次次回過頭來，對現代文明的所謂「教化」投去懷疑的目光。

現代文明當然也有很多好處，但顯然嚴重地吞噬了人們的自然天性。密集的教學、訓導、觀摩，大多是在狠命地把自然天性硬套到一個個既成模式中去。自然天性一旦進入既成模式，很少有活著出來的。只有極少數人在臨近窒息之時找到一條小縫逃了出來，成了藝術上的稀世奇俠，或其他領域的神秘天才。當然，也可能在逃出來之後不知所措，終老於混混沌沌的自然狀態。但即使這樣，也活得真實，躲過了模式化的虛假。

因此，現代文明不能過於自負。在人和自然的天性面前，再成熟的文明也只是匆忙的過場遊戲，而且總是包含著大量自欺欺人的成分。例如，大家都以為藝術是現代文明的訓練結果，但不妨靜夜自問，我們每個人在童年時代就大致分得清人的美醜了，那又經受過什麼訓練？後來在課堂上說得非常複雜的平衡、挺拔、生動等等「美學規則」，只是教師們對童年直覺的笨拙表述罷了，很難從學術上論定。童年直覺來自何處？天性，天籟。

同樣，當我們童年的眼睛第一次面對自然美景時發出驚喜光芒，也與後天的教育基本無關。甚至在我們成年後的寫作中，那些不知怎麼流瀉出來的可圈可點的句子，肯定也與前人或旁人文章關係不大。

清代學者袁枚在《隨園詩話》中說：「天籟不來，人力亦無如何。」如果來了，則「不著一字，自得風流」。可惜我們現在看到的，盡是人力，盡是文字，盡是雕琢，盡是理念。

大家還以為，這才是進步，這才是文化。

這真讓人著急。

我之所以數度接受中央電視台的邀請擔任全國青年歌手大獎賽的「文化素質總講評」，就是想把這種著急之心系統地表達一下。因為每次長達四十多天，天天全國直播，收視的觀眾上億。我已徑不能不借助於這麼大的高臺，來呼喚天籟。

歌手都很年輕，絕大多數受過嚴格的專業訓練，擁有大專學歷。但是，一旦讓他們談談自己，談談父母，談談家鄉，談談音樂，立即出現一種驚人的景象。多數人都不假思索，隨口吐出，用詞華麗，充滿了成語、形容詞和排比，卻又都嚴重雷同。他們誰也沒有意識到，他們說得多麼虛假和空洞。不管你怎麼追問，他們還給你的，是加倍的虛假和空洞。

我不能不對著電視鏡頭嚴峻地講評道：「你說了那麼多描述媽媽的話，但很抱歉，我覺得你對自己的媽媽還缺少感情。因為你和其他四位歌手描述媽媽的話幾乎完全重覆，而世界上，並不存在完全重覆的媽媽。因此，儘管我相信你心中有一個真媽媽，但你口中的媽媽是一個假媽媽。」

我又對另一位歌手說：「問了你三遍最早學歌的原因，你講的都是宏大詞彙，什麼歷史的審美需求、時代的文化趨勢，卻與你自己的著迷無關。自己不著迷，可以從事別的職業，卻不能是藝術。」

我還一次次要求他們，能不能把他們掛在嘴上的那些句子，像「受眾心理的定格」、「第三維度的判斷」等等說說明白，換成正常人的語言。

當然，我没有讓這些歌手在文化素質的考評中及格。但我反覆說明，這主要不是針對他們個人，我是在為一種越來越得意、越來越普及的「偽文化」打分，他們只是受害者。

受害者很多，從學校到官場都未能倖免，就像一場大規模的傳染病。文化的傳染病比醫學上的傳染病更麻煩，因為它有堂皇的外表、充足的理由、合法的傳播，而且又會讓每一個得病者都神采飛揚、炯炯有神。

對於這樣的疫情我已無能為力，只能站在一個能讓很多人聽得到、看得見的高臺上呼喊幾句：這是病。有不少文化人原先很不贊成我參加這樣通俗的電視活動，發表文章說讓一個資深學者出來點評年經人的文化素質，是「殺雞用牛刀」，可見他們都不在意疫情的嚴重和緊迫，因此也無法體會我急於尋找高臺的苦心。

捷克前總統哈維爾說，只有得過重病的人才知道什麼是健康，同樣，只有見到過真正健康人的人才知道什麼是疾病。真是天助我也，正當我深感吃力的那些日子，一些來自邊遠地區的少數民族歌手來到了我的高臺邊。他們從服飾、語言到歌聲都是「原生態」，從家鄉走到縣城都要花幾天時間，卻長途跋涉地來到了北京。他們顯然沒有受過什麼訓練，但一開口就把所有人的耳朵鉤住了。熱鬧的賽場裏立即出現了遠山叢林間的夜風豪雨，以及一切生命的質樸起點。

每支歌唱完，是我與歌手對話的時間，全國電視觀眾都在傾聽。

你看這位少數民族女青年，二十來歲，漢語還說得相當生硬，我就簡單問了她一個小問題：「這首歌，是從媽媽那裏學來的嗎？」

「我媽媽不唱歌。」她遲疑了一下又說，「但她最會唱歌……」

「這是怎麼回事？」我好奇地問。

「我爸爸原是村子裏最好的歌手，他用歌聲引來了另一個村子的最好歌手，那就是我媽媽。但是，在我出生不久，爸爸就去世了，媽媽從此就不再唱歌。」

幾句結結巴巴的話，立即使我警覺，此刻正在面對一個極為重要的人生故事。

她還在說下去：「前些天初賽，媽媽在電視中看到了，我剛回家，她就抱住了我。這時，我聽到頭邊傳來一種低低的歌聲。這是爸爸去世那麼多年後她第一次開口，真是唱得好。」

兩位歌王的天作之合，二十年的封喉祭奠，最後終於找到了再次歌唱的理由……我還沒有來得及理清自己的感受，抬頭看見這位歌手正等著我的講評和打分。我說：「請代我問候你的媽媽

——這位高貴的妻子，高貴的母親！」

現場的掌聲如山洪暴發，我看到很多擔任評委的著名音樂家在擦淚。我輕輕地加了兩個字：「滿分。」

本來我還想通過電視問候那個村子裏的鄉親。整整二十年，這些鄉親知道他們的女歌王為什麼封喉，因此你一句、我一句地教會了她的女兒。但是，我要表達這種問候需要用不少語言，而當時比賽現場的濃郁氣氛已容不得語言。後來才知道，當時幾乎整個中國都被這個樸實的故事感動了。

我想，這下，那些用空洞重複的套話來敘述自己父、母親的歌手，該知道我為什麼不讓他們及格了。

此刻，我在呼倫貝爾草原又想起了祖國西南地區的那個村莊。兩個地方隔得很遠，但它們的歌聲卻能互相聽到，因為它們屬於同一種美學範疇。其實，這也是人類學範疇。

從眼前的十歲左右的小孩子，到中央電視台比賽現場的那位二十歲左右的女青年，到她的母親和鄉親，再到在評委席裡擦淚的著名音樂家們，這一連串面容，在我腦海中連成了一條線。這條線，就叫「人類深層藝術史」。

令人惆悵的是，憑著我們的呼籲，天籟還能在我們的生活和藝術中占據多大的分量？幾個朋友對此非常悲觀，認為現代文明的推土機很難抵擋。推土機一過，一切都可想而知。因此，誰也不願和它作對了，現在的很多文化藝術，都已經成了推土機的伴奏音響。

我對此稍有樂觀。不是樂觀於推土機的終將停止，這是不可能的；而是樂觀於不少人的心底可能還有文化良知存活。這些存活的因素只是點點滴滴，卻是人間真文化千年傳承的活命小道。

四

想到這裡，我看了鄂温克族小男孩達維爾一眼，他正站在我的右邊。

鄂温克族一直在深山老林裡過著原始的狩獵生活，很多年來，政府部門在山下為他們建造了居住社區，又為了保護珍稀動物而限制狩獵，他們的生態改變了。面對著遠比過去舒適和安逸的物質生活，他們卻陷入了深深的苦悶。這是一種說不清楚原因的苦悶，其實也就是文化苦悶。因此，他們會在原來的狩獵地養幾頭鹿，或其他什麼動物，過一段日子就上山去與它們一起住一陣，像過去一樣。不要嘲笑他們過於懷舊，這是他們吃力地在與自己的文化「談判」。

那天，十二歲的達維爾從合唱團回家，問剛剛從山上下來的奶奶和媽媽，還有沒有老歌可以教給他。於是，幾位長輩就開始在燈下一句句地回憶起來。幾天下來，達維爾學到很多歌，而奶奶和媽媽則完全變了。像是受到了天神的指點，她們的笑容、步態立即變得自在和坦然。

這，已經屬於一個民族的天籟了。

推土機永遠會一步步推進。但我們還有駿馬，還有不同年齡的騎手，可以揚鞭縱韁，去追回那些重要的東西。

關於本書作者

余秋雨，大陸著名美學家，一九四六年生，浙江餘姚（現為慈溪）人。曾任上海戲劇學院院長、上海寫作學會會長。現任復旦大學、同濟大學、交通大學、上海大學兼職教授。十七年前開始深度考察中國各地的文化遺跡，寫出《文化苦旅》、《山居筆記》，在兩岸三地華人世界引發巨大迴響，為大散文寫作闢出一條新路。成為當代最受矚目的華文作家。曾為香港鳳凰衛視製作埃及文明、希臘文明、希伯萊文明、阿拉伯文明、巴比倫文明、波斯文明、恆河文明的遺跡考察節目。

《文化苦旅》一書在台北出版後，榮獲一九九二年聯合報「讀書人」最佳書獎；金石堂一九九二年度最具影響力的書；誠品書店一九九三年一月「誠品選書」。著有：《文化苦旅》、《山居筆記》、《霜冷長河》、《掩卷沉思》、《千年一嘆》、《行者無疆》、《鞦韆架》、《余秋雨台灣演講》、《傾聽秋雨》、《借我一生》、《新文化苦旅》等。

關於本書版本說明

本書根據北京作家出版社版本（作者稍有修删）發排。原書為簡體字，橫排，共分兩册，上册《尋覓中華》，三一六頁，二十三萬字，下册《摩挲大地》，二九六頁，二十二萬字，兩書均為軟皮精裝，高二十三公分，寬十七公分，出版日期為二〇〇八年五月，兩書首印均為壹拾萬册。

本書係余秋雨教授二〇〇八年六月獲其授權在台印行。初版參仟册。

余秋雨著作簡目

一、《戲劇理論史稿》，中國大陸第一部完整闡釋世界各國自遠古到現代的文化發展和戲劇思想的史論著作，一九八三年「上海文藝出版社出版」，次年獲北京全國首屆戲劇理論著作獎，十年後獲北京文化部全國優秀教材一等獎。

二、《戲劇審美心理學》，中國大陸第一部戲劇美學著作，一九八五年「四川文藝出版社」出版，次年獲上海市哲學社會科學著作獎。

三、《中國戲劇文化史述》，中國大陸第一部以文化人類學的觀念研究中國戲劇文化通史的著作，一九八五年「湖南文藝出版社」出版，一九八七年台灣「駱駝出版社」出版繁體字版。

四、《藝術創造工程》，自成體系的藝術學著作，一九八七年「上海文藝出版社」出版，一九九〇年臺灣「允晨文化實業股份有限公司」出版繁體字版。

五、*Some Observations On The Aesthetics of Primitive Chinese Theatre*, Asian Theatre Journal, vol. 6, no. 1, Spring 1989, Published by University of Hawaii Press.

六、《文化苦旅》，文化系列散文集，一九九二年上海「知識出版社」出版，同年臺灣「爾雅出版社有限公司」出版繁體字版。獲上海文學藝術優秀成果獎、一九九二年臺灣《聯合報》「讀書人」最佳書獎等。

七、《山居筆記》，文化系列散文集，一九九五年臺灣「爾雅出版社有限公司」出版。獲《聯合報》「讀書人」一九九五年最佳書獎，同年獲「大學生票選十大好書」。

八、《余秋雨　臺灣演講》，文化系列散文集，一九九八年臺灣「爾雅出版社有限公司」印行。

九、《霜冷長河》，一九九九年三月「北京作家出版社」出版，同年四月，臺灣「中國時報文化出版公司」出版繁體字版，但僅收一、二輯。

十、《掩卷沉思》，《霜冷長河》三、四輯，另加部分新作，新序，一九九九年七月臺灣「爾雅出版社有限公司」出版繁體字版。

十一、《鞦韆架》，二〇〇〇年二月臺灣「中國時報出版公司」印行。

十二、《千年一嘆》，二〇〇〇年三月臺灣「中國時報出版公司」印行。

十三、《行者無疆》，二〇〇一年十二月臺灣「中國時報出版公司」印行。

十四、《借我一生》，二〇〇四年七月，臺灣「天下文化出版公司」印行。

十五、《傾聽秋雨》，二〇〇五年，臺灣「天下文化出版公司」印行，記錄余秋雨二〇〇五年二月臺灣演講情況，摘選講稿及各界評論。

十六、《人生風景》，二〇〇七年四月，臺灣「中國時報文化出版公司」印行。

十七、《新文化苦旅——余秋雨文化散文全集》，二〇〇八年七月二十日，臺灣「爾雅出版社有限公司」印行。

附註：天下文化公司另有《文化苦旅》和《山居筆記》的圖片版，書名分別為《從都江堰到嶽麓山》、《從敦煌到平遙》、《北方的遺跡》和《吳越之間》。

《王謝堂前的燕子》作者歐陽子賞讀《文化苦旅》系列十篇，已結集成《跋涉山水歷史間》——賞讀《文化苦旅》一書，於一九九八年四月由爾雅出版社印行。

在時光裡
不老的話
都是新鮮話

爾雅三十三周年社慶書

白先勇書話

隱地編

爾雅新書

464・風從樹林走過（散文）　周志文　著
465・風中陀螺（長篇小說）　隱　地　著
466・肉身意識（詩）　碧　果　著
467・小詩・牀頭書　張　默　編
468・燦爛時光（散文）　凌性傑　著
469・嚮往美麗（散文）　陳雙景　著
471・紐約客（小說）　白先勇　著
472・背向大海（詩）　洛　夫　著
473・昨日遺書（長篇小說）　潘年英　著
474・叛徒的亡靈—我的五四詩刻　林幸謙　著
476・心理師的眼睛—心理輔導故事　舒　霖　著
477・現代新詩美學　蕭　蕭　著
478・華麗曲—古典音樂隨想錄　華　韻　著
479・翅膀的煩惱（詩）　林煥彰　著
481・春天窗前的七十歲少年（散文）　隱　地　著
482・我們一路吹鼓吹—台灣詩學季刊同仁詩選　李瑞騰　編
483・象與像的臨界（散文詩）　王宗仁　著
484・新鮮話—作家智慧語　隱　地　編
485・人啊人—「人性三書」合集　隱　地　著
486・我的眼睛—「三少四壯」結集　隱　地　著
487・紐約・TO GO—從紐約出發的74個留學旅行悸動　柯書品　著
488・光的溫度—愛亞及其作品研究　廖玉容　著
489・新詩百問—尋找寫好詩的方法　向　明　著
491・悅讀余光中—散文卷　陳幸蕙　著
492・流光逝川（散文）　夏　烈　著
493・白先勇書話　隱　地　編
495・新文化苦旅—余秋雨文化散文全集　余秋雨　著

爾雅題字：王北岳　爾雅篆印：張慕漁

封面設計：嚴君怡

新文化苦旅（爾雅叢書之495）

作　者：余秋雨

校　對：凌性傑・彭自強・喬　城・彭碧君

發行人：柯青華

出版・發行：爾雅出版社有限公司
臺北郵政三〇一一九〇號信箱
臺北市中正區一〇〇八二
廈門街一一三巷三十三之一號一樓
電話：二三六五四〇三六　傳真：二三六五七〇四七
郵政劃撥：〇一〇四九二五一一
網址：http://elitebooks.so-buy.com
E-mail: elite113@ms12.hinet.net

法律顧問：蕭雄淋律師
臺北市師大路八十六巷十五號一樓

印刷者：盈昌印刷有限公司
中和市新民街八十三號

二〇〇八（民九七）年七月二十日初版・二〇〇八（民九七）年八月二十日二印

行政院新聞局版臺業字第〇二六五號

定價580元（如有破損或裝訂錯誤請寄回本社更換）

ISBN 978-957-639-468-3

國家圖書館出版品預行編目資料

新文化苦旅：余秋雨文化散文全集 / 余秋雨著.
--初版. --臺北市：爾雅，民97.07
面； 公分. --（爾雅叢書；495）

ISBN 978-957-639-468-3（平裝）

855 97012712

如何購買爾雅叢書

書店實施「**零庫存**」，各出版社的新書又書山書海，書店無法不保證斷貨，如果在書店找不到某一本你想購買的書，還有以下方法找得到你想要的書：

❶只要記得書名和作者，向書店訂購，許多書店會給你滿意的答覆。

❷如果書店的服務人員對你說「**書已斷版**」或「**賣完了**」你可以打電話到本社：*Tel: (02)2365-4036* 或 *2367-1021* 查詢。

❸以郵購方式函購，劃撥 *0104925-1* 爾雅出版社有限公司。

❹也可在網上購書，本社網址：*http://elitebooks.so-buy.com*。

❺如果你有信用卡，以傳真方式購買，極為方便，信用卡購書單，來電索取即傳，回傳請傳至 *Fax: 2365- 7047*。

❻如果一次購買五十本以上，本社請專人送到府上，且有折扣優待。

❼本社書訊「**爾雅人雜誌**」及書目函索即寄。

爾雅出版社有限公司

信用卡購書單

1. 卡別：□ 聯合信用卡　□ VISA 卡　□ MASTER 卡　□ JCB 卡

2. 卡號：____

3. 發卡銀行：____________________簽名條末三碼：__________

4. 信用卡有效期限：______年______月止

5. 持卡人簽名：______________________（與信用卡簽名一致）

6. 身分證字號：______________________

7. 發票統一編號：____________________

8. 收書人姓名：______________________

9. 聯絡電話：（日）________________　讀友編號：__________

10. 寄書地址：□□□

____

11. 購書日期：______年______月______日，共計______________元

12. 訂購書名：　　　　　　　　（如欲掛號，請加 20 元郵資）

請填妥後傳真 (02) 23657047 或逕寄本社即可。